ऊँची उड़ान की ओर

ऊँची उड़ान की ओर

राम बक्षाणी

प्रभात प्रकाशन, दिल्ली
ISO 9001:2015 प्रकाशक

प्रकाशक • **प्रभात प्रकाशन**
4/19 आसफ अली रोड,
नई दिल्ली–110002

संस्करण • 2018
अनुवाद • श्री अमरनाथ श्रीवास्तव
मूल्य • छह सौ रुपए
मुद्रक • आर–टेक ऑफसेट प्रिंटर्स, दिल्ली

OONCHI UDAAN KI ORE autobiography of Ram Buxani
Published by Prabhat Prakashan, 4/19 Asaf Ali Road, New Delhi-2
e-mail: prabhatbooks@gmail.com ISBN 978-81-7315-681-6
₹ 600.00

यह पुस्तक मेरी पूजनीय माँ, ईश्वरीबाई जे. बक्षाणी को समर्पित है, जिन्होंने मजबूती के साथ जीवन की चुनौतियों का सामना करते हुए मुझे सिखाया कि कठिन हालात में ही हम अपनी वास्तविकता को समझ पाते हैं।

उन्होंने मुझे बुलंदियाँ छूने के लिए तैयार क़िया, पर मेरी सफलताओं की साक्षी बनने के लिए लंबी आयु न पा सकीं। उनके जीवन के उन सबको को मैंने निजी जीवन में आत्मसात् करने की कोशिश की है। उन्होंने जो लौ जलाई, यादें उसे सदैव प्रज्वलित रखेंगी।

भूमिका

शायद ही ऐसा कोई सिंधी होगा, जिसने राम बक्षाणी का नाम न सुना हो। सचमुच, राम बक्षाणी बहुत से लोगों के लिए एक किंवदंती बन गए हैं। उनके व्यक्तित्व में शिष्टता, सहृदयता, करुणा, आत्मशक्ति, विश्वास, मधुरता, नम्रता, साहस व संस्कार के गुणों का विलक्षण संयोग देखने को मिलता है। जीवन और उसकी समस्याओं के प्रति उनकी सोच हमेशा सकारात्मक होती है। उनके चेहरे पर झलकनेवाली मधुर मुस्कान लोगों को सहज ही अपनी ओर आकर्षित कर लेती है। उनका विश्वास है कि दुनिया में मनुष्य का सबसे बड़ा धन उसके सत्कर्म ही हैं।

राम बक्षाणी की यह आत्मकथा सिंधी समुदाय की उद्यमिता की कहानी है। अपनी इस जीवन-गाथा में उन्होंने कई सिंधी परिवारों के खुशहाल बचपन से लेकर विभाजन—जिसने उनकी खुशहाली छीन ली—के समय की दुर्दशा तक के इतिहास को सँजोने का प्रयास किया है। इतना ही नहीं, सिंधी समुदाय ने अस्थायी शिविरों में जो दु:ख-दर्द और गरीबी झेली तथा इस दौरान उन्होंने जिस अदम्य साहस एवं दृढ़ता का परिचय दिया—जिसने अंतत: सफलता को उनकी चेरी बना दिया—उसका भी अत्यंत मार्मिक चित्रण किया गया है।

सिंध का इतिहास बहुत पुराना है। सिंधु घाटी की सभ्यता लगभग 7,000 वर्ष प्राचीन मानी जाती है। सिंधी लोग अत्यंत सभ्य व सुसंस्कृत थे—उद्यमी, परिश्रमी व श्रद्धा तथा विश्वास की भावना से परिपूर्ण। आज सिंधी समुदाय एक विश्वव्यापी समुदाय बन गया है, जो जाति, धर्म व राष्ट्रीयता की सीमाओं से परे है। विश्व में आप कहीं भी चले जाइए, वहाँ आपको कोई-न-कोई सिंधी जरूर मिल जाएगा, जो आपका अभिवादन करेगा और आपकी ओर दोस्ती का हाथ बढ़ाने के लिए तैयार मिलेगा। राम बक्षाणी ने

अपनी इस पुस्तक में सिंधी समुदाय की इस भावना को बड़े सलीके से उजागर किया है।

यह पुस्तक एशिया की बाह्य सीमाओं पर स्थित दो देशों—दुबई और जापान—के प्रति एक सम्मान-प्रदर्शन भी है। लेखक ने इन दो देशों के उत्थान के इतिहास को सिंधी समुदाय में साहसिकता व उद्यमिता की भावना के उत्थान से जोड़ने का प्रयास किया है, जो काफी दिलचस्प है।

सिंधी समुदाय की व्यावसायिक दक्षता व विश्व-बंधुत्व की भावना को सराहते हुए राम बक्षाणी ने कुछ महत्त्वपूर्ण मसलों को भी सामने लाने का प्रयास किया है, जो मूल रूप से सिंधी समुदाय के भविष्य से जुड़े हैं। विश्व स्तर पर अपनी उपस्थिति दर्ज कराने के प्रयास में क्या सिंधी समुदाय के लिए अपनी विशिष्ट सांस्कृतिक पहचान को खोने का खतरा है? मधुर सिंधी भाषा, सिंधी कला, साहित्य, संस्कृति और लोक-परंपराओं का क्या होगा? राम बक्षाणी को पूर्ण विश्वास है कि सिंधी समुदाय की नई पीढ़ी—जो आर्थिक सुरक्षा व खुशहाली के माहौल में पल-बढ़ रही है—अपने सामने आनेवाली इन चुनौतियों पर भारी पड़ेगी।

इस पुस्तक में सिंधी महिलाओं के प्रति भी सम्मान प्रदर्शित किया गया है, जिन्होंने तेजी से फैलते सिंधी समुदाय को भावनात्मक सुरक्षा व सांस्कृतिक पहचान प्रदान करने में अग्रणी भूमिका निभाई है, जिसके (भारतीय) उपमहाद्वीप से गायब हो जाने का खतरा बना हुआ था; पर उसने अपनी सांस्कृतिक जड़ों को पुनः जमा लिया है।

कोई भी समुदाय अपने सदस्यों के चारित्रिक गुणों—ईमानदारी, निष्ठा, सरलता, उद्देश्यपूर्णता, सहानुभूति, सेवा, प्रार्थना व शुद्धता—के विकास के साथ-साथ ही विकसित व परिवर्द्धित होता है। हेलीबस्तस (Halibustus) ने लिखा है—"किसी समुदाय की खुशहाली उसकी सरकारी व्यवस्था या शासन-प्रणाली पर नहीं, बल्कि अपने स्वयं के चरित्र और आचरण पर अवलंबित होती है।" और चरित्र की जड़ें हृदय में होती हैं।

ईश्वर से मेरी यही प्रार्थना है कि वह नई पीढ़ी को अपने भीतर उदात्त चारित्रिक गुणों का विकास करने तथा सिंधी भाषा व सिंधी संस्कृति के प्रति प्रेम व गर्व का अनुभव करने के लिए प्रेरणा दे—जो हमें अपने भयावह अतीत से विरासत में मिली है, तभी हम अपने महान् पूर्वजों की आशाओं व संघर्षों के अनुरूप भविष्य का निर्माण कर सकेंगे और उस उद्देश्य को प्राप्त कर सकेंगे, जिसके लिए हमारे सिंधी समुदाय ने इतिहास के थपेड़ों को झेला है।

—जे.पी. वासवानी, साधु वासवानी मिशन, पुणे

प्रथम संस्करण की लेखकीय

बचपन से आजतक मैंने ऐसा नहीं देखा कि गाड़ी गुजर चुकी है और लोग फिर भी आ रहे हैं।

—जेम्स बाल्डविन, टैल मी हाऊ लॉंग द ट्रेंस बीन गॉन

मेरी गाड़ी अभी गुजरी नहीं है और न ही मेरी मंजिल का आखिरी प्लेटफॉर्म दिखाई दे रहा है। हर गुजरने वाले स्टेशन के साथ निश्चित हो जाता है कि वह आ रहा है और यात्रा का आनंद इस तथ्य के साथ बढ़ जाता है कि इसका ज्यादातर हिस्सा पूरा हो चुका है।

दशकों की इस समय-यात्रा में हर स्टेशन पर लोग गाड़ी से उतरते रहे हैं और नए यात्री गाड़ी में चढ़ते रहे हैं। इस दौरान कई मित्र, अपरिचित और चहेते लोग मेरे जीवन में आए और उसका एक हिस्सा बन गए; कुछ लंबे समय तक बने रहे और कुछ अन्य मकड़ी के जाले की तरह नाजुक और अल्पकालिक रहे—सब कुछ ही पलों के अल्प समय में आए और उसी तरह चले गए। पर सच कहूँ तो वे सभी मेरे संपूर्ण जीवन के अनुभव का एक अभिन्न हिस्सा बने रहे हैं।

स्मृतियाँ इस जीवन-यात्रा में मील के पत्थर की तरह हैं। वे हृदय की आशाओं-निराशाओं और विभिन्न स्थानों और लोगों की बहुरंगी चित्रमालाएँ हैं, जो मानस-पटल पर तेजी से आती-जाती रहती हैं। जीवन एक लंबा पाठ है, जो विश्वास और निष्ठा के स्तंभों पर टिका है, जिसे समय-समय पर कसौटी पर कसा जाता है, पर हर बार वांछित परिणाम नहीं मिल पाता। जहाँ प्रेम और अपेक्षाओं को प्राय: झुठला दिया जाता है और हम यही सोचते रह जाते हैं कि क्या कभी समय इस आघात, विश्वासघात के घावों को भर पाएगा?

आज के जैसे समय में, जब सूर्य अस्त हो रहा है और रात्रि का अंधकार पसरता

जा रहा है, जब हम स्वयं को 'निराश-हताश और बरबाद महसूस कर रहे हैं, ऐसे समय में हमें यह सोचना है कि हमारी गलती ने संबंधों का कितना बड़ा मलबा फैला दिया है।'

परंतु जब हम इन सच्चाइयों को स्वीकार करते हैं और इनके अच्छे व बुरे पहलुओं को देखते हैं तो हम स्वयं को एक ऐसी स्थिति में पाते हैं, जो न केवल पहले से ज्यादा सौम्य है, अपितु हमें एक उत्तरदायित्व का भाव भी प्रदान करती है। जैसे सारा जोश खत्म हो चुका है और हम पगलाई भीड़ से बहुत दूर चले जाने में सक्षम हैं, अंतर्दर्शन और आत्मानुभूति अथवा आत्मबोध की एक प्रक्रिया, जो हमारे जीवन में आती है और उसे अपने प्रभाव-नियंत्रण में लेने के लिए तैयार रहती है।

इस प्रक्रिया पर हमारा कोई नियंत्रण नहीं होता; इसका न कोई निश्चित समय है और न ही कोई समय-सारणी है। यह हमसे ही विकसित होती है और एक दिन अकारण ही यह बोध हो जाता है कि जीवन में जिसे हम 'दिनचर्या' या अधिक अनुकूल अथवा सफल समय में 'अनुशासित जीवन-शैली' कहते हैं, उससे बढ़कर कुछ और भी होना चाहिए।

जब हम उस असहज संवेदना के संपर्क में आते हैं और उसे श्रांति के रूप में देखने-मानने से इनकार कर देते हैं तथा स्वीकार करने लगते हैं कि यह श्रांति नहीं, बल्कि उत्साह व ऊर्जा से परिपूर्ण एक चरण है, जहाँ हम वस्तु की बाहरी चमक से परे उसके वास्तविक स्वरूप की ओर जा रहे हैं—तब जीवन का अर्थ ही बदल जाता है।

इसके लिए सबसे पहले जरूरी है कि हम धन और अपने आपके बीच एक दूरी बनाकर चलें। उस स्थिति में महँगी-महँगी चीजें, जो हमारे पास होती हैं—जिन्हें हम कड़ी मेहनत और सफलता को समर्पित जीवन का प्रतीक मानते हैं—सब निरर्थक हो जाती हैं, क्योंकि वे हमें गौरव या संतोष की अनुभूति नहीं दे पातीं। जब मैं अपने आसपास देखता हूँ तो मुझे आश्चर्य होता है और मैं ईश्वर का उसकी उदारता व प्रचुरता के लिए धन्यवाद करता हूँ—कि उसने मुझे सामाजिक प्रतिष्ठा के इन नकारात्मक पहलुओं के प्रभाव से मुक्त रखा है। जीवन में समय-समय पर हम चूहा-दौड़ से बाहर निकलने की जिस उत्सुकता का अहसास करते हैं, उसके बारे में मैं कई बार पढ़ चुका हूँ।

ऐसी बात नहीं है कि हम कृतघ्न हैं, समझते नहीं हैं या फिर हम किसी प्रकार की श्रेष्ठता अथवा वरिष्ठता का भाव रखते हैं; बल्कि बात यह है कि हम समय के मूल्य को बेहतर समझने लगते हैं और उसे यूँ ही गँवाना नहीं चाहते।

आज इन पंक्तियों को लिखते हुए मेरे मन में अपने अनुभवों को आपके साथ साझा करने और उसमें अपने देश संयुक्त अरब अमीरात के दुबई में पले-बढ़े होने के सुखद, साहसिक अहसास को बुनने की तीव्र आकांक्षा उठ रही है।

मेरी यह पुस्तक इसी अनुभव-यात्रा की गाथा है, जो पूरे भूमंडल की यात्रा है, लेकिन जिसका मूल आज भी मेरे गृह-स्थान पर है।

मुझे अभिनेता पॉल एडिंगटन के शब्द याद आते हैं। एक बार उनसे पूछा गया कि आप किस रूप में याद किया जाना पसंद करेंगे? इस पर उन्होंने कहा, ''एक ऐसे व्यक्ति के रूप में जिसने बहुत कम हानि की हो।''

अपनी भावनाओं को अभिव्यक्त करने का इससे बेहतर माध्यम मुझे और कोई नहीं लगता; और यदि इस पुस्तक से यह बात थोड़ी-बहुत भी प्रमाणित हो सके कि मुझसे थोड़ी-बहुत भलाई अथवा अच्छाई के सिवाय कोई हानि अथवा बुराई नहीं हुई है, तब मैं समझूँगा कि मेरा उद्‍देश्य और प्रयास सार्थक रहा।

ईश्वर की मुझ पर कृपा रही है। जहाँ तक भौतिक सुख व उपलब्धि की बात है, मैं इस मामले में खुशनसीब हूँ; मेरे पास किसी चीज की कमी नहीं है। दूसरे लोग इसे सफलता का प्रतीक मानेंगे। मैं इस वैभव, सौभाग्य का उपहास नहीं कर रहा हूँ और न ही इसके महत्त्व को गिराने की कोशिश कर रहा हूँ; लेकिन भीतर, अंतर्मन में जो प्यास उठ रही है और तीव्र से तीव्रतर होती जा रही है, उसे महज भौतिक वस्तुओं से नहीं बुझाया जा सकता, भले ही वे वस्तुएँ सुंदर-से-सुंदर और विलासितापूर्ण क्यों न हों।

अपने परिवार को देखकर मुझे असीम सुख मिलता है। मैं स्वयं को धन्य समझता हूँ। मेरी धर्मपत्नी जो स्वयं में एक शक्ति-स्तंभ हैं; मेरे बच्चे, जो आज वयस्क हो गए हैं और अपने पैरों पर खड़े हैं, जीवन के प्रति जिनकी सोच व दृष्टि स्पष्ट तथा संतुलित है—यह सब इस बात का प्रमाण है कि माता-पिता के रूप में हमने जरूर कुछ अच्छा किया होगा। परंतु संतोष का चरम यहाँ भी नहीं है। हरेक गुजरते साल के साथ भीतर से एक अलग तरह की बेचैनी उठती है—एक ऐसी खोज की बेचैनी, जो अभी पूरी नहीं हुई है।

अब मुझे उस शक्ति का आभास होने लगा है, जो मुझे अभिप्रेरित करती है। प्रबोध अथवा ज्ञान, विश्राम की आवश्यकता, धर्म की शरण, स्वयं को दुनिया और ईश्वर के बीच में रखकर दोनों ओर से एक शांतिपूर्ण संबंध कायम करने की उत्कंठा।

आजकल अगर पश्चात्ताप की कोई बात है तो उसका कारण यही है कि अभी बहुत कुछ सीखना-समझना बाकी है और समय बहुत कम है। अपनी युवावस्था में, जब हम विलासिता के साथ समय बिता रहे होते हैं, किस प्रकार हम इस कीमती वस्तु को बेकार में नष्ट करते रहते हैं। बाद में जब इसका (समय का) बहुत बड़ा हिस्सा हमारे हाथ से छूट चुका होता है तब हम जल्दबाजी दिखाने लगते हैं; जबकि एक-एक पल की कीमत बढ़ती ही जाती है।

हो सकता है कि यहाँ मेरी भावुकता प्रकट हो रही हो, लेकिन इससे मुझे अपनी

सुबह की सैर, पक्षियों की चहचहाहट, सूर्य की सतरंगी किरणों, समंदर के किनारे दिखाई देनेवाली सूर्यास्त की लाली, पेड़ों के झुरमुट से उठनेवाला मंद समीर और टिमटिमाते तारों से सुसज्जित आकाश के मखमली विस्तार के लिए एक बिल्कुल नया अर्थ मिलता है।

सचमुच, ध्यान और प्रार्थना के साथ जब मेरी सुबह शुरू होती है तो एकदम ही मेरा मन दार्शनिक चिंतन में खो जाता है और कभी-कभी मैं सोचने लगता हूँ कि कैसे मैंने अपना इतना सारा समय व्यर्थ में बीत जाने दिया और इधर से निकलकर उधर पहुँचने तथा उधर से निकलकर इधर पहुँचने की एक ही दिनचर्या को रोज दोहराते हुए अंततः खाली हाथ रह गया।

भौतिक सुख की अंधी दौड़ में लगी दुनिया को संतोष का संदेश देना आसान है, जो भौतिक सुखों को सफलता के प्रतीक के रूप में उसी तरह इकट्ठा करने में लगी है, जिस तरह समुद्र के किनारे बच्चे शंख और सीपी इकट्ठा करने में लगे रहते हैं।

'द साउंड ऑफ द म्यूजिक' का एक गाना मुझे याद आता है, जिसके स्वरों से यह सच्चाई गुंजित होती है कि 'अपने जीवन या बचपन में मैंने जरूर कुछ अच्छा किया होगा', जो इतना सबकुछ मुझे मिला। इसी तरह एक भारतीय मान्यता में भी मेरा विश्वास है—अगर आपकी अंतरात्मा और हृदय साफ हैं तो दुश्मनों की बददुआएँ कदाचित् ही असरकारक हो सकती हैं। लेकिन इसमें मैं इतना और जोड़ना चाहूँगा कि आपके द्वारा किए जानेवाले हर भलाई के काम में अच्छाई का एक बीज जरूर होता है, जिससे समय आने पर एक भरपूर फसल तैयार होती है। मैंने मूर्खता और बाह्य दबाव से स्वयं को बचाते हुए उदार और संवेदनशील बनने की कोशिश की है तथा दार्शनिक ज्ञान को यथासंभव आचरण में उतारने का प्रयास किया है। मैं यह नहीं कहूँगा कि इसका परिणाम मेरे लिए हमेशा अपेक्षित अथवा वांछित ही रहा है, लेकिन इतना जरूर कहूँगा कि मेरा इरादा हमेशा नेक और ईमानदारी से भरा रहा है। अंतिम मूल्यांकन में अगर मुझे धनात्मक अंक मिले तो मुझे प्रसन्नता होगी।

जब कभी मैं बीते वर्षों से जुड़ी स्मृतियों के बारे में सोचता हूँ तो मेरा मन भावुक हो उठता है, यह सोचकर कि इतने वर्षों का समय बीत गया। कभी-कभी स्मृति थोड़ा धोखा देने लगती है और मन उचाट हो जाता है और ऐसा खयाल आता है जैसे किसी विध्वंसकारी तत्त्व ने मानस-पटल के चित्रों को उजाड़ दिया हो। हम अतीत की घटनाओं, नामों और स्थानों को याद करने की कोशिश करते हैं; चेहरे धुँधलापन लिए स्मृति में उभरते हैं, पर टिकते नहीं हैं; घटनाएँ स्मृति में आती तो हैं, पर उनका क्रम ताश के पत्तों से बने घर की तरह बिखर जाता है।

परंतु कुछ बातें ऐसी हैं, जो स्मृति-पटल पर अब भी साफ दिखाई देती हैं। उन बातों अथवा घटनाओं से जुड़ा एक-एक पल स्मृति-पटल पर किसी स्थायी बिंदु की

तरह अंकित होता है, जिसे देखकर हम अकसर सोचने लगते हैं कि देखो, बीते सालों का अंतराल न हमारी स्मृति को धुँधला कर सका है और न ही समय हमारे विचारों को निस्तेज कर सका है।

तो उन्हीं विचारों को मैंने यहाँ पुस्तक के पन्नों में उतारने का प्रयास किया है। यदि आपमें से कोई व्यक्ति ऐसा हो, जो मेरे जीवन से किसी भी तरह से जुड़ा रहा हो और जिसने मुझे प्रभावित किया हो, परंतु उल्लेखनीय होने के बावजूद उनका नाम पुस्तक में नहीं आया हो—तो वे इसे मेरी स्मृति का धोखा मानकर मुझे क्षमा करेंगे।

संध्या का समय है और मैं अपने मन में उठते हुए इन विचारों को कागज पर उतारने की कोशिश कर रहा हूँ।

मुझे आशा है कि मेरे साथ पुस्तक के इन पन्नों में क्रम से आगे बढ़ते हुए और अतीत के अच्छे-बुरे पहलुओं को साझा करते हुए मैं और आप मन में एक समानुभूति का संचार महसूस करेंगे और जीवन के महान् अनुभव की अनुभूति करेंगे।

इस संस्करण की भूमिका

"कुछ चीजें ऐसी हैं, जिन्हें जल्दी से नहीं सीखा जा सकता है। उन्हें सीखने के लिए ज्यादा समय चुकाना पड़ता है। वे सबसे सरल और आसान बातें हैं, लेकिन फिर भी उन्हें जानने के लिए मनुष्य को अपना पूरा जीवन झोंक देना पड़ता है। जीवन के अनुभव से प्राप्त इन छोटी-छोटी बातों की अनमोल सीख को ही वह विरासत के रूप में छोड़ जाता है।"

—अर्नेस्ट हेमिंगवे

बीसवीं सदी के सबसे महान् लेखक अर्नेस्ट हेमिंगवे (उनकी मृत्यु के वर्षों बाद भी उनकी किताबों की माँग सदाबहार है), जिसने समय को पैसे की तुलना में अधिक मूल्यवान माना है। नोबेल पुरस्कार और पुलित्जर पुरस्कार विजेता हेमिंगवे ने कहा है कि केवल गुजरता समय ही जीवन में कुछ उपयोगी एवं महत्त्वपूर्ण बातें व सीख दे सकता है।

कुछ साधारण तथ्यों को जानने के लिए आपको एक पूरी जिंदगी जीनी पड़ती है। ऐसा एक तथ्य है—जीवन का असली अर्थ जानना। जीवन का अर्थ क्या है? आपको जीवन के विभिन्न चरणों में इस प्रश्न के विभिन्न उत्तर मिल सकते हैं। उत्तर व्यक्ति की धार्मिक मान्यताओं के अनुसार बदल भी सकता है। संस्कृति और मौजूदा नैतिकता भी अर्थ को परिभाषित करने में निर्णायक भूमिका निभा सकती हैं। हालाँकि पूरा जीवन जीने के बाद मैं बहुत भरोसे के साथ यह कह सकता हूँ कि जीवन का एकमात्र अर्थ वह है, जो आप इसके बारे में समझते हैं। यह नितांत आपकी पसंद पर निर्भर है।

दूसरे शब्दों में कहें तो जीवन कुछ भी नहीं, बल्कि विकल्प और परिणाम है। महान् भारतीय महाकाव्य 'महाभारत' में एक दृश्य है, जहाँ दो युद्ध करनेवाले पक्ष,

पांडवों और कौरवों को एक विकल्प चुनना पड़ा। अर्जुन ने पांडवों का प्रतिनिधित्व करते हुए और दुर्योधन ने कौरवों का प्रतिनिधित्व करते हुए कृष्ण से समर्थन प्राप्त करने के लिए संपर्क किया।

कृष्ण ने उन्हें एक विकल्प दिया। उन्होंने स्वयं को प्रस्तुत करते हुए कहा कि वे युद्ध के दौरान किसी भी प्रकार का अस्त्र-शस्त्र न तो धारण करेंगे, न चलाएँगे—चाहे कोई हारे या जीते। दूसरी तरफ, उन्होंने उन्हें अपनी यादव योद्धाओं की सेना की पेशकश की। अर्जुन ने जरा भी संकोच नहीं किया। उसने कृष्ण को चुना, जो युद्ध के मैदान में अर्जुन के रथ को चलानेवाले थे। दुर्योधन अपने पक्ष में यादव योद्धाओं को जोड़कर खुश था और सोच रहा था कि अर्जुन ने एक मूर्खतापूर्ण विकल्प चुना है। दुर्योधन ने सोचा कि कृष्ण कर ही क्या सकते हैं, अगर वे लड़ने को तैयार नहीं हैं!

और परिणाम हम सब जानते हैं। अर्जुन ने युद्ध जीता और दुर्योधन अपने परिवार, वंश और साम्राज्य को ले डूबा।

हमारा जीवन विकल्प चयन की प्रक्रिया के माध्यम से आगे बढ़ता है। प्रत्येक विकल्प एक विशेष परिणाम की ओर जाता है। तो कोई विकल्प कैसे बनाता है? मुझे लगता है कि सबसे अच्छा तरीका यह विकल्प चुनना है, जिससे आपको लगता हो कि सबसे अच्छा परिणाम होगा। यह वही है, जो मैं अपने जीवन में कर रहा हूँ। मैंने अपने कुछ विकल्पों में गलतियाँ की हो सकती हैं, लेकिन एक बात मैं आत्मविश्वास से कह सकता हूँ कि वे हमेशा दिमाग में सबसे अच्छे परिणाम से बनी होती हैं।

विकल्पों और परिणामों के आधार पर आप महसूस कर सकते हैं कि अंततः आप ही अपने जीवन के लिए जिम्मेदार हैं। मैं अठारह का था, जब दुबई आया। दुबई जैसे किसी स्थान पर आने का विकल्प, जो उन दिनों बाहरी दुनिया के लिए अनजान सा था, ने भौतिक और आध्यात्मिक, दोनों रूपों में मेरा रूपांतरण कर दिया। जीवन का एक और पहलू मुझे पता चला कि जीवन-यात्रा में प्रत्येक जीवन का अन्य जीवन पर असर पड़ता है, खासतौर से उन लोगों पर जो हमारे निकट रहते हैं। यह घर कार्यस्थल पर, और यहाँ तक कि किसी के सामाजिक जीवन में भी सच है। यह जागरूकता कि कोई व्यक्ति अपने लिए ही नहीं, बल्कि अन्य जीवन के लिए भी जिम्मेदार है; यह जिम्मेदारी जीवन में एक बड़ा अर्थ ला सकती है। हालाँकि, इस ज्ञान ने मुझे अपने जीवन के लक्ष्यों को फिर से परिभाषित करने और अन्य लोगों तक पहुँचने में मदद की है। मुझे एहसास हुआ है कि मैं एक बड़ी शक्ति के हाथों में सिर्फ एक माध्यम मात्र हूँ।

सुकरात ने कहा था कि जो जीवन प्रतिबिंब के अधीन नहीं है, वह जीवित नहीं है। यह कितना सच है, केवल आत्म-परीक्षा के माध्यम से आप अपनी जिंदगी में जो

भूमिका निभा रहे हैं, उसका पूरा भाव समझ सकते हैं। मुझे लगता है कि अपने जीवन की पुनः जाँच करने का सबसे अच्छा तरीका अपनी कहानी लिखना है। इस तरह के कार्य में प्रत्येक वाक्य प्रतिबिंब और आत्म-परीक्षा का आईना हो सकता है।

लंबे और गहन विचार के बाद वर्ष २००३ में मैंने अपनी जिंदगी की कहानी 'ऊँची उड़ान की ओर' लिखने का फैसला किया। मैं जो चाहता था, वह मेरे पाठकों के साथ अपने जीवन का अनुभव साझा करना था। ऐसा करने के दौरान मुझे भारत की आजादी के दौर और बाद के अपने स्वयं के सिंधी समुदाय के सदस्यों के अनुभवों और दूसरों के अनुभवों को भी ग्रहण करना पड़ा। पुस्तक में दुबई के लोक इतिहास के बारे में भी समृद्ध जानकारी निहित है। यह पुस्तक न केवल एक व्यक्ति की कहानी है, बल्कि यह स्थानों और लोगों के बारे में भी है और उन परिस्थितियों के बारे में, जो व्यक्ति के विकास, अस्तित्व और सफलता का कारण बनती हैं। जिस गर्मजोशी और उत्साह के साथ न केवल दुनिया के इस हिस्से में व्यापारिक समुदाय और आम जनता द्वारा किताब का स्वागत हुआ, बल्कि भारत में भी, जो मेरी अपेक्षाओं से परे था। शिक्षा-जगत् ने भी पुस्तक को तवज्जो दी। भारत और पाकिस्तान, दोनों जगह के कुछ प्रकाशकों ने पुस्तक के क्षेत्रीय भाषाई संस्करणों को प्रकाशित करने के लिए मुझसे संपर्क किया, यह इंगित करते हुए कि क्षेत्रीय भाषाओं में मूल के अनुवाद उपलब्ध कराए जाने पर यह अधिक लोगों तक पहुँच जाएगी। देवनागरी लिपि में, सिंधी, उर्दू, गुजराती, मराठी, हिंदी और अरबी संस्करण पहले ही बाजार में आ चुके हैं। एक मलयालम अनुवाद जारी है। यह जबरदस्त प्रतिक्रिया थी, जिसने मुझे अपने मूल कार्य के एक नए संस्करण के बारे में सोचने पर विवश किया। हालाँकि इसमें कोई बड़ा बदलाव नहीं किया गया है, कुछ विचार जोड़े गए हैं। यह अनिवार्य है, क्योंकि नया संस्करण कई वर्षों के अंतराल के बाद प्रकट होता है। मध्यवर्ती वर्षों में कई चीजें बदल गई हैं। सरकारें और प्रशासन बदल गए हैं; दुनिया एक मंदी के प्रभाव को सहन कर रही है; दुनिया में कहीं और की तरह दुबई में कारोबारी माहौल में बदलाव का सागर उमड़ आया है।

व्यक्तिगत और पारिवारिक स्तर पर भी परिवर्तन हुए हैं। मैंने अपने प्यारे भाई होतू को खो दिया, जिसने बहुत कम उम्र से एक बड़े सहायक की भूमिका निभाई, जब हमारा परिवार अस्तित्व के लिए संघर्ष कर रहा था। पुस्तक के पहले संस्करण में मेरी छोटी बेटी रेखा एक गूढ़, लेकिन उज्ज्वल और जिम्मेदार लड़की के रूप में दिखाई देती है, जो बाल मनोविज्ञान में कॅरियर बनाने की इच्छुक थी। अब एक लड़के और एक लड़की की माँ है और वर्तमान में ग्रैंड केमैन द्वीप में अपने हीरा व्यापारी पति के साथ रहती है। वह अब पत्नी और माँ के रूप में अपने कर्तव्यों को निभाते हुए अपने अकादमिक लक्ष्यों को पूरा करने में लगी है। व्यक्तिगत स्तर पर एक और बड़ा परिवर्तन

अमेरिका में वाशिंगटन इंटरनेशनल यूनिवर्सिटी से पी-एच.डी. डिग्री प्राप्त करना रहा है। मैं यह कहना पसंद करूँगा कि मैंने दुबई बाजार, मेरे जीवन के विश्वविद्यालय से सीखे गए पाठों से उस भेद को हासिल किया।

मैं अपने सभी शुभचिंतकों का उनके उत्साहजनक शब्दों और सुझावों के लिए आभारी हूँ। पहले संस्करण से एक और उल्लेखनीय परिवर्तन, प्रत्येक अध्याय की शुरुआत में उद्धरणों का सेट है। पाठक उन्हें विषयवस्तु से अधिक उपयुक्त पाएँगे।

पुस्तक के पहले संस्करण के विमोचन के बाद मुझे कई अंतरराष्ट्रीय सेमिनारों में आमंत्रित किया गया, जिनमें से बॉम्बे विश्वविद्यालय द्वारा आयोजित एक सेमिनार में मुझे विद्वानों और बुद्धिजीवियों की उपस्थिति में संकाय, छात्रों और माता-पिता को संबोधित करने का अवसर मिला। मेरे जैसे व्यक्ति के लिए, जो प्रतिकूल परिस्थितियों के कारण उच्च शिक्षा प्राप्त करने का अवसर खो चुका था, पुस्तक ने एक नया अनुभव कराया। यह मध्यस्थ कदमों को छोड़कर उच्च शिक्षा के आधार पर पहुँचने जैसा है।

मैंने इस नए संस्करण को दुबई के लोगों को पुनः समर्पित किया है, जिन्हें इस तरह के एक अद्‍भुत शहर में रहने का विशेषाधिकार प्राप्त है।

विशेष आभार

इस पुस्तक की उत्पत्ति उन शांत दिनों में निहित है, जब जीवन सरल था और दुबई एक छोटा, अंतरंग स्थान था। यह मूल रूप से उन लेखों पर आधारित है, जो 'द गल्फ टुडे' में शहर की दीर्घकालिक गतिविधियों के परिप्रेक्ष्य में एक परियोजना के तहत प्रकाशित हुए थे। लेखों को प्राप्त व्यापक समर्थन और रुचि से और अधिक लेखन की ऊर्जा प्राप्त हुई।

छोटी चीजें नए उद्यमों को हौसला देती हैं, जिनके बारे में आपने सपना भी नहीं देखा हो। एक दिन एक पार्टी में मैं इंका तनवीर की पिंकी डैनियल से मिला, जो एक पुरानी दोस्त और उत्साही पाठक थीं। उन्होंने सुझाव दिया कि मैं उन लेखों की एक किताब प्रकाशित कराऊँ। उन्होंने प्रकाशक का नाम भी सुझाया—मोटिवेट पब्लिशिंग। एक पुराने दोस्त इयान फेयरसेर्विस ने तुरंत जवाब दिया। मैं पिंकी डैनियल और इयान फेयरसेर्विस, दोनों के प्रति कृतज्ञता व्यक्त करता हूँ, जो इस काम को पूरा करने में दो सक्षम प्रमुख खिलाड़ी रहे।

मैं अपने प्रेरक मित्र, दुबई चैंबर ऑफ कॉमर्स एंड इंडस्ट्री के तत्कालीन महानिदेशक अब्दुल रहमानजी अल मुताईवे के प्रति भी कृतज्ञता व्यक्त करना चाहता हूँ।

जब मैंने उस विचार को गंभीरता से लिया तो मुझे कभी एहसास नहीं हुआ कि यह कार्य कितना कठिन होगा! लेख लिखना अलग बात थी और उन्हें एक पुस्तक में निर्बाध रूप से पिरोना अत्यंत दुष्कर कार्य। मुझे ऐतिहासिक तथ्यों को सही परिप्रेक्ष्य में रखने के लिए किताबों का उल्लेख करना पड़ा। तारीखों और नामों को सही करने के लिए दस्तावेजों को खोलना पड़ा तथा घटनाओं की पुष्टि करने के लिए मुझे पुराने दोस्तों को फोन करना पड़ा।

मुझे यह भी पता चल गया कि कोई भी अकेले एक पुस्तक नहीं लिख सकता है। मेरी पत्नी वीना विश्वासपूर्वक इस चुनौती को पूर्ण करने के लिए श्रेय की हकदार

है, क्योंकि मैंने नोट्स पर घंटों बिताए थे, जबकि मुझे उनका ध्यान रखना चाहिए था। मेरी तीनों बेटियाँ—गौरी, चेतना और रेखा मेरी प्रेरणा थीं। यह पुस्तक उनके लिए है। एम. मैथ्यूज, जो आई.टी.एल. के साथ तीस साल से अधिक से जुड़े रहे और मेरे पेशेवर जीवन से जुड़ी सभी घटनाओं के साक्षी रहे, ने मुझे प्रासंगिक सामग्री और दस्तावेज उपलब्ध कराने में बहुत सहयोग किया। मुझे जोंस मैथ्यू से भी सहयोग मिला, जो पिछले बीस वर्षों से मेरे लिए काम कर रहे हैं, और कई अन्य, जिनकी अमूल्य मदद एवं प्रोत्साहन के लिए मैं धन्यवाद देना चाहता हूँ।

मुझे अपने दफ्तर से समय निकालना पड़ा और अपने विचारों को शब्दों में रखने के लिए खुद को अलग-थलग करना पड़ा। इस संबंध में मैं इस देश में अंग्रेजी पत्रकारिता में सबसे परिचित नाम एन. विजय मोहन व बिक्रम वोहरा द्वारा प्रदान की गई सहायता एवं सलाह की सराहना करता हूँ और स्वीकार करता हूँ। डेविड स्टील का आभार, जिनके सहयोग के बिना पुस्तक इस रूप में प्रकट नहीं होती।

मैं इस पुस्तक के नवीन संस्करण को आकार देने में मूल्यवान व्यावसायिक मार्गदर्शन के लिए 'मोटिवेट पब्लिशिंग' की वर्तमान टीम का भी शुक्रिया अदा करना चाहता हूँ।

और अंत में मेरे दोस्तों और शुभचिंतकों के लिए एक बहुमूल्य सलाह—यदि आपको एक किताब लिखनी है तो इसे प्रेम और स्मृति का श्रमदान बनाएँ और याद रखें कि यह स्वयं में तो जीवंत व प्रेरक होती ही है, आपके जीवन का आईना भी होती है।

अनुक्रम

1

एक नया दिन, एक नया जीवन

“हममें से कुछ लोग चीजों को उनके यथार्थ रूप में देखते हैं और पूछते हैं कि ऐसा क्यों?

दूसरे लोग चीजों को उस रूप में नहीं देखते, जिस रूप में वे हैं और पूछते हैं कि ऐसा क्यों नहीं?”

—रॉबर्ट कैनेडी

समय प्राय: हमारी स्मृति को चुरा लेता है।

लोग समय की रेत में चिह्नित पदचिह्नों की बात करते हैं। पर सच्चाई इससे बिल्कुल भिन्न होती है। समय तो स्मृति के साथ चालाकी करता है, उसे धोखा देता है। चालीस वर्ष पूर्व हुई किसी घटना को याद करना आसान नहीं है। घटना की ताजगी, उसकी जीवंतता समय के धुंध में धुँधली पड़ जाती है। क्षणभर के लिए अगर स्मृति में उसकी याद उभरती भी है तो वह अपनी ताजगी व प्रभावशीलता खो चुकी होती है और घटना-चित्र की बस धुँधली लकीरें ही दिखाई देती हैं।

जी हाँ, स्मृतियों के सहारे अतीत को पुन: जीवित करना आसान नहीं है। परंतु इसका अर्थ यह नहीं है कि स्मृतियाँ महत्त्वपूर्ण नहीं हैं; उनका महत्त्व है, क्योंकि उनसे ही हमें भविष्य में कुछ करने की प्रेरणा व दिशा मिलती है।

दुबई शुरू से ही मेरे आकर्षण का विषय रहा है। जिस समय मैंने इसकी धरती पर कदम रखा था, उस समय मेरे मन में यही बात थी कि मैं इसे कभी नहीं छोड़ूँगा। ऐसा होता है। पर क्यों होता है? पता नहीं। इसका सीधा संबंध मन व स्वभाव से होता है। आपको कोई जगह अच्छी लगती है। पर क्यों अच्छी लगती है? शायद आप इसका

कोई तर्कसंगत कारण नहीं बता सकते। कारण शायद यही हो सकता है कि ऐसे स्थानों में एक आत्मा होती है, जान होती है।

जी हाँ, दुबई शहर में एक आत्मा बसती है, एक जान है उसमें। उन दिनों दुबई पहुँचने के लिए समुद्री मार्ग ही सबसे आसान मार्ग हुआ करता था। यह मेरी पहली समुद्री यात्रा थी, जिसमें पाँच दिन लगे। जहाज लगभग पाँच किलोमीटर तक तट पर ही चलता रहा, क्योंकि क्रीक का मुहाना इतंना उथला था कि उसमें जहाज प्रवेश ही नहीं कर सकता था।

क्रीक उन दिनों वैसी नहीं थी जैसी आज दिखाई देती है। लेकिन उसे देखना बहुत अच्छा लग रहा था। बड़ी-बड़ी सफेद समुद्री चिड़ियाँ झुंड में जल-तरंगों के ऊपर तैर रही थीं। बीच-बीच में मौका पाकर वे बड़ी कुशलता से अपने पंखों का प्रयोग करते हुए उड़कर मछलियों पर टूट पड़ती थीं। अलग-अलग आकार की रंग-बिरंगी नावें क्रीक के नीले-हरे जल के ऊपर तैर रही थीं; कुछ अन्य नावें मुहाने के पास कीचड़-युक्त पानी में खड़ी थीं।

समुद्र में ज्वार उठा और हवा का एक तेज झोंका आया, जिसने समुद्र की सतह को हिलाकर रख दिया। तट से एक अधिकारी आया और जहाज से उतरनेवाले यात्रियों के पासपोर्ट जमा करने लगा। हमें तट पर जाने के लिए तैयार एक नाव में बैठने को कहा गया।

ज्वार उठ रहा था और हवा तेज होती जा रही थी। जहाज की सीढ़ी की ओर ले जाते समय नाव जोर-जोर से हिचकोले ले रही थी। हमें जहाज से उतरकर नाव में बैठना था, जो अब भी स्थिर नहीं हो पा रही थी और जोर-जोर से हिचकोले ले रही थी। मैं तो इस साहसिक काम के बारे में सोचकर ही डर गया था। जरा सा भी पैर लड़खड़ाता तो अगले ही पल हम अथाह समुद्र की गहराई में होते। सबसे ज्यादा डर तो मुझे अपने भारी-भरकम शरीर की वजह से था। उन दिनों मेरा वजन 125 कि.ग्रा. था—वर्तमान वजन से 40 कि.ग्रा. ज्यादा। मैं कोई अच्छा तैराक भी नहीं था—पानी का विचार मन में आते ही मेरा शरीर थर-थर काँपने लगा था।

लेकिन तभी किसी ने अपना एक हाथ मेरी ओर बढ़ाया और मैं उसे पकड़कर नाव पर चढ़ गया। स्थानीय नाविकों ने बड़ी कुशलता से ठसाठस भरी उस नाव को क्रीक की ओर चलाना शुरू कर दिया। उनके सिर पर रंग-बिरंगी पगड़ियाँ और कमर में मद्रासी लुंगी थीं।

क्रीक उन दिनों वैसी नहीं थी जैसी आज दिखाई देती है। लेकिन उसे देखना बहुत अच्छा लग रहा था। बड़ी-बड़ी सफेद समुद्री चिड़ियाँ झुंड में जल-तरंगों के ऊपर तैर रही थीं। बीच-बीच में मौका पाकर वे बड़ी कुशलता से अपने पंखों का प्रयोग करते

हुए उड़कर मछलियों पर टूट पड़ती थीं। अलग-अलग आकार की रंग-बिरंगी नावें क्रीक के नीले-हरे जल के ऊपर तैर रही थीं; कुछ अन्य नावें मुहाने के पास कीचड़-युक्त पानी में खड़ी थीं।

सर्पिल क्रीक के दोनों ओर खाड़ी का वेनिस अर्थात् दुबई शहर स्थित था। पहली दृष्टि में ही शहर का ऐसा प्रभाव मेरे मन पर अंकित हुआ, जो आज तक अमिट बना हुआ है। दूर से देखने पर तटरेखा किसी सुंदर पेंटिंग की तरह दिखाई दे रही थी। मुझे लग ही नहीं रहा था कि मैं किसी रेगिस्तानी देश में हूँ। इसका एक विशेष कारण यह था कि मौसम ठंडा था।

क्रीक पर इधर-उधर अबरास (Abras) थे, जिसके नाविक समतल छतवाली इमारतों के पीछे स्थित निकट की बस्तियों से आनेवाले यात्रियों की प्रतीक्षा में अपनी नावों को लयबद्ध तरीके से खेते हुए इधर-उधर घुमा रहे थे। उन दिनों दुबई क्रीक की विशेषता मानी जानेवाली ये नावें मोटर से नहीं चला करती थीं।

छोटे-छोटे घरों और इमारतों की कतारें जल को स्पर्श करती प्रतीत होती थीं। इमारतें कोई बहुत शानदार नहीं थीं; लेकिन उस स्थान में एक आकर्षण था, जो किसी को भी अपनी ओर खींच सकता था। मैं बहुत खुश था। मैं उस सरजमीं पर कदम रख रहा था, जो मेरा दूसरा घर बनने जा रही थी, जिसने आगे चलकर मेरे जीवन और भाग्य को बनाया, जिसने मुझे एक सफल व्यावसायिक कैरियर के लिए अवसर उपलब्ध कराए।

वर्तमान दीवान अमीरी के सामने स्थित घाट पर हम नाव से उतरे। उन दिनों यहाँ कस्टम का दफ्तर था और यहीं दुबई के पूर्व शासक सुल्तान शेख राशिद बिन सईद अल मकतूम की मजलिस लगा करती थी। मालवाहक नावों द्वारा कार्गो भी उसी घाट पर लाया जा रहा था, क्योंकि कस्टम विभाग माल के यातायात की भी देखरेख करता था।

जिस अधिकारी ने हमारे पासपोर्ट जमा किए, वह कस्टम विभाग का था। उसने हमारे पासपोर्ट पर मुहर लगाई। उन दिनों दुबई एक छोटा शहर था, इस कारण दूसरे देशों से ज्यादा यातायात नहीं था; प्रवास से संबंधित औपचारिकताएँ भी सरल थीं, उनमें ज्यादा कागजी काररवाई की जरूरत नहीं थी। माहौल सामान्य और जाना-पहचाना सा लग रहा था।

जिस अधिकारी ने हमारे पासपोर्ट जमा किए, वह कस्टम विभाग का था। उसने हमारे पासपोर्ट पर मुहर लगाई। उन दिनों दुबई एक छोटा शहर था, इस कारण दूसरे देशों से ज्यादा यातायात नहीं था; प्रवास से संबंधित औपचारिकताएँ भी सरल थीं, उनमें ज्यादा कागजी काररवाई की जरूरत नहीं थी। माहौल सामान्य और जाना-पहचाना सा लग रहा था।

उन दिनों पासपोर्ट पर मुहर लगवाने के लिए हमें रुककर इंतजार नहीं करना पड़ता था—विशेषकर तब, जब किसी कारणवश उसमें समय लगनेवाला होता था। हमें अपना सामान लेकर घर जाने की अनुमति दे दी गई और बाद में या अगले दिन आकर अपना पासपोर्ट वापस लेने के लिए कह दिया गया। हालाँकि पासपोर्ट पर मुहर लगवाना जरूरी था, क्योंकि देश में हमारी उपस्थिति और पहचान का यही एकमात्र प्रमाण था। इसके लिए हमारे पास कोई और दस्तावेज नहीं था। परंतु मुहर का फायदा (आव्रजन) अधिकारियों की बजाय यात्री के लिए ज्यादा लग रहा था।

हमारे सामान की जाँच या तलाशी के लिए कोई प्रावधान नहीं था। भारी सामान घर तक पहुँचाने के लिए वहाँ हम्माल (कुली) थे, जिनमें अधिकतर बलूची थे।

बाजार में मजबूत कद-काठीवाले इन कुलियों की महत्त्वपूर्ण भूमिका थी, यह बात मैं जल्दी ही समझ गया। वे भारी सामान अपने सिर या पीठ पर लादकर एक स्थान से दूसरे स्थान पर ले जाते थे। बाजार में वे एक तरह से क्रेन का काम करते थे और भारी-से-भारी सामान एक स्थान से उठाकर दूसरे स्थान पर ले जाते थे। एक हम्माल, जिसे लोग 'दुरुगी' कहकर बुलाया करते थे, का चेहरा आज भी मुझे अच्छी तरह याद है। काम करने में उसकी दक्षता और मजाकिया स्वभाव ने उसे दुकानदारों का चहेता बना दिया था।

सिर पर बलूची टोपी पहने और कमर में लुंगी बाँधे वह सुबह बाजार खुलने के समय वहाँ खड़ा दिखाई देता था। उसके साथी और दूसरे लोग कई बार उसका मजाक भी उड़ाते थे, लेकिन वह कभी बुरा नहीं मानता था, न ही कभी गुस्सा करता था। लोगों की व्यंग्यपूर्ण बातें सुनकर भी वह मुस्कराकर रह जाता था और फिर अपने काम में लग जाता था। लगभग सभी दुकानदार उसे पसंद करते थे, क्योंकि वह बहुत मेहनती था। बाद में वह बाजार में हम्मालों का नेता बन गया। मेहनत का फल मिलता ही है।

जाने-माने लेखक, खोजकर्ता और रेगिस्तान के यात्री विल्फ्रेड थेसिजर (Wilfred thesiger) ने सन् 1945 से 1950 के मध्य

> **जाने-माने लेखक, खोजकर्ता और रेगिस्तान के यात्री विल्फ्रेड थेसिजर (wilfred thesiger) ने सन् 1945 से 1950 के मध्य की अपनी अरब यात्रा के वर्णन में क्रीक और बाजार का चित्रण करते हुए दुबई के प्राचीन सौंदर्य के बारे में बड़े सुंदर ढंग से लिखा है। उन्होंने उथले किनारों पर निर्वस्त्र बच्चों को मस्ती में उछलते-कूदते देखा था। पानी में तैरती नावें यात्रियों की प्रतीक्षा में इधर-उधर घूमती दिखाई देती थीं और बीच-बीच में प्रवाल के बने ऊँचे-ऊँचे घरों के मध्य की गलियों से इक्के-दुक्के यात्री निकलते दिखाई दे जाते थे।**

की अपनी अरब यात्रा के वर्णन में क्रीक और बाजार का चित्रण करते हुए दुबई के प्राचीन सौंदर्य के बारे में बड़े सुंदर ढंग से लिखा है। उन्होंने उथले किनारों पर निर्वस्त्र बच्चों को मस्ती में उछलते-कूदते देखा था। पानी में तैरती नावें यात्रियों की प्रतीक्षा में इधर-उधर घूमती दिखाई देती थीं और बीच-बीच में प्रवाल के बने ऊँचे-ऊँचे घरों के मध्य की गलियों से इक्के-दुक्के यात्री निकलते दिखाई दे जाते थे।

घरों के पीछे सूक (Souks) और ऊपर से ढके हुए गलियारे थे। माल के ढेरों के बीच पर आलथी-पालथी मारकर बैठे व्यापारी दिखाई देते थे। बाजार की बहु-सांस्कृतिक विशेषता ने थेसिजर को बहुत प्रभावित किया था। वहाँ कहीं अरब के शहरी थे तो कहीं सशस्त्र बद्दू थे; कहीं बलूची और पारसी थे तो कहीं सोमाली और भारतीय दिखाई देते थे। कहीं-कहीं एक खास तरह की परंपरागत टोपियाँ पहने कासगाई (Kahsgai) जनजाति के लोग दिखाई देते थे। थेसिजर को वे सब शिष्ट और सज्जन लगे। वे अपने समय और वार्त्तालाप को महत्त्व देते थे तथा जीवन को अपने खुद के अनुभवों से जीते थे।

रात्रि के समय बाजार अत्यंत मनमोहक लगने लगता था। गली वीरान-सुनसान-सी हो जाती थी; दिखाई देती थी तो बस मिट्टी के तेल से जलनेवाली बत्तियों की टिमटिमाती रोशनी। लहरों की लोरी सुनते-सुनते थोड़ी देर बाद जैसे वह टिमटिमाती रोशनी भी सो जाती थी। अपराध जैसी बात तो उन दिनों थी ही नहीं। पुलिस का एक अकेला जवान, जो एक पाकिस्तानी था, ही गश्त पर आता था। उसका नाम गुल सईद था। दाढ़ी और बालों में मेहँदी लगानेवाला गुल सईद रात्रि में गश्त करता था और अपनी उपस्थिति जताने के लिए हाथ में लिया हुआ डंडा इधर-उधर पटकता हुआ चलता था।

दुबई पहुँचने पर मैं थोड़ा चिंतित जरूर था, क्योंकि यहाँ मैं पहली बार आया था। मेरा न कोई दोस्त था, न रिश्तेदार। लेकिन यहाँ का शांत सहज माहौल देखकर मुझे थोड़ी तसल्ली मिलती थी। आई.टी.एल. (ITL) कंपनी, जिसने मेरी नियुक्ति की थी, ने अपने एक कर्मचारी चेलाराम साजनानी को कस्टम ऑफिस में मुझसे मिलने के लिए भेजा था। उस अनजानी जगह पर किसी हमवतन से मिलकर बहुत ढाढ़स मिला। मेरा सामान उठाकर—जिसमें एक जोड़ी पाजामा था और मेरी माँ द्वारा खासकर मेरे लिए बनाई गई कुछ मिठाइयाँ थीं—चेलाराम और मैं अपने दफ्तर की ओर चल पड़े। दफ्तर बूर दुबई के किनारे

बूर दुबई में एक ही गली थी, जिसमें अरबी, ईरानी, भारतीय और पाकिस्तानी लोगों की बस्ती थी। वहाँ मैंने एक खास बात यह देखी कि वहाँ मोटरगाड़ियाँ बिल्कुल नहीं थीं। लोग पैदल आते-जाते थे। सामान ठेलागाड़ी पर लादकर लाया-ले जाया जाता था, या फिर इसके लिए मजबूत कद-काठीवाले और मिलनसार स्वभाववाले बलूचियों की मदद ली जाती थी।

पर स्थित वर्तमान अबरा स्टेशन से ज्यादा दूर नहीं था।

बूर दुबई में एक ही गली थी, जिसमें अरबी, ईरानी, भारतीय और पाकिस्तानी लोगों की बस्ती थी। वहाँ मैंने एक खास बात यह देखी कि वहाँ मोटरगाड़ियाँ बिल्कुल नहीं थीं। लोग पैदल आते-जाते थे। सामान ठेलागाड़ी पर लादकर लाया-ले जाया जाता था, या फिर इसके लिए मजबूत कद-काठीवाले और मिलनसार स्वभाववाले बलूचियों की मदद ली जाती थी। पानी के कनस्तरों से लदे खच्चर सड़क पर धीरे-धीरे चलते दिखाई देते थे। उनके पीछे-पीछे उनके मालिक भी थके-माँदे से धीरे-धीरे चला करते थे। कहीं खच्चरों के गले में बँधी घंटियों की टिनटिनाहट सुनाई देती थी तो कहीं उन्हें पीछे से हाँकते उनके मालिकों की कड़कती आवाज, ठेलागाड़ियों की मचमचाहट और सिर या पीठ पर बोझ लादे जल्दी-जल्दी चलते कुलियों की श्रमिक चीख—सब मिलकर एक अजीब-सी आवाज पैदा करते थे।

लेकिन वहाँ शोर-शराबा नहीं था। गली बड़े बाजार की तरह दिखाई देती थी, जहाँ सबकुछ बहुत धीमी गति में चलता प्रतीत होता था। सारा दृश्य जैसे सीधे अरेबियन नाइट्स के पन्नों से निकला प्रतीत होता था।

हमारे रहने का स्थान थोड़ा दूर था, इसलिए पहले हम अपने दफ्तर गए। रास्ते में चेलाराम जब मुझे लेकर चल रहा था तो लोग उसे रोककर अभिवादन करते और उससे नए आगंतुक यानी मेरे बारे में पूछते। चेलाराम सबसे मेरा परिचय कराता हुआ आगे बढ़ जाता। वहाँ सब लोग एक-दूसरे को जानते थे और वे सब शिष्ट व सज्जन भी लगे। यह मेरा पहला अनुभव था।

शाम होते-होते कस्बे में सभी लोगों को—विशेषकर भारतीय समुदाय को—मेरे आने का पता चल गया। सभी का ध्यान इसी ओर था। छोटी जगह में खबर जंगल की आग की तरह फैलती है।

पाँच दिनों तक लगातार जहाज में रहने से मैं बहुत थक गया था। इसलिए मैंने लॉज में जाने की बजाय दफ्तर में ही आराम करने का मन बनाया। अपने घर से दूर अनजानी धरती पर पहुँचने के बाद मेरे मन में जो असमंजस का भाव उभरा था, वह अब भी थोड़ा-थोड़ा बना हुआ था। चेलाराम मेरा मन बहलाने के लिए मुझे डिनर पर बाहर ले जाना चाहता था। एक टेक्सटाइल कंपनी—जिसके मालिक किशिनचंद अदनानी थे—के प्रबंधक सुगनोमल अदनानी ने उसे अपने घर पर आमंत्रित किया था। उसने मुझसे साथ चलने के लिए आग्रह किया, ताकि मैं समुदाय के सदस्यों से मिल सकूँ। सुगनोमल दुबई के एक प्रतिष्ठित व्यवसायी थे।

डिनर से पहले शराब का दौर चला। जॉनी वॉकर रेड लेबल की बोतल पर बोतल खुलती रही। लग रहा था कि मेरे आने से उन्हें मौज-मस्ती करने का एक बहाना मिल

गया था। मैंने शराब नहीं पी, बस वहाँ बैठकर लोगों को पीते देख रहा था। जो बातें अब तक मैंने सिर्फ किताबों में पढ़ी थीं या फिर फिल्मों में देखी थीं, वे सबकुछ उस दिन मैं अपनी आँखों के सामने देख रहा था।

डिनर कोई खास नहीं था; वही कुँआरों का खाना था—एक बरतन में पका हुआ मांस और बिना खमीर की रोटियाँ (खुबूस); चम्मच या तश्तरी वगैरह कुछ भी नहीं। मेज के चारों ओर हम खड़े हो गए और खुबूस के टुकड़ों से चम्मच का काम लेते हुए खाना खाने लगे। इतने सारे लोग एक ही बरतन से निकालकर एक साथ खाना खा रहे थे—सच, बहुत मजा आ रहा था। लेकिन यह सब मेरे लिए बिल्कुल नई बात थी, क्योंकि मुझे इस तरह रोटियाँ तोड़ने या खाने की आदत नहीं थी।

> **डिनर से पहले शराब का दौर चला। जॉनी वॉकर रेड लेबल की बोतल पर बोतल खुलती रही। लग रहा था कि मेरे आने से उन्हें मौज-मस्ती करने का एक बहाना मिल गया था। मैंने शराब नहीं पी, बस वहाँ बैठकर लोगों को पीते देख रहा था। जो बातें अब तक मैंने सिर्फ किताबों में पढ़ी थीं या फिर फिल्मों में देखी थीं, वे सबकुछ उस दिन मैं अपनी आँखों के सामने देख रहा था।**

लोगों ने मुझे बताया कि यही उनके यहाँ का रिवाज है। यह आपसी मेल-मिलाप बनाने और भाईचारा निभाने का एक तरीका है। मुश्किल परिस्थितियों में जीवन जीनेवाले और लगातार प्रकृति की मार झेलनेवाले लोगों को इससे बहुत सुकून मिलता था। वह शाम मुझे आज तक याद है—आपसी मेल-मिलाप व आपसी प्रेम-विश्वास की वे भावना भुलाए नहीं भूलती। अपना घर और परिजनों को छोड़कर इतनी दूर रहते हुए भी मैं खुद को अकेला महसूस नहीं कर रहा था।

मुझे इसी अपनेपन की जरूरत भी थी। मैं प्रेम और अपनेपन का भूखा था, शायद इसलिए भी कि उस समय मेरी उम्र 18 वर्ष थी। लेकिन इसके साथ ही मुझे किसी बड़े, वयस्क की तरह कार्य-व्यवहार करना था—अपने कंधों पर परिवार की इतनी बड़ी जिम्मेदारी जो लेकर चल रहा था।

दुबई में ज्यादातर इमारतें ऐसी थीं, जिनमें नीचे यानी भूतल पर दुकानें चलती थीं और ऊपर रिहाइश थी। दुकानों के कमरे प्रायः वर्गाकार थे। उनमें फर्नीचर के नाम पर कुछ भी नहीं होता था। दुकानदार या व्यापारी माल के ढेरों के बीच नीचे फर्श पर बैठा करते थे। कुछ भाटिया व्यापारी दुकान में रखे माल की बड़ी-बड़ी पेटियों से बेंच और मेज का काम लिया करते थे। बड़ी पेटियों को मेज के रूप में और छोटी पेटियों को स्टूल के रूप में प्रयोग किया जाता था। लकड़ी की पेटी के ऊपर एक गद्दी रख दी जाती थी और एक बढ़िया व आरामदायक सीट बन जाती थी। ऊपर का ढक्कन हटाकर पेटी को बही-खाते और इस तरह के अन्य दस्तावेज रखने के लिए एक अच्छा बक्सा

बन जाता था। कई दुकानों के अंदर और आसपास अजीब-सी गंध आती थी—मिट्टी के तेल से जलनेवाले दीयों और माल की गंध।

मैं बाजार के बिल्कुल निकट स्थित एक इमारत में ऊपर बने एक कमरे में रहता था। कमरा कोई बहुत अच्छा नहीं था; कोई संलग्न बाथरूम नहीं था। एक शौचालय था, जो सभी के इस्तेमाल के लिए था।

जब कुओं से पानी कम मिलने लगता था, तब बद्दुओं को पास के द्वीपों से बड़े-बड़े बैरलों में पानी भरकर लाना पड़ता था। ज्यादातर परिवारों को चार या पाँच कनस्तर पानी में ही पूरा दिन चलाना पड़ता था। '50 के दशक के अंत तक दुबई की जनसंख्या 30,000 थी; ऐसे में उसे प्रतिदिन लगभग 12,000 गैलन पानी की जरूरत होती थी। पानी बहुत दुर्लभ और कीमती था, इसलिए लोग विशेष रूप से ध्यान रखते थे कि पानी बरबाद न हो।

हमें पानी देने के लिए बद्दू आते थे, जो जुमेरिया के कुओं से पानी निकालते थे और उसे कनस्तर में भरकर तथा खच्चरों या ठेलागाड़ियों पर लादकर दुबई ले आते थे। एक खच्चर की पीठ पर एक बार में एक या दो कनस्तर ही आते थे, जबकि ठेलागाड़ियों पर एक बार में कई कनस्तर पानी आ जाता था। नहाने-धोने के लिए पानी धातु की बनी एक टंकी में भरा जाता था, जो हमारे कमरे के बगल में ही रखी होती थी। नल की सहायता से पानी को ऊपर रखी एक टंकी में पहुँचाया जाता था। टंकी में कितना पानी शेष बचा है, यह पता लगाने का कोई तरीका नहीं होता था; इस कारण कई बार नहाते-नहाते ही पानी खत्म हो जाता था।

जब कुओं से पानी कम मिलने लगता था, तब बद्दुओं को पास के द्वीपों से बड़े-बड़े बैरलों में पानी भरकर लाना पड़ता था। ज्यादातर परिवारों को चार या पाँच कनस्तर पानी में ही पूरा दिन चलाना पड़ता था। '50 के दशक के अंत तक दुबई की जनसंख्या 30,000 थी; ऐसे में उसे प्रतिदिन लगभग 12,000 गैलन पानी की जरूरत होती थी। पानी बहुत दुर्लभ और कीमती था, इसलिए लोग विशेष रूप से ध्यान रखते थे कि पानी बरबाद न हो।

बद्दू जाति के लोग—जो हमें पानी लाकर दिया करते थे—हमें बताते थे कि किस प्रकार वे पानी इकट्ठा करते हैं। जब बादल घिर आते थे तो ये जनजातीय लोग एक पाल तैयार कर लेते थे और उसके बीच में एक छेद कर देते थे। उसके बाद दोनों ओर खंभे लगाकर पाल को फैलाकर बाँध देते थे। बारिश का पानी पाल के ऊपर गिरता था और बीच में बने छेद से उसे नीचे किसी बरतन में इकट्ठा कर लिया जाता था। रेगिस्तान में लोग रात में पेड़ों और झाड़ियों के ऊपर कपड़े फैला देते थे, ताकि वे रात में

पड़नेवाली ओस को सोख लें। सुबह कपड़ों को निचोड़कर पानी निकाल लिया जाता था।

बद्दुओं से हम जो पानी नहाने-धोने के लिए लेते थे, वह खारा होता था। एक कनस्तर खारे पानी के लिए हमें चार आने देने पड़ते थे। पीनेवाला पानी भी नमकीन तो होता ही था, लेकिन वह पीने लायक होता था। एक कनस्तर पीनेवाला पानी आठ आने में मिलता था। पीनेवाला पानी भी बहुत गंदा होता था, उसमें मक्खियाँ और कॉक्रोच मरे पड़े होते थे। उसे पीने लायक बनाने के लिए उबालकर साफ करना पड़ता था।

विद्युत् आपूर्ति की व्यवस्था नहीं थी। हालाँकि मध्य-पूर्व के ब्रिटिश बैंक और कुछ यूरोपीय कंपनियों के पास डीज़ल से चलनेवाले जनरेटर थे। बाद में बिजली की आपूर्ति के लिए एक संगठन बनाया गया; आई.टी.एल. कंपनी—जिसमें मैं कार्यरत था—उसकी एक साझीदार थी। अन्य साझीदारों में अरेबियन ट्रेडिंग एजेंसी, शोराफा स्टोर्स, मोद सलेह कमालपुर और भगवानी वाभी थीं। सभी के सहयोग से ग्रे मेकैनाइज से एक पुराना जनरेटर खरीदा गया। उससे जो बिजली मिलती थी, वह केवल संगठन के सदस्यों के लिए ही थी। बाद में लगभग 100 दुकानों और घरों में बिजली दी जाने लगी। नासर अब्दुल लतीफ, जो एक स्थानीय व्यवसायी था, देरा (Deira) में कुछ उपभोक्ताओं को बिजली की आपूर्ति करता था।

मिट्टी के तेल से चलनेवाला एक फ्रिज बाजार में उपलब्ध था। बिजली को विलासिता की वस्तु समझा जाता था, जिसे कम ही लोग वहन कर पाते थे। ज्यादातर लोग रोशनी के लिए मिट्टी के तेल और मोमबत्तियों पर ही निर्भर थे। गरमियों में, जब पारा 50 डिग्री सेल्सियस से भी ऊपर पहुँच जाता था, लोगों को सचमुच बहुत मुश्किल का सामना करना पड़ता था। सोचिए, चिलचिलाती गरमी में ऐसे कमरे में रहना कितना मुश्किल रहा होगा, जिसमें एक पंखा तक नहीं हो।

दिन में एक निश्चित समय तक ही हमें बिजली मिलती थी—सुबह 8 बजे से अपराह्न 1 बजे तक और शाम 4 बजे से लेकर आधी रात तक। जनरेटर पुराना था, इस कारण वह अकसर खराब भी हो जाता था। कभी-कभी उसके पुरजे लंदन से लाने पड़ते थे, जिसमें कई सप्ताह नहीं तो कई दिन तो लग ही जाते थे। मेरे कमरे में एक पंखा और एक छोटी ट्यूबलाइट हुआ करती थी। ए.सी. (एयर कंडिशनर) चलाने के लिए पर्याप्त बिजली नहीं मिल पाती थी।

मिट्टी के तेल से चलनेवाला एक फ्रिज बाजार में उपलब्ध था। बिजली को विलासिता की वस्तु समझा जाता था, जिसे कम ही लोग वहन कर पाते थे। ज्यादातर लोग रोशनी के लिए मिट्टी के तेल और मोमबत्तियों पर ही निर्भर थे। गरमियों में, जब पारा 50 डिग्री सेल्सियस से भी ऊपर पहुँच जाता था, लोगों को सचमुच बहुत मुश्किल

का सामना करना पड़ता था। सोचिए, चिलचिलाती गरमी में ऐसे कमरे में रहना कितना मुश्किल रहा होगा, जिसमें एक पंखा तक नहीं हो। सच, उन दिनों लोगों को जो तकलीफ झेलनी पड़ती थी, उसे शब्दों में नहीं वर्णन किया जा सकता। रात में लोग बीच पर या मकानों की छतों पर चले जाते थे।

दोपहर में लंच के लिए हमारी तीन घंटे की छुट्टी होती थी; लेकिन ये तीन घंटे किसी सजा से कम नहीं थे, क्योंकि उस दौरान हमारे कमरे में बिजली की आपूर्ति बंद रहती थी। इस प्रकार मध्यावकाश का समय हमारे लिए बहुत तकलीफदेह होता था। इसके लिए हमने जल्दी ही एक तरकीब निकाल ली। हम कुछ लोग संतू और चंपा कृपलानी के घर पर चले जाते थे। वह एक हमवतन थे, जो हैदराबाद (सिंध) से आए थे और एच.एस.बी.सी. के पूर्ववर्ती ब्रिटिश बैंक में एक वरिष्ठ कर्मचारी थे। उस समय दुबई में यही एकमात्र बैंक हुआ करता था, इस कारण इसकी और इसके कर्मचारियों की लोगों में एक प्रतिष्ठा थी। बैंक का वरिष्ठ कर्मचारी होने के नाते कृपलानी को एक वातानुकूलित क्वार्टर मिला हुआ था। बैंक के जनरेटर से उन्हें बिजली मिलती थी। मध्यावकाश में कई लोग उनके घर पर चले जाते थे और वहाँ ए.सी. की आरामदायक ठंडक में कुछ देर झपकी लेकर ही वापस दफ्तर में आते थे। कभी-कभी वे अपना टिफिन साथ में लेकर जाते और जब तक दफ्तर वापस आने का समय नहीं हो जाता, तब तक वहीं रहते थे।

दुबई आना मेरे लिए एक नए जीवन की शुरुआत थी। लगभग 40 वर्ष पहले की बात है—18 नवंबर, 1959 की। मैं बताना चाहता हूँ कि मैं यहाँ तक कैसे पहुँचा। बंबई (अब मुंबई) से प्रकाशित होनेवाले एक सिंधी समाचार-पत्र में मैंने दुबई में एक नौकरी के बारे में पढ़ा। दुबई के बारे में उस समय मुझे कुछ भी पता नहीं था—कैसी जगह है, कैसे अवसर उपलब्ध हैं और जीवन-दशा कैसी है। विज्ञापन के उत्तर में मैंने आवेदन तो कर दिया, लेकिन उस समय अगर कोई मुझसे मानचित्र पर दुबई को ढूँढ़ने के लिए कहता तो भी मैं नहीं ढूँढ़ सकता था।

उन दिनों दुबई कोई बहुत जाना-माना या लोकप्रिय शहर नहीं था। रोजगार की तलाश में यहाँ कम ही लोग आते थे। अभी यह एल डोरेडो (EL Dorado) के रूप में विकसित

उन दिनों दुबई कोई बहुत जाना-माना या लोकप्रिय शहर नहीं था। रोजगार की तलाश में यहाँ कम ही लोग आते थे। अभी यह एल डोरेडो (EL Dorado) के रूप में विकसित नहीं हुआ था, जहाँ आप खूब पैसा कमा सकते। लेकिन वह विज्ञापन मेरे लिए ईश्वर-प्रदत्त अवसर था। विदेश में जाकर किशिनचंद चेलाराम—जिसने बंबई में प्रसिद्ध के.सी. कॉलेज खोला था—या के.ए.जे. चोटिरमल ऐंड कंपनी जैसी किसी प्रतिष्ठित सिंधी कंपनी में काम करने का सपना मेरे मन में पहले से ही था।

नहीं हुआ था, जहाँ आप खूब पैसा कमा सकते। लेकिन वह विज्ञापन मेरे लिए ईश्वर-प्रदत्त अवसर था। विदेश में जाकर किशिनचंद चेलाराम—जिसने बंबई में प्रसिद्ध के. सी. कॉलेज खोला था—या के.ए.जे. चोटिरमल ऐंड कंपनी जैसी किसी प्रतिष्ठित सिंधी कंपनी में काम करने का सपना मेरे मन में पहले से ही था।

दरअसल के.ए.जे. चोटिरमल ऐंड कंपनी आई.टी.एल—जिसने विज्ञापन निकाला था और जो मेरी भावी नियोजक कंपनी थी—की एक व्यावसायिक सहयोगी थी।

आर्थिक संभावनाओं और कैरियर को आगे बढ़ाने के अवसर के लिए ही मैं विदेश में जाकर नौकरी करना चाहता था। जिस समय मैंने आवेदन भेजा था, उस समय मेरा अंतर्मन मुझे आश्वस्त कर रहा था कि मुझे इसमें अवसर मिलेगा, क्योंकि मेरे पास आवश्यक योग्यता भी थी और कार्य का पर्याप्त अनुभव भी था। इससे पहले मैं गुजरात राज्य के बड़ौदा (जिसे आज बड़ोदरा कहा जाता है) में इंजीनियरिंग के सामान बनानेवाली एक कंपनी ज्योति लिमिटेड में कार्यालय सहायक के पद पर कार्य कर चुका था।

सिंधी परंपरा पर चलें तो मेरी उम्र भी काम करने के लिए उपयुक्त थी। व्यवसाय की प्रतिस्पर्धात्मक दुनिया में अपने लिए उपयुक्त स्थान की तलाश करने हेतु 18 वर्ष की उम्र बहुत थी। स्कूल की पढ़ाई पूरी करने या 16 वर्ष की उम्र पूरी करने के तुरंत बाद नौकरी या रोजगार में लग जाना हम हैदराबादी सिंधियों के लिए कोई नई बात नहीं थी। हमारे पूर्वज—जिन्होंने भारत से बाहर अपने व्यवसाय स्थापित किए थे—अपने बच्चों को इस उम्र में विदेश भेजते थे।

सच पूछा जाए तो यह कोई बड़ी बात नहीं थी, क्योंकि सिंधवरकी (हैदराबादी सिंधी) उच्च शिक्षा में कम ही रुचि दिखाते थे। वे अपने परिवार की व्यावसायिक परंपरा को ही आगे बढ़ाने में ज्यादा रुचि लेते थे। व्यावसायिक माहौल में पले-बढ़े होने और बचपन से ही व्यापार-व्यवसाय के गुण-दोषों से परिचित होने के कारण सिंधवारकी लड़के बहुत कम उम्र में ही व्यवसाय की जिम्मेदारियाँ सँभालने के काबिल हो जाते थे। मेरा परिवार इस परंपरा से अलग नहीं था। मेरे पिता जीवतराम धानोमल बक्षाणी ने कैनरी द्वीप समूह, मोरक्को और जिब्राल्टर में कई वर्षों तक काम किया था। मैं महज 6 वर्ष का था जब उनका देहांत हुआ।

स्कूल की पढ़ाई पूरी करने से पहले ही मैंने अपने चाचाओं और हांगकांग, सिंगापुर तथा नाइजीरिया में रह रहे अपने निकट के रिश्तेदारों को बाहर जाकर काम करने के अपने इरादे के बारे में बता दिया था। मुझे पता चला कि इन देशों के लिए वीजा प्राप्त करना अपेक्षाकृत आसान था, क्योंकि ये सभी देश राष्ट्रमंडल के सदस्य थे। लेकिन इससे कुछ खास हासिल नहीं हुआ, इसलिए मैंने दुबई जाकर अपनी किस्मत आजमाने का फैसला किया।

भारत से बाहर काम करनेवाली सिंधी कंपनियाँ प्रायः सिंधी समाचार-पत्रों में विज्ञापन देना ज्यादा पसंद करती थीं। इसके पीछे कोई जातिवादी अथवा क्षेत्रवादी भावना की बात नहीं थी; कुछ व्यावहारिक कारणों से ही कंपनियाँ ऐसा करती थीं। उन दिनों कर्मचारियों को प्रायः अकेले रहना पड़ता था, क्योंकि कई देशों में जीवन-दशाएँ बहुत कठिन थीं और परिवार के लिए आवश्यक सुविधाएँ नहीं थीं।

भारत से बाहर काम करनेवाली सिंधी कंपनियाँ प्रायः सिंधी समाचार-पत्रों में विज्ञापन देना ज्यादा पसंद करती थीं। इसके पीछे कोई जातिवादी अथवा क्षेत्रवादी भावना की बात नहीं थी; कुछ व्यावहारिक कारणों से ही कंपनियाँ ऐसा करती थीं। उन दिनों कर्मचारियों को प्रायः अकेले रहना पड़ता था, क्योंकि कई देशों में जीवन-दशाएँ बहुत कठिन थीं और परिवार के लिए आवश्यक सुविधाएँ नहीं थीं।

अधिकतर स्थानों पर कर्मचारी अपने नियोजकों के साथ ही रहते थे। अतः नए कर्मचारी की नियुक्ति करते समय नियोजक प्रायः अपने समुदाय के व्यक्ति को वरीयता देते थे। इससे कर्मचारी और नियोजक दोनों को फायदा होता था, क्योंकि दोनों की भाषा, खाने-पीने की आदतें व संस्कृति एक होती थी। इस प्रकार उनका अपना एक समुदाय बन जाता था, जिससे उन्हें इस सुदूर, अपरिचित देश में मुश्किल के समय में एकजुट होने में मदद मिलती थी।

विज्ञापन में कार्य की प्रकृति या वेतन आदि के बारे में कोई उल्लेख नहीं था। हालाँकि इससे कोई फर्क भी नहीं पड़ता था, क्योंकि मैं तो बस किसी प्रतिष्ठित कंपनी में प्रवेश पाने का अवसर तलाश कर रहा था। मैं बिल्कुल नीचे से शुरुआत करना चाहता था।

साक्षात्कार के लिए मैं के.ए.जे. चोटिरमल ऐंड कंपनी में उपस्थित हुआ, जिसे कंपनी के प्रबंधक एस.डी. महबूबानी ने आयोजित किया था। 125 रुपए के मासिक वेतन पर मेरा चयन कार्यालय सहायक के पद पर हो गया। ब्रिटिश संरक्षण में होने के कारण अधिकतर खाड़ी देशों की तरह ही दुबई में भी भारतीय मुद्रा चलती थी, जो साठ के दशक तक चलती रही। उन दिनों विनिमय मूल्य का अंतर ऋणात्मक था, क्योंकि भारतीय मुद्रा मजबूत थी। दुबई के 108 रुपए के बदले 100 (भारतीय) रुपए ही मिलते।

जो वेतन मिल रहा था, वह किसी भी तरह से कम नहीं था; क्योंकि उसके साथ विविध प्रकार के देय भत्ते दुनिया भर की सिंधवरकी कंपनियों द्वारा स्वीकृत खर्चीली मदों के अनुसार थे। वेतन के अलावा कर्मचारियों को रहने का स्थान और घर आने-जाने का टिकट भी मिलता था। मेरा पूरा-का-पूरा वेतन बच जाता था, क्योंकि—सप्ताह में एक सिनेमा की टिकट के पैसे से लेकर बाल कटवाने और दाढ़ी बनवाने के पैसे, कपड़े

धुलवाने का—सारा खर्च मेरी नियोजक कंपनी वहन करती थी।

मेरी यात्रा संबंधी औपचारिकताएँ पूरी करने की जिम्मेदारी सिंध ओरिएंटल टूरिस्ट कंपनी—जिसे आजकल एस.ओ.टी.सी. के नाम से जाना जाता है और जिसकी दुनिया भर में कई शाखाएँ हैं—को सौंपी गई थी। बंबई में स्थित ब्रिटिश कांसुलेट ने टूसियल स्टेट्स का वीजा जारी कर दिया। (उस समय संयुक्त अरब अमीरात को टूसियल स्टेट्स के नाम से जाना जाता था।)

उन दिनों विदेश यात्रा संबंधी औपचारिकताएँ आज की तरह मुश्किल भरी नहीं होती थीं। नियोजक कंपनी दुबई की राजनीतिक संस्था से अनापत्ति प्रमाण-पत्र के लिए आवेदन करती थी और अनापत्ति प्रमाण-पत्र मिलते ही बंबई स्थित ब्रिटिश कांसुलेट नाम-मात्र के शुल्क पर वीजा जारी कर देता था। हालाँकि कुछ निश्चित मामलों में प्रोटेक्टर ऑफ इमिग्रांट्स (प्रवासी संरक्षक) से अनुमति लेना जरूरी होता था, जैसा आज होता है।

दुबई जाने के लिए मैं बंबई में यात्री लाइनर दारा (Dara) में बैठा। उन दिनों हवाई यात्रा की अपेक्षा समुद्री यात्रा अधिक सुविधाजनक थी, क्योंकि दुबई में उस समय कोई हवाई अड्डा नहीं था। शारजाह निकटतम राज्य था, जहाँ हवाई अड्डा स्थित था; लेकिन बंबई या भारत के किसी अन्य शहर से शारजाह के लिए कोई सीधी या नियमित एअरलाइन सेवा नहीं थी।

दुबई जाने के लिए मैं बंबई में यात्री लाइनर दारा (Dara) में बैठा। उन दिनों हवाई यात्रा की अपेक्षा समुद्री यात्रा अधिक सुविधाजनक थी, क्योंकि दुबई में उस समय कोई हवाई अड्डा नहीं था। शारजाह निकटतम राज्य था, जहाँ हवाई अड्डा स्थित था; लेकिन बंबई या भारत के किसी अन्य शहर से शारजाह के लिए कोई सीधी या नियमित एअरलाइन सेवा नहीं थी।

ऐसा नहीं है कि हवाई सेवाएँ उपलब्ध ही नहीं थीं, उपलब्ध थीं, पर उनका मार्ग बहुत घुमावदार होता था। कलिंगा (kalinga) को ही लीजिए—यह एक निजी भारतीय एअरलाइन थी, जो नाइजीरिया की बड़ी-बड़ी कंपनियों और संगठनों के कार्यकर्ताओं को ले जाने के लिए बंबई से चार्टर्ड उड़ानें चलाती थीं। उपलब्धता की स्थिति में वह कराची या शारजाह जानेवाले यात्रियों के लिए अतिरिक्त सीटें देती थीं।

परंतु ये सेवाएँ विश्वसनीय नहीं थीं, क्योंकि इनमें सीट तभी मिलती थी, जब उन कंपनियों के यात्री कम होते थे, जिनके लिए ये चलाई जाती थीं। इसके अलावा, कराची पहुँचने में कभी-कभी बहुत लंबा समय लग जाता था और ये सेवाएँ नियमित आधार पर नहीं चलती थीं। इस कारण यात्रा में अनिश्चितता बनी रहती थी।

दूसरा विकल्प था—बी.ओ.ए.सी.। बी.ओ.ए.सी. एक ब्रिटिश एअरलाइन थी,

जो बंबई के लिए यात्री विमान चलाती थी। इसका एक स्टेशन बहरीन में था। लेकिन बहरीन से आगे जाने के लिए उड़ान पकड़ना बहुत मुश्किल काम होता था। कुवैत से शारजाह के लिए किसी गल्फ एविएशन की उड़ान का इंतजार करना पड़ता, जिसके बहरीन और दोहा में स्टेशन थे। एअरलाइन सप्ताह में दो या तीन दिन ही उड़ान सेवा उपलब्ध कराती थी। इस कारण अगर कोई यात्री बीच के दिनों में बहरीन में उतर जाता तो उसे आगे की फ्लाइट के लिए वहाँ दो दिन इंतजार करना पड़ता था।

शारजाह से दुबई पहुँचना भी कम मुश्किल भरा नहीं था। दोनों राज्यों को जोड़ने वाला कोई अच्छा सड़क मार्ग नहीं था। रेगिस्तानी रास्तों पर चलने के लिए लैंड रोवर टैक्सी में बैठना पड़ता था और यह सेवा भी दियरा तक ही थी। चूँकि क्रीक पर कोई पुल नहीं था, इसलिए अबरा (नाव) ही एक ऐसा साधन था, जिससे बूर दुबई पहुँचा जा सकता था।

शारजाह से दुबई पहुँचना भी कम मुश्किल भरा नहीं था। दोनों राज्यों को जोड़ने वाला कोई अच्छा सड़क मार्ग नहीं था। रेगिस्तानी रास्तों पर चलने के लिए लैंड रोवर टैक्सी में बैठना पड़ता था और यह सेवा भी देश तक ही थी। चूँकि क्रीक पर कोई पुल नहीं था, इसलिए अबरा (नाव) ही एक ऐसा साधन था, जिससे बूर दुबई पहुँचा जा सकता था।

हवाई यात्रा की जटिलताओं को देखते हुए समुद्री यात्रा ही उस समय बेहतर थी। इसमें केवल दो दिन ज्यादा लगते थे। ब्रिटिश इंडिया स्टीम नेविगेशन कंपनी सन् 1904 से ही दुबई के लिए नियमित सेवा उपलब्ध करा रही थी। बंबई-बसरा मार्ग पर पाँच समुद्री जहाज चलते थे, जिसका स्टॉप कराची, ग्वादर—जो उस समय एक स्वतंत्र क्षेत्र था, लेकिन वर्तमान में पाकिस्तान का हिस्सा है—मस्कट, दुबई, दोहा, बहरैन और कुवैत में था। पाँचों जहाजों के नाम अंग्रेजी के 'ए' अक्षर पर समाप्त होते थे—दारा, द्वारका, दरेसा, दुमरा और सरधाना।

सरधाना दुबई के यात्रियों में इतना लोकप्रिय था कि बूर दुबई में एक इमारत का नाम ही 'सरधाना' रख दिया गया था। कपड़ा बाजार में यह इमारत आज भी मौजूद है, जो इसी नाम से जानी जाती है।

दारा में मैंने टूरिस्ट (यात्री) श्रेणी में आरक्षण करा रखा था। यह एक छोटा सा केबिन था, जिसमें दो यात्री बैठ सकते थे। टिकट की कीमत 300 रुपए थी; डेक श्रेणी का किराया और कम था—लगभग 100 रुपए। करीब 800 यात्रियों में से ज्यादातर डेक श्रेणी में ही यात्रा करते थे, जिनमें व्यापारी होते थे, नौकरी की तलाश में आनेवाले लोग होते थे और बंबई में छुट्टियाँ मनाकर या इलाज कराकर लौटनेवाले अरब के लोग होते थे। जहाज लक्जरी श्रेणी का भले नहीं था, लेकिन उसमें यात्रा आरामदेह थी।

दारा में उस समुद्री यात्रा को इतने वर्ष गुजर चुके हैं, लेकिन उसकी याद मेरी स्मृति में आज तक बनी हुई है। पहला स्टॉप कराची में था। वहाँ कई यात्री शहर देखने के लिए उतर गए, लेकिन मैं डेक पर ही खड़ा होकर आते-जाते लोगों को देखता रहा। मेरे पास इतने पैसे नहीं थे कि जाकर शहर में घूमता—और मेरी ऐसी कोई इच्छा भी नहीं थी। मुझे बताया भी गया था कि कराची में अगर कोई तुम्हारा परिचित न हो तो आव्रजन संबंधी औपचारिकताएँ पूरी करने में बहुत मुश्किल आती है, खासकर भारतीय पासपोर्ट धारक के लिए।

अगला स्टॉप ग्वादर था, वहाँ जहाज तट से थोड़ी दूर रुका, जहाँ यात्रियों की प्रतीक्षा में छोटी-छोटी नावें इधर-उधर मँडरा रही थीं।

शेष यात्रा मैंने पुस्तकें पढ़ते हुए और साथी यात्रियों से दोस्ती बनाते हुए पूरी की। मैं अपने साथ डेल कार्नेगी—वाक्‌कला और व्यक्तित्व विकास के विशेषज्ञ—की तीन पुस्तकें ले गया था। पचास वर्ष पहले तक इस तरह की प्रेरणादायक पुस्तकें बहुत दुर्लभ थीं। ऐसी प्रतिभावाले उस समय के किसी अन्य लेखक के बारे में मुझे याद नहीं आता। भारत में डेल कार्नेगी की पुस्तकों की बहुत माँग थी, खासकर महत्त्वाकांक्षी युवाओं में; क्योंकि उनकी पुस्तकें दृष्टांतपरक कहानियों और सरल भाषा में प्रस्तुत नियमों-सिद्धांतों से परिपूर्ण होती थीं।

मेरे (साले), चेलाराम वाधवानी—जिनका दुर्भाग्य से निधन हो गया, जब मैं इस पुस्तक को पूर्ण करने में लगा था—'हाऊ टू विन फ्रेंड्स ऐंड एन्फ्लुएंस पीपल', 'हाऊ टू स्टॉप वरीइंग ऐंड स्टार्ट लिविंग' और 'द क्विक ऐंड ईजी वे टू इफेक्टिव स्पीकिंग'—ये तीनों पुस्तकें उन्होंने मुझे उस समय दी थीं, जब वह मुझे बड़ौदा रेलवे स्टेशन पर छोड़ने के लिए आए थे। तीनों पुस्तकें मैंने बार-बार पढ़ी थीं और बाद के वर्षों में वे मेरी स्थायी मित्र या सहचरी बन गईं। कार्नेगी की पुस्तकों से मुझे सचमुच बहुत मदद मिली; क्योंकि उनमें जीवन से जुड़ी वास्तविक स्थितियों को छोटी-छोटी कहानियों के माध्यम से बताया गया था कि किस प्रकार बाधाओं से ऊपर उठकर सफलता के मार्ग पर आगे बढ़ा जा सकता है।

मेरा पहनावा सादा था—चेकदार पाजामा और सफेद रंग की कमीज। जो खाना

> **मेरा पहनावा सादा था—चेकदार पाजामा और सफेद रंग की कमीज। जो खाना हमें मिला था, वह बहुत अच्छा था, खासकर मांस। चावल और मीट (मांस) कढ़ी मैं बड़े चाव से खा रहा था। बाद में जाकर मुझे पता चला कि मैं गोमांस खा रहा हूँ, जिसे हमारे यहाँ धार्मिक अभिशाप माना जाता था। शुरू में तो मुझे लग रहा था कि यह गलत है; लेकिन मैंने सोचा—आखिर मांस तो मांस।**

हमें मिला था, वह बहुत अच्छा था, खासकर मांस। चावल और मीट (मांस) कढ़ी मैं बड़े चाव से खा रहा था। बाद में जाकर मुझे पता चला कि मैं गोमांस खा रहा हूँ, जिसे हमारे यहाँ धार्मिक अभिशाप माना जाता था। शुरू में तो मुझे लग रहा था कि यह गलत है; लेकिन मैंने सोचा—आखिर मांस तो मांस। अगर वह स्वादिष्ट है और मुझे अच्छा लगता है तो उसे खाने में क्या बुराई है? अभी कुछ वर्ष पहले तक मैं गोमांस खाता रहा था; परंतु, अब मैं शाकाहारी हो गया हूँ।

कभी-कभी मैं डेक पर बनी कुरसी पर बैठ जाता था और चारों ओर दूर-दूर तक फैले विशाल अरब महासागर के सौंदर्य और व्यापकता का अहसास करने लगता था। समुद्र पर सूर्यास्त का दृश्य अत्यंत मनोहारी और अविस्मरणीय था। जहाज के इंजन की घर्र-घर्र की हलकी आवाज के अलावा और कहीं कोई आवाज नहीं थी; चारों ओर निस्तब्धता थी, जिसमें प्रकृति को एक कलाकार के रूप में देखा जा सकता था, जो ऊपर अनंत से नीचे क्षितिज तक उतरते दिखाई देते आकाश रूपी कैनवास (चित्र-पटल) पर अपने कला-कार्य में निरंतर संलग्न थी। सुर्ख रंग के छींटों, पीले रंग की धारियों, श्वेत व भूरे रंग की फुहारों से जैसे एक यथार्थ पेंटिंग-सी उभर रही थी। वह सुंदर, मनभावन दृश्य आज भी मेरे मानस-पटल पर उसी तरह अंकित है और बार-बार उसे देखने की लालसा होती है।

8 अप्रैल, 1961 को (मेरे आने के 18 माह बाद) दारा में एक बम विस्फोट हो गया, जिससे जहाज में आग लग गई, जो दो दिन तक जलती रही और अंततः जहाज दुबई तट पर डूब गया, जिसमें महिलाओं, बच्चों और युवा जोड़ों सहित कुल 238 लोग मारे गए। यह त्रासदी अगर पश्चिम के किसी देश में हुई होती तो जरूर इस पर कोई फिल्म बनाई जाती; क्योंकि टाइटैनिक त्रासदी के बाद की यह पहली ऐसी दुर्घटना थी, जिसमें इतने ज्यादा लोग मारे गए थे।

❑

2

बचपन

''जब आप अंत में अपने गृह नगर वापस जाते हैं, तो आप पाते हैं कि यह पुराना घर नहीं था जिसे आपने खोया था, बल्कि बचपन को।''

—सेम ईविंग

बचपन वयस्कों के लिए (अतीत की) स्मृतियों का एलबम होता है। ये स्मृतियाँ सुखद और दुःखद या सकारात्मक और नकारात्मक दोनों हो सकती हैं। कुछ स्मृतियाँ तो उम्र और समय के साथ-साथ धुँधली पड़ जाती हैं, जबकि कुछ अन्य स्मृति-पटल पर यथार्थ चित्र की तरह अंकित रहती हैं। कुछ ऐसी भी स्मृतियाँ होती हैं, जो समय के प्रभाव से बिल्कुल अनछुई रह जाती हैं; ऐसा लगता है जैसे अभी कल की ही बात है।

कुछ घटनाएँ बचपन या उससे जुड़ी स्मृति की द्योतक बन जाती हैं—विशेषकर वे घटनाएँ, जो कल्पना को जगाती हैं या गहन अनुभूति का संचार करती हैं या फिर जिनमें दुःख व दर्द, हर्ष व विषाद, शांति व अशांति का समावेश होता है। द्वंद्व भाववाली ये घटनाएँ टॉस के लिए उछाले जानेवाले किसी सिक्के के एक पहलू की तरह होती हैं, जिसे घूमता हुआ देखकर आप सोचने लगते हैं कि काश, टॉस मैं ही जीतता।

'मैं बड़ा हो गया, मैं बड़ा हो गया'—टी.एस. इलियट की एक कविता में अल्फ्रेड प्रूफ्रॉक गा उठे थे। ''लेकिन अब भी मुझे बचपन के मित्रों और घर की याद आती है।'' मुझे पुरानी यादें सताती हैं। उन यादों को मुझे एक सुंदर चित्र में उतारना है, क्योंकि यहीं से मेरी कहानी की शुरुआत होती है। यही हमारी जड़ होती है—एफ्रो-

अमेरिकी लेखक एलेक्स हेली ने जिसे एक संस्था बना दिया था। जब हम यही नहीं जान पाएँगे कि हम आए कहाँ से हैं तो यह कैसे जान पाएँगे कि हमें जाना कहाँ है?

मेरा दृढ़ विश्वास है कि चीजों का आना-जाना और बनना-बिगड़ना सबकुछ इसी दुनिया में होता है और यहाँ हम जो कुछ भी अच्छा या बुरा करते हैं, उसका सीधा संबंध हमारे भाग्य से होता है, जिसे हम संयोग कहते हैं। यह संयोग या भाग्य से कहीं बढ़कर है। यह ऋण को चुकाने का समय है। अपने इस जीवन को हमें अपने ऊपर रखकर दूसरे जीवन में उतरना पड़ेगा, ऐसा विश्वास हमें सतर्क और सावधान करता रहता है। यहाँ मुझे थोड़ा सा आध्यात्मिकता या तत्त्व ज्ञान का स्पर्श लेकर चलना पड़ेगा, क्योंकि वापस बचपन के निश्चिंत दिनों में—जहाँ बस जीवन-ही-जीवन है और युवावस्था का जोश तथा अहंकार आपको अजेय बना देता है—पहुँचने के लिए मुझे अपनी चिंतन-प्रक्रिया में जाना होगा। उस अजेयता में आत्म-संदेह के द्वंद्व का बीज होता है और वहीं हमारी दुर्बलता का एक क्रमिक भाव भी होता है।

मेरा दृढ़ विश्वास है कि चीजों का आना-जाना और बनना-बिगड़ना सबकुछ इसी दुनिया में होता है और यहाँ हम जो कुछ भी अच्छा या बुरा करते हैं, उसका सीधा संबंध हमारे भाग्य से होता है, जिसे हम संयोग कहते हैं। यह संयोग या भाग्य से कहीं बढ़कर है। यह ऋण को चुकाने का समय है। अपने इस जीवन को हमें अपने ऊपर रखकर दूसरे जीवन में उतरना पड़ेगा, ऐसा विश्वास हमें सतर्क और सावधान करता रहता है।

नीम और पीपल के उन सुंदर पेड़ों को मैं कैसे भुला सकता हूँ, जिनके नीचे बैठकर हम खेला करते थे और गाया करते थे। समय का प्रवाह अबाध गति से आगे बढ़ता जाता था। और वह गिल्ली-डंडा का खेल भी मैं कैसे भुला सकता हूँ, जो हमारे पैतृक कस्बे में खेला जाता था।

मैं सिंध में हैदराबाद के एक मध्यवर्गीय परिवार में पैदा हुआ था। सिंध अविभाजित भारत का एक उन्नत और समृद्ध प्रांत रहा था। हम शहर के मध्य में एक बड़े से मकान में रहते थे, जो उस समय के उन परंपरागत मकानों में से एक था, जिनमें वायु संग्रहण के लिए मांग (mangh) या बादगीर (Baadgir) लगे थे। ये कुछ-कुछ पुराने अरबी मकानों के विंड-टॉवर की तरह लगते थे। सिंध के उन पुराने मकानों और अरब देशों के मकानों में काफी कुछ समानता थी।

घर के अंदर घुसने पर बरामदेवाला एक आँगन था। पूरे मकान में छोटे-बड़े कई कमरे थे, जो एक-दूसरे से संलग्न थे। सबसे पीछे के दो कमरे ऐसे थे, जिनमें पहुँचने के लिए दो द्वार से होकर गुजरना पड़ता था। इन दो द्वारों को 'बिदारा' कहा जाता था। घर की

स्त्री और पुरुष सदस्यों के रहने का स्थान अलग-अलग था। अतिथियों के लिए अलग से व्यवस्था होती थी। पुरुष अतिथियों को रहने के कमरे में ठहराया जाता था, जिसे ओताक के नाम से जाना जाता था। यह ओताक प्राय: संपन्न घर का सबसे अच्छा और सुसज्जित कमरा होता था, जिसमें अच्छे-अच्छे फर्नीचर और सजावट की वस्तुएँ होती थीं।

यह कमरा हमेशा साफ-सुथरा रहता था। अगर किसी ने उसे गंदा कर दिया तो समझो उसकी शामत आई है। दादी जमनाबाई एकदम वहाँ पहुँच जाती थीं और गंदा करनेवाले को खूब डाँटती थीं, या कभी-कभी पाँव के ऊपर पानी डाल देती थीं। वह एक खुशमिजाज महिला थीं। देशी शराब उन्हें बहुत पसंद थी। कंसा (मिश्र धातु का बना एक प्याला या कटोरा) में से शराब की चुस्की लेते हुए वह हमें कहानियाँ सुनाया करती थीं। यह देशी शराब देने के लिए उनके पास कुछ आदमी थे। मन या मनोदशा ठीक करने के लिए वह हुक्के का एक-दो कश भी ले लेती थीं। शराब पीना और धूम्रपान करना समाज की बड़ी-बुजुर्ग महिलाओं के लिए स्वीकार्य था।

जिस घर में मैंने अपने बचपन के छह वर्ष बिताए हैं, उसकी बहुत धुँधली यादें ही मेरी स्मृति में हैं। वे यादें भी सुनी-सुनाई बातों पर ही ज्यादा आधारित हैं, जो कभी-कभी मेरी माँ या परिवार के अन्य बड़े लोग सुनाया करते थे।

जिस गली में हम खेला करते थे, उसकी याद तो मुझे आज तक बनी हुई है। पास में ही बिस्कुट की एक फैक्टरी थी, जहाँ से बिस्कुट की ललचानेवाली खुशबू आती रहती थी, जो मुँह में पानी ला देती थी। लेकिन हम बच्चों के पास पैसे तो होते नहीं थे, जो हम बिस्कुट या केक खरीद सकते; इसलिए हमारे बालमन की इच्छा अधूरी ही रह जाती थी। इस प्रकार हमें बिस्कुट खाने को नहीं मिलता था। इसका बदला लेने के लिए हम फैक्टरी मालिक को यह कहकर चिढ़ाया करते थे कि आपके बिस्कुटों से तो गंध आती है। फैक्टरी मालिक भी खूब चिढ़ता था। जोर-जोर से चीखते हुए वह हमें पकड़ने के लिए हमारे पीछे-पीछे भागने लगता था; लेकिन बड़ी तोंद होने के कारण जल्दी ही हाँफने लगता था और उसके चेहरे से पसीना टपकने लगता था। बच्चे तो होते ही हैं शरारती।

बचपन की एक और याद मेरी स्मृति में है, जो बारात से जुड़ी है। शादी-ब्याह का समय जब आता था, उस दौरान मस्ती में झूमती अनगिनत बारातें हमारी गली से होकर गुजरती थीं। हम बच्चों के तो मजे आ जाते थे। बारात को हम शरारत करने के लिए एक अच्छे अवसर के रूप में देखते थे। सिर में फूलों से सजी पगड़ी बाँधे दूल्हा जब मस्ती में नाचते बारातियों और बैंड बाजे की धुन के साथ आगे बढ़ता था, तब हम उसकी ओर आँखें फाड़-फाड़कर देखते थे।

बचपन की एक और याद मेरी स्मृति में है, जो बारात से जुड़ी है। शादी-ब्याह का समय जब आता था, उस दौरान मस्ती में झूमती अनगिनत बारातें हमारी गली से होकर गुजरती थीं। हम बच्चों के तो मजे आ जाते थे। बारात को हम शरारत करने के लिए एक अच्छे अवसर के रूप में देखते थे। सिर में फूलों से सजी पगड़ी बाँधे दूल्हा जब मस्ती में नाचते बारातियों और बैंड बाजे की धुन के साथ आगे बढ़ता था, तब हम उसकी ओर आँखें फाड़-फाड़कर देखते थे।

गली के बच्चों की टोली इकट्ठा हो जाती थी। कभी-कभी तो हम भी बारातियों के साथ नाचने लगते थे और कभी-कभी तो बारात के साथ हम गली से दूर निकल जाते थे। सबसे ज्यादा मजा आता था हिजड़ों का नाच देखने में। हिजड़े ढीली-ढाली स्कर्ट पहनते थे, जो नाचते समय घूमती हुई लगती थी और छतरी की तरह फैल जाती थी, जिसके नीचे आप आसानी से बैठ सकते थे। लोकू मुहल्ले का सबसे लोकप्रिय हिजड़ा था, जो नाचने और मनोरंजन करने में दक्ष था।

इस तरह के सामाजिक अवसर समाज के लोगों में एकता और पारस्परिकता की भावना जगाते थे। बच्चे के जन्म के समय और अन्य सामाजिक समारोहों में हिजड़ों की महत्त्वपूर्ण भूमिका होती थी। ऐसे अवसरों पर कोई भी उन्हें तिरस्कार की भावना से नहीं देखता था; उन्हें भी समाज का ही एक हिस्सा माना जाता था।

बच्चे के जन्म के समय हिजड़े को बुलाने का रिवाज था, जो आकर नवजात शिशु को आशीर्वाद देता था। बच्चे को टोना-टोटका या बुरी नजर से बचाने के लिए यह जरूरी समझा जाता था। हिजड़े अपना एक समुदाय बनाकर एक साथ रहते थे। कुछ हिजड़े व्यापार करते थे, कुछ अन्य गाय-भैंस पालते थे और उनका दूध बेचकर अपनी आजीविका चलाते थे।

बच्चे के जन्म के समय हिजड़े को बुलाने का रिवाज था, जो आकर नवजात शिशु को आशीर्वाद देता था। बच्चे को टोना-टोटका या बुरी नजर से बचाने के लिए यह जरूरी समझा जाता था। हिजड़े अपना एक समुदाय बनाकर एक साथ रहते थे। कुछ हिजड़े व्यापार करते थे, कुछ अन्य गाय-भैंस पालते थे और उनका दूध बेचकर अपनी आजीविका चलाते थे।

जी हाँ, समुदायों में एकता थी और समुदाय के लोग पढ़े-लिखे होते थे।

बचपन की एक घटना मुझे विशेष रूप से याद आती है, जो कुछ दुःखद है और मेरे परिवार से जुड़ी है तथा जिसने मेरे जीवन की दिशा ही बदल दी। विभाजन के दिनों की बात है, जब चारों ओर तथा सबके मन में अनिश्चितता थी, किसी को कुछ पता नहीं होता था कि कल क्या होगा। जे. किमतराइ ऐंड कंपनी के सोभराज झमटमल की पत्नी

टिकन सोभराज—जिन्हें हम 'चाची' कहा करते थे—कई अन्य लोगों के साथ भारत के लिए रवाना हो रही थीं और अन्य सभी लोगों की तरह उन्हें भी अपना ज्यादातर सामान और घर—जिसमें वह रहा करती थीं—छोड़कर जाना पड़ रहा था। उनका घर मध्य हैदराबाद के अपेक्षाकृत सुरक्षित इलाके में था। उन दिनों दंगा और लूटपाट की घटनाएँ जोरों पर थीं, इसलिए हमारे मुहल्ले के अधिकांश परिवार सुरक्षा को लेकर सबसे ज्यादा चिंतित थे। टिकन सोभराज ने अपना घर हमें देने की बात की। हमने उनका प्रस्ताव सहर्ष स्वीकार कर लिया और आकर उनके घर में रहने लगे।

लेकिन यह स्थानांतरण हमारे परिवार के लिए अनिष्टकारी सिद्ध हुआ। थोड़े ही दिन बाद मेरे पिता (जीवतराम) बीमार पड़ गए। उन्हें टायफाइड हो गया था, जिसे उन दिनों एक घातक बीमारी माना जाता था; क्योंकि उस समय पेंसिलिन और क्लोरोमाइसिन जैसी दवाएँ आसानी से नहीं मिल पाती थीं। पेंसिलिन आनी शुरू ही हुई थी, जो कुछ ही अस्पतालों में उपलब्ध थी। शहर के संवेदनशील इलाकों में कर्फ्यू के कारण आना-जाना भी प्रतिबंधित था। ऐसे में किसी मरीज को इलाज के लिए अस्पताल या डॉक्टर के पास ले जाना एक तरह से असंभव ही हो गया था। घर में भाग-दौड़ करनेवाला भी कोई नहीं था। मेरे सबसे बड़े भाई होतू बक्षाणी उस समय 13 वर्ष के थे—मुझसे 7 वर्ष बड़े।

पिताजी परलोक सिधार गए। उस समय वे मात्र 36 वर्ष के थे। ऐसा ही होता है। एक दिन पहले तक वह हमारे साथ थे और अगले ही दिन नहीं थे। इस घटना के तुरंत बाद मैंने दो बातें सीखीं। एक तो यह कि यहाँ कुछ भी स्थायी नहीं है और दूसरी बात यह कि सुख-दुःख, जीवन-मरण दूसरों के साथ ही नहीं, हमारे अपने साथ भी है। मृत्यु जैसी बात मेरे सामने पहली बार आई थी।

परंपरा के अनुसार लाश को कफन में ढकने से पहले बच्चे मृतक के अंतिम दर्शन करते थे और उसे अंतिम बार प्रणाम करते थे। उन्हें मृतात्मा की यादों को अपने मन-मस्तिष्क में सँजोकर चलना होता था। दादी ने पिताजी के अंतिम दर्शन के लिए मुझे आगे कर दिया। उस समय मैं 6 वर्ष का एक अबोध बालक ही तो था। मेरा बालमन स्थिति की गंभीरता को समझ तो नहीं पा रहा था, लेकिन मैं इतना जरूर समझ गया था कि कोई-न-कोई अनहोनी घटी है। यही सोचकर मैं वहाँ खड़े-खड़े रोने लगा था। सुलगती अगरबत्ती की भीनी खुशबू, पवित्र धर्मग्रंथों से मंत्रों का उच्चारण और उसी में मिलती माँ व परिवार के अन्य सदस्यों के रोने की आवाज—सबकुछ आज 56 वर्ष बीत जाने पर भी मुझे याद है।

भारतीय उपमहाद्वीप का विभाजन एक महान् त्रासदी थी, जिसने कई घाव दिए हैं और जो हमारे स्मृति-पटल पर एक भयानक चित्र की तरह अंकित रहेगी। अब तक के मानव इतिहास में संभवतः यह जनसंख्या पलायन और विस्थापन की सबसे बड़ी

घटना है, जिसने चारों ओर अनिश्चितता का राज कायम कर दिया था। हैदराबाद और शिकारपुर के कई संपन्न व्यापारी परिवार इस आंदोलन में संलग्न हो गए थे। यह आंदोलन विभाजन के परिणामस्वरूप भारत और पाकिस्तान की सरकारों द्वारा संचालित या व्यवस्थित नहीं था, बल्कि यह पूरी तरह से एक स्वाभाविक आंदोलन था। ज्यादातर लोग वहाँ से बंबई चले गए और बाद में वहाँ से जाकर विश्व के दूसरे हिस्सों में बस गए।

भारतीय उपमहाद्वीप का विभाजन एक महान् त्रासदी थी, जिसने कई घाव दिए हैं और जो हमारे स्मृति-पटल पर एक भयानक चित्र की तरह अंकित रहेगी। अब तक के मानव इतिहास में संभवतः यह जनसंख्या पलायन और विस्थापन की सबसे बड़ी घटना है, जिसने चारों ओर अनिश्चितता का राज कायम कर दिया था।

प्रवास की दूसरी लहर 20 अगस्त, 1947 को शुरू हुई। लोग अपना घर-बार छोड़कर भाग रहे थे। चारों ओर भय, अनिश्चितता और आतंक का माहौल व्याप्त था। उसके बाद जनवरी 1948 में एक बार फिर ऐसा ही माहौल बन गया। इस बार हालाँकि दोनों सरकारें इसमें संलग्न थीं, लेकिन लोगों को अपना सबकुछ छोड़कर ही भागना पड़ा। वे अपने साथ बहुत मुश्किल से अपना निजी जरूरी सामान ही लेकर भाग सके थे। चारों ओर विस्थापितों और शरणार्थियों की बाढ़-सी आ गई थी। सरकार उनके लिए आवश्यक सहायता व सुविधाएँ उपलब्ध कराने में असमर्थ थी, इस कारण उनकी स्थिति और भी बदतर हो गई थी। बंबई की प्रांतीय सरकार पर अत्यधिक दबाव पड़ रहा था, क्योंकि इतनी बड़ी संख्या में लोगों को पुनः बसाने के लिए उसके पास संसाधनों का अभाव हो गया था।

आधिकारिक आँकड़ों के अनुसार, अक्तूबर 1947 तक कुल लगभग 1,25,000 शरणार्थी सिंध छोड़कर गए थे। लेकिन सन् 1948 के मध्य तक यह संख्या बढ़कर 12,00,000 हो गई। उनमें लगभग सब सिंधी और बलूचिस्तानी थे। अधिकतर सिंधियों को बंबई और सौराष्ट्र में बने शरणार्थी शिविरों में रखा गया था। कुछ सिंधी मध्य प्रदेश की ओर चले गए, जिसे उन दिनों 'मध्य भारत' के नाम से जाना जाता था। कुछ सिंधी मद्रास की ओर चले गए। राजस्थान के अजमेर, जयपुर एवं जोधपुर तथा बड़ौदा और अहमदाबाद—जो उस समय बंबई प्रांत का हिस्सा था—में भी शरणार्थियों की अच्छी-खासी संख्या थी।

शरणार्थी सिंधियों का जीवन बहुत दुःखमय हो गया था। परिवार टूटकर बिखर गए थे, संगठित समुदाय टूट चुका था। जो लोग किसी समय स्वाभिमानी हुआ करते थे, आज वे ही लोग अभावों और कष्टों से भरा जीवन बिताने को मजबूर थे। लोगों ने अपना

सबकुछ खो दिया था और अब वे नए सिरे से जिंदगी शुरू करने के लिए संघर्ष कर रहे थे। शरणार्थी शिविरों में भी मूलभूत सुविधाएँ न होने के कारण लोगों का जीवन बहुत कष्टप्रद था। उन्हें युद्धबंदियों की तरह शिविरों में बस भर दिया गया था; महिला या पुरुष सबको एक साथ—न कोई भेद, न कोई परदा। कुछ परिवारों ने टाट के बने बोरों को एक साथ सिलकर उसका परदा लटका दिया था, ताकि उस भीड़ भरे माहौल में थोड़ी अलग जगह मिल जाए। शिविरों में न कोई जल-निकासी की व्यवस्था थी, न सड़कें थीं और न ही यातायात की सुविधा थी। अँधेरी बंद गलियों में दुर्गंध आती रहती थी, जिससे समस्या और भी बढ़ गई थी।

बड़े-बड़े जमींदार, जो कभी रईसों की तरह जिंदगी जी रहे थे, हजारों काश्तकार और नौकर जिनके इशारे पर चलते थे—आज मुफ्त राशन लेने के लिए उन्हें घंटों कतार में खड़ा रहना पड़ रहा था। शर्म और संकोच की बात खत्म-सी हो गई थी। जो लड़कियाँ पहले कभी घर से बाहर नहीं निकलती थीं, उन्हें आज अपनी जीविका चलाने के लिए मीलों दूर तक चलकर जाना पड़ रहा था। शौच के लिए महिलाओं को शौचालय के सामने घंटों कतार में खड़े रहना पड़ता था; पानी लाने के लिए भी उन्हें बहुत दूर जाना पड़ता था।

बड़े-बड़े जमींदार, जो कभी रईसों की तरह जिंदगी जी रहे थे, हजारों काश्तकार और नौकर जिनके इशारे पर चलते थे–आज मुफ्त राशन लेने के लिए उन्हें घंटों कतार में खड़ा रहना पड़ रहा था। शर्म और संकोच की बात खत्म-सी हो गई थी। जो लड़कियाँ पहले कभी घर से बाहर नहीं निकलती थीं, उन्हें आज अपनी जीविका चलाने के लिए मीलों दूर तक चलकर जाना पड़ रहा था। शौच के लिए महिलाओं को शौचालय के सामने घंटों कतार में खड़े रहना पड़ता था; पानी लाने के लिए भी उन्हें बहुत दूर जाना पड़ता था।

बच्चों को मजबूरी में पढ़ाई छोड़कर कमाई-धंधे में लगना पड़ रहा था। स्कूल जाने की बजाय वे स्थानीय रेलगाड़ियों में मिठाइयाँ बेच रहे थे। महिलाओं को काम करने के लिए दूर-दूर जाना पड़ता था। कुछ महिलाएँ घर में खाने-पीने का सामान बनाकर उसे घर-घर जाकर बेचती थीं। जो लोग पहले दूसरों को रोजगार दिया करते थे, आज अपनी जीविका चलाने के लिए उन्हें रूमाल और छाते बेचने पड़ रहे थे। इस प्रकार की कठिन परिस्थितियों में अनगिनत सिंधियों का जीवन खतरे में पड़ गया था।

परंतु हम स्वाभिमानी लोग हैं, साधन-संपन्न लोग हैं, हमने हार नहीं मानी। हमारी जिंदगी तार-तार हो गई थी, लेकिन कभी भी हमने अपने मन में निराशा या दुर्बलता का भाव नहीं आने दिया। हमने अपने भाग्य को कभी नहीं कोसा, न कभी दुःखी

और असहाय होकर अपनी छाती पीटी। हमने विपरीत परिस्थितियों का मुकाबला किया और साहस व दृढ़ इच्छा-शक्ति का ऐसा उदाहरण प्रस्तुत किया, जो मानव इतिहास में कम ही देखने को मिलता है। हमने अपने आपको फिर से स्थापित किया और नए सिरे से शुरुआत की। जिस तरह फीनिक्स (कुक्लुस पंछी) अपनी राख से उठकर खड़ा हो जाता है, उसी तरह हम भी उठकर खड़े हुए और हमने अपने आपको व्यापारी, व्यवसायी तथा उद्यमी के रूप में स्थापित किया।

ऐसा कहा जा रहा था कि बंबई में आए कुल लगभग 4 लाख शरणार्थियों में से 40 प्रतिशत शरणार्थी व्यापारी थे। ज्यादातर छोटे व्यापारी थे। कुछ व्यापारियों ने बहुत तेजी से अपने आपको स्थापित किया, क्योंकि विभिन्न वाणिज्यिक फर्मों के साथ पहले से उनके व्यावसायिक संबंध थे और इन वाणिज्यिक फर्मों की शाखाएँ अधिकांश भारतीय नगरों में फैली थीं।

अपने व्यक्तिगत स्तर पर बात करूँ तो विभाजन हमारे परिवार के लिए दोहरी त्रासदी लेकर आया। एक तो हमने अपना घर खो दिया और ऊपर से परिवार का भरण-पोषण करनेवाला भी नहीं रहा। मेरी माँ ईश्वरीबाई, जो 34 वर्ष की आयु में ही विधवा हो गई थीं, के कमजोर कंधों पर पाँच बच्चे—तीन लड़के और दो लड़कियों—को पालने-पोसने की जिम्मेदारी आ गई थी। माँ-बाप दोनों की भूमिका उन्हें एक साथ निभानी पड़ रही थी। बड़ी ही कुशलता और समझदारी से उन्होंने अपनी यह भूमिका निभाई और तरह-तरह की समस्याओं व बाधाओं में आगे बढ़कर हमें अपने पाँव पर खड़ा होने लायक बनाया। वह सच्चे अर्थों में एक संघर्षशील महिला थीं।

अपने व्यक्तिगत स्तर पर बात करूँ तो विभाजन हमारे परिवार के लिए दोहरी त्रासदी लेकर आया। एक तो हमने अपना घर खो दिया और ऊपर से परिवार का भरण-पोषण करनेवाला भी नहीं रहा। मेरी माँ ईश्वरीबाई, जो 34 वर्ष की आयु में ही विधवा हो गई थीं, के कमजोर कंधों पर पाँच बच्चे—तीन लड़के और दो लड़कियों—को पालने-पोसने की जिम्मेदारी आ गई थी। माँ-बाप दोनों की भूमिका उन्हें एक साथ निभानी पड़ रही थी।

जब रोने-धोने का समय खत्म हो गया और अन्य संस्कार आदि पूरे हो गए तो हमारे मामा रीझूमल गोपवानी हमें अपने साथ भारत लाने को तैयार हो गए। हमने अपना सारा जरूरी सामान—चाँदी और जेवर तथा अन्य पुश्तैनी चीजें—बाँधी और रेलवे स्टेशन की ओर चल पड़े। हमें अहमदाबाद जाना था, जो हमारे लिए बिल्कुल अनजान जगह थी।

हैदराबाद सिंध रेलवे स्टेशन पर हमारा सामना अव्यवस्था और मारा-मारी से

हुआ। स्टेशन पर जैसे लोगों की बाढ़-सी आ गई थी; भय, आक्रोश और निराशा का माहौल व्याप्त था। लोग अपनी जीवन भर की कमाई छोड़-छोड़कर जा रहे थे—ऐसे भविष्य की ओर जिसके बारे में उन्हें कुछ भी पता नहीं था।

कुली भी उनकी मजबूरी का फायदा उठाने में पीछे नहीं थे। वे यात्रियों को अपना सामान स्वयं लेकर नहीं चलने दे रहे थे; सामान को प्लेटफॉर्म तक ले जाने के लिए यात्री को कुली करना पड़ता था। एक-एक नग सामान के लिए कुली सौ-सौ रुपए वसूल कर रहे थे। यह सब अमानवीय कृत्य था। यह मजबूरी में भाग रहे असहाय लोगों का शोषण था। कुछ बातें मुझे याद हो गई थीं, जो मेरी दादी ने मुझे बताई थीं।

हम यात्रियों से खचाखच भरी एक गाड़ी में बैठ गए। डिब्बों में यात्री ऐसे कुलबुला रहे थे जैसे किसी कनस्तर में भरी मछलियाँ। मुझे याद है, दादी को पूरी रात खड़ा रहना पड़ा था, क्योंकि डिब्बे में तिल धरने की भी जगह नहीं थी। अपना लंबा-चौड़ा शरीर किसी तरह सँभालकर और हाथ में एक दीवार घड़ी—जिसे हांगकांग में रहनेवाली उनकी एक बेटी ने उन्हें भेंट किया था—पकड़े वह लगातार खड़ी रही थीं। घड़ी में न तो किसी का हाथ लगने दे रही थीं और न ही उसे सामान रखने के लिए ऊपर बने रैक में रख रही थीं। वह एक भावुक महिला थीं और इस घड़ी से उनका हार्दिक जुड़ाव था, जिसके लिए वह अपनी बहुत सी कीमती चीजें भी छोड़कर आ गई थीं।

मारवाड़ जंक्शन पर उतरकर हमने अहमदाबाद की गाड़ी पकड़ी। हमारे और सैकड़ों अन्य शरणार्थियों के लिए प्लेटफॉर्म ही कई दिनों तक हमारा घर बना रहा था। स्वयंसेवी संगठनों द्वारा बँटवाई जा रही पूड़ियाँ और भाजी खाते-खाते हम ऊब गए थे। बाद में हमारे दोनों मामा सूरतमल और रीझूमल गोपवानी ने हमें मद्रास (अब चेन्नई) में स्थानांतरित करने का प्रबंध किया, जहाँ मेरी मौसी रुकी थधानी अपने परिवार के साथ रह रही थीं।

इस प्रकार भारत में मद्रास ही हमारा पहला घर बना। वहाँ मैं किंडर गार्डन स्कूल जाने लगा। लेकिन वहाँ हम ज्यादा दिन तक नहीं रुके, क्योंकि मेरे चाचा लालचंद बक्षाणी, जो हांगकांग के निकट स्थित एक पुर्तगाली उपनिवेश मकाओ में कार्यरत थे, के मन में कहीं और बसने का विचार था। उनकी पत्नी किशनी पहले ही बड़ौदा में आकर बस चुकी थीं। इसलिए वह हमें बड़ौदा में ही बसाना चाहते थे। इस प्रकार, एक वर्ष से कुछ ज्यादा समय तक मद्रास में रहने के बाद हम बड़ौदा आ गए।

धीरे-धीरे हमारे जीवन में थोड़ा स्थायित्व आया।

बहन राधा और छोटे भाई रोची के साथ मैं स्कूल जाने लगा; लेकिन होतू को पढ़ाई छोड़कर परिवार के काम-काज में हाथ बँटाना पड़ा। परिवार के पुरुष सदस्यों में सबसे बड़ा होने के कारण किशोरावस्था में ही काम करना उनकी जिम्मेदारी बन गई। हमारे एक चचेरे/ममेरे भाई मिर्चूमल ने 15 रुपए प्रतिमाह पर नौकरी दे दी। तनख्वाह कोई ज्यादा तो नहीं थी, लेकिन मकान का किराया—जो 12 रुपए माहवार था—उससे आराम से चुकाया जा सकता था। हमारे चाचा भी मकाओ से कुछ पैसा भेज देते थे।

बहन राधा और छोटे भाई रोची के साथ मैं स्कूल जाने लगा; लेकिन होतू को पढ़ाई छोड़कर परिवार के काम-काज में हाथ बँटाना पड़ा। परिवार के पुरुष सदस्यों में सबसे बड़ा होने के कारण किशोरावस्था में ही काम करना उनकी जिम्मेदारी बन गया। हमारे एक चचेरे/ममेरे भाई मिर्चूमल ने 15 रुपए प्रतिमाह पर नौकरी दे दी। तनख्वाह कोई ज्यादा तो नहीं थी, लेकिन मकान का किराया–जो 12 रुपए माहवार था–उससे आराम से चुकाया जा सकता था। हमारे चाचा भी मकाओ से कुछ पैसा भेज देते थे।

उन दिनों 70 रुपए माहवार खर्च पर एक परिवार का गुजारा हो जाता था। लेकिन पैसे की तंगी बनी रहती थी। मेरी बहन सती—अब गंगा चटानी—के विवाह योग्य होने तक आर्थिक तंगी और बढ़ गई। मेरी माँ की सबसे बड़ी चिंता उसके लिए शीघ्रातिशीघ्र एक सुयोग्य वर तलाश कर उसकी शादी करने की थी। लेकिन जल्दी ही उनकी यह चिंता दूर हो गई।

सती का विवाह पहिलाजराय चटानी के साथ हो गया। पहिलाजराय एक लंबे और खूबसूरत व्यक्ति थे, जो वेस्टइंडीज में रह रहे थे और विवाह करने के लिए भारत आए थे। विवाह के खर्च के लिए माँ ने अपना सोना-चाँदी और जेवर आदि बेच दिए, जो वह सिंध से अपने साथ लेकर आई थीं। विवाह के बाद घर की आर्थिक स्थिति और भी खराब हो गई; लेकिन कोई-न-कोई दैवी शक्ति है, जो सबकुछ स्वयं देखती रहती है। मेरे भाई को हांगकांग में नौकरी मिल गई तब माँ ने राहत की साँस ली।

होतू की कमाई तो ज्यादा थी; लेकिन जितने पैसे वह घर में देते थे, उससे हम आराम की जिंदगी नहीं जी पा रहे थे। मुझे याद है, घर की आर्थिक जरूरतें पूरी करने के लिए माँ ने अपनी बची हुई सोने की चूड़ियाँ भी एक-एक करके बेच डाली थीं। एक-एक पैसा उनके लिए मायने रखता था; कभी भी उन्होंने एक पैसा भी बेकार नहीं जाने दिया। दो रुपए प्रतिमाह मेरी स्कूल की फीस जमा करनी पड़ती थी; लेकिन यह पैसा हर छह माह पर वापस मिल जाता था। यह पैसा लेने के लिए मेरी माँ चार कि.मी. पैदल चलकर मेरे स्कूल तक जाती थीं और इस प्रकार वह एक रुपया—जो रिक्शे में

जाने पर किराया देना पड़ता था—बचा लेती थीं। उनका कहना था कि एक-एक पैसा जो मैं बचाती हूँ, वह मेरे बच्चों के लिए है।

मैंने सिंध हिंदू हाई स्कूल में दाखिला ले लिया, जिसे अब श्री लाधाराम सिंध हिंदू हाई स्कूल के नाम से जाना जाता है। यह पाकिस्तान से आए शरणार्थी बच्चों के लिए स्थापित एक सिंधी माध्यम स्कूल था, जिसे एक गुजराती स्कूल की इमारत में चलाया जा रहा था; इसलिए जब गुजराती स्कूल का कार्य-समय समाप्त होता था, उसके बाद इसमें पढ़ाई शुरू होती थी। गरमियों में गुजराती स्कूल में सुबह जल्दी पढ़ाई शुरू होती थी, इस कारण दुपहरी की चिलचिलाती गरमी में हमारी पढ़ाई होती थी। सर्दियों में हमें सुबह कड़कती ठंड में स्कूल के लिए जाना पड़ता था। शरणार्थियों को चुनाव करने का अधिकार नहीं था। उनके पास चुनने के लिए ज्यादा कुछ था ही नहीं।

मैंने सिंध हिंदू हाई स्कूल में दाखिला ले लिया, जिसे अब श्री लाधाराम सिंध हिंदू हाई स्कूल के नाम से जाना जाता है। यह पाकिस्तान से आए शरणार्थी बच्चों के लिए स्थापित एक सिंधी माध्यम स्कूल था, जिसे एक गुजराती स्कूल की इमारत में चलाया जा रहा था; इसलिए जब गुजराती स्कूल का कार्य-समय समाप्त होता था, उसके बाद इसमें पढ़ाई शुरू होती थी। गरमियों में गुजराती स्कूल में सुबह जल्दी पढ़ाई शुरू होती थी, इस कारण दुपहरी की चिलचिलाती गरमी में हमारी पढ़ाई होती थी। सर्दियों में हमें सुबह कड़कती ठंड में स्कूल के लिए जाना पड़ता था। शरणार्थियों को चुनाव करने का अधिकार नहीं था। उनके पास चुनने के लिए ज्यादा कुछ था ही नहीं।

बाद में बड़ौदा के महाराजा ने स्कूल बनाने के लिए जमीन दी; तब सिंध हिंदू हाई स्कूल की अपनी इमारत बनी और उसमें पढ़ाई होने लगी। स्व. लाधाराम मोहनदास चंदीरमानी हमारे प्रधानाचार्य थे, जो पक्के गांधीवादी थे; सिंध में हैदराबाद के प्रतिष्ठित गुरदासमल हाई स्कूल से अनुभव का भंडार लेकर वह भारत आए थे। वे एक शिक्षाविद् और होम्योपैथी डॉक्टर थे। स्कूल समय के बाद वह अपनी प्रैक्टिस करते थे और मरीजों का मुफ्त इलाज करते थे। सिंधी समुदाय के लिए उनके योगदान को देखते हुए बाद में सिंध हिंदू हाई स्कूल का नाम उनके नाम पर रख दिया गया।

आध्यात्मिक ज्ञान से संपन्न चंदीरमानी छात्रों के चरित्र-निर्माण पर ज्यादा ध्यान देते थे। उनके द्वारा लागू की जानेवाली पाठ्यचर्या में छात्रों के समग्र व्यक्तित्व विकास पर विशेष ध्यान दिया जाता था। इस प्रकार, सिंधी-माध्यम स्कूल होने और सीमित

संसाधन के बावजूद यहाँ से पढ़कर निकलनेवाले छात्रों ने जीवन के विभिन्न क्षेत्रों में अपना नाम रोशन किया।

मेरा दाखिला पाँचवीं कक्षा में कराया गया था। यह निर्णय किसका था और कैसे यह सब हुआ, मुझे कुछ नहीं पता। दरअसल, घर में कोई पुरुष मुखिया तो था नहीं और महिलाओं को प्राय: पढ़ाई-लिखाई के बारे में ज्यादा जानकारी नहीं होती थी। शायद यही कारण था कि मुझे अपनी पूर्व प्राथमिक स्कूल की पढ़ाई एक अंग्रेजी माध्यम स्कूल में करनी पड़ी। या फिर शायद घर के बड़े पुरुष सदस्यों ने सोचा होगा कि राधा—जो मुझसे 2 वर्ष बड़ी थी—और मैं एक ही कक्षा में पढ़ेंगे तो अच्छा रहेगा, क्योंकि एक-दूसरे के साथ दोनों सुरक्षित थे।

मेरा दाखिला पाँचवीं कक्षा में कराया गया था। यह निर्णय किसका था और कैसे यह सब हुआ, मुझे कुछ नहीं पता। दरअसल, घर में कोई पुरुष मुखिया तो था नहीं और महिलाओं को प्राय: पढ़ाई-लिखाई के बारे में ज्यादा जानकारी नहीं होती थी। शायद यही कारण था कि मुझे अपनी पूर्व प्राथमिक स्कूल की पढ़ाई एक अंग्रेजी माध्यम स्कूल में करनी पड़ी। या फिर शायद घर के बड़े पुरुष सदस्यों ने सोचा होगा कि राधा—जो मुझसे 2 वर्ष बड़ी थी—और मैं एक ही कक्षा में पढ़ेंगे तो अच्छा रहेगा, क्योंकि एक-दूसरे के साथ दोनों सुरक्षित थे। मेरी कद-काठी भी लंबी-चौड़ी थी, इसलिए उन्होंने सोचा होगा कि मैं राधा पर नजर भी रख सकूँगा। लेकिन मेरी लंबाई-चौड़ाई के कारण कोई भी नहीं जान सका कि मेरी उम्र पाँचवीं कक्षा के लायक नहीं है।

जो भी रहा हो, खमियाजा मुझे ही भुगतना पड़ा। मैं सिंधी पढ़-लिख नहीं सकता था और गणित में तो मैं शून्य था। मैं कक्षा में बैठा तो रहता था, लेकिन वहाँ जो पढ़ाया जाता था, कुछ भी मेरी समझ में नहीं आता था। श्यामपट्ट में से देखकर भी मैं प्रश्नोत्तर नहीं लिख पाता था। परीक्षा में मैं एक शब्द भी नहीं लिख पाया था। इसलिए मैंने अपनी उत्तर-पुस्तिका एक सहपाठी के हाथ बेच दी और जो पैसे मिले, उससे रास्ते में एक दुकान से मिठाई खरीदकर खा ली।

और फिर जो होना था, वही हुआ। छमाही परीक्षा में मैं फेल हो गया। स्कूल के प्रधानाचार्य मेरे लिए अलग से ट्यूशन लगाने को कहते रहे, लेकिन माँ ने यह कहकर इनकार कर दिया कि जो इसकी किस्मत में होगा, वही होगा। उन्होंने कहा, ''अगर राम की किस्मत में लिखा होगा तो वह वार्षिक परीक्षा में पास हो जाएगा और अगर नहीं लिखा होगा तो नहीं पास होगा। ट्यूशन के लिए मेरे पास पैसे नहीं हैं।'' पता नहीं माँ की प्रार्थना का असर था या मेरी मेहनत का या फिर मेरी किस्मत का, मैं वार्षिक परीक्षा में पास हो गया।

उसके बाद मैं कभी फेल नहीं हुआ। लेकिन प्राथमिक कक्षाओं में—विशेषकर सिंधी भाषा में—मुझे बहुत मुश्किल आई। सिंधी भाषा के व्याकरण और वर्तनी के—नियम बहुत जटिल हैं। अगर शुरू से ही आप उन्हें अच्छी तरह नहीं सीख सके तो बाद में आपकी भाषा दोषपूर्ण ही बनी रहेगी। ऐसा मेरा अनुभव कहता है। वैसे मैं धाराप्रवाह सिंधी बोलता हूँ।

आठवीं कक्षा में गणित के पाठ्यक्रम में बीजगणित और रेखागणित भी आ गई थीं, जिन्हें समझ पाना मेरे लिए बहुत मुश्किल काम होता था; लेकिन किसी तरह मैंने दसवीं तक की पढ़ाई की। उसके बाद परिस्थितियों ने मुझे नौकरी की तलाश करने को विवश कर दिया। इसलिए टंकण (टाइपिंग) सीखने के लिए मैंने चिमनलाल शाह और उनके बेटों विनोदभाई तथा हँसमुखभाई द्वारा संचालित एक प्रशिक्षण संस्थान रिलायंस टाइपराइटिंग में दाखिला ले लिया। वहाँ सबसे पहला सबक मैंने यही सीखा कि टाइपिंग में गति की अपेक्षा शुद्धता ही ज्यादा महत्त्वपूर्ण है। इसलिए शुरू से ही मैंने शुद्धता पर विशेष ध्यान दिया। इसका मुझे अच्छा लाभ मिला।

मेरी बहन राधा ने पढ़ाई जारी रखी और उसने सेकंडरी स्कूल सर्टीफिकेट (एस.एस.सी.) की परीक्षा पास कर ली। कुछ ही समय बाद सिंगापुर में वधवानी ब्रदर्स के चेलाराम वधवानी के साथ उसका विवाह हो गया।

शाह के प्रशिक्षण संस्थान का नाम धीरे-धीरे बड़ौदा के शीर्ष संस्थानों में गिना जाने लगा। वे स्वयं एक वकील थे, इसलिए उनके संपर्क बहुत अच्छे थे। कई तरह के कानूनी दस्तावेज उन्हें टाइप करने के लिए मिल जाते थे, जिसके लिए उन्होंने टाइपिस्टों की एक टीम लगा रखी थी। मेरे काम की गुणवत्ता से प्रभावित होकर उन्होंने मुझे टाइप किए गए पेज के हिसाब से पैसे देने शुरू कर दिए और इस प्रकार मुझे कुछ कमाने का मौका मिला। उनके संस्थान में मुझे एक तरह से प्रशिक्षक के रूप में काम करना पड़ रहा था।

यह मेरी पहली नौकरी थी, जिसमें मैं 40 रुपए प्रतिमाह तक कमा लेता था। इस

> **यह मेरी पहली नौकरी थी, जिसमें मैं 40 रुपए प्रतिमाह तक कमा लेता था। इस प्रकार मैं दसवीं का छात्र भी था, अवैतनिक अध्यापक भी था और साथ-ही-साथ कमाई भी कर रहा था। शीघ्र ही मुझे एक इंजीनियरिंग कंपनी ज्योति लिमिटेड में कार्यालय सहायक-सह-टंकक की नौकरी मिल गई। इस कंपनी का स्वामित्व अमीन घराने के पास था, जो अलेंबिक ग्रुप ऑफ कंपनीज का भी मालिक था। मेरा मासिक वेतन लगभग 75 रुपए ही था; लेकिन ओवरटाइम (अतिरिक्त) काम करके मैं अच्छी कमाई कर लेता था। कड़ी मेहनत तभी से मेरे जीवन का मंत्र बन गई है।**

प्रकार मैं दसवीं का छात्र भी था, अवैतनिक अध्यापक भी था और साथ-ही-साथ कमाई भी कर रहा था। शीघ्र ही मुझे एक इंजीनियरिंग कंपनी ज्योति लिमिटेड में कार्यालय सहायक-सह-टंकक की नौकरी मिल गई। इस कंपनी का स्वामित्व अमीन घराने के पास था, जो अलेंबिक ग्रुप ऑफ कंपनीज का भी मालिक था। मेरा मासिक वेतन लगभग 75 रुपए ही था; लेकिन ओवरटाइम (अतिरिक्त) काम करके मैं अच्छी कमाई कर लेता था। कड़ी मेहनत तभी से मेरे जीवन का मंत्र बन गई है।

मेरी टंकण गति और शुद्धता में सुधार आने लगा। इस नए काम में मेरी रुचि अच्छी थी। ऑस्कर वाइल्ड ने ही तो कहा था, ''हाव-भाव के साथ चलाई जाए तो टाइपराइटिंग मशीन की आवाज बहन या किसी अन्य सगे-संबंधी द्वारा बजाए जा रहे पियानो से कोई ज्यादा बुरी नहीं होती।'' जी हाँ, यह छोटा सा आविष्कार मुझे शुरू से ही बहुत अच्छा लगता था, जिसने संचार की दुनिया में बड़े-बड़े परिवर्तन ला दिए।

टाइपराइटर को मैं अपनी उँगलियों का ही एक विस्तार मानता हूँ। किसी कुशल टाइपिस्ट को टाइप करते हुए देखिए। कुंजीपटल पर उँगलियों के दबाव से उत्पन्न होने वाली टिक-टिक की आवाज बिल्कुल भी खराब नहीं लगती। टाइप करते समय एक पंक्ति पूरी होने पर बजनेवाली घंटी, शिफ्ट कुंजियों की 'ठक' की आवाज, धातु के बने अक्षरों की खट-खट की आवाज—सब मिलकर किसी ऑर्केस्ट्रा की भूमिका तैयार करते हैं। निस्संदेह ये आवाजें आजकल आपको नहीं सुनने को मिलेंगी।

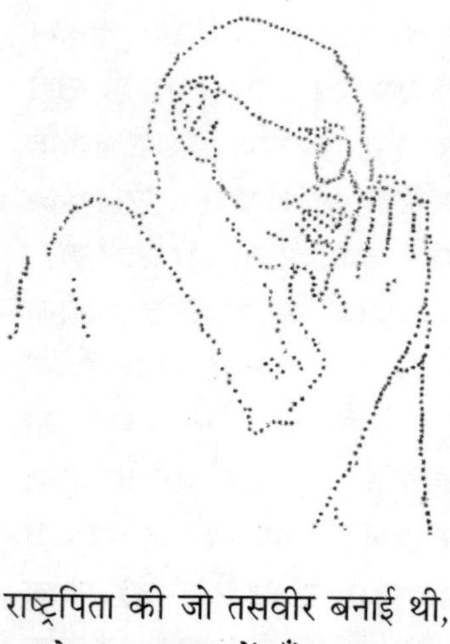

टाइपराइटिंग मशीन को मैंने कुछ रचनात्मक कार्यों के लिए प्रयोग में लाने की संभावना की भी तलाश की। मैंने देखा कि धैर्य से काम करूँ तो मैं साफ-सुथरे टाइप किए पेज निकालने के साथ-साथ कुछ कलात्मक कार्य भी कर सकता हूँ। मैंने महात्मा गांधी की तस्वीर बनाने की कोशिश की; महात्मा गांधी की तसवीर उन दिनों लगभग हर जगह दीवारों पर टँगी देखी जा सकती थी। उनके चेहरे की बनावट कुछ ऐसी थी कि उनकी सही-सही तसवीर—और वह भी टाइपराइटर की मदद से—बनाना बहुत मुश्किल काम था; लेकिन मैंने राष्ट्रपिता की जो तसवीर बनाई थी, वह काफी हद तक ठीक थी। उसे आज तक मैंने अपने पुस्तकालय में सँभालकर रखा हुआ है।

अब मेरे पास पूरे समय का काम हो जाता था, इस कारण स्कूल जाना संभव नहीं रह गया था। दसवीं के बाद मैंने स्कूल छोड़ दिया और अंशकालिक विद्यार्थी के रूप

में मैट्रीकुलेशन की परीक्षा में बैठा। घर का खर्च चलाने में अब मैं भी योगदान करने लगा था, लेकिन इसके बावजूद हमारा गुजारा बहुत मुश्किल से हो रहा था। मेरी माँ का कहना था कि हमें अपनी आवश्यकताओं को सीमित करना चाहिए। ''अपनी आवश्यकताओं को बढ़ाने से पहले अपने संसाधन बढ़ाओ,'' ऐसा मेरी माँ कहा करती थीं। इसलिए हमारी आवश्यकताएँ सीमित थीं। लेकिन माँ ने हमें जीवन की साधारण खुशियों से कभी वंचित नहीं किया। जब कभी मैं कोई फिल्म देखने के लिए कहता था तो वह मुझे पैसे दे देती थीं।

मेरी माँ का कहना था कि हमें अपनी आवश्यकताओं को सीमित करना चाहिए। ''अपनी आवश्यकताओं को बढ़ाने से पहले अपने संसाधन बढ़ाओ,'' ऐसा मेरी माँ कहा करती थीं। इसलिए हमारी आवश्यकताएँ सीमित थीं। लेकिन माँ ने हमें जीवन की साधारण खुशियों से कभी वंचित नहीं किया। जब कभी मैं कोई फिल्म देखने के लिए कहता था तो वह मुझे पैसे दे देती थीं।

अपनी 75 रुपए मासिक की आमदनी में से 70 रुपए मैं माँ को दे देता था और ऐसा करके मुझे बहुत संतोष मिलता था। शेष 5 रुपए मैं अपने जेब खर्च के लिए रखता था, हालाँकि बीच-बीच में माँ से अनुरोध करके और पैसे भी ले लिया करता था, जिसके बारे में मुझे पता था कि वह कभी इनकार नहीं करेंगी। लेकिन जल्दी ही मुझे एहसास हो गया कि वह हमारे लिए बहुत बड़ा त्याग कर रही हैं, इसलिए उसके बाद से मैंने ऐसी चीजों के लिए उन्हें कभी परेशान नहीं किया।

एक दिन माँ की ओर से मेरी नानी ने मुझे 5 रुपए दिए, जो वास्तव में एक सौभाग्य की बात थी; लेकिन मैंने यह कहकर पैसे लेने से इनकार कर दिया कि नानी, अब मैं बड़ा हो गया हूँ, इसलिए मैं आपसे पैसा नहीं ले सकता। नानी ने मेरी आँखों में देखते हुए कहा, ''पैसे ले लो मेरे बच्चे, इसे खर्च मत करना। इसे अपने दिल से लगाकर रखना। इससे तुम्हें हजार गुना मिलेगा।''

पर मुझे बहुत अफसोस है कि वह नोट कहीं खो गया; लेकिन अपने दिल में तो मैंने अब तक उसे सुरक्षित रखा हुआ है। उसमें कई गुना वृद्धि हो गई है, जो नानी की दूरदृष्टि का प्रमाण है। कहने की आवश्यकता नहीं कि उसे पाने के लिए मैं बहुत कुछ दे सकता हूँ। आज भी वह नोट मेरी स्मृति में उसी तरह बना हुआ है—बिल्कुल नया और कड़ा नोट।

ये जीवन के छोटे-छोटे रत्न हैं, जिन्हें हम कभी नहीं भूल पाते। अपने आपमें ये छोटे जरूर हो जाते हैं, लेकिन पीछे मुड़कर देखने पर ये भविष्यवाणियों की तरह लगते हैं और आप सोचने को विवश हो जाते हैं कि आपके जीवन में जो कुछ हुआ या

होनेवाला था, उससे इनका कोई-न-कोई संबंध जरूर रहा होगा।

आज हममें से बहुत से ऐसे लोग हैं, जो भौतिक सुख और समृद्धि को ही सफलता का मानदंड मान बैठे हैं और बड़े-बुजुर्गों के प्रेम व आशीर्वाद को बहुत मामूली तौर पर लेने लगे हैं।

आज समय बीतने के साथ-साथ मैं वैसा ही प्रेम और आशीर्वाद नई पीढ़ी को दे रहा हूँ, जो अपनी शक्ति व क्षमता को भलीभाँति नहीं आँक पाई है। ऐसी शुभाकांक्षाओं और साधुवादों को हमें गंभीरता से लेना चाहिए, क्योंकि उनमें कितनी बड़ी शक्ति निहित है, इसका हमें कुछ भी अंदाजा नहीं होता।

ये शुभाकांक्षाएँ अकसर भविष्यवाणी सिद्ध होती हैं।

मेरी माँ ने कभी मुझे दंड दिया हो, ऐसा मुझे याद नहीं है। एक बार उन्होंने मुझे धूम्रपान करते पकड़ लिया था। लेकिन उन्होंने बस मेरी ओर घूरकर देखा भर था। उनकी आँखों में मैंने देखा, गुस्से से ज्यादा यह आग्रह था—'नहीं, मेरे बच्चे, ऐसा नहीं करते।' मैंने अहसास किया कि जो कुछ मैंने किया, वह गलत था। उसके बाद से मैंने उन्हें गलत संगति या गंदी आदतों को लेकर चिंता करने का कोई भी मौका नहीं दिया।

मेरी माँ ने कभी मुझे दंड दिया हो, ऐसा मुझे याद नहीं है। एक बार उन्होंने मुझे धूम्रपान करते पकड़ लिया था। लेकिन उन्होंने बस मेरी ओर घूरकर देखा भर था। उनकी आँखों में मैंने देखा, गुस्से से ज्यादा यह आग्रह था—'नहीं, मेरे बच्चे, ऐसा नहीं करते।' मैंने अहसास किया कि जो कुछ मैंने किया, वह गलत था। उसके बाद से मैंने उन्हें गलत संगति या गंदी आदतों को लेकर चिंता करने का कोई भी मौका नहीं दिया।

अतीत के गौरव, संघर्षों और अनिश्चितताओं व मुश्किलों की कहानियाँ सुनकर हम बड़े हुए थे। माँ और दादी से हमें ये कहानियाँ सुनने को मिलती थीं। हमारे उस छोटे से घर में निकट संबंधियों का आना-जाना बराबर लगा रहता था; उस मेल-मिलाप में अपनेपन की भावना होती थी और उससे हमें बहुत कुछ सीखने को भी मिलता था।

दादी यह सच्चाई मन से कभी भी स्वीकार नहीं कर सकीं कि अपने देश से बाहर किसी अन्य देश को अपना देश बनाकर उसमें किराए के घर में रहना पड़ रहा था। ज्यादातर शरणार्थी वार्शिया कॉलोनी में रहते थे, जो एक पुरानी सैनिक छावनी में बसाई गई थी। बड़ौदा के एक निम्न-मध्यवर्गीय इलाके में हम एक भवन का एक खंड किराए पर लेना चाहते थे; लेकिन दादी को अपनी जन्मभूमि से बहुत लगाव था और अंतिम समय तक उनकी इच्छा सिंध वापस जाने की ही रही। भारत वापस आने के नौ वर्ष बाद सन् 1957 में उनका देहांत हो गया। इसके दस वर्ष बाद सन् 1967 में हमने

अपना स्वयं का घर बना लिया। अपने घर को हमने 'अम्मी का सपना' नाम दिया था। उनकी इच्छा को पूरा करने का हमारे पास यही एक तरीका था।

उस समय हम छोटे थे, इसलिए नई जगह पर स्वयं को समायोजित करने में हमें कोई परेशानी नहीं हुई। बड़ौदा मेरे लिए मेरे बचपन का एक अभिन्न हिस्सा रहा है। एक महाराजा द्वारा शासित यह शहर बहुत साफ-सुथरा था, सड़कें चौड़ी थीं और पूरा शहर आलीशान इमारतों से भरा था। बारिश के दिनों की याद मेरी स्मृति में अब भी बनी हुई है, जब हम बच्चे पानी से भरे छोटे-छोटे तालाबों या गड्ढों के पास इकट्ठा होकर खूब खेलते थे।

अतीत की यादें मुझे अतीत की ओर खींचती हैं। अपने बचपन के शहर में वापस जाने की मेरी बहुत इच्छा होती है। जगजीत सिंह की यह ग़ज़ल सुनकर मेरी यह इच्छा और भी तीव्र हो जाती है—

ये दौलत भी ले लो,
ये शोहरत भी ले लो,
भले छीन लो मुझसे मेरी जवानी
मगर मुझको लौटा दो बचपन का सावन
वो कागज की कश्ती, वो बारिश का पानी।

सचमुच, यह ग़ज़ल मेरे मन और हृदय में अपने अतीत को वापस पाने की अजीब-सी चाहत भर देती है।

❑

3

बड़ौदा के दिन

> **"जब हम बच्चे होते हैं तो हम शायद ही कभी भविष्य के बारे में सोचते हैं। यह निर्दोषता हमें कुछ वयस्कों से उलट आनंद लेने के लिए स्वतंत्र करती है। जिस दिन हम भविष्य के बारे में चिंता आरंभ करते हैं, वही दिन होता है, जब हम अपने बचपन को पीछे छोड़ देते हैं।"**
>
> **—पैट्रिक रॉथफस**

बड़ौदा से मेरी बहुत सी यादें जुड़ी हुई हैं।

युवावस्था की यादें। वह समय जब हम सुपरमैन हैं। अजेय हैं। जब दुनिया हमारे लिए एक खाद्य-शक्ति बन गई है और चारों ओर अवसर-ही-अवसर हैं। जहाँ तक दिखाई देता है, वहाँ तक हमारा साम्राज्य है। गरीबी भी हमारे उत्साह व आत्मविश्वास को दबाने में कामयाब नहीं है।

वह समय था, जब मैं एक दोहरा जीवन जी रहा था। अंशकालिक विद्यार्थी और पूर्णकालिक कर्मचारी। मैं एक किशोर था और कंधों पर ढेर सारी जिम्मेदारियाँ लेकर चल रहा था। मेरे पास पैसे भी नहीं थे। इसके अपने फायदे और नुकसान दोनों ही थे। निश्चित रूप से एक फायदा तो यही था कि मैं परिपक्वता की वास्तविक आयु से पहले ही परिपक्व हो गया। बड़ों-वयस्कों के साथ कार्य-व्यवहार से मुझे दुनियादारी की समझ आई। मुझे मालूम था कि मैं अपने स्कूल के सहपाठियों से अलग हूँ—वे सब तो आकाश में उड़नेवाले पक्षी की तरह आजाद थे; कंधों पर जिम्मेदारी का बोझ नहीं था और कल की कोई चिंता नहीं थी।

हालाँकि अपनी उम्र के दूसरे लड़कों की तरह काम करने या खेलने-कूदने का मेरे पास समय नहीं होता था, क्योंकि काम के समय में से खाली समय निकालना बहुत मुश्किल काम था—लेकिन '40 और '50 के दशकों में बड़ौदा में बिताया गया समय अविस्मरणीय है। उन दिनों बड़ौदा पलने-बढ़ने के लिए एक अनुकूल स्थान था। इसकी संस्कृति एक इतिहास या विरासत मात्र नहीं थीं, बल्कि एक उत्कृष्ट, जीवंत और सतत परिवर्तनशील संस्कृति थी—जो शहर के इतिहास से स्पष्ट हो जाता है, किस प्रकार यह एक औद्योगिक केंद्र के रूप में विकसित हुआ था, किस प्रकार यह ज्ञान और संस्कृति का एक महत्त्वपूर्ण केंद्र बन गया था।

मेरे वयस्क होने तक बड़ौदा अपने खाँटी स्परूप को बनाए रखते हुए एक शहर का रूप ले रहा था। यानी विदेशी प्रवृत्तियाँ तब तक यहाँ नहीं पहुँच पाई थीं। इसका एक कारण संभवत: यह भी था कि बड़ौदा एक 'संस्कारी नगरी' थी।

विश्वमित्री नदी के किनारे बसा बड़ौदा शहर किसी समय चंद्रावती के नाम से जाना जाता था। शहर का यह नाम यहाँ के शासक राजा चंदन के नाम पर पड़ा था। बाद में इसका नाम 'वीरावती' पड़ा, जिसका अर्थ होता है—'वीरों का घर'। वर्तमान में इसका जो नाम (बड़ौदा) चल रहा है, वह इसके इतिहास के आधार पर नहीं बल्कि भौगोलिक और प्राकृतिक स्थिति के आधार पर पड़ा है। शहर में बरगद के वृक्षों की बहुतायत थी, जो विश्वमित्री नदी के किनारे-किनारे स्थित थे, इसलिए इसका नाम 'वडपत्र' पड़ गया। 'वडपत्र' से धीरे-धीरे इसका नाम 'बड़ौदा' पड़ा। बड़ौदा से लेकर वडोदरा तक एक समान प्राकृतिक विस्तार देखा जाता है, जो भारतीय संदर्भ में एक व्यापक जातीय पहचान का हिस्सा है।

विश्वमित्री नदी के किनारे बसा बड़ौदा शहर किसी समय चंद्रावती के नाम से जाना जाता था। शहर का यह नाम यहाँ के शासक राजा चंदन के नाम पर पड़ा था। बाद में इसका नाम 'वीरावती' पड़ा, जिसका अर्थ होता है—'वीरों का घर'। वर्तमान में इसका जो नाम (बड़ौदा) चल रहा है, वह इसके इतिहास के आधार पर नहीं बल्कि भौगोलिक और प्राकृतिक स्थिति के आधार पर पड़ा है। शहर में बरगद के वृक्षों की बहुतायत थी, जो विश्वमित्री नदी के किनारे-किनारे स्थित थे, इसलिए इसका नाम 'वडपत्र' पड़ गया। 'वडपत्र' से धीरे-धीरे इसका नाम 'बड़ौदा' पड़ा।

बड़ौदा को आधुनिक राज्य के लिए आवश्यक सामाजिक और औद्योगिक ढाँचा देनेवाले महाराजा सयाजीराव तृतीय (1875-1939) थे, जो अपने समय के सर्वश्रेष्ठ प्रशासक थे। उनके द्वारा लागू किए गए सामाजिक-आर्थिक सुधारों के परिणामस्वरूप

नगर का बहुमुखी विकास हुआ। बड़ौदा में स्थित महाराजा सयाजीराव विश्वविद्यालय का नाम शीर्ष शिक्षण संस्थानों में गिना जाता था। इस प्रकार बड़ौदा ज्ञान का एक केंद्र बन गया था। वर्षों बाद, 1980 के दशक के उत्तरार्ध में, मुझे बड़ौदा के महाराजा रणजीत सिंह गायकवाड़ और उनकी पत्नी महारानी शुभांगिनी राजे गायकवाड़ तथा उनके बच्चों की दुबई में मेजबानी करने का सौभाग्य प्राप्त हुआ।

बड़ौदा एक औद्योगिक केंद्र भी था। महाराजा स्वयं टेक्सटाइल एवं टाइल कारखानों की स्थापना में सहयोग व प्रोत्साहन देते थे। यह उनकी औद्योगिक विकास नीति का ही परिणाम है कि आज बड़ौदा पूरे गुजरात राज्य में वस्त्र, रसायन एवं तेल उद्योगों का एक महत्त्वपूर्ण केंद्र बना हुआ है। शहर में पहला आधुनिक कारखाना सन् 1907 में स्थापित किया गया था, जिसका नाम अलेंबिक केमिकल्स था। साराभाई केमिकल्स और ज्योति लिमिटेड आदि कंपनियाँ बहुत बाद में आईं—'40 के दशक में। सन् 1962 तक यहाँ कुल 288 कारखाने हो गए थे, जिनमें कुल 27,510 लोग काम करते थे।

इस व्यापक औद्योगिकीकरण से बड़ौदा या गुजरात से ही नहीं, बल्कि पूरे भारत से उद्यमी इसकी ओर आकर्षित हुए, जिनमें से कई बहुत मजबूत व्यावसायिक पृष्ठभूमि के थे। इस प्रकार यह शहर भारत के लगभग सभी समुदायों की संस्कृतियों का एक मिलन स्थल बन गया। इन्हीं समुदायों में हम सिंधियों का समुदाय भी था। शहर में हमारी अच्छी-खासी संख्या थी—खासकर विभाजन के बाद, जब बहुत से सिंधी पहले से यहाँ रह रहे अपने भाई-बंधुओं के पास आकर रहने लगे।

इस व्यापक औद्योगिकीकरण से बड़ौदा या गुजरात से ही नहीं, बल्कि पूरे भारत से उद्यमी इसकी ओर आकर्षित हुए, जिनमें से कई बहुत मजबूत व्यावसायिक पृष्ठभूमि के थे। इस प्रकार यह शहर भारत के लगभग सभी समुदायों की संस्कृतियों का एक मिलन स्थल बन गया। इन्हीं समुदायों में हम सिंधियों का समुदाय भी था। शहर में हमारी अच्छी-खासी संख्या थी—खासकर विभाजन के बाद, जब बहुत से सिंधी पहले से यहाँ रह रहे अपने भाई-बंधुओं के पास आकर रहने लगे।

जी हाँ, बड़ौदा एक बहुमुखी शहर था। यह एक शांत स्थान भी था—वह तो होना ही था। गुजराती लोग व्यवसायी समुदाय से हैं, इसलिए सामाजिक समरसता व शांति बनाए रखना उनके लिए अत्यंत महत्त्वपूर्ण है। यह वास्तव में एक पूर्व-शर्त है; क्योंकि शांतिपूर्ण परिवेश में ही व्यवसाय चल सकता है।

भौतिक, भावनात्मक एवं बौद्धिक गतिविधियों के लिए भी बड़ौदा ने भरपूर

अवसर उपलब्ध कराए हैं। यहाँ शास्त्रीय संगीत व नृत्य तथा आधुनिक रंगमंच एवं अन्य लोक-संस्कृतियों का विकास-विस्तार हुआ। यहाँ इन लोक-संस्कृतियों के संरक्षकों व शुभचिंतकों की कमी नहीं थी।

बड़ौदा में क्रिकेट के मैदान थे, नाट्य मंडलियाँ थीं, सिनेमाघर थे, सर्कस भी आते रहते थे और समय-समय पर रामलीला का मंचन भी होता था। नवरात्र, दीवाली, गणेश चतुर्थी, ईद, नववर्ष, उत्तरायण और होली आदि त्योहारों के मौके पर यहाँ की सांस्कृतिक विविधता की सुंदर झाँकी देखने को मिलती थी। इस प्रकार के उत्सवों में सभी हिस्सा लेते थे।

उन दिनों मैं बहुत व्यस्त रहता था—काम और पढ़ाई, पढ़ाई और काम। लेकिन जो भी खाली समय मिलता था, उसका सदुपयोग करता था। जिन लोगों के बीच मेरा उठना-बैठना था, वे साहित्यिक अभिरुचि के लोग थे, इसलिए कला व साहित्य के प्रति रुचि विकसित करने का मुझे अनुकूल परिवेश मिला। साहित्यिक गतिविधियों में इतनी दिलचस्पी लेने लगा था कि सन् 1958 में बंबई में आयोजित द्वितीय सिंधी साहित्य सम्मेलन में भी मैं भाग लेने जा रहा था।

सम्मेलन में नामांकन कराने के लिए मैं डॉ. एल.के. प्रेम के साथ गया था, जो स्वयं एक जाने-माने गायक और कवि थे; बड़ौदा में डॉक्टरी की उनकी अच्छी-खासी प्रैक्टिस चलती थी। डॉ. प्रेम 'सिंधु समाज' के अध्यक्ष थे, जो बड़ौदा में सिंधी समुदाय में साहित्यिक व सांस्कृतिक गतिविधियों को बढ़ावा देने के लिए जाने जाते थे। डॉ. प्रेम ने मुझसे सिंधु समाज का सचिव बनने का आग्रह किया। उस समय मैं अपनी किशोरावस्था में ही चल रहा था, इसलिए इस प्रस्ताव को मैंने एक सम्मान के रूप में स्वीकार किया।

वह समय था, जब सिंधी समाज बड़ौदा के सामाजिक जीवन में अपनी पहचान बनाने के लिए प्रयासरत था। सिंधु समाज के सचिव के रूप में मेरा काम सामाजिक व सांस्कृतिक कार्यक्रमों का आयोजन करना होता था। इससे मुझे समकालीन साहित्यिक व्यक्तित्वों के संपर्क में आने का अवसर प्राप्त हुआ।

समाज (सिंधु समाज) 'सभ्यता' नामक एक त्रैमासिक सिंधी पत्रिका भी प्रकाशित करता था, जो क्षेत्र में काफी लोकप्रिय हो गई थी। डॉ. प्रेम ने मुझे पत्रिका में लिखने के लिए प्रोत्साहित किया; क्योंकि शायद वे जानते थे कि मेरी सोच रचनात्मक है और मैं लिख सकता हूँ। वह समय निकालकर मेरी पांडुलिपियों को पढ़ते थे और प्रकाशन योग्य बनाने के लिए संपादित करते थे। अपने आरंभिक प्रयासों के लिए मुझे अच्छी प्रतिक्रिया मिली, इससे मुझे अपने प्रयास में आगे बढ़ने का प्रोत्साहन मिला।

समाज से मेरा जुड़ाव मेरे लिए काफी शिक्षाप्रद रहा। इतनी कम उम्र में मुझे वहाँ से जो अनुभव मिले, उनसे मुझे अपेक्षाकृत और अधिक उत्तरदायित्वपूर्ण सामाजिक भूमिका

में आने और बाद में दुबई में अपनी व्यावसायिक प्रतिबद्धताओं को लेकर चलने के लिए एक अच्छा आधार मिला था।

बड़ौदा में रहने का एक और लाभ हुआ—मैं गुजराती बोलना सीख गया। गुजराती भाषा में मैं बिल्कुल दक्ष हो गया था—शायद अपनी मातृभाषा सिंधी से भी ज्यादा। जब मैं ज्योति लिमिटेड में काम करता था। उन दिनों 'परके भाने' और 'शीशा मन उतराया' जैसे लोकप्रिय गुजराती नाटकों में भी भूमिका निभाया करता था। मेरा प्रदर्शन बहुत अच्छा रहा होगा—तभी तो उसके बाद से मुझे कई प्रतिष्ठित नाटक मंडलियों की ओर से बुलावा मिलने लगा था।

रंगमंच को न केवल स्थानीय मंडलियों ने बल्कि बंबई के पेशेवर संगठनों ने भी जीवित बनाए रखा था। उनमें से एक मंडली पृथ्वीराज कपूर की थी, जो कपूर खानदान के प्रमुख थे। उल्लेखनीय है कि बंबई में हिंदी फिल्म उद्योग के शुरुआती वर्षों में कपूर खानदान एक ऊँची हस्ती रहा था। बंबई फिल्म उद्योग के निर्माण के साथ-साथ पृथ्वीराज कपूर और उनके बेटे रंगमंच से भी पूरी सक्रियता से जुड़े रहे थे।

आज तो भारत का बॉलीवुड दुनिया के अग्रणी फिल्म निर्माण केंद्रों में है, लेकिन उन दिनों बहुत कम फिल्में रिलीज होती थीं। इसके बावजूद फिल्में ही मनोरंजन का एकमात्र स्रोत थीं, क्योंकि उन दिनों टेलीविजन नहीं होते थे और रेडियो पर ऐसा मनोरंजन नहीं मिल सकता था।

पृथ्वीराज रंगमंच के अनुशासन को लेकर बहुत सख्त थे। वह दर्शकों को रंगमंच का भरपूर अनुभव देना चाहते थे। मुझे याद है, एक बार जब नाटक खेला जा रहा था तो वह छत में लगे पंखों को बंद करने के लिए कहने लगे। दरअसल, उन दिनों माइक्रोफोन का इस्तेमाल प्राय: नहीं किया जाता था, इसलिए उन्होंने सोचा कि पंखों के चलने की आवाज के कारण दर्शकों को अभिनेताओं की आवाज साफ सुनाई नहीं देगी। नाटक शुरू होने से पहले वे स्वयं मंच पर खड़े हो गए और पंखे बंद करने के लिए दर्शकों से माफी माँगी।

अपनी किशोरावस्था के दिनों की एक चीज मुझे कभी नहीं भूलती और वह चीज है—एक फिल्म। मैं सप्ताहांत में आखिरी शो ही देखता था, जो रात्रि में 9 बजे शुरू होता था। घर से अपनी ईस्टर्न स्टार साइकिल—जो मुझे इनाम में मिली थी—चलाकर मैं शो देखने के लिए जाता था। आखिरी शो देखने का लाभ यह होता था कि इससे मेरे काम या दिनचर्या में कोई दिक्कत नहीं आती थी।

आज तो भारत का बॉलीवुड दुनिया के अग्रणी फिल्म निर्माण केंद्रों में है, लेकिन उन दिनों बहुत कम फिल्में रिलीज होती थीं। इसके बावजूद फिल्में ही मनोरंजन का

एकमात्र स्रोत थीं, क्योंकि उन दिनों टेलीविजन नहीं होते थे और रेडियो पर ऐसा मनोरंजन नहीं मिल सकता था।

एक-एक फिल्म पचास-पचास हफ्तों तक चलती रहती थी और लोग एक ही फिल्म को कई बार देखते थे। परिवार के साथ जानेवाले लोग प्राय: धार्मिक फिल्में ही देखने के लिए जाते थे, जैसे—'हर-हर महादेव', जो '50 के दशक के मध्य में आई थी और जिसमें त्रिलोक कपूर व निरूपा रॉय ने मुख्य भूमिका निभाई थी। यह फिल्म लगातार सौ सप्ताह—यानी लगभग दो साल—तक हाउसफुल चली। अधिक लोकप्रिय फिल्में पसंद करनेवाले लोगों में ज्यादातर अधेड़ और कम उम्र के पुरुष होते थे।

फिल्मों की पहचान उनके संगीत निर्देशक से होती थी। कई फिल्में तो संगीत-निर्देशक के नाम पर ही बिकती थीं; अभिनेताओं को कम ही महत्त्व दिया जाता था। राज कपूर, दिलीप कुमार, मधुबाला, नरगिस, देव आनंद, निम्मी और नूतन उन दिनों के लोकप्रिय फिल्मी सितारे थे। फिल्म का निर्देशक दर्शकों के लिए कम ही रह पाता था। 'दो आँखें बारह हाथ', 'सीमा', 'अलबेला', 'बूटपॉलिश', 'अनाड़ी' और 'वक्त' जैसी फिल्में अपने गानों के लिए ज्यादा जानी जाती थीं। ये सदाबहार गाने आज की आधुनिक और युवा पीढ़ी में भी अपना स्थान बनाए हुए हैं, जबकि फिल्में पुरानी और उबाऊ लगने लगी हैं।

शंकर जयकिशन, नौशाद, सी. रामचंद्र, मदन मोहन, सलिल चौधरी, ओ.पी. नैयर और रवि—ये उन दिनों के चमत्कारिक नाम थे, जो बॉक्स ऑफिस पर फिल्म की कामयाबी सुनिश्चित करनेवाले थे। पार्श्व गायकों में मोहम्मद रफी, लता मंगेशकर और तलत महमूद, बूलो सी. रानी, सी.एच. आत्मा, के.एल. सहगल, सुरैया और आशा भोंसले का नाम काफी लोकप्रिय था, जिन्होंने खूब नाम कमाया।

विषय से थोड़ा हटकर अब मैं साइकिलों के बारे में थोड़ा विस्तार से बताना चाहता हूँ। जैसा मैंने पहले उल्लेख किया, मेरे पास एक ईस्टर्न स्टार साइकिल थी, जो उन दिनों का सबसे प्रतिष्ठित ब्रांड मानी जानेवाली रेले साइकिल से थोड़ी सस्ती थी। साइकिल रखना उन दिनों कोई मामूली बात नहीं होती थी। बहुत कम छात्रों के पास साइकिल हुआ करती थी। ज्यादातर छात्र मीलों पैदल चलकर स्कूल आते-जाते थे। स्कूल बसें नहीं होती थीं, इसलिए साइकिल पर चलनेवाले हम लड़के दूसरे लड़कों के लिए ईर्ष्या का विषय बन जाते थे।

हम भी अपने आपको अलग समझते थे और बड़े गर्व से चलते थे। साइकिल एक कीमती चीज थी, जिसकी खूब देखभाल करनी होती थी। मैं अपनी साइकिल को नियमित रूप से धोता था और उसमें तेल देता था। रोज रात में सोने से पहले मैं उसे उठाकर सीढ़ियों के रास्ते पहली मंजिल पर अपने कमरे में ले जाता था और सुबह फिर उठाकर नीचे ले आता था, जबकि साइकिल काफी भारी थी। कितना मुश्किल काम होता था!

उन दिनों मनोरंजन का दूसरा बड़ा साधन सर्कस था। जेमिनी, ग्रेट ईस्टर्न और रॉयल कुछ ऐसे नाम थे, जो सर्कस–प्रेमियों में रोमांच और जिज्ञासा का भाव भर देते थे। सर्कसवाले त्योहारों के मौसम में आते थे और लगातार महीनों तक उनका शो चलता रहता था। उनके पास रात्रि के आकाश को चीरती–सी प्रतीत होती बत्ती होती थी, जैसी युद्ध फिल्मों में देखने को मिलती है। यह बच्चों को आकर्षित करने के लिए होती थी।

सर्कस हमारे दिनों का एम.टी.वी. था। बच्चों व युवाओं को आकर्षित करने के लिए उनके पास सबकुछ होता था। शेर, चीते, हाथी, भालू, बैंड बाजा, पहलवान, मौत के पिंजड़े में मोटरसाइकिल चलाता कलाकार, जोकर और इन सबसे बढ़कर आकाशी झूले पर करतब दिखाती लड़कियाँ। चुस्त कपड़े पहने ये युवतियाँ हमें बहुत अच्छी लगती थीं। हम सब लड़के उनके रूप–लावण्य को देखकर मुग्ध हो जाते थे, जो सर्कस की तीव्र प्रकाशवाली बत्ती में करतब दिखाते समय और चमक उठता था। उनका साथ पाने की मन में बहुत इच्छा होती थी। आज यह सबकुछ बेवकूफी जैसा लगता है, लेकिन उन दिनों मनोरंजन के आधुनिक साधन नहीं थे।

उन दिनों फिल्मों में मर्यादा का पालन होता था। फिल्म की नायिकाओं को शालीन और सभ्य कपड़ों में दिखाया जाता था। अतः फिल्मों की इन नायिकाओं और सर्कस की उन सुंदरियों में बहुत अंतर था। किसी हिंदी फिल्म में चुंबन या आलिंगन का दृश्य कम ही देखने को मिलता था। ऐसे दृश्य को काट दिया जाता था। स्पर्श की स्थिति में नायिकाएँ अपने वक्ष पर दोनों हाथ लगा लेती थीं, ताकि नायक उनका स्पर्श न कर सके। नायिका का खुली टाँगें दिखाना भी उन दिनों चलन में नहीं था।

उन दिनों फिल्मों में मर्यादा का पालन होता था। फिल्म की नायिकाओं को शालीन और सभ्य कपड़ों में दिखाया जाता था। अतः फिल्मों की इन नायिकाओं और सर्कस की उन सुंदरियों में बहुत अंतर था। किसी हिंदी फिल्म में चुंबन या आलिंगन का दृश्य कम ही देखने को मिलता था। ऐसे दृश्य को काट दिया जाता था। स्पर्श की स्थिति में नायिकाएँ अपने वक्ष पर दोनों हाथ लगा लेती थीं, ताकि नायक उनका स्पर्श न कर सके। नायिका का खुली टाँगें दिखाना भी उन दिनों चलन में नहीं था।

सर्कस में लड़कियों के अलावा मुझे जोकर बहुत अच्छे लगते थे। उनके परिहासपूर्ण करतब देखकर मुझे बहुत मजा आता था; लेकिन उनके इस कार्य से मानव जीवन का एक दुःखद पहलू उजागर होता था। मुझे लगता था कि वे ऊपर से हँस जरूर रहे हैं, लेकिन भीतर से उनका मन रो रहा है। उनके लिए मेरे मन में एक दर्द–सा महसूस होता था। शायद इसीलिए राज कपूर की फिल्म 'मेरा नाम जोकर' में मेरा ध्यान तुरंत जोकर की ओर जाता

है, जो ऐसे जीवन का गीत गा रहा है, जिस पर विश्वास नहीं किया जा सकता, क्योंकि उसमें आधी सच्चाई है और आधा झूठ—

कहता है जोकर सारा जमाना,
आधी हकीकत, आधा फसाना।

त्योहार मौज-मस्ती और मिलने-जुलने का एक अन्य अवसर था, जिनमें सांप्रदायिक सौहार्द देखने को मिलता था। मुझ जैसे कामकाजी किशोर को त्योहारों से बहुत आराम मिलता था। त्योहारों में भी दीवाली का त्योहार हम बच्चों का सबसे पसंदीदा त्योहार था।

दीवालीवाले दिन हमारा स्वतंत्र राज होता था। गुजरात में बड़ी धूमधाम से दीवाली मनाई जाती थी। घर, आँगन, बरामदा, बाग, छत, खिड़की आदि सब जगह मिट्टी के दीये जलाए जाते थे, पटाखे छोड़े जाते थे और हम एक-दूसरे को बधाइयाँ देते थे तथा मिठाइयाँ खिलाते थे।

अन्य भारतीय त्योहारों की तरह दीवाली को भी देश भर में लोग अलग रूपों में मनाते थे। उत्तर भारत में इसे चौदह वर्ष के वनवास और राक्षसराज रावण के वध के बाद राम की अपने भाई लक्ष्मण और पत्नी सीता के साथ अयोध्या वापसी के रूप में मनाया जाता था। पौराणिक मान्यता के अनुसार इसी दिन भगवान् श्रीराम चौदह वर्ष के वनवास के बाद अयोध्या लौटे थे और उनका राज्याभिषेक किया गया था, जिसकी खुशी में अयोध्यावासियों ने दीये जलाए थे और खुशियाँ मनाई थीं।

आजकल यह त्योहार जीवन की नई शुरुआत का प्रतीक बन गया है। यह शीतकाल के आगमन और फसल की बुआई की शुरुआत का भी प्रतीक है। गुजरातियों, मारवाड़ियों और अन्य व्यवसायी समुदायों के लिए दीवाली धन की देवी लक्ष्मी की पूजा का दिन होता था। इसी दिन नए वित्तीय वर्ष की शुरुआत मानी जाती थी।

आजकल यह त्योहार जीवन की नई शुरुआत का प्रतीक बन गया है। यह शीतकाल के आगमन और फसल की बुआई की शुरुआत का भी प्रतीक है। गुजरातियों, मारवाड़ियों और अन्य व्यवसायी समुदायों के लिए दीवाली धन की देवी लक्ष्मी की पूजा का दिन होता था। इसी दिन नए वित्तीय वर्ष की शुरुआत मानी जाती थी।

गुजरात में हर गली-मुहल्ले में अलग-अलग समारोह होते थे। गरबा नृत्य सुबह तक चलता था। 'गरबा' शब्द 'गारादीप' से बना है, जिसका अर्थ होता है—मिट्टी का दीया। गुजराती महिलाएँ इकट्ठे होकर मिट्टी के एक घड़े के चारों ओर नृत्य करती थीं, जिसमें पानी भरा होता था। दीवाली, नवरात्र, शरत् पूर्णिमा, वसंत पंचमी, होली आदि त्योहारों पर यही नृत्य किया जाता था। मिट्टी के घड़े में एक सुपारी और एक चाँदी का सिक्का रखा

जाता था और ऊपर एक नारियल रखा जाता था। जब महिलाएँ घड़े के चारों ओर घूम-घूमकर नाचती थीं, उस समय एक व्यक्ति गाना गाता था और ढोल भी बजता था।

परंतु दीवाली के दौरान का सबसे खास कार्यक्रम रामलीला होता था। रामलीला खेलनेवाली कई नाटक मंडलियाँ आती थीं और हफ्तों तक रामलीला चलती थी। गानों, चौपाइयों और ढोल की आवाज से बड़ौदा की गली-गली गूँज उठती थी।

रामलीला खेलने के लिए मंच बनाया जाता था, जिस पर कलाकार भगवान् श्रीराम के जीवन की झाँकी प्रस्तुत करते थे। पात्र जब सज-धजकर मंच पर आते थे, तब दर्शक—जिनमें ज्यादातर महिलाएँ व बच्चे होते थे—मंत्रमुग्ध हो जाते थे। पीछे की ओर खड़े पुरुष दर्शक सीटियाँ बजाने लगते थे और तरह-तरह की टिप्पणियाँ करते थे।

रामायणियों की मंडली बीच-बीच में रामचरितमानस की चौपाइयाँ गाती थी, जिससे अभिनय में और निखार आ जाता था। लेकिन 16वीं शताब्दी के महान् संत और कवि तुलसीदास के रामचरितमानस की चौपाइयों का पाठ मंचों तक ही सीमित रहता था। मैं रात में खाना खाने के बाद रामलीला देखने के लिए जाता था, ताकि सुबह तक आराम से रामलीला देख सकूँ।

किशोरावस्था से ही मैं अन्याय के प्रति बहुत संवेदनशील था। कार्यक्षेत्र में कुछ लोगों को अन्याय या भेदभाव का शिकार होता देख मेरा किशोर मन दुःखी हो उठता था। जो लोग किसी मामले में दूसरे लोगों से बेहतर या बदतर थे, उनके साथ पक्षपात या भेदभावपूर्ण व्यवहार होता देख मुझे वास्तव में बहुत दुःख होता था। जिस टाइपिंग संस्थान में प्रशिक्षण ले रहा था और काम कर रहा था वहाँ इस तरह के अनेक उदाहरण मुझे देखने को मिल रहे थे। जो काम मैं कर रहा था, ठीक वैसा ही काम करनेवाले कुछ लोगों को अपेक्षाकृत ज्यादा पारिश्रमिक मिल रहा था।

किशोरावस्था से ही मैं अन्याय के प्रति बहुत संवेदनशील था। कार्यक्षेत्र में कुछ लोगों को अन्याय या भेदभाव का शिकार होता देख मेरा किशोर मन दुःखी हो उठता था। जो लोग किसी मामले में दूसरे लोगों से बेहतर या बदतर थे, उनके साथ पक्षपात या भेदभावपूर्ण व्यवहार होता देख मुझे वास्तव में बहुत दुःख होता था।

इसके बारे में मैंने हांगकांग में रह रहे अपने बड़े भाई होतू को लिखा; क्योंकि एक वे ही थे, जिनसे मैं अपने दिल की बात खुलकर कह सकता था। मुझे समझाते हुए उन्होंने ये पंक्तियाँ लिखकर भेजी थीं, जो आज भी मुझे अच्छी तरह याद हैं—

डरो मत कि दुनिया खिलाफ है,
रास्ता वो चलो,
जो सीधा और साफ है।

उन्होंने मुझे समझाया कि दूसरे लोगों को क्या मिल रहा है, इसकी चिंता मत करो, अपने स्वयं के गुण-अवगुण देखो और यह देखो कि क्या तुम्हें अपनी काबिलीयत के अनुसार प्रतिफल मिल रहा है।

मेरे लिए यह एक बड़ी सीख थी। तब से मैंने अपना सिद्धांत बना लिया है—अगर 100 रुपए कमाना चाहते हो तो 125 रुपए का लक्ष्य लेकर चलो। अपनी सोच ऊँची रखो, इससे निराशा जैसी बात मन में नहीं आएगी। इस सिद्धांत का लाभ आज भी मुझे मिल रहा है। मैं निराश होते हुए भी उससे स्वयं को प्रभावित नहीं होने देता हूँ। आशा और निराशा को भी सफलता-असफलता की तरह ही देखा जाना चाहिए।

❑

4

इतिहास वाले लोग

> "इतिहास से हमें दो बातें सीखनी चाहिए—एक, हम अपने पूर्वजों से बेहतर नहीं हैं; दूसरी, हम उनसे शर्मनाक और विकराल रूप से कम हैं, अगर हम उनके आगे नहीं बढ़ते हैं।"
>
> —थॉमस अर्नोल्ड

व्यवसाय सिंधियों के रक्त में है, यह उनका दूसरा स्वभाव है। वे व्यवसाय में ही साँस लेते हैं। व्यवसाय की भाषा सुन-सुनकर ही वे बड़े होते हैं। किसी गैर-सिंधी के सामने 'सिंधी' नाम आते ही उसके मन में एक परिश्रमी व्यवसायी की छवि उतर आती है। वस्तुतः 'सिंधी' शब्द 'व्यवसाय' या 'व्यापार' का पर्याय-सा बन गया है और ऐसा कहने में मुझे गर्व का अनुभव होता है। अगर कोई समुदाय अपनी मेहनत के बल पर कोई उपलब्धि हासिल करता है और उसे अपनी विरासत बना लेता है तो उसे अपनी उस उपलब्धि या सफलता के बारे में सफाई देने की जरूरत नहीं होती।

लेकिन ऐसा नहीं है कि केवल व्यवसाय के मामले में ही हम आगे हैं। हमारा साहित्य, संगीत, पाककला आदि भी अपनी मौलिकता को बनाए हुए आगे बढ़ रहा है।

सिंध के उत्पाद सभ्यता के आरंभ से ही बाहरी दुनिया में पहुँचते रहे हैं। प्राचीन लेखों और साहित्य से पता चलता है कि बाहरी दुनिया को सिंध और सिंधियों के बारे में व्यापक जानकारी थी और सिंध के मेसोपोटामिया (वर्तमान इराक) तथा भूमध्य सागरीय देशों के साथ व्यापारिक संबंध थे।

यह सबकुछ यूँ ही नहीं हो गया। अपने मूल की शक्ति तथा अपने व देश के बीच संबंध अथवा निकटता का संदेश हमने शेष दुनिया तक पहुँचाया है। सिंधी जहाँ-जहाँ भी

गए, अपने साथ वे अपनी परंपराओं को भी लेकर गए, अपने प्रेम व इतिहास को लेकर गए।

ब्रिटिश काल से भी पहले से सिंधी व्यापारियों को 'सिंधवरकी' के नाम से जाना जाता रहा है। इस नाम के पीछे भी एक दिलचस्प कहानी है। सिंधी अपने हस्तशिल्प के लिए दूर-दूर तक जाने जाते थे। विदेशी पर्यटक उनके हस्तशिल्प की खोज में यहाँ तक आते थे और 'वर्क ऑफ सिंध' (यानी सिंधियों द्वारा बनाई गई हस्तशिल्प) की माँग करते थे। धीरे-धीरे 'वर्क ऑफ सिंध' का संक्षेपीकरण हो गया और उसके स्थान पर 'सिंध वर्क' बोला जाने लगा। और फिर, आसानी के लिए लोग 'सिंध वर्की' बोलने लगे। यहाँ के हस्तशिल्पों को विदेशों में पहुँचानेवाले लोगों को सिंधी समुदाय के लोग भी 'सिंधवरकी' बोलते थे।

तो आखिर वह क्या चीज है, जो हमें खास बनाती है?

वह चीज हमारे रक्त में है—ऐसा दुनिया कहती है। यह उत्तर बहुत उथला है, बहुत सरल है; क्योंकि इसमें हमारे सिंधी समुदाय की व्यावसायिक प्रवृत्ति, जीवटता, कर्मठता को गंभीरता से नहीं लिया गया है।

इसकी शुरुआत भी ओक के शक्तिशाली वृक्ष की तरह एक छोटे से बीज से होती है।

एक सिंधी व्यवसायी का बच्चा वयस्क होने से पहले ही व्यवसाय की बारीकियाँ सीख जाता है। एक बच्चा हांगकांग और सिंगापुर जैसे देशों के बारे में बातें करते-सुनते बड़ा होता है। एक सिंधी के लिए इन दोनों ही देशों का अभिप्राय व्यवसाय होता है। दुबई भी व्यवसाय का पर्याय बन गया है। एक सिंधी को पता होता है कि सोना दक्षिण अफ्रीका से आता है और हीरे की खानें बेल्जियम व इजराइल में हैं।

एक सिंधी व्यवसायी का बच्चा वयस्क होने से पहले ही व्यवसाय की बारीकियाँ सीख जाता है। एक बच्चा हांगकांग और सिंगापुर जैसे देशों के बारे में बातें करते-सुनते बड़ा होता है। एक सिंधी के लिए इन दोनों ही देशों का अभिप्राय व्यवसाय होता है। दुबई भी व्यवसाय का पर्याय बन गया है। एक सिंधी को पता होता है कि सोना दक्षिण अफ्रीका से आता है और हीरे की खानें बेल्जियम व इजराइल में हैं। सीलोन (श्रीलंका) की चाय के बारे में उसे भले ज्यादा कुछ न पता हो, लेकिन वहाँ के रत्नों के बारे में वह खूब जानता है। विश्व के मानचित्र पर वह जापान को भले न पहचान पाए, लेकिन उसे इतना जरूर पता होता है कि जापान इलेक्ट्रॉनिक सामान का सबसे बड़ा निर्माता है।

इन देशों के व्यवसाय के बारे में वह इसलिए इतना सब जानता है कि उसके चाचा-ताऊ या भाई वहाँ काम कर रहे होते हैं। स्कूल से आने के बाद वह अपने दोस्तों के साथ कुछ देर तक खेलता होगा, लेकिन उसके बाद एक-दो घंटे का समय वह अपने

पिता की दुकान पर जरूर बिताएगा। छुट्टियों में वह हांगकांग या कैनरी द्वीप में रह रहे अपने चाचा या अन्य सगे-संबंधी के पास जाएगा। इस तरह के परिवेश में पलते-बढ़ते हुए 17-18 वर्ष की उम्र तक पहुँचते-पहुँचते वह व्यवसाय की बारीकियों से भली-भाँति परिचित हो जाता है।

परंपरा के अनुसार एक सिंधी व्यवसायी अपने बेटे को उसी दिन व्यवसाय में डाल देता है, जिस दिन वह स्कूल की पढ़ाई पूरी करता है। उच्च स्कूली शिक्षा का इसमें बहुत ज्यादा महत्त्व नहीं होता, क्योंकि वास्तविक शिक्षा तो उसे दुकान में ही मिलती है। वस्तुत: एक सिंधी के लिए सबसे बड़ा स्कूल या कॉलेज उसका अपना मुहल्ला, शहर, घर या दुकान ही होती है, क्योंकि यहाँ उसे उपयोगी व्यावहारिक सीख मिलती है। जब तक वह बड़ा होता है; तब तक उसे व्यवसाय की जटिल दुनिया में अपना रास्ता तैयार करने का अच्छा-खासा अनुभव हो चुका होता है।

महत्त्वाकांक्षा, सजगता, रचनात्मकता या मनुष्य की मानसिक अथवा आध्यात्मिक प्रगति सुनिश्चित करनेवाले किसी भी गुण पर आयु की सीमा नहीं होनी चाहिए। एक पुरानी कहावत है—जोखिम नहीं तो लाभ नहीं। यह कहावत बिल्कुल सही है। लेकिन दूसरी ओर अगर हमारे कुछ उद्यम या जोखिम हमें लाभ नहीं दे पाते, तब भी कम-से-कम इसका श्रेय तो हमें मिलता ही है कि हमने उद्यम किया।

ऐसा नहीं है कि सिंधी परंपरा में उच्च शिक्षा पर कोई रोक है। दरअसल, इसका कारण है महत्त्वाकांक्षा और महत्त्वाकांक्षा को पूरा करने के लिए इतना सारा कीमती समय पढ़ाई में नहीं गँवाया जा सकता। जॉर्ज मैथ्यू एडम्स ने कुछ इसी तरह का विचार प्रस्तुत किया है—"महत्त्वाकांक्षा, सजगता, रचनात्मकता या मनुष्य की मानसिक अथवा आध्यात्मिक प्रगति सुनिश्चित करनेवाले किसी भी गुण पर आयु की सीमा नहीं होनी चाहिए। एक पुरानी कहावत है—जोखिम नहीं तो लाभ नहीं। यह कहावत बिल्कुल सही है। लेकिन दूसरी ओर अगर हमारे कुछ उद्यम या जोखिम हमें लाभ नहीं दे पाते, तब भी कम-से-कम इसका श्रेय तो हमें मिलता ही है कि हमने उद्यम किया। जो लोग चुपचाप बैठे रहकर या उद्यम से बचकर जीवन बिताते हैं, वे वास्तव में अपने जीवन का एक अंश ही जी पाते हैं। केवल शौक के लिए उद्यम करने का भी अपना एक रचनात्मक लाभ होता है। उद्यम करते रहो, तुम्हारा उत्साह कभी ढीला नहीं पड़ेगा।"

जॉर्ज मैथ्यू एडम्स का इशारा सिंधियों की ओर ही रहा होगा, क्योंकि उनके ये शब्द वास्तव में एक परंपरागत सिंधी व्यवसायी के ऊपर ही सटीक बैठते हैं।

शुरू में सिंधी व्यवसायी ज्यादातर कपड़ों का व्यापार करते थे। सिंध के सूती

कपड़े उत्कृष्ट कोटि के होते थे। सिंधी समुदाय के लोग सिंगापुर, हांगकांग, इंडोनेशिया, जापान या दुबई जहाँ कहीं भी गए, वहाँ उनमें से बहुत से लोग कपड़े के व्यवसायी बन गए। आज भी ऐसा ही है।

भारत में अंग्रेजों के आगमन के बाद सिंधी बुनकरों की प्रसिद्धि पश्चिम में भी फैलनी शुरू हो गई। सिंधी बुनकरों और हस्तशिल्पियों के बारे में सुनकर दूर-दूर से लोग आते थे। यहाँ के परिधान, सिल्क और जरी की उत्कृष्टता की कहानी दूर-दूर तक फैली थी। सिंध का रोहिड़ी सिल्क बहुत प्रसिद्ध था, जिसकी देश-विदेश में माँग थी। इसी तरह यहाँ के चमड़े के उत्पाद भी प्रसिद्ध थे। भैंस की खाल से बने चमड़े को—जिसे पुर्तगाली सिंधी चमड़ा कहते थे—विभिन्न रंगों में सिलकर तैयार किया जाता था और उस पर सिल्क के डिजाइन भी बनाए जाते थे।

सन् 1924 में हड़प्पा और मोहनजोदड़ो (जिसे 'मृतकों का टीला' कहा जाता है) में की गई खुदाई से सिंधु घाटी सभ्यता के लोगों के जीवन के बारे में पता चलता है। मेसोपोटामिया की सभ्यता के लोगों की तरह सिंधु घाटी सभ्यता के लोग भी लिखना जानते थे और कला व हस्तशिल्प में भी आगे थे। पुरातत्त्व-विज्ञानियों ने उनकी लिपि के हजारों प्रमाणों का पता लगाया है, लेकिन अब तक उन्हें पढ़ा नहीं जा सका है। संभवतः यह दुनिया की पहली लेखन प्रणाली है।

इतनी समृद्ध परंपरा और विरासत के बावजूद सिंधियों को स्वयं अपने अतीत और विरासत के बारे में ज्यादा जानकारी नहीं है, जो एक दुर्भाग्य की बात है। युवा पीढ़ी के कितने सिंधी ऐसे हैं, जो इस सत्य से अवगत होंगे कि उनके पूर्वज दो महान् सभ्यताओं—सिंधु घाटी सभ्यता और वैदिक सभ्यता—को साथ-साथ लेकर चले थे? इस अमूल्य विरासत के बारे में युवा पीढ़ी को शिक्षित करने की दिशा में कम ही प्रयास किए जा रहे हैं।

प्राचीन भारतीय सभ्यता वास्तव में सिंधु घाटी सभ्यता तथा वैदिक सभ्यता का मिश्रण थी। दोनों सभ्यताओं में महत्त्वपूर्ण अंतर इतना ही था कि सिंधु घाटी सभ्यता के लोग शिव और प्रकृति की पूजा करते थे, जबकि वैदिक सभ्यता के लोग केवल प्रकृति की पूजा करते थे। सिंधु घाटी सभ्यता 2600 ई.पू. से 1900 ई.पू. के बीच सिंधु और उसकी सहायक नदियों के किनारे-किनारे विकसित हुई। यह एक नगरीय सभ्यता थी, जिसमें लोगों का मुख्य पेशा व्यापार और वाणिज्य था। दूसरी ओर, वैदिक सभ्यता ग्रामीण थी, जिसमें लोगों का मुख्य व्यवसाय कृषि था।

सन् 1924 में हड़प्पा और मोहनजोदड़ो (जिसे 'मृतकों का टीला' कहा जाता है) में की गई खुदाई से सिंधु घाटी सभ्यता के लोगों के जीवन के बारे में पता चलता है।

मेसोपोटामिया की सभ्यता के लोगों की तरह सिंधु घाटी सभ्यता के लोग भी लिखना जानते थे और कला व हस्तशिल्प में भी आगे थे। पुरातत्त्व-विज्ञानियों ने उनकी लिपि के हजारों प्रमाणों का पता लगाया है, लेकिन अब तक उन्हें पढ़ा नहीं जा सका है। संभवत: यह दुनिया की पहली लेखन प्रणाली है। जिस समय मेसोपोटामिया सभ्यता के लोगों ने चिह्नों का प्रयोग करने की कला सीखी, लगभग उसी समय हड़प्पा सभ्यता के लोग भी चिह्नों का प्रयोग करना सीख रहे थे। मेसोपोटामिया सभ्यता के लोग पश्चिम की ओर 2,400 कि.मी. दूर रहते थे और उनके नगर हड़प्पा सभ्यता के नगरों से कुछ सौ वर्ष पहले बनाए गए थे।

हड़प्पा संस्कृति सिंधु घाटी से लेकर उत्तर-पूर्व में अफगानिस्तान और पश्चिम में तुर्किस्तान तथा पूर्व में हिमालय की निचली पहाड़ियों और दिल्ली तक फैली थी। हड़प्पा सिंधु घाटी सभ्यता का एक बड़ा नगर था; अन्य नगरों में मोहनजोदड़ो, चन्हूदड़ो, कालीबंगन और लोथल प्रमुख थे। ये क्षेत्र लगभग 4 लाख कि.मी. में फैले हुए थे। हाल ही में की गई खुदाई से पता चला है कि हड़प्पा सभ्यता को जितनी पुरानी माना जाता रहा है, उससे भी ज्यादा पुरानी है। पुरातत्त्व-विज्ञानियों को प्रमाण मिले हैं कि एक गाँव 3300 ई.पू. हड़प्पा सभ्यता में स्थित था—यानी नगरीय सभ्यता के विकास (2600 ई.पू.) से 700 वर्ष पहले।

हड़प्पा सभ्यता की दो शाखाएँ थीं—सोराठ हड़प्पा और सिंधी हड़प्पा। सोराठ—सौराष्ट्र का प्राचीन नाम—अपेक्षाकृत कम विकसित था, क्योंकि यहाँ सीप, आभूषण और उत्कृष्ट वास्तुकला नहीं थी। सिंधी हड़प्पा की सभ्यता अपेक्षाकृत अधिक विकसित थी। यहाँ उत्कृष्ट वास्तुकला थी, मकान पक्की ईंटों से बने थे, जल-निकास की व्यवस्था थी और डाक टिकट के आकार की मुहरें थीं, जो प्राय: पत्थर की होती थीं, उन पर आराध्य देवी-देवताओं के चित्र होते थे। साँड़ आदि जानवरों के चित्रवाली मुहरें भी थीं, जो आज भी उपमहाद्वीप में देखी जाती हैं। मुहरों का प्रयोग मिट्टी के बरतनों पर संभवत: पहचान के लिए किया जाता था।

स्तूपवाले एक टीले की खुदाई से हड़प्पा के लोगों की जीवन-शैली के बारे में पता चला। हड़प्पा के टीले कई परतों में बने थे। नई पीढ़ी के लोग अपने पूर्वजों द्वारा किए गए निर्माणों के ऊपर गलियों और मकानों का निर्माण कर रहे हैं। अनुमान है कि एक के ऊपर एक कम-से-कम सात नगर अब तक बस चुके हैं।

हड़प्पा सभ्यता के लोग सुनियोजित नगरों में रहते थे और उनका समाज मध्यवर्गीय था। उनका रहन-सहन समकालीन बेबीलोन की सभ्यता के लोगों के रहन-सहन से कई मायनों में श्रेष्ठ था—जो खुदाई में मिले बरतनों, प्रसाधनों और मिट्टी के बरतनों से स्पष्ट हो जाता है। सिंधी हड़प्पा का समुदाय छोटे-छोटे क्षेत्रों में बँटा था, जो दो से पाँच एकड़ क्षेत्रफल के होते थे। समाज जाति के आधार पर नहीं बल्कि श्रम अथवा काम के आधार

पर बँटा था। समाज में किसान, व्यापारी, मछुआरे और शिल्पी वर्ग रहते थे।

नगरों की गलियाँ व सड़कें सीधी, पक्की और चौड़ी थीं। उनसे मिलती हुई छोटी-छोटी संपर्क गलियाँ थीं। घर पक्की ईंटों से बनाए जाते थे। बहुमंजिली इमारतें भी थीं, जिनमें स्नान कक्ष, भंडार कक्ष आदि कई कमरे होते थे। चारों ओर कमरों से घिरा एक आँगन होता था—हड़प्पा सभ्यता के ज्यादातर घरों में ऐसा ही होता था। उत्तर भारत और पाकिस्तान के कई हिस्सों में आज भी आपको इस तरह का निर्माण देखने को मिल जाएगा। घरों में रोशनदान की अच्छी व्यवस्था होती थी। प्रत्येक घर में एक कुआँ, एक स्नान कक्ष होता था और पानी के निकास के लिए नालियाँ होती थीं, जो बड़ी भूमिगत नाली में जाकर मिलती थीं। सफाई का ध्यान रखते हुए नालियों को ऊपर से ढककर रखा जाता था। हर नगर के मध्य में एक दुर्ग या धार्मिक केंद्र होता था।

हड़प्पा सभ्यता के लोग जल प्रबंधन में कुशल थे। बड़े-बड़े पक्के चबूतरे और बहुमंजिली इमारतें बनाने के लिए यह कौशल जरूरी था। भूमिगत जल को निकालने के लिए कुएँ भी खोदे जाते थे। अनाज में गेहूँ, जौ और बाजरा आदि उगाया जाता था; नाप-तौल प्रणाली भी चलन में थी। धातुओं से विभिन्न प्रकार की वस्तुएँ बनाई जाती थीं। सोने-चाँदी और बहुमूल्य रत्नों के आभूषण बनाए जाते थे। स्त्रियाँ बाली, चूड़ियाँ और हार पहनती थीं, जो सुंदर डिजाइनों में बनाए जाते थे। इस प्रकार के आभूषण आज भी देखे जा सकते हैं। अपने आराध्य देव को प्रसन्न करने के लिए लोग ताबीज भी पहनते थे।

हड़प्पा सभ्यता के लोग जल प्रबंधन में कुशल थे। बड़े-बड़े पक्के चबूतरे और बहुमंजिली इमारतें बनाने के लिए यह कौशल जरूरी था। भूमिगत जल को निकालने के लिए कुएँ भी खोदे जाते थे। अनाज में गेहूँ, जौ और बाजरा आदि उगाया जाता था; नाप-तौल प्रणाली भी चलन में थी। धातुओं से विभिन्न प्रकार की वस्तुएँ बनाई जाती थीं। सोने-चाँदी और बहुमूल्य रत्नों के आभूषण बनाए जाते थे। स्त्रियाँ बाली, चूड़ियाँ और हार पहनती थीं, जो सुंदर डिजाइनों में बनाए जाते थे।

हड़प्पा के लोग कुशल कारीगर और व्यापारी होते थे, जो सोने के आभूषण, ताँबे के बरतन और हाथीदाँत, मोती एवं अन्य बहुमूल्य रत्नों को दूसरे शहरों में तथा ओमान, खाड़ी, फारस और पश्चिम के देशों में भेजते थे। आभूषण बनाने के लिए नीलम का आयात वर्तमान अफगानिस्तान से किया जाता था। अरब सागर से लाए शंख से चूड़ियाँ बनाई जाती थीं। मटमैले-पीले रंग के पत्थर—जिसे कार्नेलियन कहा जाता था—से लंबे-लंबे मनके बनाए जाते थे। कार्नेलियन की विशेषता है कि उसे भट्ठी में डालने पर उसका रंग संतरी लाल हो जाता है। पुरातत्त्ववेत्ताओं को

अनोखी चमकवाले ऐसे मनके मेसोपोटामिया की कब्रों से मिले हैं।

हड़प्पा सभ्यता के लोगों के पास अनाज के भंडारण की उन्नत व्यवस्था थी। एक बड़ा सार्वजनिक भंडारण गृह बनाया जाता था, जो बैंक और कोषागार का काम करता था। कब्रों से खोदकर निकाले गए कंकालों से पता चलता है कि लोग अच्छा खाते-पीते थे। जानवरों की हड्डियाँ भी मिली हैं, जिससे पता चलता है कि लोग भेंड़, बकरियाँ, भैंस, कुत्ते और मुरगियाँ पालते थे।

हड़प्पा सभ्यता के लोगों के पास अनाज के भंडारण की उन्नत व्यवस्था थी। एक बड़ा सार्वजनिक भंडारण गृह बनाया जाता था, जो बैंक और कोषागार का काम करता था। कब्रों से खोदकर निकाले गए कंकालों से पता चलता है कि लोग अच्छा खाते-पीते थे। जानवरों की हड्डियाँ भी मिली हैं, जिससे पता चलता है कि लोग भेंड़, बकरियाँ, भैंस, कुत्ते और मुरगियाँ पालते थे।

इस बात के पूरे प्रमाण हैं कि हड़प्पा सभ्यता के लोग युद्ध के बारे में नहीं जानते थे। हालाँकि कुछ हथियारों के अवशेष मिले हैं, लेकिन वे ऐसे हथियार नहीं हैं, जिनका प्रयोग युद्ध में किया जाता रहा होगा। नगर समृद्ध थे, इसके बावजूद उनकी सुरक्षा के लिए न कोई बाहरी दीवार थी और न ही कोई युद्ध सामग्री थी। इससे पता चलता है कि लोग शांतिप्रिय थे। सभ्यता लगभग विकसित और विस्तृत हो रही थी।

सिंधी हड़प्पा शैली का प्रभाव गुजरात, कच्छ, पंजाब, हरियाणा और उत्तर प्रदेश तक माना जा सकता है। हिमालय की निचली पहाड़ियों में मांडा नामक स्थल की खोज से पता चला है कि हिमालय के टिंबर व्यापार पर हड़प्पा का थोड़ा-बहुत नियंत्रण था। एक अन्य स्थल गुंबा को विभिन्न प्रकार की धातुओं, खनिज पदार्थों और टिंबर आदि के निर्यात का एक व्यापारिक केंद्र माना जा सकता है, जहाँ से वर्तमान अफगानिस्तान और पूर्व सोवियत मध्य एशिया को निर्यात किया जाता था।

चूँकि सिंधी संस्कृति सिंधु घाटी सभ्यता और वैदिक सभ्यता का मिश्रण रही है अत: इसकी भाषा पर भी इन संस्कृतियों का प्रभाव दिखाई देता है। पूर्व-वैदिक भाषा व संस्कृत का ही एक प्राचीन रूप मानी जानेवाली सिंधी भाषा का विकास द्रविड़ और आर्य भाषा के शब्दों से हुआ है।

सिंधियों की दूसरी विशेषता है—प्रवास। प्राचीन काल से ही सिंधी समुदाय के लोग व्यापार व वाणिज्य के लिए विश्व के विभिन्न भागों में जाकर बसते रहे हैं। यूनानी साहित्य में ऐसे प्रवास का उल्लेख मिलता है। 'इलियड' महाकाव्य में सिंशियनों (सिंधियों) का उल्लेख मिलता है, जो 'एक विचित्र भाषा' बोलते थे। चतुर कामगार वुलकैन (Vulcan)—जो अपनी माँ जूनो को खुश करना चाहता था—के इन शब्दों का उद्धरण

दिया जा सकता है—"पहले एक बार जब मैं आपकी मदद करने की कोशिश कर रहा था, तब उसने मेरा पैर पकड़कर मुझे स्वर्ग के द्वार से नीचे उछाल दिया। दिन भर, सुबह से लेकर शाम तक मैं नीचे की ओर गिरता रहा और सूर्यास्त के समय मैं लेमनोस द्वीप की धरती पर गिर गया; तब से मैं लगभग निष्प्राण-सा वहीं पड़ा रहा, तभी सिंशियन (सिंधी) आए और उन्होंने मुझे ठीक किया।" (इलियड,1-594)

सत्रहवीं शताब्दी में एक अंग्रेज पादरी एडवर्ड पोकोके (Edward pococke) (1604-91)—जो सीरिया में अलप्पो के पादरी थे—ने यूनान पर भारतीय प्रभाव के बारे में लिखते हुए सिंधियों के भूमध्यसागरीय देशों और उत्तरी अफ्रीका की ओर पलायन का विस्तार से वर्णन किया था। उन्होंने लिखा था कि वैदिक काल में वणिक, बनिया और वनिया के नाम से जाने जानेवाले व्यापारी समुदाय के पणियों ने सुदूर यूनान की ओर पलायन किया। अपने साथ वे अपने आकर्षक कपड़े भी नई दुनिया में ले गए; इस प्रकार सिंधी सूती कपड़ा प्राचीन विश्व के सुदूरवर्ती भागों में भी लोकप्रिय हो गया। इतना ही नहीं, सिंध को 'सुवासा' यानी 'अच्छे कपड़ों की भूमि' के उपनाम से जाना जाने लगा।

वैदिक काल में वणिक, बनिया और वनिया के नाम से जाने जानेवाले व्यापारी समुदाय के पणियों ने सुदूर यूनान की ओर पलायन किया। अपने साथ वे अपने आकर्षक कपड़े भी नई दुनिया में ले गए; इस प्रकार सिंधी सूती कपड़ा प्राचीन विश्व के सुदूरवर्ती भागों में भी लोकप्रिय हो गया। इतना ही नहीं, सिंध को 'सुवासा' यानी 'अच्छे कपड़ों की भूमि' के उपनाम से जाना जाने लगा।

अपने शासकों द्वारा किए जा रहे राजनीतिक उत्पीड़न से बचने के लिए ही संभवत: सिंधियों ने पलायन किया। नए-नए चरागाहों का पता लगाने के लिए उन्होंने समुद्री मार्ग से यात्रा की। समुद्री मार्ग से जानेवाले ये लोग फारस की खाड़ी में स्थित मकरान के तट पर पहुँचे। खाड़ी के मुहाने से होते हुए वे ओमान, हाड्रामांट (Hadramant) एवं यमन पहुँचे और इस प्रकार वे लाल सागर तक चले गए। नील नदी को पार करके वे दक्षिणी मिस्र में न्यूबिया के राज्यों के संपर्क में आए, जो सूडानी सीमा और अबीसीनिया—जिसे आजकल इथोपिया कहा जाता है—से लगे थे। यहाँ से वे आगे बढ़े और नील नदी के पूर्वी मुहाने से होते हुए भूमध्यसागर पहुँच गए। जो लोग सीरिया और लेबनान के समुद्र-तटीय क्षेत्रों में बस गए, उन्हें फोयमीशियम कहा जाने लगा। वे पणि से पणिक यानी 'प्यूनिक' जाति के बन गए। यूनानी संस्कृति में इन प्रवासियों के योगदानों को इतिहासकारों ने भी स्वीकार किया है।

पूर्व के इन प्रवासियों के संपर्क में आने के बाद पश्चिम के साहसी शासकों की पूर्वी देशों के बारे में जानने की उत्सकुता बढ़ी, जहाँ पहुंचने के लिए जल व थल मार्ग दोनों

से जाया जा सकता था। इससे सुदूर देशों-प्रदेशों के शासकों को सिंध की समृद्ध धरती पर हमला करने का प्रोत्साहन व रास्ता मिल गया। इसी क्रम में सिथियनों, पर्शियनों, कुषाणों, हूणों, यूनानियों, ईरानियों और अरबों ने अलग-अलग समय में सिंध पर आक्रमण किए। उनमें से कई आक्रमणकारी तो यहीं बस गए और समय के साथ-साथ यहाँ के लोगों के साथ घुल-मिल गए।

638 ई. से 711 ई. के मध्य अरबों ने सिंध पर कई बड़े हमले किए। इतिहासकारों का मानना है कि अरबों ने सिंध पर जल व थल दोनों मार्गों से कुल 15 बार हमले किए। अंतत: बगदाद के शासक हज्जाज के भतीजे मुहम्मद बिन कासिम ने इराकी, सीरियाई और अरब सैनिकों की एक बड़ी सेना लेकर सिंध पर हमला कर दिया और लंबी लड़ाई के बाद 711 ई. में सिंध पर अपना अधिकार जमाने में सफल हो गया। यह घटना भारत व सिंध दोनों के लिए महत्त्वपूर्ण और परिवर्तनकारी घटना सिद्ध हुई। सिंध पर लगभग दो शताब्दियों तक अरबों का शासन रहा।

इन आक्रमणों में सबसे महत्त्वपूर्ण और दिलचस्प आक्रमण सिकंदर महान् का रहा, जो अरबों के आगमन से शताब्दियों पहले यहाँ आया था। पंजाब में राजा पोरस को हराकर लौटते हुए रास्ते में उसने सिंध पर आक्रमण कर दिया। अपने देश वापस जाते समय शत्रु सेनाओं के मुकाबले से बचने के लिए वह नया मार्ग अपनाना चाहता था। अपने विजय अभियान के दौरान उसने पर्शिया, अफगानिस्तान और उत्तरी-पूर्वी भारत पर हमले करके अपने कई शत्रु बना लिये थे। इसीलिए वह सिंध के रास्ते होकर अपने देश वापस जाना चाहता था।

विश्व-विजयी सिकंदर के लिए—जिसने पहले पोरस के हाथ भी मात खाई थी—यह एक बड़ा आघात था। यूनानी इतिहासकार प्लूटार्च के अनुसार, पोरस के साथ हुए युद्ध ने मकदूनिया का हौसला पस्त कर दिया था और उसका आगे बढ़ने का साहस डगमगा गया। सिकंदर को पोरस के साथ समझौता करना पड़ा। प्लूटार्च के अनुसार, "सिकंदर ने पोरस को अपने राज्य का गवर्नर बना दिया और साथ ही अपने अधीन की गई दूसरी रियासतें भी उसे दे दीं।"

सिकंदर का हमला चूँकि अचानक और अप्रत्याशित था, इसलिए सिंध और उसके आसपास के छोटे-छोटे राज्यों के शासक पहले तो घबरा गए। लेकिन बाद में एकजुट होकर उन्होंने सिकंदर पर चारों ओर से हमला कर दिया। सिंधी शासक सब्बास के साथ युद्ध में सिकंदर घायल हो गया। उसके कंधे और टाँग में चोट आ गई तथा एक तीर उसके सीने में जा लगा। उसके खेमे में एक बार तो यह अफवाह भी फैल गई कि सिकंदर मर गया।

विश्व-विजयी सिकंदर के लिए—

जिसने पहले पोरस के हाथ भी मात खाई थी—यह एक बड़ा आघात था। यूनानी इतिहासकार प्लूटार्च के अनुसार, पोरस के साथ हुए युद्ध ने मकदूनिया का हौसला पस्त कर दिया था और उसका आगे बढ़ने का साहस डगमगा गया। सिकंदर को पोरस के साथ समझौता करना पड़ा। प्लूटार्च के अनुसार, "सिकंदर ने पोरस को अपने राज्य का गवर्नर बना दिया और साथ ही अपने अधीन की गई दूसरी रियासतें भी उसे दे दीं।"

सिकंदर किसी तरह सिंधी शासकों के हमले से बच गया और उसने जवाबी हमला कर दिया। इस बार उसने ब्राह्मणों को अपना निशाना बनाया, क्योंकि उसे लगा कि यह विद्वान् व पुरोहित वर्ग ही सिंधी शासकों को मुकाबले के लिए खड़ा होने की सीख दे रहा है। उसने ब्राह्मणों को मारना शुरू कर दिया; लेकिन ब्राह्मणों की विद्वत्ता से वह काफी प्रभावित भी हुआ, इसलिए उसने दस ब्राह्मणों को अपने पास बंदी बनाकर रख लिया। प्लूटार्च ने उन ब्राह्मणों के साथ सिकंदर के शास्त्रार्थ के बारे में लिखा है।

एक ब्राह्मण से सिकंदर ने प्रश्न किया, "सबसे ज्यादा संख्या किसकी है—जीवितों की या मृतकों की?"

"जीवितों की; क्योंकि जो मृतक हैं, उनका कोई अस्तित्व नहीं है।" ब्राह्मण ने उत्तर दिया।

इस उत्तर से प्रभावित होकर उसने दूसरे ब्राह्मण से प्रश्न किया, "पहले दिन हुआ या रात?"

"पहले दिन आया, कम-से-कम एक दिन पहले।" ब्राह्मण ने उत्तर दिया।

अगला प्रश्न था, "जीवन और मृत्यु में कौन सा अधिक शक्तिशाली है?"

"जीवन मृत्यु से ज्यादा शक्तिशाली है, क्योंकि यह ढेर सारे दुःख झेलने में सक्षम है।" विद्वान ब्राह्मण ने सरलता से उत्तर दिया।

जब ब्राह्मणों की प्रश्न पूछने की बारी आई तो एक ब्राह्मण कालानूस ने कहा कि सिकंदर जब तक अपने राजसी वस्त्र उतारकर एक साधारण व्यक्ति की तरह शालीनता से बैठकर नहीं सुनेगा, तब तक वह उससे बात नहीं करेगा। सिकंदर तैयार हो गया। तब कालानूस ने सिकंदर को राजनीति की एक महत्त्वपूर्ण शिक्षा देने के लिए एक कटी हुई सूखी खाल जमीन पर फेंकी और उसके किनारे पर पैर रखकर कुचलने लगा—यह दिखाने के लिए कि इस प्रकार दबाव डालने से चमड़ा सीधा नहीं होता। उसके बाद वह खाल के बीचोबीच खड़ा हो गया और चमड़ा तुरंत सीधा हो गया। इसके माध्यम से कालानूस सिकंदर को यह संदेश देना चाहता था कि उसका इस तरह दूर-दूर घूमना न उसके स्वयं के लिए अच्छा है और न ही उसके साम्राज्य के लिए। एक सम्राट् को अपने साम्राज्य के मध्य में रहना चाहिए। उसे विजय अभियान के लिए सुदूर इलाकों में ज्यादा समय नहीं बिताना चाहिए।

सिंध में ब्राह्मणों के विनाश के बारे में एक और ऐतिहासिक विवरण मिलता है। सोलहवीं शताब्दी में मुहम्मद बिन कासिम ने सिंध के राजा दाहर को हरा दिया। राजदरबार से जुड़े ब्राह्मणों का विश्वास जीतने के लिए उसने एक चाल चली। ब्राह्मणों ने कासिम के लिए जासूसी की। हिंदू शासक के खिलाफ युद्ध में जीत हासिल करने के लिए उसे ब्राह्मणों की मदद की सख्त जरूरत थी। लेकिन लड़ाई जीतने के बाद कासिम ने ब्राह्मणों को पुरस्कृत करने की बजाय सजा दे डाली। उसका तर्क था कि ये ब्राह्मण जब अपने ही शासक के साथ विश्वासघात कर सकते हैं तो एक विदेशी होकर वह उन पर कैसे विश्वास कर ले। उसने ब्राह्मणों को गद्दार और अविश्वसनीय कहकर उन्हें मारने का आदेश दे दिया।

सिंध में ब्राह्मणों के विनाश के बारे में एक और ऐतिहासिक विवरण मिलता है। सोलहवीं शताब्दी में मुहम्मद बिन कासिम ने सिंध के राजा दाहर को हरा दिया। राजदरबार से जुड़े ब्राह्मणों का विश्वास जीतने के लिए उसने एक चाल चली। ब्राह्मणों ने कासिम के लिए जासूसी की। हिंदू शासक के खिलाफ युद्ध में जीत हासिल करने के लिए उसे ब्राह्मणों की मदद की सख्त जरूरत थी। लेकिन लड़ाई जीतने के बाद कासिम ने ब्राह्मणों को पुरस्कृत करने की बजाय सजा दे डाली।

इन ऐतिहासिक विवरणों के पीछे जो भी सच्चाई हो, लेकिन एक बात तो स्पष्ट है कि सिंध की कुल जनसंख्या में ब्राह्मणों की संख्या बहुत कम थी। सिंधी समाज में जाति प्रथा न होने के कारण सिंधी ब्राह्मण कोई था ही नहीं।

जाति-व्यवस्था अथवा वर्ण-व्यवस्था—जिसे हिंदू समाज की मुख्य पहचान माना जाता रहा है—सिंध में अपनी जड़ कभी नहीं जमा पाई। इसके बावजूद वर्ण-व्यवस्था में सर्वोच्च स्थान रखनेवाले ब्राह्मण सिंधी समाज का एक हिस्सा थे। सिंध के ब्रिटिश आयुक्त रह चुके और 'सिंध बिफोर द मुसलिम कन्क्वेस्ट' के लेखक एच.टी. लैंब्रिक के अनुसार, ''सिंध में एक गूढ़ शक्ति मौजूद थी, जिसने ब्राह्मणों के प्रभाव को रोकने की इच्छाशक्ति पैदा की।''

ब्राह्मणों की उत्पत्ति महाभारत काल की है। समाज के नैतिक पतन को देखकर दुशला, जो दुर्योधन की बहन तथा सिंध के राजा जयद्रथ की रानी थी, ने दुर्योधन से अनुरोध किया कि लोगों को नैतिक मार्गदर्शन देने के लिए वह कुछ ब्राह्मणों को उसके यहाँ भेज दे। दुर्योधन ने 30,000 ब्राह्मण सिंध भेज दिए। सिंध में आए ब्राह्मणों में से कुछ ब्राह्मण पुजारी बन गए और धार्मिक अनुष्ठान करने लगे। कुछ अन्य ब्राह्मण स्थानीय शासकों के सलाहकार बन गए। वे ब्राह्मण नगरों में ही रहते थे।

सिंधी समुदाय में आजकल जो नए ब्राह्मण दिखाई देते हैं, वे हाल ही में यहाँ आए

हैं। सिंध के कई ब्राह्मण ऐसे थे, जिन्हें संस्कृत का बहुत ज्यादा ज्ञान नहीं था।

उन्हें कुछ विशेष धार्मिक अनुष्ठानों के लिए आवश्यक कुछ निश्चित श्लोक ही आते थे। उनका कार्य केवल पूजा-पाठ कराने तक ही सीमित था; सिंधी समाज में वे अपना कोई प्रभावशाली स्थान नहीं प्राप्त कर सके।

विदेशी आक्रमणों का एक सकारात्मक प्रभाव यह पड़ा कि सिंधी व्यापारियों को अलग-अलग संस्कृतियों के लोगों के साथ घुलने-मिलने का मौका मिल गया। इससे उन्हें विदेशों में जाकर बसने का मौका भी मिला। सिंधी व्यापारी अरब की खाड़ी के ईरानी भू-भाग पर जाकर बस गए। वे ओमान, यमन और लाल सागर के दूसरी ओर तक व्यापार करते थे।

विदेशी आक्रमणों का एक सकारात्मक प्रभाव यह पड़ा कि सिंधी व्यापारियों को अलग-अलग संस्कृतियों के लोगों के साथ घुलने-मिलने का मौका मिल गया। इससे उन्हें विदेशों में जाकर बसने का मौका भी मिला। सिंधी व्यापारी अरब की खाड़ी के ईरानी भू-भाग पर जाकर बस गए। वे ओमान, यमन और लाल सागर के दूसरी ओर तक व्यापार करते थे।

आधुनिक प्रवास पंद्रहवीं शताब्दी में शुरू हुआ माना जाता है, जब थट्टा के भाटिया व्यापारियों ने ओमान के साथ व्यापारिक गतिविधियाँ शुरू कीं। यह खाड़ी क्षेत्र एक महत्त्वपूर्ण उपनिवेश बना रहा, जहाँ बाद में कच्छ के भाटिया, हैदराबाद के खोजा और सिंध के अन्य भागों से भी लोग आकर बस गए।

सिंधी व्यापारी शुरू से ही समुद्री मार्ग से यात्रा करते थे, लेकिन मुगल शासन काल में वे अंतरदेशीय मार्ग से यात्रा करने लगे। अठारहवीं शताब्दी के मध्य में ऊपरी सिंध के एक छोटे से शहर शिकारपुर से सिंधियों का सामूहिक प्रवास शुरू हुआ। लगभग सौ वर्षों बाद हैदराबाद—जो तालपुर अमीरों के काल (1783-1843) में सिंध की राजधानी था—भी उन प्रवासियों में शामिल हो गया। व्यापारियों के प्रवास के संदर्भ में इन दोनों ही केंद्रों की अपनी-अपनी विशेषताएँ थीं।

शिकारपुरिया मुख्य रूप से देशी बैंकर और फाइनेंसर के रूप में जाने जाते थे, जो सुदूर इलाकों में धन के त्वरित हस्तांतरण का काम करते थे। इस देशी बैंकिंग प्रणाली को 'हुंडी' के नाम से जाना जाता था, जिसके अपने नियम व सिद्धांत थे, जिनके आधार पर एक स्थान से दूसरे स्थान को धन का हस्तांतरण किया जाता था। यह व्यवस्था उस समय विकसित की गई थी, जब एक स्थान से दूसरे स्थान तक संदेश पहुँचाने के लिए निजी संदेशवाहकों की मदद ली जाती थी।

वित्तीय क्षेत्र में शिकारपुरियों की लोकप्रियता ने उन्हें अठारहवीं व उन्नीसवीं शताब्दी में रूस तक पहुँचा दिया। हुंडी के माध्यम से भुगतान की अपनी कुशल व विश्वसनीय

सेवा के बल पर मध्य एशिया में उन्होंने अपनी मजबूत स्थिति बना ली।

मध्य एशिया जैसे जोखिमपूर्ण समुद्री मार्गों से यात्रा करनेवाले व्यापारियों के लिए हुंडी प्रथा अत्यंत उपयोगी थी। उन्हें पैसा या सामान अपने साथ लेकर चलने की परेशानी से छुटकारा मिल गया था। अफगानिस्तान स्थित कंधार से मध्य एशिया की यात्रा पर जानेवाले व्यापारी को अपने साथ पैसा लेकर चलने की जरूरत नहीं थी, अपने गंतव्य पर पहुँचकर वह हुंडी के माध्यम से नकदी भुना सकता था।

सिंधी बैंकरों को इतनी प्रतिष्ठा व लोकप्रियता मिली कि वे रूसी बैंकों के लिए मध्यस्थ का काम करने लगे—वे बैंकों से पैसा उधार लेते थे और उसे स्थानीय किसानों व जमींदारों को ब्याज पर देते थे। चीनी प्रांत सिंकियांग और दक्षिणी ईरान में भी उनकी अच्छी-खासी संख्या थी। सन् 1917 की रूसी क्रांति तक मध्य एशिया में उनकी महत्त्वपूर्ण भूमिका थी। क्रांति के बाद रूस में आए राजनीतिक बदलाव के चलते इन बैंकरों को वापस भारत आना पड़ा। यहाँ आकर वे फिर से अपने देशी बैंकिंग व्यवसाय में लग गए। भारत में शुरू में उन्होंने बंबई और मद्रास प्रेसीडेंसी में अपनी पकड़ बनाई। बाद में बर्मा (म्याँमार) और सीलोन (श्रीलंका) तक वे व्यवसाय करने लगे। वर्तमान में तेजी से बढ़ती भारतीय अर्थव्यवस्था की जरूरतों को पूरा करने के लिए वे अपने व्यवसाय का विस्तार कर रहे हैं।

सिंधी बैंकरों को इतनी प्रतिष्ठा व लोकप्रियता मिली कि वे रूसी बैंकों के लिए मध्यस्थ का काम करने लगे—वे बैंकों से पैसा उधार लेते थे और उसे स्थानीय किसानों व जमींदारों को ब्याज पर देते थे। चीनी प्रांत सिंकियांग और दक्षिणी ईरान में भी उनकी अच्छी-खासी संख्या थी। सन् 1917 की रूसी क्रांति तक मध्य एशिया में उनकी महत्त्वपूर्ण भूमिका थी। क्रांति के बाद रूस में आए राजनीतिक बदलाव के चलते इन बैंकरों को वापस भारत आना पड़ा। यहाँ आकर वे फिर से अपने देशी बैंकिंग व्यवसाय में लग गए।

शिकारपुरिया लोग अगर बैंकिंग में अपनी दक्षता के लिए जाने जाते थे तो हैदराबादी सिंधी व्यापार में दक्ष थे, जिसका रहस्य उन्होंने अपने परिवार के पुरुष सदस्यों से सीखा था। हैदराबाद के सिंधवरकी अपने जीवन के मामले में भी बड़ा-से-बड़ा जोखिम लेने को तैयार रहते थे। उन दिनों यात्रा बहुत जोखिमपूर्ण होती थी। अपना व्यापार जमाने के लिए ये सिंधवरकी अकेले विदेश यात्रा किया करते थे। छह माह से लेकर दो-दो वर्षों तक वे प्रवास पर रहते थे।

घर वापस आकर थोड़े समय तक अपने परिवार के साथ रहने के बाद फिर वे अपनी व्यापारिक यात्रा पर निकल जाते थे। परिवार की महिला सदस्यों को ऐसी यात्राओं

पर साथ ले जाना ठीक नहीं होता था, इसलिए महिलाएँ यदि उनके साथ जाती भी थीं तो सिर्फ इस उद्देश्य से जाती थीं कि परिवार की आर्थिक स्थिति सुधारने के लिए कुछ पैसे लेकर जल्दी ही वापस आ जाएँगी।

उनकी उद्यमिता और कौशल का अंदाजा इसी बात से लगाया जा सकता है कि आधुनिक पर्यटन के विकास के बाद जब मिस्र एक प्रमुख पर्यटन केंद्र बना, तब वे यहाँ पर्यटकों को सिंध से लाए अपने उत्पाद, हस्तशिल्प आदि उपलब्ध करा रहे थे।

पर्यटन के विकास के साथ ही उन्होंने मैरीन मार्गों पर विभिन्न प्रकार के हस्तशिल्पों की अपनी दुकानें स्थापित कर लीं। विपणन में वे बैंकिंग से भी आगे निकल गए। कई सिंधवरकियों ने सट्टेबाजी में भी अच्छा पैसा कमाया।

महान सिंधी कवि शाह अब्दुल लतीफ ने 'सुर सामूंडी' और 'सुर श्री राग' में सिंधवरकियों और उनके परिवारों का विस्तार से वर्णन किया है।

'सुर सामूंडी' में उन्होंने यात्रा पर जानेवाले सिंधवरकियों के परिवार के घर पर छूटनेवाले सदस्यों की दुर्दशा के बारे में लिखा है। इसकी शुरुआत उस समय होती है, जब पति घर से प्रस्थान करता है। पत्नी नदी के किनारे-किनारे घी के दीये जलाती है और अपने पति की सुरक्षित वापसी के लिए प्रार्थना करती है। उसके मन में बस एक ही कामना होती है कि उसका पति सुरक्षित वापस आए। वह अपने पति से आग्रह करती है कि वह अपने मित्रों या संबंधियों से सीखे व्यवसाय के सभी गुरों को भूल जाए। उसे पता होता है कि वापस आते समय उसका पति उसके लिए हीरे और सोने के आभूषण लेकर आएगा। लेकिन उसे इन सब चीजों की इच्छा नहीं होती। वह अभी जवान है और पति का बिछोह सह नहीं सकती। उसे लगता है कि उसका शरीर भट्ठी की आग में जल रहा है। अपनी सहेली को वह यही सलाह देती है कि वह किसी सिंधवरकी से विवाह न करे, जो लंका जाकर सिर्फ सोना लाना जानता है। पति जब वापस आता है, तब पत्नी नदी के किनारे उसका स्वागत-अभिवादन करती है। लेकिन दीवाली का त्योहार समाप्त होते ही वह फिर सुदूर देश की यात्रा पर निकल जाता है।

'सुर सामूंडी' में उन्होंने यात्रा पर जानेवाले सिंधवरकियों के परिवार के घर पर छूटनेवाले सदस्यों की दुर्दशा के बारे में लिखा है। इसकी शुरुआत उस समय होती है, जब पति घर से प्रस्थान करता है। पत्नी नदी के किनारे-किनारे घी के दीये जलाती है और अपने पति की सुरक्षित वापसी के लिए प्रार्थना करती है। उसके मन में बस एक ही कामना होती है कि उसका पति सुरक्षित वापस आए। वह अपने पति से आग्रह करती है कि वह अपने मित्रों या संबंधियों से सीखे व्यवसाय के सभी गुरों को भूल जाए।

आज भी स्थिति ऐसी ही है।

आजकल विश्व भर में सिंधियों ने अपनी उपस्थिति बना ली है। विश्व अर्थव्यवस्था में उनकी महत्त्वपूर्ण भूमिका है। दोनों विश्वयुद्धों के दौरान कपड़े के विश्व बाजार में सिंधियों की ही महत्त्वपूर्ण भूमिका रही थी। दक्षिण एशिया, दक्षिण-पूर्व एशिया और पश्चिमी अफ्रीका में जापानी उत्पादों—विशेषकर कपड़े और इलेक्ट्रॉनिक सामान—के प्रोत्साहन में उन्होंने प्रमुख भूमिका निभाई। इस दौरान उन्होंने वित्तीय व विपणन कौशल के साथ-साथ खूब धन भी अर्जित किया। बदलते समय की माँग को देखते हुए अब उन्होंने आधुनिक प्रबंधन प्रणाली को अपना लिया है; लेकिन इसके साथ ही वे अपनी परंपराओं के प्रति भी वफादार बने रहे हैं।

❑

5

वर्ग-विभाजन

"समुद्र-तट की ओर से दृष्टि हटाए बिना आप नई जमीन की खोज नहीं कर सकते।"

—आंद्रे जिदे

हम अलग नहीं हैं, बस थोड़ा भिन्न हैं। इस भेद में एक गूढ़ अंतर है। मैं मानूँगा कि सिंधी समुदाय एक अलग वर्ग है, लेकिन देश से अलग बिल्कुल नहीं है।

सिंधी हिंदू धर्म को मानते हैं, लेकिन यहाँ जाति-व्यवस्था नहीं है। यह समझ लीजिए कि सिंधियों ने सभी भारतीय धर्मों को छानकर उनमें से सर्वोत्तम ग्राह्य तत्त्व को ग्रहण किया है। अब प्रश्न उठता है कि जाति-व्यवस्था—जो हिंदू समाज की मूल पहचान-सी बनी रही है—आखिर सिंधी समुदाय में अपनी जड़ क्यों नहीं बना सकी? सिंधियों के पास ऐसा कौन सा विशेष गुण है, जिसके बल पर वे भारतीय उपमहाद्वीप के इतिहास पर इतना गहरा प्रभाव डालनेवाली इस हिंदू व्यवस्था को नकारने में सक्षम हो गए? यह सचमुच एक विचारणीय विषय है, जिसका परीक्षण-विश्लेषण किए जाने की आवश्यकता है।

क्या इसके पीछे व्यापारी वृत्ति अथवा मानसिकता थी, जिसमें व्यवसाय करने के लिए किसी लोकतंत्र की तरह सबको साथ लेकर चलना जरूरी होता है? या फिर उदारता का भाव था, जिसमें जाति प्रथा की कठोरता के लिए कोई स्थान नहीं था, जिसमें अनावश्यक रूप से बहुत सी प्रतिभाओं की बरबादी होती थी? सिंधी लोग बरबादी अथवा अनावश्यक खर्च से नफरत करते हैं। यह हम सिंधियों का सिद्धांत है। हमारे द्वारा खर्च

किया गया पैसा लोगों को कभी-कभी दिखावा भले लगता हो, लेकिन सच यह है कि हम बिना उद्देश्य के कहीं भी पैसा नहीं खर्च करते।

इस प्रकार, हमारा अपना एक समाज बना।

इसका अर्थ यह नहीं लगाया जाना चाहिए कि सिंधी समाज मानवीय स्वार्थ-भाव से बिल्कुल अप्रभावित रहा है, जिससे लोगों में अलगाव पैदा होता है। सिंधी समाज में एक प्रकार का वर्ग-भेद मौजूद था, लेकिन यह वर्ग-भेद जाति के आधार पर नहीं था। इसका आधार सामाजिक भेद था। सौभाग्य से देश के विभाजन और सिंधियों के भारत तथा विश्व के अन्य भागों में जाकर बस जाने के बाद इस तरह के कई सामाजिक भेद मिट गए।

अगर लोहानों को एक जाति माना जाए तो सिंधियों का पूरा समुदाय लोहाना है। भाटिया और खत्री सिंध के दो अन्य व्यापारी वर्ग थे, लेकिन वे लोहाना से ज्यादा अलग नहीं थे। इन समुदायों के बीच अंतर्विवाह की बात आम थी। इससे उनमें स्वस्थ आपसी एकता व मेल-जोल बना हुआ था।

सिंध पर अपना अधिकार करने के बाद मुगलों ने इस प्रवासी हिंदू व्यापारी समुदाय से सुशिक्षित लोगों को प्रांत की प्रशासनिक सेवाओं के लिए नियुक्त किया, जिन्हें अमलदार या 'आमिल' कहा जाने लगा। 'आमिल' शब्द 'अमल' से बना है, जिसका अर्थ होता है 'अमल करना' या 'पालन करना'। इस प्रकार, आदेशों का पालन करनेवाले व्यक्ति को 'आमिल' कहा गया।

लोहाना दो उपवर्गों में बँटे हैं—आमिल और भाईबंद। यह वर्गीकरण भी बाद में हुआ है, जो पेशे या धर्म-संप्रदाय के आधार पर किया गया है। मुगल काल में औरंगजेब के शासन काल के दौरान सन् 1670 के आस-पास भारत के उत्तर के मैदानी क्षेत्रों से बड़ी संख्या में हिंदू सिंध में आकर बस गए। बाद में कच्छ, मुलतान और गुजरात से भी लोग यहाँ आकर बसने लगे। इनमें से कई लोग सिंध की तत्कालीन राजधानी खुदाबाद में बसे और यहाँ रहकर वे व्यापार, हस्तशिल्प व सेवा क्षेत्र में लग गए। थोड़े ही समय में सिंध में उन्होंने अपना एक सफल समुदाय बना लिया।

सिंध पर अपना अधिकार करने के बाद मुगलों ने इस प्रवासी हिंदू व्यापारी समुदाय से सुशिक्षित लोगों को प्रांत की प्रशासनिक सेवाओं के लिए नियुक्त किया, जिन्हें अमलदार या 'आमिल' कहा जाने लगा। 'आमिल' शब्द 'अमल' से बना है, जिसका अर्थ होता है 'अमल करना' या 'पालन करना'। इस प्रकार, आदेशों का पालन करनेवाले व्यक्ति को 'आमिल' कहा गया।

इस प्रशासनिक भागीदारी से प्रवासी हिंदू व्यापारी समुदाय की सिंधी समाज में अच्छी धाक जम गई, जिसे उनकी व्यापारिक गतिविधियों से और भी बल मिला।

मुसलिम शासक अपने आमिलों को जमीन आदि के रूप में अच्छा पुरस्कार देते थे। इस प्रकार आमिल जमीन और जागीरों के मालिक बन गए और उन्हें 'जागीरदार' या जमींदार कहा जाने लगा। शासक वर्ग के साथ उनकी निकटता से समाज में उनका विशेष दर्जा हो गया था, जिससे उनकी सामाजिक प्रगति में और तेजी आई।

मुगलों ने प्रशासनिक सेवाओं की जिम्मेदारी धीरे-धीरे कल्होड़ों को दे दी। शुरू में ये कल्होरे मुगल शासक की ओर से गवर्नर के रूप में प्रशासन चलाते थे। बाद में उन्होंने विद्रोह कर दिया और स्वयं शासक बन बैठे। कल्होड़ों ने भी प्रशासनिक सेवाओं—विशेषकर राजस्व विभाग—में आमिलों को ही नियुक्त किया, क्योंकि इन्हें मुगलों के प्रशासनिक कामकाज का अच्छा अनुभव था। इस प्रकार कल्होड़ों के शासन काल में सिंधी समाज में आमिलों की धाक और जम गई।

बाद में जब सिंध पर ब्रिटिश शासन हो गया, तब भी कलेक्टर और कमिश्नर जैसे प्रशासनिक पदों के लिए आमिलों को ही नियुक्त किया गया, क्योंकि वे अच्छे पढ़े-लिखे थे। अंग्रेजों के साथ निकटता के कारण धीरे-धीरे कई आमिलों ने अंग्रेजी रहन-सहन अपना लिया।

समृद्धि आने के साथ-साथ आमिल पुनः विभाजित हो गए। जो खुदाबाद से आए थे, वे स्वयं को गैर-खुदाबादी आमिलों से श्रेष्ठ समझते थे। यह भेदभाव खासकर हैदराबाद में देखा जा रहा था। धीरे-धीरे खुदाबादी और गैर-खुदाबादी आमिलों के बीच अंतर्विवाह भी बंद हो गए। हैदराबाद से बाहर लरकाना में चंदकाई आमिल स्वयं को शेष आमिलों से श्रेष्ठ मानते थे।

उन्नीसवीं शताब्दी में लोहाना जाति की कुल जनसंख्या में आमिलों का हिस्सा लगभग 15 प्रतिशत था। वे इतने शक्तिशाली हो गए थे कि स्वयं भाईबंद वंश से अलग एक वर्ग मानने लगे थे; जबकि दोनों लोहाना जाति के ही एक वर्ग थे। अंतरजातीय विवाहों में भी इस तरह का भेदभाव देखा जाने लगा। आमिल भाईबंदों की लड़कियाँ तो लाते थे, लेकिन लड़कियों का विवाह भाईबंद लड़कों से नहीं करते थे। आमिल दूसरी लोहाना उपजातियों से अलग भी रहना पसंद करते थे। खुदाबाद के पतन के बाद

उन्नीसवीं शताब्दी में लोहाना जाति की कुल जनसंख्या में आमिलों का हिस्सा लगभग 15 प्रतिशत था। वे इतने शक्तिशाली हो गए थे कि स्वयं भाईबंद वंश से अलग एक वर्ग मानने लगे थे; जबकि दोनों लोहाना जाति के ही एक वर्ग थे। अंतरजातीय विवाहों में भी इस तरह का भेदभाव देखा जाने लगा। आमिल भाईबंदों की लड़कियाँ तो लाते थे, लेकिन लड़कियों का विवाह भाईबंद लड़कों से नहीं करते थे। आमिल दूसरी लोहाना उपजातियों से अलग भी रहना पसंद करते थे।

जब हैदराबाद और कराची जैसे शहर अस्तित्व में आए तब भी यह भेदभाव चलता रहा।

भाईबंद पूरी तरह से व्यापार और व्यवसाय में लगे थे। ये लोग बहुत साहसिक थे। अपनी व्यापारिक गतिविधियाँ चलाने के लिए ये विश्व के दूर-दराज के भागों में आते-जाते रहते थे। व्यापार-व्यवसाय से ये जो धन कमाते थे, उसे अपने ऐशो-आराम में भी खर्च करते थे और बड़े-बड़े बँगलों में रहते थे। लेकिन इसके साथ ही वे धार्मिक-सामाजिक कार्यों में भी पैसा लगाते थे, जैसे—स्कूल-कॉलेज, अस्पताल और धर्मशाला आदि स्थापित करना। ये दान भी दिल खोलकर देते थे।

आमिलों की तरह ही भाईबंदों में भी वर्ग-भेद विद्यमान था। उनका स्तर पेशे और धन-दौलत के आधार पर तय किया जाता था। बड़ी-बड़ी फर्मों या कोठियों के मालिक को समाज में उच्च स्थान प्राप्त था। ग्रामीण दुकानदारों या साहूकारों, जिन्हें 'हट वणिया' कहा जाता था, का समाज में अपेक्षाकृत निम्न स्थान था। हैदराबाद से आए भाईबंद—जो कपड़े और हस्तशिल्प के व्यापार में संलग्न थे और जिन्हें 'सिंधवरकी' कहा जाता था—की समाज में ऊँची प्रतिष्ठा थी।

भारत के विभाजन और उसके बाद सिंधी हिंदुओं के भारत में बस जाने के बाद सिंधी समुदाय से वर्गभेद मिट गया। आमिल—जो सरकारी व्यवस्था में अपनी स्थिति और शिक्षा के बल पर सिंधी समुदाय में एक प्रभावशाली स्थान रखते थे—अचानक ही शरणार्थी शिविरों में आ गए। उनके पास न पैसे थे और न नौकरी। अब उनके पास उनकी शिक्षा एवं अनुभव के अलावा और कुछ नहीं बचा था।

भारत के विभाजन के बाद, जब सिंधवरकियों के भाई-बंधु हांगकांग से लेकर स्पेन तक, फिलीपींस से लेकर इंडोनेशिया तक और जापान से लेकर वियतनाम तक विभिन्न देशों में जाकर बसने लगे तो इससे विदेशों में उनका संपर्क काफी बढ़ गया। वे इन देशों में रहकर उपभोक्ता वस्तुएँ बेचते थे। शिकारपुरिया भाईबंदों की बैंकिंग कुशलता के कारण उन्हें एक अलग वर्ग माना जाता था।

भारत के विभाजन और उसके बाद सिंधी हिंदुओं के भारत में बस जाने के बाद सिंधी समुदाय से वर्गभेद मिट गया। आमिल—जो सरकारी व्यवस्था में अपनी स्थिति और शिक्षा के बल पर सिंधी समुदाय में एक प्रभावशाली स्थान रखते थे—अचानक ही शरणार्थी शिविरों में आ गए। उनके पास न पैसे थे और न नौकरी। अब उनके पास उनकी शिक्षा एवं अनुभव के अलावा और कुछ नहीं बचा था। इस मामले में भाईबंद थोड़ा फायदे में रहे, क्योंकि उन्होंने सिंध से बाहर भी अपना पैसा निवेशित किया था, जिसकी सहायता से वे भारत में और भारत से बाहर भी जाकर नए सिरे से अपना जीवन शुरू कर सकते थे। शरणार्थी शिविरों का जीवन पूरे

सिंधी समुदाय के लिए एक मुश्किल भरा अनुभव था। आमिलों और भाईबंदों के बीच का भेदभाव काफी कम हो गया। कुछ लोगों ने तो स्थिति का लाभ उठाते हुए 'आमिल' का उपनाम अपना लिया और रातोरात समाज में अपना स्थान ऊँचा कर लिया। सिंध में किसी व्यक्ति के जाति-वंश की पहचान उसके उपनाम से ही होती थी।

विभाजन के परिणामस्वरूप उत्पन्न विपरीत स्थितियों में भी सिंधियों ने हार नहीं मानी। इस संकट को उन्होंने एक अवसर के रूप में देखा। अपनी जीवटता के बल पर धीरे-धीरे उन्होंने भारत में और भारत से बाहर भी अपने पाँव जमा लिये। यह जीवटता ही सिंधियों की ऐतिहासिक विशेषता रही है।

समुदाय की महिलाएँ भी इन कठिन परिस्थितियों का मुकाबला करने में सक्षम थीं। सन् 1800 के दशक के भारतीय कानूनी दस्तावेज सिंधी महिलाओं की जुझारू प्रवृत्ति पर कुछ प्रकाश डालते हैं। कई महिलाएँ ऐसी थीं, जिन्हें स्वयं अपना गुजारा करना पड़ रहा था, क्योंकि परिवार के पुरुष सदस्य कमाने के लिए विदेश चले गए थे। युवतियों को अपने भाइयों का संरक्षण नहीं मिल पा रहा था, क्योंकि भाई अपनी बहनों के दहेज का प्रबंध करने के लिए बाहर चले गए थे।

ज्यादातर परिवार ऐसे थे, जिनमें पुरुष सदस्य नहीं थे। इसलिए कई जवान स्त्रियों को घर में अकेले रहना पड़ रहा था। पति द्वारा भेजे गए पैसों से ही वे अपना गुजारा कर रही थीं। ये पैसे भी इतने नहीं होते थे कि उसमें वे आराम से अपनी जरूरतें पूरी कर सकतीं। जो पैसे आते भी थे, वे यहाँ समय पर नहीं पहुँच पाते थे, क्योंकि उन दिनों विनिमय केंद्र नहीं थे।

परिवार का भरण-पोषण करनेवाले पुरुष सदस्य की मृत्यु की स्थिति में महिलाएँ बिल्कुल असहाय हो जाती थीं। विदेश में अपना बकाया वसूलने में भी उन्हें बहुत मुश्किल आती थी।

आज भी स्थिति यह है कि किसी विदेशी नियोजक से मुआवजा प्राप्त करने के लिए आवश्यक कानूनी औपचारिकताएँ पूर्ण करने में बहुत समय लग जाता है। ऐसे में आप स्वयं अंदाजा लगा सकते हैं कि उन दिनों महिलाओं की कैसी दुर्दशा रही होगी, जब संचार, कानूनी व अन्य व्यवस्थाएँ नहीं थीं।

परंतु सिंधी महिलाएँ दब्बू नहीं थीं। निर्मम नियति के सामने उन्होंने हार नहीं मानी और अपने अधिकारों के लिए उन्होंने संघर्ष किया। विभिन्न अधिकारियों को समय-समय पर लिखे गए उनके पत्रों से उनकी जुझारू और स्वतंत्र प्रकृति का पता चलता है।

अड़तीस वर्षीया विधवा मुसामात ईसरबाई का उदाहरण लीजिए। उसने अपना पति—जिसका नाम नंदोमल था, जो मध्य एशिया में बुखारा के एक छोटे से शहर में ग्यारह साल से भी अधिक समय से काम कर रहा था—खो दिया। जिस समय नंदोमल

घर से बुखारा के लिए निकला था, उस समय उसकी दो बेटियाँ बहुत छोटी थीं। बुखारा से वह जो पैसे घर भेजता था, उसी में मुसामात अपना और बच्चों का गुजारा करती थी। अब पति की मौत से उसका सबकुछ बिखर गया था। उसका भविष्य अब पति के बचे हुए पैसों पर ही टिका हुआ था।

तीन साल तक उसने अपने स्वर्गवासी पति के नियोजक की ओर से जवाब आने की प्रतीक्षा की। अंततः जब जवाब आया तो यह जानकर वह हैरान रह गई कि नियोजक ने उसके पति के बकाया 3,550 रुपए भी पूरे नहीं दिए थे। सारे कागजात लेकर वह शिकारपुर के कलेक्टर के पास गई और अपने पति के बकाया पैसे प्राप्त करने में उसकी मदद माँगी। यह सन् 1899 की बात है।

तीन साल तक उसने अपने स्वर्गवासी पति के नियोजक की ओर से जवाब आने की प्रतीक्षा की। अंततः जब जवाब आया तो यह जानकर वह हैरान रह गई कि नियोजक ने उसके पति के बकाया 3,550 रुपए भी पूरे नहीं दिए थे। सारे कागजात लेकर वह शिकारपुर के कलेक्टर के पास गई और अपने पति के बकाया पैसे प्राप्त करने में उसकी मदद माँगी। यह सन् 1899 की बात है।

ईसरबाई का प्रार्थना-पत्र भी पढ़ने में कितना मार्मिक है। इसमें उसका जुझारूपन और निर्भीकता झलकती है—''इस घटना से मेरे ऊपर क्या बीत रही होगी, इसका अंदाजा आप अच्छी तरह लगा सकते हैं। मुझे 3,550 रुपए मिलने थे, लेकिन मुझे सारी संपत्ति का मात्र बीसवाँ हिस्सा मिला, जबकि उस पर मेरा पूरा अधिकार बनता है। मेरे ऊपर दुःखों का जो पहाड़ टूट पड़ा है, उसे शब्दों में बयाँ नहीं किया जा सकता। अगर आप बाकी बची संपत्ति को प्राप्त करने में मेरी मदद नहीं करेंगे तो मैं और मेरी दो पिता-विहीन बेटियाँ बिना मौत मर जाएँगी।''

अंततः ईसरबाई ने वह सबकुछ प्राप्त कर लिया, जिस पर उसका अधिकार बनता था।

एक और विधवा महिला मुसामात भोजीबाई का उदाहरण लेते हैं। पति की मृत्यु के बाद वह भी बहुत मुश्किल स्थिति में आ गई थी। अपने स्वर्गीय पति के पैसे प्राप्त करने के लिए उसने सन् 1909 में सुक्कुर के कलेक्टर से हस्तक्षेप करने का अनुरोध किया। उसने लिखा था—''पति की मृत्यु के बाद अब मैं पूरी तरह से अपनी स्वयं की कमाई पर आश्रित हो गई हूँ, परिणामस्वरूप मुझे अत्यंत कठिन आर्थिक स्थिति से गुजरना पड़ रहा है; ऊपर से अपनी दो बेटियों के साथ मुझे अकाल की मार भी झेलनी पड़ रही है।''

इसी तरह का एक और पत्र सन् 1898 में एक विधवा माँ द्वारा सेंट पीटर्सबर्ग में तैनात ब्रिटिश काउंसल को लिखा गया था, जिसमें उसने अपने स्वर्गवासी बेटे द्वारा छोड़े

गए पैसे दिलवाने का अनुरोध किया था, ताकि वह अपने मृतक बेटे का अंतिम संस्कार कर सके। ''मैं एक वृद्ध और असहाय विधवा हूँ। बेटे की मृत्यु के बाद आवश्यक धार्मिक व रीति-रिवाज संबंधी संस्कारों को पूरा करने में मैं पहले ही कर्ज में डूब गई हूँ; अभी कुछ और संस्कार बाकी हैं, जिनके लिए पैसों की जरूरत है। मैं जानना चाहती हूँ कि क्या मेरे स्वर्गवासी बेटे की पूरी संपत्ति मेरे पास भेज दी गई है, जिससे मैं अपने दिवंगत बेटे की आत्मा की शांति—और अपनी स्वयं की आत्मा के संतोष—के लिए जरूरी संस्कार पूरा कर सकूँ।''

इससे पता चलता है कि निम्न-मध्यवर्गीय सिंधी महिलाएँ सौ साल पहले भी कितनी साहसी और स्वतंत्र प्रकृति की थीं। कठिन-से-कठिन आर्थिक व सामाजिक परिस्थितियों में भी उन्होंने पूरी जीवटता से समस्याओं का मुकाबला किया।

निम्न-मध्यवर्गीय सिंधी महिलाएँ सौ साल पहले भी कितनी साहसी और स्वतंत्र प्रकृति की थीं। कठिन-से-कठिन आर्थिक व सामाजिक परिस्थितियों में भी उन्होंने पूरी जीवटता से समस्याओं का मुकाबला किया।

इसी तरह की एक और घटना—जो थोड़ी बाद की घटना है—याद आती है। एक सिंधी महिला ने उस समय अपने पति को खो दिया, जब उसका परिवार कुछ वर्ष पहले चीन में रह रहा था। पति की मृत्यु के बाद वह अपने परिवार के सात अन्य सदस्यों के साथ हांगकांग के रास्ते भारत के लिए चल पड़ी। जब उसके पास पैसे खत्म हो गए तो उसने हांगकांग में इंडियन एसोसिएशन के प्रमुख जानी-मानी फर्म ओ.के. गिडूमल वाटूमल के काका करमचंद से संपर्क किया और उनसे भारत जाने का टिकट खरीदने में मदद माँगी।

काका ने उसे आश्वासन दिया कि वह एसोसिएशन के अन्य सदस्यों से बात करेंगे, क्योंकि वह सातों लोगों का रास्ते का खर्च अकेले नहीं उठा सकते थे। वह महिला नहीं चाहती थी कि उसकी समस्या के बारे में सबको पता चले, इसलिए उसने अपने बच्चों को लेकर हांगकांग में ही रुकने का फैसला किया। जीविका चलाने के लिए उसने वहाँ अपने हाथ से खाना बनाकर बेचना शुरू कर दिया। आजकल उसका परिवार एक साम्राज्य-निर्माता बन गया है—विशेषकर होटल उद्योग में। यह सारा साम्राज्य एक असहाय किंतु साहसी और दृढ़-निश्चयी विधवा के त्याग व संघर्षों पर खड़ा है।

ऐसे कई उदाहरण मिलते हैं, जिनमें विधवा महिलाओं ने अपने मृतक पति के व्यवसाय को बड़ी ही कुशलता से सँभाला और उसे आगे बढ़ाया।

सिंधी महिलाओं में भी हैदराबाद की महिलाएँ प्राय: ज्यादा साहसी और स्वतंत्र प्रवृत्ति की थीं। इसका कारण शायद यही था कि उनके पति ज्यादा समय बाहर रहते थे, इसलिए उन्हें स्वयं ही सबकुछ सँभालना होता था। मेरी माँ भी जब इतनी कम उम्र में

विधवा हुई थीं और अपने पाँच बच्चों को लेकर भारत में बसने के लिए मजबूर होना पड़ा था, तब उन्होंने भी ऐसे ही साहस और दृढ़-निश्चय का परिचय देते हुए परिवार को सँभाला था।

सन् 2002 में मनु छाबड़िया के असामयिक निधन के बाद उनकी दुबई स्थित लाखों डॉलर की फर्म जंबो इलेक्ट्रॉनिक को बचाए रखने का प्रश्न खड़ा हो गया था। कई लोग सोचने लगे थे कि फर्म टूट जाएगी, क्योंकि परिवार में दूसरी पीढ़ी का कोई ऐसा व्यक्ति नहीं दिखाई दे रहा था, जो उसे सँभाल सकता। जो भी हो, कम-से-कम आम धारणा तो ऐसी ही थी। परंतु मनु के अंतिम संस्कार में शामिल लोगों ने परिवार की महिला सदस्यों के साहस और आत्म-विश्वास को जरूर देखा था।

मनु की तीन बेटियाँ थीं, जिनमें से दो बेटियाँ विवाहित थीं। सिंधी या हिंदू रीति-रिवाज के अनुसार बेटा—या बेटे की अनुपस्थिति में कोई अन्य पुरुष स्वजन, जिसका मृतक के साथ खून का रिश्ता हो—ही अंतिम संस्कार करता है। परिवार में ऐसा कोई न हो तब भी कोई महिला सदस्य यह संस्कार नहीं कर सकती।

चूँकि मनु के कोई बेटा नहीं था, इसलिए उनके परिवार का कोई पुरुष सदस्य ही उनका अंतिम संस्कार कर सकता था। लेकिन दाह-संस्कार के समय लोगों ने कुछ और ही देखा। मनु की सबसे छोटी बेटी—जो अविवाहित थी—किसी बेटे की तरह ही अपने पिता का अंतिम संस्कार कर रही थी। उस लड़की का साहस देखकर मैं चकित था। उसने युगों पुरानी परंपरा को ही बदल डाला। वह लोगों की सोच में बदलाव ला रही थी। आखिर बेटी होने में क्या बुराई थी? बेटी अंतिम संस्कार करेगी तो क्या दिवंगत आत्मा को शांति नहीं मिलेगी?

चूँकि मनु के कोई बेटा नहीं था, इसलिए उनके परिवार का कोई पुरुष सदस्य ही उनका अंतिम संस्कार कर सकता था। लेकिन दाह-संस्कार के समय लोगों ने कुछ और ही देखा। मनु की सबसे छोटी बेटी–जो अविवाहित थी–किसी बेटे की तरह ही अपने पिता का अंतिम संस्कार कर रही थी। उस लड़की का साहस देखकर मैं चकित था। उसने युगों पुरानी परंपरा को ही बदल डाला। वह लोगों की सोच में बदलाव ला रही थी। आखिर बेटी होने में क्या बुराई थी? बेटी अंतिम संस्कार करेगी तो क्या दिवंगत आत्मा को शांति नहीं मिलेगी?

मनु के व्यवसाय का सारा भार अब उनकी विधवा विद्या छाबड़िया के कंधों पर आ गया था। विद्या ने बड़ी कुशलता से यह दायित्व सँभाला और मुझे पूर्ण विश्वास है कि वह अपने पति द्वारा खड़े किए गए व्यवसाय को सही दिशा में आगे बढ़ाएँगी।

एक और घटना याद आती है। मेरे मित्र श्री कनयो दतवानी दुबई में कई साल तक रहने के बाद '60 के दशक में भारत आए और दिल्ली में उन्होंने गारमेंट का एक कारखाना स्थापित किया। कुछ समय पहले मैं उनका कारखाना देखने के लिए गया तो वहाँ मैंने देखा, उनकी विधवा विमला देवी अपने स्वर्गीय पति की डेस्क के पास ही बने एक वर्क स्टेशन से सारा व्यवसाय सँभाल रही थीं। मैंने उनसे पूछा कि आप अपने पति की डेस्क पर क्यों नहीं बैठती हैं? इस पर उन्होंने बड़ी ही विनम्रता से उत्तर दिया, "मैं तो बस एक संरक्षिका मात्र हूँ। मैं अपने पति की गद्दी पर बैठने के लायक नहीं हूँ।"

"जब कभी मैं किसी बड़ी समस्या में फँस जाती हूँ तब मार्गदर्शन के लिए मैं उनकी तसवीर की ओर देखती हूँ—और मुझे मार्गदर्शन मिल जाता है। मैं बस उनके आदेशों का पालन करती हूँ।" अपने पति की मृत्यु के बाद से विमला इसी तरह काम करते हुए इतना बड़ा कारखाना सँभाल रही हैं और बहुत सफलतापूर्वक व्यवसाय चला रही हैं।

सिंधियों की एक प्रमुख विशेषता हमने देखी—हिंदू समाज में व्याप्त जाति प्रथा को नकारना। इसी तरह उनकी एक और विशेषता देखने को मिलती है—धार्मिक सरोकारों को उन्होंने बड़ी आसानी से अपना लिया। बाह्य धार्मिक प्रभावों की ओर से वे शेष हिंदू समाज की अपेक्षा अधिक उदार और ग्रहणशील थे। ज्यादातर सिंधी हिंदू नानकपंथी या सहजदारी सिख थे, लेकिन शैववाद और वैष्णववाद को अपनाने में भी उन्हें कोई आपत्ति नहीं हुई। सिंध में शैव मतावलंबियों की अच्छी-खासी संख्या थी।

पंजाब में जिस समय हिंदुओं और सिखों में मतभेद गहराने लगे थे, उस समय सिंधियों को अपनी धार्मिक उदारता व सरलता से दोनों समुदायों के बीच समरसतापूर्ण संबंध कायम करने में बहुत मदद मिली। यह समरसता इसलाम धर्म के साथ उनके संबंधों में भी देखने को मिलती है। हिंदू और सिख धर्मों को मानने के साथ-साथ सिंधियों ने सूफी पीरों के आध्यात्मिक मार्ग को भी आसानी से अपना लिया, जिनका सिंधी इसलाम में महत्त्वपूर्ण योगदान रहा था। सिंध के ज्यादातर हिंदू इन सूफी पीरों के मुरीद थे। वे सूफी कवि शाह अब्दुल लतीफ को बड़े आदर के साथ मानते थे और आज भी मानते हैं। पीरंदे पीर (अब्दुल क़ादर जिलानी) के नाम से जाने जानेवाले दाता दस्तागीर को भी वे उतने ही आदर से मानते हैं, जिनकी मजार बगदाद में स्थित है। वे सिंध में मुहर्रम के त्योहार में भी बराबर हिस्सा लेते थे।

❑

6

अरब से जुड़ाव

> ''कोई भी संस्कृति यदि अनन्य रहने का प्रयास करती है तो वह जीवित नहीं रह सकती।''
>
> —महात्मा गांधी

मेरी गृह-भूमि का अरब से निकट का जुड़ाव है।

सदियों का इतिहास अपने आप में समेटे सिंध ने अरब देशों—खासकर खाड़ी क्षेत्र—के साथ व्यापारिक संबंध स्थापित करने में एक महत्त्वपूर्ण भूमिका निभाई है। अरब देशों के साथ भारतीय उपमहाद्वीप के संबंधों के इतिहास में महत्त्वपूर्ण भूमिका निभानेवाला दूसरा क्षेत्र था दक्षिण भारत का मलाबार। लेकिन मलाबार और सिंध के साथ अरब के संबंधों में एक गुणात्मक अंतर था।

अरबों ने विजेता या आक्रमणकारी के रूप में मलाबार में प्रवेश नहीं किया। मलाबार में वे व्यापार करने, मसाले व टिंबर खरीदकर यूरोप ले जाने के लिए आए थे। मलाबार ने अरबों के लिए जहाज भी बनाए थे। यहाँ के शासकों ने अरबों का मेहमान की तरह स्वागत किया और उन्हें रहने के लिए जमीन भी दी; उन्हें अपने धर्म का प्रचार करने की भी छूट थी। उपमहाद्वीप की पहली मसजिद मलिक बिन दिनार केरल राज्य के कोडुंगल्लूर में स्थित है। यह मसजिद पैगंबर साहब के समय में तैयार की गई थी, जब इसलाम मलाबार में अपनी जड़ें जमा रहा था।

सिंध की बात करें तो यहाँ अरबों ने आक्रमणकारी के रूप में कदम रखा था। इसके पीछे उनका कुछ मकसद वाणिज्यिक था। वे सिंध की दौलत पर कब्जा जमाना चाहते थे और जानते थे कि सिंधु डेल्टा के पत्तनों पर नियंत्रण स्थापित करके वे अपने

उद्देश्य में सफल हो सकते हैं। पहला अरबी बेड़ा 632 ई. में सिंध आया था। उसके बाद सिंध पर अनेक बार आक्रमण हुए और अंत में 711 ई. में मुहम्मद बिन कासिम ने सिंध पर आक्रमण किया। यह सिंध के इतिहास की एक महत्त्वपूर्ण घटना थी। इस घटना के बाद हिंद महासागर से होनेवाला व्यापार मुसलिम देशों का एक हिस्सा बन गया तथा सिंध तथा खाड़ी व मध्य-पूर्व के बीच व्यापारिक संबंध और गहरे हो गए।

अरब सागर के तट पर स्थित डेबाल पत्तन बारहवीं शताब्दी तक एक प्रमुख व्यापारिक पत्तन बना रहा। बाद में निचले सिंध में दो अन्य पत्तनों—थट्टा और लाहौरी बंदर—के विकास के कारण इसका महत्त्व कम हो गया। इस दौरान अरब व्यापारियों ने सिंध की वाणिज्यिक गतिविधियों में महत्त्वपूर्ण भूमिका निभानी शुरू कर दी थी; हालाँकि हिंदू व्यापारी भी कम नहीं थे।

पंद्रहवीं शताब्दी के अंत तक हिंदू व्यापारी—यानी भाटिया—मस्कत के साथ व्यापार में एक प्रमुख भूमिका निभा रहे थे और थट्टा इसका सबसे महत्त्वपूर्ण व्यापारिक साझीदार बन गया था। थट्टा के हिंदू व्यापारी अपने सामान मस्कत में लाने के लिए पुर्तगाली जहाजों का इस्तेमाल करते थे। उस समय की मुख्य व्यापारिक वस्तु थी कपड़ा। थट्टा अपने उच्च गुणवत्तावाले सूती कपड़े, बाफ्ता और रेशम के लिए जाना जाता था।

पंद्रहवीं शताब्दी के अंत तक हिंदू व्यापारी–यानी भाटिया–मस्कत के साथ व्यापार में एक प्रमुख भूमिका निभा रहे थे और थट्टा इसका सबसे महत्त्वपूर्ण व्यापारिक साझीदार बन गया था। थट्टा के हिंदू व्यापारी अपने सामान मस्कत में लाने के लिए पुर्तगाली जहाजों का इस्तेमाल करते थे। उस समय की मुख्य व्यापारिक वस्तु थी कपड़ा। थट्टा अपने उच्च गुणवत्तावाले सूती कपड़े, बाफ्ता और रेशम के लिए जाना जाता था।

परंतु इस बदलती दुनिया में कुछ भी स्थायी नहीं है। जब निचले सिंध क्षेत्र को मुगल साम्राज्य में मिला लिया गया, तब थट्टा अपना महत्त्व खोने लगा; क्योंकि उस समय भारत और अन्य देशों के बीच का व्यापार अन्य पत्तनों से होने लगा था।

ठट्टा व्यापारिक पत्तन के रूप में अपनी पहचान खो ही देता, लेकिन इसके व्यापारियों ने अपने जुझारूपन का परिचय दिया और पुनः व्यवसाय में आ गए। वे पहले से भी ज्यादा उत्साह से अपनी व्यापारिक गतिविधियों में लग गए। अब वे पुर्तगाली जहाजों पर निर्भर नहीं थे; उन्होंने अपने स्वयं के जहाज प्राप्त कर लिये थे।

मस्कत के साथ उनका व्यापार बढ़ा और स्थानीय शासक से उन्हें मस्कत में एक मंदिर बनाने की अनुमति भी मिल गई। उन्होंने बहरीन आदि अन्य खाड़ी देशों के

साथ भी अपना व्यापार बढ़ा लिया। बाद में जब समुद्र से मोती निकालने का व्यवसाय विकसित हुआ, तब बहरीन के भाटियों ने साहूकारों के रूप में इस उद्योग के विकास में महत्त्वपूर्ण भूमिका निभाई।

सिंधी समुदाय ने किस प्रकार व्यापार व वाणिज्य में केंद्रीय भूमिका निभाई, इसे समझने के लिए यह सब जानना जरूरी है। लेकिन इतने से भी सिंधियों की वास्तविक जुझारू, परिश्रमी प्रवृत्ति को भली-भाँति नहीं समझा जा सकता, क्योंकि इसमें सिंधी विरासत और इतिहास को पूरी व्यापकता में प्रस्तुत नहीं किया जा सकता। यह गलत धारणा विद्यमान है कि सिंधियों को बहुत आसानी से ये सब चीजें मिल गई हैं। यह धारणा सच्चाई से बहुत दूर है और सिंधियों के परंपरागत मूल्यों-मानों व प्रतिबद्धताओं पर परदा डालने वाली है; जबकि इन्हीं मूल्यों-मानों और प्रतिबद्धताओं के बल पर सिंधियों ने अपने आपको स्थापित किया है।

जैसा मैंने पहले उल्लेख किया है कि जब तक आपको यह मालूम न हो कि आप कहाँ से आए हैं, तब तक आप यह नहीं बता सकते कि आपको वास्तव में जाना कहाँ है। अमेरिका और अन्य गुलाम देशों में अगर लोगों को यह जानने की तीव्र इच्छा है कि कोई उखाड़े जाने या जीते जाने से पहले कहाँ से चला है, तो इसका कारण यही है कि उन्हें यह जानने की जरूरत होती है कि वास्तव में स्रोत कहाँ है और इसे जाने बिना वे चैन से नहीं बैठ सकते। कुछ लोग कहते हैं कि शोध भयावह होता है और वह लोक-मान्यता से भटकानेवाला होता है। शोध को मैं तसवीर को रंगीन और स्पष्ट बनानेवाला एक आकर्षक रंग मानता हूँ। अगर आप इसके रंग को समझ लें तो आप स्वयं इसके महत्त्व को स्वीकार करने लगेंगे।

एक सेठ भोजूमल थे, जिनका परिवार मध्य सिंध के सहवान क्षेत्र से आया था। सन् 1720 के आसपास उन्होंने अपना एक बड़ा व्यावसायिक घराना तैयार किया था। मस्कत में भी उन्होंने अपने एजेंट नियुक्त किए थे। कराची को समुद्री पत्तन के रूप में विकसित करने में उनकी महत्त्वपूर्ण भूमिका थी। बाद में कल्होरा शासकों ने कराची पर कब्जा करके उसे एक प्रमुख पत्तन के रूप में विकसित किया।

सबसे जरूरी प्रश्न तो यही है कि 'मैं कौन हूँ?'

ऊपर जिन दिनों की बात की गई है, उन दिनों ठट्टा के भाटियों के अलावा मध्य सिंध के सिंधी भी वाणिज्य का एक बड़ा हिस्सा थे। एक सेठ भोजूमल थे, जिनका परिवार मध्य सिंध के सेवहण क्षेत्र से आया था। सन् 1720 के आसपास उन्होंने अपना एक बड़ा व्यावसायिक घराना तैयार किया था। मस्कत में भी उन्होंने अपने एजेंट नियुक्त किए थे। कराची को समुद्री पत्तन के रूप में विकसित करने में उनकी

महत्त्वपूर्ण भूमिका थी। बाद में कल्होड़ा शासकों ने कराची पर कब्जा करके उसे एक प्रमुख पत्तन के रूप में विकसित किया।

कल्होड़ों के बारे में माना जाता था कि वे सैयद थे और अब्बासिद कैलीफेट के समय में अरब से आकर सिंध में बस गए थे। उनके पास जमींदारी शक्तियाँ थीं और वे बोलान तथा सिंध-बलूचिस्तान क्षेत्र के अन्य दर्रों के संरक्षक थे। औरंगजेब की मृत्यु के बाद जब मुगल साम्राज्य बिखर गया, जब कल्होरा वंश के मियाँ यार मोहम्मद खाँ ने सिंध प्रांत पर अपना दावा कर दिया। उसकी सेना ने मुगल कमांडर को हरा दिया और प्रांत के गवर्नर को बाहर कर दिया।

कल्होड़ों ने छोटे-छोटे बिखरे क्षेत्रों को एक में मिलाया और सिंध को अच्छा प्रशासन व स्थायित्व प्रदान किया, जिसकी उसे बहुत जरूरत थी। हालाँकि उन्हें पर्सिया के नादिर शाह और अफगानी योद्धाओं—अहमद शाह अब्दाली तथा मदद खान की आक्रमणकारी सेनाओं का मुकाबला भी करना पड़ रहा था; लेकिन इसके साथ ही उन्होंने विकास पर भी पूरा ध्यान दिया। सिंचाई के लिए नई नहरें बनाई गईं, जिससे कृषि उत्पादन बढ़ाने में मदद मिली। भूमि का लगान हटा दिया गया, जिससे आम खुशहाली बढ़ी और जनसंख्या भी बढ़कर रिकॉर्ड 30 लाख पर पहुँच गई।

ब्रिटिश ईस्ट इंडिया कंपनी ने थट्टा को 'लंदन जैसे बड़े शहर' के रूप में वर्णित किया था। यहाँ 400 स्कूल एवं 4,000 नावें थीं और यहाँ का सांस्कृतिक जीवन भी अत्यंत समृद्ध था। अंग्रेज इतिहासकार एच. टी. सोरेली के अनुसार, ''थट्टा के घर-घर में तानपुरा और ढोलक की आवाज सुनाई देती थी।''

कल्होड़ों के समय में ही थट्टा—जो शताब्दियों से अपने व्यापारी अरब के खाड़ी क्षेत्र में भेजता आ रहा था—ने सिंध को 'पूर्व के सबसे समृद्ध नगर' का दर्जा दिलवाया। नगर में उस समय 50,000 से भी ज्यादा पत्थरों से बने मकान थे, जिनमें बड़े-बड़े बरामदे थे—जो उन दिनों एक बड़ी बात थी। इनमें से कई मकान तीन से चार मंजिलों के थे। ब्रिटिश ईस्ट इंडिया कंपनी ने थट्टा को 'लंदन जैसे बड़े शहर' के रूप में वर्णित किया था। यहाँ 400 स्कूल एवं 4,000 नावें थीं और यहाँ का सांस्कृतिक जीवन भी अत्यंत समृद्ध था। अंग्रेज इतिहासकार एच. टी. सोरेली के अनुसार, ''थट्टा के घर-घर में तानपुरा और ढोलक की आवाज सुनाई देती थी।''

सिंध को कल्होड़ों द्वारा दिया गया दूसरा उपहार था हैदराबाद। इस शहर की स्थापना कल्होड़ों ने सन् 1769 में फुलेली नहर—जो सिंधु नदी के समानांतर बहती है—के किनारे स्थित नेरुनकोट गाँव के स्थान पर की थी। दक्कन में हैदराबाद के निजाम, जिसके साथ कल्होरे अपने राजनीतिक संबंध स्थापित करना चाहते थे, को खुश करने

के लिए ही शहर का यह नाम (हैदराबाद) रखा गया था। यहाँ के व्यापारी अपनी कोठियों या मनोरंजन घरों में—जो नहर के किनारे-किनारे बने थे—चलनेवाली पार्टियों में मस्त रहते थे, जहाँ 'काल कंजरियाँ' उनका मनोरंजन करती थीं। हैदराबाद के किले के निर्माण में भी व्यापारियों ने पर्याप्त आर्थिक योगदान दिया था, जो मात्र दो वर्ष की अवधि में बनकर तैयार हुआ था।

परंतु हैदराबाद को अपनी राजधानी बनाने का कल्होड़ों का सपना पूरा नहीं हो सका। तालपुर के अमीरों ने बाद में कल्होड़ों को हराकर हैदराबाद को अपनी राजधानी बना लिया।

यह नया राजधानी नगर—जो राजनीतिक व सैनिक सत्ता का केंद्र था—बाद में एक महत्त्वपूर्ण शहर के रूप में विकसित हो गया और सिंध, कच्छ व भारत के अन्य भागों से बैंकर, व्यापारी तथा शिल्पी यहाँ आकर रहने लगे। शहर की भौगोलिक स्थिति भी इसके आकर्षण का एक कारण थी—यह सिंध और उत्तर भारत के बीच उमरकोट के काफिला मार्ग के दोनों ओर स्थित था।

कल्होड़ों की ही एक जाति दाउसपोटस ने सन् 1617 में शिकारपुर को एक शिकार-स्थल के रूप में विकसित किया था। अठारहवीं शताब्दी के अंत तक यह ऊपरी सिंध में एक महत्त्वपूर्ण आर्थिक व व्यापारिक केंद्र के रूप में उभरने लगा था। अफगानिस्तान, ईरान और मध्य एशिया के एक मिले-जुले क्षेत्र के आर्थिक लेन-देन में इसकी महत्त्वपूर्ण भूमिका हो गई थी। कुछ ऐतिहासिक कारणों से इसने वाणिज्यिक गतिविधियों में भी प्रमुखता हासिल कर ली थी।

कल्होड़ों के समय में जिस एक अन्य शहर को नया जीवन मिला, वह था—शिकारपुर। शिकारपुर शहर से कई जाने-माने सिंधी बैंकर निकलकर आए थे, जिन्होंने बाद में स्वतंत्र भारत और विश्व के अन्य देशों में अपने बैंक और व्यवसाय स्थापित किए।

कल्होड़ों की ही एक जाति दाउसपोटस ने सन् 1617 में शिकारपुर को एक शिकार-स्थल के रूप में विकसित किया था। अठारहवीं शताब्दी के अंत तक यह ऊपरी सिंध में एक महत्त्वपूर्ण आर्थिक व व्यापारिक केंद्र के रूप में उभरने लगा था। अफगानिस्तान, ईरान और मध्य एशिया के एक मिले-जुले क्षेत्र के आर्थिक लेन-देन में इसकी महत्त्वपूर्ण भूमिका हो गई थी। कुछ ऐतिहासिक कारणों से इसने वाणिज्यिक गतिविधियों में भी प्रमुखता हासिल कर ली थी। पंद्रहवीं शताब्दी से लेकर अठारहवीं शताब्दी के मध्य तक उत्तर भारत और मध्य एशिया के बीच का काफिला मार्ग निचले सिंध से होकर गुजरता था, जिसका मुख्य व्यापारिक केंद्र थट्टा था। निचले सिंध के छोटे शहरों के पतन से शिकारपुर एक

विकासशील काफिला मार्ग के रूप में उभरा। यह दुर्रानी साम्राज्य का सबसे महत्त्वपूर्ण आर्थिक केंद्र बन गया। इसके बढ़ते महत्त्व को देखकर मुलतान के बनिया भी इसकी ओर आकर्षित हुए। इसके साथ ही यहाँ पूँजी और निवेश का जबरदस्त प्रवाह शुरू हुआ, जिससे शिकारपुर को भारत व मध्य एशिया के बीच के काफिला मार्ग पर अपना नियंत्रण स्थापित करने में मदद मिली। शिकारपुर के व्यापारियों और देशी बैंकरों ने न केवल स्थानीय स्तर पर अपितु रूस और मध्य एशिया में भी महत्त्वपूर्ण भूमिका निभाई।

जब शिकारपुरियों का व्यापार फलने-फूलने लगा तो भाटियों और कुछ सिंधी हिंदू व्यापारियों ने उन्नीसवीं शताब्दी के उत्तरार्ध में खाड़ी के उभरते बाजार पर अपनी पकड़ बनानी शुरू कर दी।

❑

7

मोतियों के लिए गोताखोरी

> "एक मोमबत्ती से हजारों मोमबत्तियाँ जलाई जा सकती हैं और ऐसा करने से उस मोमबत्ती का जीवन कम नहीं होता। खुशियाँ बाँटने से कम नहीं होतीं।"
>
> —महात्मा बुद्ध

अरब की खाड़ी मछुआरों और ऑयस्टर (एक प्रकार की मछली) तथा मोती-गोताखोरों व प्रसिद्ध हैमूर मछली के लिए जानी जाती थी। साहसी लोग साहसिक कामों में लगे थे। सागर के फल उनकी जीविका का आधार था। यही उनका मुख्य व्यवसाय था।

मोतियों के सीजन में—जो वर्ष के सबसे गरम महीने में आता था—सक्षम शरीर वाला लगभग हर आदमी सागर की ओर निकल जाता था और गोताखोरी करके मोतियाँ इकट्ठे करता था। लोगों का यही एकमात्र व्यावसायिक कार्य था, संभवत: इसीलिए भारतीय उपमहाद्वीप में लोग इसे एक आदर्श बाजार के रूप में देखते थे। उदाहरण के लिए, ऑयस्टर उगाना एक मौसमी व्यवसाय था, जिससे लोगों को इतना पैसा मिल जाता था कि वे चावल, चाय, कॉफी, चीनी, कपड़े और ईंधन के लिए लकड़ियाँ आदि अपनी सारी जरूरत की चीजें खरीद सकते थे, जिनका भारत और अन्य देशों से आयात किया जाता था।

व्यापारिक हवा अनुकूल हो गई और क्रेता व विक्रेता दोनों के लिए अनुकूल माहौल मिला। जीवन के क्षेत्र को विकसित करना आसान नहीं था, क्योंकि ऑयस्टर उगाने और मोती निकालने का व्यवसाय स्थानीय लोगों की प्रवृत्ति में समाया हुआ था

और वे अपनी प्राथमिकताओं को बदलने या उनमें सुधार लाने को तैयार नहीं थे। उनके जीवन की सादगी में एक अलग तरह का संतोष था, जो आजकल देखने को नहीं मिलता।

खाड़ी क्षेत्र में मोती इकट्ठा करने का इतिहास वैसे तो कई हजार साल पुराना है, लेकिन महत्त्वपूर्ण आर्थिक गतिविधि का दर्जा उसे अभी कुछ समय पहले ही मिला। खाड़ी क्षेत्र के लिए यह कितना महत्त्वपूर्ण था, इसका अंदाजा आप मोती निकालने के लिए जानेवाली नावों की संख्या से ही लगा सकते हैं। पिछली शताब्दी के प्रथम चतुर्थांश में खाड़ी में लगभग 5,000 नावें मोती निकालने के कार्य में लगी थीं। मोती निकालने के मुख्य बेड़े ट्रूशियल स्टेट्स, कुवैत, बहरीन और कतर से आते थे। आँकड़ों से पता चलता है कि पिछली शताब्दी के अंत तक दुबई में 335 नावें मोती निकालने के कार्य में लगी थीं। शारजाह में 360 नावों का बेड़ा था, जबकि उम्म-अल-काईवाइन में 70 और रास अल-खैयमा में 57 तथा अजमान में 40 नावों का बेड़ा था। सबसे बड़ा बेड़ा 410 नावों का आबू धाबी के पास था।

पिछली शताब्दी के अंत तक दुबई में 335 नावें मोती निकालने के कार्य में लगी थीं। शारजाह में 360 नावों का बेड़ा था, जबकि उम्म-अल-काईवाइन में 70 और रास अल-खैयमा में 57 तथा अजमान में 40 नावों का बेड़ा था। सबसे बड़ा बेड़ा 410 नावों का आबू धाबी के पास था।

आबू धाबी उन दिनों एक छोटा सा उपनिवेश था, जहाँ मोतियों के सीजन में ही चहल-पहल होती थी। यह एक आपूर्ति केंद्र था, जहाँ मोती-गोताखोरों की आवश्यकता की सारी वस्तुएँ उपलब्ध थीं; यह ट्रूशियल कोस्त पर स्थित मोतियों का मुख्य बाजार था। परंतु पूरे क्षेत्र के मोती व्यापार का प्रमुख केंद्र बहरीन ही था। खाड़ी में पर्सिया की ओर स्थित मुख्य पत्तम लिंगेह के पतन के बाद दुबई भी मोती व्यापार का एक केंद्र बन गया। मोतियों का व्यापार कई लोगों से होकर गुजरता था—कप्तान, व्यापारी, थोक विक्रेता, मध्यस्थ, साहूकार और निर्यातक।

खाड़ी से मोती खरीदकर भारत और यूरोप पहुँचाए जाते थे। यूरोप की अमीर और फैशनेबल महिलाएँ मोतियों का हार बहुत पसंद करती थीं, इसलिए वहाँ मोतियों की अच्छी माँग थी। बीसवीं शताब्दी के अंत में खाड़ी क्षेत्र से प्रतिवर्ष लगभग 15 लाख पाउंड के मोती भारत और यूरोप को निर्यात किए जाते थे।

सीपों का भी एक अच्छा-खासा बाजार था। इससे खाड़ी क्षेत्र को अच्छी-खासी आमदनी हो जाती थी। यूरोप में इसका प्रमुख बाजार था। पिछली शताब्दी के अंत तक सीपों के निर्यात से 30,000 पाउंड की वार्षिक आय होती थी। सीप का प्रयोग बटन और घड़ियों

के डायल बनाने तथा विभिन्न प्रकार की सजावट की वस्तुएँ बनाने में किया जाता था।

अरब की खाड़ी दुनिया भर के मोती व्यापारियों के आकर्षण का केंद्र बन गई थी; क्योंकि यहाँ दुनिया का सबसे सुंदर मोती—जो गुलाबी रंग का होता है—बहुतायत में पाया जाता था। यहाँ सबसे पहले आनेवाले लोगों में पुर्तगाली और भारतीय थे। पुर्तगाली सोलहवीं शताब्दीं में यहाँ आए थे, जबकि भारतीय—जिनमें विशेष रूप से बंबई के फाइनेंसर और व्यापारी थे—इसके सौ साल बाद आए।

उनमें भारत के साहूकार वर्ग के बनिया थे, जो सन् 1865 के आस पास बंबई की ब्रिटिश और भारतीय फर्मों के प्रतिनिधि के रूप में तट पर आए थे। उनके आगमन और उपस्थिति का आधिकारिक अभिलेख उपलब्ध है। सन् 1901 में रेजीडेंसी एजेंट द्वारा ब्रिटिश पॉलिटिकल रेजीडेंट को सौंपी गई रिपोर्ट के अनुसार, दुबई में 52 बनिया थे, जबकि शारजाह में 76, आबू धाबी में 39, रास अल-खैयमा में 9, अजमान में 4 और उम्म-अल-काईवाइन में 3 बनिया थे।

कई भारतीय व्यापारी अपने परिवार के साथ आकर खाड़ी राज्यों में रहने लगे थे। मोतियों के सीजन में उनकी संख्या दोगुनी से भी ज्यादा हो जाती थी, क्योंकि उस दौरान बंबई से भी बहुत से लोग मोती खरीदने के लिए आ जाते थे। चूँकि बंबई मोती व्यापार का प्रमुख केंद्र था, इसलिए खाड़ी के कई अरब व्यापारी मोतियों के सीजन के बाद यहाँ आकर इकट्ठा होते थे। अरब व्यापारियों ने यहाँ अपनी एजेंसियाँ भी खोली थीं। धीरे-धीरे यहाँ एक छोटा किंतु समृद्ध अरब समुदाय बन गया, जिसमें खाड़ी के कुछ प्रतिष्ठित परिवार भी शामिल थे। मुहम्मद अली जैनल—एक धनी मोती व्यापारी—ने अपने समुदाय के सदस्यों के सहयोग से बंबई में एक अरबी स्कूल भी बनवाया था। यह 1900 के दशक की बात है।

मोती निकालना उन दिनों भले ही प्रमुख आर्थिक व्यवसाय और आय का स्रोत रहा हो, लेकिन यह व्यवसाय आसान नहीं था। कई स्तर पर यह काम पूरा किया जाता था। सबसे ऊपरी स्तर पर व्यापारी और साहूकार थे। उसके बाद नाव का कप्तान या नखूदा होता था। सबसे निचले स्तर पर काम करनेवालों में

मोती निकालना उन दिनों भले ही प्रमुख आर्थिक व्यवसाय और आय का स्रोत रहा हो, लेकिन यह व्यवसाय आसान नहीं था। कई स्तर पर यह काम पूरा किया जाता था। सबसे ऊपरी स्तर पर व्यापारी और साहूकार थे। उसके बाद नाव का कप्तान या नखूदा होता था। सबसे निचले स्तर पर काम करनेवालों में गोताखोर और प्रशिक्षु कामगार होते थे। ये कामगार अत्यंत कठिन परिस्थितियों में जीवन बिताते थे, जिसकी वर्तमान पीढ़ी अंदाजा भी नहीं लगा सकती।

गोताखोर और प्रशिक्षु कामगार होते थे। ये कामगार अत्यंत कठिन परिस्थितियों में जीवन बिताते थे, जिसकी वर्तमान पीढ़ी अंदाजा भी नहीं लगा सकती। चिलचिलाती गरमी में खाड़ी के पानी में गोता लगाकर मोती निकालने से ज्यादा मुश्किल काम शायद दुनिया में कोई और नहीं था। नाविकों, गोताखोरों का जीवन निर्धनता में ही बीत जाता था। मौसमी व्यवसाय होने के कारण इससे वर्ष के केवल पाँच महीनों में ही लोगों को रोजगार मिल पाता था। इसका सीजन 15 मई से 15 सितंबर तक माना जाता था। लेकिन रोजी-रोटी के लिए कुछ लोग एक माह पूर्व से एक माह बाद तक इस काम में लगे रहते थे।

मोती निकालने के बदले में गोताखोरों को मजदूरी की बजाय एक निश्चित हिस्सा मिलता था, जो सीजन के अंत में मोतियों की बिक्री या निर्यात के बाद उन्हें दिया जाता था। उनका जीवन हमेशा अभावों में ही बीतता था। सीजन से पहले और बाद के दिनों में ये अपना परिवार का गुजारा करने के लिए कर्ज लेते थे, जिसे सीजन में माल बिकने पर चुकाते थे। किसी सीजन में अगर प्रकृति ने साथ नहीं दिया तो इन गोताखोरों और नाविकों को बहुत मुश्किल का सामना करना पड़ता था, क्योंकि उनके पास आय का कोई वैकल्पिक स्रोत नहीं था। इस प्रकार वे ऋण के जाल में बुरी तरह उलझ जाते थे, जिससे निकलने का उनके पास कोई रास्ता नहीं होता था।

मोतियों के सीजन की शुरुआत तटीय क्षेत्र के लिए एक बड़ा मौका होता था, जिसका सभी को बेसब्री से इंतजार होता था। काम ज्यादा हुआ तो इससे नखूदा को अच्छा व्यवसाय मिल जाता था और गोताखोरों तथा सीप इकट्ठा करनेवाले कामगारों को भी अपना कर्ज चुकाने के लिए पर्याप्त पैसा मिल जाता था, जिससे पूरे गाँव में थोड़ी सी खुशहाली आ जाती थी। सीजन अच्छा न होने पर लोगों को अपना काम चलाने के लिए फिर से कर्ज लेना पड़ता था।

चूँकि सीजन में इन गोताखोरों और नाविकों को पूरा समय अपने परिवार से दूर सागर पर बिताना पड़ता था, अत: उस दौरान अपने परिवार के गुजारे के लिए वे नखूदा से निश्चित नियम के अनुसार कुछ धनराशि पेशगी के रूप में लेते थे। मोती निकालकर जब वह लौटता था, तब उसे पेशगी की दूसरी किस्त मिलती थी। ऐसा नियम बनाया गया था, ताकि गोताखोरों का परिवार भूखा न रहे। इससे नखूदा को भी कुछ फायदा होता था, क्योंकि पेशगी लेने के बाद गोताखोर उसके लिए काम करने को बाध्य होता था। चालाक नखूदे अपने गोताखोरों को ज्यादा-से-ज्यादा उधार या पेशगी देकर उन्हें अगले सीजन के लिए भी बाँध देते थे।

मोतियों के सीजन की शुरुआत तटीय क्षेत्र के लिए एक बड़ा मौका होता था, जिसका सभी को बेसब्री से इंतजार होता था। काम ज्यादा हुआ तो इससे नखूदा को अच्छा व्यवसाय

मिल जाता था और गोताखोरों तथा सीप इकट्ठा करनेवाले कामगारों को भी अपना कर्ज चुकाने के लिए पर्याप्त पैसा मिल जाता था, जिससे पूरे गाँव में थोड़ी सी खुशहाली आ जाती थी। सीजन अच्छा न होने पर लोगों को अपना काम चलाने के लिए फिर से कर्ज लेना पड़ता था। सीजन शुरू होते ही नखूदा अपने कार्यकर्ताओं को इकट्ठा करने लगता था। ज्यादातर कार्यकर्ता एक ही मुहल्ले के होते थे, जो कर्ज चुकाए जाने तक नखूदा के साथ ही रहते थे।

समुद्र में लंबी यात्रा के लिए तैयारियाँ शुरू हो जाती थीं। कर्मी दल नाव के ऊपरी हिस्से में शार्क का तेल लगा देते थे और निचले हिस्से को हानिकारक जीवों से बचाने के लिए उसमें चूना और भेंड़ की चरबी पोत देते थे। ये पूर्व-सावधानियाँ जरूरी होती थीं, क्योंकि नाव लगभग चार महीने तक खाड़ी के गरम जल में पड़ी रहती थी।

नावों का आकार अलग-अलग होता था। कुछ नावें छोटी होती थीं, जिनमें मुश्किल से दस लोग आते थे, जबकि कुछ नावें इतनी बड़ी होती थीं कि वे 50 लोगों को एक साथ लेकर चल सकती थीं। नाव छोटी हो या बड़ी, जब वह सीप पकड़ने के लिए चलती थी तब पूरी तरह से भर जाती थी; क्योंकि उसमें आवश्यक सामान भी लेकर चलना पड़ता था, जिनका भार नाव की भार वाहन क्षमता से तीन या चार गुना ज्यादा होता था। इन सामानों में गोताखोरी का गीयर, औजार, पानी और पर्याप्त भोजन होता था; क्योंकि दूसरी नाव आने तक उसी में काम चलाना होता था और दूसरी नाव आवश्यक सामग्री लेकर कई सप्ताह बाद ही आती थी।

कम पानीवाले किनारे की खोज में नावें तट से 30-30 मील दूर चली जाती थीं। सीप निकालने के लिए किनारे पर सैकड़ों नावों का जमघट हो जाता था। उस समय सबसे ज्यादा महत्त्वपूर्ण काम गोताखोरों और उन्हें ऊपर खींचनेवाले लोगों का होता था। गोताखोर सीप की तलाश में गोता लगाता था और उसे ऊपर खींचनेवाला आदमी सीप के साथ उसे ऊपर खींचता था। गोताखोर की कमर में एक रस्सी बँधी होती थी और पैरों में एक भारी पत्थर बाँध दिया जाता था।

गोताखोरी बहुत मुश्किल भरा काम होता था। गोताखोर सुबह काम शुरू करता था और शाम को सूर्यास्त तक लगा रहता था। इस बीच हर डुबकी से पहले साँस लेने के लिए वह थोड़ी देर के लिए रुकता था। दिन में वह मुश्किल से ही थोड़ा-बहुत चावल तथा खजूर खाता था या कॉफी और पानी पीता था; क्योंकि पेट भरकर खाने के बाद गोता लगाने में दिक्कत आती थी। नाक में पानी जाने से बचाने के लिए वह दोनों छिद्रों में बकरी की सींग या लकड़ी का डाट लगा लेता था तथा कानों को मोम से बंद कर लेता था। उँगलियों की सुरक्षा के लिए वह नाखूनों के ऊपर चमड़े की टोपी लगाता था। उसकी कमर या सीने में एक टोकरी बँधी होती थी, जिसमें वह सीप को चाकू से काटकर अलग करके रखता जाता था।

गोताखोर को गोताखोरी के दौरान बहुत खतरनाक स्थितियों का सामना करना पड़ता था—अंतरजलीय धाराएँ, शॉर्क, जेलीफिश और स्टिंग्रे। सामान्यता वह एक लँगोट पहनकर ही पानी में उतरता था; लेकिन जब जेलीफिश का डर होता था, तब वह कठोर जैकेट या कुरता पहन लेता था, जिससे उसका पूरा शरीर ढका रहता था। जेलीफिश का डंक बहुत पीड़ादायक होता है; ऐसा लगता है जैसे दहकते लोहे से किसी ने जला दिया हो। दर्द शांत होने में चार से पाँच घंटे तक लग जाते हैं।

गोताखोर को गोताखोरी के दौरान बहुत खतरनाक स्थितियों का सामना करना पड़ता था—अंतरजलीय धाराएँ, शॉर्क, जेलीफिश और स्टिंग्रे। सामान्यता वह एक लँगोट पहनकर ही पानी में उतरता था; लेकिन जब जेलीफिश का डर होता था, तब वह कठोर जैकेट या कुरता पहन लेता था, जिससे उसका पूरा शरीर ढका रहता था। जेलीफिश का डंक बहुत पीड़ादायक होता है; ऐसा लगता है जैसे दहकते लोहे से किसी ने जला दिया हो। दर्द शांत होने में चार से पाँच घंटे तक लग जाते हैं।

कुशल गोताखोर सीप इकट्ठा करते हुए दो मिनट तक समुद्र के जल के भीतर रुक सकता था। एक बार में एक दर्जन सीप इकट्ठा कर लेना पर्याप्त माना जाता था। गोताखोर को जब लगता था कि अब वह और ज्यादा देर तक साँस नहीं रोक सकता तो वह रस्सी के जरिए अपने सहायक कामगार को इशारा कर देता था और सहायक कामगार उसे तुरंत ऊपर खींच लेता था। इस प्रकार, रस्सी खींचनेवाले की भूमिका अत्यंत महत्त्वपूर्ण होती थी, क्योंकि गोताखोर का जीवन उसके हाथों में होता था। बहुत तेजी से रस्सी खींचने से गोताखोर के कानों के परदे फटने का डर होता था और बहुत धीरे-धीरे खींचने से उसके डूबने का डर रहता था।

समुद्र में नीचे जाने के बाद गोताखोर पानी में चलते हुए सीप इकट्ठा करता था और फिर ऊपर आ जाता था। एक या दो मिनट बाद फिर गोता लगाता था। इस प्रकार, 10-12 डुबकियों के बाद ही वह कुछ मिनट के लिए विश्राम करता था। चार महीने के पूरे सीजन में रोज बारह घंटे से भी ज्यादा समय उसे समुद्र के अंदर बिताना पड़ता था। सुबह से लेकर शाम तक लगातार गोताखोरी करते रहना—और वह भी इतनी कठिन परिस्थितियों में बहुत बड़ी चुनौती का काम होता था।

यहाँ के गोताखोर बिना किसी सहायक उपकरण के गोताखोरी करते थे; जबकि जापान के गोताखोर अपना काम आसान बनाने के लिए सहायक उपकरणों का इस्तेमाल करते थे। एक बार मुझे मिकिमोटो पर्ल आईलैंड पर जाने का अवसर मिला। मिकिमोटो का मोतियों के उत्पादन के मामले में अग्रणी स्थान था। वहाँ ज्यादातर गोताखोर महिलाएँ

थीं, जो सफेद जैकेट पहनकर गोताखोरी करती थी। मोती निकालने के लिए प्रायः पति-पत्नी एक साथ जाते थे। पति नाव में बैठा रहता था और पत्नी गोताखोरी करती थी। खतरे की स्थिति में पति अपनी पत्नी को उसकी कमर में बँधी रस्सी की सहायता से ऊपर खींच लेता था। सीपों में कृत्रिम ढंग से दाने भरकर उन्हें तीन साल तक पानी के अंदर छोड़ा जाता था। इससे मोती का रंग बहुत आकर्षक हो जाता था।

खाड़ी में सीप निकालनेवाले गोताखोर का काम शाम को सूर्यास्त तक भी समाप्त नहीं होता था। अगले दिन गोताखोरी के लिए जाने से पहले दिन भर में इकट्ठा किए गए सीपों में से मोती निकालना पड़ता था। यह काम प्रायः सूर्यास्त के बाद किया जाता था, जिसमें गोताखोरों को भी हाथ बँटाना पड़ता था। एक बड़ी नाव में दर्जन भर से भी ज्यादा गोताखोर और इतने ही सहायक कामगार बैठ सकते थे। कई बार दस-दस साल के लड़के भी गोताखोरों की टीम में शामिल होते थे। इतनी कम उम्र में इतने मुश्किल भरे काम में लग जाने से उनका शारीरिक विकास पर विपरीत असर पड़ता था।

खाड़ी में सीप निकालनेवाले गोताखोर का काम शाम को सूर्यास्त तक भी समाप्त नहीं होता था। अगले दिन गोताखोरी के लिए जाने से पहले दिन भर में इकट्ठा किए गए सीपों में से मोती निकालना पड़ता था। यह काम प्रायः सूर्यास्त के बाद किया जाता था, जिसमें गोताखोरों को भी हाथ बँटाना पड़ता था।

टीम के साथ जो प्रशिक्षु कार्यकर्ता जाते थे, उनका काम होता था—खाने के लिए मछलियाँ पकड़ना, उन्हें पकाना और डेक को साफ करना। कुछ लोग अपने साथ प्रार्थना करनेवाला एक व्यक्ति अलग से ले जाते थे।

इस काम में मौसम एक प्रमुख कारक होता था। तेज हवा चलने की स्थिति में गोताखोर समुद्र में डुबकी नहीं लगा सकते थे और इस प्रकार वह दिन बेकार जाता था। तूफान की स्थिति में पूरा बेड़ा निकटतम सुरक्षित स्थान पर चला जाता था। जब हवा बंद होती थी, तब गोताखोर अपने साथियों के साथ नाव को दूसरे स्थान पर लेकर चले जाते थे।

साथ में या आस पास दूसरी नावों के होने से कर्मी दल—जिसे लगातार कई माह चारों ओर जल से घिरी नाव में बिताने पड़ते थे—को संतोष और राहत मिलती थी। गोताखोरी में दिक्कत न आए, इसके लिए गोताखोर दिन में कम-से-कम खाते-पीते थे, जिसमें थोड़ा सा चावल, मछली और कुछ खजूर व कॉफी आदि शामिल होता था; इस कारण ज्यादातर गोताखोर अल्प पोषण का शिकार हो जाते थे। उन्हें ताजे फल और सब्जियाँ खाने को नहीं मिलती थीं, जिससे स्कर्वी रोग होने का खतरा आम था। इस

बीमारी से उनके मसूढ़ों में संक्रमण हो जाता था और सामान्य कमजोरी महसूस होती थी।

लगातार खारे पानी में रहने और गरमी व धूप के कारण गोताखोरों को कई प्रकार के चर्मरोगों का खतरा भी बना रहता था। नाव में स्वच्छ पानी पर्याप्त मात्रा में न होने के कारण उन्हें लगातार कई दिनों तक बिना नहाए रहना पड़ता था। सीजन की समाप्ति पर जब वे घर लौटकर आते थे तो उनकी त्वचा पर फफोले-ही-फफोले दिखाई देते थे। खारा पानी उन्हें और भी पीड़ादायक बना देता था। वर्षों की गोताखोरी के बाद कई लोग विकलांग तक हो जाते थे, दाँत टूट जाते थे और त्वचा का रोग बिगड़ जाता था। कई गोताखोरों के कान के परदे तक फट जाते थे, क्योंकि पानी के अंदर गहराई में दबाव बहुत ज्यादा होता है।

मोतियों को बेचने की जिम्मेदारी नखूदा की होती थी। वह हर गोताखोर द्वारा इकट्ठा किए गए सीप का हिसाब-किताब रखता था। कई बार व्यापारी बीच-बीच में स्वयं वहाँ आ जाते थे, इस प्रकार मोतियों की बिक्री वहीं हो जाती थी। कुछ कप्तान या नखूदा सीजन के अंत में घर वापस आने पर सारा माल एक साथ बेचते थे। मोतियों का मूल्य उनके आकार, वजन और रंग के आधार पर तय किया जाता था। इस प्रकार मोतियों को पाँच श्रेणियों में रखा जाता था। बड़े और भारी मोतियों का मूल्य प्रायः ज्यादा होता था।

मोतियों की बिक्री से प्राप्त कुल राशि का 10 प्रतिशत नाववाले को तथा 20 प्रतिशत आपूर्तिकर्ताओं को मिलता था। शेष 70 प्रतिशत राशि कप्तान, गोताखोरों और शेख में बाँटी जाती थी। सबसे बड़ा हिस्सा कप्तान का होता था—दो या तीन हिस्से। गोताखोरों और सहायक कामगारों को एक-एक हिस्सा मिलता था। इसमें से उनके द्वारा ली गई पेशगी रकम के साथ-साथ रस्सी, खाना, पानी और अन्य चीजों पर किया गया खर्च काट लिया जाता था। शेख को हर नाव से गोताखोर के बराबर हिस्सा मिलता था।

मोतियों की बिक्री से प्राप्त कुल राशि का 10 प्रतिशत नाववाले को तथा 20 प्रतिशत आपूर्तिकर्ताओं को मिलता था। शेष 70 प्रतिशत राशि कप्तान, गोताखोरों और शेख में बाँटी जाती थी। सबसे बड़ा हिस्सा कप्तान का होता था—दो या तीन हिस्से। गोताखोरों और सहायक कामगारों को एक-एक हिस्सा मिलता था। इसमें से उनके द्वारा ली गई पेशगी रकम के साथ-साथ रस्सी, खाना, पानी और अन्य चीजों पर किया गया खर्च काट लिया जाता था। शेख को हर नाव से गोताखोर के बराबर हिस्सा मिलता था।

इतनी सारी मुश्किलों के बावजूद लोग मोती निकालने के काम में लगे रहते थे और इसी पर वे अपने जीवन का निर्वाह करते थे। मशहूर गोताखोरों के साहसिक कार्यों की

कहानियाँ एक पीढ़ी से दूसरी पीढ़ी तक पहुँचती रहती थीं। लोकगाथाओं में बताया जाता था कि सीप वर्षा की बूँदों को पकड़ने के लिए समुद्र की सतह पर आती है, जो बाद में मोती बन जाती है। सीप और मोती इकट्ठा करना यहाँ के लोगों की जीविका का साधन भी था और एक साहसिक कार्य भी।

यहाँ एक लोककथा प्रचलित थी, जिसे माँ अपने बच्चों को सुनाया करती थीं।

एक बार की बात है, बगदाद में एक सुंदर राजकुमारी रहती थी। उसके पिता ने उसे अनोखी चमक और आकारवाला एक काला मोती उपहार में दिया था। राजकुमारी उस मोती के समान ही एक और मोती चाहती थी, ताकि उसका जोड़ा लगा सके। वह नगर के बड़े-बड़े मोती व्यापारियों के पास गई और उनसे अपने मोती का मेल लाने का अनुरोध किया। राजकुमारी पूरे परदे में आती थीं, लेकिन व्यापारियों ने उसे पहचान लिया था कि यह राजा की बेटी है। व्यापारियों ने उसके मोती का मेल लाने में अपनी असमर्थता जताई, क्योंकि वैसा मोती दुर्लभ था। लेकिन राजकुमारी बराबर उन व्यापारियों के पास आती रही, इस उम्मीद में कि एक दिन जरूर कोई-न-कोई उसे मिलेगा, जो उसकी इच्छा पूरी करेगा।

एक दिन एक व्यापारी ने अपनी दुकान के प्रवेश-द्वार पर बैठे एक युवक की ओर इशारा करते हुए राजकुमारी को बताया कि दुनिया में यही एक ऐसा आदमी है, जो आपकी इच्छा पूरी कर सकता है; क्योंकि यह बहरीन के एक प्रसिद्ध गोताखोर का बेटा है। उस युवक को बुलाया गया और राजकुमारी से उसका परिचय कराया गया। युवक था तो गरीब, लेकिन देखने में खूबसूरत और हृष्ट-पुष्ट था। राजकुमारी ने उसे अपना मोती दिखाया और उसका मेल लाने का अनुरोध किया। युवक मोती को देखते ही पहचान गया। वह मोती उसके पिता समुद्र के भीतर एक गुफा में से निकालकर लाए थे।

उसके पिता ने समुद्र के भीतर स्थित उस गुफा का पता लगाया था, जिसमें दुर्लभ काले मोतियोंवाली सीपें थीं। लेकिन अपनी जान जोखिम में डालकर ही कोई गोताखोर उस गुफा तक पहुँच सकता था, क्योंकि उसकी रखवाली के लिए दैत्याकार मकड़े और ऑक्टोपस तैनात थे। लेकिन उस युवक

युवक के मुँह से यह कहानी सुनकर राजकुमारी की उत्सुकता बढ़ गई। उसने युवक को महल में बुलाया, जहाँ एक बार फिर उसने अपने दुर्लभ काले मोती का मेल पाने की इच्छा प्रकट की। युवक ने कहा कि उस गुफा तक दुबारा पहुँच पाना असंभव है और वैसे भी दुनिया में कोई दो मोती एक जैसे नहीं हो सकते। लेकिन राजकुमारी नहीं मानी। मोती के बदले में उसने उस युवक को अपने पिता का आधा राज्य तक देने का वचन दे दिया।

का पिता वहाँ से एक दुर्लभ काला मोती निकालकर बगदाद के राजा को देने के लिए दृढ़-संकल्प था। इसलिए उसने समुद्र में गोता लगाया और दैत्यों को मारकर गुफा में घुस गया। लेकिन जब उसे रस्सी के सहारे ऊपर खींचा गया तो वह मरा हुआ था, लेकिन दुर्लभ काले मोतीवाला एक सीप उसके हाथ में था, जिसे बगदाद के राजा को भेंट कर दिया गया।

युवक के मुँह से यह कहानी सुनकर राजकुमारी की उत्सुकता बढ़ गई। उसने युवक को महल में बुलाया, जहाँ एक बार फिर उसने अपने दुर्लभ काले मोती का मेल पाने की इच्छा प्रकट की। युवक ने कहा कि उस गुफा तक दुबारा पहुँच पाना असंभव है और वैसे भी दुनिया में कोई दो मोती एक जैसे नहीं हो सकते। लेकिन राजकुमारी नहीं मानी। मोती के बदले में उसने उस युवक को अपने पिता का आधा राज्य तक देने का वचन दे दिया।

राजकुमारी की जिद के आगे युवक को झुकना पड़ा। वह अपने साथियों के साथ उस गुफा की खोज में निकल पड़ा। अंततः उसे वह गुफा मिल गई, जहाँ उसके पिता को अपना जीवन गँवाना पड़ा था। अल्लाह का नाम लेकर वह आगे बढ़ा। वह किसी भी कीमत पर राजकुमारी की इच्छा पूरी करना चाहता था। गुफा की रखवाली कर रहे दैत्याकार जानवरों के साथ उसकी घमासान लड़ाई हुई, अंततः वह जीत गया और गुफा के अंदर घुस गया तथा उसमें से एक सीप निकाल लिया। जब उसने आँखें खोलीं तो अपने आपको नाव में पाया। उसके साथियों ने उसे ठीक समय पर ऊपर खींच लिया था। उसने सीप को खोला तो उसमें से अत्यंत सुंदर काला मोती निकला। ऐसा सुंदर मोती उसने पहले कभी नहीं देखा था। वह मोती बिल्कुल वैसा ही था जैसा राजकुमारी के पास था।

राजकुमारी बहुत खुश हुई। उसने परदा हटा दिया और युवक को धन्यवाद देने लगी। युवक ने ऐसी सुंदर लड़की अपने जीवन में पहले कभी नहीं देखी थी। वह राजकुमारी की सुंदरता पर मोहित हो गया। राजकुमारी ने उससे कहा कि जो मोती तुम लेकर आए हो, वह काला, अनोखा और अनमोल मोती बिल्कुल तुम्हारी तरह है।

मोती लेकर वह युवक राजकुमारी के सामने उपस्थित हुआ।

''तुम मेरे लिए वह मोती लेकर आए?'' राजकुमारी ने पूछा।

युवक ने घुटनों के बल बैठकर उत्तर दिया, ''जी हाँ।''

राजकुमारी बहुत खुश हुई। उसने परदा हटा दिया और युवक को धन्यवाद देने लगी। युवक ने ऐसी सुंदर लड़की अपने जीवन में पहले कभी नहीं देखी थी। वह राजकुमारी की सुंदरता पर मोहित हो गया। राजकुमारी ने उससे कहा कि जो मोती तुम

लेकर आए हो, वह काला, अनोखा और अनमोल मोती बिल्कुल तुम्हारी तरह है।

अब पुरस्कार की बारी आई। राजकुमारी ने कहा कि इस मोती के बदले में तुम जो चाहो, माँग सकते हो। तुम्हारी इच्छा पूरी की जाएगी। गरीब गोताखोर युवक थोड़ी देर तक चुपचाप खड़ा सोचता रहा। उसके बाद बहुत धीमी आवाज में बोला, ''प्रिय राजकुमारी, आप दुनिया की सबसे कीमती और सुंदर मोती हैं। मैं तुमसे विवाह करना चाहता हूँ। आपने तो मुझे काला मोती भी कह दिया। लेकिन मुझ जैसे एक काले मोती का मेल आप जैसे सफेद मोती के साथ नहीं हो सकता।'' इतना कहकर उसने अपनी कमर में लटकती वही छुरी निकाली, जिससे उसने गुफा की रखवाली करनेवाले दैत्य को मारा था और अपने सीने में घोंप लिया।

❑

8

अंग्रेजों का प्रभाव

"जाल के बारे में जैसी धारणा किसी पक्षी की होती है कि वह उसे उलझा लेता है, लोगों की वैसी ही धारणा अपने शासकों के प्रति होती है।"

—चीनी कहावत

अंग्रेजों ने खाड़ी में अपना गहरा प्रभाव छोड़ा था। यह एक उपनिवेश था और इसने व्यापार को आगे बढ़ाने के लिए आधार तैयार किया।

खाड़ी में अंग्रेजों के आगमन से क्षेत्र के हिंदू व्यापारियों की गतिविधियों में तेजी आ गई। अवसर की उपयोगिता का अंदाजा लगाकर उन्होंने पृष्ठभूमि में पहुँचने के लिए एक सरहदी कार्यनीति अपनाई।

अंग्रेजों ने खाड़ी में स्वयं को सन् 1622 में उस समय स्थापित किया, जब पर्सिया के शासक शाह अब्बास ने होर्मुज से पुर्तगालियों को हटाने के लिए ईस्ट इंडिया कंपनी को आमंत्रित किया। यह आमंत्रण एक वरदान सिद्ध हुआ, क्योंकि अंग्रेज पहले से ही इस तरह के व्यापारिक आधार की तलाश में थे। एक वर्ष के भीतर ही उन्होंने पर्सियाई तट पर बंदर-अब्बास में एक वाणिज्यिक पत्तन तैयार कर लिया।

उसके बाद उन्होंने पर्सिया के इस्फाहान और शिराज तथा इराक के बसरा तक अपनी व्यापारिक गतिविधियाँ बढ़ा लीं।

यह खाड़ी में ब्रिटिशों के प्रभाव व आधिपत्य की शुरुआत थी। 350 वर्षों तक उन्होंने यहाँ अपना आधिपत्य जमाए रखा।

अठारहवीं शताब्दी के मध्य तक यह क्षेत्र काफी शांत रहा था। उसके बाद

उपनिवेशवादी प्रतिद्वंद्विताएँ शुरू हो गईं और इंग्लैंड व फ्रांस जैसे देश क्षेत्र में अपना आधिपत्य जमाने के लिए यहाँ की राजनीति में छाते गए। फ्रांसीसियों और पुर्तगालियों के भारतीय उपमहाद्वीप व सुदूर पूर्व में अपने उपनिवेश थे। ईस्ट इंडिया कंपनी ने भी भारत में अपने पाँव जमा लिये थे और यहाँ से अच्छा लाभ कमा रही थी। इसलिए अंग्रेज इस क्षेत्र में अपने व्यापारिक व अन्य हितों को सुरक्षित रखना चाहते थे। इसके लिए वे भारत से यूरोप तक अपने जहाजों के लिए सुरक्षित मार्ग की तलाश में थे।

हितों की इस खींचतान में उपनिवेशवादी शक्तियाँ खाड़ी और उसके आस-पास के क्षेत्रों में आमने-सामने आ गईं। सन् 1759 में फ्रांसीसी नौसैनिक बलों ने क्षेत्र में ब्रिटिश व्यापारिक चौकी को नष्ट कर डाला, जिससे अंग्रेजों को बुशाइर की ओर हटना पड़ा। इसके चार वर्ष बाद अंग्रेजों ने एक पॉलिटिकल एजेंसी स्थापित की, जिससे क्षेत्र के राजनीतिक महत्त्व के प्रति उनकी समझ का पता चलता था।

सदियों से व्यापार में लगे सिंधी व्यापारी इन बदलावों को झेलते हुए आगे बढ़े हैं। ये बदलाव इतिहास में एक सीख की तरह रहे हैं। इनसे अलग-अलग परिस्थितियों में हमारी समायोजन व उत्तरजीविता क्षमता उभरकर सामने आई।

इस प्रवृत्ति या क्षमता को कमजोरी मानकर इसका उपहास नहीं किया जाना चाहिए। स्थिति के अनुरूप स्वयं को ढाल लेने की क्षमता और लोचशीलता ही कई बार हमारी शक्ति बन जाती है। उदाहरण के लिए, समुद्र में चलती हुई नाव धारा के साथ कभी ऊपर तो कभी नीचे होती रहती है। अगर आप उस स्थिति में संतुलन या समायोजन नहीं कर सके तो आप डूब जाएँगे।

व्यापारिक वस्तुएँ भारत से यूरोप पहुँचाने के लिए अंग्रेजों के पास जो सबसे छोटा मार्ग था, वह खाड़ी से होकर बसरा तक जाता था। यह मार्ग अपेक्षाकृत सुरक्षित भी था, क्योंकि जिन क्षेत्रों से होकर यह गुजरता था, उन पर प्रत्यक्ष या अप्रत्यक्ष रूप से अंग्रेजों का ही नियंत्रण था। दूसरी ओर, उत्तमाशा अंतरीय के आस-पास से होकर गुजरने वाला मार्ग न केवल लंबा और दुर्गम था, अपितु उस पर प्रतिद्वंद्वी शक्तियों के हमले की भी आशंका रहती थी।

व्यापारिक वस्तुएँ भारत से यूरोप पहुँचाने के लिए अंग्रेजों के पास जो सबसे छोटा मार्ग था, वह खाड़ी से होकर बसरा तक जाता था। यह मार्ग अपेक्षाकृत सुरक्षित भी था, क्योंकि जिन क्षेत्रों से होकर यह गुजरता था, उन पर प्रत्यक्ष या अप्रत्यक्ष रूप से अंग्रेजों का ही नियंत्रण था। दूसरी ओर, उत्तमाशा अंतरीय के आस-पास से होकर गुजरने वाला मार्ग न केवल लंबा और दुर्गम था, अपितु उस पर प्रतिद्वंद्वी शक्तियों के हमले की भी आशंका रहती थी।

बसरा से व्यापारिक वस्तुएँ सीरिया या हीफा भेजी जा सकती थीं और वहाँ से भूमध्य सागर के रास्ते उन्हें इंग्लैंड पहुँचाया जा सकता था। इस प्रकार यह मार्ग अंग्रेजों के लिए अत्यंत महत्त्वपूर्ण था। इसलिए वे इस क्षेत्र में प्रतिद्वंद्वी शक्तियों को दबाकर अपने व्यापारिक हितों की रक्षा करने के लिए कृत-संकल्प थे।

स्थानीय शासक भी धीरे-धीरे इन विदेशी शक्तियों की आपसी प्रतिद्वंद्विता में उलझकर रह गए। पर्सियाई तट—जहाँ ज्यादातर अरब रहते थे—उस समय रास अल-खैयमा के अल कासिमी शेखों के अधीन था। आजकल उत्तरी अमीरात के रूप में जाने जानेवाले ज्यादातर क्षेत्र पर इन शेखों का नियंत्रण था। यह क्षेत्र एक प्रमुख व्यापारिक केंद्र था। जहाँ से पड़ोसी देशों के साथ व्यापार होता था। यहाँ व्यापारिक माल के परिवहन के लिए ट्रूशियल स्टेट्स के पत्तनों के जहाज भी थे। इस क्षेत्र के विभिन्न पत्तनों से कोई 63 व्यापारिक जहाज चलते थे, जिनमें से 20 जहाज दुबई के, 18 शारजाह के, 15 रास अल-खैयमा के तथा 10 आबू धाबी के थे। इनमें से कुछ जहाज इतने बड़े थे कि वे 300 टन तक माल और 50 सदस्यों का कर्मी दल लेकर चल सकते थे; लेकिन ज्यादातर जहाज छोटे थे, जिन पर 20-20 सदस्यों का कर्मी दल चलता था।

अंग्रेज व्यापारी क्षेत्र में अपनी व्यापारिक गतिविधियों में स्थानीय हस्तक्षेप बरदाश्त नहीं कर रहे थे। इस कारण जल्दी ही वे अल कासिमी शेखों की सीधी टक्कर में आ गए। परिणामस्वरूप सन् 1819 में रॉयल नेवी ने रास अल-खैयमा के पत्तन पर हमला कर दिया। यह हमला अचानक किया गया था। रॉयल नेवी ने पत्तन पर खड़े 300 जहाजों को नष्ट कर दिया। खाड़ी की ओर वापस जाते समय ब्रिटिश सेना ने अजमान और उम्म-अल-काईवाइन पत्तनों पर हमला करके उन्हें भी नष्ट कर दिया; लेकिन दुबई और आबू धाबी पर हमला नहीं किया।

सन् 1819 में रॉयल नेवी ने रास अल-खैयमा के पत्तन पर हमला कर दिया। यह हमला अचानक किया गया था। रॉयल नेवी ने पत्तन पर खड़े 300 जहाजों को नष्ट कर दिया। खाड़ी की ओर वापस जाते समय ब्रिटिश सेना ने अजमान और उम्म-अल-काईवाइन पत्तनों पर हमला करके उन्हें भी नष्ट कर दिया; लेकिन दुबई और आबू धाबी पर हमला नहीं किया।

इस घटना से खाड़ी की राजनीति में महत्त्वपूर्ण मोड़ आया। इससे पहले तक यह माना जाता रहा था कि अंग्रेज अपने व्यापारिक हितों की रक्षा के लिए ही क्षेत्र में अपनी उपस्थिति बनाए हुए हैं; लेकिन अब उनकी उपस्थिति राजनीतिक व सैनिक महत्त्व ले चुकी थी।

इन परिस्थितियों में भारतीय व्यापारियों के लिए अपने व्यापारिक हितों की रक्षा

कर पाना आसान काम नहीं था; लेकिन उन्होंने अपने आपको सँभाला। अगले ही वर्ष, सन् 1820 में, अंग्रेजों ने क्षेत्र में शेखों के साथ व्यक्तिगत समझौता कर लिया। इन शेखों में अजमान और उम्म अल-कैवाइन के शेख भी शामिल थे, जो रास अल-खैयमा के संरक्षण में था। इससे रास अल-खैयमा के शासक को बहुत गुस्सा आया।

यद्यपि इस शांति समझौते का उद्देश्य भारत आने-जानेवाले ब्रिटिश जहाजों के लिए समुद्री मार्ग की रक्षा करना मात्र था; लेकिन इसके परिणामस्वरूप अंततः अंग्रेज क्षेत्र में अपना आधिपत्य जमाने में सफल हो गए। समझौते से अंग्रेजों को क्षेत्र के व्यापार पर सर्वोच्च नियंत्रण मिल गया था। सन् 1826 में उन्होंने क्षेत्र में राजनीतिक गतिविधियाँ संचालित करने के लिए शारजाह में एक पॉलिटिकल एजेंसी की स्थापना की।

स्टीमशिप और टेलीग्राफ व डाक सेवाओं की शुरुआत के बाद भारत और यूरोप के बीच व्यापार व वाणिज्य तेजी से बढ़ने लगा। ऐसे में व्यापारिक मार्गों की सुरक्षा के लिए क्षेत्र में शांति स्थापित करना बहुत जरूरी हो गया था। व्यापार और सैनिक शक्ति में अपना प्रभाव जमा लेने के बाद अंग्रेजों ने क्षेत्र के स्थानीय शासकों से सन् 1835 में एक समझौता कर लिया, जिसका प्रतिवर्ष नवीनीकरण होता था। अठारह वर्ष बाद, सन् 1853 में, यह एक स्थायी समझौता बन गया। उसके बाद से आबू धाबी, दुबई और उत्तरी अमीरात का संयुक्त क्षेत्र ट्रूशियल स्टेट्स के नाम से जाना जाने लगा।

अठारहवीं और उन्नीसवीं शताब्दी में भारत का व्यापारिक माल ट्रूशियल स्टेट्स के रास्ते पर्सियाई तट पर स्थित लिंगेह पत्तन से होकर जाता था, जो रास अल-खैयमा के अल कासिमी शेखों के नियंत्रण में था। यद्यपि यह अरब की खाड़ी में पर्सिया की ओर स्थित था, लेकिन यहाँ रहनेवाले ज्यादातर लोग अरब से आए थे। यह अपेक्षाकृत विकसित पत्तन था, इसलिए बंबई और बसरा के बीच चलनेवाले ब्रिटिश स्टीमर यहाँ आकर रुकने लगे और आयात-निर्यात शुल्क न होने से यहाँ व्यापार खूब बढ़ गया। पर्सिया की सरकार लिंगेह संचालन में कोई हस्तक्षेप नहीं करती थी, जबकि यह अरब के नियंत्रण में था।

अठारहवीं और उन्नीसवीं शताब्दी में भारत का व्यापारिक माल ट्रूशियल स्टेट्स के रास्ते पर्सियाई तट पर स्थित लिंगेह पत्तन से होकर जाता था, जो रास अल-खैयमा के अल कासिमी शेखों के नियंत्रण में था। यद्यपि यह अरब की खाड़ी में पर्सिया की ओर स्थित था, लेकिन यहाँ रहनेवाले ज्यादातर लोग अरब से आए थे। यह अपेक्षाकृत विकसित पत्तन था, इसलिए बंबई और बसरा के बीच चलनेवाले ब्रिटिश स्टीमर यहाँ आकर रुकने लगे और आयात-निर्यात शुल्क न होने से यहाँ व्यापार खूब बढ़ गया।

किंतु बाद में रास अल-खैयमा पत्तन

के विनाश के बाद रास अल-खैयमा के शेखों ने धीरे-धीरे लिंगेह पर से अपना नियंत्रण खो दिया। तब यहाँ की व्यापारिक गतिविधियों को देखते हुए पर्सिया की सरकार ने इसके नियंत्रण में अपनी दिलचस्पी दिखानी शुरू कर दी। उसने अरब गवर्नरशिप समाप्त कर दी और पर्सियन इंपीरियल कस्टम्स ने बीसवीं शताब्दी के शुरू में पत्तन पर माल की आवाजाही पर कर लगाना शुरू कर दिया। लेकिन व्यापारी समुदाय पारसी सरकार के इस हस्तक्षेप और करारोपण से खुश नहीं था। परिणामस्वरूप बड़ी संख्या में व्यापारी तट के दूसरी ओर चले गए—खासकर दुबई, शारजाह, रास अल-खैयमा और आबू धाबी की ओर। कई परिवारों ने भी लिंगेह छोड़ दिया, क्योंकि वे शाह वंश द्वारा इसलाम के रीति-रिवाजों में सुधार के लिए लागू किए गए कानूनों को स्वीकार नहीं कर पाए।

लिंगेह में जो भारतीय व्यापारी थे, उनमें ज्यादातर मोती-गोताखोरी उद्योग के फाइनेंसर थे और खाद्य आयात में भी उनकी प्रमुख भूमिका थी। अत: उनके पलायन से छोटे-मोटे व्यापारियों और शिल्पियों, मछुआरों और किसानों को भी लिंगेह से पलायन करना पड़ा, जो अपनी जीविका के लिए किसी-न-किसी तरह इन बड़े व्यापारियों पर निर्भर थे।

दिलचस्प बात है कि पारसी तट के उपनिवेशकों ने ही दुबई की इमारतों में विंड-टॉवर की नई निर्माण कला शुरू की।

देखते-ही-देखते लिंगेह पत्तन ने अपना महत्त्व खो दिया, जिसका लाभ दुबई को मिला; क्योंकि भारत के साथ व्यापारिक अनुभव प्राप्त करके आए बड़े-बड़े व्यापारी यहाँ आकर रहने लगे। थोड़े ही समय में यह ट्रूशियल स्टेट्स का एक प्रमुख पत्तन नगर बन गया।

दुबई को यह स्थान दिलाने में कई कारकों का योगदान रहा है। पहला कारक था यहाँ के शासक की दूरदर्शिता। नए कानून लागू होने से लिंगेह में व्यापारियों को परेशानी जरूर हो रही थी, लेकिन दुबई के शासक ने फारस की ओर से आए व्यापारियों को मुफ्त भूमि देकर तथा आयात-निर्यात शुल्क हटाकर खूब प्रलोभन और प्रोत्साहन दिया। इसका लाभ भी हुआ।

लिंगेह के पतन के तीन वर्ष बाद, सन् 1905-06 तक, बंबई और पर्सियन स्टीम नेविगेशन कंपनी के दुबई से जानेवाले जहाजों की संख्या बढ़कर 34 हो गई, जिनसे कुल लगभग 70,132 टन माल ढोया जाता था। इससे पहले बंबई-बसरा मार्ग से दुबई जानेवाले ब्रिटिश स्टीमर ज्यादा-से-ज्यादा तीन से पाँच चक्कर ही लगा पाते थे।

इसके बाद दुबई ने पीछे मुड़कर नहीं देखा। '50 के दशक के आरंभ तक व्यापार इसी गति से चलता रहा। उसके बाद यह क्षेत्र तेल का एक महत्त्वपूर्ण केंद्र बन गया, जिसके परिणामस्वरूप दुबई में व्यापार में एकदम उछाल आ गया। सन् 1958 में कुल 30 लाख पाउंड का आयात व्यापार हुआ था। दो वर्ष बाद 1960 में यह बढ़कर 61 लाख

पाउंड हो गया। उसके बाद अगले तीन वर्ष में आयात व्यापार ने 80 लाख पाउंड का आँकड़ा छू लिया। सन् 1967 में कुल 4.17 लाख पाउंड का व्यापार हुआ था, जबकि एक वर्ष बाद 1968 में यह आँकड़ा 7 करोड़ पाउंड पर पहुँच गया।

बीसवीं शताब्दी के अंत में भारत से औसतन 25 लाख रुपए का आयात प्रतिवर्ष किया जाता था, जिसमें मुख्य रूप से अनाज और दालें होती थीं, जो भारतीय व्यापारियों द्वारा ट्रूशियल स्टेट्स के पत्तनों से यहाँ लाई जाती थीं। ये जहाज न केवल ट्रूशियल कोस्ट और भारत के बीच चलते थे, बल्कि पड़ोसी देशों में भी इनसे माल पहुँचाया जाता था। वहाँ से इस माल को क्षेत्र के अन्य बाजारों में पहुँचाया जाता था।

बीसवीं शताब्दी के अंत में भारत से औसतन 25 लाख रुपए का आयात प्रतिवर्ष किया जाता था, जिसमें मुख्य रूप से अनाज और दालें होती थीं, जो भारतीय व्यापारियों द्वारा ट्रूशियल स्टेट्स के पत्तनों से यहाँ लाई जाती थीं। ये जहाज न केवल ट्रूशियल कोस्ट और भारत के बीच चलते थे, बल्कि पड़ोसी देशों में भी इनसे माल पहुँचाया जाता था। वहाँ से इस माल को क्षेत्र के अन्य बाजारों में पहुँचाया जाता था।

परंतु आयात से सबसे ज्यादा लाभ मोती इकट्ठा करने के काम में लगे लोगों और उनके आश्रितों तथा ट्रूशियल स्टेट्स के अन्य बाशिंदों को मिलता था। कॉफी, कपड़े और इस तरह की अन्य वस्तुएँ शारजाह, आबू धाबी और दुबई से सुदूर देहात में भेजी जाती थीं, जहाँ बद्दू और अन्य समुदायों के लोग ग्रामीण बाजारों से इन्हें खरीदते थे। इस प्रकार स्थानीय अर्थव्यवस्था विकसित होने लगी। शताब्दी के अंत तक शारजाह का वार्षिक राजस्व 8,000 रुपए तथा रास अल-खैयमा का औसत वार्षिक राजस्व 800 रुपए था, जो मुख्य रूप से आयात शुल्क से होता था।

डेढ़ सौ वर्ष पूर्व—खासकर ठट्टा से—ट्रूशियल कोस्ट में आए भारतीय व्यापारियों ने मोती के व्यापार में प्रमुख भूमिका निभाई। ये सारे व्यापारी हिंदू थे। वे यहाँ बसने के उद्देश्य से नहीं, बल्कि मौसमी सैलानी के रूप में आए थे। शुरू में वे मोतियों का निर्यात करते थे, बाद में धीरे-धीरे वे मोतियों के व्यापार के साथ-साथ चावल, चीनी, कॉफी और कपड़े जैसी वस्तुओं के आयात में भी संलग्न हो गए। एक ओर इन व्यापारियों ने व्यापार को अपने नियंत्रण में किया और दूसरी ओर भारत से दुबई में आकर बसे बनिया (साहूकार) और पारसी व्यापारियों ने वित्त बाजार में अपना प्रभाव जमा लिया, जो ऊँची ब्याज पर उधार देते थे।

दुबई के कुछ अग्रणी मोती व्यापारी थे—असकेरनदास आसनमल वाभी, धामनमल लालचंद वाभी, धामनमल ईसरदास, जेठानंद लालचंद, केशवदास ताराचंद,

खुशालदास खुंबनदास भाटिया, किशिनदास नाथामल किसनी, लक्ष्मीदास तुलसीदास और उनके भाई, शांबीमल भाटिया, तुलसीदास फतेहचंद और उत्तमचंद तुलसीदास।

बीसवीं शताब्दी के पहले दशक में 7,000 लोग केवल दुबई में ही मोती उद्योग से जुड़े थे। उन्हें अपने काम के बदले में बहुत कम मजदूरी मिलती थी, लेकिन मोती निकालने का काम ही अर्थव्यवस्था का आधार था, आय का अन्य स्रोत नहीं था। इससे आय तो ज्यादा नहीं होती थी, लेकिन जो भी आय होती थी, उससे स्थानीय व्यापार में वृद्धि हो रही थी।

परंतु ऐसा ज्यादा समय तक नहीं चल सका, क्योंकि मोती के व्यापार में अचानक मंदी आ गई। इसके दो कारण थे—पहला कारण, जापान से ढले हुए मोती बाजार में आ गए थे, जो सीप में कृत्रिम ढंग से बालू या कंकड़ के दाने डालकर बनाए जाते थे। इससे साधारण मोती बाजार से बाहर होने लगे। दूसरा कारण था, प्रथम विश्वयुद्ध के बाद यूरोप में व्याप्त राजनीतिक माहौल।

परंतु ऐसा ज्यादा समय तक नहीं चल सका, क्योंकि मोती के व्यापार में अचानक मंदी आ गई। इसके दो कारण थे—पहला कारण, जापान से ढले हुए मोती बाजार में आ गए थे, जो सीप में कृत्रिम ढंग से बालू या कंकड़ के दाने डालकर बनाए जाते थे। इससे साधारण मोती बाजार से बाहर होने लगे। दूसरा कारण था, प्रथम विश्वयुद्ध के बाद यूरोप में व्याप्त राजनीतिक माहौल। वैसे, मोती व्यापार का पतन '20 के दशक के मध्य में ही शुरू हो गया था। सन् 1929 तक स्थिति यह थी कि दुबई की 60 नावें—जो मोती निकालने के काम में लगी थीं—अग्रिम भुगतान न मिल पाने के कारण समुद्र पर नहीं जा पा रही थीं। यूरोपीय बाजारों—विशेषकर पेरिस—में मोतियों की मार्केटिंग में होनेवाली देरी के कारण बाजार में धन की कमी हो गई; परिणामस्वरूप व्यापारियों को अपनी व्यापारिक गतिविधियाँ चलाने के लिए धन का प्रबंध करना मुश्किल लगने लगा। कई पैसेवाले मोती व्यापारी—जो पूँजी उधार दिया करते थे—स्वयं कर्ज में डूब गए।

मोतियों के सीजन में अपना काम चलाने के लिए मोती व्यापारी बंबई के साहूकारों से बहुत ऊँची ब्याज दर पर पैसा उधार लेते थे—36 प्रतिशत तक। सीजन समाप्त होने पर जब वे माल की ब्रिकी करके भारत से वापस आते थे तो साहूकार का पैसा ब्याज सहित चुका देते थे।

मोतियों का बाजार जब गिर गया तो कई तरह की समस्याएँ पैदा हो गईं। चूँकि व्यापारी अपने मोती बाजार में नहीं बेच पा रहे थे, इसलिए वे साहूकारों का पैसा लौटा पाने में सक्षम नहीं रह गए थे। इसका परिणाम यह हुआ कि साहूकार स्वयं कर्ज में डूबने लगे।

एक प्रमुख मोती व्यापारी मुहम्मद बिन बयात को दिवालिया घोषित कर दिया गया था। उसके ऊपर 6 लाख रुपए का कर्ज था, जो उन दिनों एक बड़ी रकम थी। एक अन्य व्यापारी मुहम्मद बिन अहमद बिन डलमुक ने बंबई के एक बड़े साहूकार मुहम्मद अली जैनल से कर्ज लिया था, जिसे चुकाने के लिए उसे एक बनिया साहूकार से 2 लाख रुपए उधार लेने पड़े।

बाजार की स्थिति इतनी खराब हो गई थी कि दुबई और शारजाह के कई भारतीय साहूकारों को मोती व्यापारियों से अपना बकाया वसूलने के लिए ब्रिटिश पॉलिटिकल ऐजेंसी से मदद माँगनी पड़ी।

अंतत: शासकों के हस्तक्षेप से कई मामले सुलझाए गए। दोनों पक्षों—लेनदार और देनदार—के बीच समझौता कराया गया, जिसके अनुसार देनदारों ने किस्तों में कर्ज चुकाने का आश्वासन दिया।

सन् 1934 में बुशाइर स्थित ब्रिटिश रेजीडेंसी द्वारा लंदन स्थित विदेशी व्यापार विभाग को भेजी रिपोर्ट से उस समय मोती उद्योग में व्याप्त स्थितियों का पता चलता है—''कुछ कारणों से यह उद्योग पिछले वर्षों में चिंताजनक स्थिति में आ गया है और अभी इसमें सुधार का कोई संकेत दिखाई नहीं देता।

सन् 1934 में बुशाइर स्थित ब्रिटिश रेजीडेंसी द्वारा लंदन स्थित विदेशी व्यापार विभाग को भेजी रिपोर्ट से उस समय मोती उद्योग में व्याप्त स्थितियों का पता चलता है—''कुछ कारणों से यह उद्योग पिछले वर्षों में चिंताजनक स्थिति में आ गया है और अभी इसमें सुधार का कोई संकेत दिखाई नहीं देता। पहला कारण यह है कि यूरोप और अमेरिका की आर्थिक स्थिति के कारण मोतियों की माँग में कमी आई है, जिसके परिणामस्वरूप यहाँ के खरीदार—जो पहले बहरीन आने पर मोती खरीदा करते थे—अब मोती खरीदने में असमर्थ हो गए हैं। दूसरा कारण यह है कि जापान से आनेवाले कृत्रिम ढंग से तैयार मोतियों से प्राकृतिक मोतियों के बाजार पर विपरीत प्रभाव पड़ा है और तीसरा कारण यह है कि संभवत: अत्यधिक उत्पादन के कारण स्थानीय मोतियों की गुणवत्ता में गिरावट आ गई है।''

मोती व्यापारी अपने मोतियों के लिए वैकल्पिक बाजार तलाशने की कोशिश तो कर रहे थे, लेकिन उन्हें सफलता नहीं मिल रही थी; क्योंकि जापानी मोती—जो अपेक्षाकृत सस्ते पड़ते थे—वहाँ भी छाए हुए थे। मोतियों के प्रसंस्करण को भी दूसरे बाजारों में स्थानांतरित करने के प्रयास किए गए; लेकिन ये प्रयास सफल नहीं हो सके, क्योंकि आर्थिक दृष्टि से यह प्रयोग साध्य नहीं था—भारत का मोती व्यापार बहुत सुव्यवस्थित था, जो शताब्दियों के अनुभव से तैयार हुआ था। पूरे खाड़ी क्षेत्र से यहाँ मोती

प्रसंस्करण के लिए आते थे। भारतीयों के पास अच्छा प्रसंस्करण-कौशल था और यहाँ श्रम भी सस्ता था। प्रसंस्कृत मोती और आभूषण यहाँ से वापस पश्चिमी और सुदूर पूर्व के देशों में भेजे जाते थे। ऐसे में भारतीयों को किसी तीसरे देश में ले जाकर प्रसंस्करण इकाई स्थापित करना व्यावसायिक दृष्टि से लाभदायक नहीं था।

'40 के दशक की शुरुआत तक यह स्पष्ट हो गया था कि मोतियों का बाजार अपनी पुरानी चमक वापस प्राप्त नहीं कर सकेगा। खाड़ी के लोगों को अपनी जीविका के लिए आय का कोई वैकल्पिक स्रोत तलाशना पड़ा। इस बार भी दुबई से ही आशा जगी। दुबई में वर्षों का उपयोगी अनुभव था और पुनर्निर्यात व्यापार में उसने अपने पड़ोसियों को अच्छी-खासी अग्रिम राशि भी दे रखी थी। इस प्रकार, दुबई में व्यवसाय के वर्तमान स्वरूप की आधार भूमि तैयार होने लगी।

❑

9

आधुनिक युग में प्रवेश

"जीवन एक संगीत की तरह है। इसकी रचना कान, अनुभूति और अंतर्वृत्ति से होनी चाहिए, किसी नियम में बँधकर नहीं। लेकिन नियमों की जानकारी भी होनी चाहिए, क्योंकि कभी-कभी संदिग्ध स्थितियों में इनसे मार्गदर्शन मिलता है।"

—सैमुएल बटलर

दुबई एक महानगर है। इसकी विशिष्ट स्थिति में इसके इतिहास व भौगोलिक विशेषताओं का योगदान रहा है।

दुबई के व्यापारियों और मछुआरों को विदेशी पत्तनों की जानकारी पीढ़ियों से रही है। दुबई से नावें नियमित रूप से निकटवर्ती पर्सियन, मकरान और बटीनह तटों तथा मस्कत तक जाया करती थीं। इसके अलावा बहरीन, बसरा, बंबई, लाल सागर और अफ्रीकी तट के मार्गों पर भी नावें चलती थीं।

दुबई की वाणिज्यिक गतिविधियाँ ही विश्व के चारों कोनों से यहाँ लेकर आईं। इससे विकास और प्रगति के मामले में दुबई को क्षेत्र के अन्य देशों से आगे बढ़ने में मदद मिली।

मैं दुबई में रहता हूँ। अपने परिवार की तरह मैं भी यहीं फला-फूला हूँ। दुबई ने ही हमें अपनी संस्कृति को पुन: प्राप्त करने और उधार की विरासत से अपने जीवन को समृद्ध बनाने का अवसर उपलब्ध कराया है।

यहाँ बसनेवाले लोगों को समझने के लिए पहले आपको इसके बारे में जानना होगा। इस नए शहर के पास विकास का एक अनोखा कीर्तिमान है, जिसकी गति और

विविधता चौंकानेवाली है। कुछ लोग कहते भी हैं कि यह एक ऐसा शहर है, जो तुरंत या रातोरात बना है। इसमें कुछ गलत नहीं है। लेकिन साथ ही यह भी कहना होगा कि इसकी जड़ें युगों पुरानी और गहरी हैं।

पर्यटक यहाँ आकर सुखद आश्चर्य से भर जाते हैं। लगभग सन् 1980 से पहले लोग इसे एक शुष्क रेगिस्तान के रूप में ही बने रहने की बात सोचते रहे होंगे—डेविड लीन की 'लॉरेंस ऑफ अरेबिया' की तरह का कुछ।

गरम और रेतीला तो यह आज भी है, होना भी चाहिए; लेकिन आज यह शहर जिस रूप में है, उसकी कल्पना आप तब तक नहीं कर सकते, जबकि स्वयं इसे देखकर अनुभव नहीं करते। इतना ही नहीं, यह एक ऐसा स्थान है, जहाँ सब ओर आनंद-ही-आनंद है, जो कभी खत्म नहीं होता।

दुबई संयुक्त अरब अमीरात के सात अमीरातों में दूसरा सबसे बड़ा अमीरात है। इसकी जनसंख्या 10 लाख से कुछ ज्यादा होगी। विशुद्ध अरब-इसलामिक संस्कृति व परंपरा के आधार पर निर्मित इस सहिष्णु महानगर में सौ देशों के लोग रहते हैं। यहाँ प्राचीनता व नवीनता का एक अनोखा संगम देखने को मिलता है। विश्व में ऐसे कम ही देश होंगे, जो इतिहास व विरासत के बीच इतना स्थायी संतुलन बनाकर चल पाने में सक्षम होंगे। दुबई की ऊँची-से-ऊँची जीवन-शैली में भी आपको परंपरा का प्रभाव साफ देखने को मिलेगा। यह संतुलन और सामंजस्य मौलिक होने के साथ-साथ अनोखा भी है। इसमें सभी को अपने भीतर समा लेने की शक्ति है। सचमुच रहने, कार्य करने और आगे बढ़ने के लिए यह एक शानदार स्थान है।

विश्व में ऐसे कम ही देश होंगे, जो इतिहास व विरासत के बीच इतना स्थायी संतुलन बनाकर चल पाने में सक्षम होंगे। दुबई की ऊँची-से-ऊँची जीवन-शैली में भी आपको परंपरा का प्रभाव साफ देखने को मिलेगा। यह संतुलन और सामंजस्य मौलिक होने के साथ-साथ अनोखा भी है। इसमें सभी को अपने भीतर समा लेने की शक्ति है। सचमुच रहने, कार्य करने और आगे बढ़ने के लिए यह एक शानदार स्थान है।

दुबई को सबसे अच्छी तरह वर्णित करनेवाली एक बात के बारे में पूछा जाए तो वह बात है—उत्कृष्टता को लेकर एक भावनात्मक प्रतिबद्धता।

दुबई के इतिहास पर एक नजर डालने से पता चल जाएगा कि यहाँ के चौंकाने वाले विकास व प्रगति में यहाँ के शासकों का कितना योगदान रहा है। अमीरात की प्रगति की शुरुआत सन् 1833 में हुई मानी जा सकती है, जब बनि यास जाति के कुछ लोग आकर क्रीक के किनारे बस गए थे। शेख ओबैद बिन सईद और शेख मकतूम बिन बूब के नेतृत्व में उन्होंने दुबई में मकतूम शासन की नींव डाली। अमीरात के विकास व

तकनीकी उपलब्धियों का श्रेय मकतूम वंश को दिया जा सकता है।

बीसवीं शताब्दी के विद्वान् शासकों में से एक शेख मकतूम बिन हशेर अपनी उदारता के लिए प्रसिद्ध थे। सन् 1912 में उनका पुत्र शेख सईद बिन मकतूम अल मकतूम गद्दी पर बैठा। उसने नगर में आर्थिक प्रगति व स्थायित्व की नींव रखी।

सन् 1958 में उसका पुत्र शेख राशिद बिन सईद अल मकतूम गद्दी पर बैठा, जिसे आधुनिक दुबई के वास्तुकार के रूप में वर्णित किया गया है। दुबई उन गिने-चुने शहरों में से है, जहाँ आपको मंदिर और मसजिद मात्र कुछ ही फीट के अंतराल पर देखने को मिलेंगे। शासक ने स्वयं मंदिर बनाने के लिए जमीन दान दी थी। धार्मिक सहिष्णुता का इससे बेहतर उदाहरण और कोई नहीं हो सकता।

अमीरात के तेजी से बढ़ते व्यापार और पुनर्निर्यात गतिविधियों को देखते हुए शेख राशिद ने दुबई क्रीक को और गहरा करने तथा पोर्ट राशिद बनाने का आदेश दिया था। जेबेल अली पोर्ट, जेबेल अली फ्री जोन, दुबई इंटरनेशनल एयरपोर्ट, वर्ल्ड ट्रेड सेंटर और दुबई एल्यूमीनियम कंपनी—आधुनिक दुबई के निर्माण में ये उनके कुछ अन्य योगदान हैं।

महामान्य शेख मोहम्मद बिन राशिद अल मकतूम, जो सन् 1971 से ही संयुक्त अरब अमीरात के प्रधान मंत्री हैं, को 1995 में दुबई का युवराज घोषित किया गया था; जबकि शेख राशिद के सबसे छोटे पुत्र मेजर जनरल शेख अहमद बिन राशिद अल मकतूम दुबई पुलिस एवं जन सुरक्षा के उपाध्यक्ष हैं।

उनके बड़े बेटे और उत्तराधिकारी शेख मकतूम बिन राशिद अल मकतूम, जो संयुक्त अरब अमीरात के उपराष्ट्रपति व प्रधानमंत्री तथा दुबई के शासक हैं—राज-परिवार के अन्य योग्य सदस्यों की मदद से दुबई को अत्याधुनिक शहर बनाने के अपने पिता के सपने को साकार करने में लगे हैं।

शेख हमदान बिन राशिद अल मकतूम संयुक्त अरब अमीरात के निर्माण के बाद से ही यहाँ के वित्त एवं उद्योग मंत्री के रूप में कार्य कर रहे हैं। सन् 1995 में दुबई के सहायक शासक नामांकित हो चुके शेख हमदान दुबई नगरपालिका के अध्यक्ष भी हैं।

महामान्य शेख मोहम्मद बिन राशिद अल मकतूम, जो सन् 1971 से ही संयुक्त अरब अमीरात के प्रधान मंत्री हैं, को 1995 में दुबई का युवराज घोषित किया गया था; जबकि शेख राशिद के सबसे छोटे पुत्र मेजर जनरल शेख अहमद बिन राशिद अल मकतूम दुबई पुलिस एवं जन सुरक्षा के उपाध्यक्ष हैं।

दुबई को एक ऐसे शहर के रूप में जाना जाता है, जो जीवन के सुंदर पहलुओं को समर्पित है। यहाँ पर्यटन और परंपरागत होटल आदि जो कुछ भी हैं, उसे यहाँ की ये सात

चीजें और समृद्ध बनाती हैं—सूर्य, समुद्र, खेल, सुरक्षा, चिंता-मुक्ति, शैली और शॉपिंग।

दुबई दुनिया भर के लोगों के लिए शॉपिंग का पर्याय बन गया है। सोने से लेकर इलेक्ट्रॉनिक्स और टेक्सटाइल तथा हर तरह की उपभोक्ता वस्तुओं तक सबकुछ यहाँ आपको मिलेगा और वह भी पूरी सुरक्षा के साथ। यह उन गिने-चुने स्थानों में से एक है, जहाँ आज भी आपको अपनी कार को लॉक करने की जरूरत नहीं है।

दुबई में आप दुनिया भर की हरेक चीज अपनी पसंद के ब्रांड या गुणवत्ता में प्राप्त कर सकते हैं। यहाँ के सुपर बाजार अमेरिका, यूरोप, सुदूर पूर्व, भारत और अफ्रीका की अच्छी-से-अच्छी उपभोक्ता वस्तुओं से भरे पड़े हैं। यहाँ जो चाहें सो मिलेगा—ऑस्ट्रेलियाई मेमने से लेकर फ्रांसीसी पनीर, बेल्जियन चॉकलेट और भारतीय चावल तक।

आज बाजार में प्रतिस्पर्धा का माहौल है। ऐसे में कोई उत्पाद बाजार में तभी चल सकता है, जब उसकी गुणवत्ता में लगातार सुधार हो। दुबई के नीति-निर्माता आजकल जिन नए-नए तरीकों को अपना रहे हैं, उनसे उनकी जन्मजात उद्यमी प्रतिभा का पता चलता है।

दुबई में मुक्त बाजार उद्यम में प्रतियोगिता को बढ़ावा दिया जाता है, लेकिन यहाँ किसी तरह की धोखाधड़ी आपको देखने को नहीं मिलेगी। धोखाधड़ी या झूठे दावों से संबंधित मामलों को तुरंत निपटाया जाता है और मानक को बरकरार रखा जाता है।

इस प्रतिष्ठा अथवा मानक की पूरे समर्पण भाव से रक्षा की जाती है और वस्तुओं की एक्सपाइरी तारीख के मामले में कोई छूट या बहाना नहीं चलता। इस प्राथमिकता ने ही दुबई को रिटेल शॉपिंग के मामले में इतना प्रतिष्ठित स्थान दिलाया है। प्रतिस्पर्धा के चलते कीमतें कम होती हैं। 'फ्लाई बाई दुबई' (Fly buy Dubai) यहाँ की शॉपिंग के आनंद को सबसे सुंदर ढंग से व्यक्त करता है।

आज बाजार में प्रतिस्पर्धा का माहौल है। ऐसे में कोई उत्पाद बाजार में तभी चल सकता है, जब उसकी गुणवत्ता में लगातार सुधार हो। दुबई के नीति-निर्माता आजकल जिन नए-नए तरीकों को अपना रहे हैं, उनसे उनकी जन्मजात उद्यमी प्रतिभा का पता चलता है।

ये सभी सकारात्मक कारक वर्ष में एक बार विश्वविख्यात दुब्रई शॉपिंग फेस्टिवल एक साथ देखने को मिलते हैं।

इसी तरह यहाँ खेल को भी प्राथमिकता दी जाती है।

दुबई की गतिविधियों की विविधता को देखकर खेल-प्रेमी प्रभावित हुए बिना नहीं रह सकते। यहाँ कई महत्त्वपूर्ण अंतरराष्ट्रीय खेल आयोजन होते हैं। यहाँ का परिवेश और सुविधाएँ खेलों में भाग लेने के लिए काफी अनुकूल हैं। अधिकारियों द्वारा इस

संदर्भ में जो प्रयास किए जाते हैं, वे प्रशंसनीय हैं। इस प्रकार आप कह सकते हैं कि दुबई खेलों का एक शहर है।

आप यहाँ उन कोर्टों (मैदानों) में टेनिस खेल सकते हैं, जो एविएशन क्लब परिसर में ए.टी.पी. टूर्नामेंट का आयोजन करते हैं, जिसमें हर साल शीर्ष स्तर के खिलाड़ी खेलने के लिए आते हैं। उस हरे-भरे मैदान की तो बात ही अलग है, जहाँ टाइगर वुड्स और एर्नी एल्स ने एमीरेट्स गोल्फ क्लब और क्रीक क्लब—जो वर्तमान में पी.जी.ए. का हिस्सा हैं तथा वर्ष भर दर्शकों के लिए खुले रहते हैं—ने अपना जलवा दिखाया है। स्क्वैश के लिए यहाँ 150 से भी ज्यादा कोर्ट हैं, जो पूर्णतः वातानुकूलित हैं और उनके चारों ओर शीशे लगे हैं।

पानी में खेले जानेवाले खेलों और साहसिक गतिविधियों की लंबी-चौड़ी सूची है। पैरासेलिंग, काइटबोर्डिंग, विंडसर्फिंग, गोताखोरी, नौकाचालन और गहरे समुद्र में मछलियाँ पकड़ना—ये कुछ सर्वोत्तम साहसिक गतिविधियाँ हैं। दुबई पॉवर बोट रेसिंग का घर है। इसकी विजेता टीम ने कई कीर्तिमान स्थापित किए हैं। कार रैली और पर्वतारोहण का आनंद भी कुछ कम नहीं है।

जमीन पर रेगिस्तान में होनेवाली साहसिक गतिविधियों में आप ट्रेकिंग और एक्सप्लोरेशन सॉर्टिज से लेकर 4×4 एडवेंचर तक ढेर सारे विकल्प चुन सकते हैं।

घुड़दौड़, साइकिलिंग और अंतरराष्ट्रीय रगबी सेवंस टूर्नामेंट हैं, जो प्रतिवर्ष आयोजित किया जाता है। इसके अलावा गो-कार्टिंग, बेसबॉल, स्नूकर और बिलियड्र्स तथा आइस-स्केटिंग एवं रोलर स्केटिंग—सबकुछ है। इनडोर क्रिकेट स्टेडियम में आपको पूरे साल खेल का आनंद मिलेगा।

दुबई की एक अन्य महत्त्वपूर्ण विशेषता यह है कि यहाँ के होटल और क्लब भी नगर की स्वास्थ्य संबंधी प्रतिबद्धता में बढ़-चढ़कर हिस्सा लेते हैं। इन सुविधाओं से पूरे नगर में स्वास्थ्य एवं व्यायाम का एक व्यापक नेटवर्क तैयार हो गया है। यहाँ आपको एरोबिक से लेकर शरीर को फिट रखने के कोर्स और डाइट कोर्स से लेकर योग व मसाज तक सबकुछ मिलेगा।

दुबई की एक अन्य महत्त्वपूर्ण विशेषता यह है कि यहाँ के होटल और क्लब भी नगर की स्वास्थ्य संबंधी प्रतिबद्धता में बढ़-चढ़कर हिस्सा लेते हैं। इन सुविधाओं से पूरे नगर में स्वास्थ्य एवं व्यायाम का एक व्यापक नेटवर्क तैयार हो गया है। यहाँ आपको एरोबिक से लेकर शरीर को फिट रखने के कोर्स और डाइट कोर्स से लेकर योग व मसाज तक सबकुछ मिलेगा।

दुबई की इन सभी विशेषताओं से युवराज शेख मकतूम मोहम्मद की अपनी सोच

झलकती है, जिनका मानना है कि जो लोग स्वयं अपनी देखभाल करेंगे, वे ही अपने शहर और पर्यावरण की देखभाल कर सकेंगे।

दुबई के बारे में कहा जाता है कि यहाँ संगठित खेलों में लगे लोगों का प्रतिशत सबसे ज्यादा है। खेल के मैदान शाम के समय भरे रहते हैं। व्यायामशालाओं में प्रतीक्षा सूचियाँ होती हैं। इसी तरह कोर्ट और गोल्फ लिंक का भी हाल है। पानी में खेले जानेवाले खेलों के लिए भी प्रशिक्षित लोग हैं, जो नौसिखिए खेल-प्रेमियों के लिए उपलब्ध होते हैं।

घोड़ों का शौक तो अरब का पुराना शौक है, जो दुबई में आज आधुनिक रूप ले चुका है। पोलो और हॉर्स रेस जैसी गतिविधियाँ नियमित आकर्षण का केंद्र बन गई हैं। ऊँटों की दौड़ यहाँ का मुख्य खेल रहा था और आज भी है।

शीत ऋतु में सप्ताह में दो बार रेस आयोजित की जाती है। इस अवसर पर जोरदार रंगारंग कार्यक्रम आयोजित किए जाते हैं। दुबई के शासक खेलों को संरक्षण देनेवाले हैं। हर रेस को यहाँ बहुत बारीकी से देखा-परखा जाता है। जो यहाँ के बारे में कम जानता है या नहीं जानता, उसे यह सबकुछ धीमा लगेगा, लेकिन इसमें एक संतुलित प्रतिस्पर्धात्मकता निहित है और इसे किसी पर्यटन शौक के रूप में डिजाइन नहीं किया गया है। यह एक परंपरा है, जिसका सम्मान किया जाता है। रेस में रुचि रखनेवाले लोगों के लिए यहाँ रेगिस्तानी रेस भी होती है, जो बहुत मजेदार होती है। इसमें 4×4 का एक कारवाँ और रेस से अलग ऊँट सवार होते हैं, जो रेस का आनंद और बढ़ा देते हैं। 4×4 को अकसर रेत में फँसा देखा जा सकता है, क्योंकि ऊँट एकदम पीछे की ओर भागते हैं। उस समय ऊँट सवार की क्या स्थिति होगी, इससे उन्हें कोई मतलब नहीं होता।

ऊँट तो हमेशा से ही बद्दू जाति के लोगों के जीवन का अभिन्न हिस्सा रहा है। आजकल ये लोग भले ही इस पर पहले की तरह पूरी तरह निर्भर नहीं हैं, लेकिन रेगिस्तान में रहनेवाले लोगों के जीवन में अब भी इसका महत्त्वपूर्ण स्थान है।

ऊँट दौड़ एक अच्छा व्यवसाय भी है। एक बड़ा और हृष्ट-पुष्ट ऊँट रेस में आपको 20 से 30 लाख दिरहम तक—या चैंपियन ऊँट हो तो 70 लाख दिरहम तक—कमाकर दे सकता है; हालाँकि इतना पैसा बहुत कम ही मिलता है। बताने में दिलचस्प लगता है

दुबई में आप किसी भी होटल या रेस्तराँ में बैठ जाइए, आपको ऐसा कोई-न-कोई आदमी वहाँ देखने को मिल ही जाएगा, जिसके हाथ में बाज हो। ये बाज देखने में तो बहुत ढीठ लगते हैं, लेकिन ये भलीभाँति प्रशिक्षित और अनुशासित होते हैं। किसी समय यह खेल भोजन का विकल्प हुआ करता था—बद्दू लोग अपने बाजों को शिकार में पूर्ण दक्ष करके रखते थे, विशेषकर खरगोश का।

कि चार लेनवाले राजमार्ग पर ऊँटों के लिए अलग सड़क होती है, जिस पर परंपरागत यातायात संकेत लगे होते हैं, जो ऊँट चालकों को सावधान करते हैं।

बाजों की कलाबाजी का खेल यहाँ शुरू से ही चला आ रहा है। दुबई में आप किसी भी होटल या रेस्तराँ में बैठ जाइए, आपको ऐसा कोई-न-कोई आदमी वहाँ देखने को मिल ही जाएगा, जिसके हाथ में बाज हो। ये बाज देखने में तो बहुत ढीठ लगते हैं, लेकिन ये भलीभाँति प्रशिक्षित और अनुशासित होते हैं। किसी समय यह खेल भोजन का विकल्प हुआ करता था—बद्दू लोग अपने बाजों को शिकार में पूर्ण दक्ष करके रखते थे, विशेषकर खरगोश का।

आजकल यह महज एक खेल ही रह गया है; लेकिन इसकी प्रशिक्षण प्रक्रिया बहुत खर्चीली है, जिसे हर कोई वहन नहीं कर सकता।

बाज जब छोटे होते हैं, तभी सर्दियों के समय में उन्हें पकड़ लिया जाता है और फिर उन्हें प्रशिक्षित किया जाता है। इसमें प्रशिक्षक की भूमिका और कुशलता महत्त्वपूर्ण होती है; इसलिए अच्छे प्रशिक्षकों को बहुत सम्मान दिया जाता है और उन्हें अच्छा पारिश्रमिक भी मिलता है। बाजों का खेल आधुनिक अरब के लिए जीवन की बनावटी चकाचौंध और अफरा-तफरी से निकलकर थोड़ी देर के लिए प्रकृति के साहचर्य का आनंद लेने का एक माध्यम-सा बन गया है।

जब लोगों को यह पता चल गया कि मोती उद्योग अपनी पुरानी चमक और प्रभावशीलता वापस नहीं प्राप्त कर पाएगा, तभी आय के वैकल्पिक स्रोत की तलाश शुरू हो गई थी। यह विकल्प उन्हें दुबई में मिल गया, क्योंकि यहाँ व्यापार व व्यवसाय का सदियों का अनुभव था।

पुनर्निर्यात का व्यापार '30 के दशक के आरंभ में शुरू हुआ। मैं समझता हूँ कि शेष दुनिया के साथ व्यापारिक संबंधों ने ही दुबई को एक विश्व नगर के रूप में अपनी पहचान बनाने का अवसर उपलब्ध कराया। ऐतिहासिक अभिलेखों से पता चलता है कि बीसवीं शताब्दी के पहले दशक तक दुबई की जनसंख्या में शारजाह या आबू धाबी या फिर खाड़ी क्षेत्र के किसी भी देश की जनसंख्या से कहीं ज्यादा विविधता और व्यापकता थी।

वस्तुओं का एक देश से आयात करके दूसरे देशों को निर्यात किया जाता था। व्यापारी बसरा और बहरीन से खजूर और घोड़े खरीदते थे। तंबाकू, कालीन, चीनी और घी आदि वस्तुएँ पर्सिया व मकरान से आती थीं। इसी तरह कपड़े, सूत, धातु की बनी वस्तुएँ, अनाज, चावल और छोटी-छोटी मशीनें बंबई से मँगवाई जाती थीं। इन व्यापारिक गतिविधियों से स्थानीय अर्थव्यवस्था में तेजी आई और गैर-परंपरागत रोजगार के अवसर उपलब्ध हुए। विभिन्न वस्तुओं के आयात से भी दुबई को लाभ हो रहा था—खजूर

सहित अन्य सभी वस्तुओं के आयात पर शासकों द्वारा कुल आयात का दसवाँ हिस्सा शुल्क वसूल किया जाता था।

स्टीमशिप के प्रयोग से पहले मछुआरे सुदूर पत्तनों पर जाने के लिए मानसूनी हवाओं पर निर्भर रहते थे। दिसंबर से मार्च के मध्य उत्तर-पूर्व से चलनेवाली मानसूनी हवा के सहारे वे मोंबासा, जंजीबार एवं दार-एस्सलाम तथा अफ्रीकी तट तक जाया करते थे और वहाँ कपड़े व खजूर का व्यापार करते थे। यहाँ से वे लौंग, दालचीनी, जीरा आदि मसाले इकट्ठा करते थे और अप्रैल व सितंबर के मध्य उत्तर-पश्चिम की ओर से चलनेवाली मानसूनी हवाओं के सहारे दुबई वापस आ जाते थे।

सितंबर और दिसंबर के बीच अनुकूल व्यापारिक हवाएँ नहीं चलती थीं, इस कारण व्यापारी इस दौरान अपने घर में रहते थे। सैकड़ों नावें और देशी जलयान क्रीक के किनारे खाली खड़े रहते थे और इस दौरान लोग मछलियाँ पकड़कर या मोती निकालकर अपनी जीविका चलाते थे।

सितंबर और दिसंबर के बीच अनुकूल व्यापारिक हवाएँ नहीं चलती थीं, इस कारण व्यापारी इस दौरान अपने घर में रहते थे। सैकड़ों नावें और देशी जलयान क्रीक के किनारे खाली खड़े रहते थे और इस दौरान लोग मछलियाँ पकड़कर या मोती निकालकर अपनी जीविका चलाते थे।

पुनर्निर्यात व्यापार से नौका-निर्माण को भी काफी बढ़ावा मिला और धीरे-धीरे इसने एक लघु उद्योग का रूप ले लिया। उन दिनों कुवैत और बहरीन में नौका-निर्माण के लिए अच्छी-अच्छी कार्यशालाएँ थीं; लेकिन चूँकि दुबई पूरे क्षेत्र का वाणिज्यिक केंद्र बन गया था, इसलिए नौका बनानेवाले कारीगर शहर की ओर आने लगे। क्रीक के किनारे-किनारे नौका-निर्माण के लिए बड़ी-बड़ी कार्यशालाएँ बनाई गई थीं, जहाँ नावें बनाई जाती थीं। एक व्यापारिक केंद्र के रूप में दुबई में अन्य सुविधाएँ तो उपलब्ध ही थीं, साथ ही यहाँ की जलवायु भी नौका-निर्माण के लिए अनुकूल थी। नाव बनाने के लिए जिस लकड़ी का प्रयोग किया जाता था, वह शुष्क जलवायु पाकर और अच्छी हो जाती थी।

दुबई में तीन तरह की नावें बनाई जाती थीं—बूम, बघाला और संबुक।

बूम तेज चलनेवाली नाव होती थी, जिसका पिछला हिस्सा नुकीला होता था। इसमें दो मस्तूल होते थे और सामान लादने के लिए पर्याप्त स्थान होता था। ये अलग-अलग आकार की बनाई जाती थीं। कुछ तो इतनी बड़ी होती थीं कि उनमें 300 टन का भार लादा जा सकता था। बघाला नावें फ्रिगेट की तरह की होती थीं। दुबई में बनाई जानेवाली ये सबसे बड़ी नावें होती थीं। इनका पिछला भाग वर्गाकार होता था और इनमें

खिड़कियाँ बनी होती थीं, जिससे इन्हें आसानी से पहचाना जा सकता था। संबुक नावें मुख्य रूप से सीप निकालने के उद्देश्य से बनी होती थीं, हालाँकि माल ढोने के लिए भी इनका प्रयोग किया जाता था। इसका पिछला हिस्सा वर्गाकार होता था और तली छोटी होती थी, जिससे उथले पानी में इसे चलाना अपेक्षाकृत आसान था और मोती निकालने के लिए भी यह उपयुक्त थी। दुबई में कुछ शाई (Shai) भी बनाई जाती थीं, जिनका प्रयोग केवल मछली पकड़ने के लिए किया जाता था।

नौका-निर्माण कार्यशालाओं के मालिक देश के ही लोग होते थे; लेकिन बढ़ई और अन्य कामगार भारत से आते थे—विशेषकर केरल के बेपोर (Beypore) से, जहाँ के लोग पुराने समय से ही नौका-निर्माण में अपनी दक्षता के लिए जाने जाते रहे हैं।

नाव बनाने के लिए सागौन की लकड़ी—जो काफी मजबूत और टिकाऊ होती है—भी मलाबार तट से लाई जाती थी।

खाड़ी के नौका-निर्माता पुरानी आजमाई हुई विधि से नाव बनाते थे। वे रंदे का प्रयोग नहीं करते थे। लेकिन आजकल नाव बनाने की नई तकनीक अपनाई जाने लगी है।

जब भारत ने अपने वन संरक्षण कार्यक्रम के अंतर्गत पेड़ों की कटाई पर रोक लगानी शुरू कर दी तो खाड़ी में सागौन की लकड़ियों की आवक कम हो गई। आजकल सागौन की लकड़ी सिर्फ मुख्य-मुख्य हिस्सों में ही लगाई जा रही है; जैसे तली में।

एक नाव बनाने में चार से आठ माह का समय लग जाता है, जो नाव के आकार पर निर्भर करता है। सबसे छोटे आकार की नाव, जिसे शुताई (Shutai) कहा जाता है, चार महीने में बनकर तैयार हो जाती है। इनकी निर्माण लागत 80,000 दिरहम से 1,20,000 दिरहम तक होती है और इनका जीवन—यदि समय-समय पर देखभाल होती रहे तो—लगभग 20 वर्ष तक का होता है। बड़ी नावों को बनाने में—जिनका वजन 100 टन या इससे ज्यादा होता है—लाखों दिरहम की लागत आती है और इनका जीवन भी अपेक्षाकृत ज्यादा होता है।

सबसे छोटे आकार की नाव, जिसे शुताई (Shutai) कहा जाता है, चार महीने में बनकर तैयार हो जाती है। इनकी निर्माण लागत 80,000 दिरहम से 1,20,000 दिरहम तक होती है और इनका जीवन—यदि समय-समय पर देखभाल होती रहे तो—लगभग 20 वर्ष तक का होता है। बड़ी नावों को बनाने में—जिनका वजन 100 टन या इससे ज्यादा होता है—लाखों दिरहम की लागत आती है और इनका जीवन भी अपेक्षाकृत ज्यादा होता है।

वायु परिवहन की शुरुआत से जीविका के वैकल्पिक स्रोत की खोज को और बल मिला। वायु परिवहन से विकास की गति तेज हुई; क्योंकि पहले जहाँ आने-जाने में कई

सप्ताह या कई माह लग जाते थे, वहाँ अब मात्र कुछ घंटों में आया-जाया जा सकता था।

खाड़ी क्षेत्र में वायु परिवहन शुरू करनेवाली अग्रणी संस्था थी—रॉयल एयर फोर्स, जिसने प्रथम विश्वयुद्ध के समय मिस्र और मेसोपोटामिया (वर्तमान इराक) में अपने हवाई अड्डे और इकाइयाँ स्थापित किए थे। विश्वयुद्ध समाप्त होने के बाद भी इन हवाई अड्डों का प्रयोग यहाँ से इंग्लैंड की उड़ानों के लिए किया जाता रहा। यहीं से एक विमान भारत के लिए प्रस्तावित इंपीरियल हवाई मार्ग का सर्वेक्षण करने के लिए सन् 1918 में दिल्ली आया था। शुक्रवार, 13 दिसंबर, 1918 को यह विमान मार्टलेशैम हीथ (इंग्लैंड) से चलकर रविवार, 15 दिसंबर को कराची पहुँचा था। 5,560 मील की दूरी तय करने में विमान को 72 घंटे 41 मिनट का समय लगा। रास्ते में उसे कई अनिर्धारित स्थानों पर रुकना पड़ा था। खाड़ी के उत्तरी तट से ईरान कोस्त से होते हुए यह विमान अहवाज, बुशाइर और बंदर अब्बास के रास्ते कराची पहुँचा था। बाद में रॉयल एयर फोर्स ने इसी मार्ग से बगदाद और बंबई के बीच उड़ान सेवा शुरू की थी।

ब्रिटिश बलों को सिंगापुर और सुदूर पूर्व के अन्य देशों की ओर ले जानेवाले विमानों के लिए एक नियमित अड्डा बन गया था। मसीराह और सलालह इस क्षेत्र के अन्य हवाई अड्डे थे। रॉयल एयर फोर्स कैंप और नेवी आर्मी एयर फोर्स इंस्टीट्यूट (NAAFI) स्थानीय लोगों को पाश्चात्य जीवन-शैली की प्रथम झलक दिखाते थे।

1920 के दशक में शारजाह ने नमक के मैदानों पर एक पक्की हवाई पट्टी का निर्माण किया। लेकिन 1930 के दशक से पहले तक इसकी पहचान किसी बड़े हवाई अड्डे के रूप में नहीं हो पाई थी, जब कुछ राजनीतिक कारणों से ब्रिटिश इंपीरियल एयरवेज ने पर्सिया के ऊपर अपनी उड़ानें बंद करके खाड़ी—जिसमें कुवैत, बहरीन और शारजाह शामिल था—से होकर जानेवाले दक्षिणी मार्ग से अपनी उड़ानें चलाने लगा था।

इसके साथ ही खाड़ी क्षेत्र के उड्डयन इतिहास में एक नए युग का सूत्रपात हुआ। जुलाई 1932 में हवाई पट्टी का प्रयोग करने के लिए ब्रिटिश सरकार ने शारजाह के शासक शेख सुलतान बिन सक्र अल कासिमी के साथ एक समझौते पर हस्ताक्षर किया। इस समझौते के अनुसार हवाई पट्टी के प्रयोग के लिए उसे 800 रुपए मासिक का शुल्क तथा प्रति विमान 5 रुपए की दर से अतिरिक्त शुल्क देना था। अन्य सेवाओं के लिए भी शुल्क था। कई वर्षों तक ये शुल्क चाँदी के सिक्कों के रूप में अदा किए जाते रहे, क्योंकि अधिकारियों को कागजी मुद्रा पर विश्वास नहीं था। यह हवाई पट्टी आजकल अल माहत्ता म्यूजियम के नाम से संरक्षित है।

ब्रिटिश बलों को सिंगापुर और सुदूर पूर्व के अन्य देशों की ओर ले जानेवाले

विमानों के लिए एक नियमित अड्डा बन गया था। मसीराह और सलालह इस क्षेत्र के अन्य हवाई अड्डे थे। रॉयल एयर फोर्स कैंप और नेवी आर्मी एयर फोर्स इंस्टीट्यूट (NAAFI) स्थानीय लोगों को पाश्चात्य जीवन-शैली की प्रथम झलक दिखाते थे।

ऐसी कुछ रिपोर्टें अल माहत्ता म्यूजियम में रखी हुई हैं। इन रिपोर्टों से आस-पास के क्षेत्रों के लोगों की जीवन-दशाओं के बारे में भी थोड़ी-बहुत जानकारी मिलती है। ऐसी एक रिपोर्ट लिखनेवाले थे एबरडीनशाइर (स्कॉटलैंड) के पीटरहेड, जिसने 1960 के दशक में 13 माह तक रॉयल एयर फोर्स में सेवा की थी। पीटरहेड ने लिखा है—''हम सप्ताह में छह दिन काम किया करते थे, क्योंकि अतिरिक्त समय में करने के लिए हमारे पास कोई काम नहीं था। इससे हमें खाली नहीं बैठना पड़ता था और इस प्रकार हम ऊबते भी नहीं थे। अंग्रेज बच्चों के लिए शिक्षा की कोई व्यवस्था नहीं थी, इस कारण यहाँ परिवार नहीं रहते थे।

''कैंप में एक स्वीमिंगपूल था; एक सिनेमा घर था, जिसमें हर रात अलग-अलग फिल्म दिखाई जाती थी। इसके अलावा हमारा एक क्लब भी था, जिसे नाफी (NAAFI) कहा जाता था, जहाँ हम शराब आदि पी सकते थे, अन्यथा शराब पीना धार्मिक दृष्टि से वर्जित था। कैंप स्थानीय लोगों को रोजगार उपलब्ध कराता था, जो सैन्य कर्मियों के साथ काम करते थे।

''छुट्टीवाले दिन हमें कैंप छोड़कर शारजाह गाँव या दुबई जाने की छूट होती थी। मुख्य द्वार पर कुछ टैक्सियाँ (लैंड रोवर गाड़ियाँ, जिनकी सेना द्वारा नीलामी की जाती थी) खड़ी होती थीं, जो बहुत कम किराए में हमें हमारे गंतव्य तक पहुँचा देती थीं। कैंप के प्रवेश-द्वार से शारजाह कस्बे तक एक पक्की सड़क थी; लेकिन वह शारजाह जाकर समाप्त हो जाती थी और शारजाह की सड़कें कच्ची थीं। शारजाह से आगे बढ़ते ही दुबई तक जानेवाली एक पक्की सड़क थी, जिसे अपने 13 माह के प्रवास के दौरान मैंने सिर्फ एक बार देखा था।

''शारजाह गाँव ज्यादा बड़ा नहीं था। वहाँ एक ही सड़क थी, जो कस्बे के मध्य से निकलकर क्रीक तक जाती थी। वहाँ एक होटल बनाया गया था, जहाँ विमान दल के सदस्य आकर ठहरते थे। होटल वातानुकूलित था, इसलिए विमान कर्मियों को आराम से सोने को मिल जाता था और वे तरोताजा होकर फिर

शारजाह गाँव ज्यादा बड़ा नहीं था। वहाँ एक ही सड़क थी, जो कस्बे के मध्य से निकलकर क्रीक तक जाती थी। वहाँ एक होटल बनाया गया था, जहाँ विमान दल के सदस्य आकर ठहरते थे। होटल वातानुकूलित था, इसलिए विमान कर्मियों को आराम से सोने को मिल जाता था और वे तरोताजा होकर फिर से विमान चलाने के लिए तैयार हो जाते थे।

से विमान चलाने के लिए तैयार हो जाते थे। बाकी इमारतें या तो लकड़ी की बनी थीं या फिर ईंट की। एक सरकारी इमारत—जो संभवत: पाँच मंजिला थी—को छोड़कर शेष सारी इमारतें एक मंजिल की थीं।

"एक बाजार भी था, जो लगभग 100 मीटर में फैला था। यह हमारी पसंदीदा जगह थी, जहाँ हम छुट्टीवाले दिन जाया करते थे और स्थानीय व्यापारियों के साथ विनिमय और मोलभाव किया करते थे। हम व्यापारी द्वारा किसी वस्तु की माँगी गई कीमत को नीचे लाने की कोशिश करते थे। (हालाँकि हम कामयाब नहीं होते थे, क्योंकि व्यापारी कुछ ज्यादा ही चतुर और पेशेवर होते थे।) बाजार में कपड़े, आभूषण और चमड़े की बनी वस्तुएँ बिकती थीं। 1960 के दशक में शारजाह जिस विशेष चीज के लिए मशहूर था, वह थी—सोना। सोना वहाँ बहुत सस्ता था। स्वर्णकार आपकी पसंद के अनुसार कोई भी आभूषण बना सकते थे—हार, कंगन, अँगूठी, चूड़ियाँ आदि। मोती बिकते हुए कहीं नहीं दिखाई देते थे। दूसरी चीज, जो सैकड़ों में बिकती थी, वह थी सीको घड़ी। सीको घड़ियाँ इंग्लैंड की घड़ियों से कहीं बहुत सस्ती होती थीं।"

हवाई पट्टी के प्रयोग के लिए शेख सुलतान बिन सक्र ने अतिरिक्त शर्त भी रखी थी—कि ब्रिटिश इंडिया स्टीम नेवीगेशन कंपनी के जहाज शारजाह और दुबई में आकर रुकेंगे। इससे दुबई और शारजाह में जानेवाले यात्रियों और माल की आवाजाही खूब बढ़ गई। शारजाह में रॉयल एयर फोर्स के विमानों के लिए ईंधन भरनेवाले स्टोर खुल गए।

1940 और 1950 के दशकों में भी स्थिति कोई ज्यादा भिन्न नहीं थी। एक अन्य रंगरूट, जो ओकहाम, रटलैंड (यू.के.) का था और 1940 के दशक की शुरुआत में कैंप में आया था, ने अपना अनुभव कुछ इस प्रकार लिखा है—"लकड़ी की तिपाइयों पर हमारा बिस्तर होता था। खटमलों के कारण उन पर सोने में बहुत तकलीफ होती थी। हमें मच्छरदानी भी लगानी पड़ती थी, जिससे शारजाह की गरम जलवायु में और गरमी महसूस होती थी। खाना पकाने के लिए पुरानी चाल के स्टोव का प्रयोग किया जाता था और बाहर खुले में खाना बनाया जाता था। दिसंबर के महीने में मौसम थोड़ा आर्द्र होता था, जिसके कारण एक या दो सप्ताह तक रसोइए को गरम खाना तैयार करने में दिक्कत आती थी। हमारे रहने और सोने के कमरों की छत पर बारिश पड़ने से सबकुछ गीला हो जाता था।"

शारजाह हवाई अड्डे के प्रयोग के लिए रॉयल एयर फोर्स के साथ हुए समझौते से न केवल शारजाह की अर्थव्यवस्था में तेजी लाने में मदद मिली, अपितु यहाँ के लोगों को भुखमरी से भी बचाया जा सका—विशेषकर विश्वयुद्ध के दौरान, जब विश्व भर में

वस्तुएँ कम और महँगी हो गई थीं। हवाई पट्टी के प्रयोग के लिए शेख सुलतान बिन सक्र ने अतिरिक्त शर्त भी रखी थी—कि ब्रिटिश इंडिया स्टीम नेवीगेशन कंपनी के जहाज शारजाह और दुबई में आकर रुकेंगे। इससे दुबई और शारजाह में जानेवाले यात्रियों और माल की आवाजाही खूब बढ़ गई। शारजाह में रॉयल एयर फोर्स के विमानों के लिए ईंधन भरनेवाले स्टोर खुल गए। इंग्लैंड से भारत की ओर जानेवाले विमान रास्ते में ईंधन भराने के लिए दुबई में आकर रुकने लगे। इस प्रकार ट्रूशियल कोस्ट की अर्थव्यवस्था पर छाए मंदी के बादल अब छँटने लगे थे।

शारजाह में रॉयल एयर फोर्स के विस्तार से ट्रूशियल स्टेट्स को युद्ध के दौरान अतिरिक्त लाभ मिला। विश्व भर में आवश्यक वस्तुओं की कमी हो गई थी, जिसके चलते अंग्रेजों ने अपने शासन अथवा प्रभाव के अंतर्गत आनेवाले क्षेत्रों में ऐसी वस्तुओं का वितरण नियंत्रित कर दिया था। परिणामस्वरूप ट्रूशियल स्टेट्स को इन आवश्यक वस्तुओं का कोटा मिलने लगा। आवश्यक वस्तुएँ ले जानेवाले जहाज दुबई पहुँचने लगे, क्योंकि वे शारजाह में नहीं रुक सकते थे। इस प्रकार दुबई एक वितरण केंद्र बन गया और शारजाह धीरे-धीरे अपना महत्त्व खो बैठा। दुबई के पूर्व शासक स्व. शेख राशिद बिन सईद अल मकतूम ने जहाजों की आवाजाही को दुबई की ओर मोड़ने में महत्त्वपूर्ण भूमिका निभाई थी और दुबई धीरे-धीरे अंग्रेजों का एक प्रशासनिक केंद्र बन गया।

आवश्यक वस्तुओं के वितरण से दुबई के पुनर्निर्यात व्यापार में भी वृद्धि हुई। व्यापारी वितरण के बाद बची हुई वस्तुओं को ऊँची कीमत पर बेच देते थे। चीनी का जो थैला दुबई में 100 दिरहम में बिकता था, वही थैला ईरान जैसे पड़ोसी देशों में 1,200 दिरहम में बिक जाता था। इस प्रकार व्यापारियों का सीमांत लाभ कई गुना बढ़ गया था और इससे नगर में आर्थिक खुशहाली आई।

इसके साथ-ही-साथ जो एक अन्य महत्त्वपूर्ण बात हुई, वह थी—तेल की खोज। बीसवीं शताब्दी के पूर्वार्द्ध में अगर मोती उद्योग ने स्थानीय अर्थव्यवस्था को गति दी थी तो उत्तरार्ध में तेल और उससे जुड़ी गतिविधियों ने अर्थव्यवस्था के विकास के लिए उपयुक्त माहौल तैयार किया। अंतरराष्ट्रीय तेल कंपनियों और क्षेत्रीय शासकों के बीच बातचीत के बाद सन् 1937 और 1939 के बीच तेल की खोज के संदर्भ में कई छूटों को मंजूरी मिली। लेकिन तेल के खोज की प्रक्रिया अभी शुरुआती अवस्था में थी, इसलिए उससे राजस्व की उम्मीद करना दूर की बात थी। वैसे तेल क्षेत्र के खुलने और उसके परिणामस्वरूप आर्थिक गतिविधियों में आई तेजी से ट्रूशियल स्टेट्स में आर्थिक खुशहाली का एक नया दौर शुरू हुआ।

तेल की खोज के लिए अपनी पहली छूटों पर दुबई और शारजाह ने सन् 1937 में तथा आबू धाबी ने दो वर्ष बाद 1939 में हस्ताक्षर किए। आबू धाबी तट के पास रास

अल सद्र में वैसे तो खुदाई की शुरुआत सन् 1953 में ही हो गई थी, लेकिन कुओं से तेल बाहर निकालने में अगले एक दशक का समय, श्रम और अच्छा-खासा धन खर्च करना पड़ा।

तेल के कुओं से 50,000 बैरल कच्चे तेल की पहली खेप सन् 1962 में एक ब्रिटिश टैंकर द्वारा आबू धाबी तट से 160 कि.मी. दूर दास आईलैंड पर भेजी गई। अपने फतेह (तेल) क्षेत्र से कच्चे तेल की दूसरी खेप तैयार करने में दुबई को चार वर्ष लग गए; शारजाह अपने मुबारक (तेल) क्षेत्र से छह वर्ष बाद सन् 1972 में तेल निकाल सका।

अन्य स्थानों पर तेल की खोज के प्रयासों का कोई उत्साहवर्धक परिणाम तो नहीं आया, लेकिन सन् 1984 में रास अल-खैयमा के सलेह क्षेत्र में प्राकृतिक गैस जरूर मिल गई। सन् 1981 तक संयुक्त अरब अमीरात 7.30 करोड़ टन कच्चे तेल का आयात प्रतिवर्ष कर रहा था, जो अधिकतर जापान, यूरोप और अमेरिका को भेजा जाता था। सन् 1991 तक कच्चे तेल का दैनिक उत्पादन 23 लाख बैरल तक पहुँच गया। इससे देश को प्रतिवर्ष 13 अरब डॉलर (47.8 अरब दिरहम) की आमदनी हो रही थी।

1930 के दशक में जब पहली बार तेल की खोज की अनुमति मिली थी, उस समय किसी ने सोचा भी नहीं था कि इसका भविष्य इतना चौंकानेवाला होगा। लेकिन इतना तो स्पष्ट था कि तेल की खोज में लगी तेल कंपनियों से देश में विदेशी निवेश को बढ़ावा मिलेगा और यहाँ नए रोजगार सृजित होंगे तथा यातायात भी बढ़ेगा।

1930 के दशक में जब पहली बार तेल की खोज की अनुमति मिली थी, उस समय किसी ने सोचा भी नहीं था कि इसका भविष्य इतना चौंकानेवाला होगा। लेकिन इतना तो स्पष्ट था कि तेल की खोज में लगी तेल कंपनियों से देश में विदेशी निवेश को बढ़ावा मिलेगा और यहाँ नए रोजगार सृजित होंगे तथा यातायात भी बढ़ेगा।

तेल कंपनियों को पश्चिमी देशों से भारी उपकरणों और ऊर्जा संयंत्रों की जरूरत पड़ी। इसके अलावा विश्व के अलग-अलग भागों से आए अपने कर्मचारियों के लिए उन्हें विश्व बाजार से खाद्य सामग्री तथा अन्य उपभोक्ता वस्तुएँ भी खरीदनी पड़ रही थीं। दुबई के शासक शेख सईद बिन मकतूम और उनके पुत्र शेख राशिद बिन सईद अल मकतूम को इन सकारात्मक बदलावों का आभास पहले ही हो गया था। दुबई को एक क्षेत्रीय वाणिज्यिक केंद्र के रूप में विकसित करने के लिए उन्होंने इस अवसर का लाभ उठाया।

शासकों ने देखा कि ढाँचागत विकास ही आर्थिक विकास की कुंजी है, इसलिए उन्होंने दुबई के लिए विभिन्न प्रकार की सुविधाएँ विकसित करनी शुरू कर दीं। शारजाह

पत्तन के बंद हो जाने से उन्होंने एक सबक सीखा था और शेख राशिद दुबई में इतिहास को दोहराना नहीं चाहते थे। इसलिए उन्होंने क्रीक को गहरा करने के उद्देश्य से एक परियोजना तैयार करने के लिए सर विलियम हैलक्रो ऐंड पार्टनर्स को नियुक्त किया। उस समय क्रीक में ज्वार के समय भी—जब जल स्तर ऊपर होता था—सिर्फ छोटी नावें ही चल पाती थीं। क्रीक के मुहाने पर खड़ी बालू-भित्तियाँ बड़े जलयानों को अंदर जाने से रोकती थीं। क्रीक को गहरा करने का कार्य सन् 1958-59 में एक ऑस्ट्रियाई फर्म ओवरसीज एस्ट कंपनी लिमिटेड द्वारा शुरू किया गया।

क्रीक की गहराई बढ़ जाने से अब उसमें 800 टन तक भारवाले जहाज आ-जा सकते थे। ज्यादा बड़े जहाजों को तट से लगभग 3 कि.मी. पहले ही रुककर माल को नावों में उतारना पड़ता था। लेकिन अब दुबई की ओर आनेवाले जहाजों की संख्या बहुत बढ़ गई थी। ईरान, अफ्रीका और भारतीय उपमहाद्वीप को होनेवाला निर्यात दिन-प्रतिदिन बढ़ने लगा।

क्रीक की गहराई बढ़ जाने से अब उसमें 800 टन तक भारवाले जहाज आ-जा सकते थे। ज्यादा बड़े जहाजों को तट से लगभग 3 कि.मी. पहले ही रुककर माल को नावों में उतारना पड़ता था। लेकिन अब दुबई की ओर आनेवाले जहाजों की संख्या बहुत बढ़ गई थी। ईरान, अफ्रीका और भारतीय उपमहाद्वीप को होनेवाला निर्यात दिन-प्रतिदिन बढ़ने लगा। व्यापार के मामले में दुबई एक बार फिर शारजाह से आगे निकल गया—1950 के दशक में रॉयल एयर फोर्स और ट्रूशियल ओमान स्काउट्स (सशस्त्र गार्ड) की उपस्थिति के चलते आर्थिक गतिविधियाँ बढ़ जाने से शारजाह एक बार दुबई की बराबरी पर पहुँच गया था।

सन् 1958 में दुबई का शासन सँभालने के बाद शेख राशिद ने बहुप्रतीक्षित नगर परिषद् के गठन के आदेश जारी किए। स्व. अली बुस्तानी दुबई नगरपालिका के पहले निदेशक बने। तीन वर्ष के भीतर ही नगरपालिका का बजट 3,00,000 रुपए तक पहुँच गया, जिसमें से 2,60,000 रुपए कर राजस्व और कस्टम ड्यूटी से आ रहे थे। सन् 1973 से पहले तक कस्टम ड्यूटी 4 और 5.8 प्रतिशत हुआ करती थी, उसके बाद इसे घटाकर 3 प्रतिशत कर दिया गया।

एक ब्रिटिश फर्म जॉन हैरिस ने दुबई के भावी विकास को ध्यान में रखकर एक शहरी योजना तैयार की थी। दुबई से 25 कि.मी. दूर स्थित अल अवीर से ताजे पानी की आपूर्ति के लिए भी एक योजना तैयार की गई भी। इस योजना में पाइप लाइनें बिछाने, जल संग्रहण टंकियाँ बनाने और पंप लगाने के कार्य शामिल थे। यह पूरा ढाँचागत विकास भावी आवश्यकताओं को ध्यान में रखकर किया जा रहा था।

क्रीक और पत्तनों के विकास को बाद में दुबई पोर्ट कमेटी के गठन से और बल मिला। कमेटी द्वारा शुरू की गई पत्तन परियोजनाओं से बाद में दुबई के औद्योगिकीकरण के लिए पृष्ठभूमि तैयार हुई।

इस पूरी ढाँचागत गतिविधियों में एक बात जो ध्यान देने योग्य थी, वह थी—नागरिक सुविधाओं के विकास में निजी क्षेत्र की कंपनियों की भागीदारी। स्थानीय शासक इस ओर विशेष ध्यान दे रहे थे, जिससे दुबई में एक प्रतिस्पर्धात्मक माहौल तैयार हुआ। एक प्राइवेट कंपनी इंटरनेशनल एयरेडियो लिमिटेड हवाई अड्डे का प्रबंधन सँभाल रही थी। यह कंपनी दुबई स्टेट टेलीफोन कंपनी की एक अंशधारक भी थी। दुबई के शासक की अध्यक्षता में कुछ स्थानीय व्यापारियों ने मिलकर सन् 1958 में दुबई विद्युत् कंपनी की स्थापना की।

दुबई की आर्थिक स्थिति उन दिनों ऐसी नहीं थी कि वह इन सब विकास गतिविधियों को अपने बल पर वित्त-पोषित कर सकता। इसलिए उसे विभिन्न विकास परियोजनाओं—क्रीक का विकास, क्रीक के ऊपर अल मकतूम सेतु का निर्माण और पत्तनों का विकास—के लिए ऋण लेना पड़ा। क्रीक को गहरा करने के लिए उसने 4 लाख पाउंड का ऋण कुवैत से लिया और अल मकतूम सेतु के निर्माण के लिए 1,90,000 पाउंड का ऋण कतर से लिया। इस पर लोगों ने विरोध जताना शुरू कर दिया कि दुबई इन परियोजनाओं पर फिजूल खर्च कर रहा है; लेकिन जल्दी ही उन्हें अपनी गलती का अहसास हो गया।

दुबई की आर्थिक स्थिति उन दिनों ऐसी नहीं थी कि वह इन सब विकास गतिविधियों को अपने बल पर वित्त-पोषित कर सकता। इसलिए उसे विभिन्न विकास परियोजनाओं—क्रीक का विकास, क्रीक के ऊपर अल मकतूम सेतु का निर्माण और पत्तनों का विकास—के लिए ऋण लेना पड़ा।

ये परियोजनाएँ अभी पूरी भी नहीं हुई थीं कि दुबई की स्थितियाँ नाटकीय ढंग से बदलने लगीं और मौजूदा ढाँचे पर अत्यधिक दबाव पड़ने लगा। विदेशी कंपनियों की संख्या कई गुना बढ़ गई और निवेश में भी आशातीत वृद्धि होने लगी थी। इस प्रकार ढाँचागत सुविधाओं की कमी महसूस की जाने लगी। हवाई अड्डे का विस्तार करना पड़ा। एक दशक के 2.6 करोड़ क्रीक के दूसरी ओर जाने के लिए वैकल्पिक मार्ग तैयार करने पड़े, क्योंकि अल मकतूम सेतु बढ़ते यातायात को सँभाल पाने में सक्षम नहीं था।

सन् 1972 में 80 लाख पाउंड की लागत से शिंदाघा सुरंग का निर्माण कार्य शुरू किया गया। यह सुरंग समुद्र-तल से 60 फीट नीचे और क्रीक के 2 फीट नीचे तैयार की जा रही थी, जिसमें दो वन-वे लेन थीं तथा पैदल यात्रियों के लिए 12 फीटी एक ट्यूब (मार्ग) थी। पोर्ट राशिद का निर्माण कार्य 2.6 करोड़ पाउंड की लागत से सन् 1971

में—निर्धारित समय सीमा से 18 माह पहले—पूरा कर लिया गया। मध्य-पूर्व के सबसे बड़े शुष्क डॉक के निर्माण के लिए भी सन् 1973 में 10 करोड़ पाउंड के ठेके दिए गए। शहर के मध्य में 5.6 करोड़ पाउंड की लागत से दुबई वर्ल्ड ट्रेड सेंटर बनाया गया, जो वर्तमान में दुबई की सबसे ऊँची इमारत है। पिछले दिनों तक यह एक महत्त्वपूर्ण इमारत बनी रही, जब तक कि अमीरात में नई इमारतें बनने का सिलसिला शुरू नहीं हो गया।

❑

10

केवल दमदार ही बचता है

"मैं नहीं मानती कि मेरी पीड़ा हमें सिखाती है। अगर अकेले पीड़ा ही हमें शिक्षा देती, तो पूरी दुनिया बुद्धिमान होती, क्योंकि यहाँ हर कोई पीड़ित है। पीड़ा के साथ शोक, समझ, धैर्य, प्यार, खुलेपन और कमजोर रहने की इच्छा को जोड़ा जाना चाहिए।"

—एनी मोरो लिंडबर्ग

आरंभ में दुबई ने अनेक उतार-चढ़ाव देखे। बड़े विदेशी निवेश को आकर्षित करने लायक सुविधाओं का यहाँ खासा अभाव था, लेकिन इसकी क्षमता में हमेशा से कोई कमी नहीं थी। दुबई क्रीक दुबई के लिए एक अनमोल संपत्ति थी। शेख राशिद पहले शख्स थे, जिन्होंने बहुत समय पहले इस सत्य को महसूस कर लिया था। उन्होंने इसे जलमार्ग में विकसित करने के लिए बड़े जोखिम उठाए, जिसे दिन के किसी भी समय उच्च या निम्न ज्वार के बावजूद इस्तेमाल किया जा सकता है। इतिहास हमें बताता है कि शेख राशिद का निर्णय सही था।

क्रीक दुबई का हृदय है, उसकी आत्मा है। पुराने समय में यह दुबई की धमनी था—और आज भी है।

अगर मुझसे कोई पूछे कि दुबई के सौंदर्य के बारे में क्या सबसे खास है, तो मैं बेहिचक उत्तर दूँगा—क्रीक। अरब की खाड़ी से निकलकर अंतरदेशीय मार्ग पर बहनेवाली यह जल-पट्टी सचमुच दुबई का आकर्षण है—ऐसा आकर्षण जिसे शब्दों में बयान नहीं किया जा सकता। लोगों को लगातार घंटों इसके किनारे बैठकर इसके नीले-हरे जल को एकटक निहारते मैंने देखा है। कुछ लोग गल (समुद्री चिड़िया) को

दाना खिलाने के लिए रोज यहाँ आते हैं। कुछ लोग शाम के धुँधलके में यात्रियों को ले जाती अबरा (नाव) को देखने के लिए ही यहाँ आते हैं।

दिन के अलग-अलग समय में क्रीक के अलग-अलग स्वरूप दिखाई देते हैं। पुराने लोगों का मानना है कि इसकी अपनी एक खुशबू भी है। इतने वर्षों में इसने अपना एक अलग स्वरूप प्राप्त कर लिया है।

पुराने समय में अगर विंड-टॉवर, मछुआरों की बस्तियाँ और जल को लगभग स्पर्श से करते छोटे-छोटे बरस्ती (Barasti) घर क्रीक को सुंदर और सुहावना बनाते थे तो आज इसके किनारे बनी शीशे की इमारतें और नावें इसके सौंदर्य में चार चाँद लगा देते हैं। यह टेढ़ा-मेढ़ा जलमार्ग आज एक आधुनिक रूप ले चुका है; लेकिन इस नवीनता में आपको पुरातनता का एक संगम देखने को मिलेगा, जो दुबई शहर को सबसे अलग, अनोखा और बनाता है।

समय के साथ-साथ शहर और यहाँ के लोगों के बदलते भाग्य का प्रत्यक्षदर्शी रहा है यह क्रीक। किसी समय यह दुबई की छोटी सी दुनिया की सीमा हुआ करता था जिसके उस पार क्या था– कोई नहीं जानता था। लेकिन कुछ साहसिकता-प्रिय लोगों के लिए यह बाहरी दुनिया में कदम रखने का निकास द्वार भी था।

समय के साथ-साथ शहर और यहाँ के लोगों के बदलते भाग्य का प्रत्यक्षदर्शी रहा है यह क्रीक। किसी समय यह दुबई की छोटी सी दुनिया की सीमा हुआ करता था जिसके उस पार क्या था—कोई नहीं जानता था। लेकिन कुछ साहसिकता-प्रिय लोगों के लिए यह बाहरी दुनिया में कदम रखने का निकास द्वार भी था।

1950 के दशक के उत्तरार्ध में क्रीक को गहरा किए जाने से पहले तक यह अपने नैसर्गिक मार्ग पर रेत और कीचड़ से भरे किनारों से होकर बहता था। भाटे के समय— जब पानी का स्तर नीचे गिर जाता था—अबरा (नाव) पर बैठने के लिए कीचड़ में से होकर निकलना पड़ता था। अबरा पर बैठने के लिए जाते समय लोग अपने जूते-चप्पल निकालकर हाथ में लिया करते थे। किनारों पर लकड़ी के कुछ चबूतरे जैसे बनाए गए थे, जहाँ नावों या जलयानों से माल उतारा जाता था। इसके लिए कोई और घाट या बंदरगाह नहीं था।

परंतु क्रीक से शहर को अच्छा राजस्व प्राप्त हो रहा था। आयातित वस्तु पर दो आना प्रति नग के हिसाब से कस्टम ड्यूटी वसूल की जाती थी। द्वितीय विश्वयुद्ध के बाद इसे बढ़ाकर कुल आयातित वस्तु के मूल्य का 3.5 प्रतिशत कर दिया गया।

आने-जानेवाले जहाजों के सुचारु संचालन-नियंत्रण के लिए क्रीक के मुहाने पर

चेकपॉइंट और गार्ड हाउस भी बनाए गए थे। रात के समय जब कोई जहाज क्रीक में प्रवेश करता था तो कप्तान जोर से बोलकर अपना परिचय देता था। संचार या संदेश-प्रेषण का इसके अलावा और कोई साधन ही नहीं था। बैटरी से जलनेवाली बत्तियाँ भी बाद में लगाई गईं। उससे पहले जहाजों के मार्गदर्शन के लिए खतरे का संकेत देनेवाले चिह्नों पर मिट्टी के तेल से जलनेवाली बत्तियाँ रखी होती थीं।

क्रीक दुबई की जीवनरेखा था, लेकिन प्राकृतिक प्रक्रियाओं के परिवर्तनकारी प्रभाव से उसका स्वरूप बदल दिया। जलधाराएँ अपने साथ बालू बहाकर क्रीक के मुहाने तक ले जाती रहती थीं, जिससे वहाँ मिट्टी और बालू का ढेर बनता चला गया। बालू के इन्हीं ढेरों पर पहली मानव बस्ती शिंदाघा बनाई गई और उसके बाद अन्य बस्तियाँ बनीं। लेकिन बालू के जमाव का एक नकारात्मक प्रभाव भी था। क्रीक के मुहाने से बड़े समुद्री जहाज नहीं निकल पाते थे। इससे दुबई के व्यापार पर बुरा प्रभाव पड़ रहा था; जबकि व्यापार ही वह कारक था, जिसने ट्रूशियल कोस्ट पर स्थित क्षेत्रों में दुबई को अलग पहचान दी थी।

इन परिस्थितियों में दुबई के शासक शेख राशिद बिन सईद अल मकतूम ने अपनी एक युक्ति लगाई। क्रीक को गहरा करने के लिए धन जुटाने के उद्देश्य से उन्होंने एक क्रीक बांड जारी किया, जिसका दोहरा लाभ था। एक ओर इससे दुबई की खुशहाली में वृद्धि हुई और दूसरी ओर इससे देश के ढाँचागत विकास में स्थानीय लोगों की भागीदारी सुनिश्चित हुई, क्योंकि लोगों को लगने लगा कि अपने जीवन को बेहतर बनाने के लिए यदि सुविधाएँ चाहिए तो उन्हें स्वयं भी उसमें योगदान करना होगा।

भारतीय समुदाय ने सकारात्मक प्रतिक्रिया दिखाकर इस परियोजना का स्वागत किया। परंतु डेढ़ वर्ष बाद ही बांड को छुड़ा लिया गया, जब कुवैत सरकार बांडधारकों को उनका पैसा देने के लिए आगे आई।

क्रीक की गहराई बढ़ने के साथ ही दुबई को अपने व्यापारिक जहाजों पर माल लादने और उतारने की सुविधा मिल गई और इस प्रकार परिवहन सस्ता हो गया। लेकिन

> **क्रीक की गहराई बढ़ने के साथ ही दुबई को अपने व्यापारिक जहाजों पर माल लादने और उतारने की सुविधा मिल गई और इस प्रकार परिवहन सस्ता हो गया। लेकिन व्यापार बढ़ने के साथ-साथ ही यातायात भी बढ़ा। ऐसे में व्यापारियों को वहाँ एक हवाई अड्डे की जरूरत महसूस होने लगी, जिससे संचार व यातायात में गति लाई जा सकती थी। दुबई में हवाई अड्डा बनाने का विचार पहली बार सन् 1937 में रखा गया था, जब ब्रिटिश सरकार ने जहाजों को क्रीक में उतरने की अनुमति प्रदान की थी।**

व्यापार बढ़ने के साथ-साथ ही यातायात भी बढ़ा। ऐसे में व्यापारियों को वहाँ एक हवाई अड्डे की जरूरत महसूस होने लगी, जिससे संचार व यातायात में गति लाई जा सकती थी।

दुबई में हवाई अड्डा बनाने का विचार पहली बार सन् 1937 में रखा गया था, जब ब्रिटिश सरकार ने जहाजों को क्रीक में उतरने की अनुमति प्रदान की थी। ब्रिटिश सरकार ने इंग्लैंड-भारत-ऑस्ट्रेलिया मार्ग पर चलनेवाले इंपीरियल एअरवेज के जहाजों को क्रीक में उतारने का अधिकार सुरक्षित कर लिया था। लेकिन द्वितीय विश्वयुद्ध समाप्त होने के बाद ही उसने क्रीक में अपने जहाज उतारने शुरू किए। इधर रॉयल एअर फोर्स ने शारजाह में एक हवाई अड्डा बनाने का फैसला किया था, जैसा पिछले अध्याय में उल्लेख किया जा चुका है। यह सन् 1939 की बात है। वायुपत्तन का प्रयोग इंपीरियल एअरवेज—जो ब्रिटिश ओवरसीज एअरवेज कॉरपोरेशन (BOAC) और ब्रिटिश एअरवेज का अग्रदूत था—द्वारा क्रॉयडन (इंग्लैंड) से भारत और अन्य देशों के उड़ान मार्ग पर ईंधन भरने के लिए किया जा रहा था।

शारजाह के शासक को हवाई अड्डा का किराया मिलता था तथा वायुपत्तन का प्रयोग करनेवाले हर विमान को शुल्क अदा करना पड़ता था। अन्य सेवाओं—जैसे पानी व ईंधन की आपूर्ति—के लिए भी शुल्क लिया जाता था। चार-चार गैलन धारितावाले कनस्तरों से विमान में ईंधन भरा जाता था। यह ईंधन अबादान स्थित तेल शोधनशाला से लाया जाता था।

इंपीरियल एयरवेज के पास उन दिनों एक हैंडली पेज 42 (Hondley Page 42) विमान हुआ करता था, जिसकी लंबाई 85 फीट 8 इंच और पंखों का घुमाव 130 फीट (39 मी.) में था। बीस यात्रियों और चार विमानकर्मियों को लेकर चलनेवाला यह विमान 130 मील (या 152 कि.मी.) प्रति घंटे की रफ्तार से उड़ता था। इंपीरियल एअरवेज के बेड़े में आठ एच पी 42 (HP 42) विमान थे, जिनका नाम अंग्रेजी के 'H' (या हिंदी के 'ह') अक्षर से शुरू होता था—हैड्रियन, हैनीबल, हन्नो, हेलेना, हेंगिस्त, हेराकल्स, होरेशियस और होरसा। हन्नो शारजाह में उतरनेवाला पहला वाणिज्यिक विमान था।

जब (उड़नेवाले) जहाज दुबई में उतरने लगे तो उन्हें लैंडिंग चैनलों पर बने निशानों की सहायता से क्रीक में ले जाया जाने लगा। यह लैंडिंग एरिया वर्तमान मकतूम सेतु के पास था। यात्रियों को नाव में बैठाकर किनारे ले जाया जाता था और फिर वहाँ से उन्हें शारजाह हवाई अड्डे पर स्थित शारजाह फोर्ट होटल ले जाया जाता था, जहाँ वे रात में ठहरते थे। दुबई में उन दिनों होटल के नाम पर कुछ भी नहीं था। शारजाह फोर्ट होटल—जो इंपीरियल एअरवेज द्वारा बनवाया गया था—का प्रबंधन इंटरनेशनल एयरेडियो लिमिटेड द्वारा किया जाता था।

सन् 1947 में उड़नेवाले जहाजों द्वारा दुबई क्रीक का प्रयोग बंद हो गया। परिणामस्वरूप शारजाह हवाई अड्डे का महत्त्व बढ़ गया। गल्फ एविएशन—गल्फ एयर का अग्रदूत—कुवैत, बहरीन और शारजाह के लिए त्रिसाप्ताहिक आधार पर सात सीटवाले एव्रो एंसन और पंद्रह सीटवाले डी हैवीलैंड डोव विमान चलाता था। कुछ समय बाद बीस सीटवाले डगलस डी.सी. 3 डैकोटा और विकर्स विस्काउंट्स भी सेवा में उतार दिए गए।

सन् 1947 में उड़नेवाले जहाजों द्वारा दुबई क्रीक का प्रयोग बंद हो गया। परिणामस्वरूप शारजाह हवाई अड्डे का महत्त्व बढ़ गया। गल्फ एविएशन—गल्फ एयर का अग्रदूत—कुवैत, बहरीन और शारजाह के लिए त्रिसाप्ताहिक आधार पर सात सीटवाले एव्रो एंसन और पंद्रह सीटवाले डी हैवीलैंड डोव विमान चलाता था। कुछ समय बाद बीस सीटवाले डगलस डी.सी. 3 डैकोटा और विकर्स विस्काउंट्स भी सेवा में उतार दिए गए।

इन विमानों से बहरीन से दुबई को मेल (पत्र) भेजी जाती थी। जिस दिन ये विमान चलते थे, उसे 'मेल दिवस' कहा जाता था। सन् 1958 से पहले तक दुबई में कोई डाकघर नहीं था। चिट्ठियों के थैले बूर दुबई में लाए जाते थे और फिर पत्र-प्राप्तकर्ताओं के नाम पुकारे जाते थे। पत्र-प्राप्तकर्ता अगर वहाँ मौजूद होता था तो उसे उसका पत्र दे दिया जाता था, अन्यथा पत्र को वापस ले जाया जाता था और अगले मेल दिवस पर फिर उसे लाया जाता था।

जब पहला डाकघर खुला तो पत्रों का वितरण डाकघर के बक्सों से ही किया जाता था। आज भी ऐसा ही होता है। बक्सों का आबंटन सरकार द्वारा किया गया था। बॉक्स नंबर 1 अल-घुरायर्स को आबंटित किया गया था। आई.टी.एल. को 6 नंबर बॉक्स मिला था। सरकार ने अपने लिए उच्च अंक का बॉक्स रखा था, जिससे पता चलता है कि शुरू से ही वह व्यवसाय के प्रति कितना सहयोगात्मक रुख लेकर चल रही थी।

थोड़े ही समय में यातायात इतना बढ़ गया कि मार्ग हमेशा व्यस्त रहने लगा और शेखों तथा तेल कंपनियों को सीटें कोटे के आधार पर दी जाने लगीं। 1950 के दशक तक गल्फ सेवाएँ हर समय आरक्षित रहने लगीं, क्योंकि ज्यादा-से-ज्यादा व्यापारी समय बचाने के लिए हवाई यात्रा को पसंद करने लगे थे। कई बार तो वी.आई.पी. अतिथियों को भी सीट नहीं मिल पाती थी। ऐसे में अपने व्यापारी समुदाय के लिए हवाई यात्रा आसान व सुलभ बनाने के लिए दुबई को एक बार फिर अपना स्वयं का हवाई अड्डा बनाने पर गंभीरतापूर्वक विचार करने को विवश होना पड़ा।

सन् 1959 में एक ब्रिटिश राजनीतिक प्रतिनिधि द्वारा लंदन स्थित ब्रिटिश विदेश कार्यालय को लिखे पत्र में उस समय की स्थिति का उल्लेख किया गया था, "व्यापारी

समुदाय की ओर से शेख राशिद पर (दुबई में) एक हवाई अड्डा बनाने के लिए दबाव पड़ रहा है; भले इसकी लागत स्वयं व्यापारी समुदाय को ही वहन करनी पड़े। शेख राशिद ने मुझे यहाँ तक बताया कि जब वह कहीं जाते हैं और लोग उनसे पूछते हैं कि क्या दुबई में हवाई अड्डा है, तो इस पर वह शर्मिंदा हो जाते हैं। उनका कहना था कि अपना नाम बढ़ाने के लिए दुबई को एक हवाई अड्डे की जरूरत है।'' शेख राशिद ने बहु-प्रतीक्षित हवाई अड्डे के निर्माण के लिए ब्रिटिश प्रतिनिधियों से स्वीकृति प्राप्त कर ली।

सन् 1959 में एक ब्रिटिश राजनीतिक प्रतिनिधि द्वारा लंदन स्थित ब्रिटिश विदेश कार्यालय को लिखे पत्र में उस समय की स्थिति का उल्लेख किया गया था, ''व्यापारी समुदाय की ओर से शेख राशिद पर (दुबई में) एक हवाई अड्डा बनाने के लिए दबाव पड़ रहा है; भले इसकी लागत स्वयं व्यापारी समुदाय को ही वहन करनी पड़े।

फरवरी 1959 में लंदन स्थित ब्रिटिश वायु (सेवा) मंत्रालय ने हवाई अड्डे के निर्माण संबंधी योजना तैयार करने में मदद करने के लिए अपना एक अधिकारी दुबई भेजा। अल गुसाइस (Al Gusais) क्षेत्र को इसके लिए सबसे उपयुक्त स्थान पाया गया और कुछ ही माह में आरंभिक चरण का काम पूरा कर लिया गया।

शेख राशिद स्वयं इस निर्माण परियोजना में पूरी दिलचस्पी ले रहे थे। स्थानीय कामगारों के साथ-साथ इसमें भारत तथा पाकिस्तान से भी कामगारों को लगाया गया था। 19 मई को पहला वायुयान—एक डी हैवीलैंड डोव—6,000 फीट के संपीड़ित रनवे पर उतरा और इस प्रकार दुबई के विकास के इतिहास में एक नया अध्याय जुड़ गया।

30 सितंबर, 1980 को शासक द्वारा दुबई अंतरराष्ट्रीय हवाई अड्डे का आधिकारिक रूप से उद्घाटन किया गया। उस समय हवाई अड्डे में एक छोटा सा टर्मिनल और एक कंट्रोल टॉवर था।

इसका एक बड़ा आकर्षण इसकी कर-मुक्त दुकान थी। यह भी तत्कालीन शासक की एक दूरदर्शिता थी। इसमें एक कार पार्किंग भी बनाई जानी थी, जिसमें एक साथ 500 कारें खड़ी की जा सकती थीं। यह उस समय की बात है, जब दुबई में कुल मिलाकर भी 500 कारें नहीं रही होंगी। लेकिन कुछ ही वर्षों में कार पार्किंग को बड़ा करना पड़ गया, क्योंकि वायु यातायात बहुत तेजी से बढ़ रहा था। परिवहन में आ रही तेजी से ढाँचागत सुविधाओं पर अतिरिक्त दबाव पड़ने लगा था।

यहाँ ध्यान देने की जरूरत है कि उन दिनों शहर या कस्बे के भीतर आने-जाने के लिए वाहन की जरूरत नहीं पड़ती थी। उदाहरण के लिए, बूर दुबई में अबरा स्ट्रीट एकमात्र सड़क थी, जो मुश्किल से आधा कि.मी. लंबी थी। इतनी सी दूरी के लिए वाहन

की जरूरत ही नहीं थी। क्रीक के दूसरी ओर देरा (Deira) में भी ऐसी ही स्थिति थी।

अच्छी सड़कें न होने के कारण कारों का ज्यादा उपयोग नहीं था। टैक्सी का काम प्रायः सेना द्वारा नीलाम किए गए ट्रकों, पिक-अप और 4×4 वाहनों द्वारा लिया जाता था। ये वाहन ही सामान तथा यात्रियों को शारजाह, आबू धाबी तथा अन्य स्थानों तक ले जाते थे। लैंड रोवर एकमात्र उपलब्ध 4×4 (वाहन) थे।

राजपरिवार के सदस्यों तथा कुछ मुट्ठीभर अभिजात वर्ग के लोगों के अलावा और किसी के पास वाहन नहीं था। ऐसे में वाहन चलाने के लिए लाइसेंस की जरूरत नहीं थी और न ही वाहनों पर नंबर प्लेट लगाने की जरूरत थी। बाद में पुलिस विभाग लाइसेंस जारी करने लगा; लेकिन इसके लिए कोई चालक परीक्षा नहीं ली जाती थी।

राजपरिवार के सदस्यों तथा कुछ मुट्ठीभर अभिजात वर्ग के लोगों के अलावा और किसी के पास वाहन नहीं था। ऐसे में वाहन चलाने के लिए लाइसेंस की जरूरत नहीं थी और न ही वाहनों पर नंबर प्लेट लगाने की जरूरत थी। बाद में पुलिस विभाग लाइसेंस जारी करने लगा; लेकिन इसके लिए कोई चालक परीक्षा नहीं ली जाती थी।

मुझे याद है, मेरा छोटा भाई रोची जब चालक परीक्षा में फेल हो गया था तो वह दुबई आ गया। वह एक चालक लाइसेंस बनवाना चाहता था, जिसे ब्रिटिश उपनिवेश होने के नाते हांगकांग में भी वैधता मिलती। मैंने परीक्षा के बिना ही उसका लाइसेंस बनवा दिया—हालाँकि मैं यही कामना कर रहा था कि वह सावधानीपूर्वक वाहन चलाए, क्योंकि हांगकांग में वह परीक्षा में फेल हो चुका था।

ज्यादातर चालक या तो दुबई के ही लोग थे या फिर बद्दू जाति के लोग। बद्दू लोग पूरे इलाके से भलीभाँति परिचित थे, इसलिए रेगिस्तानी रास्तों पर वे कुशलतापूर्वक वाहन चला लेते थे। सेना के वाहनों द्वारा बनाए गए मार्गों का ही ज्यादातर वाहन अनुसरण करते थे। लेकिन ये मार्ग शांत माहौल में ही दिखाई देते थे। तूफान आने पर उनका निशान मिट जाता था। बद्दू लोग ही ऐसे थे, जो किसी भी स्थान पर सुरक्षित वाहन चला सकते थे। लेकिन कभी-कभी बालुका स्तूपों के खिसकने के कारण वे भी भटक जाते थे।

शारजाह पहुँचना आसान नहीं था, क्योंकि सड़कें न होने से लोगों को रेगिस्तान से होकर गुजरना पड़ता था। देरा और बूर दुबई—दोनों स्थानों से शारजाह पहुँचा जा सकता था। बूर दुबई की ओर से आते समय कोई पुल नहीं पड़ता था, इसलिए पूरा रास्ता वाहन चलाकर तय किया जा सकता था। यह रास्ता वर्तमान दुबई एयरपोर्ट और कार्गो विलेज से होकर जाता था। उन दिनों क्रीक में ज्वार के समय इस इलाके में अकसर बाढ़ आ जाती थी।

दूसरा विकल्प यह था कि अबरा द्वारा क्रीक को पार किया जाता और देरा से

शारजाह के लिए लैंड रोवर टैक्सी की जाती। शारजाह का किराया उस समय 10 रुपए हुआ करता था। टैक्सी प्राय: आने-जाने तक के लिए की जाती थी। आने-जाने का किराया 20 रुपए होता था। और सवारियाँ न होने के कारण टैक्सीवाला अपने ग्राहक का काम पूरा होने तक वहीं इंतजार करता था।

आबू धाबी के लिए साधन बहुत कम थे। मुझे अकसर आबू धाबी जाना पड़ता था, क्योंकि आई.टी.एल. ने टैरिफ में—जो आबू धाबी से करीब 100 कि.मी. दूर था—एक दुकान खोली थी, जिसे 'खान साहब कैंटीन' के नाम से जाना जाता था। एक तेल अन्वेषण कंपनी के कर्मचारियों के लिए वहाँ शिविर बनाया गया था, जिसे सँभालने का काम हुसैन खान साहब करते थे। शिविर में हमारी दुकान थी, जहाँ उपयुक्त वस्तुएँ बेची जाती थीं।

आबू धाबी पहुँचने में छह घंटे से भी ज्यादा का समय लग जाता था। चालक प्राय: तटरेखा के साथ-साथ चलते थे, क्योंकि अंदर से जाने पर रास्ता भूलने का डर रहता था। वाहनों में विशेष प्रकार के टायर लगाए जाते थे, जो बालू पर चलने के लिए उपयुक्त होते थे। किसी वजह से अगर हम कहीं रास्ता भूल जाते थे तो बद्दू लोग हमें सही रास्ता बता देते थे। रास्ते में यदि कभी गाड़ी खराब हो जाती थी तो वहाँ से गुजरनेवाले दूसरे यात्री रुककर मदद करते थे।

किसी भी गाड़ी के टूल बॉक्स में दो सामान जरूर होते थे—एक बेलचा और लोहे की एक चादर। जब कभी गाड़ी का पहिया रेत में फँस जाता था तब लोहे की चादर टायर के नीचे रख दी जाती थी; इससे पहिया रेत में से निकल जाता था। गाड़ियों में खराबी आना आम बात हुआ करती थी, क्योंकि उनकी मरम्मत आसान नहीं थी—स्पेयर पार्ट कम मिलते थे और मरम्मत के लिए अच्छी कार्यशालाएँ भी नहीं थीं।

किसी भी गाड़ी के टूल बॉक्स में दो सामान जरूर होते थे—एक बेलचा और लोहे की एक चादर। जब कभी गाड़ी का पहिया रेत में फँस जाता था तब लोहे की चादर टायर के नीचे रख दी जाती थी; इससे पहिया रेत में से निकल जाता था। गाड़ियों में खराबी आना आम बात हुआ करती थी, क्योंकि उनकी मरम्मत आसान नहीं थी—स्पेयर पार्ट कम मिलते थे और मरम्मत के लिए अच्छी कार्यशालाएँ भी नहीं थीं।

एअर कंडीशन भी नहीं होते थे, इस कारण गाड़ियों की खिड़कियाँ और ऊपर की छत खुली रखी जाती थी। ऐसे में बालू के कणों को मुँह और नाक में जाने से बचाना संभव नहीं होता था। इन परिस्थितियों में रेत में फँसने से भी ज्यादा खतरा डीहाइड्रेशन (शरीर में जल की कमी) का होता था। उपयुक्त सड़कों और प्रकाश के अभाव के चलते आने-जाने का काम दिन में ही करना पड़ता था; रात में यात्रा करना ठीक नहीं होता था।

पेट्रोल स्थानीय बाजार में नहीं मिलता था। बहरीन, अबादान और सिंगापुर से इसका

आयात किया जाता था। दुबई में पेट्रोल के भंडारण की सुविधा थी, इसलिए अमीरात से ट्रूशियल स्टेट्स के अन्य स्थानों को पेट्रोल भेजा जाता था। उन दिनों पेट्रोल पंप नहीं हुआ करते थे। दुकानों में पेट्रोल बड़े-बड़े बैरलों में रखा जाता था। उसमें से हाथ से चलनेवाले पंपों की सहायता से उसे वाहनों की टंकी में भरा जाता था। ब्रिटिश पेट्रोलियम (B.P.) ही उस समय पेट्रोलियम उत्पादों की मुख्य आपूर्तिकर्ता कंपनी थी, दुकानदार कमीशन पर ये उत्पाद बेचते थे।

1950 के दशक के उत्तरार्ध तक भी दूर-दराज के गाँवों में ऊँटों को ही परिवहन के साधन के रूप में इस्तेमाल किया जाता था। ऊँटों का काफिला चार दिन में आबू धाबी से दुबई पहुँचता था। अल आइन (Al Aine) और अन्य निकटवर्ती स्थानों तक पहुँचने में एक सप्ताह या कभी-कभी इससे भी ज्यादा का समय लग जाता था। आबू धाबी और उत्तरी अमीरातों के बीच यातायात के लिए सामान्यतया नावों का प्रयोग किया जाता था।

रेत के असीमित विस्तार में यात्रा करना कितना मुश्किल भरा और अनिश्चितता भरा होगा—आजकल की युवा पीढ़ी सोच भी नहीं सकती। रेगिस्तानी इलाकों से होकर यात्रा करना उन दिनों किसी बड़ी साहसिक यात्रा पर जाने से कम नहीं था।

जाने-माने उद्यमी और आबू धाबी चैंबर ऑफ कॉमर्स के प्रथम अध्यक्ष मोहम्मद अल फहीम ने अपनी पुस्तक 'फ्रॉम रैग्स टू रिचेज' में अपने जीवन की एक दुःखद घटना के बारे में उल्लेख किया है। यह घटना रेगिस्तानी इलाकों में यात्रा की कठिनाइयों और रास्ते में होनेवाले विलंब के भयावह परिणामों से संबंधित है। अल फहीम की बहन खेलते-खेलते कहीं जल गई। घरवाले उसे निकट के अस्पताल में ले गए, जहाँ पहुँचने के लिए रेगिस्तान से होकर गुजरना पड़ता था और रास्ते में दो दिन लगते थे।

जाने-माने उद्यमी और आबू धाबी चैंबर ऑफ कॉमर्स के प्रथम अध्यक्ष मोहम्मद अल फहीम ने अपनी पुस्तक 'फ्रॉम रैग्स टू रिचेज' में अपने जीवन की एक दुःखद घटना के बारे में उल्लेख किया है। यह घटना रेगिस्तानी इलाकों में यात्रा की कठिनाइयों और रास्ते में होनेवाले विलंब के भयावह परिणामों से संबंधित है।

उन्होंने लिखा है—"दुर्भाग्य से मुवायजे (Muwayge) में न कोई डॉक्टर था, न कोई नर्स और न ही कोई इलाज की सुविधा या दवाई थी। निकटवर्ती अल आइन या बुरैमी में भी चिकित्सा की कोई सुविधा नहीं थी। सबसे नजदीक अगर कोई क्लीनिक था, तो वह शारजाह में था, जहाँ पहुँचने में दो दिन का समय लगता था। पूरा परिवार परेशान था, मेरी छोटी बहन दर्द से बेहाल थी; लेकिन हम लोग विवश थे।

"मेरी बहन की स्थिति देखकर शेख जायेद ने शारजाह जाने के लिए मेरे पिता

को अपनी लैंड रोवर टैक्सी दी और साथ में अपना ड्राइवर भेजा। रॉयल एअर फोर्स—जो उस समय हवाई अड्डे का इस्तेमाल करता था—में एक मेडिकल सेंटर था। उस समय वहाँ वही एकमात्र चिकित्सा सुविधा थी। मेरे पिता, माँ, मैं स्वयं और परिवार के अन्य लोग लैंड रोवर में बैठे और रेगिस्तान से होते हुए शारजाह के लिए चल पड़े। वहाँ कोई सड़क नहीं थी। ऊँटों के पैरों के निशान से एक रास्ता-सा बना था। उसी का अनुसरण करते हुए हम आगे बढ़ रहे थे। रास्ते में कई जगह टैक्सी भी फँस गई। उसे निकालने के लिए पीछे से धक्का देना पड़ रहा था।

"शारजाह पहुँचने में हमें दो दिन लग गए, जबकि आजकल दो घंटे में वहाँ पहुँचा जा सकता है। जब हम शारजाह पहुँचे, तब तक बहुत देर हो चुकी थी। मेरी बहन मर चुकी थी।"

सड़कों और यातायात के साधनों के अभाव में व्यक्तिगत स्वतंत्रता छिन-सी गई थी। लोग अपने आपको असहाय पाते थे। जीवन की डोर प्रकृति के नियमों से बँधी थी और इसमें वे ही लोग बच सके, जो सबसे ज्यादा चुस्त और दुरुस्त थे।

❑

11

जब व्यवसाय विश्वास और निष्ठा पर टिका था

"विश्वास किया जाना प्रेम किए जाने से बेहतर प्रशंसा है।"
—जॉर्ज मैक्डोनाल्ड

दुबई का बाजार ही मेरा विश्वविद्यालय था।

इसमें एक अल्प-वयस्क के रूप में मैंने दाखिला लिया और अपने व्यवसाय से संबंधित गुर सीखे। इस बाजार से मैंने मानव स्वभाव और अंतरव्यावहारिक संबंधों की गहराई में जाकर देखा। दुबई का यह बाजार शुरू से ही एक उदार और वैश्विक दृष्टिकोण को बढ़ावा देता रहा है। एक व्यापारिक केंद्र होने के नाते दुबई हमेशा अंतरराष्ट्रीय समुदाय के संपर्क में रहा है और निश्चित रूप से इसका उसे लाभ भी मिला है।

1960 का दशक आधुनिक दुबई के विकास का एक महत्त्वपूर्ण काल रहा है। तेल के उत्पादन और माँग में आई तेजी से पहले ही दुबई ने विकसित होते सेवा क्षेत्र की भावी आवश्यकताओं को देखते हुए अपने यहाँ ढाँचागत विकास कार्य शुरू कर दिया था।

तेल की खोज से संबंधित गतिविधियों के चलते यहाँ कुशल विदेशी कामगारों की बाढ़-सी आ गई थी। ढाँचागत विकास की विभिन्न परियोजनाओं—हवाई अड्डे का निर्माण, क्रीक विकास परियोजना तथा नागरिक सुविधाओं में सुधार से संबंधित अन्य कई परियोजनओं—के लिए बड़ी संख्या में कुशल और अर्ध-कुशल कामगारों की आवश्यकता थी। उन्हें यहाँ रखने के लिए घरों की जरूरत पड़ी, जिससे अमीरात में निर्माण गतिविधियों में खूब तेजी आई।

भारतीय उपमहाद्वीप के श्रमिकों को ज्यादा पसंद किया जा रहा था। इसका कारण था—भौगोलिक निकटता और सांस्कृतिक समानता। यहाँ के ज्यादातर ठेकेदार हिंदी और उर्दू अच्छी तरह बोल-समझ लेते थे, इसलिए उन्हें उपमहाद्वीप से आनेवाले लोगों के साथ बातचीत करने में कोई समस्या नहीं आती थी। इसीलिए वे उपमहाद्वीपीय क्षेत्र के श्रमिकों को ज्यादा पसंद करते थे। इसके अलावा, वीजा भी आसानी से मिल जाता था, जिससे श्रमिकों की आवाजाही में कोई दिक्कत नहीं होती थी।

दुबई दिन-प्रतिदिन बदलता जा रहा था। इसकी अर्थव्यवस्था एक नई शक्ति के साथ उभर रही थी। इस प्रकार, यह पूरी तरह से आधुनिक स्वरूप ले रहा था और इससे व्यापारी समुदाय का भी एक नया रुतबा कायम हुआ।

उन दिनों का व्यवसायी समुदाय भिन्न था। इस भिन्नता के संदर्भ में मुझे भारत के राष्ट्रपिता महात्मा गांधी के शब्द याद आते हैं। जी.डी. बिरला—जिन्होंने ब्रिटिश राज के अंतिम दिनों में भारत में एक औद्योगिक साम्राज्य स्थापित किया था—महात्मा गांधी के मित्र और कांग्रेस के एक महत्त्वपूर्ण वित्त-पोषक थे। इस पर कुछ लोग अपनी नाराजगी प्रकट कर रहे थे, खासकर वामपंथी बुद्धिजीवी। लेकिन गांधीजी को व्यवसायियों से धन लेने में कोई बुराई नहीं नजर आती थी, क्योंकि उनका मानना था कि यह पैसा शेष समाज के लिए ट्रस्ट में जाता है।

उन दिनों का व्यवसायी समुदाय भिन्न था। इस भिन्नता के संदर्भ में मुझे भारत के राष्ट्रपिता महात्मा गांधी के शब्द याद आते हैं। जी.डी. बिरला—जिन्होंने ब्रिटिश राज के अंतिम दिनों में भारत में एक औद्योगिक साम्राज्य स्थापित किया था—महात्मा गांधी के मित्र और कांग्रेस के एक महत्त्वपूर्ण वित्त-पोषक थे। इस पर कुछ लोग अपनी नाराजगी प्रकट कर रहे थे, खासकर वामपंथी बुद्धिजीवी। लेकिन गांधीजी को व्यवसायियों से धन लेने में कोई बुराई नहीं नजर आती थी, क्योंकि उनका मानना था कि यह पैसा शेष समाज के लिए ट्रस्ट में जाता है।

गांधीजी के इस विश्वास के अनुरूप ही 1950 और 1960 के दशक के व्यवसायी समुदाय ने राष्ट्र-निर्माण में महत्त्वपूर्ण भूमिका निभाई। समाज उन दिनों व्यवसाय के इर्द-गिर्द ही घूमता था और व्यवसायी भी समाज के प्रति अपनी प्रतिबद्धता दिखाते थे, क्योंकि इसी समाज से ही वे शक्ति प्राप्त करके आगे बढ़े थे।

व्यवसाय में लालच नहीं चलता था। नीति और नैतिकता ही व्यवसाय का सिद्धांत हुआ करती थी। व्यवसायी अपनी आमदनी या लाभ से खुश और संतुष्ट रहते थे। वे अपनी आर्थिक क्षमता को ध्यान में रखकर माल का ऑर्डर देते थे। आपूर्ति की

एक पारिवारिक तसवीर। बाएँ से दाएँ की तरफ खड़े हैं—रोमेश, जीविका (रेखा), दिव्याना, अजय, अमर, हनिशा (गौरी), चेतना और बंटी। बाएँ से दाएँ बैठे हैं—नीलेश, जाह्नवी, राम बक्षाणी, वीना, हिमाक्षी और ह्रतिक।

राम बक्षाणी की बेटियाँ अपने-अपने पति के साथ। बाएँ से दाएँ की ओर हैं—गौरी और अजय, रेखा और रोमेश तथा चेतना और बंटी।

राम और वीना बक्षाणी।

प्रसन्न दंपती के साथ वीना के माता-पिता, भागचंद एवं लीलावती खियानी, ईश्वरी बक्षाणी, चाची किशनी, भाई होतू एवं दीपक बक्षाणी (होतू का बेटा)।

वर्ष 1995 में अजय अल्वानी के साथ गौरी के विवाह का हर्षोल्लासपूर्ण समारोह। बाएँ से दाएँ की ओर हैं—दिवंगत गंगा चतानी, चेल्लाराम और माया वाधवानी, राम, चेतना, अजय, गौरी, रेखा, वीना, होतू और रोची।

सन् 1982 में अपने विवाह की वर्षगाँठ के अवसर पर राम एवं वीना बक्षाणी दादा राम पंजवाणी (दाएँ), बंबई में संयुक्त अरब अमीरात के काउंसल जनरल इब्राहिम जावद और आर.एच. आडवाणी के साथ।

गौरी के विवाह में तीन बक्षाणी बंधु। बाएँ से दाएँ की ओर हैं—होतू, राम और रोची।

वर्ष 1966 में राम और वीना बक्षाणी की उनके विवाह की एक औपचारिक तसवीर।

राम बक्षाणी की माँ श्रीमती ईश्वरी बाई जे. बक्षाणी, 1980 के दशक के आरंभ का चित्र।

पिता श्री जीवतराम, जिनका 36 वर्ष की आयु में सन् 1947 में टाइफायड से हैदराबाद में निधन हो गया।

राम और वीना के विवाह के अवसर पर घरी रस्म के दौरान ईश्वरी बक्षाणी। राम की बहन राधा उनके दाहिनी ओर तथा राधा के ठीक पीछे खड़ी हैं पारपति सबनानी।

1930 के दशक के मध्य की एक पारिवारिक तसवीर। बाएँ से दाएँ की ओर हैं—ईश्वरी बक्षाणी, बहन परपाती, दादी जमनाबाई, ज्येष्ठ बहन सती (बैठी हुई), बहन नारी और चाची किशनी।

अम्मी का सपना, दादी जमनाबाई की स्मृति में सन् 1967 में निर्मित घर।

16 वर्ष के युवा आकर्षक राम बक्षाणी।

अद्‌भुत! विलक्षण! सन् 1981 में राम बक्षाणी।

प्रवासी भारतीयों के लिए हांगकांग से प्रकाशित मासिक पत्रिका 'भारत रत्न' हर वर्ष 'द बी.आर. मैन ऑफ द ईयर अवार्ड' प्रदान करती है। सन् 1992 में राम बक्षाणी को 'भारतीयों के सामाजिक व सांस्कृतिक उन्नयन' हेतु यह पुरस्कार प्रदान किया गया।

'जीवन में सबसे महत्त्वपूर्ण है बचत, खर्च नहीं।'
उपर्युक्त चित्र राम बक्सानी की एक-एक पैसा बचाकर लाखों की बचत करने का अपना दर्शन दरशाता है।

जून 2016 में वीना और राम बक्षाणी के विवाह की स्वर्ण सालगिरह के उत्सव में बक्षाणी परिवार। बाएँ से दाएँ की ओर हैं—रेखा और रोमेश मीरपुरी, चेतना और बंटी, अमर अल्वानी, जाह्नवी शास्त्री, ह्रितिक अल्वानी, वीना और राम बक्सानी, दिव्याना मीरपुरी, हिमाक्षी शास्त्री, नीलेश अल्वानी, धीर मीरपुरी, हनिशा और अल्वानी।

वर्ष 2016 का बक्षाणी परिवार का एक व्यंग्य-चित्र। फ्रेम में दिख रहे हैं वीना और राम बक्षाणी। पहली पंक्ति में बाएँ से दाएँ की ओर हैं—रोमेश और रेखा मीरपुरी, अजय और अनिशा अल्वानी, बंटी और चेतना शास्त्री। दूसरी पंक्ति में—बाएँ से दाएँ की ओर है—नीलेश अल्वानी, अमर अल्वानी, जाह्नवी शास्त्री, धीर मीरपुरी, दिव्याना मीरपुरी, हृतिक अल्वानी और हिमाक्षी शास्त्री।

दुबई के वर्तमान शासक एवं संयुक्त अरब अमीरात के प्रधान मंत्री महामान्य शेख मोहम्मद बिन रशीद अल मकतूम के साथ उनके महल में भेंट करते हुए।

अबू धाबी के क्राउन प्रिंस तथा यूएई के सशस्त्र बलों के डिप्टी सुप्रीम कमांडर महामान्य शेख मोहम्मद बिन जायेद अल नाहयान से प्रमुख भारतीय व्यवसायी उनके महल में मिले।

वर्ष 2002 में इंडियन हाई स्कूल के कृतज्ञता दिवस पर दुबई एयरपोर्ट के चेयरमैन, दुबई नागरिक उड्डयन प्राधिकरण के अध्यक्ष तथा अमीरात एयरलाइंस एंड ग्रुप के प्रमुख कार्यकारी महामान्य शेख अहमद बिन सईद अल मकतूम के साथ खास बातचीत करते हुए।

महामान्य शेख हमदान इंडियन हाई स्कूल के चेयरमैन राम बक्षाणी को 'विशिष्ट स्कूल और स्कूल प्रशासन 2002' के लिए प्रतिष्ठित 'शेख हमदान बिन रशीद अल मकतूम' पुरस्कार प्रदान करते हुए।

1960 के दशक के उत्तरार्द्ध में दुबई चैंबर ऑफ कॉमर्स ऐंड इंडस्ट्रीज द्वारा आयोजित व्यापार मेले के अवसर पर दुबई के तत्कालीन शासक महामान्य शेख रशीद बिन सईद अल मकतूम से भेंट करते हुए राम बक्षाणी। मध्य में चैंबर-अध्यक्ष सैफ अल घुरैर खड़े हैं।

वर्ष 2012 में यूएई के तत्कालीन उच्च शिक्षा एवं वैज्ञानिक शोध तथा वर्तमान में सहिष्णुता के मंत्री, महामान्य शेख नाहयान मुबारक अल नाहयान को अपनी आत्मकथा 'Taking the High Road' की एक प्रति भेंट करते हुए राम बक्षाणी। दाईं ओर हैं वाशु श्रॉफ।

मार्च 2016 में दुबई एयरपोर्ट के चेयरमैन, दुबई नागरिक उड्डयन प्राधिकरण के अध्यक्ष तथा अमीरात एयरलाइंस व ग्रुप के प्रमुख कार्यकारी महामान्य शेख अहमद बिन सईद अल मकतूम से उनके कार्यालय में मिलते हुए।

अबू धाबी के क्राउन प्रिंस तथा यूएई के सशस्त्र बलों के डिप्टी सुप्रीम कमांडर, महामान्य शेख मोहम्मद बिन जायेद अल नाहयान से अबू धाबी स्थित उनके महल में मिलते हुए राम बक्षाणी। साथ में यूसुफ अली एमए तथा महेंद्र पंचोलिया भी दिख रहे हैं।

मार्च 2016 में रस अल खैमा में अशोक लेलैंड की स्थापना के उपलक्ष्य में आयोजित समारोह में रस अल खैमा के शासक, महामान्य शेख सऊद बिन सक्त अल कासिमी के साथ।

वर्ष 2009 में राम बक्षाणी दिवंगत श्रद्धेय दादा जे.पी. वासवानी से उनके दुबई पधारने के अवसर पर आध्यात्मिक बातचीत करते हुए।

पनवेल के आध्यात्मिक गुरु सद्‌गुरु नारायण बाबा के साथ।

सुधांशुजी महाराज एवं वीना के साथ।

1980 के दशक के प्रारंभ में स्वामी चिन्मयानंद की दुबई यात्रा के अवसर पर, बाएँ से—एस.के. पाठक, राम बक्षाणी, कोकिल पाठक, स्वामी चिन्मयानंद, वी.के.आर. वर्मा तथा मुरली नायर।

स्वर्गीय स्वामी सच्चिदानंद के दुबई पधारने के समय। बाएँ से दाएँ की ओर हैं—नारायण आर सावलानी, स्वामी सच्चिदानंद, वाशु श्रॉफ, राम बक्षाणी तथा मघनमल पंचोलिया।

वर्ष 2017 में दुबई के दौरे पर आए सद्‌गुरु जग्गी वासुदेव का अभिवादन करते हुए राम बक्षाणी।

वर्ष 2016 में योगगुरु बाबा रामदेव के साथ।

दादा जे.पी. वासवानी (जिन्होंने इस पुस्तक की भूमिका लिखी) के साथ राम बक्षाणी, वीना एवं बेटी रेखा तथा चेतना (एकदम दाएँ), 1990 के दशक के उत्तरार्द्ध में उनके जुमेराहवाले घर में दादा के पधारने के अवसर पर लिया गया चित्र।

नई दिल्ली में 1987 में वीना और राम बक्षाणी भारत के तत्कालीन राष्ट्रपति ज्ञानी जैल सिंह के साथ।

वर्ष 1991 में अपने विवाह की रजत जयंती समारोह के अवसर पर राम बक्षाणी विख्यात शिक्षाविद् और बिहार के तत्कालीन राज्यपाल, पद्मश्री डॉ. डी.वाई. पाटिल तथा उनके पुत्र डॉ. अजिंक्य पाटिल के साथ जो स्वयं भी एक प्रमुख शिक्षाविद् हैं।

भारत सरकार के तत्कालीन कानून मंत्री श्री राम जेठमलानी के साथ उनके 80वें जन्मदिन समारोह में राम बक्षाणी। चित्र में साथ दिख रहे हैं—राम जवाहरानी, सहयोग फाउंडेशन के अध्यक्ष (बीच में) तथा चंदर मंघनानी (पीछे)।

ब्रिटेन के पूर्व प्रधानमंत्री टोनी ब्लेयर के साथ राम बक्षाणी।

अमेरिका के पूर्व राष्ट्रपति बिल क्लिंटन के साथ।

सन् 2002 में नई दिल्ली में 'यूनिवर्सल हार्मनी थ्रू रेवरेंस फॉर ऑल लाइफ' विषय पर अंतरराष्ट्रीय सम्मेलन में भारत के तत्कालीन राष्ट्रपति डॉ. ए.पी.जे. अब्दुल कलाम के साथ राम बक्षाणी। भारत के पूर्व वित्त मंत्री मोहन धारिया सबसे बाएँ हैं।

सन् 1998 में नई दिल्ली में प्रवासी भारतीयों के एक प्रतिनिधिमंडल के कुछ सदस्यों सहित ग्लोबल इंडिया एंटरप्रीन्योर्स सम्मेलन में भारत के तत्कालीन प्रधानमंत्री श्री अटल बिहारी वाजपेयी के साथ राम बक्षाणी।

वर्ष 2002 में भारत के तत्कालीन उप-प्रधानमंत्री श्री लालकृष्ण आडवाणी (बीच में) के साथ लद्दाख दौरा। उनके साथ बाएँ से दाएँ की ओर हैं—राम बक्षाणी, महेश मेंदा, खुशी खटवानी तथा पारस शाहदादपुरी।

भारत के तत्कालीन राष्ट्रपति डॉ. शंकर दयाल शर्मा से नई दिल्ली में 'शिरोमणि अवार्ड 1987' ग्रहण करते हुए राम बक्षाणी।

सन् 1985 में प्रवासी भारतीयों के प्रतिनिधिमंडल के सदस्य के रूप में भारत के तत्कालीन प्रधानमंत्री श्री राजीव गांधी से भेंट करते हुए। साथ हैं इंगलैंड के प्रफुल्ल पटेल (पीछे) और व्यवसायी जी.वी. ईश्वर।

सन् 1981 में दुबई यात्रा के दौरान भारत की तत्कालीन प्रधानमंत्री श्रीमती इंदिरा गांधी के साथ राम बक्षाणी।

राम बक्षाणी का अभिनंदन करते हुए यूएई में भारत के तत्कालीन राजदूत, माननीय एम.के. लोकेश। साथ में हैं, प्रमुख व्यवसायी, जे.आर. गंगारमानी।

अगस्त 2015 में भारत के प्रधानमंत्री श्री नरेंद्र मोदी के अबू धाबी की मसदर सिटी में पधारने के दौरान उनके साथ राम बक्षाणी। बाईं ओर हैं—यूएई के अर्थव्यवस्था मंत्री महामान्य सुल्तान बिन सईद अल मंसूरी।

नई दिल्ली में जनवरी 2016 में भारत के राष्ट्रपति के पूर्व प्रेस सचिव तथा वर्तमान में नीदरलैंड में भारत के राजदूत श्री वेणु राजामोनी के साथ राम बक्षाणी।

सितंबर 2017 में श्री राम माधव के दुबई आगमन पर उनके साथ राम बक्षाणी।

दिसंबर 2017 में दुबई में बिजनेस लीडर्स फोरम की ओर से आयोजित परस्पर चर्चा सत्र के दौरान हरियाणा के मुख्यमंत्री श्री मनोहर लाल के साथ राम बक्षाणी।

फरवरी 2018 में दुबई आए पूर्व उप-प्रधानमंत्री श्री लालकृष्ण आडवाणी के साथ वीना और राम बक्षाणी।

मई 2018 में यूएई के दौरे पर आए भारत के कौशल विकास व उद्यमिता तथा पेट्रोलियम व प्राकृतिक गैस मंत्री, श्री धर्मेंद्र प्रधान के साथ राम बक्षाणी।

भारत के युवा मामलों तथा खेल और सूचना एवं प्रसारण राज्यमंत्री, माननीय राज्यवर्धन सिंह राठौर से लाइफ टाइम अचीवमेंट अवार्ड प्राप्त करते राम बक्षाणी। जून 2018 की तसवीर में, रिपब्लिक टी.वी. के एडिटर इन चीफ, अर्नब गोस्वामी भी दिख रहे हैं।

भारत के महान् क्रिकेटर कपिल देव के साथ राम बक्षाणी।

वर्ष 2012 में बॉलीवुड की महान् हस्ती और पुराने जमाने के प्रसिद्ध सितारे मनोज कुमार के साथ।

हिंदुजा बंधुओं के साथ। बाएँ से दाईं ओर हैं—सर्वश्री अशोक हिंदुजा, श्रीचंद हिंदुजा, राम बक्षाणी, गोपीचंद हिंदुजा और प्रकाश हिंदुजा।

दिवंगत फिल्म स्टार देवानंद के साथ। बीच में हैं—ज्योतिषी सुरेश श्रीमाली।

दुबई में अधिकांश सिंधी कार्यक्रमों को आयोजित करने के लिए विख्यात तिकड़ी। बाएँ से दाएँ की ओर हैं— सर्वश्री नारायण आर. सावलानी, राम बक्षाणी और मोहन गेहानी।

1990 के दशक के मध्य में हांगकांग के बड़े कारोबारी हरी हरिलेला (एकदम बाएँ) और उनकी पत्नी के साथ राम बक्षाणी। जंबो इलेक्ट्रॉनिक्स के स्वर्गीय मनु छाबड़िया बीच में हैं।

बिक्रम बोहरा और दिवंगत रूसी पटेल के साथ राम बक्षाणी।

इंडिया क्लब में आयोजित शार्प कॉसमॉस यूएई ओपन स्नूकर चैंपियनशिप के अवसर पर। बाएँ से दाएँ की ओर हैं—सर्वश्री वाशु श्रॉफ, राम बक्षाणी, पूर्व टेस्ट क्रिकेटर जी.एस. रामचंद और सुनील गावस्कर, भारत के तत्कालीन कौंसुलेट जनरल श्री एन. थवानी और उप-कौंसुल श्री के. कुमार।

बड़ौदा के श्री लाढाराम सिंध हिंदू हाई स्कूल में। अन्य लोगों के बीच दिख रहे हैं—सर्वश्री एच. सी. मल्कानी, खेमचंद खूबचंदानी, लीलाराम चंदीरमानी, लाढाराम चाँदीरमानी, जी.टी. मीरचंदानी, वैद्य, के.टी. रामचंदानी, एच.एच. अजवानी, बी.पी. लुल्ला और मुखी।

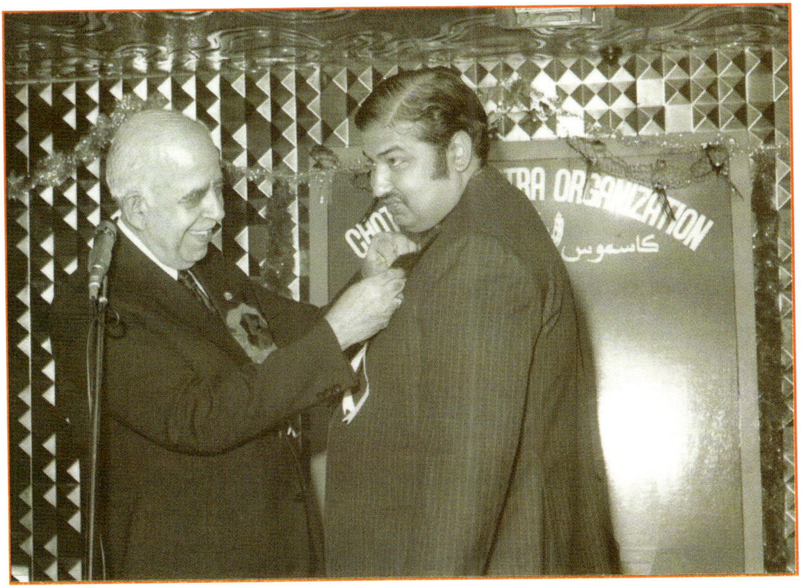

आईटीएल ग्रुप चेयरमैन, दिवंगत श्री एम. उधाराम 1975 में ग्रुप के शताब्दी समारोह में राम बक्षाणी का सम्मान करते हुए।

1980 के दशक के आखिर में दुबई में प्रसिद्ध सितारवादक दिवंगत श्री रवि शंकर से प्रस्तुति के बाद मिलते हुए।

साथ बैठकर भोजन का आनंद लेते, दाहिने से बैठे हैं—स्वर्गीय टी.एम. तलरेजा, लच्छू असरपोटा (कालिया), जी.बी. चोइथराम जेठवानी और राम बक्षाणी। दाहिने से खड़े हैं—स्वर्गीय नारायणदास लखियानी और स्वर्गीय रामचंद सालवानी। नारायण सावलानी द्वारा ली गई तसवीर।

राम के पुराने मित्र। बाएँ से दाएँ की ओर हैं—आईटीएल के स्वर्गीय एल.के. पंजाबी, रीगल ग्रुप के स्व. विकोयमल श्रॉफ, अमर ट्रेडर्स के स्वर्गीय टी.एम. तलरेजा और राम बक्षाणी।

1958 के आसपास प्रस्तुत 'शीशा मान उत्तारया' नाटक के एक दृश्य में नवोदित अभिनेता राम बक्षाणी (दाहिने से दूसरे)।

1995 में मुंबई में गौरी की शादी के समय मुरीज मंघनानी के साथ राम बक्षाणी।

वर्ष 2013 में राम बक्षाणी के गांधीधाम दौरे पर उन्हें सम्मानित करती हुई सिंधु पुनर्वास निगम की तत्कालीन अध्यक्ष, स्वर्गीय निर्मला गजवानी।

वर्ष 2008 में दुबई में मालाबार गोल्ड एंड डायमंड्स के उदघाटन के अवसर पर बॉलीवुड की 'ड्रीम गर्ल' श्रीमती हेमा मालिनी के साथ राम बक्षाणी।

नवंबर 2013 में आईटीएल कॉसमॉस ग्रुप साठवीं सालगिरह का समारोह। बाएँ से दाएँ की ओर हैं—सर्वश्री फातिमा हमदान, स्वर्गीय पद्मा मंघनानी, वीना बक्षाणी, कमला और मुरीज मंघनानी, डॉ. मोहम्मद हमदान अल शम्सी, राम बक्षाणी, दुलीप जॉर्ज और हाक्कीम सरपंच।

वर्ष 2011 में ओसाका के शार्प कॉरपोरेशन मुख्यालय में राम बक्षाणी। बाएँ से दाएँ की ओर हैं—ग्लोबल बिजनेस ग्रुप में असिस्टेंट डिपार्टमेंट जनरल मैनेजर/स्ट्रैटजिक प्लानिंग डिपार्टमेंट के जेनिची गोनोई, राम बक्षाणी, के. मछिंदा, पूर्व-चेयरमैन, शार्प कॉरपोरेशन और शार्प कॉरपोरेशन के चेयरमैन, ताकाशी ओकुदा।

आईटीएल के पहले मुख्यालय के बाहर। बाएँ से दाएँ की ओर हैं—मुरीज मंघनानी, तोरे के श्री तजुका और राम बक्षाणी।

1980 के दशक के मध्य में स्वर्गीय एम. उधाराम के स्वागत समारोह में। बाएँ से दाएँ की ओर हैं—राम बक्षाणी, अब्दुल रज्जाक, मुरीज मंघनानी, मोहम्मद हादी, एम. उधाराम और अब्दुल्लाह रोटामानी।

EMIRATES
247
Saturday, February 7, 2009
Business pioneer Ram Buxani, who has spent five decades in the Gulf, shares his thoughts on the global economic crisis P2
THE VOICE OF EXPERIENCE

BR
International
Ram Buxani's Road to Success

INTERVIEWS · ANALYSIS · TRENDS · EXECUTIVE LIFESTYLE
CEO
MIDDLE EAST
FLYING HIGH
Oman Air's new CEO on his strong start
GENERATION NEXT
Silatech's focus on youth unemployment
Ram Buxani
How the ITL-Cosmos Group boss went from rags to riches
FOCUS: HIGHER EDUCATION IN THE GULF
July/August 2012
Vol 7 Issue 7
AED 15, BHD 1.5, KWD 1.25, OMR 1.5, SAR 15, QAR 15

VOL. 2 | ISSUE 2 | OCT.-DEC. 2008 | INDIA Rs. 225 | US $6 | UK £3 | UAE AED25
NRI ACHIEVERS
DOING INDIA PROUD
THE AWE-INSPIRING STORY OF
RAM BUXANI
EXCLUSIVE INTERVIEW
K. MOHANDAS
SECRETARY - INDIA
MIGHTY & MAGNANIMOUS
MANU CHANDARIA
HE CHOSE TO BECOME
THE MUCH ACCLAIMED LAW FIRM WITH SPECIAL INTEREST IN NRIs
BLAIR GULLAND
MANAGING PARTNER: GULLANDS

BR
rnational
July 2015 Vol 52 No 10 HK$40
RAM BUXANI
A MAN FOR ALL SEASONS
The Gateway to the Indian Community Worldwide

अनियमितता और वितरण में विलंब के चलते स्टॉक में प्राय: माल की कमी हो जाया करती थी। माल की डिलीवरी में कई बार पाँच-पाँच महीने लग जाते थे। लेकिन इसके बावजूद व्यापारी जरूरत से ज्यादा माल अपने स्टॉक में नहीं जमा करते थे।

आजकल स्थिति भिन्न है। आयातक प्राय: अनुमानित माँग को ध्यान में रखकर माल मँगवाते हैं। ऐसे में यदि माँग अनुमानित स्तर तक नहीं पहुँची या बाजार में मंदी आ गई तो उनके सामने आर्थिक संकट की स्थिति आ जाती है। अपनी क्षमता से अधिक आर्थिक देनदारी बढ़ा लेने के कारण कई व्यापारी तो बरबाद ही हो जाते हैं।

पुराने समय में व्यवसायी एक आर्थिक सिद्धांत लेकर चलते थे, जिससे उन्हें बहुत मदद मिलती थी, खासकर बाजार में मंदी के दौर में। उनके पास इतनी क्षमता होती थी कि बाजार के दुबारा उठने तक वे माल को अपने पास रोककर रख सकें। ऐसे में उन्हें अपना माल घाटे में नहीं बेचना पड़ता था।

परंतु आज ऐसा नहीं है। आजकल बाजार में मंदी के बावजूद व्यापारी को अपना माल (घाटे पर) बेचना पड़ जाता है, क्योंकि उसे ब्याज और बैंक के दबाव की चिंता होती है।

पुराने समय में दुबई में स्थितियाँ भिन्न थीं।

1950 तथा 1960 के दशक के शुरू के वर्षों में व्यवसायी अपने स्वयं के पैसे से व्यवसाय करते थे। अपनी व्यावसायिक गतिविधियों के लिए वे बैंक से ऋण कम ही लेते थे। अगर कभी ऋण लेना भी चाहते थे तो इसमें उन्हें बहुत मुश्किल आती थी, क्योंकि बैंक से पैसा लेना इतना आसान नहीं होता था। उस समय दुबई में एक ही बैंक था—ब्रिटिश बैंक ऑफ द मिडिल ईस्ट। यह बैंक उन्हीं ग्राहकों को साख पत्र देता था, जिनकी बैंक में अच्छी-खासी राशि जमा होती थी। कई व्यापारी तो बैंक में खाता खोलने से भी हिचकिचाते थे। उनका कहना होता था, "जब हम स्वयं अपने पैसे को सँभालकर रख सकते हैं तो उसे बैंक को क्यों दें?"

कुछ स्थानीय व्यापारी अपना पैसा भारतीय व्यवसायियों के पास रखना पसंद करते थे। इसका कारण यह था कि बैंक तो दिन में कुछ समय के लिए ही कार्य करते थे, जबकि भारतीय व्यवसायी चौबीस घंटे उपलब्ध होते थे। स्थानीय व्यापारी बैंक में जमा धन पर मिलनेवाले ब्याज को ज्यादा महत्त्व नहीं देते थे, इसलिए भारतीय व्यवसायियों को ही वे बेहतर बैंकर मानते थे।

कुछ स्थानीय व्यापारी अपना पैसा भारतीय व्यवसायियों के पास रखना पसंद करते थे। इसका कारण यह था कि बैंक तो दिन में कुछ समय के लिए ही कार्य करते थे, जबकि भारतीय व्यवसायी चौबीस घंटे उपलब्ध होते थे। स्थानीय व्यापारी बैंक में जमा

धन पर मिलनेवाले ब्याज को ज्यादा महत्त्व नहीं देते थे, इसलिए भारतीय व्यवसायियों को ही वे बेहतर बैंकर मानते थे।

बाजार में अधिकांश लेन-देन विश्वास पर चलता था। भुगतान सप्ताह के हर शनिवार को होता था, जिसे बाजार की बोलचाल में शंबेदी या 'भुगतान दिवस' कहा जाता था। लोग माल खरीदते थे और शनिवार के दिन आकर कुल देयराशि का दसवाँ हिस्सा भुगतान कर देते थे—साख की अवधि 10 सप्ताह या 70 दिन होती थी। भुगतान पूरा होने पर भी बहुत कम लोग ही रसीद लेते थे।

विश्वास और निष्ठा के स्तंभों पर ही व्यवसाय रूपी इमारत टिकी होती थी। व्यापारी—विशेषकर ईरानी व्यापारी—अपने लेन-देन का हिसाब-किताब अपने दिमाग में रखते थे। उनके दिमागी हिसाब-किताब और लिखित हिसाब-किताब में प्राय: कोई अंतर नहीं होता था। बाद में गलाकाट प्रतियोगिता की शुरुआत के बाद बाजार का परिवेश काफी बिगड़ गया।

विश्वास व निष्ठा की चर्चा की जाए तो मन में हवाला व्यवसाय की बात आ जाती है। भारत में तो यह गैर-कानूनी था और आज भी है, लेकिन यहाँ इसे वैधानिक व्यवसाय माना जाता था, क्योंकि मुद्राओं में व्यापार करने पर यहाँ कोई प्रतिबंध नहीं था।

हवाला व्यवसायी भारत में धन के लेन-देन को नियंत्रित करनेवाले कठोर कानूनों और आधिकारिक प्रक्रियाओं का लाभ उठाते थे—खासकर उस समय जब खाड़ी में आर्थिक तेजी चल रही थी। इससे दूसरे देश से यहाँ आकर रहनेवाले लोगों को अपने घर पैसा भेजने के आसान और विश्वसनीय रास्ता मिल गया था। हवाला के माध्यम से पैसा भेजना अपेक्षाकृत लाभप्रद था। लोग हवाला के माध्यम से ही पैसा भेजना ज्यादा पसंद करते थे, क्योंकि इसका नेटवर्क उपमहाद्वीप के लगभग सभी बड़े शहरों-कस्बों में फैला था। इसके अलावा हवाला व्यवसायी अन्य नियमित बैंकों की अपेक्षा कहीं ज्यादा कुशलता से अपना काम करते थे, इसलिए लोग उन पर विश्वास करते थे।

हवाला के माध्यम से पैसा भेजने और बैंक के माध्यम से पैसा भेजने में अंतर कई बार 50 प्रतिशत तक होता था। ऐसे में शायद ही कोई बैंक द्वारा पैसा भेजना चाहता होगा। उपमहाद्वीप में सरकार की दोषपूर्ण सरकारी नीतियों से भी हवाला कारोबारियों को फायदा हुआ। हवाला की दरें हमेशा बाजार के कारकों द्वारा तय होती थीं, जबकि बैंक दरें अमेरिकी डॉलर के मूल्य में आनेवाले उतार-चढ़ाव द्वारा ही निर्धारित होती रही हैं; और संयुक्त अरब अमीरात की मुद्रा डॉलर से जुड़ी हुई थी।

दुबई से भारत या अन्य पड़ोसी देशों को भेजे जानेवाले ज्यादातर माल को यहाँ 'पुनर्निर्यात' कहा जाता था, जबकि आयातक देशों में इसे 'तस्करी' के रूप में देखा जाता था। हवाला की दरें इन्हीं कारणों द्वारा तय होती थीं। भारत में जमा बड़ी धनराशि—

जिसे देश से बाहर भेजा जाना होता था—को देखते हुए कई बार हवाला की दरें इतनी आकर्षक हो जाती थीं कि लोग दिल खोलकर पैसे अपने घर भेजने लगते थे। परंतु भारत में राजनीतिक आंदोलन की स्थिति में या उपमहाद्वीप में तनाव की स्थिति में हवाला की दरों में तेजी से बदलाव आता था; क्योंकि भारत और दुबई की परस्पर निर्भरता इस हद तक थी कि—जैसा मैं समझता हूँ—जब कभी भारत को छींक आती थी तो दुबई को सर्दी लग जाती थी।

दुबई से भारत या अन्य पड़ोसी देशों को भेजे जानेवाले ज्यादातर माल को यहाँ 'पुनर्निर्यात' कहा जाता था, जबकि आयातक देशों में इसे 'तस्करी' के रूप में देखा जाता था। हवाला की दरें इन्हीं कारणों द्वारा तय होती थीं। भारत में जमा बड़ी धनराशि—जिसे देश से बाहर भेजा जाना होता था—को देखते हुए कई बार हवाला की दरें इतनी आकर्षक हो जाती थीं कि लोग दिल खोलकर पैसे अपने घर भेजने लगते थे।

जब कभी भारत और पाकिस्तान के बीच तनाव उत्पन्न होता था, उस समय दुबई से होनेवाला तथाकथित पुनर्निर्यात सबसे पहले चपेट में आता था, क्योंकि उस स्थिति में दोनों ओर से चौकसी बढ़ जाती थी और दुबई से आनेवाली नावों या जहाजों को रोक लिये जाने का खतरा बना रहता था। राजनीतिक माहौल सामान्य होने के इंतजार में व्यापारी यहाँ महीनों रुके रह जाते थे।

पिछले कुछ दशकों में पूरा संयुक्त अरब अमीरात—और खासकर दुबई—मौद्रिक इकाई के कई चरणों से होकर गुजरा है। शुरू में यहाँ भारतीय मुद्रा चलती थी, लेकिन उसका रंग अलग होता था। उसके बाद कतर-दुबई रियाल (इसका चलन दुबई में था, जबकि शेष अमीरात में बहरीन दिनार चलता था) आया और फिर वर्तमान में चल रही मुद्रा दिरहम आई। बाजार को संयुक्त अरब अमीरात की अर्थव्यवस्था पर पूरा भरोसा था, इसलिए उसने इन परिवर्तनों को बिना शर्त स्वीकार कर लिया। जब संयुक्त अरब अमीरात ने अमेरिकी मुद्रा प्रणाली के साथ अपनी मुद्रा को जोड़ दिया तब इससे यहाँ की मुद्रा में मजबूती और स्थिरता आई।

दुबई स्थित हमारी कंपनी आई.टी.एल. ने ही पहली बार भुगतान रसीद की शुरुआत की। व्यवसाय के अवसरों और ग्राहकों की संख्या में वृद्धि को देखते हुए ऐसा करना जरूरी हो गया था, क्योंकि उस स्थिति में परंपरागत ढंग से बड़े-बड़े लेन-देन का ब्योरा रख पाना संभव नहीं रह गया था। व्यवसाय के मामले में आई.टी.एल. ने कुछ अन्य शुरुआती कदम भी उठाए।

दुबई में आई.टी.एल. की स्थापना सन् 1953 में की गई थी। उसके बाद इसने अपनी कीनियाई समकक्ष कंपनी इंटरनेशनल ट्रेडर्स (ईस्ट अफ्रीका) लिमिटेड की एक

शाखा के रूप में कार्य करना आरंभ किया। दुबई में शाखा खोलने का उद्देश्य उस समय सिंगापुर में जमा स्टॉक को निकालना मात्र था। कंपनी अपने जमा पड़े टेक्सटाइल स्टॉक को निकालने के लिए बहुत समय से बाजार की तलाश में थी।

आई.टी.एल. की जड़ें सन् 1875 की हैं, जब इंडोनेशिया में के.ए.जे. चोटिरमल ऐंड कंपनी के नाम से एक कंपनी स्थापित की गई थी, जो मुख्य रूप से टेक्सटाइल का व्यवसाय करती थी। इसके लिए इंडोनेशिया एक उपयुक्त केंद्र था, क्योंकि सिंधवरकियों ने पहले ही यहाँ एक टेक्सटाइल बाजार तैयार कर लिया था।

आई.टी.एल. की जड़ें सन् 1875 की हैं, जब इंडोनेशिया में के.ए.जे. चोटिरमल ऐंड कंपनी के नाम से एक कंपनी स्थापित की गई थी, जो मुख्य रूप से टेक्सटाइल का व्यवसाय करती थी। इसके लिए इंडोनेशिया एक उपयुक्त केंद्र था, क्योंकि सिंधवरकियों ने पहले ही यहाँ एक टेक्सटाइल बाजार तैयार कर लिया था।

सिंगापुर में जमा स्टॉक को दुबई में निकालने के लिए यहाँ सतराम दास भागिया को भेजा गया था। माल बेचने के बाद भागिया यहाँ भुगतान इकट्ठा करने के लिए किसी विश्वसनीय व्यक्ति को नियुक्त करना चाहते थे। उनकी मुलाकात मुरिज मँघनानी से हुई, जो लेखराज ऐंड संस में पहले कार्यरत थे और उस समय भुगतान संग्रह के लिए दुबई आए थे। जिस समय उनकी मुलाकात हुई, उस समय भारत में लेखराज ऐंड संस का काम अच्छा नहीं चल रहा था। ऐसे में दोनों की जरूरत पूरी हो गईं। भागिया को एक अनुभवी और विश्वसनीय कार्यकर्ता की जरूरत थी, जो मँघनानी ने पूरी कर दी और मँघनानी को काम की तलाश थी, जो भागिया ने पूरी कर दी।

जब स्टॉक निकालने और नकदी इकट्ठा करने का काम पूरा हो गया तो इंट्रा चोटिरमल कंबाइंड ग्रुप के एक वरिष्ठ निदेशक खूबचंद दासवानी स्वयं दुबई आए और मँघनानी को कंपनी का काम बंद कर देने का निर्देश दे दिया। लेकिन मँघनानी ने उनसे एक वर्ष तक और काम जारी रखने का आग्रह किया।

दासवानी उनका यह आग्रह टाल नहीं सके, क्योंकि मँघनानी ने जो शर्तें रखी थीं, उनमें उन्हें दम लगा—अगर व्यवसाय चलाने के लिए पर्याप्त आय होती है, तभी व्यवसाय को जारी रखा जाएगा। अगर ऐसा नहीं होता तो शाखा बंद कर दी जाए और अगर कुल आय से व्यवसाय का पूरा खर्च नहीं निकलता तो मँघनानी स्वयं अपना वेतन छोड़ देंगे। सबकुछ ठीक-ठीक चला और कंपनी ने अपना काम जारी रखा।

इस प्रकार, सन् 1958 में दुबई में कंपनी का कार्य जारी रखने का फैसला किया गया; लेकिन एक शाखा के रूप में नहीं, बल्कि एक स्वतंत्र कंपनी के रूप में। यह

प्रस्ताव स्थानीय प्रबंधन के पास लाया गया। प्रस्ताव में कंपनी को सीमित उत्तरदायित्व (यानी लिमिटेड) के अंतर्गत स्थापित किए जाने की बात की गई थी। बहुराष्ट्रीय और अन्य बड़े संगठन कंपनी के हितों की रक्षा के लिए स्थानीय प्रबंधन को सट्टेबाजी की गतिविधियों में लिप्त होने—जिससे अंतत: कंपनी को घाटा होता है—से रोकने के लिए प्राय: सीमित अथवा लिमिटेड उत्तरदायित्व की प्रक्रिया ही अपनाते हैं।

दुबई में—जहाँ व्यापार लाइसेंस प्रणाली तक नहीं थी और आप कहीं भी एक दुकान किराए पर लेकर अपनी इच्छानुसार व्यवसाय शुरू कर सकते थे—सीमित उत्तरदायित्व के अंतर्गत कंपनी को नियमित करने की बात निश्चित रूप से हास्यास्पद लग रही थी।

दुबई में आई.टी.एल. कंपनी के प्रमुख मुरिज मँघनानी भी कंपनी के व्यवसाय को एस्सा सलेह अल गुर्ग—जो उस समय ब्रिटिश बैंक ऑफ द मिडिल ईस्ट के वाणिज्य प्रबंधक थे—के साथ नियमितीकरण करना चाहते थे। अल गुर्ग का रवैया सहयोगपूर्ण था। मँघनानी को शेख राशिद बिन सईद अल मकतूम के पास ले गए। शेख राशिद इस प्रकार के नए-नए विचारों के समर्थक रहे थे।

शेख राशिद ने तत्काल हमारी कंपनी के लिए एक हुक्मनामा जारी करने की स्वीकृति दे दी। एसोसिएशन का घोषणा-पत्र और संविधान (नियम-विनियम) बहरीन के एक वकील द्वारा तैयार किया गया तथा इस प्रकार—इंटरनेशनल ट्रेडर्स (मिडिल ईस्ट) लिमिटेड पहली ऐसी कंपनी बनी, जिसके दस्तावेज पर स्वयं शेख राशिद के हस्ताक्षर थे।

शेख राशिद ने तत्काल हमारी कंपनी के लिए एक हुक्मनामा जारी करने की स्वीकृति दे दी। एसोसिएशन का घोषणा-पत्र और संविधान (नियम-विनियम) बहरीन के एक वकील द्वारा तैयार किया गया तथा इस प्रकार—इंटरनेशनल ट्रेडर्स (मिडिल ईस्ट) लिमिटेड पहली ऐसी कंपनी बनी, जिसके दस्तावेज पर स्वयं शेख राशिद के हस्ताक्षर थे।

बाद में दुबई इलेक्ट्रीसिटी कंपनी लिमिटेड, नेशनल बैंक ऑफ दुबई लिमिटेड और दुबई टेलीफोन कंपनी लिमिटेड की स्थापना भी ऐसे ही राजकीय आदेश के अंतर्गत की गई, जिनके दस्तावेज में हमारी ही कंपनी के घोषणा-पत्र व संविधान का संदर्भ लिया गया। देखा जाए तो दुबई में राजकीय आदेश की अवधारणा शुरू करने का श्रेय एस्सा सलेह अल गुर्ग को जाता है, जो बाद में इंग्लैंड में संयुक्त अरब अमीरात के राजदूत और दुबई के एक अग्रणी व्यवसायी बने।

हमारी कंपनी के एक लिमिटेड कंपनी बनने पर शुरू में एक मिली-जुली प्रतिक्रिया देखने को मिली—खासकर बाहर से यहाँ आकर रहनेवाले व्यवसायियों की ओर से, क्योंकि आई.टी.एल. द्वारा लिये जानेवाले महत्त्वपूर्ण निर्णयों पर अकसर व्यंग्य

कसा जाता था, जैसे वे कंपनी के लिमिटेड होने का ही परिणाम हों।

प्रबंधक के छुट्टी पर जाने की स्थिति में कंपनी में उसके स्थान पर अस्थायी प्रबंधक नियुक्त करने का प्रावधान था। इसलिए जब मँघनानी छुट्टी पर गए तो उनके स्थान पर लक्ष्मनदास पंजाबी आ गए। पंजाबी ने गोवा की एक कंपनी के प्रतिनिधि के रूप में जापान में अच्छा अनुभव प्राप्त किया था। वह जापानी भाषा में धाराप्रवाह बात कर लेते थे और स्वभाव से एक सरल व्यक्ति थे। उनके साथ काम करने का अनुभव काफी उपयोगी रहा। वे मुझे व्यापार के गुर सीखने के अवसर उपलब्ध कराते रहते थे। बीयर पीने की आदत भी मैंने उन्हीं से सीखी। इससे पहले मैंने कभी इसे छुआ तक नहीं था।

मंघनमल उधाराम—जिन्हें एम. उधाराम के नाम से ज्यादा जाना जाता था—इंट्रा (INTRA) चोटिरमल कंबाइंड ग्रुप के अध्यक्ष थे। वे एक दूरद्रष्टा व्यक्ति थे। अपने व्यावसायिक जीवन में मैंने उनसे बहुत कुछ सीखा। इंट्रा के अस्तित्व में आने से पहले तक वह चोटिरमल ग्रुप के अध्यक्ष थे, जो विशुद्ध निजी और भारतीय संगठन था। सन् 1951 में सिंधवरकी प्रणाली में एक नए अध्याय की शुरुआत हुई, जब चोटिरमल ग्रुप के मालिक को प्रबंध समिति ने ग्रुप को और अधिक पेशेवर बनाने और विदेशों में उसके विस्तार के लिए एक शेयर देने पर सहमत कर लिया। पचास वर्ष पहले—और वह भी किसी सिंधी कंपनी में—ऐसी बात और कहीं नहीं सुनी जा सकती थी।

मंघनमल उधाराम—जिन्हें एम. उधाराम के नाम से ज्यादा जाना जाता था—इंट्रा (INTRA) चोटिरमल कंबाइंड ग्रुप के अध्यक्ष थे। वे एक दूरद्रष्टा व्यक्ति थे। अपने व्यावसायिक जीवन में मैंने उनसे बहुत कुछ सीखा। इंट्रा के अस्तित्व में आने से पहले तक वह चोटिरमल ग्रुप के अध्यक्ष थे, जो विशुद्ध निजी और भारतीय संगठन था।

यह प्रयास सफल हो गया और इंट्रा-चोटिरमल संयुक्त उद्यम अस्तित्व में आया, जिसका नियंत्रण उधाराम के हाथों में था। उधाराम का विश्वास था कि इससे निदेशक मंडल में सुरक्षा की भावना पैदा होगी और ईमानदारी से काम करनेवालों को वास्तविक पुरस्कार मिलेगा। ऐसी व्यवस्था की गई थी कि भविष्य में इंट्रा (INTRA) पश्चिम के देशों में केवल दुकानें स्थापित करेगा।

सिंधी फर्मों की एक भूतपूर्व (कंपनी) के रूप में नई कंपनी शुरू हुई। नए उद्यम से मालिकों और निदेशक मंडल के बीच एक समानता या बराबरी की भावना पैदा की गई। निदेशकों में ऐसी भावना आई कि उनका अपना हित कंपनी के हित से सीधे जुड़ा हुआ है, इसलिए वे पूरी प्रतिबद्धता से काम करने लगे। निदेशक मंडल में एम. उधाराम और के.एल. दासवानी के अतिरिक्त गोपालदास बी. महबूबानी, हासाराम बालानी और

रामचंद्र एल. दासवानी शामिल थे, जो नए उद्यम के अंशधारक भी थे।

मुझे उधाराम के साथ कार्य-व्यवहार का सौभाग्य मिला और मैंने उनसे काफी कुछ सीखा। 1960 के दशक की शुरुआत में हम पहली बार मिले थे, जब उन्होंने वेतन में वृद्धि—जिसकी मैं अपेक्षा कर रहा था—की बजाय लाभ में हिस्सेदारी का सुझाव दिया था। पहले तो मैं हिचकिचा रहा था, क्योंकि यह काम जोखिमपूर्ण था। अगर कंपनी मेरा वेतन बढ़ा देती तो मुझे प्रतिमाह एक निश्चित धनराशि मिलती। लेकिन लाभ में हिस्से की बात मेरे लिए मृग-मरीचिका से कम नहीं थी।

फिर भी यह एक चुनौती थी। अगर कंपनी मुनाफे में जाती तो मैं फायदे में रहता; मुझे निवेश किए बिना लाभ में हिस्सा मिल जाता। मैं जानता था कि इसके लिए कड़ी मेहनत की जरूरत है और मेरे साथ-साथ मेरे सहकर्मियों को भी उसमें योगदान देना होगा। ये सब बातें तो थीं; लेकिन मैं आखिरकार एक विश्व स्तरीय संगठन का साझीदार बननेवाला था।

मैंने सारे विकल्पों का मूल्यांकन किया और अंततः उधाराम का प्रस्ताव स्वीकार कर लिया। यह निर्णय अच्छा साबित हुआ। उधाराम ने मुनाफे में हिस्से का जो प्रस्ताव मेरे सामने रखा था, उससे उनके उत्कृष्ट प्रबंध कौशल का पता चलता है। वेतन कम देकर और मुनाफे में हिस्सा देकर वह कंपनी को नुकसान से बचा रहे थे।

उधाराम ने यह प्रावधान भी किया कि परिवार का कोई सदस्य सीधे मुख्य निदेशक नहीं बनेगा। परिवार के किसी एक लड़के को कंपनी में रोजगार मिल सकेगा। उसे भी पहले निम्न पद पर काम करना होगा और धीरे-धीरे वह उच्च पद पर पहुँच सकेगा। इससे निदेशकों के बच्चों के बीच प्रतिस्पर्धा बिल्कुल खत्म हो गई।

उधाराम ने यह प्रावधान भी किया कि परिवार का कोई सदस्य सीधे मुख्य निदेशक नहीं बनेगा। परिवार के किसी एक लड़के को कंपनी में रोजगार मिल सकेगा। उसे भी पहले निम्न पद पर काम करना होगा और धीरे-धीरे वह उच्च पद पर पहुँच सकेगा। इससे निदेशकों के बच्चों के बीच प्रतिस्पर्धा बिल्कुल खत्म हो गई।

उधाराम के निर्देश से कंपनी के ऊपरी खर्चों को नियंत्रित किया गया। उदाहरण के लिए, निजी कार्य के लिए डाक टिकट का खर्च कंपनी वहन नहीं करती थी। उधारम ने एक बार मुझे एक पत्र डाकखाने में डालने के लिए दिया था। मैंने टिकट लगाकर उनका पत्र भेज तो दिया, लेकिन टिकट के पैसे उनसे नहीं माँगे। उन्होंने स्वयं मुझे इसके बारे में याद दिलाया और कहा कि टिकट का पैसा उन्हें स्वयं देना चाहिए। इसके लिए उन्होंने दो कारण गिनाए। पहला कारण—कंपनी इसका पैसा नहीं देगी, क्योंकि यह निजी पत्र है; दूसरा कारण—मैं उम्र में उनसे छोटा

था। इस प्रकार वे मुझे अपने हिस्से का पैसा कभी नहीं देने देते थे।

एक बार हम दोनों जापान में थे। वहाँ हम एक सैलून में बाल कटवाने गए। मेरे बाल पहले कट गए और मैंने दोनों के हिस्से की बाल कटवाई दे दी। जब उन्हें पता चला कि पैसे पहले ही चुका दिए गए हैं तो वे मुझ पर चीख पड़े और दुबारा चेतावनी दी कि जब हम दोनों साथ हों तो मुझे पैसे देने की जरूरत नहीं है। कंपनी में पद की दृष्टि से हम दोनों एक-दूसरे से बिल्कुल दूर थे, लेकिन मानवीय संबंधों के मामले में हम एक-दूसरे के बहुत करीब थे।

सन् 1984 में दुबई की आई.टी.एल. को एक अंतरराष्ट्रीय पुरस्कार मिलनेवाला था, जिसे लेने के लिए मैं सिंगापुर गया था। उधाराम भी वहाँ मौजूद थे। मैंने उनसे कहा कि आप कंपनी की ओर से पुरस्कार ले लीजिए। लेकिन उनका कहना था कि चूँकि पुरस्कार आई.टी.एल. दुबई को मिला है और पुरस्कार लेने के लिए तुम स्वयं दुबई से आए हो, इसलिए पुरस्कार तुम्हें ही ग्रहण करना चाहिए। पता नहीं क्यों, मुझे अच्छा नहीं लग रहा था, इसलिए मैं स्वयं आयोजकों के पास गया और उनसे आग्रह किया कि वे पुरस्कार ग्रहण करने के लिए उधाराम को ही आमंत्रित करें। इसके एक-डेढ़ माह बाद ही उनका निधन हो गया। कितनी विचित्र बात है! पुरस्कार वितरण समारोह के समय ली गई उनकी तसवीर उनके पूरे एलबम की तसवीरों में सबसे अच्छी आई थी और उसी तसवीर का इस्तेमाल उनके अंतिम संस्कार व शोक सभा के समय किया गया।

जिस वर्ष उनका निधन हुआ, उसी वर्ष मेरी माँ का भी निधन हुआ था। इस प्रकार मेरे लिए यह दोहरा आघात था। उधाराम ने जो कार्य-संस्कृति शुरू की थी, वह कंपनी में आज तक चल रही है। ऊपरी खर्चों पर नियंत्रण रखने के लिए साझेदारी को बढ़ावा दिया जाता है। आई.टी.एल. दुबई में 25 से भी ज्यादा कर्मचारी लाभांश के आधार पर काम कर रहे हैं।

1950 और 1960 के दशकों में क्षेत्र की सर्वाधिक विकासशील अर्थव्यवस्था ईरान की थी। अतः दुबई के बाजार का अरब की खाड़ी के उस पार उन्मुख होना स्वाभाविक था। दुबई के बाजार पर ईरानी व्यापारियों की प्रभावशीलता के कुछ ऐतिहासिक कारण भी थे। 1900 के दशक में बड़ी संख्या में ईरानी

कपड़ों का बाजार अच्छा था। 1950 के दशक में कपड़े प्रायः भारत और जापान से आते थे। भारतीय सूती कपड़ों—खासकर खटाऊ, श्रीराम मिल्स और श्रीनिवास मिल्स के कपड़ों की बहुत माँग थी। ईरान की जलवायु गरम और शुष्क होने के कारण यहाँ लोग सूती कपड़े पहनना ज्यादा पसंद करते थे। जापान के निचिबो से आनेवाले मल नं. 8181 (Mull No. 8181) जिसे 'ससूनी' कहा जाता था, की भी अच्छी माँग थी।

व्यापारी लिंगेह से पलायन करने को विवश हो गए थे, जब लिंगेह पत्तन पर जहाजी और व्यापारिक गतिविधियाँ कम होने लगी थीं।

कपड़े और खाने-पीने आदि की वस्तुएँ नाव द्वारा ईरान भेजी जाती थीं। इलेक्ट्रॉनिक्स वस्तुएँ उस समय तक बाजार में नहीं आई थीं।

कपड़ों का बाजार अच्छा था। 1950 के दशक में कपड़े प्राय: भारत और जापान से आते थे। भारतीय सूती कपड़ों—खासकर खटाऊ, श्रीराम मिल्स और श्रीनिवास मिल्स के कपड़ों की बहुत माँग थी। ईरान की जलवायु गरम और शुष्क होने के कारण यहाँ लोग सूती कपड़े पहनना ज्यादा पसंद करते थे। जापान के निचिबो से आनेवाले मल नं. 8181 (Mull No. 8181) जिसे 'ससूनी' कहा जाता था, की भी अच्छी माँग थी।

हज यात्रा के दिनों में सूती लट्ठा की खूब माँग होती थी। उन दिनों रिवाज के अनुसार हज यात्री अपने साथ एक कपड़ा लेकर जाते थे, जिसे जम जम (Zam Zam) के पवित्र जल में भिगोकर वापस घर लाया जाता था। घर में किसी की मौत होती थी तो उसी कपड़े का कफन बनाया जाता था। इसके लिए लोग जापान का—विशेषकर निशिंबो थ्री पीचेज नं. 10,000 (Nishinbo Three Peaches No. 10,000) और तोयोबो फ्लाइंग ड्रैगन नं. 16,000 (Toyobo Flying Dragon No. 16,000) जैसे ब्रांड का कपड़ा ज्यादा पसंद करते थे। सूती लट्ठा का प्रयोग बूटे के लिए भी किया जाता था।

स्पन रेयन (Spun Rayon) और अन्य रेयन के कपड़े ईरान में खूब बिकते थे। मुझे याद है, टोरे (Toray) का ईगल बेल मुसलिन नं. 9 और कनेबो (Kanebo) का चेरी बेल मुसलिन नं. 9 कपड़े बहुत लोकप्रिय थे।

ईरानी बाजार के लिए कपड़े का व्यवसाय दलालों—विशेषकर ईरानी और भारतीय—के माध्यम से होता था। उस समय संचार के साधन या तो थे ही नहीं या थे भी तो शुरुआती चरण में थे, ऐसे में बाजार में दलाल ही व्यवसायियों की आँख-कान होते थे। न टेलीफोन था, न समाचार-पत्र थे और न ही टेलीविजन थे। संचार का एकमात्र साधन टेलीग्राफ (तार) था।

कपड़े का बाजार उतार-चढ़ाव से भरा था। प्राकृतिक धागे के बाजार की स्थिति के अनुसार कीमतें घटती-बढ़ती रहती थीं। फसल की स्थिति, बाजार माँग आदि अनेक कारक थे, जिनसे कीमतें ऊपर या नीचे होती रहती थीं। संचार की सुविधा के अभाव में ऐसे बाजार में काम करना सचमुच काफी मुश्किल और जोखिम भरा रहा होगा।

हमें जापान से टेलीग्राम (तार) द्वारा रोज प्रस्ताव मिलते रहते थे। केबल ऐंड वायरलेस—एक ब्रिटिश कंपनी, जो तार सेवा प्रदान करती थी—के दो दफ्तर थे—एक देरा में तथा दूसरा बूर दुबई में। कंपनी के संदेशवाहक तार आते ही तत्काल उसे प्राप्तकर्ता तक पहुँचाते थे। दिन में दो बार डिलीवरी होती थी—सुबह 8 बजे और शाम 5 बजे।

जापानी कंपनियों से जो प्रस्ताव आते थे, उन्हें दलालों को दे दिया जाता था और दलाल पूरे बाजार भर से ऑर्डर लेते थे। कुछ दलाल बाजार में एक ही व्यवसायी के लिए काम करते थे, जबकि कुछ अन्य दलाल एक साथ कई व्यापारियों के लिए काम करते थे। जो कंपनी प्रतिस्पर्धा में सबसे आगे होती थी, उसे ही सबसे ज्यादा व्यवसाय मिलता था। दिलचस्प बात यह है कि प्रतिस्पर्धी कंपनियों के प्रस्तावों में कीमत का ज्यादा अंतर नहीं होता था—0.01 प्रतिशत से लेकर 0.1 प्रतिशत तक।

जापानी कंपनियों से जो प्रस्ताव आते थे, उन्हें दलालों को दे दिया जाता था और दलाल पूरे बाजार भर से ऑर्डर लेते थे। कुछ दलाल बाजार में एक ही व्यवसायी के लिए काम करते थे, जबकि कुछ अन्य दलाल एक साथ कई व्यापारियों के लिए काम करते थे। जो कंपनी प्रतिस्पर्धा में सबसे आगे होती थी, उसे ही सबसे ज्यादा व्यवसाय मिलता था।

दलाल न केवल ऑर्डर लेते थे, बल्कि माल की बिक्री के लिए सेल्समैन के रूप में भी काम करते थे। इस पर उन्हें 0.3125 प्रतिशत या 100 रुपए में 5 आना दलाली मिलती थी। स्थानीय बाजार में माल बिकने पर भी इतनी ही दलाली मिलती थी, लेकिन यह क्रेता और विक्रेता में बराबर-बराबर बँट जाती थी।

उस समय दुबई के प्रमुख दलाल थे—बोनीमल, गोरधन अदनानी, हासानंद लखियानी, हुंदलदास अदनानी, खुशाल गांधी, मोहम्मद अहमद कैपिटल, नारायण दास लखियानी, रईस अहमदयान, रोचीराम चिमनानी, सुगनोमल मनवानी, वाशदेव भाटिया और वाधूराम नेभनदास। आई.टी.एल. से सेवानिवृत्त होने के बाद चेलाराम सजनानी भी दलाल बन गए थे।

दिन भर बाजार से ऑर्डर लेने के बाद दलाल शाम को संबंधित कंपनी के पास जाते थे। फिर वह ऑर्डर जापान में मुख्य आपूर्तिकर्ता के पास पुष्टि के लिए भेजा जाता था। माल की डिलीवरी में प्राय: पाँच माह से भी ज्यादा समय लग जाता था, क्योंकि उस समय जापान से दुबई के लिए सीधी जहाज सेवा नहीं थी। आपूर्तिकर्ता माल को पहले बंबई भेजता था, जहाँ वह कई सप्ताह तक भंडार-गृह में पड़ा रह जाता था। खाड़ी की ओर जानेवाले स्टीमर में जब स्थान मिलता था तब वह माल दुबई भेजा जाता था। बाद में जापान से दुबई के लिए सीधी जहाज सेवा शुरू हुई और इस प्रकार माल जल्दी पहुँचने लगा।

यहाँ मैं बाजार में माँग-पत्र तैयार करनेवाले (बिचौलिए) लोगों की भूमिका के बारे में बताना प्रासंगिक समझता हूँ। उन दिनों बाजार में इनकी महत्त्वपूर्ण भूमिका होती थी, क्योंकि ये आयातक और निर्यातक के बीच एक सेतु का काम करते थे। ये आयातक की ओर से आपूर्तिकर्ता या निर्माता को माल का ऑर्डर देते थे। बहुत कम ही आयातक

सीधे निर्माता या आपूर्तिकर्ता से संपर्क कर पाते थे। इसका एक कारण तो संचार सुविधाओं का अभाव था और दूसरा कारण यह था कि आपूर्तिकर्ता स्वयं बिचौलियों के माध्यम से काम करना अधिक आसान और किफायती समझते थे।

उन दिनों टेलीफोन नहीं थे और, जैसा मैंने पहले बताया, संचार का एकमात्र साधन तार था। पत्र-लेखन और टाइपराइटिंग भी बहुत कम लोगों को आती थी।

कुछ व्यापारी, जो आजकल व्यवसाय में बहुत ऊँचाई पर हैं, अंशकालिक आधार पर टाइपिस्ट रखते थे। अच्छा वेतन पानेवाले बैंक कर्मचारी भी खाली समय में इस तरह का काम करते थे, क्योंकि बैंक से छुट्टी होने के बाद उनके पास कोई और काम नहीं होता था। इससे उन्हें महीने में चालीस रुपए तक मिल जाते थे, जो उन दिनों के लिए कम नहीं होता था।

कुछ व्यापारी, जो आजकल व्यवसाय में बहुत ऊँचाई पर हैं, अंशकालिक आधार पर टाइपिस्ट रखते थे। अच्छा वेतन पानेवाले बैंक कर्मचारी भी खाली समय में इस तरह का काम करते थे, क्योंकि बैंक से छुट्टी होने के बाद उनके पास कोई और काम नहीं होता था। इससे उन्हें महीने में चालीस रुपए तक मिल जाते थे, जो उन दिनों के लिए कम नहीं होता था।

आयातक कभी-कभी साख-पत्र भी बिचौलिए से ही तैयार कराता था। कुछ मामलों में आयातक माँग-पत्र लेकर सीधे बैंक में चला जाता था और वहाँ से साख-पत्र टाइप कराकर लाता था। आयातक को सिर्फ उस पर हस्ताक्षर करने होते थे, शेष काम बिचौलिया स्वयं करता था।

बिचौलिए को आपूर्तिकर्ता या निर्माता से जो कमीशन मिलता था, वही उसकी कमाई होती थी। शुरू में कमीशन की दर 1 प्रतिशत थी, इसमें 0.3125 प्रतिशत हिस्सा दलाल के पास जाता था। इस प्रकार बिचौलिए का शुद्ध कमीशन 0.6875 प्रतिशत होता था। बाद में कमीशन की दर 3 प्रतिशत तक हो गई। बिचौलिए को इसके लिए कोई बड़ी पूँजी लगाने की जरूरत नहीं पड़ती थी—एक टाइपराइटर, एक मेज और एक व्यक्ति जो, भलीभाँति बातचीत कर सके, इसलिए इतने में ही उसे अच्छी कमाई हो जाती थी। कुछ बिचौलियों ने तो दिल्ली में अपनी अच्छी-खासी ट्रेडिंग कंपनी शुरू कर दी है।

बिचौलियों के माध्यम से व्यवसाय करने का आयातकों को एक और लाभ था। इससे वे व्यवसाय को पूरी तरह से अपने नियंत्रण में रख सकते थे, क्योंकि बिचौलिया स्थानीय बाजार का ही होता था।

माल में टूट-फूट की स्थिति में आयातक बिचौलिए के पास जाकर क्षतिपूर्ति का दावा कर सकता था। कुछ मामलों को तो बिचौलिया अपने संसाधन से तुरंत निपटा देता था और बाद में उसका पैसा संबंधित निर्माता या आपूर्तिकर्ता से ले लेता था। हमारी

कंपनी का एक मामला मुझे याद है। जापानी रूमालों के लिए कई व्यापारियों ने हमारी कंपनी के माध्यम से ऑर्डर दिया था। जब उन्हें माल की डिलीवरी हुई तो यह देखकर वे सब हैरान थे कि उन्हें रूमाल की जगह कपड़े के टुकड़े भेजे गए हैं। उनके किनारे-किनारे सिलाई नहीं की गई थी और न ही उनमें बॉर्डर बने थे। हमने सारा माल वापस लेकर मामला वहीं निपटा दिया।

जैसा मैंने पहले बताया, नीति और नैतिकता उन दिनों व्यवसाय का स्तंभ थी। एक बार कोई वादा कर लेने के बाद व्यापारी उससे मुकर नहीं सकता था। कई बार ऑर्डर की पुष्टि करने के बाद माल की कीमत एकदम घट-बढ़ जाती थी; लेकिन किसी भी स्थिति में ऑर्डर निरस्त नहीं किया जा सकता था, भले ही उसमें घाटा क्यों न हो रहा हो।

1960 के दशक में जब भारतीय और पाकिस्तानी लोग दुबई में आकर बसने लगे, तब कपड़ा बाजार में एक नई जान आई। उस समय पोलिस्टर के कपड़े बाजार में आने शुरू हो गए थे। पोलिस्टर के कपड़े—जिन्हें अमेरिका में डेक्रॉन, ब्रिटेन और भारत में टेरीलीन, जापान में टेट्रॉन और जर्मनी में टेरगल के नाम से जाना जाता था—भारी मात्रा में देश में आने लगे थे।

यहाँ एक बात याद रखनी होगी कि उन दिनों लाभ प्रतिशत बहुत ज्यादा नहीं होता था—5 से 10 प्रतिशत तक। सच पूछा जाए तो उन दिनों व्यवसाय सिर्फ जीविका का एक साधन था; इससे समृद्धि की आशा नहीं की जा सकती थी। इसे सामाजिक सेवा ही माना जा सकता था।

1960 के दशक में जब भारतीय और पाकिस्तानी लोग दुबई में आकर बसने लगे, तब कपड़ा बाजार में एक नई जान आई। उस समय पोलिस्टर के कपड़े बाजार में आने शुरू हो गए थे। पोलिस्टर के कपड़े—जिन्हें अमेरिका में डेक्रॉन, ब्रिटेन और भारत में टेरीलीन, जापान में टेट्रॉन और जर्मनी में टेरगल के नाम से जाना जाता था—भारी मात्रा में देश में आने लगे थे। कपड़ा बाजार में विस्तार के साथ ही बाजार का स्वरूप भी बदल रहा था। बाजार में प्रतिस्पर्धा बढ़ रही थी। और प्रतिस्पर्धा बढ़ने के साथ ही दुबई का स्वरूप भी बदलने लगा था।

जहाँ तक कपड़ों की बात है, काफी हद तक स्थानीय गृहिणियों की पसंद ही बनती चली गई, क्योंकि उनकी पसंद के अनुसार ही ऑर्डर दिए जाते थे।

नियंत्रित अर्थव्यवस्था और स्वतंत्रता के बाद भारत द्वारा अपनाई गई औद्योगिक नीति तथा मध्यम वर्ग के आधार में हो रही निरंतर वृद्धि से 1960 के दशक में इस क्षेत्र में कपड़े के व्यवसाय में तेजी से वृद्धि हुई।

भारतीय माल की निम्न गुणवत्ता और भारत द्वारा अपनाई गई गलत औद्योगिक नीति के परिणामस्वरूप तस्करी को बढ़ावा मिला। भौगोलिक निकटता के कारण दुबई भारतीय उपमहाद्वीप के लिए कपड़ों का एक प्रेषण केंद्र बन गया। कपड़े के कई सामान विदेशी यात्रियों द्वारा भारत में मँगवाए जाते थे।

बंबू शार्कस्किन (Bamboo Sharkskin)—अमेरिका में निर्मित एक रेयन कपड़ा, जिसमें रेशम मिला होता है—जिसे शादी के समय प्रायः दूल्हे पहना करते थे, की खूब माँग थी। चीनी फ्यूजी रेशम—जिसे डबल घोड़ा बोस्की कहा जाता था—से कुरता बनाया जाता था, जिसे लोग खूब पसंद करते थे। शत-प्रतिशत रेशम का यह कपड़ा बहुत महँगा होता था, इसलिए ज्यादातर अमीर लोग ही इसे पहन पाते थे।

प्रतिस्पर्धा-विहीन संरक्षित बाजार में स्वाभाविक रूप से खराब उत्पादों का बोलबाला होता था। भारतीय बाजार के कारण ही इस क्षेत्र के बाजार में तेजी आई। भारतीय उपभोक्ता बेहतर उपभोक्ता वस्तुओं की माँग करते थे, जिसे पूरा करने के लिए यह क्षेत्र अपेक्षाकृत बेहतर स्थिति में था।

उन दिनों 'विदेशी' की सनक लोगों के मन में इस कदर घर कर गई थी कि भारतीय उपभोक्ता किसी भी विदेशी वस्तु को एकदम लपक लेते थे। यहाँ तक कि विनाइल के स्लिपर (चप्पलें)—जिसे जापान ने थोड़े समय पहले बाजार में निकाला था—भी चोरी-छिपे भारत में आ रहे थे।

उन दिनों 'विदेशी' की सनक लोगों के मन में इस कदर घर कर गई थी कि भारतीय उपभोक्ता किसी भी विदेशी वस्तु को एकदम लपक लेते थे। यहाँ तक कि विनाइल के स्लिपर (चप्पलें)—जिसे जापान ने थोड़े समय पहले बाजार में निकाला था—भी चोरी-छिपे भारत में आ रहे थे। वापस अपने घर जाते समय लोग अपने दोस्तों या रिश्तेदारों को विनाइल की चप्पलें उपहार के रूप में दिया करते थे, जिन्हें लोग खूब पसंद करते थे। भारत सस्ती और अच्छी वस्तुओं का उत्पादन क्यों नहीं कर पा रहा था—यह आज भी चर्चा का विषय बना हुआ है।

एक व्यवसायी होने के नाते मैं हमेशा भारत की आर्थिक नीतियों में आनेवाले बदलावों को बारीकी से देखता रहा हूँ, क्योंकि किसी भी अच्छे या बुरे परिवर्तन का प्रभाव इस क्षेत्र—विशेषकर दुबई—के बाजार पर पड़ता था। जैसा मैंने पहले बताया कि भारत के संरक्षित बाजार से इस क्षेत्र के बाजार के विकास में मदद मिली। निस्संदेह इससे क्षेत्र के हम भारतीय व्यवसायियों को अच्छा लाभ हुआ। लेकिन इसके साथ ही हम जान गए थे कि भारत बड़े-बड़े अवसर खोता जा रहा है। मैं समझता हूँ कि इस बात को हम बेहतर समझ रहे थे, क्योंकि हम विश्व के बड़े-बड़े व्यवसायियों के साथ

काम कर रहे थे और अच्छी औद्योगिक व आर्थिक नीतियों पर चल रहे कई क्षेत्रों में होनेवाली प्रगति को अपनी आँखों से देख रहे थे।

लोकतांत्रिक समाजवाद—जिसे पं. नेहरू ने भारत में बड़े उत्साह के साथ लागू किया था—ने भारतीय व्यवसायियों की उद्यमिता को दबा दिया। दरअसल, वह सोवियत संघ के आर्थिक चमत्कार को भारत में लाना चाहते थे। सोवियत संघ की आर्थिक नीति में उत्पादन के प्रमुख साधन राजकीय स्वामित्व अथवा नियंत्रण में थे। नेहरू विश्व परिदृश्य पर रूस के प्रभाव के चक्कर में आ गए थे। इसीलिए वह रूस के आर्थिक सिद्धांतों को लेकर चल रहे थे। उनके योजनाकारों ने भी उन्हीं का अनुसरण किया। लेकिन लाखों आम भारतीयों के जीवन की गुणवत्ता में सुधार लाने का उपाय बिल्कुल सरल और आसान था, जिसे वे समझ नहीं सके। जिस लोकतांत्रिक समाजवाद पर भारत चल रहा था, उसमें साधारण मानवीय इच्छाओं या अभावों की वास्तविकता को समझने के लिए कोई स्थान नहीं था।

नेहरू को लगा कि सार्वजनिक क्षेत्र भारत की कई समस्याओं का हल है, जिसमें रोजगार की समस्या भी शामिल है। निजी क्षेत्र को पूरी तरह उपेक्षित कर दिया गया था। लेकिन बाद में सार्वजनिक क्षेत्र सफेद हाथी सिद्ध हुआ, जो सार्वजनिक प्रस्तावों को खा जाता था।

औद्योगिक लाइसेंसिंग अधिनियम सन् 1951 और औद्योगिक नीति प्रस्ताव 1956—जिन्हें एक स्वस्थ औद्योगिक परिवेश तैयार करने के लिए लागू किया गया था—से न केवल देश के औद्योगिक विकास में ह्रास आया, अपितु इनके कारण देश को अपने जीवन के 35 वर्ष गँवा देने पड़े—सन् 1991 में जाकर कहीं बाजार को खोला गया। भारत में 'लाइसेंस राज' ने न केवल प्रतिस्पर्धा, उद्यमिता और प्रगति को मिटा दिया था अपितु भ्रष्टाचार को भी जन्म दिया था, जो अंततः पूरे देश के लिए नासूर बन गया।

अन्य एशियाई देशों में ऐसा नहीं था। 1960 के दशक में कोरिया की सरकार अपने यहाँ निजी क्षेत्र को बढ़ावा देने के लिए सस्ता ऋण उपलब्ध करा रही थी। हांगकांग जैसे छोटे देश को भी साधारण उपभोक्ता वस्तुओं—खिलौने और कपड़े आदि—के निर्यात से जो आय होती थी, वह भारत के कुल निर्यात से होनेवाली आय से कई गुना ज्यादा थी।

दूसरी ओर, भारत में निजी क्षेत्र को बढ़ावा देने के लिए कुछ भी नहीं किया जा रहा था। उलटा इसके अस्तित्व को ही मिटाने का प्रयास किया जा रहा था। उदाहरण के लिए, औद्योगिक लाइसेंसिंग अधिनियम सन् 1951 और औद्योगिक नीति प्रस्ताव 1956—जिन्हें एक स्वस्थ औद्योगिक परिवेश तैयार करने के लिए लागू किया गया था—से न केवल देश

के औद्योगिक विकास में ह्रास आया, अपितु इनके कारण देश को अपने जीवन के 35 वर्ष गँवा देने पड़े—सन् 1991 में जाकर कहीं बाजार को खोला गया। भारत में 'लाइसेंस राज' ने न केवल प्रतिस्पर्धा, उद्यमिता और प्रगति को मिटा दिया था अपितु भ्रष्टाचार को भी जन्म दिया था, जो अंततः पूरे देश के लिए नासूर बन गया। उन दिनों नौकरशाह ही उत्पादन की गति अथवा मात्रा तय करते थे और वे ही उत्पाद का मूल्य भी तय करते थे। अपनी मान्य क्षमता से ज्यादा उत्पादन करने की स्थिति में उत्पादक को दंडित किए जाने का प्रावधान था। अपना व्यवसाय बढ़ाने के लिए आपको पहले नौकरशाहों से अनुमति लेनी पड़ती थी।

भ्रष्टाचार को पनपने और बढ़ावा देने के लिए और क्या चाहिए? बिरला जैसे निराश उद्योगपतियों को—इतनी प्रभावशीलता और ऊँचे-ऊँचे लोगों से संपर्क के बावजूद—नया व्यवसाय शुरू करने के लिए भारत के बाहर जाकर जगह की तलाश करनी पड़ी। जब उनके अपने देश ने उन्हें अपने व्यवसाय का विस्तार करने से रोक दिया, तब थाईलैंड, मलेशिया, इंडोनेशिया और फिलीपींस जैसे उन्नत देशों ने उनके निवेश प्रस्ताव का स्वागत किया। निश्चित रूप से इन देशों को फायदा हुआ और भारत को नुकसान।

नेहरू आँखें बंद करके भारी उद्योगों के पीछे भाग रहे थे, कम पूँजीवाले और कम जोखिमवाले उपभोक्ता वस्तुओं के उद्योग की ओर उन्होंने ध्यान ही नहीं दिया, जबकि इससे एक ओर खिलौने, कपड़े एवं रेडियो आदि सामान्य उपभोक्ता वस्तुओं का उत्पादन होता और दूसरी ओर लाखों लोगों को रोजगार भी मिलता। हमें नहीं भूलना चाहिए कि जापान और 'एशियाई चीतों' ने अपनी आर्थिक विजय यात्रा उच्च तकनीकवाली वस्तुओं का निर्माण करके नहीं बल्कि सस्ती और साधारण उपभोक्ता वस्तुओं के निर्माण के साथ शुरू की थी।

निर्यात प्रोत्साहन को छोड़कर आयात को प्रोत्साहन देकर भी नेहरू ने गलती ही की।

भारत में लागू तिनियमों ने भ्रष्टाचार और एकाधिकार को जन्म दिया। निस्संदेह, इनसे कुछ सौभाग्यशाली उद्यमियों को लाभ भी हुआ। शासक दल को आर्थिक अनुदान देकर उन्होंने इतना प्रभाव प्राप्त कर लिया कि वे सरकारी नीतियों को भी प्रभावित कर सकते थे। इससे उन्हें अपने-अपने क्षेत्र में भी एकाधिकार प्राप्त करने में मदद मिली।

जापान जैसे देश को देखकर—जिसने भारत से मात्र दो वर्ष पहले (1945 में) स्वतंत्रता प्राप्त की थी—समझा जा सकता है कि पूर्व भारतीय नेताओं की नीतियों से देश को कितना नुकसान उठाना पड़ा है।

15 अगस्त, 1945 को जब जापान ने आत्म-समर्पण कर दिया तब वहाँ के लोगों

ने राहत की साँस ली, क्योंकि वे एक ऐसे युद्ध के बोझ में दबे थे, जिसने अर्थव्यवस्था को अस्त-व्यस्त कर दिया था। औद्योगिक उत्पादन शून्य हो गया था। चारों ओर बेरोजगारी फैली थी। लोग भूखों मर रहे थे। युद्ध में हारकर देश ने अपना आत्म-विश्वास भी खो दिया था।

> **15 अगस्त, 1945 को जब जापान ने आत्म-समर्पण कर दिया तब वहाँ के लोगों ने राहत की साँस ली, क्योंकि वे एक ऐसे युद्ध के बोझ में दबे थे, जिसने अर्थव्यवस्था को अस्त-व्यस्त कर दिया था। औद्योगिक उत्पादन शून्य हो गया था। चारों ओर बेरोजगारी फैली थी। लोग भूखों मर रहे थे। युद्ध में हारकर देश ने अपना आत्म-विश्वास भी खो दिया था।**

परंतु जापानियों ने इस संकट को एक अवसर में बदल दिया। उन्हें लगा कि अपने अस्तित्व को कायम रखने के लिए देश को लोकतंत्र के सिद्धांतों और आपसी सम्मान की भावना को ध्यान में रखकर अपना सामाजिक ढाँचा तैयार करना होगा। अमेरिकियों की मदद से जापानियों ने अपने बिगड़ चुके सामाजिक ढाँचे में आमूल-चूल परिवर्तन किए। शिक्षा प्रणाली में सुधार किया गया, जिससे आम जनता को समाज से जुड़ने की प्रेरणा मिली।

भारत के उलट, जापान में अधिकारी तंत्र ने सुधार प्रक्रिया को दिशा देने और उसमें जनता का विश्वास बनाए रखने में महत्त्वपूर्ण भूमिका निभाई। पराजित जर्मनी की तरह ही जापान में भी सुधार प्रक्रिया आर्थिक सफलता का मुख्य कारक बन गई।

भारत में इस तरह के सामाजिक सुधार नहीं किए गए। सच तो यह है कि समाज में सुधार लाने के लिए प्रयास ही बहुत कम किए गए। भारत अपने उपनिवेशवादी इतिहास को छोड़कर प्रगति की ओर बढ़ ही नहीं सका। एक ओर सुदूर पूर्व के एशियाई देश शक्तिशाली होते जा रहे थे, चीता बन रहे थे; दूसरी ओर भारत एक हाथी ही बना रहा—और वह भी बीमार हाथी, जो उठकर खड़ा होने को भी तैयार नहीं था।

दुर्भाग्य की बात यह थी कि आधुनिक भारत के उद्योगपति भी स्वतंत्र भारत में अपने सामने आ रहे अवसरों को नहीं देख पा रहे थे। स्वतंत्रता-प्राप्ति से पूर्व भी वे अपने हितों की रक्षा के लिए सरकारी संरक्षण चाहते थे।

सन् 1944 में भारत के अग्रणी उद्योगपतियों की बंबई में एक बैठक हुई, जिसमें आधुनिक भारत के लिए एक योजना-अभिदृष्टि तैयार की जानी थी तथा यह तय किया जाना था कि स्वतंत्र भारत में अब किस प्रकार की नीतियाँ अपनाई जानी चाहिए।

जे.आर.डी. टाटा, जी.डी. बिरला, लाला श्रीराम, कस्तूरभाई लालभाई, पुरषोत्तमदास ठाकुर दास और ए.डी. श्रॉफ आदि भारतीय उद्योग जगत् की जानी-मानी हस्तियों ने मिलकर एक योजना तैयार की, जिसे 'बंबई योजना' नाम दिया गया। इसमें

आत्म-निर्भरता और तीव्र औद्योगीकरण पर बल दिया गया था। विदेशी पूँजी और प्रौद्योगिकी की जरूरत उन्होंने जरूर महसूस की, लेकिन वे चाहते थे कि इसे पूरी तरह से सरकारी नियंत्रण व संरक्षण में रखा जाए। निवेश के लिए उन्होंने विदेशी ऋण की जरूरत पर भी बल दिया। बीमा, बैंकिंग, ऊर्जा और उड्डयन आदि क्षेत्रों में विदेशी स्वामित्व को रोककर संरक्षण की नीति अपनाने की वकालत भी की गई थी। उन्होंने चालू निजी उद्यमों के राष्ट्रीयकरण की बात भी रखी।

जे.आर.डी. टाटा, जी.डी. बिरला, लाला श्रीराम, कस्तूरभाई लालभाई, पुरषोत्तमदास ठाकुर दास और ए.डी. श्रॉफ आदि भारतीय उद्योग जगत् की जानी-मानी हस्तियों ने मिलकर एक योजना तैयार की, जिसे 'बंबई योजना' नाम दिया गया। इसमें आत्म-निर्भरता और तीव्र औद्योगीकरण पर बल दिया गया था।

अपने लक्ष्य को प्राप्त करने के लिए आयात संबंधी सीमाओं को स्वीकार करके वे अपनी स्वतंत्रता को भी कम करने को तैयार थे। महत्त्वपूर्ण क्षेत्रों में उन्होंने सरकारी नियंत्रण को भी स्वीकार कर लिया। इसके परिणाम की ओर उन्होंने ध्यान नहीं दिया—मूल्य-निर्धारण, लाभांश की सीमा, विदेशी व्यापार व विदेशी विनिमय पर नियंत्रण, उत्पादन की लाइसेंसिंग, पूँजी माल का आबंटन और उपभोक्ता वस्तुओं का वितरण। उन्होंने एक ऐसी स्थिति तैयार कर दी, जिसमें जीवन का प्रत्येक क्षेत्र अधिकारी तंत्र के हस्तक्षेप में आ गया। जबकि सुदूर पूर्व के देश एक सुविचारित भावी योजना लेकर चल रहे थे। और इस प्रकार उन्होंने अपनी एक खास दुनिया बना ली।

इस प्रकार, भारत की एक बड़ी जनसंख्या को आपूर्ति की कमी की समस्या से जूझना पड़ा और देश की नीतियों से दुबई के आर्थिक विकास में मदद मिली। इतना ही नहीं, इसका जापान जैसे देशों को भी फायदा मिला। आज दुबई के सामने कई विकल्प हैं, लेकिन 1960 और 1970 के दशकों में भारत व ईरान की भूमिका प्रमुख थी।

❑

12

बदलाव में स्थायित्व

"असंतोष से सभी वाद उत्पन्न होते हैं। किसी भी मनोदशा से उत्पन्न वाद, चाहे वह आवेग या विवेचना हो, तब तक उत्पन्न नहीं होता, जब तक कि वादकर्ता अपनी वर्तमान दशा से पहले असंतुष्ट न रहा हो।"

—विलियम एम. ब्रिंगल्सन

व्यवसायी बनने की महत्त्वाकांक्षा मेरे मन में शुरू से ही थी।

व्यवसाय मुझे अपने पिता से विरासत में नहीं मिला था, न ही व्यवसाय शुरू करने का मेरे पास कोई आसान रास्ता या विकल्प मौजूद था। इसके बावजूद मैं व्यवसायी बनने के सपने देखा करता था, जबकि मैं अच्छी तरह जानता था कि मेरे इस सपने के साकार होने की संभावनाएँ बहुत कम हैं। व्यवसाय का सपना मैं इसलिए देखा करता था कि यह मेरे खून में था। व्यवसाय में ही साँस लेते हुए मैं बड़ा हुआ था।

मेरे पिता जीवतराम बक्षाणी व्यवसाय करते थे। परिवार के अन्य पुरुष सदस्य भी व्यवसाय में थे। मेरे पिता ने एम.डी. अलदास—भाई प्रताप की एक कंपनी, जिन्होंने भारत के गुजरात राज्य में गांधीधाम शहर की स्थापना की थी—के साथ मोरक्को और जिब्राल्टर में कई वर्षों तक काम किया था। गांधीधाम शहर विभाजन के बाद सीमा पार से आए विस्थापित लोगों के लिए बनाया गया था।

उन दिनों मुझे अकसर लगता था कि दुबई का परिवेश मेरी महत्त्वाकांक्षा को दबानेवाला है। लेकिन मैं जानता था कि बाजार में उद्यमियों के लिए बड़ी संभावना है।

जैसा मैंने पहले बताया था, बाजार में बिचौलियों का बोलबाला था। ऑर्डर बुक

करने से लेकर माल की बिक्री तक सारे काम में उनकी महत्त्वपूर्ण भूमिका थी। उत्पादों के विपणन में व्यवसायी की भूमिका सीमित थी। उसके कर्मचारी बाबूगिरी और प्रशासनिक कार्यों में लगे रहते थे। एक कर्मचारी के रूप में न तो मैं अपने सीमित कार्य से संतुष्ट था और न ही मुझे अच्छा लगता था। मुझे लगा कि कंपनी में हम और भी बहुत कुछ कर सकते थे। जरूरत थी तो बस पहल की। लेकिन मेरे सहकर्मी चेलाराम सजनानी—जो दुबई में कई वर्षों से लेखाकार थे—मेरे मार्केटिंग में उतरने के पक्ष में नहीं थे। उन्होंने इसके लिए कभी मुझे प्रोत्साहित नहीं किया। संभवत: वह चाहते थे कि मैं दफ्तर के कार्य में ही अपना ध्यान लगाऊँ।

लेकिन मेरे भीतर के उद्यमी को दबाया नहीं जा सकता था!

सजनानी कंपनी में आनेवाले विभिन्न गैर-परंपरागत वस्तुओं के सैंपल रख लिया करतें थे। कभी-कभी वह दफ्तर में आनेवाले ग्राहकों को वे सैंपल दिखाते थे या समय मिलने पर स्वयं लोगों के पास जाकर उन्हें सैंपल दिखाते थे। परंतु मुझे लग रहा था कि वह नए उत्पादों के संवर्द्धन के लिए बहुत ज्यादा उत्साह से काम नहीं कर रहे हैं।

सजनानी कंपनी में आनेवाले विभिन्न गैर-परंपरागत वस्तुओं के सैंपल रख लिया करते थे। कभी-कभी वह दफ्तर में आनेवाले ग्राहकों को वे सैंपल दिखाते थे या समय मिलने पर स्वयं लोगों के पास जाकर उन्हें सैंपल दिखाते थे। परंतु मुझे लग रहा था कि वह नए उत्पादों के संवर्द्धन के लिए बहुत ज्यादा उत्साह से काम नहीं कर रहे हैं।

उन्हीं वस्तुओं को लेकर मैंने बाजार में उतरने का फैसला किया। मुझे यह भी चिंता नहीं थी कि दफ्तर का काम पूरा करने के लिए मुझे अतिरिक्त समय लगाना पड़ेगा। संभावित ग्राहकों से मिलने और उन्हें सैंपल दिखाने के लिए मैं दफ्तर के कार्य-समय में बाहर जाने लगा। जितना समय मैं बाहर रहता था, उतने समय का काम मैं सुबह या शाम को अतिरिक्त समय देकर पूरा कर लेता था। दफ्तर की छुट्टी के बाद मैं काफी देर-देर तक बैठकर पेट्रोमैक्स की नियमित रोशनी में काम किया करता था—उन दिनों हमारे यहाँ बिजली नहीं थी, दफ्तर में डीजल जनरेटर से काम चलाया जाता था। कभी-कभी तो मैं आधी-आधी रात तक दफ्तर का काम करता था।

सौभाग्य से ऑर्डर प्राप्त करने का मेरा पहला प्रयास सफल रहा। मैं मूसाजी करीमजी—एक सिंधी मेनन व्यापारी जिनकी देरा में दुकान थी—के पास एक सैंपल लेकर गया था। वह सैंपल था चीनी मिट्टी के बने एक सिगरेट सेट का, जिसमें एक ऐश ट्रे, सिगरेट की एक डिब्बी और एक लाइटर था। सैंपल दिखाकर और अपनी वाक्कला से मैं उन्हें विश्वास में लेने में सफल हो गया। उन्होंने उसी समय 125 डॉलर के माल

का ऑर्डर दे दिया। मेरे जीवन का यह पहला व्यावसायिक सौदा था, जिसे मैंने अपने बल पर किया था। उसके बाद मैंने पीछे मुड़कर नहीं देखा और मार्केटिंग के क्षेत्र में आगे-ही-आगे बढ़ता चला गया।

मेरे अंदर आत्मविश्वास आया और अब मैं बड़े-बड़े व्यवसायियों के साथ और भी खुलकर काम करने लगा। मेरी लंबाई-चौड़ाई भी इसमें सहायक रही। उस समय मैं अल्प-वयस्क ही था, लेकिन मेरा भारी-भरकम शरीर देखकर कोई मेरी उम्र का अंदाजा नहीं लगा सकता था। सच कहूँ तो कम उम्र में ही मैं परिपक्व हो गया था।

अनुभवी व्यवसायियों के साथ काम करने से मुझे भी व्यवसाय की बारीकियाँ सीखने में मदद मिली। मैं गैर-परंपरागत वस्तुओं पर अपना ध्यान केंद्रित करना चाहता था, जिसकी ओर दलाल ज्यादा ध्यान नहीं दे रहे थे।

इस दौरान मुझे एक महत्त्वपूर्ण सीख मिली, जिसका लाभ मुझे अब तक मिल रहा है। वह सीख थी—ग्राहक के साथ एक विक्रेता की तरह नहीं, बल्कि एक सलाहकार की तरह व्यवहार करो। आपको पहले अपने ग्राहक में विश्वास की भावना भरनी चाहिए, तभी वह आप पर पूरा विश्वास करेगा। अगर कोई सेल्समैन इस तरह का दृष्टिकोण लेकर चलता है तो वह बहुत आसानी से अपने ग्राहकों का विश्वास जीत सकता है।

1970 के दशक में दुबई के बाजार में इलेक्ट्रॉनिक्स व्यापार का प्रभाव जमना शुरू हो गया। बाजार में पहले जो स्थान टेक्सटाइल को मिला था, वही स्थान अब इलेक्ट्रॉनिक्स को मिलने लगा था। 1950 और 1960 के दशकों में जैसे टेक्सटाइल व्यापार के साथ हुआ था, भारतीय—विशेषकर सिंधी भाटिया—ज्यादातर इलेक्ट्रॉनिक व्यापार को सँभाल रहे थे।

1970 के दशक में दुबई के बाजार में इलेक्ट्रॉनिक्स व्यापार का प्रभाव जमना शुरू हो गया। बाजार में पहले जो स्थान टेक्सटाइल को मिला था, वही स्थान अब इलेक्ट्रॉनिक्स को मिलने लगा था। 1950 और 1960 के दशकों में जैसे टेक्सटाइल व्यापार के साथ हुआ था, भारतीय—विशेषकर सिंधी भाटिया—ज्यादातर इलेक्ट्रॉनिक व्यापार को सँभाल रहे थे।

उस समय तक टेलीविजन सेट उपलब्ध नहीं थे। वाल्ब रेडियो और स्पूल टाइप टेपरिकॉर्डर कहीं-कहीं दिखाई देते थे, जिनमें फिलिप्स सबसे लोकप्रिय ब्रांड था—जो भाटिया रेडियो द्वारा संचालित होता था। इसी तरह एक अन्य लोकप्रिय ब्रांड हॉलैंड का सिएरा (Sierra) था, जो वी.वी. ऐंड संस (V V and Sons) के पास था, जहाँ मुख्य रूप से 78 और 33 आर.पी.एम. के रिकॉर्ड बिकते थे।

जर्मनी का एक ब्रांड था ग्रुंडिग, जो अपनी गुणवत्ता के लिए बाजार में जाना जाता

था। इसके डीलर दीवान बंधु थे, जो स्वयं भाटिया थे। टेलीफनकेन एक अन्य लोकप्रिय जर्मन ब्रांड था, जिसे संभवतः एक ईरानी व्यवसायी मीर मोहम्मद सलेह अमीरी चला रहे थे।

उन दिनों इलेक्ट्रॉनिक बाजार में यूरोपीय उत्पादों का बोलबाला था। जापानी वस्तुएँ बाजार में नहीं दिखाई देती थीं। दुबई के साथ-साथ क्षेत्र के अन्य देशों में भी इन उत्पादों के खरीदार थे।

बिजली और पानी की आपूर्ति न होने के कारण रेफ्रिजरेटर, वाशिंग मशीन और अन्य घरेलू उपकरण बाजार में नहीं थे। बिजली की स्थिति बदलते ही दुबई की स्थिति में तेजी से सुधार आने लगा। उसके बाद अमेरिका सफेद वस्तुओं का लगभग एकमात्र आपूर्तिकर्ता बन गया। उन दिनों रेफ्रिजरेटर में सबसे लोकप्रिय अमेरिकी ब्रांड थे—नोर्ज (Norge), यार्क (York), जी.ई. (G.E.), फ्रिजीडेयर (Frigidaire), वेस्टिंगहाउस (Westinghouse) और एडमिरल (Admiral)। एअर कंडिशनर में लोकप्रिय ब्रांड थे—कैरियर (Carrier), नोर्ज (Norge), यार्क (York), वेस्टिंगहाउस (Westing house) और वेस्टपॉइंट (Westpoint)।

ये उत्पाद दुबई से भारतीय उपमहाद्वीप के बाजारों में आते थे। लेकिन सन् 1960 के दशक में जापानियों के बाजार में प्रवेश के साथ ही अमेरिकी और यूरोपीय उत्पाद अपनी प्रमुखता खोने लगे।

जापानी व्यवसायी अपना एक स्पष्ट लक्ष्य लेकर चल रहे थे और पूरी एकनिष्ठा से उसे प्राप्त करने में लगे थे। उन्होंने भारतीय बाजार की संभावनाओं को पहचान लिया था और उनका लाभ उठाने के लिए वे पूरी तरह तैयार थे। भारतीय नौकरशाही तंत्र के रूढ़िवादी रवैए से उन्हें अपना लक्ष्य प्राप्त करने में मदद मिली, क्योंकि इसके चलते भारत सरकारी नियंत्रण की नीति और उदात्त समाजवादी आदर्शों में बँधा हुआ था।

इसका परिणाम यह हुआ कि भारत आधुनिक प्रौद्योगिकी के साथ नहीं चल सका और स्थानीय उपभोक्ता बाजार में आधुनिक उपभोक्ता वस्तुओं की कमी के चलते लोग विदेशी वस्तुओं की ओर आकर्षित होते चले गए। जनसंचार के साधनों ने उनके इस आकर्षण को और बढ़ावा दिया, क्योंकि इनके माध्यम से लोगों को बराबर जानकारी मिलती रहती थी कि दुनिया में क्या हो रहा है।

जापानी उद्यमी और दुबई में बैठे उनके साझेदार भारत में उपभोक्ता वस्तुओं की तेजी से बढ़ती माँग को पूरा करने के लिए कमर कसकर तैयार हो गए। लेकिन आयात व्यापार पर लागू कड़े विनियमों और कस्टम ड्यूटी के चलते ज्यादा व्यापार वैधानिक माध्यम से नहीं हो पा रहा था। अतः माँग को पूरा करने के लिए समांतर अथवा अवैधानिक माध्यम अपनाए जाने लगे। इस प्रकार माल की तस्करी को बढ़ावा मिला।

यही कारण था कि जब जापान ने दुबई के बाजार में अपने मानव-निर्मित कपड़े

पहुँचाए तब वे स्वाभाविक रूप से भारत के प्रतिबंधित बाजार में पहुँचने लगे। वस्तुतः इन नए सिंथेटिक कपड़ों की शुरुआत ने ही विश्व व्यापार में जापान को एक नया मोड़ दिया। जापानियों ने देश के टेक्सटाइल व्यवसाय के इतिहास को ही बदल डाला; जबकि भारत उस समय तक कपास युग में ही अटका पड़ा था।

जब जापान ने दुबई के बाजार में अपने मानव-निर्मित कपड़े पहुँचाए तब वे स्वाभाविक रूप से भारत के प्रतिबंधित बाजार में पहुँचने लगे। वस्तुतः इन नए सिंथेटिक कपड़ों की शुरुआत ने ही विश्व व्यापार में जापान को एक नया मोड़ दिया। जापानियों ने देश के टेक्सटाइल व्यवसाय के इतिहास को ही बदल डाला; जबकि भारत उस समय तक कपास युग में ही अटका पड़ा था।

जापानी क्या करते थे—भारतीय नमूनों की नकल उतारकर भारी मात्रा में साड़ियाँ तैयार कर लेते थे और फिर उन जापानी साड़ियों को भारत में बेचते थे, जिन्हें लोग खूब खरीदते थे। एन.आर.सी. तोरे और तीजिन जैसी मिलों के उत्पादों की खूब माँग थी। लोग वहाँ से वापस अपने देश जाते समय ऐसे कुछ उत्पाद अपने साथ जरूर लेकर जाते थे।

इस तरह के यात्रियों की आवाजाही काफी बढ़ गई थी। यह वह समय था, जब बड़ी संख्या में कुशल और अर्धकुशल कामगार भारत और महाद्वीप के अन्य हिस्सों से दुबई आने लगे थे। आने-जानेवाले यात्रियों की सुविधा के लिए एअरलाइंस दिन में तीन उड़ान सेवाएँ बंबई के लिए उपलब्ध कराती थी, जिनमें लगभग 1,000 यात्री रोज जाते थे। अगर एक यात्री अपने साथ तीन साड़ी ही लेकर जाता रहा होगा तो रोज लगभग 20,000 गज साड़ी एक ही गंतव्य पर जाती थी (एक साड़ी की लंबाई 6 गज से कुछ ज्यादा होती है)। इसका मतलब हुआ कि 60 लाख गज साड़ी प्रति माह बंबई जाती थी और वह भी सामान्य माध्यम से।

एक समांतर बाजार भी साथ-साथ सक्रिय था। दुबई चूँकि मुक्त बाजार था, इसलिए हर साल कई लाख गज साड़ियों की कालाबाजारी हो जाती थी। जापानी साड़ियों की माँग इतनी ज्यादा थी कि निर्माता उसे पूरी ही नहीं कर पा रहे थे।

कपड़े के बाजार में दूसरी महत्त्वपूर्ण वस्तु थी—पोलिस्टर सूटिंग। इसकी न केवल भारत में अपितु ढाका और कराची में भी खूब माँग थी। जब उपमहाद्वीप की ओर इसकी माँग बढ़ने लगी तो कपड़ों के पुनर्निर्यात के केंद्र के रूप में ईरान का महत्त्व घटने लगा। लेकिन दुबई और जापान तेजी से आगे बढ़ते रहे।

भारतीय लोग भी अजीब हैं—अपना देश छोड़कर किसी और देश में रहेंगे तथा व्यापार करेंगे किसी तीसरे देश के उत्पाद का। दुबई में पहला चीनी रेस्त्राँ के.एम. भाटिया ने खोला था—के.एम. भाटिया : एक भारतीय, जिसने एक अरब देश में चीनी रेस्त्राँ खोला।

इसके उलट, एक जापानी जहाँ कहीं भी जाएगा वहाँ अपने देश के उत्पाद का ही पक्ष लेगा।

भारत जिस समय बड़े आकार के रेडियो में हाथ आजमा रहा था, उस समय कंपैक्ट, किफायती ट्रांजिस्टर रेडियो और बेरेक (Berec) या एवरेडी बैटरियों से चलने वाले बड़े ट्रांजिस्टर दुबई के बाजार में आने शुरू हो गए थे। टेलीविजन उस समय अपने शुरुआती चरण में था, इसलिए भारत में रेडियो ही उन दिनों मनोरंजन का सबसे लोकप्रिय माध्यम था। विविध भारती पर गाने सुनने के लिए लोग अपने-अपने रेडियो सेट से चिपके बैठे रहते थे। रेडियो सीलोन का बिनाका गीतमाला (कार्यक्रम) तो और भी लोकप्रिय था, जिस पर हिंदी फिल्मों के नए हिट गाने सुनाए जाते थे। वह कार्यक्रम जाने-माने रेडियो सूत्रधार अमीन सयानी प्रस्तुत करते थे।

भारत जिस समय बड़े आकार के रेडियो में हाथ आजमा रहा था, उस समय कंपैक्ट, किफायती ट्रांजिस्टर रेडियो और बेरेक (Berec) या एवरेडी बैटरियों से चलने वाले बड़े ट्रांजिस्टर दुबई के बाजार में आने शुरू हो गए थे। टेलीविजन उस समय अपने शुरुआती चरण में था, इसलिए भारत में रेडियो ही उन दिनों मनोरंजन का सबसे लोकप्रिय माध्यम था।

इस प्रकार, ट्रांजिस्टर रेडियो की खूब माँग थी। चूँकि भारत में अच्छे ट्रांजिस्टर रेडियो नहीं बनते थे, इसलिए इसकी ज्यादातर माँग दुबई पूरी करता था। निस्संदेह, इसमें भी अवैध माध्यमों का सहारा लिया जा रहा था।

जापान के रेडियो दुबई बाजार में एक धमाके के साथ उतरे। आई.टी.एल. की पहली खेप हिताची के 100 दो-बैंड ट्रांजिस्टर रेडियो की थी। वस्तुतः कपड़े के व्यवसाय से जुड़ी कंपनियों में आई.टी.एल. ऐसी पहली थी, जिसने अपने रिटेल आउट-लेट 'कॉस्मॉस' के माध्यम से इलेक्ट्रॉनिक्स में प्रवेश किया। दुबई के इलेक्ट्रॉनिक्स बाजार में जो अन्य नए व्यवसायी उतरे, वे कपड़े से इतर अन्य व्यवसाय से जुड़े थे।

अल फुत्ताइम (Al Futtaim)—जो खाद्य सामान का व्यवसाय करते थे और बाद में ऑटोमोबाइल क्षेत्र में आ गए—भी ओमारन नेशनल इलेक्ट्रॉनिक्स के जरिए इलेक्ट्रॉनिक्स बाजार में उतर गए। गोरधन भाटिया ने अपना ब्रांड 'सोनी' बाजार में उतारा। यह ब्रांड इतना लोकप्रिय हुआ कि लोग उन्हें 'गोरधन सोनी' के नाम से बुलाने लगे। बहरीन के अशरफ बंधुओं ने भी सोनी ब्रांड के लिए काम किया। बाद में यह ब्रांड मनु छाबड़िया के जंबो (Jumbo) के पास चला गया, जो '70 के दशक की शुरुआत में बाजार में आए थे।

फिलिप्स एक यूरोपीय ब्रांड था, जो कई वर्षों तक दबा पड़ा रहा; बाद में फिलिप्स के निर्माताओं ने अपना अड्डा चीन में स्थानांतरित कर दिया। यह ब्रांड अब अल घांडी

के पास है। गजरिया बंधु पहले नेशनल और बाद में जे.वी.सी. ब्रांडों को दुबई के बाजार में लेकर आए। नेशनल ब्रांड अब ओमान नेशनल के पास है, जबकि जे.वी.सी. अंततः अल शिरवी के पास पहुँच गया। सैनियो का विपणन अकील अर्जुमंद द्वारा और एन.ई.सी. का विपणन मोहम्मद शरीफ बूखाश द्वारा किया जाता था।

पाई रेडियो के साथ ब्रिटेन ने बाजार में अपनी उपस्थिति दर्ज कराई तथा बुश (यू.के.) भी बाजार में उपलब्ध था। लेकिन जापानी ब्रांड ही बाजार में सबसे ज्यादा चल रहे थे। यूरोपीय कंपनियों द्वारा अपनी निर्माण इकाइयाँ सुदूर पूर्व के देशों में—जहाँ श्रम सस्ता मिल जाता है—स्थानांतरित कर लेने के बाद यूरोपीय उत्पाद पुनः बाजार में आने लगे। इससे उनके उत्पादों में प्रतिस्पर्धात्मक गुणवत्ता आई।

दुबई में इलेक्ट्रॉनिक्स के बाजार में वास्तविक तेजी तब आई, जब जापानी कंपनियों ने रेडियो कैसेट प्लेयर बाजार में उतारा। ये उत्पाद बिल्कुल नए थे, इसलिए इनकी खूब माँग थी। इसमें कई अन्य मॉडल भी आए। कुछ चले, कुछ नहीं चल पाए। मुझे याद आ रहा है, नेशनल का एक मॉडल आर क्यू 543 मलयालियों (केरल के लोगों) में इतना लोकप्रिय हुआ कि उसे मलाबरी मॉडल के नाम से जाना जाने लगा।

परंतु दुबई में इलेक्ट्रॉनिक्स के बाजार में वास्तविक तेजी तब आई, जब जापानी कंपनियों ने रेडियो कैसेट प्लेयर बाजार में उतारा। ये उत्पाद बिल्कुल नए थे, इसलिए इनकी खूब माँग थी। इसमें कई अन्य मॉडल भी आए। कुछ चले, कुछ नहीं चल पाए। मुझे याद आ रहा है, नेशनल का एक मॉडल आर क्यू 543 मलयालियों (केरल के लोगों) में इतना लोकप्रिय हुआ कि उसे मलाबरी मॉडल के नाम से जाना जाने लगा, क्योंकि हर मलयाली अपने घर वापस जाते समय इसका एक सेट जरूर लेकर जाता था।

इस मॉडल के 20 लाख से ज्यादा सेट तो अकेले दुबई में ही बिक गए। इसके बाद का मॉडल आर.एक्स.एम. 50 है। पिछले दस वर्षों में इसकी 15 लाख इकाइयाँ बिक चुकी हैं।

परंपरागत सिद्धांत के अनुसार, मार्केटिंग (विपणन) में अवधारणाएँ बेची जाती हैं। ग्राहकों को प्रभावित करने के लिए पहले जरूरी है कि आप उनके बारे में जानें—वे कैसे सोचते हैं, किसी उत्पाद के बारे में उनकी क्या राय है, उनकी प्रतिक्रिया कैसी है ? मार्केटिंग में ग्राहकों को केवल उत्पाद ही नहीं, बल्कि लाभ भी बेचा जाता है। पश्चिमी देशों के लिए ये सिद्धांत ज्यादा प्रासंगिक हो सकते हैं, जहाँ उपभोक्ता पढ़े-लिखे और जागरूक हैं। लेकिन दुबई कोई परंपरागत बाजार नहीं है।

मुझे नहीं लगता कि बाजार की प्रकृति के मामले में दुबई में वास्तव में कोई

ज्यादा बदलाव आया है। मैं आम आदमी के संदर्भ में बात कर रहा हूँ। पहले के समय में ज्यादातर ग्राहक श्रमिक वर्ग के थे, जिनमें कई निरक्षर थे।

ऐसे में उन्हें उत्पाद के बारे में बहुत ज्यादा समझाने का कोई लाभ नहीं था। कोई उत्पाद बेचने में सेल्समैन की भूमिका सीमित ही होती थी, क्योंकि ग्राहक पहले से ही मन बनाकर दुकान पर आते थे।

अत: दुबई में मार्केटिंग के लिए ग्राहकों को यह समझाने की जरूरत नहीं होती थी कि अमुक कंपनी क्या-क्या बनाती है; बल्कि यह देखना होता था कि लोग क्या चाहते हैं और उनकी जरूरत क्या है। अगर किसी ग्राहक को यह लगता था कि अमुक उत्पाद खरीदने के लिए उसके दोस्त या रिश्तेदार नहीं कहेंगे तो वह उस उत्पाद को नहीं लेता था।

ऐसे में मार्केटिंग का सबसे प्रभावी तरीका यही था कि ग्राहक को दूसरों के माध्यम से उत्पाद के बारे में बताया जाता, क्योंकि उसे उत्पाद के बारे में कुछ भी पता नहीं होता था। आप स्वयं सोचिए, इन लोगों को क्यों दोष देते हैं? अमेरिका जैसे उन्नत देश में भी—जैसा शोध से पता चला है—लगभग 40 प्रतिशत लोग शॉपिंग करते समय अपने दोस्तों या परिवार के सदस्यों से सलाह लेते हैं।

मार्केटिंग का सबसे प्रभावी तरीका यही था कि ग्राहक को दूसरों के माध्यम से उत्पाद के बारे में बताया जाता, क्योंकि उसे उत्पाद के बारे में कुछ भी पता नहीं होता था। आप स्वयं सोचिए, इन लोगों को क्यों दोष देते हैं? अमेरिका जैसे उन्नत देश में भी–जैसा शोध से पता चला है–लगभग 40 प्रतिशत लोग शॉपिंग करते समय अपने दोस्तों या परिवार के सदस्यों से सलाह लेते हैं।

इस प्रकार, कपड़ों की तरह ही इलेक्ट्रॉनिक्स में भी एक-दूसरे से सुन-सुनकर लोगों को उत्पादों के बारे में पता चला, जिसने दुबई के इलेक्ट्रॉनिक्स बाजार को आगे बढ़ा दिया। दुबई हवाई अड्डे के विस्तार, उड़ान सेवाओं में वृद्धि और कामगारों की लगातार आवक से इसमें और मदद मिली। यहाँ से वापस अपने घर जानेवाले कामगार अपने साथ एक इलेक्ट्रॉनिक्स सामान जरूर लेकर जाते थे।

सन् 1982 के एशियाई खेलों के दौरान दुबई के इलेक्ट्रॉनिक्स बाजार में और तेजी आई। टी.वी. चैनल भारत के कोने-कोने में लोगों को खेल का सीधा प्रसारण दिखा रहे थे, जिससे टेलीविजन की माँग यहाँ अचानक बढ़ गई। परंतु उस समय रंगीन टी.वी. बनानेवाली दो ही निर्माता कंपनियाँ थीं, जो अचानक उठी इतनी भारी माँग को पूरा नहीं कर सकीं।

आपूर्ति इतनी धीमी थी कि खरीदारों की लंबी प्रतीक्षा सूची बन गई थी और प्रभावशाली लोग एक टेलीविजन सेट खरीदने के लिए मंत्रियों के साथ अपने संपर्क का इस्तेमाल कर रहे थे। इतनी माँग थी। अत: भारत की तत्कालीन प्रधानमंत्री श्रीमती इंदिरा

गांधी ने टी.वी. सेटों के आयात की अनुमति दे दी। सोनी ने भारतीय बाजार में जबरदस्त ढंग से प्रवेश किया और जल्दी ही वह यहाँ एक जाना-पहचाना नाम बन गया। इससे दुबई में जंबो को आगे बढ़ने में मदद मिली।

भारत सरकार ने जब अपनी अर्थव्यवस्था का उदारीकरण शुरू किया और आयात पर से प्रतिबंध हटा लिये, तब इसका प्रभाव दुबई में भी महसूस किया गया। रेफ्रिजरेटर, माइक्रोवेव, वॉशिंग मशीन, वी.सी.आर. और म्यूजिक सिस्टम आदि भारत के छोटे-छोटे शहरों-कस्बों में भी मिलने लगे। परिणामस्वरूप, दुबई में इन परंपरागत इलेक्ट्रॉनिक्स वस्तुओं की बिक्री में 50 प्रतिशत तक की कमी आ गई।

दुबई में इलेक्ट्रॉनिक्स बाजार के विस्तार से टेक्सटाइल के बाजार पर कोई असर नहीं पड़ा। दोनों बाजार साथ-साथ विकास की ओर चल रहे थे। इलेक्ट्रॉनिक्स बाजार की तेजी '90 के दशक के आरंभ तक चली; लेकिन आज भी आप दुबई अंतरराष्ट्रीय हवाई अड्डे पर यात्रियों को इलेक्ट्रॉनिक वस्तुएँ लिये देख सकते हैं।

भारत सरकार ने जब अपनी अर्थव्यवस्था का उदारीकरण शुरू किया और आयात पर से प्रतिबंध हटा लिये, तब इसका प्रभाव दुबई में भी महसूस किया गया। रेफ्रिजरेटर, माइक्रोवेव, वॉशिंग मशीन, वी.सी.आर. और म्यूजिक सिस्टम आदि भारत के छोटे-छोटे शहरों-कस्बों में भी मिलने लगे। परिणामस्वरूप, दुबई में इन परंपरागत इलेक्ट्रॉनिक्स वस्तुओं की बिक्री में 50 प्रतिशत तक की कमी आ गई।

मेरा विश्वास है कि दुबई का महत्त्व बना रहेगा, क्योंकि यह एक नव-प्रवर्तनकारी बाजार है। अगर भारत आयात पर से प्रतिबंध पूरी तरह हटा दे तब भी दुबई की भूमिका उसके उपभोक्ता बाजारों में बनी रहेगी। इतने बड़े देश में किसी उत्पाद को कोने-कोने तक पहुँचाने में समय लगता है। वैसे भी माँग को पूरा करने में आपूर्ति की एक सीमा बनी रहेगी।

यह कैच 22 (Catch 22) जैसी स्थिति है। कोई भी डीलर किसी उत्पाद का बड़ा ऑर्डर तब तक नहीं देगा जब तक वह उस उत्पाद के बाजार को परख नहीं लेता। अगर माँग ज्यादा होगी तो नए-नए उत्पादों की आपूर्ति कम ही रहेगी। इस प्रकार एक अंतराल बना ही रहेगा। दुबई भौगोलिक दृष्टि से भारत के निकट होने के कारण इस अंतराल को पाटने के लिए नए-नए इलेक्ट्रॉनिक्स उत्पादों के आपूर्ति अड्डे के रूप में अपना स्थान बनाए रख सकता है।

उपमहाद्वीप में बाजार की मौजूदा स्थिति को देखते हुए दुबई ने पहले ही अपना ध्यान हटाकर कम परंपरागत वस्तुओं की ओर केंद्रित कर लिया है। इस ध्यान-स्थानांतरण से कुछ नई चुनौतियाँ भी पैदा हुई हैं। आजकल सूचना प्रौद्योगिकी उत्पादों की माँग जोरों

पर है। इन उत्पादों का सीधा संबंध गतिशीलता से है, इसलिए इनमें दिन-प्रतिदिन बदलाव आ रहे हैं। ये उत्पाद केक की तरह हैं—बनने के बाद जल्दी ही इनका इस्तेमाल कर लेना होता है, अन्यथा ये बासी हो जाते हैं। व्यापारियों को इनकी गति के साथ ही चलना होता है। वे दिन अब नहीं रहे, जब चीजें बहुत आराम से चला करती थीं।

जी हाँ, वे दिन भी क्या थे! उन दिनों की हमें याद आती है। '50, '60 और '70 के दशक के दिन! बाजार का माहौल कितना सरल और दोस्ताना हुआ था! आपसी भाईचारा उन दिनों के बाजार की एक बड़ी विशेषता थी।

कार्य-समय—जो आजकल की तरह लंबा नहीं होता था, शाम को सूर्यास्त तक दुकानें बंद हो जाया करती थीं—के बाद वरिष्ठ व्यवसायी रात का खाना तैयार करने के लिए एक निश्चित जगह पर इकट्ठा होते थे। काम करने में किसी को कोई संकोच नहीं होता था। सब मिलकर काम करते थे। जो खाना अच्छा बना लेता था, उसे खाना बनाने का काम करना होता था, दूसरे लोग अन्य कामों में उसका हाथ बँटाते थे। परिवार साथ में न होने के कारण कुछ लोग तो खाना बनाने में काफी दक्ष हो गए थे।

शाम का समय मौज-मस्ती का होता था। दुकान का शटर गिरते ही सब बाजार की प्रतिस्पर्धा को भूल जाते थे; उसके बाद रात के खाने के समय व्यवसाय संबंधी कोई चर्चा नहीं होती थी।

सप्ताहांत में हम घूमने के लिए बाहर जाते थे। परिवारवाले लोग अपने दोस्तों के साथ घूमने के लिए दुबई स्थित खावानीज (Khawaneej) या धैद (Dhaid) या फिर रास अल-खैयमा जाते थे।

रास अल-खैयमा अधिकांश लोगों की पसंदीदा जगह थी, क्योंकि वहाँ पानी उपलब्ध था, जो दुबई के लिए एक कीमती चीज थी। ज्यादातर देशी व्यवसायियों के पास अपने फार्महाउस थे। बाहर से आकर रहनेवाले अपने व्यवसायी मित्रों को भी वे खुशी-खुशी अपना फार्महाउस इस्तेमाल करने देते थे। फार्महाउस में काम करनेवाले लोग भी अतिथियों की खूब सेवा करते थे।

रास अल-खैयमा अधिकांश लोगों की पसंदीदा जगह थी, क्योंकि वहाँ पानी उपलब्ध था, जो दुबई के लिए एक कीमती चीज थी। ज्यादातर देशी व्यवसायियों के पास अपने फार्महाउस थे। बाहर से आकर रहनेवाले अपने व्यवसायी मित्रों को भी वे खुशी-खुशी अपना फार्महाउस इस्तेमाल करने देते थे। फार्महाउस में काम करनेवाले लोग भी अतिथियों की खूब सेवा करते थे।

सप्ताहांत में मौज-मस्ती होती थी। हम आराम से घूम-फिर सकते थे, क्योंकि उस समय हम दुनियादारी से बिल्कुल दूर होते थे, बातचीत के लिए फोन भी नहीं होता था। कई बार हम अपने साथी व्यवसायियों के साथ समुद्र में मछली पकड़ने के लिए भी

जाते थे। फार्महाउस का रसोइया मछलियों को पकाता था। कभी-कभी तो हम नाव में ही मछलियाँ पका लेते थे। सब लोग नाच-गाने में हिस्सा लेते थे। 'सुरूर' नाम का एक व्यक्ति हमारे साथ होता था, जो ऐसे मौकों पर हमारा मनोरंजन किया करता था। सप्ताहांत के मौकों को यादगार बनानेवाले लोगों में ओमरान शम्सी, जासिम अल मिदफा, अहमद अल मिदफा, सलीम अल मिदफा और जासिम अल अदी भी शामिल थे।

उन दिनों व्यवसायी समुदाय छोटा था और उसकी जरूरतें भी सीमित थीं। जीवन चिंतामुक्त था।

गुणवत्ता सुधार के लिए जापानियों ने एक तरीका अपनाया। हर निर्माता कंपनी अपनी कुल बिक्री का लगभग 7 प्रतिशत हिस्सा अनुसंधान एवं विकास के जरिए अपने उत्पाद की गुणवत्ता के सुधार में खर्च करता था। अगर कोई उत्पाद ग्राहक को 1,000 दिरहम में बेचा जाता था तो 70 दिरहम उस उत्पाद के निर्माता के अनुसंधान एवं विकास में जाता था।

बाजार में मानवीयता दिखाई देती थी। किसी की मौत होने पर पूरा बाजार बंद हो जाता था और सब लोग अंतिम संस्कार में अपने-अपने स्तर पर मदद करते थे। किसी हिंदू की मौत पर समुदाय के सारे सदस्य बीच पर एक कतार में खड़े हो जाते थे ताकि पानी का घड़ा समुद्र से चिता तक पहुँचाया जा सके। उस समय बहते पानी की सुविधा नहीं थी।

इलेक्ट्रॉनिक्स के क्षेत्र में जापान अपने उत्पादों की गुणवत्ता में सुधार कर रहा था—इसके लिए वह पश्चिमी देशों के उत्पादों को खोलकर उनकी इंजीनियरिंग और तकनीक को समझने की कोशिश करता था और फिर उसके आधार पर अपना उत्पाद तैयार करता था। इस प्रकार कुशल जापानी इंजीनियर जो उत्पाद तैयार करते थे, वह पश्चिमी देशों के उत्पादों से बेहतर नहीं तो समान गुणवत्ता का तो होता ही था। ऐसा करना—यानी किसी उत्पाद की प्रौद्योगिकी को समझकर उसके आधार पर दूसरा उत्पाद बनाना—वैधानिक भी था। इससे नए आविष्कार में लगनेवाला श्रम और समय बच जाता है।

गुणवत्ता सुधार के लिए जापानियों ने एक तरीका अपनाया। हर निर्माता कंपनी अपनी कुल बिक्री का लगभग 7 प्रतिशत हिस्सा अनुसंधान एवं विकास के जरिए अपने उत्पाद की गुणवत्ता के सुधार में खर्च करता था। अगर कोई उत्पाद ग्राहक को 1,000 दिरहम में बेचा जाता था तो 70 दिरहम उस उत्पाद के निर्माता के अनुसंधान एवं विकास में जाता था।

जब उत्पाद की गुणवत्ता अपने वांछित स्तर पर पहुँच जाती थी तो निर्माता उस उत्पाद की कीमत में से अनुसंधान एवं विकास की लागत हटा सकता था और इस प्रकार

उत्पाद की कीमत कम हो जाती थी।

जापान में हर कंपनी के पास अपना थिंक टैंक और अनुसंधान एवं विकास (R &D) विभाग है। कितनी भारतीय कंपनियाँ—या अन्य एशियाई देशों की कंपनियाँ, जो इस क्षेत्र की प्रमुख आपूर्तिकर्ता हैं—इस तरह की व्यवस्था के लिए पैसा खर्च करती हैं ?

इस पूरी प्रक्रिया में जापान सरकार की भूमिका भी महत्त्वपूर्ण थी। सरकार ने सब्सिडी को कभी बढ़ावा नहीं दिया, बल्कि उसने निर्माताओं को अपने कुल उत्पाद का 20 प्रतिशत हिस्सा निर्यात करने के लिए प्रोत्साहित करके उत्पाद की गुणवत्ता सुनिश्चित की।

किसानों को भी सब्सिडी नहीं दी जाती थी, न ही कर में छूट दी जाती थी। लेकिन उनके उत्पाद को अच्छे मूल्य पर खरीदा जाता था। सब्सिडी न मिलने के कारण निर्माता को अपना उत्पाद अंतरराष्ट्रीय बाजार में प्रतिस्पर्धी मूल्य पर बेचना पड़ता था। इसके लिए उन्हें अंतरराष्ट्रीय स्तर की गुणवत्ता भी लेकर चलनी पड़ती थी। इससे बचने का कोई रास्ता नहीं था।

जो निर्माता अंतरराष्ट्रीय स्तर की गुणवत्ता और मूल्य बरकरार रखकर नहीं चल पाता था, उसके पास घाटे का बोझ अपने घरेलू उपभोक्ताओं के ऊपर डालने के अलावा कोई और विकल्प नहीं होता था। कोई भी निर्माता ऐसा नहीं कर सकता था, क्योंकि इससे घरेलू बाजार में उसकी कंपनी की छवि बिगड़ने का डर रहता था।

अत: कंपनियाँ अपने उत्पाद की गुणवत्ता बचाए रखने को विवश थीं। एक स्वस्थ और औद्योगिक नीति तैयार करने की दिशा में जापान सरकार का यह अत्यंत बुद्धिमत्तापूर्ण कदम था।

(जापानी निर्माता शर्तों को पूरा करने के लिए अपने उत्पादों का बिल भी बढ़ाकर दिखाते थे। उदाहरण के लिए, आधिकारिक तौर पर वे किसी उत्पाद का बिक्री मूल्य 200 डॉलर दिखाते थे, जबकि उसका वास्तविक मूल्य 170 डॉलर ही होता था। अंतर को वे अलग से समायोजित कर लेते थे। लेकिन यह एक अलग कहानी है।)

अब इसकी तुलना भारत के उदाहरण से करते हैं। भारत की भी एक निर्यात नीति थी। लेकिन भारत सरकार निर्माताओं को माल के निर्यात के लिए सब्सिडी देती थी। और जहाँ सब्सिडी होती है, वहाँ सुधार को बढ़ावा कम ही मिलता है। वस्तुत: सब्सिडी की आड़ में निर्माता सरकार को ही धोखा देते थे। निर्माता अपने निर्यात को बढ़ाकर बिल बनाते थे और फिर सब्सिडी लेने के लिए अपना माल समुद्र में डाल देते थे। इस प्रकार, उन्हें बहुत आराम से सरकारी पैसा मिल जाता था। निर्माता सब्सिडी से संतुष्ट हो जाते थे। अपना उत्पाद प्रतिस्पर्धात्मक बाजार में बेचे बिना ही उन्हें लाभ मिल जाता था।

निस्संदेह, किसी प्रतिस्पर्धी और लोचशील बाजार में जापानी प्रभावशीलता लगातार नहीं बनी रह सकती। आज जापान को वैसी ही स्थिति का सामना करना पड़ रहा है जैसी अमेरिकी और यूरोपीय कंपनियों को करनी पड़ रही थी, जब जापान ने उनके बाजारों में प्रवेश करना शुरू किया था। घरेलू श्रम की लागत बढ़ गई और इस कारण जापानी उत्पाद भी महँगे हो गए।

परंतु जापानियों ने अपनी तीव्र बुद्धि को दुबारा इस्तेमाल किया। जब बाजार से उन्हें नकारात्मक संकेत मिलने लगे, तब उन्होंने अपनी निर्माण इकाइयाँ पड़ोसी देशों में फैलानी शुरू कर दीं, जहाँ श्रम सस्ता था और उसकी उपलब्धता भी भरपूर थी। पहले उन्होंने कोरिया और ताइवान में अपने अड्डे बनाए और उसके बाद मलेशिया में पहुँच गए। थाईलैंड और इंडोनेशिया में उन्होंने अपने वस्त्र उद्योग के लिए भी अड्डे तलाश किए। इस प्रकार, अपने उत्पादों की कीमतें नियंत्रित रखकर वे विश्व बाजार में टिके रहे; जबकि यूरोपीय कंपनियाँ ऐसा नहीं कर सकीं।

जापानियों ने अपनी तीव्र बुद्धि को दुबारा इस्तेमाल किया। जब बाजार से उन्हें नकारात्मक संकेत मिलने लगे, तब उन्होंने अपनी निर्माण इकाइयाँ पड़ोसी देशों में फैलानी शुरू कर दीं, जहाँ श्रम सस्ता था और उसकी उपलब्धता भी भरपूर थी। पहले उन्होंने कोरिया और ताइवान में अपने अड्डे बनाए और उसके बाद मलेशिया में पहुँच गए। थाईलैंड और इंडोनेशिया में उन्होंने अपने वस्त्र उद्योग के लिए भी अड्डे तलाश किए।

जापानी निर्माताओं के आने से तैयार रोजगार के अवसरों का लाभ उठानेवाले देशों के साथ जो हुआ, वह उल्लेखनीय है। निस्संदेह, उनकी अर्थव्यवस्था आगे बढ़ी और चारों ओर एक अस्थायी खुशहाली दिखाई दी; लेकिन उनमें से ज्यादातर देश आज जापानी निर्माताओं के लिए रोजगार केंद्र भर बनकर रह गए हैं।

इस प्रकार, कह सकते हैं कि इन देशों की अर्थव्यवस्था जापान के भरोसे चल रही है। लेकिन अगर किसी दिन ये जापानी निर्माता कंपनियाँ अपना ताम-झाम उठाकर नए स्थानों की ओर चल पडीं—जहाँ श्रम और सस्ता हो—तब उन देशों का क्या होगा?

वे मँझधार में फँस जाएँगे और उनकी अर्थव्यवस्था मुश्किल स्थिति में आ जाएगी। इसका एकमात्र अपवाद कोरिया था। उसने अपने यहाँ स्थित कारखानों में बनने वाले जापानी उत्पादों की निर्माण तकनीक को समझकर उसके आधार पर अपने स्वयं के ब्रांड विकसित कर लिये थे। कोरिया ने जिस समय अपने यहाँ जापानी निर्माताओं को अपना कारखाना स्थापित करने की स्वीकृति दी थी, उस समय बहुत से कोरियाइयों ने इस पर रोष प्रकट किया था। कोरियाइयों के मन में युद्ध में जापानियों द्वारा किए गए दुर्व्यवहार

की यादें अभी गई नहीं थीं, इसलिए वे जापान को पसंद नहीं करते थे।

परंतु राजनीतिक और आर्थिक दृष्टि से यह निर्णय अच्छा था। इससे उन्हें आधुनिक प्रौद्योगिकी प्राप्त करने का एक आधार मिला। कोरियाइयों ने शीघ्र ही अपने स्वयं के ब्रांड तैयार कर लिये—सैमसंग, गोल्ड स्टार (एल जी), डेवू और हुंडई। इससे अर्थव्यवस्था में तेजी आई और देश में खुशहाली बढ़ी। लेकिन इससे श्रम महँगा हो गया। परंतु कोरियाइयों ने सीख लिया था—सस्ते श्रम के लिए उन्होंने दूसरे देशों में अपनी निर्माण इकाइयाँ शुरू कर दीं। कोरियाई उत्पादों का आज एक विश्वव्यापी बाजार है। कोरियाई उत्पाद भारत में भी लोकप्रिय हैं, जहाँ निर्माण इकाइयाँ लगाई गई हैं।

किसी उत्पाद की एक ब्रांड छवि बनाना महत्त्वपूर्ण होता है। अधिकांश कंपनियाँ आम जनता के दिलो-दिमाग पर यह ब्रांड छवि अंकित करने की कोशिश करती हैं, क्योंकि यह उपभोक्ताओं की प्रवृत्ति को निर्धारित करनेवाला एक महत्त्वपूर्ण कारक होता है। उदाहरण के लिए, जैसा मैंने पहले बताया, नेशनल ने 35 लाख रेडियो कैसेट प्लेयर सेट अकेले दुबई में बेचे थे। अनपढ़ ग्राहकों के लिए 'नेशनल' नाम रेडियो कैसेट प्लेयर का पर्याय बन गया था; इसलिए जब भी वे दुकान पर जाते थे, नेशनल ही माँगते थे। ऐसा नहीं है कि बाजार में और कोई बेहतर मॉडल ही नहीं था—कई ब्रांड उपलब्ध थे और वह भी नेशनल की अपेक्षा आधी कीमत पर। लेकिन लोग अकसर ब्रांड पर मरते हैं।

किसी उत्पाद की एक ब्रांड छवि बनाना महत्त्वपूर्ण होता है। अधिकांश कंपनियाँ आम जनता के दिलो-दिमाग पर यह ब्रांड छवि अंकित करने की कोशिश करती हैं, क्योंकि यह उपभोक्ताओं की प्रवृत्ति को निर्धारित करनेवाला एक महत्त्वपूर्ण कारक होता है।

आज भी काफी हद तक ऐसा ही है, जबकि बाजार में बहुत बदलाव आ चुका है। लोग उत्पाद को उसके लोकप्रिय ब्रांड के नाम से ही जानने लगते हैं। उदाहरण के लिए, वैकूम फ्लास्क को लोग आज भी थर्मस के नाम से जानते हैं, जो एक ब्रांड का नाम है। लोग फोटो स्टेट कराने के लिए जाते हैं तो जेरॉक्स (Xerox) कॉपी बोलते हैं—यहाँ भी जेरॉक्स एक ब्रांड का नाम है।

अलग-अलग देशों में अलग-अलग ब्रांड लोकप्रिय हैं। कंपनियाँ उपभोक्ताओं को सीधे अपने ब्रांड से जोड़ने की कोशिश में लगी रहती हैं। इसके लिए वे रणनीति भी अपनाती हैं। उदाहरण के लिए, सोनी और हिताची कंपनियाँ, बाहर के ग्राहकों को आकर्षित करने के लिए अब अपने उत्पादों की अंतरराष्ट्रीय गारंटी देने लगी हैं, ताकि वहाँ काम करनेवाले दूसरे देशों के लोग पूरे विश्वास के साथ खरीदकर उन्हें अपने घर ले जाएँ। हिताची ने तो भारत में केरल के बाजार को लक्ष्य करके वारंटी देना

शुरू किया था—केरल में ग्राहकों को उत्पाद की खरीद के बाद आसानी से सेवा उपलब्ध हो जाती थी।

ब्रांड नाम किसी उत्पाद को एक अलग पहचान देने और उसे अन्य उत्पादों से अलग करने के लिए होता है। यह एक प्रतीक चिह्न भी हो सकता है, जो किसी 'लोगो', ट्रेडमार्क या खास पैकिंग के रूप में हो सकता है। ब्रांड का नाम एक खास जुड़ाव बनाने के लिए होता है, जिसमें आम उपभोक्ता को किसी उत्पाद विशेष की गुणवत्ता, नाम आदि से जोड़ने की कोशिश की जाती है।

ब्रांड नाम किसी उत्पाद को एक अलग पहचान देने और उसे अन्य उत्पादों से अलग करने के लिए होता है। यह एक प्रतीक चिह्न भी हो सकता है, जो किसी 'लोगो', ट्रेडमार्क या खास पैकिंग के रूप में हो सकता है। ब्रांड का नाम एक खास जुड़ाव बनाने के लिए होता है, जिसमें आम उपभोक्ता को किसी उत्पाद विशेष की गुणवत्ता, नाम आदि से जोड़ने की कोशिश की जाती है।

ब्रांड छवि बनाने का एक उद्देश्य कीमत के महत्त्व को कम दिखाना भी होता है। ऊँची कीमत के बावजूद लोग अपना पसंदीदा या लोकप्रिय ब्रांड ही खरीदते हैं।

तो जापान की तरह ही कोरिया भी एक उदाहरण है, जिस पर भारत जैसे देशों को चलना चाहिए। अगर कोरिया अपने स्वयं के ब्रांड निकाल सकता है और उन्हें विश्व बाजार में बेच सकता है तो आखिर भारत को किसने रोका है? उसके पास भी तो तकनीकी कुशलता का भंडार है। अगर भारत अनुसंधान एवं विकास (R & D) के माध्यम से अपने स्वयं के ब्रांड नहीं निकालता तो वह अनेक सुदूर पूर्वी देशों की तरह एक सस्ता रोजगार अथवा सेवा केंद्र ही बनकर रह जाएगा।

ऐसा नहीं है कि भारतीय उद्यमियों ने जापान की तरह उत्पादों की नकल करने में अपनी कुशलता नहीं दिखाई है। सच तो यह है कि उत्पादों की नकल करने का भारत के पास सस्ता साधन भरा पड़ा है। लेकिन अंतर यह है कि भारतीय उत्पाद अपेक्षाकृत खराब ही बने रहे हैं, क्योंकि यहाँ अनुसंधान एवं विकास (R & D) की कोई स्वदेशी व्यवस्था नहीं है, जिससे उत्पाद की गुणवत्ता में सुधार लाया जा सके—जैसे जापानियों ने अपने ब्रांड निकालने के लिए किया।

भारत अगर अपने खाद्य उद्योग को विकसित कर लेता—जैसे अमेरिका ने अपना फास्ट फूड उद्योग विकसित किया है—तो विश्व बाजार में उसकी सशक्त उपस्थिति होती। ऐसा कोई कारण नहीं दिखाई देता, जिसके चलते भारत अपने देशी पिज्जा हट और मैकडोनाल्ड न चला सके। भारतीय फास्ट फूड, जैसे इडली और डोसा आदि के लिए एक नया विश्वव्यापी बाजार तैयार करने के व्यापक अवसर हैं। भारत अपने प्रशिक्षित

मानव संसाधन को ऐसे उत्पादक क्षेत्रों में क्यों नहीं लगा सकता ?

इस संदर्भ में ध्यातव्य बात है कि जापान ने इससे भी ज्यादा निचले स्तर से शुरुआत की थी। उसके पास तो संसाधन भी नहीं थे। संसाधन के नाम पर उसके पास कुशल और शिक्षित जनसंख्या ही थी।

भारत में औद्योगिक और मानव संसाधन विकास में राजनीतिक नेतृत्व एक बाधा बना हुआ है। स्थानीय राजनेता अपने स्वार्थ से परे जाकर कुछ सोच ही नहीं पाते। यह देश का दुर्भाग्य है। यही कारण है कि आज यहाँ ज्यादातर उद्यम ऐसे अनुपयुक्त और दूर-दराज के इलाकों में स्थापित हो गए हैं, जहाँ न उत्पादन ही अच्छा हो पाता है और न ही उत्पाद की मार्केटिंग हो पाती है।

एक सफल और सशक्त उद्यम किस प्रकार कमजोर हो जाता है, इसका एक उदाहरण है केलट्रॉन (Keltron)—भारत में इलेक्ट्रॉनिक्स को बढ़ावा देने के लिए '70 के दशक में स्थापित एक सरकारी स्वामित्ववाला उद्यम। एक बार तो ऐसा लग रहा था कि केलट्रॉन देश के इलेक्ट्रॉनिक्स उद्योग में सबसे आगे निकलने जा रहा है। इलेक्ट्रॉनिक्स के लगभग हर क्षेत्र में यह छा गया था।

कई मामलों में किसी उद्यम के आकार, स्थिति और प्रौद्योगिकी तथा उसके उत्पादों का मूल्य-निर्धारण—जो उद्यमी के अपने निर्णय के अनुसार होना चाहिए—से संबंधित नीति तैयार करने का निर्णय राजनेताओं और अधिकारी तंत्र के हाथ में चला जाता है, जिन्हें व्यवसाय की ए बी सी डी तक नहीं आती। इससे अकुशलता, देरी, मूल्यों में अनावश्यक वृद्धि, पुरानी या अनुपयुक्त प्रौद्योगिकी का इस्तेमाल, भ्रष्टाचार जैसी गंभीर समस्याओं का उठना स्वाभाविक है। नियुक्तियाँ योग्यता और कुशलता के आधार पर नहीं, बल्कि राजनीतिक पहुँच के आधार पर की जाती हैं—और इस सबके पीछे बॉस की राजनीतिक सोच एवं स्थानीय राजनेताओं से उनके संपर्क मुख्य कारण हैं।

एक सफल और सशक्त उद्यम किस प्रकार कमजोर हो जाता है, इसका एक उदाहरण है केलट्रॉन (Keltron)—भारत में इलेक्ट्रॉनिक्स को बढ़ावा देने के लिए '70 के दशक में स्थापित एक सरकारी स्वामित्ववाला उद्यम। एक बार तो ऐसा लग रहा था कि केलट्रॉन देश के इलेक्ट्रॉनिक्स उद्योग में सबसे आगे निकलने जा रहा है। इलेक्ट्रॉनिक्स के लगभग हर क्षेत्र में यह छा गया था। दिल्ली और बंगलौर जैसे बड़े-बड़े शहरों में इसने सफलतापूर्वक ट्रैफिक सिग्नल सिस्टम लगाए थे। सन् 1982 में भारत में खेले गए एशियाई खेलों के दौरान केलट्रॉन के रंगीन टेलीविजन सेट खरीदनेवालों की मारा-मारी सी शुरू हो गई थी। माँग ज्यादा थी और आपूर्ति बहुत कम, इस कारण हजारों ग्राहकों का नाम प्रतीक्षा सूची में रखा गया था।

लेकिन आज केलट्रॉन का नाम कोई नहीं लेता। भारत और विदेशों में अपने प्रतिस्पर्धियों के उच्च गुणवत्तावाले उत्पादों के सामने हारकर इसे टेलीविजन सेट का उत्पादन बंद कर देना पड़ा।

उत्पादन कम होने लगा और कर्मचारियों की संख्या ज्यादा हो गई, जिसके चलते इसे हर साल घाटा उठाना पड़ रहा था। ज्यादातर नियुक्तियाँ राजनीतिक आकाओं (बॉसों) के निर्देशों पर की जाती थीं। स्वार्थी राजनेताओं के लिए यह एक दुधारू गाय बन गई थी, जिन्हें कंपनी के भावी विकास से ज्यादा अपने चुनाव क्षेत्र और मतों की चिंता थी।

इस सबका परिणाम यह हुआ कि भारत के योजनाकार देश में जो औद्योगिक क्रांति लाना चाहते थे, वह नहीं आ सकी और योजना के समाजवादी उद्देश्य अधूरे रह गए—पर्याप्त रोजगार का निर्माण नहीं हो सका, गरीब-अमीर के बीच की खाई कम नहीं हो सकी, लाखों भारतीयों को गरीबी के चंगुल से मुक्त कराने का सपना धरा-का-धरा रह गया।

जापान और कोरिया की कुशलता व उद्यमशीलता के बारे में मैंने विस्तार से लिख दिया और साथ ही, भारत के व्यवसाय के तौर-तरीकों को भी उसके सामने रखकर दिखा दिया। लेकिन आर्थिक खुशहाली की स्थिति में पहुँचने के बाद इन देशों का समाज जिस राह पर चलने लगा है, उसे लेकर मैं थोड़ा चिंतित हूँ। जापानी समाज को मैं बहुत बारीकी से देखता रहा हूँ, क्योंकि जापानी कंपनियों के साथ मेरे लंबे समय से व्यावसायिक संबंध रहे हैं। इस देश की युवा पीढ़ी जिस तरह के बदलाव से गुजर रही है, उससे मैं सचमुच हैरान हूँ। भारत के संपन्न मध्यम वर्ग—जिसका आकार यूरोप की कुल जनसंख्या जितना है—को देखकर जापान में आ रहे इन बदलावों को समझा जा सकता है।

पुरानी पीढ़ी के लोगों ने शुरू से ही यह कोशिश की कि उन्हें जापान की बेहतरीन कंपनी में एक सुरक्षित और स्थायी रोजगार मिल जाए। यह एक रिवाज-सा बन गया था। विश्वविद्यालय से स्नातक की परीक्षा पास करके युवा किसी एक कंपनी से जुड़ जाते थे और अपने कार्यशील जीवन का अधिकांश हिस्सा उसी में बिता देते थे।

जापान संपन्न और आधुनिक समाज के स्वाभाविक दबावों, तनावों से गुजर रहा है। इसकी संपन्नता ने ही इसके समाज को एक बीमारी दे दी है—ऐसी बीमारी कि यहाँ की युवा पीढ़ी अपनी ऊर्जा खोती दिखाई दे रही है। जिन माता-पिता ने देश की खुशहाली के साथ आगे बढ़कर अपना जीवन खुशहाल बनाया है, उनके बच्चे पढ़े-लिखे तो खूब हैं, लेकिन वे जीवन के प्रति उतने गंभीर नहीं हैं जितने उनके माता-पिता रहे थे।

पुरानी पीढ़ी के लोगों ने शुरू से ही यह कोशिश की कि उन्हें जापान की बेहतरीन कंपनी में एक सुरक्षित और स्थायी रोजगार मिल जाए। यह एक रिवाज-सा बन गया था। विश्वविद्यालय से स्नातक की परीक्षा पास करके युवा किसी एक कंपनी से जुड़ जाते थे और अपने कार्यशील जीवन का अधिकांश हिस्सा उसी में बिता देते थे। लेकिन दुर्भाग्य से उनके बच्चे पुराने मध्यवर्गीय जापानी समाज की जीवन-शैली से दूर होते जा रहे हैं, जिसमें लोगों की महत्त्वाकांक्षा यही होती थी कि उनकी किसी अच्छी कंपनी में नौकरी हो, उपनगरीय इलाके में एक अच्छा सा घर हो, एक पढ़ी-लिखी पत्नी हो और दो बच्चे हों। आज की नई पीढ़ी छोटी अवधि की नौकरी पसंद करती है, जिसमें ज्यादा प्रशिक्षण या कौशल की जरूरत न हो। कई तो अशंकालिक नौकरी ही पसंद करते हैं। वे एक आरामदायक जिंदगी जीना चाहते हैं और सुरक्षित कल के लिए ज्यादा मेहनत तथा कम पारिश्रमिकवाला काम करके वे अपने आराम या आनंद का त्याग नहीं करना चाहते।

एक अध्ययन के अनुसार, पाँच में से दो जापानी युवा किसी बड़ी कंपनी में एक वेतनभोगी कर्मचारी के रूप में काम करना पसंद नहीं करते। अध्ययन से पता चला था कि युवा स्नातकों में से एक-तिहाई ऐसे हैं, जो तीन वर्ष के अंदर ही अपनी पहली नौकरी छोड़ देते हैं। दस वर्ष पहले तक ऐसा नहीं था।

आज का जापानी समाज समाज-शास्त्रियों के लिए अध्ययन का एक विषय है। लेकिन यही एक ऐसा समाज नहीं है। ज्यादातर उत्तर-औद्योगिककालीन समाजों की यही स्थिति है।

❑

13

अपनी-अपनी पसंद

"आप शायद ही कभी अभीष्ट वस्तु प्राप्त कर सकें, जब तक कि आप पहले से ही नहीं जानते हों कि आप क्या चाहते हैं? अनिश्चितता ने अकसर दूसरे साथी को लाभ दिया है, क्योंकि उसने पहले ही सोच बना ली होती है।"

—मॅरिस स्विट्जर

अपना देश छोड़कर दूसरे देश में रहकर काम करनेवाले लोगों (प्रवासियों) का जीवन भी एक रोलर कॉस्टर की तरह होता है।

युवा मन में तरह-तरह की बातें आती हैं—एक परिपक्व वैवाहिक संबंध, घर-परिवार और बच्चे। यह सभी के जीवन में होता है। लेकिन एक प्रवासी की बात करें तो इन कल्पनाओं में परिस्थिति का रंग भरा होता है। लंबे समय तक अपने लोगों से दूर रहने का मनोगत व भावनात्मक प्रभाव उसके जीवन पर तथा उसके जीवन से जुड़े अन्य सभी लोगों पर अपना रंग जरूर छोड़ता है।

मैं भी इससे अछूता नहीं था। खाड़ी वापस आने के कुछ वर्ष बाद मेरे बड़े भाई होतू को लगने लगा कि अब मुझे अपना जीवन साथी ढूँढ़ लेना चाहिए। उन्हें लग रहा था कि विवाह के बंधन में बँध जाने के बाद मैं और भी जिम्मेदार तथा केंद्रित हो जाऊँगा। ऐसा नहीं है कि उन्हें मेरी व्यावसायिक कुशलता या क्षमता पर शक था; दरअसल, उन्होंने सोचा कि एक भावनात्मक सहारा मिल जाने पर मैं और अच्छा कर सकूँगा। उनके अनुसार, विवाह के बिना व्यक्ति अधूरा होता है। स्त्री (या पत्नी) ही उसके जीवन को अर्थ और आत्मविश्वास देती है। जैसा रेनर मारिया रिलके (Rainer Maria Rilke)

ने कहा था, "अच्छा वैवाहिक संबंध वही है, जिसमें दोनों पक्ष एक-दूसरे को अपने अकेलेपन का संरक्षक चुनते हैं और एक-दूसरे पर अपनी सबसे बड़ी शक्ति यानी अपना विश्वास अर्पित करते हैं।"

घरवाले मेरे लिए एक उपयुक्त वधू की तलाश करने लगे, जो उन्हें महाराष्ट्र के औद्योगिक शहर पुणे में मिली। विभाजन के बाद कई सिंधी परिवार वहाँ चले गए थे—चाहे वहाँ बसने के लिए या फिर व्यवसाय के लिए। ऐसे में मेरी चाची परी सबनानी—जो यह शादी करवा रही थीं—को इस शहर में एक अच्छे सिंधी परिवार की लड़की ढूँढ़ने में कोई दिक्कत नहीं हुई।

बड़ौदा में भी मेरे लिए लड़की ढूँढ़ने की कोशिश की गई थी; लेकिन कुछ मामलों में लड़की या उसके माँ-बाप को मैं 'बहुत' मोटा लगा तो कुछ अन्य मामलों में मैंने खुद ही इनकार कर दिया था।

मंघनमल उधाराम ने इस स्थिति का विश्लेषण किया है। वह कहा करते थे कि वैवाहिक प्रस्ताव के लिए जब लड़का और लड़की एक-दूसरे से मिलते हैं तब लड़का सबसे पहले लड़की की खूबसूरती देखता है, जबकि लड़की लड़के में एक ऐसे पुरुष की तलाश करती है, जिसके साथ वह अपना शेष जीवन व्यतीत करने जा रही है। इस प्रकार लड़कियों की परख कुछ ज्यादा गंभीर और आंतरिक होती है।

वैवाहिक प्रस्ताव के लिए जब लड़का और लड़की एक-दूसरे से मिलते हैं तब लड़का सबसे पहले लड़की की खूबसूरती देखता है, जबकि लड़की लड़के में एक ऐसे पुरुष की तलाश करती है, जिसके साथ वह अपना शेष जीवन व्यतीत करने जा रही है। इस प्रकार लड़कियों की परख कुछ ज्यादा गंभीर और आंतरिक होती है।

विवाह का सारा प्रबंध मेरी अनुपस्थिति में ही हो गया। हमारे जैसे परिवारों में रिश्तेदार या सगे-संबंधी ही विवाह समारोह के प्रबंध की जिम्मेदारियाँ उठाते हैं। इसमें वे अपना सौभाग्य समझते हैं। इसलिए अगर मैं चाहता भी तो इसमें ज्यादा कुछ नहीं कर सकता था। वैसे, मैं तो उस समय किसी अन्य देश में अपने काम में व्यस्त था। जब मैं जापान में था, तब मेरे बड़े भाई ने मेरे पास तार भेजा, जिसमें लिखा था—'तुम्हारी सगाई हो गई है—बधाई हो!'

जिस समाज-संस्कृति में विवाह-पूर्व प्रेम संबंध आम बात हो, वहाँ के लोगों को सामाजिक विवाह की बात शायद अजीब लगे। मैं समझता हूँ कि ऐसे लोगों को इस सामाजिक विवाह की अवधारणा अथवा परंपरा को सामाजिक व सांस्कृतिक दृष्टिकोण से देखना चाहिए। तब उन्हें सामाजिक विवाह की बात अजीब नहीं लगेगी। ऐसी बात

नहीं है कि मैं इस प्रथा अथवा परंपरा को बनाए रखने की वकालत कर रहा हूँ, मैं तो बस युगों पुरानी एक प्रथा का महत्त्व स्पष्ट करने की कोशिश कर रहा हूँ।

भारत एक देश नहीं बल्कि एक महाद्वीप है, जहाँ अनेक भाषाएँ, हजारों बोलियाँ बोली जाती हैं और अनेक धर्मों, संप्रदायों को माननेवाले तथा अनेक जातियों-उपजातियों के लोग रहते हैं। यहाँ के लोगों की भिन्न-भिन्न जीवन-शैली है और खाने की भिन्न-भिन्न आदते हैं। उनका रंग-रूप और शारीरिक बनावट भी अलग-अलग है। सच पूछा जाए तो यहाँ हर क्षेत्र में इतनी विविधता है कि इसे हजारों छोटे-छोटे देशों का संगम कहा जा सकता है। अकसर लोग यह सोचने पर विवश हो जाते हैं कि आखिर वह कौन सा कारण है, जो इतनी विविधतावाले लोगों को एक राष्ट्र के रूप में एकजुट करता है।

भारत एक देश नहीं बल्कि एक महाद्वीप है, जहाँ अनेक भाषाएँ, हजारों बोलियाँ बोली जाती हैं और अनेक धर्मों, संप्रदायों को माननेवाले तथा अनेक जातियों-उपजातियों के लोग रहते हैं। यहाँ के लोगों की भिन्न-भिन्न जीवन-शैली है और खाने की भिन्न-भिन्न आदते हैं। उनका रंग-रूप और शारीरिक बनावट भी अलग-अलग है। सच पूछा जाए तो यहाँ हर क्षेत्र में इतनी विविधता है कि इसे हजारों छोटे-छोटे देशों का संगम कहा जा सकता है।

ऐसे विविधतापूर्ण और विशाल देश में सामाजिक विवाह की बात मायने रखती है। यह सामूहिक अथवा सामुदायिक पहचान को बनाए रखने के लिए एक माध्यम का काम करती है। सामाजिक विवाह किसी एक समुदाय के लोगों के पुराने संबंधों को नया रूप देते हैं तथा उन्हें और मजबूत बनाते हैं। इसमें परिवार पर ज्यादा बल दिया जाता है, इसलिए इसे एक सामाजिक दायित्व के रूप में देखा जाता है। भारतीय परंपरा में (विवाह के समय) जो गाँठ बाँधी जाती है, वह एक-दूसरे को आपसी संबंध में बाँधने का प्रतीक है। इससे आपसी प्रेम व लगाव विकसित होता है।

ऐसा नहीं है कि व्यक्ति विशेष महत्त्वपूर्ण ही नहीं है, लेकिन जीवन साथी के चयन में सामाजिक, राजनीतिक व आर्थिक पहलू भी महत्त्वपूर्ण होते हैं, क्योंकि इसमें ज्यादा जोर परिवार पर दिया जाता है। तभी बड़े-बुजुर्गों का विश्वास और ज्ञान काम आता है।

यही इस प्रथा में सेफ्टी वॉल्व का काम करते हैं।

बृहत्तर परिवार पति-पत्नी के बीच किसी तनाव को दूर करने में सहायक होते हैं। बच्चे एक बड़े घर-परिवार में बड़े होते हैं, जहाँ वे एक-दूसरे की जरूरतों के अनुसार सामंजस्य बैठाकर चलना सीखते हैं। उनके भीतर आपसी जुड़ाव की भावना होती है।

दादा-दादी की शिक्षाओं व मार्गदर्शन से उन्हें पारिवारिक मूल्यों को आत्मसात् करने में मदद मिलती है। ये एक सामाजिक परंपरा के सकारात्मक पहलू हैं, जिन्हें भारत ने शुरू से अपनाकर चलना सीखा है।

मैं यह नहीं कह रहा हूँ कि यह प्रथा बहुत अच्छी है। इसके उलट, इसमें परंपरा के नाम पर बाल विवाह और कई बार बलात् विवाह को बढ़ावा मिलता है और इसके शिकार लोगों का जीवन दु:खमय हो जाता है। ऐसी बातें अकसर देखने में आ जाती हैं।

लेकिन क्या प्रेम विवाह और प्रेम-संबंध की परंपरा कोई बेहतर विकल्प है? इसे समझने के लिए पश्चिमी देशों में परिवार व विवाह संस्था में जो कुछ हो रहा है, उस पर गौर किया जाना चाहिए। यहाँ के समाज में पारिवारिक मूल्यों की बजाय निजी स्वतंत्रता पर बल दिया जाता है। लेकिन प्रेम संबंधों की परिणति आवश्यक रूप से अच्छे और स्थायी विवाह के रूप में नहीं हो रही है। इसके विपरीत, देखने में आता है कि जब प्रेम संबंध की गरमाहट कम हो जाती है तब विवाह अकसर टूट जाता है। एक बार मोहभंग हो जाने पर फिर उसे जोड़ने की कोई तकनीक नहीं होती।

अत: विवाह चाहे जैसा भी हो—प्रेम-विवाह या सामाजिक विवाह—उसे बनाए रखने के लिए बहुत कुछ करना पड़ता है। इसके लिए गरमाहट और आपसी समझ की जरूरत होती है। जरूरी नहीं है कि जो चीज पश्चिमी देशों के लिए अच्छी है वह पूर्वी देशों के लिए भी अच्छी ही होगी, क्योंकि जीवन के कई पहलू ऐसे हैं, जिनमें ये दोनों एक-दूसरे से बिल्कुल अलग व विपरीत हैं।

यही कारण है कि शहरी भारत के शिक्षित मध्यम वर्ग में आज भी सामाजिक विवाह आम चलन में है। निस्संदेह, आज की युवा पीढ़ी अपने जीवन साथी का चयन करने में कुछ ज्यादा आजादी चाहने लगी है। सगाई की रस्म के बाद उन्हें एक-दूसरे के साथ प्रेम-प्रसंग चलाने का ज्यादा समय भी दिया जा रहा है, ताकि वे एक-दूसरे को अच्छी तरह समझ सकें।

शहरी भारत के शिक्षित मध्यम वर्ग में आज भी सामाजिक विवाह आम चलन में है। निस्संदेह, आज की युवा पीढ़ी अपने जीवन साथी का चयन करने में कुछ ज्यादा आजादी चाहने लगी है। सगाई की रस्म के बाद उन्हें एक-दूसरे के साथ प्रेम-प्रसंग चलाने का ज्यादा समय भी दिया जा रहा है, ताकि वे एक-दूसरे को अच्छी तरह समझ सकें।

खाड़ी के प्रवासियों के पास जीवन साथी ढूँढ़ने के लिए सामाजिक विवाह के अलावा कोई और विकल्प नहीं है। जब वह अविवाहित होता है तब तक उसका अपने समुदाय के साथ ज्यादा निकट संपर्क नहीं होता। कार्य-स्थल पर भी उसे विपरीत लिंग के साथ कार्य-व्यवहार का अवसर कम ही मिलता है। वैसे भी, जीवन साथी ढूँढ़ने या

पाने में समय लगता है। यह काम उतने कम समय में नहीं हो सकता जितने समय की छुट्टी लेकर वह कभी-कभी अपने घर आता है। विवाह एक महत्त्वपूर्ण बंधन है, जिसे इतनी जल्दी नहीं बाँधा जा सकता।

इस प्रकार जीवन साथी ढूँढ़ने की जिम्मेदारी उसके घरवालों के ऊपर ही होती है। अपने लिए एक अच्छी लड़की पाने के लिए वह अपने रिश्तेदारों पर निर्भर होता है।

आजकल वर-वधू की तलाश के लिए लोग समाचार-पत्रों में वैवाहिक विज्ञापन का सहारा ले रहे हैं। भारतीय समाचार-पत्रों में वैवाहिक विज्ञापनों के लिए अलग से स्तंभ होता है, जिसमें प्रवासियों की ओर से दिए गए विज्ञापन भी होते हैं। प्रवासी प्रायः छुट्टी में अपने देश वापस आने से एकाध महीने पहले विज्ञापन दे देता है, ताकि इतने समय में आनेवाले प्रस्तावों में से छँटनी की जा सके। जब वह लड़की को देख लेता है और दोनों एक-दूसरे को पसंद कर लेते हैं, तब सप्ताह भर में विवाह हो सकता है, ताकि नवविवाहित जोड़ा कुछ समय तक साथ-साथ रह सके; क्योंकि उसके बाद पति अपने काम के लिए फिर बाहर चला जाता है।

यह सारी प्रक्रिया अजीब जरूर लगती है, लेकिन एक प्रवासी के पास ज्यादा विकल्प भी तो नहीं होते। वह कर भी क्या सकता है—वह भी ऐसे समाज में जहाँ लोग परिवार और परंपरा के बंधन में बँधे हों।

जब मेरी शादी तय हुई तब मैं सुदूर पूर्व में अपने व्यावसायिक दौरे पर था। वापस आते समय मैंने भारत में रुकने का फैसला किया था। मैंने 15 दिन की छुट्टी के लिए आवेदन कर दिया था। मैं बंबई आया और वहाँ से अपने गृह नगर बड़ौदा चला गया।

सिंधी रीति-रिवाज के अनुसार, विवाह का कार्यक्रम लड़के के शहर में आयोजित किया जाता है, मेरे मामले में बड़ौदा में। लेकिन मैंने पुणे में शादी करने के लिए स्वीकृति दे दी, जहाँ मेरी होनेवाली पत्नी वीना रहती थी। सुविधा के लिए ही हमने ऐसा किया था। मेरी चाची पुणे में रहती थीं, इसलिए शादी के समय हम उनके घर पर अस्थायी रूप से रह सकते थे। वीना के पिता भागचंद खियानी स्थानीय मैन्यूफैक्चरिंग के काम में संलग्न थे। वह सिंध के प्रसिद्ध नवलराय लोही परिवार से थी। विभाजन के समय वे भारत में आकर बस गए थे। हमारी शादी के समय वीना के तीन भाई विदेश में काम कर रहे थे।

हमने बहुत खास-खास रिश्तेदारों को ही शादी में बुलाया था, क्योंकि बहुत ज्यादा लोगों को साथ लेकर पुणे जाना ठीक नहीं था। परिवार के कुछ लोग शादी में नहीं आ सके। मेरे पाँच भाई-बहनों में एक बड़ी बहन सती—जो लागोस में रहती थी—और मेरा छोटा भाई रोची—जो उस समय हांगकांग में था—शादी में नहीं आ सके। दूसरी बहन राधा—जो अपने पति के पास हांगकांग जा रही थी—शादी में शामिल होने

के लिए पुणे में रुक गई थी। शादी में लगभग 100 मेहमान शामिल हुए थे और हमें आशीर्वाद दिया था। आई.टी.एल. ग्रुप के पूर्व अध्यक्ष जी.बी. महबूबानी भी आए थे।

सगाई और शादी के बीच में बहुत कम समय का अंतराल मिल पाया था, इस कारण प्रेम प्रसंग के लिए ज्यादा समय हमें नहीं मिला। शादी से एक दिन पहले ही सगाई हुई थी। सगाई के बाद शाम को मैं वीना को थोड़ी देर के लिए अपने साथ बाहर ले गया था। हमारे साथ उसकी बहन भी थी। शादी से पहले इतने कम समय के लिए भी बाहर घूमने के लिए जाना उन दिनों आधुनिकता समझा जाता था। वैसे तो शादी से पहले लड़की को अपने होनेवाले पति के साथ बाहर जाने ही नहीं दिया जाता था।

शादी से एक दिन पहले रात में 'घड़ी' की रस्म होती है, जिसमें परिवार के खास लोगों को ही बुलाया जाता है। यह एक तरह से मातृ-दिवस होता है, क्योंकि इसमें दूल्हा-दुलहन की माँ की ही प्रमुख भूमिका होती है। उन्हें फूलमाला पहनाई जाती है और उपहार दिए जाते हैं।

शादी से एक दिन पहले रात में 'घारी' की रस्म होती है, जिसमें परिवार के खास लोगों को ही बुलाया जाता है। यह एक तरह से मातृ-दिवस होता है, क्योंकि इसमें दूल्हा-दुलहन की माँ की ही प्रमुख भूमिका होती है। उन्हें फूलमाला पहनाई जाती है और उपहार दिए जाते हैं।

भारतीय रिवाज के अनुसार शादीवाले दिन मेहमानों को दावत दी जाती है। लेकिन हैदराबादी सिंधियों में यह रिवाज नहीं था। हमारे यहाँ शादी के बाद मेहमानों को स्नैक और सॉफ्ट ड्रिंक परोसा जाता है। दावत—जिसे 'सतावरा' कहा जाता है—अगले दिन होती है।

सतावरा के बाद हम रेलगाड़ी द्वारा बंबई होते हुए बड़ौदा चले गए। मेरे पास ज्यादा समय नहीं था, क्योंकि मुझे वापस दुबई जाना था। मुझे अजीब-सा अनुभव हो रहा था। मैं और वीना पति-पत्नी थे, लेकिन प्यार के मामले में हम अजनबी थे। हम एक-दूसरे के बारे में ज्यादा नहीं जानते थे और जल्दी ही मैं अपने विवाह के सुखद क्षणों की स्मृति को लेकर बहुत दूर जाने वाला था।

थोड़े समय के हनीमून से हमें वह एकांत मिल गई, जिसकी हमें चाहत थी। इससे हमारे बीच का संकोच दूर हो गया और हम एक-दूसरे के करीब आ गए। हनीमून के लिए हम तमिलनाडु स्थित सुंदर हिल स्टेशन ऊटी गए। बंबई, पुणे, बंगलौर और मैसूर होते हुए हम वहाँ पहुँचे थे। पर हम नवविवाहित जोड़े के लिए समय का तो जैसे पता ही नहीं चला। हनीमून में हमने दो हजार रुपए खर्च किए, जो उन दिनों के लिए कोई छोटी रकम नहीं थी।

बंगलौर में हमने वुडलैंड्स होटल में एक कॉटेज बुक कराया था। वुडलैंड्स

होटल संगीत और फिल्म जगत् की जानी-मानी हस्तियों का पसंदीदा होटल रहा है। मैसूर में भी हम अच्छे होटल में ठहरे थे।

घूमने के अलावा जो दूसरा मनोरंजन का साधन था, वह था—सिनेमा। मैसूर में हमने 'मेरा साया' फिल्म देखी, जो थोड़े ही दिन पहले रिलीज हुई थी। फिल्म में कई गाने बहुत अच्छे थे। एक गाना वीना को बहुत पसंद आया—'तू जहाँ-जहाँ रहेगा, मेरा साया साथ होगा।' वह स्वयं एक अच्छी भजन गायिका थी और फिल्म देखने के बाद बराबर यह गाना गुनगुनाने लगी थी—जैसे मुझे मेरे जाने की बात याद दिलाने के लिए।

घूमने के अलावा जो दूसरा मनोरंजन का साधन था, वह था—सिनेमा। मैसूर में हमने 'मेरा साया' फिल्म देखी, जो थोड़े ही दिन पहले रिलीज हुई थी। फिल्म में कई गाने बहुत अच्छे थे। एक गाना वीना को बहुत पसंद आया—'तू जहाँ-जहाँ रहेगा, मेरा साया साथ होगा।' वह स्वयं एक अच्छी भजन गायिका थी और फिल्म देखने के बाद बराबर यह गाना गुनगुनाने लगी थी—जैसे मुझे मेरे जाने की बात याद दिलाने के लिए।

हमने एक-दूसरे को समझना शुरू ही किया था और हमारे बीच आत्मिक संबंधों की डोर बँध रही थी, तभी मेरे जाने का समय हो गया। एक-दूसरे से बिछुड़ने का विचार हम दोनों के लिए पीड़ादायक था, क्योंकि उसके बाद अनिश्चित समय के लिए हमें एक-दूसरे से दूर रहना था। रिवाज के अनुसार, वीना को मेरी माँ के पास रहना था। मुझे विदा करने के लिए बंबई तक वह मेरे साथ गई थी। अपनी भावुकता को वह बड़ी मुश्किल से रोक पा रही थी—मैं उसे देखकर ही समझ गया था।

बंबई हवाई अड्डे पर उन दिनों ज्यादा भीड़ नहीं होती थी। विमान के प्रवेश-द्वार की सीढ़ियों पर से आप अपने रिश्तेदारों को हाथ हिलाकर अलविदा कह सकते थे। सबकुछ साफ-साफ दिखाई देता था। उसके बाद विमान के गेट पर खड़े होकर भी आप उन्हें अलविदा कह सकते थे। आजकल तो स्थिति यह है कि एक बार आप टर्मिनल में घुसे कि आँखों से ओझल—इतनी भीड़ होती है।

विमान में मेरी सीट भगवान बबलानी—जशनमल के एक वरिष्ठ प्रबंधक—की सीट के बगल में थी। मेरी कमीज पर लगे लिपस्टिक के दाग की ओर उन्होंने इशारा भी किया; लेकिन उससे मैं बिल्कुल भी परेशान नहीं हुआ। मैं सोच रहा था, 'हाँ, मैं अपने साथ दुबई तक कुछ तो ऐसा ले जा रहा हूँ, जो मुझे उन यादगार दिनों की याद दिलाएगा, जो मैंने और वीना ने एक साथ बिताए थे।'

टेलीफोन की सुविधा न होने के कारण हमारे पास अपने मन की बात एक-दूसरे

तक पहुँचाने का एकमात्र माध्यम पत्र ही था। वीना एक खास पेपर पर पत्र लिखती थी और उस पर अपना पसंदीदा परफ्यूम छिड़कती थी। हफ्ते में मेरे पास उसके दो पत्र आ जाते थे। कितना प्रेम और स्नेह भरा होता था उन पत्रों में। मैं उन्हें कई-कई बार पढ़ता था, कभी-कभी तो देर रात तक।

मुझे कुछ भी नहीं मालूम था कि वीना को मैं अपने साथ रखने के लिए दुबई कब ला सकूँगा। कंपनी के नियमों के अनुसार, मुझे हर दो साल में दो माह की छुट्टी मिलती थी। लेकिन मेरे अनुरोध पर कंपनी मुझे एक वर्ष में एक माह की छुट्टी देने को तैयार हो गई।

इसके अलावा भी सुदूर पूर्व के अपने व्यावसायिक दौरे में जब कभी मैं भारत आता था, उस समय वीना से मिलने के लिए बड़ौदा आ जाता था। इस प्रकार वर्ष में कम-से-कम दो बार तो मुझे अपने परिवार से मिलने का मौका मिल ही जाता था।

वीना भी वर्ष में एक या दो बार दुबई आने लगी थी। इस प्रकार, हम दूसरे प्रवासी कर्मचारियों से कुछ ज्यादा ही खुशनसीब थे, जो अपने परिवार को अपने साथ नहीं रख सकते थे और इस प्रकार उन्हें अपने प्रियजनों से मिलने के लिए दो वर्ष तक इंतजार करना पड़ता था। कुछ लोग पैसों की कमी के कारण उसमें भी अपने घर नहीं जा पाते थे। ऐसे में नवविवाहितों की स्थिति का अंदाजा आप स्वयं लगा सकते हैं। विवाह के बाद लोग मुश्किल से एक-दो सप्ताह अपनी पत्नी के साथ रह पाते हैं, उसके बाद उन्हें अपने काम पर वापस चले जाना होता है। इतने कम समय में वे एक-दूसरे को अच्छी तरह समझ भी नहीं पाते हैं। अकसर तो दुलहन को अपनी ससुराल में सास-ससुर के साथ रहना पड़ता है—यहाँ भी सबकुछ अनजाना-अजनबी-सा। ऐसे में लड़कियों को जो मानसिक पीड़ा झेलनी पड़ती है, उसे शब्दों में नहीं बताया जा सकता। अपने नए पति के साथ एक-दो सप्ताह तक रहने के बाद उन्हें एक अनजाने घर में रहना पड़ता है, जहाँ घर के बड़े प्राय: उनकी भावनात्मक जरूरतों के प्रति संवेदनहीन होते हैं। विरह की अग्नि में जलनेवाली ऐसी स्त्रियों की दुर्दशा ने भारत और दुनिया भर के लोगों का ध्यान अपनी ओर खींचा है। इसे 'गल्फ सिंड्रोम' कहा जाता है।

विवाह के बाद लोग मुश्किल से एक-दो सप्ताह अपनी पत्नी के साथ रह पाते हैं, उसके बाद उन्हें अपने काम पर वापस चले जाना होता है। इतने कम समय में वे एक-दूसरे को अच्छी तरह समझ भी नहीं पाते हैं। अकसर तो दुलहन को अपनी ससुराल में सास-ससुर के साथ रहना पड़ता है—यहाँ भी सबकुछ अनजाना-अजनबी-सा। ऐसे में लड़कियों को जो मानसिक पीड़ा झेलनी पड़ती है, उसे शब्दों में नहीं बताया जा सकता।

विवाह के थोड़े ही समय बाद पति से दूर रहने की मानसिक पीड़ा, नए घर में नए-नए लोगों के साथ सामंजस्य बैठाने की समस्या—इन सबसे एक नई-नवेली दुलहन के मन पर जो मनोवैज्ञानिक दबाव पड़ते हैं, उनके चलते कई बार उनका जीवन ही बरबाद हो जाता है। सन् 1970 और 1980 के दशकों में इस विषय पर अनेक शोध प्रकाशित हुए थे। उस दौरान तेल व्यवसाय में आई तेजी के परिणामस्वरूप भारतीय महाद्वीप से बड़ी संख्या में लोग कामगार के रूप में खाड़ी आ गए थे।

आर्थिक खुशहाली और सुरक्षा के लिए ही प्रवासी कामगार अपना घर-परिवार छोड़कर यहाँ आते हैं। इसमें उन्हें जीवन के बहुत से सुखद पहलुओं का त्याग करना पड़ता है। लेकिन आर्थिक खुशहाली के लिए अगर वे दुबई आए हैं तो इसकी कुछ कीमत तो उन्हें चुकानी ही पड़ेगी।

लेकिन क्या यह कीमत बहुत ज्यादा नहीं है? शुरू में तो उसके मन में एक महत्त्वाकांक्षा होती है, इस कारण अपना घर छोड़कर जाते समय शायद वह नहीं समझ पाता कि वह जीवन में अपना बहुत कुछ खोने जा रहा है। लेकिन बाद के वर्षों में जब वह अपने लाभ-हानि का हिसाब-किताब देखता है, तब उसे लगता है कि जीवन में जो सुखद क्षण उसने खो दिए, वे अब वापस आनेवाले नहीं हैं।

बारिश के वे दिन, जब आप खिड़की के पास चुपचाप खड़े होकर बारिश की रिमझिम से प्रकृति में उत्पन्न होते विचित्र संगीत का आनंद लिया करते थे; सर्दियों के दिन जब सनसनाती सर्द हवाओं में आग के पास बैठकर ताप का आनंद लिया करते थे; गाँव का वह तालाब, पहाड़ियाँ और मैदान तथा चहल-पहल से भरे गाँव के बाजार; वे पारिवारिक-सामाजिक उत्सव, विवाह, जन्म, मृत्यु आदि के समय घर-परिवार के लोगों का एक साथ होना—अपना घर-परिवार छोड़कर बाहर, विशेषकर खाड़ी के देशों में काम करनेवाले हम सभी को क्या ये बातें याद नहीं आतीं?

सबकुछ छोड़कर हम उस ओर भाग जाते हैं, जिस ओर कदम रखने में भी मूर्खों को डर लगता है। नौकरी की मजबूरी के चलते नव-विवाहित प्रवासी को अच्छी तरह हनीमून मनाने का मौका भी नहीं मिल पाता। पत्नी को अच्छी तरह जान-समझ पाने से पहले ही उसे सबकुछ छोड़कर एक या कभी-कभी दो वर्ष के लिए फिर से दूर चले जाना पड़ता है और इतने लंबे समय बाद जब वह लौटकर आता है, तब तक पति-पत्नी एक बार फिर एक-दूसरे के लिए पूरी तरह से अजनबी-से बन चुके होते हैं।

सबकुछ छोड़कर हम उस ओर भाग जाते हैं, जिस ओर कदम रखने में भी मूर्खों को डर लगता है। नौकरी की मजबूरी के चलते नव-विवाहित प्रवासी को अच्छी तरह

हनीमून मनाने का मौका भी नहीं मिल पाता। पत्नी को अच्छी तरह जान-समझ पाने से पहले ही उसे सबकुछ छोड़कर एक या कभी-कभी दो वर्ष के लिए फिर से दूर चले जाना पड़ता है और इतने लंबे समय बाद जब वह लौटकर आता है, तब तक पति-पत्नी एक बार फिर एक-दूसरे के लिए पूरी तरह से अजनबी-से बन चुके होते हैं।

जब हमें पता चला कि बच्चा अस्वस्थ है तब हमारी ख़ुशी फीकी पड़ गई। बच्चे की विशेष चिकित्सा सेवा की जरूरत थी। उन मुश्किल क्षणों में वीना को मेरे साथ की जरूरत थी, लेकिन उसका दुःख बाँटने के लिए मैं नहीं रुक सका, क्योंकि व्यवसाय के काम से मुझे उस समय जापान जाना था। यह मेरा कर्तव्य था।

या फिर जब घर में कोई बच्चा हो जाता है तो उसे आनंद के वे क्षण याद आते हैं, जब मन में एक सौभाग्यशाली पिता होने का गर्व लिये वह बच्चे की छोटी-छोटी नाजुक उँगलियों का स्पर्श करता था, उसे चूमता था। समंदर के पार जाकर भी उसे अपने बच्चे की खुशबू का एहसास-सा होता है।

कैसा जीवन होता है! स्मृतियों के साथ जीना। उन क्षणों की याद करते हुए जीना, जो फिर कभी लौटकर नहीं आने वाले हैं।

मुझे राजकपूर का एक टी.वी. साक्षात्कार याद आता है, जो उन्होंने कई वर्ष पहले दिया था। उन्होंने कहा था, "अपना जीवन जीने के लिए हम खूब मेहनत करते हैं। हम लगातार पैसा कमाने में लगे रहते हैं, इस उम्मीद में कि एक दिन हमारा जीवन सुखमय, शांतिमय होगा। लेकिन जब पैसा आ जाता है और हमारा सपना पूरा होने वाला होता है, तब हमारे पास ज्यादा कुछ नहीं शेष रह पाता, जिसके लिए हम जी सकें।" कितनी सच्चाई है इसमें।

पंकज उधास की इस ग़ज़ल में भी कुछ इसी तरह का भाव झलकता है—

तूने पैसा खूब कमाया, इस पैसे ने देश छुड़ाया।
पंछी पिंजड़ा तोड़ के आ जा, देश पराया छोड़ के आ जा।
आ जा उम्र बहुत है छोटी, अपने घर में भी है रोटी।

मुझे भी जीवन के अनेक खूबसूरत क्षण याद आते हैं। कई तो ऐसे मौके निकल गए, जब मेरी उपस्थिति से हमारे जीवन की राह ही बदल सकती थी।

हमारे पहले बच्चे के जन्म की बात ही लीजिए। जन्म के कुछ ही सप्ताह बाद वह चल बसा। उसके जन्म के समय मैं बड़ौदा में था। जब हमें पता चला कि बच्चा अस्वस्थ है तब हमारी खुशी फीकी पड़ गई। बच्चे की विशेष चिकित्सा सेवा की जरूरत थी। उन मुश्किल क्षणों में वीना को मेरे साथ की जरूरत थी, लेकिन उसका दुःख बाँटने के लिए मैं नहीं रुक सका, क्योंकि व्यवसाय के काम से मुझे उस समय जापान जाना था। यह मेरा कर्तव्य था।

बड़ौदा से जाते समय मुझे इतना संतोष जरूर था कि घर के सारे लोग हर तरह की मदद के लिए वहाँ मौजूद थे। लेकिन जापान पहुँचने पर मुझे पता चला कि वह बच्चा नहीं रहा। यह दुःख मेरे लिए असहनीय था और मैं सोचने लगा कि काश, इस समय मैं वहाँ मौजूद होता। शायद मैं बेहतर चिकित्सा की व्यवस्था कर सकता। मैंने यह कहकर अपने मन को समझाया कि ईश्वर की शायद यही इच्छा थी और फिर अपने काम में लग गया।

दुबई वापस आते समय मैं वीना से मिलने के लिए भारत में रुक गया। उसे बहुत आघात पहुँचा था। हमारी शादी को छह वर्ष बीत चुके थे और यह हमारा पहला बच्चा था, इस कारण उसे कुछ ज्यादा ही दुःख था। बच्चे की मौत के समय मेरी उपस्थिति से उसे कुछ सांत्वना जरूर मिलती। लेकिन उसने बहुत समझदारी दिखाई और किसी तरह की नाराजगी या निराशा प्रकट नहीं की। जो कुछ भी ऊपर पड़ा, वह चुपचाप सहती रही और कभी कोई शिकायत नहीं की।

दूसरी बार जब वीना गर्भवती हुई तो वह अपने खान-पान और अन्य गतिविधियों को लेकर बहुत सावधान थी। मैं भी इस बार सतर्क था। उसके चेकअप तथा प्रसव के लिए अस्पताल के चयन में भी मैं बहुत सतर्क था। उसने बड़ौदा के जाने-माने अस्पताल महारानी शांता देवी नर्सिंग होम में अपना नाम लिखवाया था। डॉ. व्यास ने उसके प्रति बहुत सहृदयता दिखाई। उन्होंने ही छोटे ऑपरेशन द्वारा प्रसव कराने पर जोर दिया, क्योंकि वह बच्चे की जान को जोखिम में नहीं डालना चाहती थीं।

आजकल तो छोटे ऑपरेशन के बाद दो दिन में ही महिला को अस्पताल से छुट्टी दे दी जाती है, लेकिन उन दिनों इसे बड़ा ऑपरेशन समझा जाता था—खासकर बड़ौदा जैसे किसी छोटे शहर में। माँ ने 30-40 दिन तक उसे बिस्तर से उठने नहीं दिया। दो सप्ताह तक तो शौचालय तक जाना भी मना था। तैलीय चीजें नहीं खानी थीं। माँ के वे शब्द मुझे आज भी याद हैं, जो वह अस्पताल में उस समय आनेवाले रिश्तेदारों से कहती थीं, ''बड़े ऑपरेशन से बच्चा हुआ है।''

हम चाहते थे कि गौरी—हमारी बच्ची—हमारी शादी की सालगिरह के आस-पास हो। चूँकि प्रसव ऑपरेशन से होना था, इसलिए हमें उसकी पैदाइश का दिन पहले से तय करने का मौका मिल गया। हम बहुत खुश थे।

इस बात से मुझे कोई ज्यादा फर्क नहीं पड़ता था कि हमारे यहाँ होनेवाला शिशु एक लड़की है। लड़की बिल्कुल स्वस्थ थी। वैसे, भारत में लोगों की मानसिकता कुछ ऐसी है कि वे लड़का ही चाहते हैं। यह लगभग सारे भारतीय समाज की मानसिकता है और इसे बदला भी नहीं जा सकता। यह सामाजिक, सांस्कृतिक और आर्थिक बाध्यताओं अथवा मान्यताओं की परिणति है।

चूँकि मैं अनिश्चित अंतराल में भारत आ पाता था, इस कारण हम अपने जीवन को नियोजित या व्यवस्थित नहीं कर पा रहे थे। ऑपरेशन के बाद डॉक्टर ने वीना को कम-से-कम तीन वर्ष तक गर्भ न धारण करने की सलाह दी थी। इसलिए हम सावधानी बरत रहे थे। लेकिन गौरी के जन्म के एक साल बाद ही वह फिर गर्भवती हो गई। उन दिनों लोग कहते थे कि अगर पहला बच्चा ऑपरेशन से हुआ है तो दूसरा बच्चा भी ऑपरेशन से ही होगा। यह भी कहा जाता था कि दूसरे ऑपरेशन में खतरा रहता है। लेकिन हमने बच्चे के आगमन में कोई बाधा खड़ी नहीं की।

डॉ. व्यास ने आग्रह किया कि गर्भावस्था के दौरान वीना बड़ौदा में ही रहे, ताकि वह अपने स्तर पर उपयुक्त देखभाल कर सकें। वह दूसरा ऑपरेशन नहीं करना चाहती थीं। उस समय मेरे बड़े भाई भी बड़ौदा में ही थे। एक लड़की के बाद अब वह चाहते थे कि एक लड़का हो जाए, जो वंश को आगे बढ़ा सके। प्रसव का समय श्रीकृष्ण जन्माष्टमी के आस-पास था।

डॉ. व्यास ने आग्रह किया कि गर्भावस्था के दौरान वीना बड़ौदा में ही रहे, ताकि वह अपने स्तर पर उपयुक्त देखभाल कर सकें। वह दूसरा ऑपरेशन नहीं करना चाहती थीं। उस समय मेरे बड़े भाई भी बड़ौदा में ही थे। एक लड़की के बाद अब वह चाहते थे कि एक लड़का हो जाए, जो वंश को आगे बढ़ा सके। प्रसव का समय श्रीकृष्ण जन्माष्टमी के आस-पास था।

होतू ने एक पंडित से पूछा और वापस आकर हमें खुशखबरी सुनाई कि बच्चा अगर जन्माष्टमी के दिन होता है तो लड़का होगा। बच्चा सचमुच जन्माष्टमी के दिन ही हुआ और वह भी सामान्य प्रसव से। लेकिन चेतना लड़की थी। मैं यह नहीं कहूँगा कि ज्योतिष पर विश्वास नहीं किया जाना चाहिए, लेकिन ऐसा नहीं है कि इसकी सारी बातें आवश्यक रूप से सही होती हैं।

निकट भविष्य में मेरे परिवार के दुबई आकर मेरे साथ रहने की उम्मीद कम ही थी। दो-दो छोटे बच्चों को साथ लेकर यात्रा करना बहुत मुश्किल होता था, इसलिए वीना कभी-कभी छोटे बच्चे को मेरी माँ या अपने माँ-बाप या फिर अपनी बहन के पास छोड़कर दुबई आती थी। कभी-कभी तो वह दोनों बच्चों को भारत में छोड़कर अकेली दुबई आती थी। दुबई में वह अकसर दो महीने तक रुकती थी।

मेरी आर्थिक स्थिति अब थोड़ी ठीक हो गई थी और मैं अपना परिवार दुबई में लेकर रह सकता था; लेकिन इससे बचत पर बहुत असर पड़ता। इस कारण मैंने कभी इस बारे में गंभीरता से सोचा ही नहीं और न वीना ने ही कभी अपनी ओर से दबाव डाला। बल्कि वह तो भारत में ही रहना ज्यादा पसंद करती थी, क्योंकि उसे पता था कि

मैं काम को ही ज्यादा महत्त्व देता हूँ और परिवार के लिए ज्यादा समय नहीं दे पाऊँगा। उसके लिए भारत में रहने या मेरे साथ दुबई में रहने में कोई ज्यादा फर्क नहीं था।

वीना मेरी व्यावसायिक व्यस्तता से भलीभाँति परिचित थी। मुझे अपने सप्लायरों और ग्राहकों से मिलना होता था। उसे पता था कि व्यावसायिक व्यस्तता के चलते मेरा शाम का समय ज्यादातर व्यस्तता में ही बीतेगा। वह अपने अकेले दम पर दो-दो बच्चों को नहीं सँभाल सकती थी। इसलिए वह भारत में रहना ज्यादा पसंद करती थी, जहाँ उसे परिवार के सदस्यों से पूरा सहयोग मिलता था। बीच-बीच में वह स्वयं दुबई घूम आती थी और इसी में वह संतुष्ट थी।

वीना मेरी व्यावसायिक व्यस्तता से भलीभाँति परिचित थी। मुझे अपने सप्लायरों और ग्राहकों से मिलना होता था। उसे पता था कि व्यावसायिक व्यस्तता के चलते मेरा शाम का समय ज्यादातर व्यस्तता में ही बीतेगा। वह अपने अकेले दम पर दो-दो बच्चों को नहीं सँभाल सकती थी। इसलिए वह भारत में रहना ज्यादा पसंद करती थी, जहाँ उसे परिवार के सदस्यों से पूरा सहयोग मिलता था। बीच-बीच में वह स्वयं दुबई घूम आती थी और इसी में वह संतुष्ट थी।

अठारह साल तक हम इसी तरह रहे। अब जब मैं पीछे मुड़कर देखता हूँ तो मुझे अहसास होता है कि परिवार के लिए वीना ने कितना त्याग किया है। मेरा परिवार बड़ौदा से पुणे में आकर रहने लगा था, जहाँ वीना और दोनों बच्चे तथा मेरी माँ, भाई का परिवार—सब एक साथ रहते थे। जब हमने पुणे में मकान खरीद लिया तो मेरे भाई की पत्नी अपने बच्चों को लेकर अपने पति के पास हांगकांग चली गई। मेरी माँ पुणे में हमारे साथ रहने लगी।

हमारी दो बेटियाँ हो गई थीं और अब स्वाभाविक रूप से मुझे एक बेटे का शौक था। चूँकि चेतना सामान्य प्रसव से हुई थी, इसलिए अब तीसरे बच्चे के लिए कोई रोक या डर नहीं था। हमारे तीसरे बच्चे की संभावना भारत में इंदिरा गांधी के आपातकाल लगाए जाने के समय की है। इस बार भी बच्चे के जन्म के समय मैं घर पर नहीं था। आपातकाल के दौरान नागरिकों के मौलिक अधिकार रद्द कर दिए गए थे। इस कारण मैं भारत नहीं आ सकता था। जरूरत के उन क्षणों में मैं अपनी पत्नी के साथ नहीं रह सका। बच्चे के पैदा होने के 24 घंटे के बाद मुझे खबर मिली। और हाँ, वह लड़की थी! हमने उसका नाम 'रेखा' रखा।

मेरी शादी सन् 1966 में हुई थी और 1985 तक वीना एवं तीनों बच्चे भारत में ही रहे। निस्संदेह, वे बीच में दुबई आते रहते थे। मेरी सबसे बड़ी बेटी गौरी—जो अब तीन बच्चों की माँ है—ने ही मुझे परिवार को अपने साथ दुबई में रहने के लिए तैयार

किया। पुणे में मेरी माँ की देखभाल के लिए वीना भारत में ही रुकी रही।

अपने भाई-बहनों के लिए होतू बहुत परेशान रहते थे। वह मात्र 13 साल के थे, जब मेरे पिता का देहांत हुआ था। परिवार के लिए उन्होंने बहुत त्याग किए। जीवन में इतनी कठिनाइयाँ झेलने के बाद होतू चाहते थे कि हम सभी भाई-बहन अपने व्यवसाय या जीवन का हर फैसला बहुत सावधानी से लें। छोटे भाई रोची के लिए वह कुछ ज्यादा ही परेशान रहते थे, जिसे हम लोगों की अपेक्षा बेहतर शिक्षा मिली थी। वह देखने में भी अच्छा और स्मार्ट था।

होतू की विशेष इच्छा थी कि रोची की शादी किसी ऊँचे, प्रतिष्ठित घराने में हो। लेकिन रोची—जो स्वयं भी हांगकांग में कार्यरत था—ने पहले ही अपना फैसला कर लिया था। उसने अपनी पसंद की एक चीनी लड़की, जिसका नाम वर्जीनिया था, से शादी करने का फैसला किया था। वर्जीनिया भी हांगकांग में उसी कंपनी में काम करती थी, जिसमें रोची करता था।

उसके युवा होते-होते हमारे परिवार की आर्थिक स्थिति काफी अच्छी हो गई थी, इसलिए कई संपन्न घरानों से उसके लिए प्रस्ताव आने लगे थे। होतू की विशेष इच्छा थी कि रोची की शादी किसी ऊँचे, प्रतिष्ठित घराने में हो। लेकिन रोची—जो स्वयं भी हांगकांग में कार्यरत था—ने पहले ही अपना फैसला कर लिया था। उसने अपनी पसंद की एक चीनी लड़की, जिसका नाम वर्जीनिया था, से शादी करने का फैसला किया था। वर्जीनिया भी हांगकांग में उसी कंपनी में काम करती थी, जिसमें रोची करता था। रोची के फैसले के बारे में सुनकर होतू को बहुत दुःख हुआ। लेकिन माँ ने खुलकर कोई प्रतिक्रिया नहीं व्यक्त की। उन्होंने जीवन में इससे भी बड़े-बड़े दुःख और परेशानियाँ झेली थीं।

होतू ने कोशिश तो की कि रोची अपना फैसला बदल दे, लेकिन ऐसा नहीं हो सका। सन् 1968 में रोची ने बैंकॉक में शादी कर ली। परिवार का कोई भी सदस्य शादी में नहीं गया। दरअसल, रोची द्वारा भेजे एक तार से ही हमें पता चला कि उसने शादी कर ली। शादी के बाद वर्जीनिया ने भारतीय नाम 'भारती' स्वीकार कर लिया। अब उनका एक बेटा है, जिसका नाम 'रमेश' है।

9 दिसंबर, 1985 को 72 वर्ष की आयु में मेरी माँ का देहांत हो गया। उनके निधन से कुछ ही समय पहले मैं पुणे में था। माँ बड़ौदा में मेरी बहन सती के पास थीं। सुदूर पूर्व की अपनी व्यावसायिक यात्रा से वापस आते हुए मैं पुणे में रुका था। माँ ने मुझसे फोन पर बात की और पूछा कि क्या तुम बंबई आकर मुझे अपने साथ पुणे ले जा सकते हो? दरअसल बंबई तक तो वह अकेली आ सकती थीं, लेकिन वहाँ से पुणे के लिए गाड़ी बदलने के लिए उन्हें मदद की जरूरत थी। लेकिन मेरे पास समय बहुत कम

था, क्योंकि मुझे वापस दुबई जाना था। कंपनी के अध्यक्ष महबूबानी दुबई में थे और 9 दिसंबर को वहाँ एक बैठक थी, जिसमें मुझे पहुँचना था। इसलिए मैंने माँ से कह दिया कि मैं बंबई नहीं आ पाऊँगा और उनसे मिले बिना ही दुबई के लिए रवाना हो गया।

मेरे बहनोई पहिलाजराय छतानी—सती के पति—का मेरे पास फोन आया। रुँधे स्वर में उन्होंने माँ के देहांत का दु:खद समाचार मुझे दिया। वह बीमार भी नहीं थीं। बहुत शांतिपूर्ण मौत मिली उन्हें। मैं भौचक्का था! मैं उस मनहूस घड़ी को कोसने लगा था, जब उनसे मिले बिना ही मैं दुबई के लिए चल पड़ा था। आई.टी.एल. की बैठक में शामिल हुए बिना ही मैं तत्काल वापस चल पड़ा, ताकि उनके अंतिम संस्कार में पहुँच सकूँ। कितना अजीब संयोग था कि 9 दिसंबर को ही आई.टी.एल. बोर्ड ने मुझे पदोन्नत करके निदेशक बनाने का निर्णय लिया। माँ-पिता इस दुनिया से जाते समय भी अपने बच्चों के लिए कितने फिक्रमंद होते हैं…।

भारत जैसे पुरुष-प्रधान समाज में अकेले दम पर घर को सँभालना किसी महिला के लिए आसान काम नहीं है। लेकिन हजारों-लाखों महिलाएँ अपने बल पर बच्चे सँभालने को विवश हैं, क्योंकि उनके पति जीविका के लिए बाहर देशों में काम करते हैं। मुझे नहीं लगता कि पश्चिमी देशों के लोग कभी सोच भी सकते हैं कि सुरक्षित भविष्य की उम्मीद में पति-पत्नी अपना आधा जीवन एक-दूसरे से अलग रहकर गुजार दें।

माँ के देहांत के बाद अंतत: वीना दुबई में रहने को तैयार हो गई। लेकिन तब भी वह पूरे मन से तैयार नहीं थी। उसे लग रहा था कि उसके यहाँ आने से भी कोई ज्यादा फर्क नहीं पड़नेवाला है, क्योंकि मेरा अधिकांश समय व्यावसायिक यात्राओं में ही बीतेगा। वह सोच रही थी कि मेरे बाहर जाने पर वह बच्चों के साथ अकेली रहेगी। लेकिन बड़ी कुशलता से उसने अपने आपको ढाल लिया। मेरी अनुपस्थिति में वह अपना समय घर में बच्चों की देखभाल में बिताती थी। एक अच्छी गायिका होने के नाते वह अपना काफी समय भजन गाते हुए आध्यात्मिक गतिविधियों में बिताती थी।

भारत जैसे पुरुष-प्रधान समाज में अकेले दम पर घर को सँभालना किसी महिला के लिए आसान काम नहीं है। लेकिन हजारों-लाखों महिलाएँ अपने बल पर बच्चे सँभालने को विवश हैं, क्योंकि उनके पति जीविका के लिए बाहर देशों में काम करते हैं। मुझे नहीं लगता कि पश्चिमी देशों के लोग कभी सोच भी सकते हैं कि सुरक्षित भविष्य की उम्मीद में पति-पत्नी अपना आधा जीवन एक-दूसरे से अलग रहकर गुजार दें।

मैंने लोगों को कई बार अजीब से सवाल पूछते सुना है, "आप यहाँ रहते हुए भी अपने आपको परिवार का हिस्सा समझते हैं? आपके लगातार बाहर रहने का आपकी

पत्नी और बच्चों पर क्या असर पड़ता है ? अपने पिता की अनुपस्थिति में क्या बच्चों का पूर्ण सामाजीकरण हो सकता है ? क्या परिवार के आर्थिक कार्य जीवन के सामाजिक व भावनात्मक पहलुओं से ज्यादा महत्त्वपूर्ण हैं ?''

पति या पत्नी के अलग रहने से—और वह भी युवावस्था में—कई समस्याएँ भी पैदा होती हैं, खासकर भावनात्मक स्तर पर। स्त्री के जीवन में कई ऐसे क्षण आते हैं, जब उसे भावनात्मक सहारे के लिए पति की मौजूदगी की जरूरत होती है। कई बार तो ऐसे मौके भी आते हैं, जब पति की अनुपस्थिति के कारण परिवार का भविष्य ही बिगड़ जाता है। लेकिन आर्थिक सुरक्षा के लिए इतनी कीमत तो चुकानी ही पड़ती है। ये समझौते हैं, जो आपको अपने जीवन के साथ करने होते हैं।

परंतु विचित्र बात यह है कि आम धारणा के विपरीत, (पति-पत्नी के) दूर रहने से रिश्तों में और मजबूती आती है—कम-से-कम भारतीय परिवारों के संदर्भ में तो यह बात लागू ही होती है।

घर की जीविका चलानेवाला बाहर होते हुए भी परिवार का आधार और एक महत्त्वपूर्ण हिस्सा होता है। उससे पूछे बिना परिवार का कोई भी फैसला नहीं लिया जाता। परिवार के सब सदस्य एक उज्ज्वल भविष्य की उम्मीद में रहते हैं और इसी उम्मीद के बल पर वे पूर्ण सामंजस्य बनाकर चलते हैं। इस प्रकार, आँखों से दूर होने का अर्थ मन से दूर होना नहीं है।

घर की जीविका चलानेवाला बाहर होते हुए भी परिवार का आधार और एक महत्त्वपूर्ण हिस्सा होता है। उससे पूछे बिना परिवार का कोई भी फैसला नहीं लिया जाता। परिवार के सब सदस्य एक उज्ज्वल भविष्य की उम्मीद में रहते हैं और इसी उम्मीद के बल पर वे पूर्ण सामंजस्य बनाकर चलते हैं। इस प्रकार, आँखों से दूर होने का अर्थ मन से दूर होना नहीं है।

पंकज उधास की ग़ज़ल का जिक्र मैं पहले कर चुका हूँ, जिसमें परदेशी से आग्रह किया जा रहा है कि वह वापस घर आ जाए, क्योंकि घर में भी उसे रोटी मिलेगी। मैं भी कभी-कभी महसूस करता था कि घर वापस जाकर अपनी पत्नी के साथ रहूँ; लेकिन परिवार के प्रति उत्तरदायित्व की भावना मुझे हर बार रोक लेती थी और मुझे बेहतर भविष्य की ओर आगे बढ़ने को विवश कर देती थी।

मैंने एक प्रवासी कामगार के जीवन की परिस्थितियों को स्वयं अनुभव किया है। साथ ही, एक गृहस्थ की तरह अपने परिवार के साथ रहने का सौभाग्य भी मुझे मिला है। मैं समझता हूँ कि दुबई में रहकर काम करनेवाले ज्यादातर परदेशियों की यही कहानी है। ❑

14

क्या सिंधियत खतरे में है?

''जीवन में आप कितना आगे या ऊपर जा सकते हैं, यह इस बात पर निर्भर करता है कि आप छोटों और युवाओं के प्रति कितने नरम हैं, बड़े-बूढ़ों के प्रति कितने दयालु हैं, संघर्षशीलों के प्रति कितने सहानुभूतिपूर्ण हैं और निर्बलों व सबलों के प्रति कितने सहिष्णु हैं। क्योंकि एक-न-एक दिन आपको इन सभी अवस्थाओं से गुजरना है।''

—जॉर्ज वाशिंगटन कार्वर

सिंधी कौन है?

यह प्रश्न दुबई और भारत के बंबई, बड़ौदा एवं पुणे जैसे शहरों में रह रहे सिंधी समुदाय को हास्यास्पद लग सकता है। लेकिन सिंधी समुदाय के दूर-दूर तक बिखराव से एक ऐसी प्रक्रिया गति पकड़ रही है, जिसमें सिंधियत पर सांस्कृतिक लोप का नहीं तो कम-से-कम सांस्कृतिक ह्रास का खतरा तो मँडरा ही रहा है। इस खतरे पर हम अपनी कामयाबी और आर्थिक खुशहाली का परदा नहीं डाल सकते और न ऐसा करना ठीक ही है।

सिंधियत का एक पहलू उसकी व्यवसाय की परंपरा है। इसे तो कोई खतरा दिखाई नहीं देता, लेकिन इसके रास्ते पर चलते हुए अन्य सांस्कृतिक और लोक-संबद्ध पहलुओं के पीछे छूट जाने का खतरा जरूर दिखाई देता है।

मेरे एक गैर-सिंधी मित्र ने एक बार टिप्पणी की थी, ''आपको पता है, आप सिंधी लोग इतना पैसा क्यों जुटा पाते हैं? क्योंकि आप लोगों में कामयाबी हासिल करने की ललक होती है।''

मेरे वह मित्र चाहे मजाक ही कर रहे हों, लेकिन इसमें काफी सच्चाई है। सिंधी व्यवसाय में बहुत कामयाब हैं। वे बड़ी कुशलता के साथ स्थिति से सामंजस्य बैठा लेते हैं। वे सही समय पर सही फैसला लेने में सक्षम होते हैं और अवसर को पहचानकर उसके लाभ-हानि का अंदाजा पहले ही लगा लेते हैं।

लड़खड़ाने या गिरने के बाद पुन: उठकर चलने की चौंकानेवाली क्षमता भी उनके पास होती है। लेकिन जहाँ तक एक औसत सिंधी के कल्याण का प्रश्न है, आम धारणा और सच्चाई में बहुत अंतर है।

दुबई में भारत के काउंसल जनरल डॉ. जॉर्ज जोसफ की पत्नी रानी जोसफ ने एक बार मुझसे पूछा था कि क्या आप किसी ऐसे सिंधी को जानते हैं, जो गरीब हो? मैंने उन्हें बताया कि अगर आप बंबई के बाहरी इलाके में स्थित उल्हासनगर या अजमेर, जयपुर, जोधपुर जैसी जगहों पर जाकर देखें, जहाँ सिंधी विभाजन के बाद से रह रहे हैं तो आपको आश्चर्य होगा। आपको ऐसे लोग भी मिलेंगे जिन्हें अपना पेट भरने के लिए संघर्ष करना पड़ता है और कुछ ऐसे लोग भी मिलेंगे, जो दान या खैरात पर जीते हैं (लेकिन भीख माँगकर नहीं)।

अगर आप बंबई के बाहरी इलाके में स्थित उल्हासनगर या अजमेर, जयपुर, जोधपुर जैसी जगहों पर जाकर देखें, जहाँ सिंधी विभाजन के बाद से रह रहे हैं तो आपको आश्चर्य होगा। आपको ऐसे लोग भी मिलेंगे जिन्हें अपना पेट भरने के लिए संघर्ष करना पड़ता है और कुछ ऐसे लोग भी मिलेंगे, जो दान या खैरात पर जीते हैं (लेकिन भीख माँगकर नहीं)।

लेकिन इस तरह की स्थिति सामान्यतया देखने को नहीं मिलेगी, क्योंकि समुदाय के अमीर और संपन्न लोग प्राय: ऐसे साधनहीन लोगों को मदद देकर आगे बढ़ा देते हैं और समाज स्वयं भी ऐसे गरीब व साधनहीन लोगों की मदद के लिए आगे आता है।

मैं कई चैरिटी (धर्मार्थ) संस्थाओं से भी जुड़ा रहा हूँ। किसी को मदद देते समय मुझे माँ की वह दयनीय स्थिति याद आ जाती है, जब हमें पालने के लिए उन्हें कठिन-से-कठिन दौर से गुजरना पड़ रहा था।

वह दिन मुझे याद है, जब मेरी बहन सती की शादी के लिए वह अपने अमीर (चचेरे) भाई के पास दो हजार रुपए उधार माँगने के लिए गई थीं। भाई ने इनकार कर दिया। उस घटना का जिक्र आते ही मेरी माँ की आँखों में आँसू आ जाते थे। माँ के अनुभवों का मेरे ऊपर गहरा प्रभाव रहा है। जब कोई आत्मसम्मान वाला व्यक्ति मुझसे मदद माँगता है तब मैं उसकी मानसिक पीड़ा के बारे में सोचने लगता हूँ कि कितनी विवशता में इसे मुझसे मदद माँगनी पड़ रही है।

पहले तो मैं आर्थिक मदद माँगने के लिए आनेवाले लोगों के बारे में बहुत पूछताछ

किया करता था, लेकिन बाद में मुझे लगा कि इसकी जरूरत नहीं है। ज्यादातर मामलों में मैं अपने आप ही समझ जाता था कि मदद चाहनेवाला वास्तव में जरूरतमंद है या नहीं। साधु वासवानी लोगों को आर्थिक मदद देने के मामले में बहुत उदार थे। एक बार किसी ने उनसे पूछा, ''लोगों को पैसे की मदद देते समय आप उनकी विश्वसनीयता का पता क्यों नहीं लगाते?''

उनका जवाब था, ''मेरे ऊपर सौभाग्य की वर्षा करते समय भगवान् ने मेरी विश्वसनीयता की परख नहीं की थी।''

सिंधियों की सफलता की कहानियाँ प्रेरणा से भरी हैं। लुइस डी ब्रांडीज के ये शब्द मुझे याद आते हैं, ''व्यवसाय में मुनाफा कमाना सफलता से अलग बात है। वस्तुतः लाभार्जन सफलता की एक आवश्यक शर्त है, क्योंकि लाभ का लगातार अभाव ही असफलता की ओर ले जाता है। लेकिन यह भी सच है कि हानि असफलता की ओर जरूर ले जाती है, पर बहुत बड़े लाभ से भी सफलता सुनिश्चित नहीं होती। व्यवसाय में सफलता के साथ-साथ कार्य की उत्कृष्टता भी जरूरी है।

''व्यवसाय में कार्य की उत्कृष्टता इन चीजों में झलकती है—व्यवस्थाओं व प्रक्रियाओं को आगे बढ़ाने में, उत्पाद की गुणवत्ता के सुधार में, संगठन को ह्रास और नुकसान से बचाते हुए उसे एक पूर्ण संगठन बनाने में, कर्मचारियों की संतुष्टि को ध्यान में रखते हुए उनकी स्थिति को बेहतर बनाने में और समुदाय व ग्राहकों के बीच उपयुक्त संबंध स्थापित करने में।''

''व्यवसाय में कार्य की उत्कृष्टता इन चीजों में झलकती है—व्यवस्थाओं व प्रक्रियाओं को आगे बढ़ाने में, उत्पाद की गुणवत्ता के सुधार में, संगठन को ह्रास और नुकसान से बचाते हुए उसे एक पूर्ण संगठन बनाने में, कर्मचारियों की संतुष्टि को ध्यान में रखते हुए उनकी स्थिति को बेहतर बनाने में और समुदाय व ग्राहकों के बीच उपयुक्त संबंध स्थापित करने में।''

जी हाँ, दुनिया भर में फैले सिंधवरकी समुदाय की सफलता में ये सभी बातें साफ दिखाई पड़ती हैं। सफलता के लिए लाभ एक आवश्यक शर्त है। सिंधी लोगों ने लाभ का अपना एक अलग फॉर्मूला बनाया था। विभाजन के दौरान जब उन्हें सड़कों पर फेरी लगाने के लिए विवश होना पड़ा था, तब उन्होंने अपना एक ही सिद्धांत अपनाया—कम सीमांत लाभ और ज्यादा बिक्री।

सिंधी फर्मों की सफलता का अगर आप विश्लेषण करें तो पाएँगे कि उन्होंने अपने समुदाय और ग्राहकों के साथ संबंधों पर बहुत जोर दिया। साथ ही वे अपने मूल्यों-आदर्शों को भी साथ लेकर चलते रहे।

यह देखकर अच्छा लगता है कि इतनी धन-संपदा और उपलब्धियाँ अर्जित करने के बावजूद सिंधियों ने अपने परंपरागत मूल्यों-आदर्शों को बनाए रखा है। वे अपने बड़ों का आदर करते हैं, क्योंकि वे जानते हैं—जैसा जॉर्ज मैथ्यू ने लिखा है—"यहाँ कोई भी व्यक्ति अपने अकेले दम पर नहीं बना है। हम हजारों अन्य व्यक्तियों से बने हैं। जिस किसी ने भी हमारे लिए कोई अच्छा कार्य किया है, अपने संदेश से हमारा उत्साहवर्धन किया है, उसका हमारे विचार व चरित्र के निर्माण तथा सफलता में योगदान है।"

सिंधियों ने अपने विश्वासों-मान्यताओं तथा संयुक्त परिवार को बचाने की दिशा में बहुत ध्यान दिया है। अपने विश्वव्यापी स्वरूप के बावजूद वे अपनी रूढ़िगत मान्यताओं से जुड़े रहे हैं। इन सबसे समुदाय के चरित्र को बल मिला है। सिंधी समुदाय ने अपने साहस व दृढ़ता के बल पर अपने आपको स्थापित किया है।

और—जैसा मैंने पहले बताया है—इसका ज्यादा श्रेय सिंधी महिलाओं को दिया जाना चाहिए, जो माँ-बहन-बेटी-मार्गदर्शक-सलाहकार-शिक्षक—सब भूमिकाओं में एक साथ काम करती रही हैं।

सिंधी समुदाय का एक वरिष्ठ सदस्य होने के नाते मैं सिंधी बच्चों की उस भूमिका की सराहना करूँगा, जो समुदाय की सफलता को बनाए रखने में वे निभा रहे हैं। जो प्यार और स्नेह व विश्वास हमने उन्हें दिया है, उसे वे हमें वापस चुका रहे हैं। प्रौद्योगिकी क्रांति का हमारे बच्चों ने अच्छा लाभ उठाया है।

इस मामले में वे किसी से पीछे नहीं हैं। इस तेजी से बदलती दुनिया में वे अपनी सांस्कृतिक विरासत को कायम रखकर ही आगे बढ़ रहे हैं। नई पीढ़ी को जब हम समुदाय की मशाल थमाएँगे, तब यह सोचकर हमें संतोष रहेगा कि हमारी नई पीढ़ी ने अपने सबक अच्छी तरह सीख लिये हैं तथा अब वह समुदाय को और ऊँचाई पर ले जाएगी।

परंतु समुदाय के भविष्य से जुड़ी कुछ बातें हैं, जो चिंताजनक हैं। समुदाय का भविष्य क्या होगा? क्या इसका फैलाव बहुत अधिक और बहुत तेजी से नहीं हो रहा है?

क्या उनके बच्चे चाचा-चाची, दादा-दादी और चचेरे भाई-बहनों के संयुक्त परिवार का आनंद ले पाएँगे?

भाषा सिंधी समुदाय को एकजुट और मजबूत करने का एक महत्त्वपूर्ण कारक रही है।

भाषा सिंधी समुदाय को एकजुट और मजबूत करने का एक महत्त्वपूर्ण कारक रही है। इसी भाषा ने पुरानी पीढ़ी को उसकी सांस्कृतिक पहचान दी। लेकिन अब हमारी भाषा की क्या स्थिति है? क्या हमारे बच्चे उसके साथ सहज महसूस कर रहे हैं? क्या पाश्चात्य प्रभाव हमारी उन शक्तियों को दबा देगा, जिनके बल पर हमें एक अलग पहचान मिली है?

इसी भाषा ने पुरानी पीढ़ी को उसकी सांस्कृतिक पहचान दी। लेकिन अब हमारी भाषा की क्या स्थिति है ? क्या हमारे बच्चे उसके साथ सहज महसूस कर रहे हैं ? क्या पाश्चात्य प्रभाव हमारी उन शक्तियों को दबा देगा, जिनके बल पर हमें एक अलग पहचान मिली है ?

हालाँकि यह देखकर अच्छा लगता है कि युवा पीढ़ी अपने रूढ़िगत मूल्यों में दिलचस्पी दिखा रही है; लेकिन मेरे मन में संदेह यह है कि पता नहीं सिंधी समुदाय सिंधी भाषा की शुद्धता को बचाए रखने के लिए कोई सामूहिक उपाय कर रहा है या नहीं। मैं मानता हूँ कि कोई भी भाषा (अन्य भाषाओं से) बिल्कुल अलग होकर नहीं रह सकती। उसे विकसित-परिवर्द्धित होना होता है। इस प्रक्रिया में कुछ नए शब्द जुड़ेंगे और कुछ पुराने मौलिक नियमों में बदलाव भी लाना पड़ सकता है।

कई भारतीय भाषाएँ ऐसी हैं, जिनमें लिपि में थोड़ा सा सुधार लाना पड़ता है, ताकि कंप्यूटर के कुंजीपटल के अनुसार उसे समायोजित किया जा सके। कुछ लिपियाँ इतनी बदल गई हैं कि पुराने लोगों के लिए उन्हें समझ पाना मुश्किल हो गया है। दूसरी भाषाओं की तरह सिंधी भाषा को भी परिवर्तन से गुजरना पड़ सकता है।

लेकिन मेरे मन में जो सवाल उठ रहा है, वह यह है कि क्या सिंधी भाषा समुदाय की बदलती जीवन-शैली के कारण आ रहे बदलावों में अपने आपको बचाकर रख पाएगी ?

एक विश्वव्यापी समुदाय का हिस्सा होने के नाते एक सिंधी परिवार में दूसरे समुदायों और धर्मों के लोग भी हो सकते हैं। ऐसे परिवारों में युवा पीढ़ी प्राय: अंग्रेजी को ही बातचीत का सबसे आसान माध्यम समझती है। भारत में रहनेवाली सिंधी युवा पीढ़ी को हिंदी या राज्यक्षेत्र विशेष की स्थानीय भाषा में ही बातचीत करना आसान लगता है।

हिंदी, जो भारत की राष्ट्रभाषा है, देश के एक छोर से लेकर दूसरे छोर तक आपको सुनने को मिल जाएगी—खासकर दक्षिण में, जहाँ राष्ट्रभाषा को टी.वी. चैनलों और फिल्मों में कड़े प्रतिरोध का सामना करना पड़ा था। दक्षिण भारतीय राज्य तमिलनाडु—जो हिंदी को राष्ट्रभाषा के रूप में लागू किए जाने के विरोध में सबसे आगे रहा था—ने हिंदी फिल्मों के निर्माण में बहुत योगदान दिया है। तमिलनाडु में अब हिंदी भलीभाँति बोली और समझी जाती है।

सिंधी समुदाय बहुत आसानी से स्थानीय संस्कृति में घुल-मिल जाता है। ऐसे में सिंधी भाषा के लिए और भी खतरा पैदा हो जाता है। कई मामलों में सिंधी भाषा का प्रयोग केवल घर के सदस्यों या बहुत निकट के रिश्तेदारों तक ही सीमित रखा जाता है। युवा पीढ़ी—खासकर पश्चिमी देशों में—जिस सिंधी भाषा को बोलचाल में प्रयोग करती है, वह भी स्थानीय भाषा और सिंधी या फिर अंग्रेजी और सिंधी का मिश्रण होती है।

शताब्दी पूर्व में पारंपरिक सिंधी परिधान

मीर मुंशी
(सरकारी परिधान)

भाई बंद
(व्यवसायी का परिधान)

अखिड़ी
(परदा)

रओ, पड़ो, चादर, सपाटो
(स्कार्फ, स्कर्ट, शॉल, चप्पल)

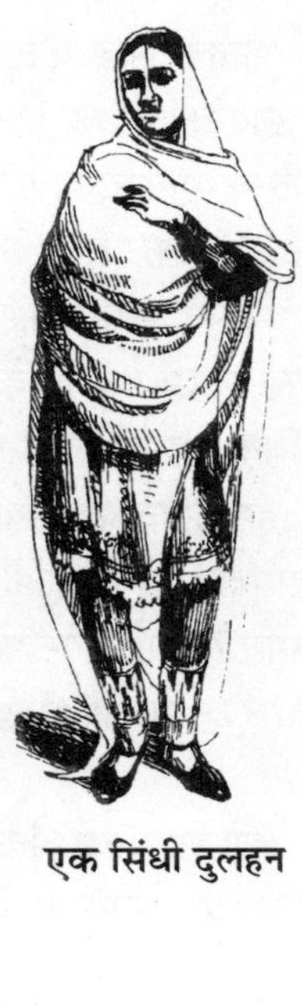

एक सिंधी दुलहन

एक और चिंताजनक बात है—सशक्त अथवा समृद्ध सिंधी साहित्य और मीडिया का अभाव, जिससे सिंधी भाषा के विकास और परिवर्धन में मदद मिल सकती है। सिंधी मीडिया—इलेक्ट्रॉनिक व प्रिंट—सशक्त नहीं है, क्योंकि समुदाय बहुत छोटा है। हिंदी, जो भारत की राष्ट्रभाषा है, देश के एक छोर से लेकर दूसरे छोर तक आपको सुनने को मिल जाएगी—खासकर दक्षिण में, जहाँ राष्ट्रभाषा को टी.वी. चैनलों और फिल्मों में कड़े प्रतिरोध का सामना करना पड़ा था। दक्षिण भारतीय राज्य तमिलनाडु—जो हिंदी को राष्ट्रभाषा के रूप में लागू किए जाने के विरोध में सबसे आगे रहा था—ने हिंदी फिल्मों के निर्माण में बहुत योगदान दिया है। तमिलनाडु में अब हिंदी भलीभाँति बोली और समझी जाती है।

टी.वी. और हिंदी फिल्मों द्वारा सिंधी समाज में अपनी जड़ न जमा पाने का मुख्य कारण यही है कि यहाँ इसका बाजार सीमित है। समुदाय के बिखराव और प्रवास के कारण जब मूल पहचान ही धुँधली पड़ती जा रही है तो ऐसे में क्या भाषा अपना अस्तित्व स्वयं बनाए रख पाएगी ? मैं नहीं जानता। लेकिन पुरानी पीढ़ी के लिए ये बातें चिंता का विषय हैं, जिसकी शक्ति समुदाय की अपनी पहचान में ही निहित रही थी।

मैं यह भी कह सकता कि पुरानी पीढ़ी उन मूल्यों-आदर्शों को नई पीढ़ी तक पहुँचा पाई है, जिनसे समुदाय को शक्ति और जीवटता मिली है। मजबूत पारिवारिक संबंध और सामंजस्य, बड़ों के प्रति सम्मान, धर्म में विश्वास और इस तरह के अन्य मूल्यों ने समुदाय को अनेक संकटों में स्वयं को बचाए रखने की शक्ति दी है।

भौतिक सुख जुटाने की अपनी कोशिश के दौरान एक सिंधी शायद ही अपने शक्ति-स्रोत को भूलता है—और वह शक्ति-स्रोत है ईश्वर में विश्वास। युवा पीढ़ी को आध्यात्मिक मार्ग दिखाया जाना चाहिए, क्योंकि इससे उन्हें इस सत्य से अवगत कराया जा सकता है कि जीवन का वास्तविक अर्थ सिर्फ भौतिक सुख-साधन जुटा लेना ही नहीं है। अपने परंपरागत मूल्यों और सांस्कृतिक विरासत के बारे में जानकर ही युवा पीढ़ी यह समझ पाएगी कि विनम्रता, एकजुटता के बिना तथा मनुष्य की मनुष्यता को समझे बिना वह जीवन में कुछ भी बड़ा हासिल नहीं कर सकती।

हम अपने बच्चों को पढ़ने या काम करने के लिए विदेश भेजेंगे तो क्या इससे वे अपने समुदाय की सीमाओं से बाहर निकलकर विदेशी जीवन-शैली की ओर आकर्षित होने लगेंगे ? क्या अंतरजातीय विवाह की संभावना से धीरे-धीरे सिंधियत नरम पड़ जाएगी ? जिन मूल्यों, सिद्धांतों को हमने अब तक बनाए रखा है, क्या वे कमजोर पड़ जाएँगे ?

क्या इन सबसे अंततः समुदाय अपनी सिंधी पहचान खो देगा ? अगर हमारे बच्चे और उनके बाद उनके बच्चे अपनी जरूरत के अनुसार लीक से हटकर चलने लगेंगे तो

समुदाय की शक्ति और विशिष्टता का क्या होगा? मेरा अभिप्राय यह नहीं है कि हमें पुरानी चाल में ही चलते रहना चाहिए। लेकिन ये कुछ ऐसी बातें हैं, जो अकसर मेरे मन को चिंतित करती हैं।

अगर हमारे बच्चे और उनके बाद उनके बच्चे अपनी जरूरत के अनुसार लीक से हटकर चलने लगेंगे तो समुदाय की शक्ति और विशिष्टता का क्या होगा? मेरा अभिप्राय यह नहीं है कि हमें पुरानी चाल में ही चलते रहना चाहिए। लेकिन ये कुछ ऐसी बातें हैं, जो अकसर मेरे मन को चिंतित करती हैं।

पोपटी हीरानंदानी ने अपनी पुस्तक 'सिंधीज : द स्कैटर्ड ट्रेजर' में नई पीढ़ी के बदलते स्वरूप के बारे में लिखा है—''कैनरी आईलैंड्स में मैंने ऐसे सिंधी बच्चों को देखा है, जो स्कूल में तो स्पैनिश भाषा सीखते हैं, घर में सिंधी में बात करते हैं, मंदिरों में हिंदी में भजन गाते हैं और पार्टियों में उर्दू के पद गाते हुए प्रतियोगिता करते हैं। मैंने बिल्कुल अलग तरह के नामवाले लोगों को देखा है, हांगकांग में मिस ग्रेसी वासवानी और पीटर अबीचंदानी, स्पेन में मिस मारिया थाडानी, अलबर्टो भूदवानी और वियंटियाने में मिस सियाटे दासवानी!''

ऐसे बच्चों का स्थानीय संस्कृति में घुल-मिल जाना स्वाभाविक है। ऐसे में उनसे यह उम्मीद नहीं की जा सकती कि वे अपने पिता या चाचा आदि की तरह की सोच रखेंगे या कार्य-व्यवहार करेंगे। लेकिन साथ ही, हम अपनी संतानों की ओर से लापरवाह हैं। मुझे लगता है, सिंधी बहुत तेजी से अपनी पहचान खोते जा रहे हैं। उदाहरण के लिए, उनके नए-नए नामों को ही लीजिए।

आप कहेंगे कि नाम में क्या रखा है। बहुत कुछ रखा है। नाम पूरे इतिहास में सिंधी पहचान का एक हिस्सा रहा है। लेकिन ऐसा लगता है कि युवा पीढ़ी इस ओर बिल्कुल भी ध्यान नहीं दे रही है। समुदाय में जो बदलाव आ रहे हैं, उनका निश्चित रूप से हमारे ऊपर प्रभाव पड़ेगा और इसके लिए हमें तैयार रहना चाहिए। काश, लेविस मम्फोर्ड की यह बात सच हो जाए—''हर पीढ़ी अपने पिता के खिलाफ और दादा के पक्ष में आ जाती है।''

इस प्रकार सिंधी समुदाय के सामने अपनी पहचान को बनाए रखने की समस्या है। मेरी शिकायत यह है कि समुदाय इस ओर पर्याप्त ध्यान नहीं दे रहा है। आर्थिक खुशहाली और सुरक्षा के चक्कर में पड़कर हम अपनी साहित्यिक और सांस्कृतिक विरासत के प्रति अपनी जिम्मेदारियों से दूर होते जा रहे हैं।

आर्थिक सुरक्षा सुनिश्चित करना जरूरी है। अपनी भूमि से उखड़ जाने के बाद हमारी पहली चिंता अपनी मजबूत जड़ बनाने की रही है। आर्थिक सुरक्षा सबसे जरूरी

थी, क्योंकि इससे विदेशी धरती पर हमें सुरक्षा मिली।

विभाजन के बाद और भारत में बसने के बाद भी हम अपने अस्तित्व को बचाए रखने के लिए लगातार संघर्षरत रहे हैं। अपनी विरासत को सँभालने के लिए हमारे पास समय ही नहीं था। इस दिशा में अगर हमने कुछ किया भी तो वह ऐतिहासिक जिज्ञासा से प्रेरित होकर नहीं बल्कि अपने मन-बहलाव के लिए ही किया।

सिंधियों ने अपनी लोक-परंपराओं की इतनी उपेक्षा की है कि गैर-सिंधियों को हमारी लोककला के बारे में कोई जानकारी ही नहीं है। गैर-सिंधी लोग सिंधियों को सिर्फ एक व्यवसायी समुदाय के रूप में जानते हैं, इससे ज्यादा कुछ नहीं जानते। भारत से बाहर रह रही नई पीढ़ी के मामले में भी ऐसी ही बात हो सकती है। हमारे पास ऐसे कलाकार बहुत कम हैं, जो युवा पीढ़ी को सिंधी लोककला का प्रशिक्षण दे सकें। यह हमारी ओर से की जानेवाली उपेक्षा है, जिसे हर कोई देख सकता है।

सिंधियों ने अपनी लोक-परंपराओं की इतनी उपेक्षा की है कि गैर-सिंधियों को हमारी लोककला के बारे में कोई जानकारी ही नहीं है। गैर-सिंधी लोग सिंधियों को सिर्फ एक व्यवसायी समुदाय के रूप में जानते हैं, इससे ज्यादा कुछ नहीं जानते। भारत से बाहर रह रही नई पीढ़ी के मामले में भी ऐसी ही बात हो सकती है। हमारे पास ऐसे कलाकार बहुत कम हैं, जो युवा पीढ़ी को सिंधी लोककला का प्रशिक्षण दे सकें। यह हमारी ओर से की जानेवाली उपेक्षा है, जिसे हर कोई देख सकता है। भारत के गणतंत्र दिवस पर जब हम विभिन्न सांस्कृतिक कार्यक्रमों को देखते हैं, उस समय उसमें सिंधी भागीदारी न होने का हमें मलाल होता है। इस मौके पर न कोई सिंधी लोक नृत्य होता है, न कोई सिंधी लोक संगीत, जिसे सारा राष्ट्र देख सके। ऐसा क्यों? क्या हम देश से अलग हैं?

हाल के दशकों में शायद ही कोई अच्छी सिंधी फिल्म बनी होगी। हमारे यहाँ थिएटर—जो सिंधी भाषा व संस्कृति के प्रचार-प्रसार का एक अन्य प्रभावी माध्यम है—तो लगभग गायब ही हो चुका है। सामाजिक-धार्मिक कार्यों में तो हम उदार हैं, लेकिन अपनी लोक कलाओं को उतना संरक्षण हम नहीं दे पा रहे हैं जितना देना चाहिए।

पिछले पचास वर्षों की बात करें तो इस दौरान परंपरागत सिंधी पहनावे में बदलते समय के अनुसार कोई नयापन नहीं आया है। किसी गैर-सिंधी से पूछिए कि उसने कभी किसी को परंपरागत सिंधी पहनावे में देखा है, तो उसका उत्तर 'न' ही होगा। स्टेज (रंगमंच) पर तो कभी-कभी हमें परंपरागत सिंधी परिधान देखने को मिल जाएँगे, लेकिन सार्वजनिक रूप से या शादी-ब्याह के समय या फिर सांस्कृतिक अवसरों पर कोई सिंधी अपनी परंपरागत पोशाक पहनना ही नहीं चाहता।

क्या हमें अपनी परंपरागत पोशाक पहनने में शर्म आती है? गुजराती गरबा पहनावे की बात करें तो पिछले कई दशकों से इसके स्वरूप में व्यापक बदलाव आते रहे हैं और अब तो गैर-गुजराती लोग भी इसे पहनने लगे हैं। इसी तरह पंजाबी पोशाक में भी अच्छा-खासा बदलाव आया है।

दुर्भाग्य से देश के फैशन डिजाइनरों ने भी सिंधी पोशाक को पूरी तरह उपेक्षित कर दिया है। दुःख की बात यह है कि उनमें से कई तो स्वयं भी सिंधी हैं। अगर बदलते समय के अनुसार हमारी परंपरागत पोशाक में आवश्यक बदलाव लाया गया होता तो आज देश के अभिजात वर्ग की अलमारी में कुरता और सुथम लटकता जरूर दिखाई देता।

मुझे तो इसमें भी संदेह है कि हम अपने बच्चों को अपने विश्वास की ओर सही दिशा में ले जा रहे हैं या नहीं। जीवन की व्यस्तता और भौतिक सुख प्राप्त करने के अपने प्रयासों के बीच माता-पिता को इतना समय ही नहीं मिलता कि वे अपने बच्चों को इसके बारे में कुछ बता सकें। वे बहुत बड़ी गलती कर रहे हैं। विश्वास के बिना मनुष्य में साहस नहीं आ सकता। जीवन और अपने आप में विश्वास नहीं है तो आप दुनिया की वास्तविकताओं से अपने आपको जोड़ ही नहीं सकते।

आपको वही मिलता है, जिसकी आप अपेक्षा करते हैं। यह जीवन का सिद्धांत है। एक व्यवसायी को बहादुरी व विश्वास से भौतिक तथा आध्यात्मिक दोनों तरह के लाभ मिलते हैं। आज के माता-पिता को यह सच्चाई याद रखनी चाहिए। लेकिन ऐसा नहीं है कि सब जगह स्थिति निराशाजनक ही है। संयुक्त अरब अमीरात में—खासकर दुबई में—सिंधी समुदाय ने धनार्जन के अपने कार्य-व्यवसाय के साथ-साथ अपने (धार्मिक) विश्वास व संस्कृति के साथ भी अपना जुड़ाव बनाए रखा है। इस संदर्भ में सिंधी महिलाओं की सबसे बड़ी भूमिका रही। संयुक्त अरब अमीरात में हर साल हजारों सिंधी इकट्ठा होकर चेटी चाँद (सिंधी नववर्ष) मनाते हैं, जिसमें विशेष आमंत्रण पर भारत से कलाकार आते हैं।

एक व्यवसायी को बहादुरी व विश्वास से भौतिक तथा आध्यात्मिक दोनों तरह के लाभ मिलते हैं। आज के माता-पिता को यह सच्चाई याद रखनी चाहिए। लेकिन ऐसा नहीं है कि सब जगह स्थिति निराशाजनक ही है। संयुक्त अरब अमीरात में—खासकर दुबई में—सिंधी समुदाय ने धनार्जन के अपने कार्य-व्यवसाय के साथ-साथ अपने (धार्मिक) विश्वास व संस्कृति के साथ भी अपना जुड़ाव बनाए रखा है।

सन् 1970 और 1980 के दशकों में सखी सम्मेलन (सिंधी महिलाओं का एक संगठन) ने सामुदायिक कार्यक्रमों के आयोजन में अग्रणी भूमिका निभाई। पहला सिंधी नाटक 'डिसु पैसे जा रंग' आयोजित करने का श्रेय भी इसी महिला संगठन को जाता है।

सखी सम्मेलन से पहले मुरिज मँघनानी, गोरधन अदनानी, लखी लुल्ला और रामचंद सावलानी आदि जाने-माने सिंधी अपने समुदाय को उसकी सांस्कृतिक परंपरा से परिचित कराने के लिए सतराम रोहिरा, भागवंती नवानी, विश्नी ईसराणी, कमला केसवानी और स्व. दादाराम पंजवाणी जैसे कलाकारों को दुबई में बुलाया करते थे।

हाल के वर्षों में, दादा राम पंजवाणी से प्रेरित होकर, मैंने दुबई में सांस्कृतिक आंदोलन का नेतृत्व किया है, जिसमें समुदाय के अनेक सदस्यों का सहयोग व समर्थन मुझे मिला है—नारायण सावलानी और मोहन गेहानी आदि। एस.पी. मेंघानी और रमेश जाञाणी के नेतृत्व में अब तक बीस सिंधी नाटकों का मंचन हो चुका है। नाटक का मंचन शुरू होने से कई दिन पहले से ही डिनर थिएटर के बाहर 'हाउसफुल' का बोर्ड लग जाता है।

दुबई में सिंधी संस्कृति को जीवित रखने में जाने-माने नाटककार और इंडियन हाई स्कूल, दुबई के पूर्व रेक्टर डॉ. मोती प्रकाश की भूमिका भी कम नहीं रही है। अनिला सुंदर–जानी-मानी सिंधी कलाकार–ने भी अपने शानदार प्रदर्शन से दुबई के दर्शकों को खूब मंत्रमुग्ध किया है।

दुबई में सिंधी संस्कृति को जीवित रखने में जाने-माने नाटककार और इंडियन हाई स्कूल, दुबई के पूर्व रेक्टर डॉ. मोती प्रकाश की भूमिका भी कम नहीं रही है। अनिला सुंदर—जानी-मानी सिंधी कलाकार—ने भी अपने शानदार प्रदर्शन से दुबई के दर्शकों को खूब मंत्रमुग्ध किया है। भारत की स्वतंत्रता के स्वर्ण जयंती समारोह के अवसर पर कांसुलेट जनरल ऑफ इंडिया के तत्त्वावधान में 'सिंध मुंहिंजी अमड़ि' का अंतिम कार्यक्रम दुबई में आयोजित किया गया था। यह एक यादगार समारोह था, जिसमें दूसरे समुदायों के लोग भी उपस्थित थे।

बाहर से आनेवाले कलाकारों के साथ संपर्क से स्थानीय प्रतिभाओं को तैयार करने में भी बहुत हद तक मदद मिली है—जैसे ईश्वर चंद्र आडवाणी और कोशी लालवाणी, जिन्होंने सिंधी सांस्कृतिक कार्यक्रम प्रस्तुत करने के लिए दूर-दूर तक की यात्रा की है। दुबई ने कई अन्य कला प्रतिभाओं को भी जन्म दिया है—वर्षा खटवानी, वर्षा पागरानी, विष्णु गुर, रमेश भाटिया, नरेंद्र साधवानी, नारायण सावलानी, बी.डी. भाटिया और श्रीमती चौधरी। इन सभी का स्थानीय रंगमंच के विकास में योगदान रहा है। कई बार मैंने भी मंच पर अभिनय करने की कोशिश की है। पार्श्व कलाकारों में मोहन गेहानी अपनी प्रशासनिक कुशलता के लिए जाने जाते हैं।

खेलों में आपको ज्यादा सिंधी नहीं मिलेंगे। लेकिन समुदाय के लिए खेल सुविधाएँ उपलब्ध कराने में वे किसी से पीछे नहीं हैं। इंडियन स्पोर्ट्स क्लब—जिसे अब 'इंडिया क्लब' के नाम से जाना जाता है—खेल और अन्य मनोरंजन गतिविधियों के लिए अच्छा स्थान है। 'फाइव स्टार लक्जरी' कहे जानेवाले इस क्लब का संचालन

एक न्यास परिषद् द्वारा किया जाता है, जिसके अधिकांश सदस्य सिंधी हैं, जिन्होंने न केवल इसको स्थापना की बल्कि आज भी इसे अपना पूरा समय और सहयोग दे रहे हैं। इसके द्वार बिना किसी भेदभाव के सभी समुदायों के लिए खुले हैं।

सिंधी समुदाय लोक-कल्याणकारी गतिविधियों में भी आगे रहा है। इंडियन हाई स्कूल (दुबई) एक प्रमुख लाभ-निरपेक्ष शिक्षण संस्थान है, जो एक न्यास परिषद् द्वारा संचालित किया जा रहा है। इसके भी अधिकांश सदस्य सिंधी हैं। इसमें आठ हज़ार से भी ज़्यादा विद्यार्थी शिक्षा प्राप्त करते हैं। इसमें प्रवेश के लिए जाति या धर्म के आधार पर कोई भेदभाव नहीं किया जाता। मघनमल पंचोलिया इस स्कूल के पहले मानद अध्यक्ष रहे थे। उनके बाद मुरिज मँघनानी, खीमचंद एन. खीअरा, भगवान जेठवानी, वाशु श्रॉफ और नवल वेद अध्यक्ष बने। और अब इस पद पर कार्य करने का सौभाग्य मुझे मिला है। डॉ. मोती प्रकाश—जो पच्चीस वर्षों तक इस संस्था के प्राचार्य रहे—संयुक्त अरब अमीरात के सबसे जाने-माने सिंधियों में से एक हैं।

सिंधी समुदाय लोक-कल्याणकारी गतिविधियों में भी आगे रहा है। इंडियन हाई स्कूल (दुबई) एक प्रमुख लाभ-निरपेक्ष शिक्षण संस्थान है, जो एक न्यास परिषद् द्वारा संचालित किया जा रहा है। इसके भी अधिकांश सदस्य सिंधी हैं। इसमें आठ हजार से भी ज्यादा विद्यार्थी शिक्षा प्राप्त करते हैं। इसमें प्रवेश के लिए जाति या धर्म के आधार पर कोई भेदभाव नहीं किया जाता।

सांस्कृतिक दृष्टि से देखा जाए तो सिंधी समुदाय एक कठिन दौर से गुजर रहा है। हम एक होते हुए भी एक नहीं हैं। सिंधी समुदाय में अनेक स्वयं-सहायता समूह हैं और प्रत्येक समूह अपनी अलग सिंधियत की तलाश में है। सिंधी समुदाय तो सशक्त है, लेकिन उसमें सिंधियत नहीं है। सिंधियत सिंधी जीवन का अभिन्न हिस्सा है; लेकिन आप इसे अपने जीवन से बाहर रखकर कैसे देख सकते हैं? सिंधी किसे कहा जाए? कौन सिंधी है? समय के साथ-साथ ये प्रश्न बार-बार उठेंगे। प्रसिद्ध सिंधी कवि कृष्ण राही की एक कविता याद आती है—

जेके हिते ज़मंदा, से भी सिंधी सड़िबा।
सिंधी थी करे भी
सिंध खे ड़िसण खूं सिकंदा
धारियनि वांगुर जड़हिं
सिंधु वञी ड़िसंदा
माण्हूं इएं चवंदा
सिंधी आया सिंधु ड़िसण।

(—विभाजन के बाद जो यहाँ पैदा हुए हैं, उन्हें भी सिंधी कहा जाएगा और सिंधी होते हुए भी वे सिंध को नहीं जानते, लेकिन सिंध को देखने की लालसा उसके मन में है। जब वे अजनबियों की तरह जाएँगे और सिंध को देखेंगे तब लोग कहेंगे—सिंधी सिंध देखने को आए हैं। यह दुःखद तो है, पर सच है।)

दुबई में सिंधी साहित्यिक गतिविधियाँ

दुबई में सिंधी साहित्यिक गतिविधियाँ सराहनीय रही हैं। साठ के दशक के उपरांत भारत और सिंध के साहित्यकारों के लिए दुबई एक मध्यस्थ पुल का कार्य कर रही है।

दुबई में 'साहित्य अकादमी' से पुरस्कृत सिंधी साहित्यकार डॉ. मोती प्रकाश, कला प्रकाश, मोहन गीहाणी, वासुदेव मोही और गोप कमल के अलावा गोवर्धन शर्मा 'घायल', श्रीकांत सदफ़, दयाल मगंताणी तथा मोहनलाल शर्मा सदैव सक्रिय रहे, एवं मासिक साहित्यिक बैठकों में पठन-वाचन के अलावा सेहतमंद समालोचना के दौर भी चलते रहे। किसी-न-किसी रचनाकार के यहाँ स्नेह भोजन पर मिलन होते रहे। भारत और सिंध के अनेक गण्यमान्य साहित्यकार और कलाकार उन महफिलों में सम्मिलित होते रहे। कुछ नाम इस प्रकार हैं—भारत से सर्वश्री कीरत बाबाणी, गोबिंद माल्ही, राष्ट्रकवि हूंदराज 'दुखायल', पोपटी हीरानंदाणी, नारायण श्याम, एम. कमल और सिंध से जनाब शेख अयाज, तन्वीर अबासी, ज़फ़र हसन, इब्राहीम जोयो साहब, उस्ताद बुख़ारी, आबिदा परवीन, जीजी ज़रीना बलोच, संगीतकार श्री सी. अर्जुन और गुल मुहम्मद आदि। श्रीमती आशा चांद का सिंधी भाषा के प्रचार में योगदान सराहनीय रहा है।

❑

15

परिवर्तन की कोई मंजिल नहीं

> **''चीजें बदलती हैं। एकमात्र सवाल यह है कि चूँकि चीजें इतनी तेजी से बिगड़ रही हैं, तो समाज और मनुष्य की आदतें जल्दी-से-जल्दी बदल जाएँगी।''**
>
> **—आइजैक असिमोव**

परिवर्तन प्रकृति का नियम है।

यही एक चीज जीवन में ऐसी है, जो निश्चित है। इसके बिना हम महत्त्वहीन हो जाएँगे। परिवर्तन आंतरिक और बाह्य कई रूपों में आता है।

अगर हम जीवन का वर्तमान क्षण यह सोचते हुए जिएँ कि कल नहीं होगा और अपना पूरा ध्यान अपने कर्म में लगाएँ तो जीवन स्वयं हमारे भाग्य को सँवारेगा। इसका यह अर्थ नहीं हुआ कि हमें अपना जीवन नियोजित ही नहीं करना चाहिए। जैसा योगी बेरा (Yogi Berra) ने कहा था, ''अगर आपको यह पता न हो कि आपको कहाँ जाना है तो आप सतर्क रहेंगे; क्योंकि हो सकता है कि आप वहाँ पहुँच ही न पाएँ।''

मंजिल का ज्ञान जरूरी है, लेकिन उससे भी ज्यादा जरूरी हैं छोटे-छोटे कदम, जो हम उस मंजिल की ओर बढ़ाते हैं।

अपने जीवन के बीते वर्षों की ओर मुड़कर जब मैं देखता हूँ, तब मैं स्वयं को भगवान् का कृतज्ञ मानता हूँ—जीवन में जो कुछ उसने मुझे दिया, उसके लिए और अब तक अच्छा या बुरा, जो कुछ भी मेरे साथ हुआ, उसके लिए। मुझे लगता है कि ईश्वर ने मेरी पात्रता से भी ज्यादा मुझे दिया है। बहुत ज्यादा।

दिन-प्रतिदिन जैसे-जैसे मैं जीवन की वास्तविकता के निकट जाता हूँ, वैसे-वैसे

मेरे मन में एक संतोष की भावना का संचार होता है। जब व्यक्ति भौतिक वस्तुओं के पीछे भागना छोड़ देता है, तभी उसे एक नई वास्तविकता का बोध होता है और वह अपने तथा आस-पास के लोगों को नए परिप्रेक्ष्य में देख पाता है। उसे जीवन के मूल्य का बोध होने लगता है।

भारत के आध्यात्मिक गुरुओं की संगति में रहने का अवसर भी मुझे मिला है। इन आध्यात्मिक गुरुओं के पास महान् व्यावहारिक ज्ञान और आध्यात्मिक अंतर्दृष्टि है। इन महान् गुरुओं, जैसे—स्वामी चिन्मयानंद, स्वामी सच्चिदानंद, दादा जे.पी. वासवानी, पूज्य नारायण बाबा, दादी हरी देवी वासवानी और दादा रतनचंद चटलानी—का सान्निध्य मेरे लिए एक फलदायक अनुभव रहा है, जिसका मेरे जीवन और सोच पर गहरा प्रभाव पड़ा है।

दुबई ने मुझे जो अवसर दिए, उसके लिए मैं उसका आभारी हूँ। ढेर सारे अवसर—न केवल भौतिक प्रगति के लिए, बल्कि व्यक्तिगत व आध्यात्मिक विकास के लिए भी। दुबई, भारत और दुनिया के अन्य देशों के अग्रणी व्यवसायियों के साथ काम करने का सौभाग्य यहाँ मुझे प्राप्त हुआ है।

भारत के आध्यात्मिक गुरुओं की संगति में रहने का अवसर भी मुझे मिला है। इन आध्यात्मिक गुरुओं के पास महान् व्यावहारिक ज्ञान और आध्यात्मिक अंतर्दृष्टि है। इन महान् गुरुओं, जैसे—स्वामी चिन्मयानंद, स्वामी सच्चिदानंद, दादा जे.पी. वासवानी, पूज्य नारायण बाबा, दादी हरी देवी वासवानी और दादा रतनचंद छतलानी—का सान्निध्य मेरे लिए एक फलदायक अनुभव रहा है, जिसका मेरे जीवन और सोच पर गहरा प्रभाव पड़ा है।

स्वामी सच्चिदानंद द्वारा लिखित दैनिक विचारों की पुस्तक 'द गोल्डन प्रजेंट' को मैं कई बार पढ़ चुका हूँ। 7 सितंबर के लिए उसमें लिखा है—**'बड़ी कीमत चुकाने को कम ही लोग तैयार होते हैं।'**

कुछ ही लोग ऐसे हैं, जो वास्तव में कुछ ऊँचा हासिल करना चाहते हैं और उसकी कीमत चुकाने को तैयार होते हैं। यह कीमत है—जीवन का अनुशासन।

मनुष्य को चाँद पर भेजने के लिए कितने अनुशासन की जरूरत होती है? एक ओलंपिक चैंपियन तैयार करने में कितने अनुशासन की जरूरत होती है? खिलाड़ियों को धूम्रपान की इजाजत नहीं होती। खाने-पीने और आने-जाने के मामले में भी उन्हें अनुशासन का पालन करना पड़ता है। उन्हें बराबर अभ्यास करना पड़ता है—और यह सबकुछ मात्र एक स्वर्ण पदक के लिए।

एक साधारण से पर्वत पर चढ़ने के लिए भी कितने अनुशासन की जरूरत होती है। तो फिर माउंट एवरेस्ट पर चढ़ने के लिए कितने अनुशासन की जरूरत होगी? यहाँ

हम सबसे ऊँचे पर्वत पर चढ़ने की कोशिश कर रहे हैं—एवरेस्ट। सभी महान् संत-महात्माओं का यही कहना है, ''अनुशासन आवश्यक है। अपने जीवन को अनुशासित करो। अपनी इंद्रियों पर नियंत्रण रखो।'' वे मूर्ख नहीं हैं।

हमें ऐसे स्थानों की जरूरत होती है, जहाँ हम जीवन में अनुशासन का पाठ पढ़ सकें। अपनी ऊर्जा को संतुलित करके ही हम उसका सदुपयोग कर सकते हैं। उदाहरण के लिए, जल विद्युत् को लीजिए। यह ऊर्जा कहाँ से आपको मिलती है? कैसे मिलती है? मुक्त रूप से प्रवाहित होनेवाली नदी को बाँध द्वारा नियंत्रित किया जाता है। उसके रुके हुए जल को एक विशाल पाइप से होकर प्रवाहित किया जाता है। यह एक टरबाइन के जरिए प्रवाहित होता है। और जब बिजली उत्पन्न होती है तो उसे छोटे-छोटे ट्रांसफार्मरों के माध्यम से आपके घर तक पहुँचाया जाता है। यह सारी प्रक्रिया अनुशासन पर ही आधारित है। अगर (बिजली का) एक भी तार आपके घर में खुला या नंगा है तो उससे शॉट लग सकता है या आग भी लग सकती है।

अपने पालतू जानवर को आप कहते हैं, 'बैठो' और वह बैठ जाता है। उस समय कितना गर्व महसूस होता है आपको। कितने ही लोग ऐसे हैं, जो यह दिखाने की कोशिश करते हैं कि उनका पालतू (जानवर) कितना अनुशासित है। सर्कस में आप क्या देखते हैं? शेर, चीते, हाथी और घोड़े सभी अनुशासित होते हैं। इसलिए हमें यह बात कभी नहीं भूलनी चाहिए कि जीवन की सभी उपलब्धियाँ अनुशासन से ही आती हैं।''

मेरा मानना है कि जीवन में आपको गुरु तभी मिलता है, जब आप सीखने के लिए तैयार हो जाएँ, ईश्वरीय इच्छा के अनुसार अपने आपको बदलने के लिए तैयार हो जाएँ। गुरु की शिक्षाओं का सम्मान करें और उन्हें अपने जीवन में उतारने की कोशिश करें तो गुरु की उपस्थिति यथार्थ में बदलती है और वह आपके जीवन में स्वयं उतरने लगता है।

इस पुस्तक से बहुत बड़ी शिक्षा मिलती है। मेरे पूजा कक्ष में दादा जे.पी. वासवानी, नारायण बाबा की भी इसी तरह की उपदेशपरक पुस्तकें आप देख सकते हैं। इनसे मुझे असमंजस की स्थिति में मार्गदर्शन और प्रेरणा मिलती है।

मेरा मानना है कि जीवन में आपको गुरु तभी मिलता है, जब आप सीखने के लिए तैयार हो जाएँ, ईश्वरीय इच्छा के अनुसार अपने आपको बदलने के लिए तैयार हो जाएँ। गुरु की शिक्षाओं का सम्मान करें और उन्हें अपने जीवन में उतारने की कोशिश करें तो गुरु की उपस्थिति यथार्थ में बदलती है और वह आपके जीवन में स्वयं उतरने लगता है।

अप्रवासी भारतीय संगठनों में अपनी सक्रिय संलग्नता से मुझे इंदिरा गांधी, राजीव गांधी, नरसिंहा राव, चंद्रशेखर, वी.पी. सिंह, अटल बिहारी वाजपेयी और लालकृष्ण

आडवाणी आदि राजनेताओं को काफी करीब से देखने का मौका मिला है, जो मेरे लिए काफी शिक्षाप्रद अनुभव रहा है।

ये नेता जिस तरह से शासन-प्रशासन की दैनिक समस्याओं को सुलझाते थे, उससे मैं काफी प्रभावित हुआ। मुझे लगा कि ये लोग अपनी भावनाओं और मनोदशाओं पर काबू रखते हुए बड़े संयम से काम करते हैं। जीवन के हर क्षेत्र से जुड़े लोगों के संपर्क में रहने के कारण इन्हें बहुत संयम से चलना पड़ता है। आखिरकार ये राजनीतिज्ञ हैं। ये किसी को अपनी बात या काम से आहत नहीं कर सकते।

राजनीति की बात करें तो एक बात मुझे अखरती है कि सिंधी समुदाय राजनीति की ओर से आमतौर पर उदासीन ही रहा है। कुछ मुट्ठी भर लोगों को छोड़कर—जो अलग-अलग राजनीतिक विचारधारा का प्रतिनिधित्व करते हैं—सिंधी कुल मिलाकर राजनीति से दूर भागते हैं। कभी-कभी मैं सोचता हूँ कि क्या हम भी उम्मीद कर सकते हैं कि भारतीय राजनीति में कभी हमारा भी कुछ प्रभाव होगा?

सन् 1992-93 की बात है। मैं अपने जुमीरा विला में अपने बगीचे में बैठा सुबह की चाय का आनंद ले रहा था। तभी मेरे पास उनका फोन आया। वह एक बैंक स्थापित करने की योजना बना रहे थे, जिसके बारे में मुझसे चर्चा करना चाहते थे। उनकी बातों में विनम्रता थी, लेकिन एक-एक बात में उनका उत्साह और उम्मीद झलक रही थी। एक घंटे से कुछ ज्यादा समय तक उन्होंने बातचीत की।

अग्रणी सिंधी व्यवसायियों में मुझे श्रीचंद पी. हिंदुजा सबसे अलग लगते हैं। जब भी मैं उनसे बात करता हूँ, मुझे कुछ-न-कुछ नया सीखने को मिलता है। मुझे याद है, एक बार मैंने उनके लिए शांति या आराम की कामना की थी। इस पर उनका जवाब था, ''मेरे लिए संघर्ष की कामना करो; शांति तो जीवन की समाप्ति पर मिलती है।'' मुझे काफी नजदीक से उन्हें समझने का मौका मिला। सन् 1992-93 की बात है। मैं अपने जुमेरा विला में अपने बगीचे में बैठा सुबह की चाय का आनंद ले रहा था। तभी मेरे पास उनका फोन आया। वह एक बैंक स्थापित करने की योजना बना रहे थे, जिसके बारे में मुझसे चर्चा करना चाहते थे। उनकी बातों में विनम्रता थी, लेकिन एक-एक बात में उनका उत्साह और उम्मीद झलक रही थी। एक घंटे से कुछ ज्यादा समय तक उन्होंने बातचीत की।

मुझे पता चला कि कुछ ही समय पहले वह दुःखद परिस्थितियों में अपना इकलौता बेटा खो चुके थे। लेकिन उनकी आवाज में दुःख व पीड़ा का लेशमात्र भी स्पर्श नहीं था। परिस्थिति से उन्होंने स्वयं को सँभाल लिया था। काम चलता रहना

चाहिए—यही मुझे उनका व्यक्तिगत दर्शन लगा। एक बार उन्होंने मुझसे कहा था, "अगर मेरी किस्मत में कष्ट भोगना लिखा है तो कोई भी उसे रोक नहीं सकता। कोई शाश्वत शक्ति है, जो स्वयं सबकुछ संचालित करती है। जो भी सामने आए, उसे हमें स्वीकार करना होगा।"

उनके साथ पहली ही बातचीत के बाद मुझे लगने लगा कि इस बिखरे सिंधी समुदाय के पास हिंदुजा के रूप में एक कप्तान है। एक सिंधी सम्मेलन में इस पर मैंने बोला भी था—

कश्ती सबकी किनारे लग जाती है
जिसका नाखुदा (कप्तान) नहीं होता
उसका खुदा होता है।

हिंदुजा ने सिंधी समुदाय को एकजुट करने के लिए बड़ी सफलतापूर्वक एक आधार तैयार किया। उनका लक्ष्य था—भारत में स्वतंत्रता के पश्चात् के पहले राष्ट्रीयकृत बैंक की आधारशिला रखना। दुनिया भर की जानी-मानी हस्तियों को उन्होंने इसमें जोड़ा—हैरीलेलास और सीतल (हांगकांग), वाशी पुरसवानी (बैंकॉक), टीकमदास मुलानी (सिंगापुर), नारी पोहानी (अमेरिका), लाल तोलानी, दासी बुधरानी एवं सुंदर डालामल (यू.के.) और दुबई से मैं स्वयं। भारत के निरंजन हीरानंदानी, नानिक रूपानी, अमर दौलतानी, नारी गुरसहानी और डी.एम. हरेश निवेशकों में शामिल थे। सड़सठ दिन में ही हिंदुजा ने 100 करोड़ रुपए के बैंक का सपना साकार कर दिया।

राजनेताओं से बात करने और संस्था के बारे में उन्हें बताने के लिए अधिकतर सदस्य स्वयं भारत आए। अप्रवासी भारतीयों का देश के लिए यह एक बड़ा योगदान था। इसमें जो थोड़ी-बहुत रुकावटें आईं, उन्हें आसानी से दूर कर लिया गया।

अपनी स्थापना के पहले वर्ष से ही इंडसइंड बैंक अपने अंशधारकों को लाभांश दे रहा है। शुरू के तीन वर्षों तक यह देश का सर्वोच्च बैंक बना रहा। 100 करोड़ रुपए की पूँजी व्यक्तिगत निवेश द्वारा ही इकट्ठा कर ली गई। इसमें कोई औपचारिक खर्च नहीं करना पड़ा, जो प्रायः 15 प्रतिशत तक हो जाता है।

और इस प्रकार इंडसइंड बैंक लिमिटेड अस्तित्व में आया। यह नाम सिंधु घाटी सभ्यता और भारत—दोनों नामों को मिलाकर बनाया गया है। अपनी स्थापना के पहले वर्ष से ही इंडसइंड बैंक अपने अंशधारकों को लाभांश दे रहा है। शुरू के तीन वर्षों तक यह देश का सर्वोच्च बैंक बना रहा। 100 करोड़ रुपए की पूँजी व्यक्तिगत निवेश द्वारा ही इकट्ठा

कर ली गई। इसमें कोई औपचारिक खर्च नहीं करना पड़ा, जो प्राय: 15 प्रतिशत तक हो जाता है। नई दिल्ली में या जहाँ कहीं भी इसकी बैठक आयोजित की जाती थी, वहाँ इसके प्रोमोटर और कन्वेनर स्वयं अपने खर्च पर पहुँचते थे। यह एस.पी. हिंदुजा के नेतृत्व का कमाल है।

सिंधी समुदाय इससे पहले तक बिना कप्तान या नेता के चल रहा था। अब हिंदुजा के रूप में उसे अपना कप्तान मिल गया था, जिस पर पूरे समुदाय को गर्व होना चाहिए।

दुबई में अपने मित्रों में दो का नाम मैं विशेष रूप से लेना चाहूँगा—मनु छाबड़िया और हीरो जशनमल। वे दोनों अब हमारे बीच नहीं हैं। जंबो इलेक्ट्रॉनिक्स के रूप में मनु ने एक व्यावसायिक साम्राज्य खड़ा कर दिया है। वह अत्यंत साहसी और जुझारू प्रकृति के थे। ऐसे लोग हमें जीवन में एकाध बार ही मिलते हैं। वह क्षण मुझे आज भी याद है, जब मैंने उनके फीते पर लॉयंस क्लब का बिल्ला लगाया था। यह '70 के दशक के आरंभ की बात है, उस समय मैं दुबई में क्लब का अध्यक्ष था। जब वह मेरे सामने खड़े थे, उनका सीना तना हुआ था और चेहरे पर मंत्रमुग्ध कर देनेवाली मुसकान खिली हुई थी। हम आपस में अच्छे मित्र बन गए थे और लंच के समय अपने निजी-पारिवारिक मामलों के बारे में एक-दूसरे को बताते थे।

हीरो जशनमल जैसा व्यक्ति भी बहुत मुश्किल से मिलेगा—इतने हाजिर जवाब और विनोदप्रिय थे वह। सन् 1950 और 1960 के दशकों में वह छाए रहे। भारत के गणतंत्र दिवस और अन्य राष्ट्रीय समारोहों में वह नियमित रूप से भाग लेते थे। बाकी अन्य मामलों में वह पीछे की कतार में ही रहना पसंद करते थे। जब मैं इंडियन स्पोर्ट्स क्लब का अध्यक्ष था, उस समय वे क्लब की प्रबंध समिति के सदस्य थे। बैठकों और समारोहों में उनका स्थान आगे की पंक्ति में होता था, लेकिन वह पिछली कतार में ही बैठना पसंद करते थे।

सन् 1960 के दशक के शुरू में जशनमल की दुकान देरा (Deira) में स्थित थी। क्रीक पर उस समय पुल न होने के कारण देरा पहुँचने के लिए बूर दुबई से अबरा (नाव) में जाना पड़ता था।

एक बार किसी दूसरे देश से मुझे सिंदूर का सैंपल मिला। मैं उसे हीरो के पास ले जाना चाहता था, क्योंकि मुझे पता था कि एक जशनमल ही ऐसी वस्तु में दिलचस्पी ले सकते हैं। क्रीक पार करके मैं दोपहर की धूप में पैदल चलता हुआ जशनमल के पास पहुँचा।

उस समय मैं मात्र बीस वर्ष का था। इसलिए सैंपल दिखाते समय मैं थोड़ा घबरा-सा रहा था। मुझे ज्यादा उम्मीद नहीं थी कि वह सैंपल देखकर खुश होंगे; लेकिन यह जानकर कि खड़ी दुपहरी में मैं पैदल चलकर उनके पास पहुँचा हूँ, वह अपने मन में उठे आश्चर्य के भाव को दबा नहीं पा रहे थे। उन्होंने तुरंत ऑर्डर दे दिया। तभी से

मेरे आगे बढ़ने में उनका अच्छा-खासा सहयोग रहा। वह मुझसे बहुत स्नेह भी करते थे। मेरी बड़ी बेटी गौरी को भी वह बहुत प्यार करते थे।

जशनमल का परिवार शायद पहला ऐसा भारतीय परिवार है, जिसकी जड़ें इराक में हैं। पिछली शताब्दी में उनका परिवार अविभाजित भारत से यहाँ आया था और बसरा में अपना पहला व्यावसायिक प्रतिष्ठान शुरू किया था। बाद में उसने अपना व्यवसाय कुवैत, बहरीन और अन्य जी.सी.सी. देशों में स्थानांतरित किया। ये बड़ी आसानी से क्वालिटी विक्रेता के रूप में अपना नाम लोकप्रिय कर लेते थे। वर्षों पहले ग्रे मैकेंजी के वरिष्ठ कार्यकारी पदियाथ के साथ मुलाकात मुझे आज तक याद है। बातचीत के दौरान हमने जशनमल की बात छेड़ दी। पदियाथ ने बताया कि वह (जशनमल) एक निष्ठावान् ग्राहक थे। दस साल पहले उन्होंने उनकी (पदियाथ की) दुकान से एक जोड़ी जुर्राब खरीदी थी, जो उस समय ठीक-ठाक बनी हुई थी।

जशनमल का परिवार शायद पहला ऐसा भारतीय परिवार है, जिसकी जड़ें इराक में हैं। पिछली शताब्दी में उनका परिवार अविभाजित भारत से यहाँ आया था और बसरा में अपना पहला व्यावसायिक प्रतिष्ठान शुरू किया था। बाद में उसने अपना व्यवसाय कुवैत, बहरीन और अन्य जी.सी.सी. देशों में स्थानांतरित किया। ये बड़ी आसानी से क्वालिटी विक्रेता के रूप में अपना नाम लोकप्रिय कर लेते थे।

'60 के दशक के शुरू की बात है, जब मैं कंपनी की कुवैत स्थित इकाई के प्रमुख नारायण जशनमल से मिला था। उन्होंने मुझे एक उपयोगी सीख दी थी, "रिटेल के काम में बॉस (मालिक) को दुकान का दरवाजा खुलने के समय मौजूद होना चाहिए और बंद होने के समय भी उसे मौजूद होना चाहिए।" गंगू बात्रा—जशनमल के मुख्य कार्यकारी अधिकारी—उस समय कुवैत में थे। मैं उन्हें जापानी साड़ी मैटीरियल बेचा करता था।

दिन का काम पूरा करके बहुत से लोग हीरो के घर जाकर बैठ जाया करते थे। हीरो और उनकी पत्नी गुल आगंतुकों की आवभगत करते थे। वे जशनमल दुकान की इमारत में ही रहते थे। उनके पास अपना स्वयं का जेनरेटर था। दुबई में एक ही सिनेमा हॉल था, जो हीरो की इमारत के बगल में था। सिनेमा हॉल की बाउंड्री हीरो की इमारत की बाउंड्री से मिली हुई थी, इसलिए छत पर चढ़कर कोई भी सिनेमा हॉल में चल रही फिल्म को देख सकता था, बिल्कुल मुफ्त। गर्मियों की रात में फिल्म देखते समय ठंडी बीयर का एक गिलास बहुत सुकून देता था। सिनेमा हॉल में लोहे की कुरसियाँ ही थीं; इसलिए आराम से बैठने के लिए लोग अपने साथ लकड़ी की बनी फोल्डिंग कुरसियाँ लेकर जाते थे।

दुबई में जुमेरा में एक सिनेमा हॉल था, जिसके मालिक हाजी हारून थे, जो स्वयं सिंधी थे और कच्छ से आए थे। हाजी हारून एक लोकप्रिय व्यक्ति थे, व्यवसाय में भी वह बहुत कामयाब थे। ब्रिटिश राजनीतिक प्रतिनिधि द्वारा आयोजित एक डिनर पार्टी में एक बार अतिथियों का परिचय हारून से दुबई की 'सफलता' की कहानी के रूप में कराया गया था। सभी सिनेमा हॉलों में हिंदी फिल्में दिखाई जाती थीं। बाद में हारून ने देरा में एक और खुला सिनेमा हॉल शुरू किया, जो आज भी चल रहा है और यहाँ सभी आधुनिक सुविधाएँ उपलब्ध हैं। कच्छ के ही एक अन्य सिंधी हाजी मामू ने 'द दुबई सिनेमा' खोला था।

तुलसीदास एम. तलरेजा—जिन्होंने अमर ट्रेडर्स की स्थापना की थी (जो हिंदुजा ग्रुप की एक परवर्ती इकाई थी)—दुबई के प्रतिष्ठित फिल्म डिस्ट्रीब्यूटरों में से थे। साथ ही, वह एक कपड़ा व्यापारी भी थे। स्क्रीनिंग का शुल्क दिन भर की कमाई के आधार पर रखा जाता था और आय का हिसाब-किताब रखने के लिए तलरेजा स्वयं सिनेमा जाया करते थे। मैं और तलरेजा आपस में अच्छे दोस्त बन गए थे, हालाँकि हमारे बीच उम्र का काफी अंतर था। वह हमारे एक अच्छे ग्राहक भी थे। जब कभी मेरे पास कोई काम नहीं होता था, तब मैं उनके साथ दौरे पर चला जाता था। शो रात नौ बजे के करीब शुरू होता था, इसलिए उससे पहले हम रोटी-दाल का डिनर कर लिया करते थे और साथ में एक-दो गिलास बीयर भी पी लेते थे। वर्षों तक हमारी यही दिनचर्या चलती रही।

तलरेजा के तीन बेटे थे—प्रकाश, गिरधारी और सुरेश। तलरेजा और उनकी पत्नी तो अब नहीं हैं। गिरधारी का भी असामयिक निधन हो गया। प्रकाश दुबई में रह रहा है और सुरेश भारत में रहता है।

इंडियन स्पोर्ट्स क्लब में जब भी मैं चुनाव लड़ता था, मुझे हीरो का मजबूत समर्थन मिलता था। उन दिनों के चुनाव भी काफी लोकतांत्रिक होते थे—खूब प्रचार होता था और चुनाव से जुड़ी अन्य सारी गतिविधियाँ भी होती थीं। सन् 1991 में मुझे क्लब का अध्यक्ष चुना गया था।

इंडियन स्पोर्ट्स क्लब में जब भी मैं चुनाव लड़ता था, मुझे हीरो का मजबूत समर्थन मिलता था। उन दिनों के चुनाव भी काफी लोकतांत्रिक होते थे—खूब प्रचार होता था और चुनाव से जुड़ी अन्य सारी गतिविधियाँ भी होती थीं। सन् 1991 में मुझे क्लब का अध्यक्ष चुना गया था। उन दिनों क्लब का कार्यालय एक अव्यवस्थित ढाँचे में था।

उन दिनों क्लब का कार्यालय एक अव्यवस्थित ढाँचे में था। यह बात विरोधाभासी थी, क्योंकि क्लब के 60 लाख दिरहम

बैंकों में जमा थे। लेकिन उस पैसे को विकास पर कोई खर्च ही नहीं करना चाहता था। हमारी समिति ने एक नए भवन में पैसा लगाने का निर्णय लिया, लेकिन ऐसे निर्णय के लिए यह उपयुक्त समय नहीं था, क्योंकि देश खाड़ी युद्ध के प्रभाव में था। चारों ओर अनिश्चितता का माहौल था और लोग यहाँ से पलायन कर रहे थे। ऐसी स्थिति में क्लब द्वारा पैसा खर्च किए जाने का निर्णय लेने पर लोग सवाल उठाने लगे और हमें अपनी विचारहीन टिप्पणियों का निशाना बनाने लगे।

परंतु हम अपने फैसले पर अड़े थे। मेरा तर्क था कि चूँकि पैसा समुदाय का है, उसे समुदाय की भलाई में लगाया जाना चाहिए; खासकर तब, जबकि बाजार मुश्किल और तनाव के दौर से गुजर रहा है। मेरा कहना था कि जिस शहर ने हमारे समुदाय का इतना खयाल रखा, उसके लिए कृतज्ञता प्रकट करने के लिए प्रतीक के रूप में एक स्मारक क्लब बनाया जाना चाहिए। क्लब का स्मारक भवन हमारी कृतज्ञता की कहानी कहेगा।

निर्माण उद्योग उन दिनों एक मुश्किल दौर से गुजर रहा था, इसलिए हमें ठेकेदारों से मोलभाव करने का मौका मिल गया। वास्तुकारों, ठेकेदारों और क्लब के सदस्यों के सहयोग से हमारा क्लब पूरे अमीरात के बेहतरीन क्लबों में से एक बन गया। मैं सोचने लगा था कि शाहजहाँ अगर ताजमहल के निर्माण में पैसा लगाने की बजाय नकद धन छोड़कर गया होता तो शायद ही कोई उसे याद करता।

मुझे याद है, जब क्लब के महासचिव के. कुमार अपने दुबई पोर्ट स्थित दफ्तर में दिन भर काम करने के बाद देर रात हमारे पास आए थे, ताकि हम मार्बल फैक्टरी में जाकर उपयुक्त सामग्री का चयन कर सकें और कार्य की प्रगति का भी जायजा ले सकें।

मेरे कार्यकाल के दौरान के.एम. भाटिया क्लब के उपाध्यक्ष थे। क्लब के विकास में उनका भी अच्छा-खासा योगदान रहा। क्लब में एक विश्व स्तरीय रसोई बनाने में बहराम कपाडिया की भूमिका महत्त्वपूर्ण रही।

'ह्वाट्स ऑन' पत्रिका ने तो क्लब को एक फाइव स्टार लक्जरी तक कह दिया था। क्लब का भवन और ढाँचा एक उदाहरण बन गया, जिसे मोहन वलरानी के अध्यक्ष पद पर रहते हुए आई एस ओ (ISO) का प्रमाणपत्र मिल गया।

जैसा मैंने पहले लिखा है, दुबई का बाजार ही मेरा विश्वविद्यालय था। व्यवसाय, मानव व्यवहार व मानवीय संबंधों के विभिन्न पहलुओं पर जो ज्ञान व अंतर्दृष्टि मुझे दुबई में मिली, वह किसी पाठ्य पुस्तक या स्कूल में नहीं मिल सकती। इस दौरान जो कुछ मैंने देखा या सुना और जिन-जिन लोगों से मिला, वे सब मानव संस्कृति व व्यवहार की विविधता की ओर ही संकेत करते हैं। लेकिन साथ ही, उनसे जाति, रंग व देश-क्षेत्र की सीमा से परे मानव जाति की सार्वभौमिकता का भी पता चलता है।

अतीत के बारे में सोचते समय ऐसी कई घटनाएँ अनायास ही मेरे स्मृति-पटल पर उभरने लगती हैं।

एक घटना मौत और उस पर हमारी दु:खद प्रतिक्रिया से जुड़ी है। वर्षों पहले की बात है, जापान के हमारे प्रिंसिपल और चोरी कंपनी लिमिटेड के एक वरिष्ठ कार्यकारी श्री मानाबे हमारे यहाँ पधारे थे।

दुबई में उन दिनों अतिथियों की खातिरदारी के लिए सुविधाएँ उपलब्ध नहीं थीं, इसलिए अतिथियों को हम रास अल-खैयमा स्थित देश की एकमात्र आमोदशाला में लेकर जाते थे। डिनर के लिए हम उन्हें प्राय: दुबई या शारजाह ले जाते थे और फिर वहाँ से उन्हें रास अल-खैयमा लेकर आते थे।

आमोदशाला सुबह तक खुली रहती थी, इसलिए दुबई या शारजाह में डिनर करवाने के बाद देर रात हम वहाँ पहुँचते थे, ताकि हमारे अतिथि पूरी रात आमोद-प्रमोद का आनंद ले सकें।

किसी भारतीय के साथ यदि ऐसा हुआ होता तो वह उस स्थान को कोसता—जहाँ उसके बटे की मौत हुई—और घटना से जुड़े लोगों को दोषी ठहराता। लेकिन यहाँ एक ऐसा व्यक्ति था, जो विदेशी धरती पर आकर बिल्कुल अपरिचित लोगों के प्रति आभार प्रकट करना चाहता था, जिन्होंने अंतिम क्षणों में उसके बेटे की देखभाल की।

हम आमोदशाला जा रहे थे और दुर्भाग्य से रास्ते में हमारे अतिथियों की गाड़ी दुर्घटनाग्रस्त हो गई, जिसमें श्री मानाबे को गहरी चोट आई। उन्हें अस्पताल ले जाया गया, जहाँ बाद में उन्होंने दम तोड़ दिया। उनका शव वापस उनके देश जापान भेजने के लिए हमने सारे प्रबंध किए।

एक महीने के बाद जापान से हमारे प्रमुख ने हमें बताया कि मृतक (श्री मानाबे) के पिता अपने पोते के साथ दुबई आकर हमसे मिलना चाहते हैं और अस्पताल में उनके बेटे की हमने जो देखभाल की तथा शव को जापान भिजवाया, उसके लिए हमारा धन्यवाद करना चाहते हैं। मैं हैरान था। किसी भारतीय के साथ यदि ऐसा हुआ होता तो वह उस स्थान को कोसता—जहाँ उसके बटे की मौत हुई—और घटना से जुड़े लोगों को दोषी ठहराता। लेकिन यहाँ एक ऐसा व्यक्ति था, जो विदेशी धरती पर आकर बिल्कुल अपरिचित लोगों के प्रति आभार प्रकट करना चाहता था, जिन्होंने अंतिम क्षणों में उसके बेटे की देखभाल की।

उस वृद्ध के साथ मुलाकात अत्यंत भावपूर्ण रही। वह अकेला ही दुबई आया था, क्योंकि उसका पोता काफी छोटा था। अपने पूरे परिवार की ओर से हार्दिक आभार प्रकट करने के बाद उसने वह स्थान देखने की इच्छा प्रकट की, जहाँ दुर्घटना हुई थी।

वहाँ कुछ देर तक वह बिल्कुल मौन होकर खड़ा रहा। उसके नीचे से मुट्ठी भर रेत उठाते हुए कहा, ''इसे मैं अपने घर ले जाकर रख दूँगा। जब मेरा पोता बड़ा हो जाएगा, तब यह मिट्टी मैं उसके पिता की यादगार के लिए उसे दे दूँगा।''

अत्यंत भावुकतापूर्ण क्षण थे वे।

कुछ माह बाद जब मैं जापान गया तो उसका परिवार मुझसे मिलने के लिए आया। मैं उनके दु:ख को कुरेदना नहीं चाहता था; लेकिन उन्होंने मेरी पत्नी के लिए मुझे एक किमोनो (जापानी पहनावा) भेंट किया। यह उनकी कृतज्ञता का प्रतीक था। जिस तरह वे जीवन के यथार्थ का सामना कर रहे थे, उससे मैं बहुत प्रभावित हुआ। बाद में कई अन्य जापानियों में भी मैंने ऐसी बात देखी।

जापानियों की सोच और व्यवहार उनके सामंती अतीत पर आधारित है। प्रौद्योगिकी की दृष्टि से इतना आगे निकल जाने के बाद आज भी जापान में आप सामंती समाज के मूल्यों-आदर्शों का प्रभाव देख सकते हैं। वहाँ के लोग आज भी अपने सम्राट् का सम्मान करते हैं। लोगों—विशेषकर विदेशियों—के साथ बात-व्यवहार में वे बहुत सतर्क रहते हैं। किसी बात पर नकारात्मक टिप्पणी करके वे किसी की भावना को चोट नहीं पहुँचाना चाहते।

अगर उन्हें कोई अप्रिय सत्य बोलना भी होता है तो बहुत विनम्रता से बोलते हैं। पहले तो अच्छी व सकारात्मक बातों से बातचीत शुरू करते हैं, बाद में मौका मिलने पर ही वे कड़वे सच को व्यक्ति के सामने लाते हैं।

अपनी भावनाओं, संवेदनाओं को प्रकट करने के लिए वे विशेष भाव-भंगिमा का भी प्रयोग करते हैं, जैसे कई भारतीय अकसर करते हैं। पश्चिमी देशों के लोग जो जापानी संस्कृति से परिचित नहीं हैं, वे इस तरह के व्यवहार को पाखंड समझ बैठते हैं। इसलिए वे कई बार जापानियों को पाखंडी या धोखेबाज समझने की गलती कर बैठते हैं। मैं समझता हूँ कि ऐसा इसलिए होता है कि लोग जापानियों की संस्कृति के बारे में नहीं जानते।

जापानी लोग सामनेवाले व्यक्ति को कभी कम या महत्त्वहीन नहीं समझते। दूसरों से बात-व्यवहार में वे हमेशा सतर्क रहते हैं। वे

जापानी लोग सामनेवाले व्यक्ति को कभी कम या महत्त्वहीन नहीं समझते। दूसरों से बात-व्यवहार में वे हमेशा सतर्क रहते हैं। वे न तो अपने आपको बहुत बढ़-चढ़कर आँकते हैं और न ही सामनेवाले को कम करके आँकते हैं। यह बात कुछ सूमो कुश्ती की तरह है, जिसमें दो भारी-भरकम (300 पाउंड के) पहलवान एक-दूसरे को रिंग से बाहर उछालने की कोशिश करते हैं। इसमें वही जीत पाता है, जो अपने प्रतिद्वंद्वी की कमजोरी को समझकर तुरंत उसका लाभ उठाने में कामयाब हो जाता है।

न तो अपने आपको बहुत बढ़-चढ़कर आँकते हैं और न ही सामनेवाले को कम करके आँकते हैं। यह बात कुछ सूमो कुश्ती की तरह है, जिसमें दो भारी-भरकम (300 पाउंड के) पहलवान एक-दूसरे को रिंग से बाहर उछालने की कोशिश करते हैं। इसमें वही जीत पाता है, जो अपने प्रतिद्वंद्वी की कमजोरी को समझकर तुरंत उसका लाभ उठाने में कामयाब हो जाता है। इसके लिए उसे धैर्य और सतर्कता से इंतजार करना होता है कि कब उसका प्रतिद्वंद्वी अपना संतुलन खो बैठे और वह तुरंत उसकी कमजोरी का लाभ उठाते हुए उसे रिंग से बाहर उछाल दे।

इस रणनीति में मुख्य बात होती है—पूरी तरह से तैयार रहते हुए बड़े धैर्य से प्रतिद्वंद्वी के हमले की प्रतीक्षा करना।

व्यावसायिक बैठकों में जापानियों की यह रणनीति मैंने देखी है। औपचारिक अभिवादन व परिचय के बाद वे प्रायः इंतजार करते हैं कि पहले दूसरी पार्टी संबंधित प्रस्ताव पर बोले या पहल करे। इस दौरान चाय की चुस्की लेते हुए शांत किंतु सतर्क बैठे रहते हैं। इससे उन्हें सामनेवाली पार्टी की सोच और इरादों की जानकारी हो जाती है। तब जाकर वे पूरी ऊर्जा से सामनेवाली पार्टी के सुझावों या प्रस्तावों पर अपनी उपयुक्त प्रतिक्रिया प्रकट करनी शुरू करते हैं।

जापानी परंपरा में कोई भी व्यावसायिक बातचीत कोई व्यक्ति विशेष नहीं बल्कि एक टीम करती है। इस प्रकार उनकी जिम्मेदारी सामूहिक होती है। ऐसे में कोई गलत निर्णय लिये जाने पर न तो किसी अकेले को दोषी ठहराया जा सकता है और न ही किसी अच्छे निर्णय का श्रेय किसी अकेले व्यक्ति को जाता है।

जापानी परंपरा में कोई भी व्यावसायिक बातचीत कोई व्यक्ति विशेष नहीं बल्कि एक टीम करती है। इस प्रकार उनकी जिम्मेदारी सामूहिक होती है। ऐसे में कोई गलत निर्णय लिये जाने पर न तो किसी अकेले को दोषी ठहराया जा सकता है और न ही किसी अच्छे निर्णय का श्रेय किसी अकेले व्यक्ति को जाता है।

जापानी अपने स्तर या प्रतिष्ठा को लेकर भी बहुत सचेत होते हैं। उनका यह गुण भारतीयों के गुण से मिलता है। लेकिन जापानी एक कदम आगे हैं। वे अपने ऊपर या निचले स्तर पर काम करनेवाले लोगों के सामने अपने पद या स्तर के प्रति बहुत सतर्क होते हैं। यह उनका जन्मजात गुण माना जा सकता है। अपने इसी गुण के बल पर वे इतने अनुशासन के साथ कोई संस्थान चला पाते हैं। किसी वरिष्ठ से मिले आदेश का तुरंत पालन होना चाहिए और वह भी पूरी निष्ठा के साथ। यही वहाँ मान्य नियम है।

जब भी मैं किसी भारतीय लेखक की पुस्तक में पढ़ता हूँ या किसी भारतीय

फिल्म में देखता हूँ कि पुराने समय से चली आ रही व्यवस्था के खिलाफ किसी ने विद्रोह किया और इसके लिए उसकी खूब वाहवाही की गई—तब मुझे जापानियों की यह बात एकदम याद आ जाती है। पश्चिम में तो इस प्रवृत्ति को और भी ज्यादा महिमामंडित किया जाता है। वहाँ के लोग अपने निजी अधिकारों को लेकर इतने ज्यादा सतर्क हैं कि व्यवस्था उसके सामने नगण्य हो जाती है। इसलिए वहाँ आदेश भी बहुत सोच-समझकर देना पड़ता है; जबकि जापान में आदेश बस इसलिए दिया जाता है कि उसका हर स्थिति में पालन होना चाहिए।

जापानियों की बातचीत और लहजे में भी उनकी यह विशेषता झलकती है। एक कंपनी का मालिक अपने समकक्षों के साथ बातचीत में दूसरी तरह के स्वर में बात करेगा और अपने अधीनस्थों के साथ बात करते समय दूसरी तरह का लहजा अपनाएगा।

जापानियों की बातचीत और लहजे में भी उनकी यह विशेषता झलकती है। एक कंपनी का मालिक अपने समकक्षों के साथ बातचीत में दूसरी तरह के स्वर में बात करेगा और अपने अधीनस्थों के साथ बात करते समय दूसरी तरह का लहजा अपनाएगा।

उसके बात करने का लहजा सुनकर ही आप समझ सकते हैं कि वह अपने समकक्ष से बात कर रहा है या फिर किसी अधीनस्थ से। भारतीय उपमहाद्वीप में भी आपको ऐसी बात देखने को मिल सकती है।

जापानियों को अपने निर्धारित नियमों या विनियमों से हटते हुए शायद ही कभी देखा जा सकता है। टोकियो के एक भोजनालय की घटना मुझे याद आती है। जापानी भोजनालयों में प्राय: परोसे जानेवाले उपलब्ध व्यंजनों का प्लास्टिक मॉडल डिस्प्ले में दिखाया जाता है और हर मॉडल के साथ उसकी कीमत भी होती है। उदाहरण के लिए, अगर कोई व्यंजन टोमैटो सॉस की तरह बना है तो डिस्प्ले में दिखाया जाएगा कि प्लेट के किस कोने में उसे रखा जाएगा।

जापान में उन दिनों अंग्रेजी इतने व्यापक स्तर पर बोली-समझी नहीं जाती थी। इसलिए जापानी भाषा न समझ पानेवाले आगंतुकों को इससे बहुत सुविधा होती थी। उन्हें बस अपनी पसंद के व्यंजन की ओर संकेत भर करना पड़ता था।

मैं सलाद का ऑर्डर देना चाहता था। लेकिन उसमें टमाटर मिला था। डॉक्टर ने मुझे टमाटर न खाने की सलाह दी थी। इसलिए मैंने परिचारिका को बुलाया और डिस्प्ले में सलाद की ओर इशारा करते हुए बताया कि मुझे सलाद चाहिए, लेकिन टमाटर के बिना। इस पर उसने आश्चर्य प्रकट करते हुए कहा, ''आह, सोडिस्का? चुट मटे कुदासाई।'' (अच्छा, ये बात है! रुकिए।) वह किचन में गई और थोड़ी देर में वापस आकर हँसती हुई बोली, ''जी हाँ, मिल जाएगा।''

मैंने सलाद तो खा लिया, लेकिन सोचने लगा कि परिचारिका को किचन में क्यों जाना पड़ा। बिल आया, तब यह बात मेरी समझ में आई। यह देखकर मैं हैरान था कि डिस्प्ले में दिखाई गई रकम से दोगुना ज्यादा का बिल बनाया गया था। कारण पूछने पर परिचारिका ने बड़े शांत स्वर में बताया, "सर, ऐसा विशेष आदेश मिला है।"

मैं अपनी किस्मत को कोसने लगा। सलाद में से टमाटर तो मैं खुद निकाल सकता था। लेकिन उस परिचारिका के व्यवहार से कोई भी समझ सकता है कि जापानी आदेश का पालन कितनी निष्ठा के साथ करते हैं। मैं सोचने लगा कि जापानी झूठ भले नहीं बोलते, लेकिन कभी-कभी वे सच बोलने से बचते हैं।

एक अन्य क्षेत्र है—शिक्षा, जिसमें भारत जैसे विकासशील देश जापान से काफी कुछ सीख सकते हैं। विश्व युद्ध के बाद जापान में लागू शैक्षिक सुधार यह उदाहरण प्रस्तुत करता है कि किस प्रकार एक सुनियोजित शिक्षा-प्रणाली किसी समाज को कम-से-कम समय में क्रांतिकारी ढंग से बदल सकती है और साथ-ही-साथ लोगों के मनोबल को भी ऊँचा उठा सकती है। विश्व-युद्धोत्तर कालीन जापान ने शुरू में ही समझ लिया था कि शिक्षा ही उसे अवसर व समानता की ओर ले जानेवाला मार्ग उपलब्ध करा सकती है। इससे सामंतवादी जापान में व्याप्त वर्गभेद को मिटाने की शक्ति मिलेगी और इस प्रकार यह सामाजिक गतिशीलता को आगे बढ़ाने का एक महत्त्वपूर्ण माध्यम सिद्ध होगी।

एक अन्य क्षेत्र है—शिक्षा, जिसमें भारत जैसे विकासशील देश जापान से काफी कुछ सीख सकते हैं। विश्व युद्ध के बाद जापान में लागू शैक्षिक सुधार यह उदाहरण प्रस्तुत करता है कि किस प्रकार एक सुनियोजित शिक्षा-प्रणाली किसी समाज को कम-से-कम समय में क्रांतिकारी ढंग से बदल सकती है और साथ-ही-साथ लोगों के मनोबल को भी ऊँचा उठा सकती है।

अतः जापानियों ने शिक्षा व स्वास्थ्य पर बहुत पैसा खर्च किया और साथ ही औद्योगीकरण की गति को भी कायम रखा। इस प्रकार जापान ने दुनिया को यह दिखा दिया कि शैक्षिक सुधार से न केवल तीव्र प्रगति सुनिश्चित की जा सकती है अपितु गरीबी को भी मिटाया जा सकता है। उसने दुनिया को दिखाया कि प्राथमिक शिक्षा व प्राथमिक स्वास्थ्य सेवाओं से गरीबों का जितना कल्याण हो सकता है, उतना सस्ते भोजन और खैरात से नहीं हो सकता।

इसका कारण स्पष्ट है। शिक्षा गरीबों को इस लायक बनाती है कि वे तीव्र आर्थिक विकास और औद्योगिकीकरण के परिणामस्वरूप सामने आनेवाले रोजगार के अवसरों का लाभ उठा सके। इस प्रकार शिक्षा के माध्यम से जापान ने गरीबों को खुशहाली की

ओर बढ़ने का अवसर उपलब्ध कराया। उसने यह बात सिद्ध करके दिखा दी कि मानव संसाधन विकास में किए जानेवाले निवेश से ही आम जनता के जीवन-स्तर को ऊँचा उठाया जा सकता है।

शिक्षा भारत में भी एक सामाजिक क्रांति लानेवाला माध्यम सिद्ध हुई है। शिक्षा के बल पर ही देश के निम्न जाति के लोग मुख्य धारा में आने में सक्षम हो सके। लेकिन दुर्भाग्य की बात है कि भारत देश के कोने-कोने में शिक्षा का पूर्ण प्रचार-प्रसार अभी तक नहीं कर सका है। यह भारत की सबसे बड़ी असफलता रही है—प्राथमिक शिक्षा के प्रति उसकी उपेक्षा, खासकर हिंदीभाषी क्षेत्रों में।

जापान में स्कूली शिक्षा का इतिहास सन् 1868 में मीजी बहाली (Meiji Restoration) से पूर्व सामंती युग जितना पुराना है। उस समय समाज के विभिन्न वर्गों की आवश्यकता के अनुरूप स्कूलों की व्यवस्था थी। समुराई (सैनिक वर्ग), योद्धा वर्ग, व्यापारी तथा कृषक वर्गों के अपने अलग-अलग स्कूल थे। आम लोगों के लिए जो स्कूल थे, उनमें पढ़ना, लिखना और गणित सिखाया जाता था।

जापान में आधुनिक शिक्षा प्रणाली सन् 1872 में लागू हुई, जब सरकार ने देशभर में प्राथमिक व माध्यमिक स्कूल स्थापित किए थे। प्रत्येक बच्चे के लिए प्राथमिक स्कूल जाना आवश्यक था। शताब्दी के अंत तक प्राथमिक शिक्षा नि:शुल्क कर दी गई और सन् 1908 में छठी कक्षा तक की शिक्षा नि:शुल्क कर दी गई।

जापान में आधुनिक शिक्षा प्रणाली सन् 1872 में लागू हुई, जब सरकार ने देशभर में प्राथमिक व माध्यमिक स्कूल स्थापित किए थे। प्रत्येक बच्चे के लिए प्राथमिक स्कूल जाना आवश्यक था। शताब्दी के अंत तक प्राथमिक शिक्षा नि:शुल्क कर दी गई और सन् 1908 में छठी कक्षा तक की शिक्षा नि:शुल्क कर दी गई।

युद्ध से पूर्व जापान में यूरोपीय शिक्षा प्रणाली लागू थी। युद्ध के बाद अमेरिकी शिक्षा विशेषज्ञों की मदद से शिक्षा प्रणाली में सुधार किया गया। तब अमेरिकी शिक्षा प्रणाली लागू की गई, जिसमें प्राथमिक स्कूल में छह साल तक की और जूनियर हाई स्कूल में तीन साल तक की शिक्षा मुफ्त व अनिवार्य थी। प्राथमिक और जूनियर हाई स्कूलों की नौ वर्ष की पढ़ाई के बाद विद्यार्थी सीनियर हाई स्कूल और यूनिवर्सिटी में जा सकते थे, जिसमें सामान्यतया चार वर्ष लगते हैं।

जापान में अब भी सन् 1947 में पारित कानूनों—फंडामेंटल लॉ ऑफ एजुकेशन और स्कूल एजुकेशन लॉ—में उल्लिखित मौलिक सिद्धांत का पालन किया जा रहा है। फंडामेंटल लॉ ऑफ एजूकेशन शिक्षा के अवसर की समानता सुनिश्चित करता है। इसके

अनुसार, जाति, धर्म, लिंग, सामाजिक व आर्थिक अथवा पारिवारिक स्तर के आधार पर कोई भेदभाव नहीं किया जाना चाहिए। इसमें राजनीतिक ज्ञान व धार्मिक सहिष्णुता पर बल दिया गया है; लेकिन साथ ही इसमें यह प्रावधान किया गया है कि किसी राजनीतिक दल अथवा धर्म का शिक्षा में कोई हस्तक्षेप नहीं होना चाहिए।

आरंभ में व्यक्तिगत स्तर पर लोगों और संस्थाओं को शिक्षण संस्थान खोलने की छूट दी गई थी। लेकिन इसके लिए उन्हें शिक्षा मंत्रालय से अनुमोदन लेना पड़ता था। सरकार ने प्रत्येक प्रांत में एक-एक सरकारी विश्वविद्यालय खोला था। युद्ध में शर्मनाक हार के बाद तीन वर्ष में ही सरकारी विश्वविद्यालयों की संख्या 19 से बढ़कर 70 हो गई। इसी अवधि में निजी विश्वविद्यालयों की संख्या भी 25 से बढ़कर 105 हो गई।

आर्थिक स्थिति में सुधार के साथ-साथ शिक्षा का प्रसार भी जारी रहा। अगले 30 वर्षों में विश्वविद्यालयों की कुल संख्या बढ़कर 443 हो गई, जिनमें से 92 राजकीय विश्वविद्यालय थे। उल्लेखनीय है कि जापान में डिग्री के लिए उच्च शिक्षा नहीं ली जाती। केवल 5 प्रतिशत स्नातक ही मास्टर डिग्री के लिए पढ़ते हैं, जबकि डॉक्टरेट के लिए जानेवाले स्नातकों की संख्या मात्र 1.5 प्रतिशत ही है। लेकिन उच्चतर माध्यमिक शिक्षा जरूरी होती है, क्योंकि यह जापान की आजीवन रोजगार प्रणाली का एक महत्त्वपूर्ण कारक है।

व्यावसायिक स्कूल भी काफी लोकप्रिय हैं। इसका कारण यही है कि सिर्फ डिग्री के बल पर नौकरी पक्की नहीं हो सकती। एक डिग्रीधारी को किसी कंपनी में सेल्समैन या कार्यालय कर्मचारी का पद मिल सकता है। हालाँकि प्रतिष्ठित कंपनियाँ अच्छे-अच्छे विश्वविद्यालयों से डिग्रीधारी लोगों को अपने यहाँ बुला लेती हैं। किसी अच्छे विश्वविद्यालय में जाने के लिए जरूरी है कि विद्यार्थी किसी प्रतिष्ठित उच्चतर माध्यमिक स्कूल से पढ़कर आया हो। ऐसे में कॉलेज में वे ही विद्यार्थी जाते हैं, जो उच्च शिक्षा ग्रहण करना चाहते हैं या फिर अच्छे कैरियरवाली नौकरी में जाना चाहते हैं। इससे शैक्षिक ढाँचे पर दबाव काफी कम हो जाता है।

किसी अच्छे विश्वविद्यालय में जाने के लिए जरूरी है कि विद्यार्थी किसी प्रतिष्ठित उच्चतर माध्यमिक स्कूल से पढ़कर आया हो। ऐसे में कॉलेज में वे ही विद्यार्थी जाते हैं, जो उच्च शिक्षा ग्रहण करना चाहते हैं या फिर अच्छे कैरियरवाली नौकरी में जाना चाहते हैं। इससे शैक्षिक ढाँचे पर दबाव काफी कम हो जाता है।

संयुक्त अरब अमीरात में भी शिक्षा पर जिस तरह जोर दिया जा रहा है, वह उत्साहवर्धक है। वर्तमान में यहाँ 33 निजी कॉलेज हैं। इनके अलावा सरकारी

विश्वविद्यालय और उच्च शिक्षा के केंद्र हैं—संयुक्त अरब अमीरात विश्वविद्यालय, अल आइन, जायेद महिला विश्वविद्यालय और हायर कॉलेजेज ऑफ टेक्नोलॉजी। देश में प्रतिवर्ष 30,000 से भी ज्यादा छात्र उच्च शिक्षा के लिए विभिन्न संस्थानों में प्रवेश लेते हैं।

नेशनल एडमिशंस ऐंड प्लेसमेंट ऑफिस—उच्च शिक्षा एवं वैज्ञानिक अनुसंधान मंत्रालय का एक अंग—द्वारा जारी एक रिपोर्ट से पता चलता है कि उच्च शिक्षा के लिए नामांकन करानेवाले विद्यार्थियों की संख्या लगातार बढ़ रही है। इनमें भी 65 प्रतिशत छात्राएँ होती हैं।

निजी कॉलेजों और विश्वविद्यालयों के कार्यों को विनियमित करने के लिए उच्च शिक्षा मंत्रालय ने एक कमीशन फॉर एक्रेडिटेशन (CAA) का गठन भी किया है। इसका उद्देश्य उच्च शिक्षा के मानदंड व गुणवत्ता निर्धारित करना है। संयुक्त अरब अमीरात दुनिया भर से जाने-माने सेवा प्रादाताओं को आकर्षित कर रहा है। यहाँ विशेषकर उच्च शिक्षा के लिए एक अत्यंत प्रभावी ढाँचा तैयार किया गया है।

मुझे पूर्ण विश्वास है कि संयुक्त अरब अमीरात अपने यहाँ विश्व स्तरीय शिक्षा उपलब्ध कराने में कोई कसर नहीं छोड़ेगा। फेडरेशन के गठन के बाद से ही यहाँ के नेताओं ने मानवीय क्षमता के विकास में शिक्षा के महत्त्व को समझ लिया है।

भारत जैसे देशों को यह बात समझ लेनी चाहिए कि उच्च शिक्षा की माँग दुनिया भर में है।

वैश्वीकरण, उदारीकरण और निजीकरण के इस युग में संरक्षणात्मक शिक्षा नीति किसी भी देश के लिए लाभदायक नहीं हो सकती। जन-शिक्षा के साथ-साथ गुणवत्तापूर्ण शिक्षा के लिए भी एक मजबूत ढाँचा तैयार किया जाना चाहिए, जिसमें विश्वस्तरीय शिक्षा सेवा प्रदाताओं की भागीदारी सुनिश्चित की जा सके।

यह एक सच्चाई है कि ज्यादातर भारतीय विश्वविद्यालयों के पास वित्त की कमी है। अपनी क्षमता व संसाधनों से कहीं ज्यादा छात्रों को वे अपने यहाँ ले लेते हैं। उनके पास अच्छे भवन होने चाहिए। कर्मचारियों को बेहतर वेतन मिलना चाहिए। प्रतिभाशाली छात्रों को छात्रवृत्ति दी जानी चाहिए, ताकि वे अपनी पसंद के संस्थान व पाठ्यक्रम में प्रवेश ले सकें। भारत के कई कॉलेजों और विश्वविद्यालयों में शोध व संदर्भ पुस्तकों तथा उपकरणों की सख्त जरूरत है। राज्य या संघ सरकार उच्च शिक्षण संस्थाओं को दैनिक कार्यों--व्यवस्थाओं के लिए आवश्यक धन उपलब्ध करा पाने की स्थिति में नहीं है।

भारत में जन-शिक्षा में तेजी आ रही है। यह एक अच्छा संकेत है। लेकिन इसमें भी एक विश्व स्तरीय शैक्षिक परिवेश व ढाँचे की जरूरत है, विशेषकर उच्च शिक्षा के क्षेत्र में, जिसमें आप्रवासी भारतीयों की रचनात्मक भूमिका हो सकती है।

भारत सरकार को चाहिए कि वह अप्रवासी भारतीयों को उच्च शिक्षा के क्षेत्र में और अधिक रुचि लेने और उसमें निवेश करने के लिए प्रोत्साहित करे। सन्नी वार्के (Sunny Varkey)—संयुक्त अरब अमीरात और अन्य खाड़ी देशों में शिक्षा के क्षेत्र में संलग्न एक प्रमुख संगठन, वार्के ग्रुप के अध्यक्ष—जैसे लोगों को देखिए। इस क्षेत्र में वार्के ग्रुप के लगभग 21 स्कूल हैं, जिनमें से ज्यादातर संयुक्त अरब अमीरात में हैं। समाज के विभिन्न वर्गों की जरूरतों को ध्यान में रखते हुए यह समूह कई तरह की शैक्षिक सेवाएँ उपलब्ध कराता है। भारत को चाहिए कि वह ऐसे संगठनों को अपने यहाँ शैक्षिक बाजार की संभावनाओं की तलाश के लिए आमंत्रित करे और उनके अनुभवों का लाभ उठाए।

भारत में जन-शिक्षा में तेजी आ रही है। यह एक अच्छा संकेत है। लेकिन इसमें भी एक विश्व स्तरीय शैक्षिक परिवेश व ढाँचे की जरूरत है, विशेषकर उच्च शिक्षा के क्षेत्र में, जिसमें आप्रवासी भारतीयों की रचनात्मक भूमिका हो सकती है। भारत सरकार को चाहिए कि वह आप्रवासी भारतीयों को उच्च शिक्षा के क्षेत्र में और अधिक रुचि लेने और उसमें निवेश करने के लिए प्रोत्साहित करे।

जापानियों की एक और विशेषता मुझे अच्छी लगी। वे व्यावहारिक और नव-प्रवर्तनवादी हैं। उनके ऑटोमोबाइल्स निर्माताओं का ही उदाहरण लीजिए। सेकंड हैंड कार के विश्वव्यापी बाजार की संभावनाओं को कितनी जल्दी उन्होंने समझ लिया और कैसे तेजी से उसका लाभ उठाया। आज दुबई और मध्य-पूर्व में कहीं भी जापान से आनेवाली सेकंड हैंड कारें देखी जा सकती हैं। दुबई और कुछ अन्य अमीरातों के ऑटोमोबाइल क्षेत्र में सेकंड हैंड कारों का एक सुसंगठित बाजार उभर रहा है।

लेकिन दुर्भाग्य से इलेक्ट्रॉनिक्स, उपभोक्ता वस्तुओं और टेक्सटाइल के क्षेत्र में ऐसा नहीं हो पा रहा है। अर्थव्यवस्था के विकास के लिए एक सेकंड हैंड बाजार भी जरूरी है, क्योंकि इससे नई वस्तुओं की माँग भी बढ़ती है। साथ ही, इससे अप्रत्यक्ष रूप से जीवन-स्तर में भी सुधार आता है।

आज पश्चिम के विकसित देशों में भी पुनश्चक्रण पर अच्छा-खासा ध्यान दिया जा रहा है। वहाँ मानवीय कचरों को भी पुनश्चक्रण की प्रक्रिया द्वारा खाद में बदला जा रहा है। लेकिन संसाधनों के प्रयोग का तरीका उन्हें भारतीय बाजार में गन्ने का जूस बेचनेवालों से सीखना चाहिए। गन्ने में से एक-एक बूँद रस निकाल लिया जाता है, फिर खोई को जानवरों के चारे के रूप में इस्तेमाल किया जाता है। यानी कुछ भी बेकार नहीं जाता। वस्तुतः भारतीयों ने पुनश्चक्रण को एक कला बना लिया है। यहाँ तक कि पुराने को भी बदलकर उनसे बरतन और अन्य गृहोपयोगी वस्तुएँ ले ली जाती हैं।

पुनश्चक्रण की प्रक्रिया से पर्यावरण की रक्षा तो होती ही है, साथ ही रोजगार का निर्माण भी होता है।

दुर्भाग्य की बात है कि तीसरी दुनिया के अमीर देशों ने अब तक पुनश्चक्रण और सेकंड हैंड बाजार विकसित करने की दिशा में गंभीरता से नहीं सोचा है। इसका कारण उनकी आर्थिक समृद्धि है। किसी समाज में प्राय: तीन वर्ग के लोग रहते हैं—अमीर वर्ग, मध्यम वर्ग और निर्धन वर्ग। संयुक्त अरब अमीरात में निर्धन वर्ग वास्तव में है ही नहीं—निम्न आय वर्ग के जो लोग यहाँ हैं, उनकी स्थिति भी अच्छी है। ऐसे देशों में लोग चीजों को पुन: इस्तेमाल में लाने की बजाय उन्हें निपटा देना ही बेहतर समझते हैं।

दुर्भाग्य की बात है कि तीसरी दुनिया के अमीर देशों ने अब तक पुनश्चक्रण और सेकंड हैंड बाजार विकसित करने की दिशा में गंभीरता से नहीं सोचा है। इसका कारण उनकी आर्थिक समृद्धि है। किसी समाज में प्राय: तीन वर्ग के लोग रहते हैं—अमीर वर्ग, मध्यम वर्ग और निर्धन वर्ग। संयुक्त अरब अमीरात में निर्धन वर्ग वास्तव में है ही नहीं—निम्न आय वर्ग के जो लोग यहाँ हैं, उनकी स्थिति भी अच्छी है। ऐसे देशों में लोग चीजों को पुन: इस्तेमाल में लाने की बजाय उन्हें निपटा देना ही बेहतर समझते हैं।

परंतु बाहर से आकर यहाँ रहनेवाले (कामगार) लोगों में आपको तीनों वर्ग देखने को मिल जाएँगे, जिसमें गरीबों का अच्छा-खासा प्रतिशत है। सेकंड हैंड वस्तुओं का बाजार उनकी जरूरतों को भलीभाँति पूरी कर सकता है। इलेक्ट्रॉनिक्स और अन्य क्षेत्रों में यदि कोई संगठित सेकंड हैंड बाजार होता तो विदेशी कामगारों के गरीब वर्ग को सबसे ज्यादा लाभ होता। इससे कम कीमत पर विभिन्न वस्तुओं के नए-नए मॉडल मिल जाते और वे अधिक-से-अधिक खरीदने के लिए प्रोत्साहित होते। इस प्रकार सभी वर्गों की क्रय शक्ति का पूरा-पूरा दोहन होता और इससे स्थानीय अर्थव्यवस्था को भी लाभ होता।

अब मैं काम करने के एक तरीके के बारे में बताना चाहता हूँ, जिसका मुझे काफी लाभ मिला है। पहले के समय में एक पदानुक्रम व्यवस्था हुआ करती थी। अब भी है, लेकिन पहले ज्यादा ही सख्त थी। यह आज के व्यावसायिक परिवेश की नींव है। यह व्यवस्था कुछ इस तरह कार्य करती है। धनी और मध्यवर्ग के लोगों को अगर अपनी पुरानी उपभोक्ता वस्तुओं की थोड़ी-बहुत कीमत भी मिल जाए तो वे उन्हें जल्दी निकाल देंगे। इससे नए उत्पादों की माँग को बढ़ावा मिलेगा।

परंतु किसी व्यक्ति को अगर अपनी उपयोगी वस्तु की थोड़ी-बहुत कीमत भी न मिले तो वह उसे कभी नहीं बेचना चाहेगा, चाहे वह बहुत अमीर ही क्यों न हो।

उदाहरण के लिए, मेरे पास पाँच साल पुराना एक टी.वी. सेट है। यह टी.वी. बिल्कुल ठीक चल रहा है। इन पाँच सालों में टी.वी. के नए-नए व अच्छे-अच्छे मॉडल बाजार में आए और उनमें से कुछ मुझे अच्छे भी लगे तथा उन्हें खरीदने का भी मन हुआ। लेकिन मैं अपने पुराने टी.वी. को हटाना नहीं चाहता हूँ, क्योंकि वह बिल्कुल ठीक चल रहा है। अगर मुझे लगे कि इसे बेचने पर इसकी कुछ कीमत निकल जाएगी तो नया मॉडल खरीदने में मुझे कोई हर्ज नहीं होगा।

तो आखिर क्या कारण है कि दुबई में सेकंड हैंड वस्तुओं का बाजार फल-फूल नहीं रहा है, जबकि यहाँ संभावित ग्राहक भी मौजूद हैं? इसका एक कारण यह हो सकता है कि स्थानीय व्यवसायियों को ऐसे बाजार में पैसा लगाने में ज्यादा लाभ नहीं दिखाई देता। इसके लिए एक ढाँचा तैयार किए जाने की जरूरत है, उसमें निवेश करने की जरूरत है। निस्संदेह, श्रम व रियल एस्टेट में कुल व्यय का एक बड़ा हिस्सा चला जाता है।

सेकंड हैंड कार बाजार का एक लाभ यह है कि वर्तमान वितरकों की ही इसमें मुख्य भूमिका है। इसलिए उन्हें न तो नए रियल एस्टेट में कुछ निवेश करना है और न ही नया ढाँचा तैयार करना है, क्योंकि यह सबकुछ उनके पास पहले से ही है। सेकंड हैंड बाजार उनके लिए अतिरिक्त लाभ का एक स्रोत है और यही कारण है कि यह दिन-प्रतिदिन बढ़ता जा रहा है।

सेकंड हैंड कार बाजार का एक लाभ यह है कि वर्तमान वितरकों की ही इसमें मुख्य भूमिका है। इसलिए उन्हें न तो नए रियल एस्टेट में कुछ निवेश करना है और न ही नया ढाँचा तैयार करना है, क्योंकि यह सबकुछ उनके पास पहले से ही है। सेकंड हैंड बाजार उनके लिए अतिरिक्त लाभ का एक स्रोत है और यही कारण है कि यह दिन-प्रति-दिन बढ़ता जा रहा है।

सेकंड हैंड कार बाजार से स्पेयर पार्ट्स (कल-पुरजों) की बिक्री में भी तेजी आती है। इससे कार वितरकों को अतिरिक्त लाभ मिलता है। पड़ोसी देशों में भी सेकंड हैंड कारों की बिक्री की अच्छी संभावनाएँ हैं, जहाँ बाहर से आकर रहनेवाले लोगों की संख्या ज्यादा है। ऐसे में क्या यह कोई आश्चर्य की बात है कि अल अवीर में कार बाजार में दिन-प्रतिदिन विस्तार हो रहा है।

इलेक्ट्रॉनिक्स वस्तुओं के लिए भी एक अच्छा सेकंड हैंड बाजार हो सकता है। लेकिन इसके लिए एक अच्छे ढाँचे की जरूरत है, जो अभी यहाँ नहीं है। नए ढाँचे के निर्माण के लिए ऐसे स्थानों को चुना जा सकता है, जो शहर से कुछ दूर हो और जहाँ रियल एस्टेट सस्ता हो। यह बाजार न केवल सेकंड हैंड इलेक्ट्रॉनिक्स वस्तुओं का केंद्र होना चाहिए, बल्कि यहाँ ऐसी व्यवस्था भी होनी चाहिए कि आप अपनी पुरानी वस्तुओं को यहाँ निपटा सकें, जिससे नई वस्तु की माँग निकले।

जरा सोचिए, पुराने कपड़ों तक का बाजार है। सस्ता श्रम उपलब्ध कराके निवेशकों को इस ओर आकर्षित किया जा सकता है—जैसे अखबार बेचनेवाले लड़के होते हैं, जो कमीशन पर अखबार बेचते हैं और उसी से अपनी रोजी-रोटी चलाते हैं। इसी तरह बढ़ई और दर्जी के लिए भी एक बाजार हो सकता है, जो अपनी मेहनत के अनुरूप कमाई करते हैं।

अब भी अगर सेकंड हैंड कार के बाजार की आवश्यकता पर किसी को शक हो तो उसे स्थानीय समाचार-पत्र—खासकर अंग्रेजी दैनिक—का वर्गीकृत विज्ञापन का स्तंभ देखना चाहिए।

परिवर्तन जीवन में अवश्यंभावी है। व्यवसाय में भी यह अवश्यंभावी है। दुबई के लिए नई-नई चुनौतियाँ आ रही हैं। इसके कई बाजारों में अपने स्थानीय निर्माण अड्डे या केंद्र हैं। इस प्रकार व्यवसायियों की भूमिका काफी सिकुड़ गई है। मुक्त क्षेत्रों से व्यापारी समुदाय के सामने भी चुनौतियाँ खड़ी हो गई हैं। वितरकों की भूमिका आजकल मध्यस्थों या दलालों की भूमिका तक सिमटकर रह गई है।

हमें अपनी परंपरागत सीमा से बाहर निकलकर उभरते अवसरों के कारण उत्पन्न चुनौतियों का सामना करना होगा। मैं समझता हूँ कि सिंधी समुदाय के लिए अब समय आ गया है कि वह व्यवसाय के अपने पुराने तौर-तरीकों से थोड़ा हटकर नए उभरते अवसरों को पकड़ने की कोशिश करे। हमारे समुदाय की युवा पीढ़ी भौतिक सुख और वैभव के परिवेश में पली-बढ़ी है। उनके ऊपर सुरक्षा का साया भी रहा है। एक तरह से वे हर तरह से सुरक्षित धारा में चल रहे हैं। लेकिन तब क्या होगा, जब वे जीवन के तूफानी समुद्र में प्रवेश करेंगे, जिसमें से उनके माता-पिता और पूर्वज सफलतापूर्वक निकलकर आए हैं ?

मेरा हमेशा यही प्रयास रहा था। मुनाफा कमाना जरूरी तो था, लेकिन साधन भी साध्य जितना ही महत्त्वपूर्ण था। मैंने दोनों के बीच हमेशा एक संतुलन बनाकर चलने की कोशिश की और मैं कहूँगा कि व्यवसाय में मेरी साफ-सुथरी डीलिंग के लिए अगर मेरे व्यावसायिक प्रतिद्वंद्वी मुझे याद करते हैं

आधुनिक युग में शपथ या वादा कुछ समय की मोहलत लेने और अपनी शक्ति को पुनः संगठित करने का एक साधन-सा बन गया है। हमारे समय में प्रतिज्ञा या वादे पर लोग मर मिटते थे। आप किसी भी कीमत पर अपना वादा नहीं तोड़ सकते थे। आज की युवा पीढ़ी इसे बेवकूफी मानेगी, एक भावनात्मक कमजोरी मानेगी। उसके लिए 'मारक प्रवृत्ति' कहीं ज्यादा अच्छी है। दुनिया भर की सारी 'मारक प्रवृत्ति' आ जाए तब भी मैं अपनी प्राथमिकताओं को नहीं छोड़ सकता।

तो मैं समझूँगा कि अपनी बात के पक्के व्यक्ति के रूप में मुझे कम-से-कम उनका सम्मान तो मिला।

आधुनिक युग में शपथ या वादा कुछ समय की मोहलत लेने और अपनी शक्ति को पुनः संगठित करने का एक साधन-सा बन गया है। हमारे समय में प्रतिज्ञा या वादे पर लोग मर मिटते थे। आप किसी भी कीमत पर अपना वादा नहीं तोड़ सकते थे। आज की युवा पीढ़ी इसे बेवकूफी मानेगी, एक भावनात्मक कमजोरी मानेगी। उसके लिए 'मारक प्रवृत्ति' कहीं ज्यादा अच्छी है। दुनिया भर की सारी 'मारक प्रवृत्ति' आ जाए तब भी मैं अपनी प्राथमिकताओं को नहीं छोड़ सकता।

यही चीज हमें असभ्यता से अलग करती है, जो आज इक्कीसवीं शताब्दी में भी सभ्यता की पतली सिल्ली के नीचे से झाँक रही है। हमारी विरासत के लिए यह सबसे बड़ी चुनौती है। यदि हम अपनी प्रतिष्ठा को लेकर सतर्क नहीं रहेंगे तो हम अपने लिए उज्ज्वल भविष्य की उम्मीद नहीं कर सकते।

❑

16

अनाथ प्रवासी भारतीय

"घर एक ऐसी जगह है, जहाँ जब आपको जरूरत पड़ती है, वह आपको शरण देता है।"

—रॉबर्ट फ्रोस्ट

जिस समय मैंने भारत छोड़ा, उस समय तक मैं एक भारतीय था। उसके बाद मुझे एक नया नाम दे दिया गया—आप्रवासी भारतीय। जब भारत में मुझे एक आप्रवासी भारतीय रूप में दिखाया जाता है तब मुझे अजीब सा लगता है—अपने ही देश में अजनबी, विदेशी होने जैसा लगता है।

ये आप्रवासी भारतीय कौन हैं ?

अलग-अलग लोगों के लिए इनका अर्थ अलग-अलग है। सरकार के लिए ये धन का एक अच्छा स्रोत हैं। कस्टम विभाग के लिए ये संदिग्ध तस्कर हैं। संबंधियों के लिए ईर्ष्या का कारण हैं। लेकिन अंततः ये कहीं के नहीं हैं।

स्थायी रूप से किसी दूसरे देश में जाकर बस जाने और नौकरी की तलाश में भारत छोड़कर किसी दूसरे देश में जाकर रहने में बहुत अंतर है। यह सही है कि दोनों ही स्थितियों में लोग बेहतर अवसर की तलाश में देश छोड़कर जाते हैं। लेकिन जहाँ नौकरी की बात होती है, उसमें लोग अपना काम पूरा करके देर-सबेर वापस आ जाते हैं। उनकी आर्थिक बचत देश की विदेशी आय या मुद्रा का एक महत्त्वपूर्ण हिस्सा होती है। मेरा मानना है कि दोनों तरह के प्रवास को अलग-अलग नजरिए से देखा जाना चाहिए।

आधुनिक इतिहास में भारत से प्रवास की शुरुआत ब्रिटिश शासन काल में हुई थी। उस समय अनुबंधित मजदूरों को सीलोन (श्रीलंका), बर्मा (म्याँमार), मलय

(मलेशिया), दक्षिण अफ्रीका, पूर्वी अफ्रीका, कैरेबिया द्वीप समूह के बागानों में भेजा जाता था। बाद में व्यापारियों का प्रवास शुरू हुआ—विशेषकर दक्षिण एशिया, दक्षिण-पूर्व एशिया, सुदूर पूर्व, अफ्रीका, पश्चिमी एशिया और अन्य पश्चिमी देशों में। उसके बाद तो पेशेवरों के प्रवास की एक लहर ही चल पड़ी।

उस समूह के प्रवासियों की संतानें आज अपने-अपने देश का वैधानिक नागरिक बन गई हैं। लेकिन उनमें से कुछ ऐसे हैं, जो अपने मूल देश भारत के साथ अपना भावनात्मक जुड़ाव बनाए हुए हैं। भारतीय मूल के ऐसे लोगों की संख्या 1.7 करोड़ तक है।

दूसरे समूह के भारतीयों के प्रवास के पीछे विदेशों में श्रम बाजार में उपलब्ध लुभावने अवसर थे। नौकरी की तलाश में ही उन्होंने भारत छोड़ा, विदेश में जाकर स्थायी रूप से बसने का उनका इरादा नहीं था। वैसे, कई देशों में सरकारी कानून के अनुसार उन्हें स्थायी रूप से बसने का अधिकार भी नहीं मिला। खाड़ी और मध्य-पूर्व के कुछ देशों ने '50 के दशक के उत्तरार्ध से अपने श्रम बाजार के दरवाजे सबके लिए खोल दिए थे और '70 के दशक में तेल के क्षेत्र में आई तेजी के समय कामगारों का प्रवास अपने चरम पर पहुँच गया। आज इस क्षेत्र में लगभग 35 लाख भारतीय हैं।

पिछली शताब्दी में—जब दो विश्वयुद्धों के कारण ब्रिटिश साम्राज्य लड़खड़ा गया और उसकी आर्थिक जरूरतें बहुत बढ़ गईं—ब्रिटिश उपनिवेशों से श्रमिकों के प्रवास का एक आंदोलन-सा चल पड़ा। तभी भारतीयों ने विश्व में अपना पहला व्यापक फैलाव शुरू किया। अनुबंधित मजदूर वेस्टइंडीज और अफ्रीका के दक्षिणी तट के बागानों तक पहुँच चुके थे। उधर, मलाबार तट से खाड़ी के देशों में चली आ रही व्यापारिक हवाओं ने भी व्यवसायी समुदाय को अपनी ओर आकर्षित किया। श्रम और वाणिज्य के बीच भारत पूरे विश्व में छाने लगा।

पिछली शताब्दी में—जब दो विश्वयुद्धों के कारण ब्रिटिश साम्राज्य लड़खड़ा गया और उसकी आर्थिक जरूरतें बहुत बढ़ गईं—ब्रिटिश उपनिवेशों से श्रमिकों के प्रवास का एक आंदोलन-सा चल पड़ा। तभी भारतीयों ने विश्व में अपना पहला व्यापक फैलाव शुरू किया। अनुबंधित मजदूर वेस्टइंडीज और अफ्रीका के दक्षिणी तट के बागानों तक पहुँच चुके थे। उधर, मलाबार तट से खाड़ी के देशों में चली आ रही व्यापारिक हवाओं ने भी व्यवसायी समुदाय को अपनी ओर आकर्षित किया। श्रम और वाणिज्य के बीच भारत पूरे विश्व में छाने लगा।

बाद में, बीसवीं शताब्दी में ही, ये लोग विश्व का सबसे बड़ा प्रवासी समूह बन गए। इस मामले में उन्होंने चीन को पीछे छोड़ दिया।

इंग्लैंड में भी भारतीय अन्य देशों से

आए लोगों से एक कदम आगे निकल रहे थे। लेकिन तब तक उनके साथ 'प्रवासी भारतीय' बिल्ला नहीं जोड़ा गया था। उस समय इस तरह का भेदभाव न के बराबर ही था।

यात्रा या सफर के बारे में भारतीयों की मान्यता शुरू से ही दुचित्ती रही है। इसका कारण चाहे पारिवारिक जिम्मेदारियों का बंधन रहा हो या फिर धार्मिक मान्यता।

बड़ी और जोखिमपूर्ण यात्रा को अच्छा नहीं माना जाता था। अगर कोई भारतीय यात्री इस तरह की लंबी यात्रा पर जाता भी तो अपने परिजनों से दूर जाना उसके लिए मौत से कम नहीं होता था। यह यात्रा प्रायः एकमार्गी होती थी। कुछ साहसी उद्यमी थे, जो दुनिया भर में फैलते जा रहे थे, लेकिन उनका यह कार्य किसी साहसिकता की भावना से प्रेरित नहीं था बल्कि हिंदी भाषा के एक शब्द प्रतिबद्धता की भावना से प्रेरित था, जिसका अंग्रेजी भाषा में कोई समानार्थी शब्द नहीं है।

भारत की लोकगाथाएँ डकैतों, ठगों और इस प्रकार के अन्य असामाजिक तत्त्वों की कहानियों से भरी पड़ी हैं। यहाँ लंबी यात्रा को खतरे का पर्याय मानने की परंपरा रही है, जिसे आज भी देखा जा सकता है। सच यह है कि इस तरह की लंबी यात्रा भारतीयों की दृष्टि में किसी वनवास से कम नहीं है। हम मार्कोपोलो जैसे लोगों में से नहीं हैं, जो नाम कमाने के लिए साहसिक यात्रा पर निकल जाएँ। यहाँ तो कुछ ऐसी धारणा रही है कि जो विदेश चला गया, वह भ्रष्ट हो गया; न उसका मन शुद्ध रह गया और न ही शरीर।

परंतु यात्रा के प्रति अपनी स्वाभाविक अनिच्छा के बावजूद भारत ने अपनी अच्छी-खासी उपस्थिति दर्ज कराई है।

विडंबना यह है कि विदेशियों को संदेह की दृष्टि से देखने की परंपरा आज भी यहाँ विद्यमान है और आप्रवासी भारतीयों को इसकी कीमत चुकानी पड़ रही है। आप्रवासी भारतीयों की स्थिति कुछ-कुछ क्यूरेट के अंडे की तरह है, कुछ अच्छा और कुछ खराब।

विडंबना यह है कि विदेशियों को संदेह की दृष्टि से देखने की परंपरा आज भी यहाँ विद्यमान है और आप्रवासी भारतीयों को इसकी कीमत चुकानी पड़ रही है। आप्रवासी भारतीयों की स्थिति कुछ-कुछ क्यूरेट के अंडे की तरह है, कुछ अच्छा और कुछ खराब।

एक आप्रवासी भारतीय के रूप में उनकी आवश्यकताओं और देश की प्राथमिकताओं के बीच बढ़ती खाई के कारण ऐसा हुआ है।

मीडिया तो आप्रवासी भारतीयों को स्वार्थी, देशभक्ति की भावना से हीन चरित्र के रूप में पेश करने में सफल हो गया है, जो अपनी मातृभूमि के लिए कुछ करने की बजाय अपना आर्थिक स्वार्थ सिद्ध करने में ज्यादा दिलचस्पी लेते हैं।

इन आप्रवासी भारतीयों को भारत में हर तरह से एक विदेशी का दर्जा दिया जा रहा है। अधिकतर भारतीय विश्वविद्यालय ऐसे हैं, जो आप्रवासी भारतीयों के बच्चों को एक अलग श्रेणी में रखते हैं और उनसे अपेक्षाकृत ज्यादा फीस भी लेते हैं। कुछ तकनीकी संस्थानों तथा व्यावसायिक कॉलेजों में तो पश्चिम के विश्वविद्यालयों जितनी फीस वसूल की जाती है। छात्रावास शुल्क भी बहुत ज्यादा है। अमेरिकी विश्वविद्यालयों में बाहर के छात्रों से ज्यादा फीस वसूल की जाती है—यह बात तो समझ में आती है। लेकिन मुझे नहीं लगता कि वे किसी अमेरिकी छात्र से सिर्फ इसलिए ज्यादा फीस वसूल करेंगे कि उसके माँ-बाप अमेरिका से बाहर रहकर काम करते हैं।

भारतीय विश्वविद्यालयों की एक गलत धारणा रही है कि आप्रवासी भारतीय बहुत अमीर होते हैं, इसलिए वे ज्यादा फीस चुका पाने में सक्षम हैं। जबकि सच्चाई यह है कि खाड़ी में काम करनेवाले बड़ी संख्या में भारतीय ऐसे हैं, जो बहुत मुश्किल से गुजारा कर पाते हैं। श्रम बाजार में अत्यधिक प्रतिस्पर्धा है और आप्रवासी भारतीयों को सस्ते श्रम के लिए अन्य श्रम-निर्यातक देशों के साथ प्रतिस्पर्धा करनी पड़ती है। ऐसे में यह नहीं माना जा सकता कि सबके सब आप्रवासी भारतीय अमीर ही हैं।

भारतीय विश्वविद्यालयों की एक गलत धारणा रही है कि आप्रवासी भारतीय बहुत अमीर होते हैं, इसलिए वे ज्यादा फीस चुका पाने में सक्षम हैं। जबकि सच्चाई यह है कि खाड़ी में काम करनेवाले बड़ी संख्या में भारतीय ऐसे हैं, जो बहुत मुश्किल से गुजारा कर पाते हैं।

दूसरी ओर, भारतीय प्राधिकारी भी प्रवासी भारतीयों की संभाव्यताओं को नहीं समझ पाए हैं और साथ ही वह यह समझते हैं कि आप्रवासी भारतीय अपेक्षाकृत अधिक धनी और संपन्न हैं; इस कारण प्राधिकारियों में उदासीनता की प्रवृत्ति व्याप्त है, जिससे कई बड़ी समस्याएँ पैदा हुई हैं।

आप्रवासी भारतीयों में व्याप्त अभिमान व दिखावे की प्रवृत्ति भी इसमें सहायक रही है। अतः इसका सारा दोष अकेले स्वदेशी भारतीयों पर नहीं मढ़ा जा सकता। प्रवासी भारतीय भी अपनी मातृभूमि के लिए कुछ ऐसा नहीं कर पाए हैं कि आम जनता तथा प्राधिकारियों के सामने उनकी एक संगत छवि बन सके।

उलटा, वे इस धारणा को ही बल देते रहे हैं कि वे अचार, मसाले, अन्य खाने-पीने की चीजें तथा अपनी पत्नियों को लेने के लिए ही यहाँ आते हैं। दूसरी तरफ अकसर उन पर आरोप लगाया जाता रहा है कि वे उस देश की मुख्य धारा से नहीं जुड़ पाए हैं, जिसमें रह रहे हैं; बल्कि वे अपनी परंपराओं और रीति-रिवाजों से चिपके हुए हैं।

सन् 1960 और 1970 के दशकों में जब प्रतिभा पलायन ने भारत को निशाना

बनाया और समाज में एक अच्छा-खासा मध्यम वर्ग तैयार हो गया, तब भी दूसरी व तीसरी पीढ़ी के भारतीयों—जिनके पास अपनी मातृभूमि का पासपोर्ट था—ने देखा कि नेहरू-गांधी शासक वंश की ओर से भारतीय उद्योग क्षेत्र को जिस प्रकार का संरक्षण दिया जा रहा है, उसके चलते उनकी भूमिका अवांछित-सी हो गई है।

आप्रवासी भारतीयों को ईर्ष्या तथा वैर-भाव से देखा जा रहा था। लेकिन उन्होंने अपनी मातृभूमि के प्रति न अपना प्रेम खोया और न ही सम्मान। भारत में देशभक्ति का जज्बा राजनीतिक ताने-बाने से परे है। लेकिन भेदभाव के चलते संबंधों में एक खाई-सी बनती चली गई। इस प्रकार 'नॉन-रेजीडेंट इंडियन' (यानी आप्रवासी भारतीय) 'नॉट-रिक्वायर्ड इंडियन' (यानी अवांछित भारतीय) बनते चले गए।

हालाँकि दोनों पक्षों में कुछ ऐसे लोग थे, जो इस भेदभाव की खाई को पाटना चाहते थे; लेकिन दुर्भाग्य से उनकी आवाज को दबा दिया गया। स्वयं मीडिया ने ही भारतीयों की बाहर रहने के लिए भर्त्सना की। इस प्रकार यह एक प्रथा-सी बन गई और अचानक ऐसा लगने लगा जैसे कोई विश्वासघात हो गया हो। संरक्षणवादी भारतीय वाणिज्य एवं उद्योग पर राजनेताओं और अधिकारियों की ठेकेदारी शुरू हो गई। इसके साथ ही 'संस ऑफ द सॉयल' (Sons of the Soil) और 'बी इंडियन बाई इंडियन' जैसी योजनाओं ने आप्रवासी भारतीयों को और भी बेगाना कर दिया तथा उनका वापस भारत आना एक जटिल प्रक्रिया बन गया।

आप्रवासी भारतीयों को ईर्ष्या तथा वैर-भाव से देखा जा रहा था। लेकिन उन्होंने अपनी मातृभूमि के प्रति न अपना प्रेम खोया और न ही सम्मान। भारत में देशभक्ति का जज्बा राजनीतिक ताने-बाने से परे है। लेकिन भेदभाव के चलते संबंधों में एक खाई-सी बनती चली गई। इस प्रकार 'नॉन-रेजीडेंट इंडियन' (यानी आप्रवासी भारतीय) 'नॉट-रिक्वायर्ड इंडियन' (यानी अवांछित भारतीय) बनते चले गए।

आप्रवासी भारतीय इस सबसे हतप्रभ थे। अपने ही देश का यह रवैया उन्हें बहुत अखरने लगा था। निवेश के प्रयासों पर भी इससे विपरीत प्रभाव पड़ा। कागजी कार्रवाई और लालफीताशाही से संबंधों में और भी रुकावट आई। सबकुछ इतनी तेजी से बदला कि आप्रवासी भारतीय ठगा-सा महसूस करने लगे।

'70 के दशक में भी इस रवैए में कोई बदलाव नहीं आया। पूरे दशक में कई प्रतिनिधिमंडल भारत आए, लेकिन उन्हें नकारात्मक प्रतिक्रिया ही मिली। आप्रवासी भारतीय को इतना बेगाना समझा जाता था कि उसे कतार में खड़ा होने की भी इजाजत नहीं थी।

सन् 1960 के दशक से लेकर 1990 के दशक तक की अवधि ऐसी रही कि

उसका वर्णन नहीं किया जा सकता। ''हमारे लिए अपने डॉलर लेकर आओ, लेकिन बदले में हमसे कुछ उम्मीद मत करो। हमें तुम्हारी जरूरत नहीं है।'' देश से बाहर रह रहे भारतीयों के बारे में यहाँ के नेता ऐसी ही चुभनेवाली बातें बोलते थे।

वे आप्रवासी भारतीय प्रतिनिधिमंडल से मिलते जरूर थे, लेकिन उनके साथ तसवीरें खिंचवाने के अलावा और कुछ नहीं करते थे। धीरे-धीरे आप्रवासी भारतीय स्वयं को आहत महसूस करने लगा। यह सब किसलिए था? परिवार की ओर से आलोचना, मित्रों की ओर से आलोचना, राजनेताओं और अधिकारियों की ओर से आलोचना—चारों ओर से आलोचना, जैसे अपने देश की सीमा छोड़कर उसने बहुत बड़ा अपराध कर दिया है।

इस अवधि में 2,000 से भी ज्यादा आप्रवासी भारतीय द्वारा उद्यमों के लिए आवेदन किए गए, जो लाइसेंस और अनापत्ति प्रमाण-पत्रों के चक्कर में अधर में रह गए। सन् 1980 से 2000 के मध्य सरकार और उसके चुने हुए प्रतिनिधियों के तत्त्वावधान में 46 से भी ज्यादा सेमिनार आयोजित किए गए, लेकिन सबके सब निरर्थक साबित हुए।

''हम भारतीय हैं। हम अपना सम्मान माँगते हैं।'' दुनिया भर में रह रहे 2.30 करोड़ आप्रवासी भारतीय एक साथ चीख पड़े थे।

''नहीं, तुम भारतीय नहीं हो।'' नई दिल्ली से आवाज आ रही थी, ''तुम आप्रवासी भारतीय हो। तुम पूरी तरह से भारतीय नहीं हो।''

''हम भारतीय हैं। हम अपना सम्मान माँगते हैं।'' दुनिया भर में रह रहे 2.30 करोड़ आप्रवासी भारतीय एक साथ चीख पड़े थे। ''नहीं, तुम भारतीय नहीं हो।'' नई दिल्ली से आवाज आ रही थी, ''तुम आप्रवासी भारतीय हो। तुम पूरी तरह से भारतीय नहीं हो।''

संतुलन बनाने के प्रयास में आप्रवासी भारतीयों ने भी छूट की माँग करके एक गलती कर दी, क्योंकि इससे यह संदेश पहुँचा कि वे अलग हैं। स्वयंभू और स्वयं-प्रेरित प्रवासी भारतीय नेताओं ने स्वयं ही अपने आपको प्रतिनिधि चुन लिया और भारत आकर यहाँ मीडिया के साथ अपने संपर्कों का लाभ उठाते हुए वास्तविक तसवीर में तोड़-मरोड़ शुरू कर दी।

उनकी माँगों से भारत को मौका मिल गया, जिसके मन में यह धारणा थी कि आप्रवासी भारतीय भ्रष्ट और अमीर हैं। इनके साथ कोई सहानुभूति नहीं की जानी चाहिए। नेताओं और अधिकारियों तथा आम जनता ने विशेष छूट की उनकी माँगों को गलत ढंग से पेश किया, जिसका खमियाजा आप्रवासी भारतीयों के साथ-साथ देश को भी भुगतना पड़ा। '90 के दशक के आरंभ में एक समय ऐसा आ गया, जब खुली लड़ाई जैसी स्थिति आ गई। आप्रवासी भारतीय अवांछित तो थे ही, उनके इरादों पर

संदेह किया जाने लगा था।

मुझे ड्रैकोनियन लॉ याद आता है, जो '80 के दशक से पहले तक संपत्ति कर के मामले में लागू था। इसके पूर्ण निरस्तीकरण का श्रेय प्रवासी भारतीयों—विशेषकर दुबई में रहनेवालों—को दिया जा सकता है; हालाँकि ब्रिटेन और अमेरिका जैसे विकसित देशों में भी यह कर अभी लागू है।

प्रतिनिधिमंडल के सदस्यों—रूसी पटेल, जी.वी. ईश्वर, प्रफुल पटेल्ल, हसमुख शाह और निशित देसाई—के साथ मैं भी था, जो वित्तमंत्री (पहले) प्रणव मुखर्जी और (उसके बाद) वी.पी. सिंह से मिले और उन्हें स्पष्टीकरण दिया कि क्यों इस भ्रष्टाचार फैलानेवाले कानून को समाप्त किया जाना चाहिए।

किसी व्यक्ति की मृत्यु के बाद सरकार उसकी संपत्ति पर 95 प्रतिशत (संपत्ति) कर लगाती थी। यह कर (संपत्ति के) बाजार मूल्य के आधार पर लगाया जाता था। अगर किसी व्यक्ति को 2 लाख की संपत्ति विरासत में मिलती और उसकी मृत्यु के समय उस संपत्ति की बाजार कीमत 20 लाख रुपए होती तो संपत्ति कर बाजार कीमत पर ही लगाया जाता था। यह कर संबंधित राज्य सरकार के राजस्व में जाता था।

किसी व्यक्ति की मृत्यु के बाद सरकार उसकी संपत्ति पर 95 प्रतिशत (संपत्ति) कर लगाती थी। यह कर (संपत्ति के) बाजार मूल्य के आधार पर लगाया जाता था। अगर किसी व्यक्ति को 2 लाख की संपत्ति विरासत में मिलती और उसकी मृत्यु के समय उस संपत्ति की बाजार कीमत 20 लाख रुपए होती तो संपत्ति कर बाजार कीमत पर ही लगाया जाता था। यह कर संबंधित राज्य सरकार के राजस्व में जाता था।

भारत में संपत्ति कर से बचने के लिए लोग संपत्ति के बाजार मूल्य को छिपा लेते थे या फिर अधिकारियों की मुट्ठी गरम करके वैसे ही कर से बच जाते थे। एक अनुमान के अनुसार, भारत सरकार को संपत्ति कर से प्रतिवर्ष 20 करोड़ रुपए की आय होती थी। लेकिन इसकी वसूली में आनेवाला खर्च इससे कहीं ज्यादा था।

विदेशों में रहनेवाले भारतीय सरल और पारदर्शी कर नियमों के अभ्यस्त थे। वे अपना पैसा भारतीय बैंकों में जमा करके रखते थे और उनके मरने के बाद नाटक शुरू हो जाता था। किसी आप्रवासी भारतीय के मरने पर भारतीय प्राधिकारी तब तक उससे संबंधित दस्तावेजों को प्रमाणित नहीं करते थे, जब तक संपत्ति कर की अदायगी का प्रमाण नहीं मिल जाता था।

विदेश में मरनेवाले भारतीयों से संपत्ति कर की वसूली से जुड़ा एक जटिल प्रश्न भी था। संपत्ति कर संबंधित राज्य की सरकार के खाते में जाना चाहिए था, जिसमें

मृतक रहता था। लेकिन इस प्रकार इकट्ठा किया गया धन केंद्र अथवा संघ के राजस्व में किसके खाते में जाता था, यह कोई नहीं जानता था। भगवान् का लाख-लाख शुक्र कि अब संपत्ति कर समाप्त कर दिया गया है। एक अमीर भारतीय अब शांतिपूर्वक मर सकता है। उसे अब अपनी संपत्ति में सरकार को कुछ भी नहीं देना है।

भारत सरकार और प्रवासी भारतीयों के बीच की दूरी को भरने के लिए सन् 1987 में आबू धाबी स्थित भारतीय निवेश केंद्र के प्रमुख मधुकर गुप्ता ने एक ओवरसीज इंडियन इकोनॉमिक फोरम (यू.ए.ई.) बनाने का विचार रखा। मुझे इसका संस्थापक अध्यक्ष बनाया गया तथा संयुक्त अरब अमीरात में भारत के तत्कालीन राजदूत इंद्रजीत सिंह राठौर इसके संरक्षक बने। दुबई में भारतीय कांसुल जनरल अरुण कुमार पर्यवेक्षक दल में थे। अरुण कुमार, रूसी पटेल तथा जी. भंडारी ने फोरम के गठन में महत्त्वपूर्ण भूमिका निभाई थी।

इंडियन एसोसिएशन, शारजाह के अध्यक्ष जॉन मैथ्यू को फोरम का उपाध्यक्ष तथा महेंद्र अशेर को सचिव और एस.आर. कृष्णमूर्ति को कोषाध्यक्ष बनाया गया था। कमेटी के सदस्यों में भरतभाई शाह, महावीर सिंघल, लच्छू भाटिया और स्व. टी.एम. नायर तथा खेमचंद खियारा (चाचा) शामिल थे।

सन् 1985 में मैंने भारत सरकार के सामने प्रस्ताव रखा कि अंडमान निकोबार द्वीप समूह को हांगकांग की तरह मुक्त पत्तन के रूप में विकसित किया जाए। भारत सरकार तथा जनता ने इस प्रस्ताव का स्वागत किया। तत्कालीन वाणिज्य मंत्री द्वारा श्री रौनक सिंह की अध्यक्षता में एक समिति का गठन किया गया। समिति के सदस्यों में मेरे अलावा के. रवींद्रन, के.आर. मोतीलाल, वी.एस. वेंकटरमण, डॉ. जयंत रॉय, गैरी एन. हरिलेला, गियान टी. वचानी, जॉन मैथ्यू, एम.जे. फेरवानी, श्यामल गुप्ता और जे.एस. गिल शामिल थे। काफी जाँच-पड़ताल के बाद पता चला कि यह स्थान अत्यधिक दूर स्थित होने के कारण मुक्त पत्तन के लिए उपयुक्त नहीं है। इसमें कुछ अन्य स्थानों के नाम भी शामिल किए गए थे—कच्छ, पांडिचेरी, गोवा और तूतीकोरिन; लेकिन समिति ने अंततः गोवा को चुना।

> गोवा—जो स्वतंत्रता-प्राप्ति के बाद तक भी पुर्तगालियों के अधिकार में था—इसके लिए पूरी तरह से उपयुक्त था। यहाँ पर्यटकों के आकर्षण की सारी चीजें मौजूद हैं। यहाँ के लोग भी बहुत मिलनसार हैं। यहाँ अंतरराष्ट्रीय औद्योगिक समूहों को अपना उद्योग स्थापित करने और उत्पादों को दुनिया भर में निर्यात करने के लिए प्रोत्साहित करने हेतु पर्याप्त अवसर व स्थान उपलब्ध हैं—जैसे मलेशिया में हुआ था।

गोवा—जो स्वतंत्रता-प्राप्ति के बाद

तक भी पुर्तगालियों के अधिकार में था—इसके लिए पूरी तरह से उपयुक्त था। यहाँ पर्यटकों के आकर्षण की सारी चीजें मौजूद हैं। यहाँ के लोग भी बहुत मिलनसार हैं। यहाँ अंतरराष्ट्रीय औद्योगिक समूहों को अपना उद्योग स्थापित करने और उत्पादों को दुनिया भर में निर्यात करने के लिए प्रोत्साहित करने हेतु पर्याप्त अवसर व स्थान उपलब्ध हैं—जैसे मलेशिया में हुआ था। महाराष्ट्र और कर्नाटक जैसे पड़ोसी राज्यों के लोगों के लिए यहाँ रोजगार के अच्छे अवसर उपलब्ध थे। यहाँ विदेशी मुद्रा अर्जित करने की भी संभावनाएँ मौजूद थीं। इस प्रकार भारत में यह मुक्त पत्तन बहुराष्ट्रीय कंपनियों के लिए एक संचालन केंद्र के रूप में कार्य करता तथा भारतीयों को अपने ही देश में शॉपिंग का एक सुंदर स्थान मिल जाता। रौनक सिंह की अध्यक्षता में गठित समिति की सिफारिशों पर मंत्रिमंडल में चर्चा हुई; लेकिन सरकारें बदलती रहीं और उसके साथ ही ये कोशिशें भी बेकार सिद्ध हुईं।

विदेशों में रहनेवाले भारतीय अपने बच्चों की शिक्षा को लेकर परेशान हैं। भारत ने कई क्षेत्रों में उदारीकरण की प्रक्रिया अपनाई है; लेकिन शिक्षा के क्षेत्र में उसने बहुत कम ही बदलाव किए हैं। ओवरसीज इंडियन इकोनॉमिक फोरम के अध्यक्ष के रूप में मैंने कई बार यह प्रस्ताव रखा कि शिक्षा का उदारीकरण करके उसे एक उद्योग का दर्जा दिया जाए, ताकि लोगों को इस क्षेत्र में निवेश के लिए प्रोत्साहित किया जा सके।

भारतीय छात्र अमेरिका में अपनी शिक्षा पर अरबों डॉलर खर्च करते हैं। वहाँ फैकल्टी भी भारतीय ही होती है। इस प्रकार पैसा भी भारत का होता है, फैकल्टी भी भारत की होती है और छात्र भी भारत के ही होते हैं—बस जमीन विदेशी होती है। अपने अरबों डॉलर बचाने के लिए भारत क्यों अपने यहाँ जमीन उपलब्ध नहीं करा सकता, यह बात समझ से परे है।

कुछ वर्ष पहले जब प्रवासी भारतीयों का एक प्रतिनिधिमंडल तत्कालीन प्रधानमंत्री नरसिंह राव से मिलने के लिए भारत आया था, उस समय उम्मीद की जा रही थी कि आप्रवासी भारतीयों को अंततः कुछ मौका मिलेगा। विदेशों में रह रहे 2 करोड़ भारतीयों के लिए एक पूरा मंत्रालय बनाने की बात की जा सकती थी। इन 2 करोड़ भारतीयों का स्वदेश प्रेम उनके द्वारा हर साल भारत भेजी जानेवाली 50 अरब डॉलर से भी अधिक की विदेशी मुद्रा से स्पष्ट पता चलता था।

कहा जाता है कि प्रवासी भारतीयों को जब तक मतदान का अधिकार नहीं दिया जाता तब तक इस विशाल समुदाय में न कोई वोट बैंक हो सकता है और न ही इससे कोई राजनीतिक हित हो सकता है। यह बात बिल्कुल सच है; लेकिन इस दिशा में अब तक कोई प्रभावी कदम नहीं उठाया गया है।

किसी गुट या समूह के रूप में प्रवासी

भारतीयों को भारत की संसद् में कोई प्रतिनिधित्व नहीं है। हालाँकि अल्पसंख्यक समूहों के हितों की रक्षा और प्रतिनिधित्व के लिए नामित सदस्य हैं, लेकिन उनकी संख्या इतनी कम है कि उससे इतने बड़े समुदाय का प्रतिनिधित्व नहीं हो सकता। प्रवासी भारतीयों द्वारा किए जानेवाले आर्थिक योगदानों के सामने यह संख्या बहुत कम है। यह पक्षपात अब तक जारी है। कहा जाता है कि प्रवासी भारतीयों को जब तक मतदान का अधिकार नहीं दिया जाता तब तक इस विशाल समुदाय में न कोई वोट बैंक हो सकता है और न ही इससे कोई राजनीतिक हित हो सकता है। यह बात बिल्कुल सच है; लेकिन इस दिशा में अब तक कोई प्रभावी कदम नहीं उठाया गया है।

भारत में सूचना प्रौद्योगिकी के विस्तार को देखते हुए ऐसा सोचना सही नहीं लगता कि विदेशों में रह रहे भारतीयों से मत लेना मुश्किल काम होगा। इंटरनेट द्वारा मतदान से यह काम आसान हो जाएगा। लेकिन कमी इच्छा-शक्ति की है। प्रवासी भारतीयों की ओर से अब तक कोई दबाव नहीं दिया गया है कि उन्हें भी मतदान का अधिकार दिया जाना चाहिए, क्योंकि वे भारतीय पासपोर्ट धारक हैं और दूतावासों तथा कांसुलेटों के माध्यम से भारतीय नियमों व कानूनों का पालन करते हैं।

समय-समय पर सत्ता में आनेवाली भारतीय सरकारों की ओर से बचाव के लिए जो दूसरा तर्क दिया जाता रहा है, वह प्रवासी भारतीयों के लिए दो प्रतिनिधि चुने जाने में आनेवाली कठिनाई से संबंधित है। इस विषय पर वैसे तो कम ही अध्ययन किए गए हैं, लेकिन ऐसी कोई निराशा की बात दिखाई नहीं देती। पूरे विश्व को अलग-अलग भागों अथवा प्रखंडों में विभाजित किया जा सकता है; प्रत्येक भारतीय प्रखंड किसी एक एन.आर.आई. इलेक्टोरल कॉलेज को अपना मत दे। उसके बाद हर पाँच वर्ष में कॉलेज का एक सम्मेलन आयोजित किया जाए, जिसमें दो व्यक्तियों को लोकसभा में प्रवासी भारतीयों की समस्याओं का प्रतिनिधित्व करने के लिए चुना जाए। इन्हीं दो व्यक्तियों को सदन के लिए चुना जाए।

इस विचार में दम है, क्योंकि प्रवासी भारतीयों की छवि वर्तमान में तथाकथित प्रवासी भारतीय संगठनों के हाथ में है, जो अपने आपको प्रवासी भारतीयों का प्रतिनिधि बताते हैं और उनकी ओर से जगह-जगह

प्रवासी भारतीयों की छवि वर्तमान में तथाकथित प्रवासी भारतीय संगठनों के हाथ में है, जो अपने आपको प्रवासी भारतीयों का प्रतिनिधि बताते हैं और उनकी ओर से जगह-जगह बैठकें व सम्मेलन आयोजित करते हैं। अपने सम्मेलन को संबोधित करने के लिए वे राजनेताओं को बुलाते हैं, तरह-तरह के प्रमाण-पत्र, स्मृति-पत्र, ट्रॉफी और पुरस्कार स्थापित करते हैं। यह सब पैसा कमाने का एक तरीका है।

बैठकें व सम्मेलन आयोजित करते हैं। अपने सम्मेलन को संबोधित करने के लिए वे राजनेताओं को बुलाते हैं, तरह-तरह के प्रमाण-पत्र, स्मृति-पत्र, ट्रॉफी और पुरस्कार स्थापित करते हैं। यह सब पैसा कमाने का एक तरीका है।

इन गतिविधियों से प्रवासी भारतीयों की एक विकृत छवि सामने आई है। सच यह है कि सरकार की ओर से केंद्र या राज्य स्तर पर प्रवासी भारतीयों के साथ बेहतर समझ विकसित करने के लिए पूरी ईमानदारी और गंभीरता से बहुत कम ही बैठकें या सम्मेलन आयोजित किए गए हैं।

आप्रवासी भारतीय और भारतीय प्राधिकारियों के बीच संबंधों में वास्तव में अगर कोई दोष है तो वह इस कारण है कि विदेशों में रह रहे भारतीयों ने अपना प्रतिनिधित्व का अधिकार स्वयं छोड़ दिया है। ऊँचे-ऊँचे, प्रभावशाली लोग संगठित प्रयास करने की बजाय अकेले ही लड़ना ज्यादा अच्छा समझते हैं। ज्यादा-से-ज्यादा श्रेय लेने के अपने इस प्रयास में वे अकसर आपस में ही एक-दूसरे को नीचा दिखाने लगते हैं और इस प्रकार वे अपने संबंधों को भूलकर आपस में बँट जाते हैं।

आप्रवासी भारतीय और भारतीय प्राधिकारियों के बीच संबंधों में वास्तव में अगर कोई दोष है तो वह इस कारण है कि विदेशों में रह रहे भारतीयों ने अपना प्रतिनिधित्व का अधिकार स्वयं छोड़ दिया है। ऊँचे-ऊँचे, प्रभावशाली लोग संगठित प्रयास करने की बजाय अकेले ही लड़ना ज्यादा अच्छा समझते हैं। ज्यादा-से-ज्यादा श्रेय लेने के अपने इस प्रयास में वे अकसर आपस में ही एक-दूसरे को नीचा दिखाने लगते हैं और इस प्रकार वे अपने संबंधों को भूलकर आपस में बँट जाते हैं।

ऐसे में आप्रवासी भारतीय को एक देशद्रोही की-सी छवि में देखा जाने लगा है, जो लालच में आकर अपना देश छोड़ चुका है; इसलिए उसे अपने साथ लेकर चलने की बजाय अलग ही रखना चाहिए। सच, आप्रवासी भारतीयों की आज भी यही छवि बनी हुई है।

वाजपेयी सरकार ने इस खाई को पाटने के लिए कोई महत्त्वपूर्ण प्रयास नहीं किया। हालाँकि भाजपा-नीत गठबंधन ने प्रवासी भारतीयों को भारत के साथ मजबूती से जोड़े रखने की आवश्यकता पर बल दिया; लेकिन वास्तविक स्थिति में कोई बदलाव नहीं आया। आज अधिक-से-अधिक भारतीय निवेश को आकर्षित करने के लिए एक परिपक्व ढाँचे की आवश्यकता है। लेकिन प्रवासी भारतीय को जब तक राष्ट्रीय ढाँचे का हिस्सा नहीं माना जाता, उनके साथ बेहतर समझ विकसित नहीं की जाती और जब तक संदेह के परदे को नहीं हटाया जाता, तब तक यह संभव नहीं है।

पिछली शताब्दी के अंत में प्रवासी भारतीयों की आवाज अंततः नई दिल्ली के कानों में पड़ी। समय-समय पर सत्ता में आई सरकारों से इतने अनुरोध किए गए, लेकिन अंततः वाजपेयी सरकार ने ही दोहरी नागरिकता की आवश्यकता पर ध्यान दिया। अब आप भारत का पूर्ण नागरिक बने रहते हुए किसी दूसरे देश का पासपोर्ट ले सकते हैं।

यह सुविधा प्रवासी भारतीयों में पहचान की एक बेहतर या मजबूत भावना भरने के लिए थी। इसके अंतर्गत उन्हें किसी प्रकार का राजनीतिक अधिकार नहीं दिया गया है। दोहरी नागरिकतावाले भारतीय यहाँ न तो चुनाव लड़ सकते हैं और न ही मतदान कर सकते हैं।

दोहरी नागरिकता की सुविधा अमेरिका, यू.के., कनाडा, यूरोप, ऑस्ट्रेलिया, न्यूजीलैंड और सिंगापुर में बसे भारतीयों को दी गई थी। इसका कारण यह है कि इन देशों में पहले से दोहरी नागरिकता की व्यवस्था है। श्रीलंका, मॉरीशस और मलेशिया आदि दूसरे देशों में बसे भारतीयों को 'भारतीय मूल का होने' के प्रमाण-पत्र से ही काम चलाना होगा।

विदेश मंत्रालय द्वारा सितंबर 2000 में गठित पाँच सदस्यीय समिति ने कहा कि नागरिकता अधिनियम सन् 1955 में संशोधन करके दोहरी नागरिकता की व्यवस्था शुरू की जा सकती है। दोहरी नागरिकता दिए जाने से प्रवासी भारतीयों को भारत में निवेश करने के लिए प्रोत्साहन मिलेगा।

दोहरी नागरिकता का एक और लाभ यह होनेवाला था कि इससे विदेशों में रह रहे भारतीयों को भारत की समृद्ध विरासत के साथ भावनात्मक रूप से जुड़ने में मदद मिलती। यह प्रयास वैसे तो उत्साहवर्धक था, लेकिन मध्य-पूर्व और खाड़ी के देशों में रहनेवाले 35 लाख प्रवासी भारतीयों पर इसका कोई प्रत्यक्ष प्रभाव पड़नेवाला नहीं था, क्योंकि यहाँ दोहरी नागरिकता काफी अप्रासंगिक है।

'90 के दशक में नरसिंह राव और रौनक सिंह के प्रवेश के बाद कुछ बदलाव के आश्वासन आए और भारतीय नेताओं की ओर से प्रवासी भारतीयों के प्रति सहानुभूति के आश्वासन को भी थोड़ा बल मिला। ड्रैकोनियन कानूनों और संरक्षणवाद को हटाए जाने से प्रवासी भारतीय समुदाय का ज्यादातर डर दूर हो गया। लेकिन इससे आप्रवासी भारतीयों को अपना निवेश बढ़ाने का प्रोत्साहन मिला या नहीं, यह प्रश्न अभी बना हुआ है।

दोहरी नागरिकता का एक और लाभ यह होनेवाला था कि इससे विदेशों में रह रहे भारतीयों को भारत की समृद्ध विरासत के साथ भावनात्मक रूप से जुड़ने में मदद मिलती।

जो पैसा भारत में आना चाहिए था, वह यहाँ ने आकर दूसरी बेहतर जगह पहुँचता

रहा और नई दिल्ली की लालफीताशाही तथा भ्रष्ट अधिकारी तंत्र की गलती बताकर इस बड़ी गलती को दबा दिया गया। इस प्रकार प्रवासी भारतीयों की बचत का पैसा कभी भी भारत में नहीं पहुँच सका और भारत पश्चिम की वित्तीय एजेंसियों से ऋण लेता रहा।

अपनी संरक्षणवादी नीति छोड़कर तथा अपने बाजारों को खोलकर भारत ने प्रवासी भारतीयों को देश के साथ जुड़ने का मौका दिया। लेकिन भाजपा के सत्ता में आने के बाद प्राथमिकताएँ तेजी से बदलने लगीं। सरकार ने इस समस्या की ओर ध्यान दिया और चमत्कार शुरू हो गए। अब प्रश्न यह उठता है कि क्या आप्रवासी भारतीय समुदाय विशुद्ध वाणिज्य की परिधि से आगे बढ़कर व्यापक जुड़ाव दिखा पाएगा?

दिलचस्प बात है कि राष्ट्रीय स्तर पर रवैए में बदलाव की गति काफी धीमी रही है, जबकि गुजरात, आंध्र प्रदेश और महाराष्ट्र जैसे प्रगतिशील राज्यों ने अपनी आप्रवासी भारतीय-विरोधी रवैया छोड़ दिया है और अब वे बड़े-बड़े संयुक्त उपक्रम शुरू कर रहे हैं।

लोक-कल्याण की बात तो लगता है कि गायब ही हो गई है। दुनिया भर में फैले भारतीय स्कूल, अस्पताल, अनाथालय, धर्मार्थ संस्थान खोलने के लिए बढ़-चढ़कर पैसा दे रहे थे; जबकि आप्रवासी भारतीय अपना पैसा जमीन खरीदने, मकान बनाने और रेट बिगाड़ने में लगा रहे हैं। जरूरत है दोनों पक्षों में आपसी समझ की।

आप्रवासी भारतीय मामलों के लिए राज्य स्तर पर अब एक अलग मंत्रालय की जरूरत है। दिलचस्प बात है कि राष्ट्रीय स्तर पर रवैए में बदलाव की गति काफी धीमी रही है, जबकि गुजरात, आंध्र प्रदेश और महाराष्ट्र जैसे प्रगतिशील राज्यों ने अपनी आप्रवासी भारतीय-विरोधी रवैया छोड़ दिया है और अब वे बड़े-बड़े संयुक्त उपक्रम शुरू कर रहे हैं।

एक वोट बैंक के रूप में 2.30 करोड़ पासपोर्ट धारकों के प्रतिनिधित्व का मामला गंभीरता से लिया जाना चाहिए। तर्क तो कहता है कि संसद् में कम-से-कम दो नामित सांसद हों। आप्रवासी भारतीयों के वास्तविक प्रतिनिधियों तथा उच्च सरकारी व औद्योगिक नेताओं के बीच बैठकों के स्तर में तेजी लानी चाहिए। मीडिया को चाहिए कि वह स्थिति को सकारात्मक ढंग से पेश करे, जो अब तक नहीं किया गया है।

इससे न केवल बड़े-बड़े आप्रवासी भारतीयों को देश से जोड़ा जा सकेगा, अपितु दुनिया भर के 120 देशों में रह रहे 2.30 करोड़ भारतीयों का एक समुदाय भी बन सकेगा, जिसका भारत में अपने हिस्से का योगदान होगा।

देश प्रेम और व्यवसाय दोनों साथ-साथ नहीं चल सकते, इसलिए प्रवासी भारतीयों को दोनों में से एक को छोड़ना पड़ेगा। अगर भारत सरकार दोनों के बीच एक संतुलन की स्थिति बना सके, जो विश्व स्तर पर एक प्रतिस्पर्धी स्थिति हो, तब एक

नियमित नीति बनाकर तथा अत्यधिक जटिल कागजी औपचारिकताओं को हटाकर अतीत के डर को मिटाया जा सकता है। 'चिरौरी करने' की प्रवृत्ति ही खेल बिगाड़ रही है। भारत के प्रतिनिधि इसी प्रवृत्ति पर चलकर आप्रवासी भारतीयों में निवेश की अनिच्छा को उभारते हैं।

एक बात हम भूल जाते हैं कि आप्रवासी भारतीय स्वभाव से भावुक हैं। वे किसी भी बात को हलके से नहीं लेते हैं और उनमें भारतवासियों जैसी भारतीयता है। तेजी से बदलती इस दुनिया में हमें अपने देश और अपनी विरासत से जुड़े रहने की आवश्यकता है। यह जरूरी है कि हमारे बच्चे भी जानें कि उनकी असली जड़ कहाँ है। हम जीविकोपार्जन के लिए बाहर जरूर रहते हैं, लेकिन बाहर रहकर भी अपने घर की याद करना स्वाभाविक है। भले हम हजार मील दूर रह रहे हों, लेकिन दुनिया अब घंटों में सिकुड़ गई है। ऐसे में एसोसिएशन के महत्त्व को कम करके नहीं आँका जाना चाहिए। इससे लोगों में एकजुटता की भावना पैदा होती है और आप्रवासी भारतीय एक राष्ट्रीय निधि बन जाते हैं।

जब सारी बातें, सारे भेदभाव भुला दिए जाएँगे तब भारत के रोने के साथ हमारी भी रोने की आवाज आएगी।

❑

17

और यह नई पीढ़ी...

"हर कोई अपने पिता की तुलना में आगे बढ़ने की अपेक्षा करता है; हर कोई अपने जन्म से बेहतर होने की अपेक्षा करता है और हर पीढ़ी के पास अपने दिल में एक बड़ा आवेग होता है—अतीत की सभी अन्य पीढ़ियों से अधिक उपयुक्त जीवन जीने के लिए।"

—विलियम एलन ह्वाइट

प्रातःकाल के शांत वातावरण में बैठा कभी-कभी मैं मन में एक निराशा-सी महसूस करता हूँ—निराशा, इसलिए नहीं कि मैं हार गया हूँ, बल्कि यह सोचकर कि समय बहुत सीमित है और काम इतना ज्यादा है। "सोने से पहले मुझे मीलों की दूरी तय करनी है,"—पं. जवाहरलाल नेहरू ने रॉबर्ट फ्रॉस्ट की कविता से उद्धृत करते हुए कहा था। मुझे भी ऐसी ही अनुभूति होती है। मैंने अपने वादे तो पूरे कर लिये हैं, लेकिन अभी और भी बहुत कुछ करना शेष है।

प्रातःकाल घास पर पड़ी ओस की बूँदें सूर्य की किरणों की गरमी से सूखने लगती हैं, जिन्हें देखकर मुझे उन दिनों की याद आती है जब हम युवा थे और समय के साथ-साथ कितनी तेजी से—बिल्कुल ओस की बूँदों की तरह—सबकुछ सूख गया।

उगते हुए सूर्य को देखकर अकसर मैं अपने आपसे पूछता हूँ कि किस तरह की विरासत मैं अपने बच्चों के लिए छोड़कर जा रहा हूँ। क्या मैंने उन्हें इस दुनिया में एक सफल जीवन जीने के लिए तैयार कर दिया है ? या फिर कहीं ऐसा तो नहीं कि अत्यधिक सुख और संरक्षण ने उन्हें बाहरी दुनिया की मुश्किलों के प्रति संवेदनशील बना दिया हो ?

फिर मुझे लगता है कि मैंने और वीना ने मिलकर तीन अच्छे नागरिक तैयार

किए हैं, जो बदलती संस्कृतियों के साथ अपने आपको ढाल चुके हैं और समय-समय पर कई बार उन्हें अज्ञात और अथाह जलराशि में भी धकेला जा चुका है, जिससे उनके माता-पिता निकलकर आए हैं। वे तैरना सीख गए हैं, जीवन की अज्ञात और अथाह जलराशि से बाहर निकलना सीख गए हैं और अब किसी एक देश-समाज के नहीं, बल्कि हर देश-समाज के हैं।

लेकिन क्या उन्हें भी ऐसा लगता है? मैंने कभी पूछने का साहस नहीं किया, क्योंकि मुझे डर था कि कहीं वे मुझे मेरे रास्ते के वे सिग्नल न दिखाने लगें, जिन्हें मुझे देखना था और देखकर वहाँ से सही दिशा में मुड़ना था, लेकिन मैं ऐसा नहीं कर सका और अब पीछे मुड़ने का कोई मौका नहीं है।

ईश्वर ने जो इतना सारा कुछ मुझे दिया है, उसके लिए रोज सुबह मैं उसका धन्यवाद करता हूँ और यह सौभाग्य पाकर भी मैं विनम्र बना रहा हूँ।

क्या मैं कोई जातिवादी हूँ, अलगाववादी हूँ? क्या मैं अलगाव की शिक्षा दे रहा हूँ? क्या मेरा यह दृष्टिकोण ठीक नहीं है, जो एक ऐसे सिद्धांत पर आधारित है, जिसमें संस्कृतियाँ एक-दूसरे से मिल तो जाती हैं, पर एक-दूसरे में समा नहीं पातीं? हम जो हैं, वही हैं, हम बदल नहीं सकते। मित्रता, एकजुटता और भाईचारा जरूरी है। लेकिन हमारी राष्ट्रीयता और सांस्कृतिक विरासत ही ऐसी है, जो हमें खास बनाती है। नहीं तो रह ही क्या जाता है? अगर हम कुछ अलग, कुछ विशिष्ट नहीं बन सकते तो जीवन का महत्त्व ही क्या रह जाता है? और इसी विशिष्टता को हम लोक-सामूहिकता के नाम पर दूर फेंक रहे हैं, जिसमें पहुँचकर हम अपने आपको ही नहीं देख पाते कि हम कौन हैं।

क्या मैं कोई जातिवादी हूँ, अलगाववादी हूँ? क्या मैं अलगाव की शिक्षा दे रहा हूँ? क्या मेरा यह दृष्टिकोण ठीक नहीं है, जो एक ऐसे सिद्धांत पर आधारित है, जिसमें संस्कृतियाँ एक-दूसरे से मिल तो जाती हैं, पर एक-दूसरे में समा नहीं पातीं? हम जो हैं, वही हैं, हम बदल नहीं सकते। मित्रता, एकजुटता और भाईचारा जरूरी है। लेकिन हमारी राष्ट्रीयता और सांस्कृतिक विरासत ही ऐसी है, जो हमें खास बनाती है।

अब इक्कीसवीं शताब्दी चल रही है और शायद लग रहा है कि मैं सांस्कृतिक शुद्धता की इन प्रांतीय व प्राचीन अवधारणाओं के साथ तेजी से वृद्धावस्था की ओर जा रहा हूँ। एक दिन ऐसा आएगा, जब हमारे इतिहास की संपदा और समृद्धि—जिसे हमने इतना सहेजकर रखा है—सब गायब हो जाएगी और हम महज रोबोट बनकर रह जाएँगे।

अफसोस की बात है कि मेरे भीतर की आवाज एक ऐसे शोर में दब जाती है, जो सारी सीमा-रेखाओं को मिटा देना चाहती है। इसलिए नहीं कि उसे पता है कि वह

क्या कर रही है, बल्कि इसलिए कि जो रेखाएँ हमने खींची हैं, वे गलत हैं। सांस्कृतिक शुद्धता श्रेष्ठता के किसी तानाशाही सिद्धांत पर आधारित नहीं है। यह किसी जातिवादी सिद्धांत पर भी आधारित नहीं है, जिसमें हम एक साथ नहीं रह सकते। यह न तो दक्षिण अफ्रीका में पहले प्रचलित रंगभेद के सिद्धांत पर आधारित है, न भारत में प्रचलित अस्पृश्यता के सिद्धांत पर आधारित है, न दक्षिणी अमेरिका में व्याप्त मूर्खतापूर्ण विकृति पर आधारित है और न ही यह धार्मिक श्रेष्ठता अथवा घृणा या वैमनस्य पर आधारित है।

मैंने और आपने कुछ रेखाएँ खींची हैं, जिनका सांस्कृतिक एकता से कोई लेना-देना नहीं है। आर्थर हैली (Arthur Hailey) ने अपनी 'जड़ों' को ढूँढ़ने की जो बात की थी, उसके माध्यम से उन्होंने हमारे भीतर स्वाभाविक रूप से स्थित इस इच्छा की ओर संकेत किया था।

अपनी परंपराओं और रीति-रिवाजों को बचाकर रखना हमारा कर्तव्य है। लेकिन नई पीढ़ी उनके स्थान पर जिस तरह से 'केचअप-ऐंड-चिप्स' संस्कृति के प्रभाव में आ गई है, उससे मुझे हरदम डर लगा रहता है।

कभी-कभी मैं अपने ही सशक्त विश्वासों के कारण अलग-थलग महसूस करता हूँ। जब मैं सिर्फ इतना कहूँ कि अपनी प्राथमिकताओं की रक्षा कीजिए तो बड़ी आसानी से इसे गलत समझा जा सकता है। अपनी प्राथमिकताओं को लेकर चलिए, लेकिन किसी और को नुकसान पहुँचाकर नहीं बल्कि आपसी प्रेम व सद्भाव के साथ। मैं तो यही सोचकर डरा रहता हूँ कि मेरे बच्चों के बच्चे यह नहीं जान पाएँगे कि वे कौन हैं और उनकी जड़ों का उनके लिए क्या महत्त्व है। इस दुनिया में संस्कृति तो जैसे कॉफी जैसी कोई चीज हो गई है—चुस्की लो और भूल जाओ।

जो इन सीमा रेखाओं को पार करने या उन्हें एक साथ मिलाने की बात करते हैं, वे सचमुच बहुत उदार होंगे। लेकिन एकजुटता लाने की अपनी इस कोशिश में वे उसी चीज को नष्ट कर रहे हैं, जो इस दुनिया को खास बनाती है।

पश्चिम पश्चिम है, पूर्व पूर्व है; सबके साथ मिलकर रहो, लेकिन अपनी पहचान को भी साथ-साथ बनाए रखते हुए। दुनिया में जो कुछ भी अच्छा है, वह हमारे मूल्यों-आदर्शों और रीति-रिवाजों के संरक्षण से ही आता है। हमें उन मूल्यों-आदर्शों और रीति-रिवाजों को नहीं छोड़ना चाहिए। हमारी विशिष्टता

पश्चिम पश्चिम है, पूर्व पूर्व है; सबके साथ मिलकर रहो, लेकिन अपनी पहचान को भी साथ-साथ बनाए रखते हुए। दुनिया में जो कुछ भी अच्छा है, वह हमारे मूल्यों-आदर्शों और रीति-रिवाजों के संरक्षण से ही आता है। हमें उन मूल्यों-आदर्शों और रीति-रिवाजों को नहीं छोड़ना चाहिए। हमारी विशिष्टता ही हमें समृद्ध बनाती है।

ही हमें समृद्ध बनाती है। अपनी तीनों बेटियों को मैंने विश्व स्तरीय बनाने की कोशिश जरूर की है, लेकिन परंपरा के पालन की बात करें तो मैंने उन्हें उनकी अलग पहचान से जोड़कर रखा है।

कभी-कभी जब मैं यह बात उठाता हूँ तो देखता हूँ कि मेरे अपने बच्चे ही परेशान-से हो उठते हैं, ''यह पुराने लोगों की बात है। आज के समय में इसकी कोई प्रासंगिकता नहीं रह गई है।''

शायद! लेकिन मैं अपने मन की यह बात बार-बार दोहराता हूँ—मिलो, खुशी से मिलो। प्रत्येक मनुष्य को पूरा महत्त्व दो, लेकिन अपनी अलग पहचान को बनाए रखो।

यह तो समय बताएगा, लेकिन मेरा विश्वास है कि—उस समय तक मैं रहूँ या न रहूँ—जल्दी ही हमारे अतीत की शक्ति यानी हमारी जड़ों में सहजता आ जाएगी और उन जंगलों में हम अपने मन की शांति तलाश करेंगे। जिस तरह जानवर और फूल अलग-अलग हैं और इसलिए उनकी जरूरतें भी अलग-अलग हैं, ठीक ऐसा हमारे साथ है। हमारा मानसिक और आध्यात्मिक सुख हमारे समुदाय के कल्याण और उत्तरजीविता में निहित है। सबके साथ मिलकर या एक जैसा बनकर हम लुट जाएँगे; इसलिए इस ओर विशेष ध्यान देना होगा।

इस कैनवास पर मैं पीछे की ओर मुड़ता हूँ और देखता हूँ कि किस तरह मैंने अपने कामों—जो पूरी तरह से नेक इरादों के साथ किए गए हैं—से अपनी ही बातों को झुठला दिया है।

हम सिंधी हैं। व्यवसाय हमारा स्वभाव है, जो हमारे रक्त में है। सिंधी समुदाय आज दुनिया के कोने-कोने में फैल चुका है। हमें अपने समुदाय पर गर्व है। हमें अकसर 'मारक वृत्तिवाला' कहा जाता है। इस पर भी हमें गर्व है।

हमें यह नाम जो दिया गया है, उसका कुछ अर्थ है। आप व्यवसाय करते हैं तो निश्चित रूप से मुनाफा कमाने के लिए ही करते हैं और अगर आप मुनाफा कमा रहे हैं तथा सही रास्ते पर चल रहे हैं तो यह स्वाभाविक अथवा मूल वृत्ति हुई, न कि मारक वृत्ति।

हम सिंधी हैं। व्यवसाय हमारा स्वभाव है, जो हमारे रक्त में है। सिंधी समुदाय आज दुनिया के कोने-कोने में फैल चुका है। हमें अपने समुदाय पर गर्व है। हमें अकसर 'मारक वृत्तिवाला' कहा जाता है। इस पर भी हमें गर्व है। हमें यह नाम जो दिया गया है, उसका कुछ अर्थ है। आप व्यवसाय करते हैं तो निश्चित रूप से मुनाफा कमाने के लिए ही करते हैं और अगर आप मुनाफा कमा रहे हैं तथा सही रास्ते पर चल रहे हैं तो यह स्वाभाविक अथवा मूल वृत्ति हुई, न कि मारक वृत्ति।

इतनी सदियों में अगर हमने व्यवसाय करना सीखा है और उसे पीढ़ी-दर-पीढ़ी आगे बढ़ाते रहे हैं तो इसकी वजह यही है कि व्यवसाय हमारी परंपरा का एक हिस्सा रहा है। अगर हमारी इस विशिष्टता को खौलते तेल की कड़ाही में डाल दिया जाता है तो निश्चित रूप से हमारी विशेषज्ञता, हमारी विशिष्टता भी पिघलकर उसी तेल में मिल जाएगी। यहाँ खौलते तेल की कड़ाही से मेरा तात्पर्य तेजी से बदलती दुनिया से है। इससे मेरी बात स्पष्ट हो जाती है। हम अगर ऐसे हैं तो अपने परिवेश और वंशानुगत ढाँचे के कारण हैं। इसलिए इन दोनों चीजों को सहेजकर रखने की जरूरत है। अगर सारे जानवर जेब्रा ही होते तो जंगल का महत्त्व ही क्या रह जाता?

बताइए जरा।

मुझे अफरा-तफरी दिखाई देती है। दुनिया बहुत तेज गति से चल रही है। मेरी जवानी के दिनों में जिस काम में कई दिन लग जाते थे, उसमें अब मात्र कुछ घंटे लग रहे हैं, क्योंकि हम ध्वनि की गति के साथ चल रहे हैं। एक साथ इकट्ठा होकर (किसी जानेवाले को) विदाई देने का तो जैसे रिवाज ही खत्म हो गया। परिवार के लोग शादीवाली रात को इकट्ठा होते हैं, जबकि शादी-विवाह के मौके पर कभी हम हफ्तों मौज-मस्ती किया करते थे। लोगों के पास फुरसत नहीं है। संयुक्त परिवार का स्थान विखंडित परिवार लेते जा रहे हैं।

मुझे अफरा-तफरी दिखाई देती है। दुनिया बहुत तेज गति से चल रही है। मेरी जवानी के दिनों में जिस काम में कई दिन लग जाते थे, उसमें अब मात्र कुछ घंटे लग रहे हैं, क्योंकि हम ध्वनि की गति के साथ चल रहे हैं। एक साथ इकट्ठा होकर (किसी जानेवाले को) विदाई देने का तो जैसे रिवाज ही खत्म हो गया।

आज चूँकि हम अपने स्वयं के ही वश में नहीं रह गए हैं, इसलिए शादियाँ या वैवाहिक संबंध भी कच्चे धागे की तरह टूटते जा रहे हैं। पति-पत्नी दोनों की दिशा अलग-अलग हो गई है। परिवार के लोग, जो कभी दूसरे परिवारों की शादियाँ कराया करते थे, आज अपने ही बच्चों के वैवाहिक संबंध को टूटने से नहीं बचा पा रहे हैं। यह बात पुरानी व अटपटी भले लगे, लेकिन बच्चे को नहलाने के बाद उसे गंदे पानी के साथ बाहर तो नहीं फेंक सकते। प्रगतिशील होने का अर्थ यह नहीं हुआ कि आप अपने भीतर की शक्ति से दूर चले जाएँ और कमजोर करनेवाली लोक-लुभावनी चीजों की तलाश में लग जाएँ। आज के युवा अपने आपको पाना चाहते हैं। इसका अर्थ तो यही हुआ कि वे खो गए हैं। मैंने ऐसा नहीं कहा। ऐसा वे अपने व्यवहार से स्वयं बता रहे हैं। निराशा बढ़ती जा रही है, सूर्य अस्त हो रहा है और मायूसी की रात का अंधकार पसरता जा रहा है, जिसके बारे में मैंने बात की।

मैं हमेशा कहता हूँ कि नदी की मछली समुद्र में या समुद्र की मछली नदी में नहीं रह सकती। प्रकृति का सौंदर्य उसकी विविधता में ही निहित है।

कैसे कोई पिता (अपने बच्चों को) यह सब सिखाए और यह उम्मीद करे कि उसके बच्चे इसे सीख रहे हैं ? कोई माँ अपनी नाजुक संतान को टूटने से बचाने के लिए क्या करे, जब लगातार सिकुड़ती दुनिया उसे तोड़ रही हो ?

हम किसी चौराहे पर हैं, क्योंकि चौराहे पर होने का मतलब हुआ कि हमारी गति धीमी पड़ रही है। दुनिया को मैं एक ऐसी नदी समझता हूँ, जो पूरे उफान के साथ समुद्र से टकराने को तैयार है। ऐसी स्थिति में एक उथल-पुथल-सी होती है और जब वह उथल-पुथल होगी, तब हम उसके प्रवाह में आकर बह जाएँगे। मैं तो यह सोचकर ही काँप जाता हूँ कि पता नहीं यह नई पीढ़ी वह हमला झेलने के लिए तैयार भी है या नहीं।

हम किसी चौराहे पर हैं, क्योंकि चौराहे पर होने का मतलब हुआ कि हमारी गति धीमी पड़ रही है। दुनिया को मैं एक ऐसी नदी समझता हूँ, जो पूरे उफान के साथ समुद्र से टकराने को तैयार है। ऐसी स्थिति में एक उथल-पुथल-सी होती है और जब वह उथल-पुथल होगी, तब हम उसके प्रवाह में आकर बह जाएँगे। मैं तो यह सोचकर ही काँप जाता हूँ कि पता नहीं यह नई पीढ़ी वह हमला झेलने के लिए तैयार भी है या नहीं।

जीवन का आधे से ज्यादा हिस्सा बिता लेने के बाद अब हमें शांति और संतोष कहाँ मिले ? यह सोचकर ही हमें संतोष मिलेगा कि हमने कोशिश की, हमने अपने स्तर पर सही काम करने की कोशिश की।

माँ के देहांत के बाद हम अपने तीनों बच्चों को दुबई ले आए। इस प्रकार पहली बार वे अपनी जड़ से अलग हुए। वे छोटे थे और अंदर से दृढ़ भी, इसलिए उन्हें अपने आपको ढालने में कोई दिक्कत नहीं हुई।

जब वे बड़े हुए, तब उनके हमउम्र लड़के-लड़कियाँ पश्चिम की ओर उन्मुख हो रहे थे। मैं जहाँ भी जाता, वहाँ यही सुनने को मिलता कि कैसे युवा लड़के-लड़कियाँ उच्च शिक्षा के लिए पश्चिम के देशों में गए और आत्मविश्वास से लबालब होकर वहाँ से लौटे। वे स्मार्ट हो गए थे। इसमें कोई शक नहीं था। प्रतिष्ठा-प्रदर्शन एक प्रेरणा-सा बन गया था। मैं यही सोच रहा था कि पूर्व के लिए यह कितनी शर्म की बात है, इतनी पुरानी सभ्यताओं का उत्पत्ति स्थान होने के बावजूद वह अपनी नई पीढ़ी में आत्मविश्वास भर पाने में सक्षम नहीं रहा और इसके लिए उसकी नई पीढ़ी को पश्चिम की ओर भागना पड़ रहा है। कहीं मैं ज्यादा भावुक तो नहीं हो रहा हूँ ? शायद ! लेकिन आखिर हम अपने आपको दूसरों के सामने इस तरह नीचा करके क्यों दिखाते हैं ?

इसका संतोषजनक उत्तर मुझे कभी नहीं मिला। जिस देश ने वाल्मीकि और तानसेन, तुलसीदास और टैगोर, चाणक्य और दादा वासवानी जैसे महापुरुषों को जन्म दिया, जो आज भी जीवन के हर क्षेत्र में किसी-न-किसी रूप में हमें उपस्थित मिलते हैं, उस देश में आत्मविश्वास की कमी कहाँ है?

समय बीतता गया, मेरा ध्यान दूसरी ओर बँटता रहा और इसी बीच अपनी दादी की लाडली गौरी कॉलेज में प्रवेश के लिए तैयार हो गई। किशोरावस्था में ही उसमें नेतृत्व के गुण साफ दिखाई देने लगे थे। एक अच्छी संगठनकर्ता होने के नाते उसने चेतना और रेखा को भी सही दिशा देने में मदद की थी। दोनों बहनें उसकी बात मानती थीं। उसकी माँ कभी-कभी मजाक में कहती थी कि यह सरोगेट माँ (जो दूसरों के लिए अपनी कोख में बच्चा पालती और उसे जन्म देती) है।

वस्तुतः हमारे जीवन में अंग्रेजी भाषा भी गौरी के ही प्रयासों से आई। उससे पहले तक हम अंग्रेजी जानते तो थे, पर उसका हमारे जीवन पर कोई प्रभाव नहीं था। गौरी कुछ ज्यादा ही अंतर्मुखी थी, अपनी उम्र के लड़के-लड़कियों की बजाय वह बड़ों के साथ रहना ज्यादा पसंद करती थी; यह मेरे लिए चिंता की बात थी।

हमारे जीवन में अंग्रेजी भाषा भी गौरी के ही प्रयासों से आई। उससे पहले तक हम अंग्रेजी जानते तो थे, पर उसका हमारे जीवन पर कोई प्रभाव नहीं था। गौरी कुछ ज्यादा ही अंतर्मुखी थी, अपनी उम्र के लड़के-लड़कियों की बजाय वह बड़ों के साथ रहना ज्यादा पसंद करती थी; यह मेरे लिए चिंता की बात थी।

उसकी आवाज भी बहुत मधुर थी। दोस्तों और रिश्तेदारों को उसका गाना सुनना बहुत अच्छा लगता था। यह गुण उसे उसकी माँ से मिला था। जीवन बहुत आराम से चल रहा था, पारिवारिक संबंधों की गरमाहट का मुझे अकसर एहसास होता था। लेकिन परिवर्तन तो अवश्यंभावी है और वह चुपचाप अपना रास्ता बना लेता है।

एक दिन जब लोग अपने-अपने काम पर जा रहे थे और एफ.एम. 92 पर समाचार आ रहा था और रेडियो पर रिचर्ड कोरम का स्वर सुनाई पड़ रहा था, मैं परेशान हो उठा था। गौरी को कॉलेज जाना था।

वह भारत जाती तो उसके साथ उसकी माँ को भी जाकर रहना पड़ता और दोनों बेटियों को सँभालने की जिम्मेदारी मेरे ऊपर आ जाती; जबकि इस काम में मैं उतना कुशल नहीं था।

इसका कोई हल निकालना था। आप्रवासी भारतीयों के बच्चों को उन दिनों कॉलेजों में आसानी से सीट नहीं मिलती थी। उस समय ईश्वरी—मेरी बड़ी सिस्टर इन लॉ (साली)—से मदद मिली। वह मुंबई में अपने जीजा निर्दोष के घर पर रहने को

तैयार हो गईं। घर खाली पड़ा था, क्योंकि निर्दोष स्वयं हांगकांग में रहते थे। गौरी मुंबई गई और उसे पत्राचार कोर्स के माध्यम से बी.कॉम. करना पड़ा।

इसमें उसका प्रदर्शन अच्छा रहा, जो उसके दृढ़-निश्चय और एकाग्रता का प्रमाण था।

उसका पिता होने पर मुझे गर्व हो रहा था। मेरे दो निकट मित्रों—माधव बलवानी और डॉ. एस.डी. कार्णिक—ने काफी मदद की। मैं उनका आभारी हूँ।

लेकिन एक बात कहूँगा। भारत में शिक्षा को उतनी गंभीरता से नहीं लिया जाता जितनी गंभीरता से लिया जाना चाहिए। अर्थव्यवस्था को उदार बनाए जाने के लिए तो विधान किए जाते हैं, लेकिन शिक्षा का उदारीकरण नहीं हो रहा है। हमें समझना चाहिए कि मजबूत और प्रगतिशील अर्थव्यवस्था का आधार शिक्षा ही है। यहाँ शिक्षा का अर्थ मध्यम स्तर की उस साक्षरता से नहीं है, जो परस्पर रोष और वैमनस्य पैदा करती है। शिक्षा एक धर्मार्थ पेशा है—ओलिवर ट्विस्ट को सूप दिया जाता है और साथ में यह कह दिया जाता है कि और मत माँगना। शिक्षा की अभिदृष्टि भौगोलिक सीमाओं तक सिमटकर रह गई है। इसमें स्वाभाविक प्रवाह का अभाव है। आज की शिक्षा-प्रणाली मैकाले के सिद्धांतों पर आधारित है, जो अब पुराने और अप्रासंगिक हो चुके हैं। खैर, अब हमारे घर में एक स्नातक थी और यह हम सबके लिए गर्व की बात थी—खासकर इसलिए कि मेरी अपनी औपचारिक शिक्षा बहुत कम थी, जो कुछ मैंने सीखा था, वह स्वयं अपनी गलतियों और अनुभवों से सीखा था।

शिक्षा एक धर्मार्थ पेशा है—ओलिवर ट्विस्ट को सूप दिया जाता है और साथ में यह कह दिया जाता है कि और मत माँगना। शिक्षा की अभिदृष्टि भौगोलिक सीमाओं तक सिमटकर रह गई है। इसमें स्वाभाविक प्रवाह का अभाव है। आज की शिक्षा-प्रणाली मैकाले के सिद्धांतों पर आधारित है, जो अब पुराने और अप्रासंगिक हो चुके हैं।

इसी बीच मेरी सोच में थोड़ा बदलाव आया। वैसे तो मैं पूरी तरह अपने देश भारत को ही प्राथमिकता दे रहा था, लेकिन मुझे लगा कि गौरी ने जो उपलब्धि हासिल की है, उसके लिए उसे कुछ मिलना चाहिए। इसलिए मैंने उसे जेनेवा के एक फिनिशिंग स्कूल में भेजने का फैसला किया। बात थोड़ी अजीब थी। अगर कोई मुझसे पूछता कि गौरी को केले छीलना, छुरी-काँटों का प्रयोग करना सिखाने के लिए इतना पैसा खर्च करने की क्या जरूरत थी, तो इसका मेरे पास कोई उत्तर नहीं था। लेकिन इससे उसका व्यक्तित्व निखरा, जिसमें दो-दो संस्कृतियों का एक सफल मेल था और वह दोनों संस्कृतियों के सुंदर पहलुओं को साथ लेकर चल रही थी। मेरे मित्र कमल और प्रकाश हिंदुजा जेनेवा

में ही रहते हैं। जब भी जरूरत पड़ी, उनसे पूरी मदद मिली।

स्विट्जरलैंड में और भी सिंधी थे—सेंट मार्टेन से आई दो जुड़वाँ बहनों शानू और शालिनी की गौरी के साथ अच्छी दोस्ती हो गई थी। अपने भाई अजय की शादी वे गौरी से कराना चाहती थीं। सबकुछ अपनी गति से चलता रहा और मैं तथा वीना कैरीबियन के रास्ते पर थे।

अजय और गौरी की शादी हो गई। गौरी का नाम अब हनीशा है। उनके तीन बच्चे हैं—नीलेश, अमर और ह्रितिक। सबकुछ ऐसे होता गया जैसे पहले से नियत हो—निस्संदेह नियत तो था ही।

मेरी बेटी गौरी मेरे मूल्यों-आदर्शों व संतुलन की भावना की प्रतिमूर्ति है। मेरे एक मित्र मनु छाबड़िया ने एक बार मुझे बताया कि जब वह अपनी पत्नी विद्या के साथ सेंट मार्टिन गए थे, तब वहाँ गौरी की व्यावसायिक कुशलता व व्यावहारिक आकर्षण से बहुत प्रभावित हुए थे। उन्होंने 60,000 डॉलर के जेवर खरीदे थे। जब वह अपना क्रेडिट कार्ड निकालने लगे, तब गौरी ने कहा, "कोई बात नहीं। आप ये जेवर घर ले जाइए। जो पसंद आए, ले लीजिएगा और उसके बाद बाकी जेवर तथा पैसे वापस कर दीजिएगा।"

"तुम्हें मुझ पर इतना विश्वास है?" मनु ने पूछा था।

"आप पर विश्वास नहीं करूँगी तो किस पर करूँगी, अंकल?"

दुबई वापस आने पर वह मुझसे कहने लगे, "राम, तुम सचमुच धन्य हो!"

मैं जानता हूँ। इस पर मुझे गर्व होता है।

गौरी के सेंट मार्टिन में बसने के बाद की एक छोटी सी दिलचस्प घटना का जिक्र मैं करना चाहता हूँ। यहाँ जब तक वह हमारे साथ थी, तब तक सबकुछ होते हुए भी उसने कभी आभूषणों की परवाह नहीं की। उसे इतना भी नहीं पता था कि एक गिन्नी में कितने ग्राम होते हैं। और अब, अचानक ही वह हीरे-जवाहरात के बीच खेल रही थी।

गौरी के सेंट मार्टिन में बसने के बाद की एक छोटी सी दिलचस्प घटना का जिक्र मैं करना चाहता हूँ। यहाँ जब तक वह हमारे साथ थी, तब तक सबकुछ होते हुए भी उसने कभी आभूषणों की परवाह नहीं की। उसे इतना भी नहीं पता था कि एक गिन्नी में कितने ग्राम होते हैं। और अब, अचानक ही वह हीरे-जवाहरात के बीच खेल रही थी।

इससे उसकी सोच तो नहीं बदली, लेकिन हाँ, उसे बहुमूल्य नगों का शौक जरूर हो गया। व्यावसायिक कुशलता हासिल करने के साथ-साथ वह अपनी संगठन क्षमता का भी भरपूर लाभ उठा रही थी। कैरीबिया द्वीप समूह में पहली बार उसने सिंधी नववर्ष पर एक समारोह के आयोजन की जिम्मेदारी निभाई। द्वीप समूह में सिंधी समुदाय

की सबसे कम उम्र की प्रतिनिधि होने के कारण सबके साथ सामंजस्य बैठाकर चलना उसके लिए इतना आसान नहीं था; लेकिन अपने मिलनसार स्वभाव के बल पर उसने सबका दिल जीत लिया। उसके पति अजय और ससुरालवालों—बरखा और दयालदास अलवानी—से उसे बहुत सहयोग मिला।

आज कैरीबियाई द्वीप में जो भी समारोह होता है—चाहे वह जन्मदिन हो, सालगिरह हो या फिर कोई सामुदायिक प्रयोजन—उसमें गौरी की उपस्थिति और भूमिका अनिवार्य-सी हो गई है। परिचय के दौरान जब गौरी को राम बक्षाणी की बेटी न बताकर मुझे 'हनीशा का पिता' बताया जा रहा था, तब गर्व और प्रसन्नता से मैं रोमांचित हो रहा था। उस दिन मुझे लगा कि ऐसा ही होना चाहिए। गौरी सभी का सम्मान करती है। उसके मन में सभी के प्रति सहानुभूति है। अपने इन्हीं गुणों के बल पर आज वह समारोहों की मालकिन बन गई है।

जिन माँ-बाप की एक संतान हो और लायक हो, उसे खुशनसीब माना जाता है। दो संतानोंवाले माँ-बाप धन्य होते हैं और अगर आपके तीन बच्चे हों तथा तीनों लायक हों तो भगवान् को धन्यवाद देने के लिए आपके हाथ अनायास ही ऊपर उठ जाएँगे।

कहते हैं कि इतिहास अपने आपको दोहराता है। देखते-ही-देखते चेतना भी अपनी बड़ी बहन की तरह ही हो गई। वह स्वभाव से बहुत शरमीली और बहुत कम बोलनेवाली लड़की थी। माँगना तो जैसे वह जानती ही नहीं थी, इसलिए कई बार वह उपेक्षित भी हो जाती थी। लेकिन भीतर से वह बहुत मजबूत थी और आवश्यकता पड़ने पर वह शक्ति उभरकर बाहर आ गई।

मेरा हमेशा यही मानना रहा है कि शिक्षा ही एक सबसे अच्छा उपहार है, जो माँ-बाप अपने बच्चों को दे सकते हैं। चाहे कोई गरीब हो या अमीर, शिक्षा का महत्त्व सबके लिए है। महिलाएँ भी बड़ी-बड़ी विदुषी बन सकती हैं। यही कारण है कि जहाँ स्त्री शिक्षा पर बल दिया जा रहा है, वहाँ महिलाएँ बहुत अच्छा कर रही हैं। संयुक्त अरब अमीरात को इसका सबसे अच्छा उदाहरण माना जा सकता है। यहाँ जीवन के हर क्षेत्र में महिलाओं की उपस्थिति

जहाँ स्त्री शिक्षा पर बल दिया जा रहा है, वहाँ महिलाएँ बहुत अच्छा कर रही हैं। संयुक्त अरब अमीरात को इसका सबसे अच्छा उदाहरण माना जा सकता है। यहाँ जीवन के हर क्षेत्र में महिलाओं की उपस्थिति और भागीदारी की आवश्यकता को स्वीकार किया गया है और इसके लिए आवश्यक कदम भी उठाए गए हैं। इसलिए जब कभी शादी और शिक्षा के बीच बात उठती है तब शादी को दूसरी प्राथमिकता ही मिलती है।

और भागीदारी की आवश्यकता को स्वीकार किया गया है और इसके लिए आवश्यक कदम भी उठाए गए हैं। इसलिए जब कभी शादी और शिक्षा के बीच बात उठती है तब शादी को दूसरी प्राथमिकता ही मिलती है।

इस बार भी मुंबई हमारी पहली पसंद थी; लेकिन इस बार सबकुछ उलटा होने लगा था। पहली बात, ईश्वरी को कुछ काम थे, जिससे वह इतने लंबे समय तक मुंबई में नहीं रह सकती थीं। परिवार को अलग-अलग करके वीना को भारत में छोड़ना मुझे अच्छा नहीं लग रहा था। एक बार फिर वह पुरानी समस्या आ खड़ी हुई, जो आप्रवासी भारतीयों को अकसर झेलनी पड़ती थी। अपने गृह राष्ट्र की चारदीवारी में एक बार फिर हम अपना सिर पटकने को विवश हो गए।

एक दिन एक डिनर पार्टी में मेरी मुलाकात मेरे मित्र किशिन जेठवानी से हुई। उनके साथ उनकी बेटी प्रिया भी थी, जो लंदन के रिचमंड कॉलेज की पढ़ाई पूरी करके आई थी। उसकी खूबसूरती और आचार-व्यवहार से मैं बहुत प्रभावित हुआ। किशिन ने बताया कि रिचमंड कॉलेज प्रिया के लिए अच्छा साबित हुआ। मेरी बेटी के लिए भी उन्होंने इसी कॉलेज की सलाह दी। मेरे मन में एक ही शक था कि मेरी बेटी इंग्लैंड जाने के लिए तैयार नहीं होगी। या फिर, हो सकता है कि यह सिर्फ मेरे मन का डर रहा हो। मैंने उसे सबकुछ बताया और उसने अवसर को पकड़ लिया। अपने बच्चों की सोच और दूरदर्शिता पिता के लिए भी कई बार हैरानी का विषय बन जाती है। मेरे खयाल से हम अपने बच्चों को लेकर इतने संरक्षणवादी होते हैं कि उनकी संभाव्यताओं और क्षमताओं की गहराई का अंदाजा ही नहीं लगा पाते।

कुछ ही समय बाद उसने सारी तैयारी की और इंग्लैंड के लिए रवाना हो गई। वह बहुत मेहनती थी। पढ़ाई के दौरान इसका उसे लाभ मिला, जैसा अंग्रेज लेखक चार्ल्स लैंब ने लिखा है। वह ऑनर्स डिग्री लेकर वापस आई तो हमें लगा कि उसे अच्छे संस्कार देने की हमारी कोशिश व्यर्थ नहीं गई। वीना के चचेरे भाई वाशी भारवानी—जो लंदन में रहते थे—और उनकी पत्नी प्रिया ने इंग्लैंड में पढ़ाई के दौरान चेतना की बहुत मदद की।

इंग्लैंड से वापस आने के बाद मैंने चेतना के भीतर एक दृढ़-निश्चय भी देखा—अपनी अलग पहचान बनाने का दृढ़-निश्चय और साथ ही, अपने समुदाय के लिए कुछ अच्छा करने का दृढ़-निश्चय। पहले मुझे लगता था कि मेरी बच्ची के भीतर विद्रोह की भावना है, लेकिन अब मुझे लगने लगा था कि मेरी सोच गलत थी। उसके भीतर विद्रोह की भावना नहीं, बल्कि आत्मविश्वास था। अपनी मूल पहचान को बनाए रखने के उसके दृढ़-निश्चय ने ही उसे स्थायित्व और संतुलन की स्थिति में पहुँचाया।

उसका यही गुण मुझे अच्छा लगता था। वह भिन्न होती हुई भी समान थी—जिम्मेदारी और आत्मविश्वास से लबालब। मेरे वरिष्ठ हमवतन दादा राम पंजवाणी—जो सिंधी समुदाय के सांस्कृतिक राजदूत थे—ने एक बार मुझसे कहा था कि हमारी भाव-भंगिमा ही हमें एक अलग पहचान देती है। हमारी बातचीत और हमारे हाव-भाव में एक ऐसा भाव होता है, जिसे कोई सिंधी ही समझ सकता है—वह भाव है एकता अथवा एकजुटता का भाव।

चेतना को बच्चों से बहुत लगाव था। हर उम्र के बच्चों के साथ उसका एक भावनात्मक रिश्ता जुड़ जाता था। इसीलिए उसने मांटेसरी कोर्स किया और कोर्स पूरा करने के बाद एक स्कूल में पढ़ाने लगी—पैसा कमाने से ज्यादा आत्मसंतोष के लिए।

अपने अनुभव व दक्षता को छोटे-छोटे बच्चों के साथ साझा करने का यह उसके लिए एक अच्छा अवसर था। बदले में उसे मिलता था—धैर्य, दृढ़ता और बच्चों की भावनाओं को समझने की एक अंतर्वृत्ति। मैं कह सकता हूँ कि इस दौरान उसने न केवल बच्चों के साथ एक अंतरंग संबंध स्थापित किया, बल्कि निकट भविष्य में माँ बनने के लिए स्वयं को भी प्रशिक्षित किया।

चेतना को बच्चों से बहुत लगाव था। हर उम्र के बच्चों के साथ उसका एक भावनात्मक रिश्ता जुड़ जाता था। इसीलिए उसने मांटेसरी कोर्स किया और कोर्स पूरा करने के बाद एक स्कूल में पढ़ाने लगी—पैसा कमाने से ज्यादा आत्मसंतोष के लिए। अपने अनुभव व दक्षता को छोटे-छोटे बच्चों के साथ साझा करने का यह उसके लिए एक अच्छा अवसर था। बदले में उसे मिलता था—धैर्य, दृढ़ता और बच्चों की भावनाओं को समझने की एक अंतर्वृत्ति।

चेतना की शादी बंटी से हो चुकी है। बंटी दुबई में सूचना प्रौद्योगिकी के व्यवसाय में हैं। उनकी एक प्यारी सी बेटी भी है—जाह्नवी, जिसका बहुत अच्छी तरह पालन-पोषण हो रहा है। बचपन की सीमाओं से आगे बढ़कर चेतना ने कितने शानदार ढंग से युवावस्था में प्रवेश किया और एक पूर्ण, परिपक्व महिला बन गई—देखकर सुखद आश्चर्य का एहसास होता है। दो बार मैंने अपनी बच्चियों के भाग्य का फैसला परिस्थितियों पर छोड़ा और दोनों ही बार भाग्य ने मेरे प्रति दयालुता दिखाई।

मैंने हमेशा यही कोशिश की कि मेरी बच्चियों को सिर्फ भारतीय 'व्यापार' की हवा ही लगे, लेकिन नियति ने मुझे मेरी गलती का अहसास कराया और मुझे एक सबक सिखाया।

अगर बच्चे अपने आपमें मजबूत हैं तो हवा चलने पर वे सरपत की तरह झुक जरूर जाएँगे, लेकिन टूटेंगे नहीं। यह मेरा सौभाग्य रहा है; यह अपने अतीत और अपनी

विरासत में मेरे विश्वास का प्रमाण भी है। तीनों बेटियाँ बड़ी हो गई हैं और इसके साथ ही उन्होंने अपने मौलिक आदर्शों-मूल्यों को सँजोए रखते हुए उनमें एक वैश्विक आयाम भी जोड़ दिया है।

नाना की भूमिका में रहना मुझे बहुत अच्छा लगता है। और मैं यह भूमिका खूब अच्छे से निभाता हूँ। बच्चा अभी थोड़ा रोता है, थोड़ा बड़ा हो जाए तब देखना। मैं (उसका) प्रिय बन जाऊँगा''।

अब रेखा की बात करते हैं—मेरी सबसे छोटी बेटी, जो हम सबकी दुलारी थी— सबसे छोटी जो थी; और फिर, हमें पढ़ाकर अपना काम निकालना वह खूब जानती थी। वह इतनी प्यारी और सुंदर थी कि बरबस ही सबका मन मोह लेती थी। हम कभी उसे 'न' नहीं कह पाते थे। ऐसे में आपको लगता होगा कि जरूर बड़ी होकर वह बिगड़ गई होगी। लेकिन नहीं। उसका मन बहुत साफ था और शुरू से ही उसकी एक ही महत्त्वाकांक्षा थी—वकील बनना। वह वकील जरूर बनेगी। कोई ऐसी-वैसी नहीं, बल्कि आपराधिक मुकदमों को लड़नेवाली वकील।

कई बार हमने उससे पूछा भी कि आखिर वह वकील ही क्यों बनना चाहती है; इस पर बड़ी शालीनता से वह जवाब देती थी, ''मैं मानवता की सेवा करना चाहती हूँ।''

कोई और यह बात कहता तो शायद लोग इसे बेवकूफी मानते; लेकिन उसके स्वर में इतना आत्मविश्वास होता था कि लोगों की बोलती बंद हो जाती थी।

तीसरी बार मैं फिर उसी रास्ते पर चल पड़ा था। मैं यह नहीं कह सकता कि ऐसा करना मुझे अच्छा लग रहा था। मुंबई एक बार फिर भगीरथ प्रयास बन गया था और हम पुणे तक पहुँच गए; लेकिन आनंद नहीं आया।

कई बार हमने उससे पूछा भी कि आखिर वह वकील ही क्यों बनना चाहती है; इस पर बड़ी शालीनता से वह जवाब देती थी, ''मैं मानवता की सेवा करना चाहती हूँ।'' कोई और यह बात कहता तो शायद लोग इसे बेवकूफी मानते; लेकिन उसके स्वर में इतना आत्मविश्वास होता था कि लोगों की बोलती बंद हो जाती थी।

उस समय मैं स्वयं को असहाय महसूस कर रहा था, जैसे माँ-बाप उस समय महसूस करते हैं, जब उन्हें लगता है कि उनके बच्चे अपनी योग्यता के बल पर जो कुछ कर सकते हैं, वह राज-समाज की दोषपूर्ण व्यवस्था के चलते नहीं कर पा रहे हैं। मुझे क्रोध तो आ रहा था, लेकिन उससे कुछ होनेवाला नहीं था।

सौभाग्य से उस समय तक दुबई और शारजाह में हमारे सामने और भी विकल आ गए थे और उच्च शिक्षा अब कोई समस्या नहीं रह गई थी। हालाँकि विधि या कानू से संबंधित कोई अच्छा कोर्स उपलब्ध नहीं था। भारत में तो स्थिति में कोई बदल

नहीं आया, लेकिन ये नए विकल्प अच्छे थे।

अतः रेखा ने दुबई स्थित अमेरिकन यूनिवर्सिटी में प्रवेश ले लिया और वहाँ से व्यवसाय प्रबंधन का पाठ्यक्रम करने लगी। वह बहुत ज्यादा भौतिक लाभ के चक्कर में थी; बस, भीतर से उसे एक सहज प्रेरणा-सी मिल रही थी कि कुछ अच्छा करना चाहिए। उसे द कनेक्टिकट स्टेट यूनिवर्सिटी पर ज्यादा विश्वास था, इसलिए वहाँ से उसने बाल मनोविज्ञान में दो वर्षीय पाठ्यक्रम किया। उसे अपनी कक्षा में सर्वोच्च स्थान प्राप्त हुआ और स्नातक की उपाधि लेकर उसने मास्टर डिग्री के लिए सफॉक यूनिवर्सिटी (Suffolk University) में प्रवेश ले लिया।

ऊँची औपचारिक शिक्षा ग्रहण करके यह होनहार लड़की वापस दुबई आ गई : उस समय तक पूरी दुनिया जैसे उसका घर बन चुकी थी। आज वह पूरे मन से अपने काम में मशगूल है। रोजमर्रा की चुनौतियों का वह बड़े उत्साह और जीवटता से सामना कर रही है।

ऊँची औपचारिक शिक्षा ग्रहण करके यह होनहार लड़की वापस दुबई आ गई : उस समय तक पूरी दुनिया जैसे उसका घर बन चुकी थी। आज वह पूरे मन से अपने काम में मशगूल है। रोजमर्रा की चुनौतियों का वह बड़े उत्साह और जीवटता से सामना कर रही है। शारजाह स्थित दिल्ली प्राइवेट स्कूल में स्कूल काउंसलर के रूप में काम करते हुए वह काम को कोई बोझ नहीं, बल्कि संतोष और खुशी देनेवाला एक स्रोत मानती है और हर काम इतने उत्साह व लगन से करती है कि हर कोई उसकी प्रशंसा करता है।

बाद में वह दुबई में जेम्स ग्रुप में सलाहकार बन गई, जो ब्रिटेन और अमेरिका सहित कई देशों में बड़ा शिक्षा प्रदाता है। वह कई रेडियो और टी.वी. शोज में भी कई मुद्दों पर अपनी राय देती रही, खासकर पेरेंटिंग से संबंधित।

अब उसने एक अमेरिकी शिक्षित वित्तीय विशेषज्ञ रोमेश मीरपुरी से शादी कर ली जो ग्रैंड केमैन द्वीप समूह में अपना पारिवारिक व्यवसाय चला रहे हैं।

वर्ष 2006 में हम रोमेश से मिले थे। वीना और मैं, गौरी और रेखा रॉयल यन पर एक क्रूज यात्रा पर थे। स्कागवे कॉल के बंदरगाह में से एक था। वहाँ मेश से मुलाकात की, जो अपने पारिवारिक हीरा-कारोबार में लगा है। वर्ष के रेखा और रोमेश की शादी हो गई। परंपरा के अनुसार गौरी और अजय ने रेखा र पिता की भूमिका ग्रहण करके कन्यादान किया।

की गृहस्थी अच्छी चल रही है और वह एक बेटी दिव्यांश और पुत्र धीर की अपनी विशेषज्ञता के क्षेत्र में डॉक्टरेट कर रही है। चूँकि रेखा अपने अध्ययन भीर और कॅरियर उन्मुख रही है, इसलिए हमें उम्मीद थी कि उसके पति-

पत्नी, माँ और कामकाजी महिला के बराबर माप में उसकी भूमिका स्वीकार करेंगे। हम भाग्यशाली हैं कि रोमेश उसके लिए अत्यधिक सहायक हैं।

इसमें वीना की भूमिका को मैं मानूँगा। मुझे लगता है कि माता-पिता के रूप में हमने अपनी जिम्मेदारियाँ पूरी कर ली हैं। मेरी तीनों बेटियाँ जिंदगी के खेल में जीत चुकी हैं। इस सौभाग्य के लिए मैं पूरे परिवार की ओर से ईश्वर का धन्यवाद करता हूँ। किसी व्यक्ति को पति और पिता का दर्जा मिले और इसके बदले में उसे (आर्थिक) प्रतिफल भी मिले—इससे ज्यादा एक व्यक्ति को और क्या चाहिए।

यह अध्याय पूर्ण हो रहा है और लॉन में बैठकर चाय की चुस्कियाँ लेते हुए मैं देख रहा हूँ कि आज घास पर ओस नहीं है। वातावरण में गरमी है। सूर्य मानो मेरे साथ मेरे चिंतन में शामिल होने के लिए पहाड़ियों के पीछे से झाँक रहा है। जब तक दुनिया नहीं जागती, तब तक के लिए चारों ओर खामोशी है। इसे सँजोकर रखना सीखा है मैंने।

❑

18

उम्र के साथ-साथ समझदारी बढ़ी

> **"किसी व्यक्ति के जीवन को समझने के लिए केवल यह जानना जरूरी नहीं कि वह क्या करता है, बल्कि यह भी कि वह क्या जान-बूझकर बिना किए छोड़ देता है।"**
>
> **—जॉन हाल ग्लेडस्टन**

कुछ वर्ष पूर्व जब मैंने शाकाहारी बनने का फैसला किया, तब मेरे मित्रों की हैरानी का ठिकाना नहीं था। "ऐसा कैसे?" वे पूछने लगे थे। दरअसल, दुबई एक ऐसी जगह है, जहाँ आप दुनिया के किसी भी देश का खाना खाने का आनंद ले सकते हैं। ऐसे में उनकी हैरानी स्वाभाविक ही थी। मेरे उत्तर से उनकी हैरानी और भी बढ़ी होगी।

"कोई खास वजह नहीं है। बस, सुविधा के लिए।"

अपने खान-पान की आदत मैंने किसी आध्यात्मिक जरूरत के चलते नहीं बदली
ऐसा करने की कभी जरूरत ही महसूस नहीं हुई। मुझे कभी नहीं लगा कि मांसाहार
त्मिक मार्ग में कोई बाधा हो सकता है। मुझे पता नहीं है कि किसी धार्मिक ग्रंथ में
र वर्जित किया गया है। लेकिन इतना मैं जरूर मानता हूँ कि जो कुछ हम खाते हैं,
मारे आचार-विचार पर प्रभाव पड़ता है। खान-पान की आदतें भी पर्यावरणीय
ा निर्धारित होती हैं। क्या आप सोच सकते हैं कि टुंड्रा प्रदेश का कोई एस्किमो
य क्षेत्र में रहनेवाला कोई बद्दू मांसाहार के बिना जीवित रह सकता है?
प्रकार, मेरे शाकाहारी बनने के पीछे कोई धार्मिक या चिकित्सीय बाध्यता
में मेरे जीवन की दो घटनाओं का प्रभाव था। पहली घटना उस समय की

है, जब मैं ताइवान की एक व्यावसायिक यात्रा पर था। मेरे मेजबान ने मेरे सम्मान में एक डिनर का आयोजन किया था। उसने सूप का ऑर्डर किया, जिसे वहाँ एक स्वादिष्ट व्यंजन माना जाता था। जब सूप मेरे खाने की मेज पर लाकर रखा गया तो उसे देखकर मैं हतप्रभ रह गया। वह साँप का सूप था। मेरा मन खराब हो गया और उबकाई-सी आने लगी। बड़ी शालीनता से मैंने सूप लेने से इनकार कर दिया। यह मेजबान के लिए हैरानी की बात थी। आज भी जब कभी मैं साँप के सूप के बारे में सोचता हूँ, मेरा तन-बदन गिनगिना उठता है।

दूसरी घटना भी ताइवान की ही है, जब मैं अपने एक मित्र की सबसे छोटी बेटी के जन्मदिन की पार्टी में गया था। भोजन कक्ष में जब मैं गया तो वहाँ देखा, एक जिंदा बंदर कुरसी से बँधा था। उसे इतना कसकर बाँधा गया था कि बेचारा हिल-डुल भी नहीं पा रहा था। जब सारे मेहमान आ गए तो बंदर की खोपड़ी के ऊपरी हिस्से को बाकायदा छीला जाने लगा, ताकि उसका दिमाग निकाला जा सके, जिसे एक स्वादिष्ट व्यंजन माना जाता था। सबकुछ देखकर मैं तो जड़-सा हो गया था। वह भयानक दृश्य आज भी मेरे मस्तिष्क में ताजा बना हुआ है।

ये दोनों घटनाएँ ऐसी थीं, जो आज भी मुझे किसी दुःस्वप्न-सी लगती हैं। मैं सोचने लगा कि दुनिया को तो मैं बदल नहीं सकता, लेकिन अपने आपको जरूर बदल सकता हूँ, क्योंकि उस पर मेरा वश है। बस, तभी से मैं शाकाहारी बन गया।

ऐसी एक और भी घटना थी, जिसने मुझे अपने खाने की आदत पर पुनर्विचार करने के लिए विवश किया। यह घटना सन् 1970 के दशक के उत्तरार्ध में किसी समय की है। मैं जापान से दुबई जा रहा था और रास्ते में थोड़े समय के लिए सिंगापुर में रुका था। वहाँ मैं बीमार पड़ गया, इस कारण मेरी आगे की यात्रा में दो दिन का विलंब हो गया। मेरे पास जापान के मौसम के अनुकूल पहनने के लिए गरम कपड़े थे, लेकिन वे सिंगापुर की उष्ण कटिबंधीय जलवायु में पहनने के लिए अनुकूल नहीं थे। इस कारण मैं थोड़ा परेशान था।

मैं एक टी-शर्ट और पाजामा खरीदना चाहता था। अपने साइज की टी-शर्ट और पाजामे की तलाश में मैं दुकान-दुकान भटकने लगा। उस समय मेरा वजन 130 कि.ग्रा., कॉलर 17.5 इंच

मैं एक टी-शर्ट और पाजामा खरीदना चाहता था। अपने साइज की टी-शर्ट और पाजामे की तलाश में मैं दुकान-दुकान भटकने लगा। उस समय मेरा वजन 130 कि.ग्रा., कॉलर 17.5 इंच और कमर 46 इंच थी। मुझे XXL साइज लगता था। सिंगापुर के लोग प्रायः हलकी कद-काठी के होते हैं, इसलिए जिस साइज के कपड़े मुझे मिल रहे थे, उनका मेरे लिए कोई उपयोग नहीं था।

और कमर 46 इंच थी। मुझे XXL साइज लगता था। सिंगापुर के लोग प्राय: हलकी कद-काठी के होते हैं, इसलिए जिस साइज के कपड़े मुझे मिल रहे थे, उनका मेरे लिए कोई उपयोग नहीं था।

मजबूरी में मुझे उन्हीं गरम कपड़ों से काम चलाना पड़ा, जो मैं अपने साथ ले गया था। विमान में बैठा तो मुझे अपने वजन को लेकर और चिंता होने लगी, क्योंकि सीट पर मेरा शरीर समा नहीं रहा था। मैं बगलवाली सीट तक पसर रहा था। मेरे डाइटीशियन (भोजन विशेषज्ञ) ने मुझे प्रोटीन-युक्त भोजन लेने और अपना वजन घटाकर 90 कि.ग्रा. करने की सलाह दी। लगभग 6 माह में मैंने अपना वजन 40 कि.ग्रा. तक कम कर लिया और अब मेरा वजन 90 कि.ग्रा. रह गया था, जो वांछित था।

मेरा वजन घटने से लोगों के व्यवहार पर काफी फर्क पड़ा। मुझे अभी तक याद है, जब एक पार्टी में दुबई के एक प्रमुख व्यवसायी अल फरदान ने बहुत गौर से मुझे देखते हुए ठेठ उर्दू में कुछ इस तरह मेरा अभिवादन किया था, ''तुम्हारा बाप कैसा है ?'' बहुत देर बाद मैं समझ पाया कि वह मेरे पिता के बारे में नहीं, बल्कि मेरे बारे में पूछ रहे थे। जवाब में मैंने कहा कि आप मुझसे बात कर रहे हैं, न कि मेरे बेटे से।

मेरे द्वारा वजन घटाए जाने पर जनवरी 1981 में 'गल्फ न्यूज' की साप्ताहिक पत्रिका 'अल फ्यूमा' (Al fumia) में मारुफ ख्वाजा की एक रिपोर्ट छपी थी, जिसमें लिखा था—

''कॉसमॉस और आई.टी.एल. ग्रुप के महाप्रबंधक राम बक्षाणी ने मोटापे के खिलाफ नब्बे दिन की लड़ाई के आखिर में जब अपनी मूँछें टूथब्रश के आकार में मुँड़वा लीं, तब उनके मित्रों और प्रशंसकों को लगा कि कठोर आहार-विहार नियमों ने ही गोल-मटोल राम को दुबले-पतले, लंबे बक्षाणी में बदल दिया। आखिर में जब घटाने के लिए अतिरिक्त मोटापा नहीं बचा तो ऊपर के होंठ पर ध्यान गया होगा, जो मोटी काली मूँछों के 3/10 ग्राम के वजन से दबा हुआ था।

लोगों को विश्वास ही नहीं हो रहा था कि दुबले-पतले शरीर और खुली मुस्कानवाले जिस लड़के को वे अपने सामने देख रहे हैं, वह वास्तव में बक्षाणी ही हैं, जिन्हें पिछले साल एक्सपो कुश्ती में मान सिंह पहलवान के साथ अखाड़े में देखना अप्रासंगिक बात नहीं रही होगी।

''मूँछें गायब होने का एक तात्कालिक असर यह पड़ा कि राम—जो अपनी 44 इंच मोटी तोंद और डेढ़ इंच की गरदन तथा तीन गुना भारी वक्षस्थल से पहचाने जाते थे—अब दुबई में शाम की पार्टियों में अपने मित्रों और प्रशंसकों के लिए अजनबी-से हो गए। हद तो तब

हो गई, जब कुछ ऐसे लोगों से उनका दुबारा परिचय कराना पड़ा, जो उन्हें भलीभाँति जानते थे—लोगों को विश्वास ही नहीं हो रहा था कि दुबले-पतले शरीर और खुली मुस्कानवाले जिस लड़के को वे अपने सामने देख रहे हैं, वह वास्तव में बक्षाणी ही हैं, जिन्हें पिछले साल एक्सपो कुश्ती में मान सिंह पहलवान के साथ अखाड़े में देखना अप्रासंगिक बात नहीं रही होगी।

''दो सप्ताह में ही मूँछें पहले जैसी हो गईं और अब राम ने अपनी दस वर्ष की पुरानी परिपक्वता पुनः प्राप्त कर ली, जो मुँड़ी हुई मूँछों के कारण खो गई थी। लेकिन जितनी तेजी से मूँछें बढ़ीं उतनी तेजी से कुछ भी नहीं बढ़ा।

''अपना वजन घटाने के लिए राम बक्षाणी ने न किसी जिम (व्यायामशाला) का सहारा लिया, न किसी कसरत का और न ही बार बेल या डंब बेल का सहारा लिया। इसके पीछे बस एक ही कारक रहा है, जिसे हम इच्छा-शक्ति कह सकते हैं। हालाँकि डॉ. डांग—जो स्वयं सबकुछ देखभाल रहे थे—इसे 'जीने के लिए जरूरी' बताते हैं, खासकर उस समय जब अत्यधिक वजन के चलते उच्च रक्तचाप, मधुमेह जैसी बीमारियाँ आप पर भारी पड़ने लगें।

''राम कहते हैं कि इसके लिए मुँह में या किचन में ताला लगा लेने या फिर संन्यासी बन जाने की जरूरत नहीं होती! इसमें ऐसा कुछ नहीं है कि आपको अपना खाना बंद कर देना पड़े। सबकुछ खाओ, लेकिन वह नहीं जो आप चाहते हैं।

''इस आहार नियम में स्टार्च और शर्करा-युक्त भोजन नहीं लेना होता और वसा से भी बचना होता है। मतलब आलू ब्रेड, चावल, दालें न लें—खासकर उड़द की दाल न लें, जिसमें इतना ज्यादा स्टार्च होता है कि पुराने समय में, राम बताते हैं, लोग इससे इमारत के पत्थरों को जोड़ने के काम लिया करते थे। क्या आप जानते हैं कि कुतुबमीनार में लगे ग्रेनाइट पत्थरों को जिस गारे से जोड़ा गया था, वह उड़द की दाल का बना था। हालाँकि सभी अनाजों में स्टार्च नहीं होता, लेकिन अच्छा यही होता है कि कुछ समय तक कोई भी अनाज न लिया जाए।

''अनाज पर यह प्रतिबंध उससे तैयार पेय पदार्थों पर भी लागू होता है। तो अब वसा देनेवाली बोतलों यानी पेय पदार्थों को छोड़ना होगा। अगर आपके दाँत सुंदर हैं तो दंत-चिकित्सक के पास जाकर निकलवा लीजिए, या फिर जब तक प्रिय या प्रियतमा के होंठ सामने नहीं आते तब तक के लिए ऐसी चीजों से दूर रहें जो सुंदर, मधुर हो—चाहे ठोस हो या फिर तरल। फिलहाल, चाय के प्याले चलेंगे और डॉ. डांग कृत्रिम मिठाइयों से बचने की सलाह देते हैं, जो बाद में कड़वा अनुभव देती हैं। सुबह की चाय वसा एंटीडोट (रोधक) होती है और अगर उसमें थोड़ा सा नींबू निचोड़कर पिया जाए तो इससे पेट का मोटापा कम होता है।

''संक्षेप में, कोई भी चीज खाइए, लेकिन वह तेल—वनस्पति तेल, चरबी या खनिज तेल—में तला या भुना नहीं होना चाहिए। कोई भी तेल ऐसा नहीं है, जिसमें वसा न हो। अगर ऐसा कोई तेल है तो वह है मोबिल ऑयल; लेकिन वह तो गाड़ी में डाला जाता है, कढ़ी में उसे डालना मूर्खता होगी! इसलिए सबकुछ खाइए—कच्चा, अधपका, पका या उबला।

संक्षेप में, कोई भी चीज खाइए, लेकिन वह तेल—वनस्पति तेल, चरबी या खनिज तेल—में तला या भुना नहीं होना चाहिए। कोई भी तेल ऐसा नहीं है, जिसमें वसा न हो। अगर ऐसा कोई तेल है तो वह है मोबिल ऑयल; लेकिन वह तो गाड़ी में डाला जाता है, कढ़ी में उसे डालना मूर्खता होगी! इसलिए सबकुछ खाइए—कच्चा, अधपका, पका या उबला।

''राम की 90 दिन की लगातार मेहनत का परिणाम है—वजन 107 कि.ग्रा. से घटकर 70 कि.ग्रा. हो गया, कमर की चौड़ाई 44 इंच से घटकर 33 इंच हो गई, सीना 40 से घटकर 38 हो गया और कॉलर 17.5 इंच से घटकर 14.5 इंच हो गया। दूसरी चीजें बढ़ी हैं—चार घंटे की खर्राटों से भरी नींद अब आठ घंटे की आरामदायक नींद हो गई, दैनिक कार्यक्षमता 6 घंटे से बढ़कर 16 घंटे हो गई। कुछ नई बातें भी सामने आईं—टाँगों को एक-दूसरी के ऊपर रखकर यानी आलथी-पालथी मारकर बैठने और गोद में किसी बच्चे को बैठाने का आनंद। छह माह पहले राम के बच्चे डैडी के पीछे से ही गोद बना लेते थे।

''लेकिन एक चेतावनी है। वजन घटने के साथ एक चीज पर सबसे ज्यादा बोझ पड़ता है—जेब पर! राम बक्षाणी को अपना पूरा वार्डरोब (कपड़े की आलमारी) बदलना पड़ा, जिसमें दर्जन भर से ज्यादा सूट, कमीजें और पाजामे थे। यानी व्यवसाय की सफलता भी डाइटिंग की तरह ही है।

''वजन कम करनेवालों के लिए दुबारा उसी स्थिति में पहुँचने का डर बना रहता है। इसलिए शुरुआती सफलता के बाद गाफिल नहीं हो जाना चाहिए। राम मानते हैं कि अब वह नाश्ते में चपाती, कभी-कभी आधा प्लेट चावल ले सकते हैं। हर दूसरे दिन वह 'टोस्ट' भी पीते थे। आहार-विहार के नियम से खाने-पीने की आदतों में संतुलन बनाने में मदद मिलती है। लगता है, राम जान गए हैं कि उन्हें कब और कहाँ रुकना है—मूँछें रखकर या छोड़कर। लेकिन साथ ही, यह बात भी देखनेवाली है कि कहाँ और कब शुरू किया जाए।''

मेरी पीने की आदतों के साथ भी कुछ ऐसा ही हुआ। मैं कभी पीने का आदी नहीं रहा, जबकि 20 वर्ष की उम्र में मैंने पीना शुरू कर दिया था। पहले तो मैं अपने दोस्तों के साथ पिया करता था। मुश्किल परिस्थितियों में पूरा सप्ताह काम करने के बाद

सप्ताहांत में दोस्तों के साथ बैठकर पीने का मन तो करता ही है। इससे चिंता और अकेलापन दूर करने में मदद मिलती थी। कुछ-कुछ इस कहावत की तरह—'पी लेने के बाद मुर्गे को बाज का डर नहीं रह जाता।'

सप्ताहांत की मौज-मस्ती से अगले कई दिनों तक बाजार और उसकी चुनौतियों का सामना करने की ऊर्जा मिलती थी। बाद में धीरे-धीरे पीना मेरे व्यावसायिक और सामाजिक जीवन का एक हिस्सा ही बन गया। लेकिन जरूरत से ज्यादा मैंने कभी नहीं पी। जैसे विंस्टन चर्चिल ने कहा था, "अल्कोहल (शराब) ने मुझसे जितना लिया है, उससे कहीं ज्यादा मैंने अल्कोहल से लिया है।"

लेकिन बैठकों का सिलसिला बढ़ने के साथ-साथ मेरी सुबहें भी शराब की खुमारी से भरी रहने लगीं। मुझे लगता है, यह कई शराबों के एक साथ मिल जाने के कारण होती थी। ऐसे मामलों में—जब एक ही शाम में कई पार्टियों में पहुँचना हो—इस चीज से बचना मुश्किल हो जाता है।

सप्ताहांत की मौज-मस्ती से अगले कई दिनों तक बाजार और उसकी चुनौतियों का सामना करने की ऊर्जा मिलती थी। बाद में धीरे-धीरे पीना मेरे व्यावसायिक और सामाजिक जीवन का एक हिस्सा ही बन गया। लेकिन जरूरत से ज्यादा मैंने कभी नहीं पी। जैसे विंस्टन चर्चिल ने कहा था, "अल्कोहल (शराब) ने मुझसे जितना लिया है, उससे कहीं ज्यादा मैंने अल्कोहल से लिया है।"

नौ वर्ष पहले मैंने शराब छोड़ने का फैसला कर लिया। किसी धार्मिक या स्वास्थ्य संबंधी कारण से मैंने यह फैसला नहीं लिया था, बल्कि मुझे लगा कि अब बहुत हो गया, इसलिए मैंने पीना बंद कर दिया।

मेरे दोस्त परेशान थे। उन्हें चिंता थी कि इस तरह अचानक शराब छोड़ देने से मेरे स्वास्थ्य पर कहीं कोई बुरा असर न पड़े। कुछ लोगों ने तो यहाँ तक कह दिया कि शराब न पीने की स्थिति में मैं समाज में अलग-थलग पड़ जाऊँगा। "क्या आप शीतल पेयों के साथ ही अपनी पार्टियों और ग्राहकों या दोस्तों के साथ बात करेंगे?" लेकिन मैंने फैसला कर लिया था और पूरी इच्छा-शक्ति से मैं उसे निभाना चाहता था। मुझे विश्वास था कि एक गिलास पानी पीकर भी मैं अपने दोस्तों और ग्राहकों के साथ बैठकर घंटों तक वार्त्तालाप कर सकता हूँ।

मैंने अपने दोस्तों से यह भी कहा कि अगर मैं फिर से पीना शुरू करना चाहूँगा, तो कोई मुझे रोकनेवाला नहीं है। हाल ही की एक घटना मुझे याद आती है। मैं टोकियो में एक डिनर पार्टी में था, जो शॉर्प कॉरपोरेशन के अध्यक्ष के. माचीदा (K. Machida) ने मेरे सम्मान में आयोजित की थी। उन्होंने मुझसे पूछा कि आप किसी धार्मिक या

स्वास्थ्य संबंधी कारण से शराब नहीं पीते। जब मैंने 'न' में उत्तर दिया तब वह फिर पूछने लगे, "कंपाई (चीयर्स) के लिए आप एक चुस्की क्यों नहीं ले लेते?" मैंने ले ली। दुबारा लेने में भी मुझे कोई हिचकिचाहट नहीं होगी।

एक सदाबहार गाना है—'हम बड़े हो गए थे और समझदार भी, लेकिन हमारे सपने वही थे।' हमारे कुछ सपने टूट जाते हैं, क्योंकि हम अपनी मिथ्या धारणा या विश्वास पर चलते हुए उन्हें भ्रम में बदल डालते हैं। जब हमारे मिथ्या विश्वासों या धारणाओं पर चोट पहुँचती है तब हम यह नहीं समझ पाते कि हमने गलती की—अपने दोस्तों, रिश्तेदारों, पड़ोसियों, विरोधियों या सहकर्मियों के साथ। ऐसे में निराशा की भावना पैदा होती है और उसके लिए किसी को दोषी ठहरा दिया जाता है।

गलती या कमजोरी हमारे अपने भीतर ही होती है, क्योंकि हम अपने मूल्यों-विश्वासों को दोषपूर्ण आधार पर रखकर चलने लगते हैं। जब हम इस यथार्थ को समझ लेते हैं तो हमें एक अलग तरह की शांति मिलती है। हमारे ऋषि-मुनियों ने दोषदर्शिता की बुराई से बचने और इस प्रकार अपनी ऊर्जा को रचनात्मक कार्य में लगाने की कला सीख ली थी।

गलती या कमजोरी हमारे अपने भीतर ही होती है, क्योंकि हम अपने मूल्यों-विश्वासों को दोषपूर्ण आधार पर रखकर चलने लगते हैं। जब हम इस यथार्थ को समझ लेते हैं तो हमें एक अलग तरह की शांति मिलती है। हमारे ऋषि-मुनियों ने दोषदर्शिता की बुराई से बचने और इस प्रकार अपनी ऊर्जा को रचनात्मक कार्य में लगाने की कला सीख ली थी।

इस प्रकार, कुछ भी अपरिवर्तित नहीं रह पाता। लेकिन चीजें जितनी बदलती हैं उतनी ही वे एक समान बनी रहती हैं। यह जीवन की सबसे बड़ी पहेली है। ब्रह्मांड की बिसात पर खेली जानेवाली इस शतरंज का एक ही अंत है—निर्वाण।

जीवन की अच्छाइयाँ व बुराइयाँ समय के साथ विकसित होती जाती हैं, प्रकट होती हैं। यह दुनिया एक रंगमंच है, जिस पर हमें पहले से किसी अलौकिक शक्ति द्वारा लिखी जा चुकी कहानी के अनुसार अपना-अपना किरदार निभाना होता है। निस्संदेह इसमें किसी तरह—जो कुछ है उसी में—काम चला लेने की संभावनाएँ होती हैं और इसी में हमारी खूबी निहित है। यह बोध हो जाने पर हमारा जीवन भरा-पूरा हो जाएगा।

जब हम अपनी अच्छाइयों, गुणों को गिनने लगें तो हमारा जीवन आसान हो जाएगा। दर्द अपरिहार्य है, लेकिन कष्ट अपरिहार्य नहीं है। इसलिए हम कष्ट को छोड़ सकते हैं। लेकिन मनुष्य की प्रवृत्ति ऐसी है कि वह अपने दुर्भाग्य को कोसता रहता है। अपने भाग्य को कोसने से पहले हमें अपने जीवन की अच्छाइयों को सकारात्मक ढंग से

देखना चाहिए और जो कुछ अच्छा मिले, उसका पूरा आनंद लेना चाहिए। एक उद्धरण याद आता है, "अगर आपको लगता है कि आप छोटे हैं तो याद रखिए, चिड़ियाँ उड़ लेती हैं, लेकिन हाथी नहीं उड़ पाते।"

हमारे जीवन-मार्ग पर मील के पत्थर लगे होते हैं, लेकिन हम तेजी से उन्हें पार कर जाते हैं और समझ भी नहीं पाते कि वे किसलिए हैं, उनका हमारे लिए क्या उपयोग है। इसी तरह हमारे द्वारा लिये जानेवाले निर्णयों में भी होता है। वह कोई पुस्तक हो सकती है, फिल्म हो सकती है, यथार्थ जीवन की कोई घटना हो सकती है, कुछ कारक या प्रभाव हो सकते हैं, जिनके चलते आप कोई खास रास्ता चुनते हैं। कभी-कभी तो रास्ता बिल्कुल साफ दिखाई नहीं देता—तब आप सोचने लगते हैं कि पता नहीं मेरा निर्णय सही था या नहीं। फिर भी, हम चलते रहते हैं।

मेरे जीवन-मार्ग का मील का एक पत्थर आज तक अटल बना हुआ है। गौतम बुद्ध के शब्द मेरे लिए मील का पत्थर बन गए थे। उन्होंने कहा था कि जीवन में कोई पूर्ण विराम नहीं है, बस अल्प विराम और अर्द्धविराम हैं। कितनी सच्चाई है। जिसे हम विनाशकारी परिवर्तन के रूप में देखते हैं, वह ब्रह्मांडीय गति का एक विराम भर है, जिसे हम समय कहते हैं।

मेरे जीवन-मार्ग का मील का एक पत्थर आज तक अटल बना हुआ है। गौतम बुद्ध के शब्द मेरे लिए मील का पत्थर बन गए थे। उन्होंने कहा था कि जीवन में कोई पूर्ण विराम नहीं है, बस अल्प विराम और अर्द्धविराम हैं। कितनी सच्चाई है। जिसे हम विनाशकारी परिवर्तन के रूप में देखते हैं, वह ब्रह्मांडीय गति का एक विराम भर है, जिसे हम समय कहते हैं।

यदि इन शब्दों को हम अपने हृदय में उतार सकें तो हमें लगेगा कि हमारे कर्म भी अंत:संबद्ध हैं और शृंखलाबद्ध हैं, जिनका कोई पूर्ण विराम नहीं है; बस अल्प-विराम और अर्द्धविराम ही भरे पड़े हैं। घर या बाहर, सब जगह हमें यही सोच लेकर चलने चाहिए। सारे दरवाजे मत बंद करो, एक खिड़की हमेशा खुली रखो, ताकि क्रमबद्धता बनी रहे।

आपको पहले से कुछ भी पता नहीं होता कि किसे आपकी जरूरत पड़ेगी या आपको किसकी जरूरत पड़ेगी या फिर इस जीवन-यात्रा में कौन आपका सहयात्री होगा। जिस दरवाजे को आप खोल नहीं सकते, उसे बंद भी मत कीजिए।

जब मैं अपने अतीत के पन्नों को पलटकर देखता हूँ तब उस प्रभाव को देखकर मुझे आश्चर्य होता है, जो इस भावना ने मेरे ऊपर छोड़ा है। व्यवसाय में मैंने बातचीत अथवा संचार का रास्ता हमेशा खुला रखा। हमारी पसंद या नापसंद की बात अलग है, लेकिन इसका हमारे निर्णय-निर्धारण पर अंतिम प्रभाव नहीं होना चाहिए।

मेरी बच्चियाँ अब अपने पाँव पर खड़ी हो चुकी हैं। वे अपने घोंसले से निकल चुकी हैं और दिन-प्रतिदिन माता-पिता के संरक्षण की जरूरत कम होती जा रही है। यह स्वाभाविक है, क्योंकि इससे हमारे आपसी प्रेम का पता चलता है, जो कभी कम नहीं होता। माता-पिता होने के नाते यह अनुपस्थिति या दूरी हमारे लिए कहीं अधिक यथार्थ है। लेकिन एक चरण बीतने के साथ ही दूसरे चरण की शुरुआत होती है। पीछे मुड़कर देखना इसका एक हिस्सा है। स्मृतियाँ इस अंतराल को भरने में मदद करती हैं। फिर भी, और अधिक सीखने की लालसा तो होती ही है। अपनी रोजमर्रा की यात्रा में चलते-चलते रुककर फूलों की सुगंध लेने की लालसा होती है। परिपक्वता के साथ-साथ सजगता और जागरूकता भी बढ़ती है। तब जीवन का अर्थ ही बदल जाता है। आप जीवन में समय को महत्त्व देने लगते हैं और उसे व्यर्थ में नहीं गँवाना चाहते।

जो काम कभी मेरे जीवन का अभिन्न हिस्सा हुआ करते थे, उन्हीं से अब मुझे संकोच-सा होता है। लोगों के साथ भी ऐसा ही होता है। अब मैं भीड़-भाड़ से बचना और एकांत में रहना पसंद करने लगा हूँ—लेकिन अकेला नहीं, क्योंकि अकेला तो मैं कभी होता ही नहीं हूँ। बचपन की यादें, घर की यादें, परिवार की यादें, सफलता-असफलताओं की यादें हमेशा मेरे साथ होती हैं।

जो काम कभी मेरे जीवन का अभिन्न हिस्सा हुआ करते थे, उन्हीं से अब मुझे संकोच-सा होता है। लोगों के साथ भी ऐसा ही होता है। अब मैं भीड़-भाड़ से बचना और एकांत में रहना पसंद करने लगा हूँ—लेकिन अकेला नहीं, क्योंकि अकेला तो मैं कभी होता ही नहीं हूँ। बचपन की यादें, घर की यादें, परिवार की यादें, सफलता-असफलताओं की यादें हमेशा मेरे साथ होती हैं।

यह सब रातोरात नहीं हो गया। जैसे मैंने एकदम ही संन्यासी का वेश धारण कर लिया हो और मोक्ष की खोज में पहाड़ों की ओर निकल गया हूँ। अब मुझे लगता है कि मैं अपने आपमें रहते हुए बाहर की ओर देखने लगा हूँ। यह एक सुखद अनुभूति है।

मैं बस यही उम्मीद कर सकता हूँ कि कई युवा उद्यमी—जिनके जीवन को मैंने प्रभावित किया है—मेरे पुराने रास्ते पर चलेंगे। मेरा अनुभव कहता है कि इसमें कई अच्छाइयाँ हैं।

युवावस्था में कई लोग सोचने लगते हैं कि वे कुछ भी कर सकते हैं। जरूर, लेकिन आखिरी बचे रास्ते को कभी मत नष्ट न करें। किसी भी व्यवसायी या पेशेवर के लिए मेरी यही सलाह है···। आपको पता नहीं कि आपके आस-पास कितना कुछ है।

अपने अतीत के रंगों से अपने वर्तमान को रँगने की कोशिश कीजिए।

अपनी स्वरचित सिंधी कविता की पंक्तियों के साथ अब मैं पुस्तक को यहीं समाप्त करता हूँ—

जिंदगीअ में सभिनी खे
एतिरो त चाहियुमि
जो समु
रुसण जा आदी बणिजी पिया
ऐं
मुंखे तंहि रुसण जो
जणु
हकु ई कोन हो
गूंगा गोढ़ा गाड़ियमि
एतिरा जो
रोई–रोई अखियुनि जी आलाणि
गुमु थी वेई।

कविता का सार है—दूसरों को खुश रखने में ही मैंने पूरा जीवन बिता दिया। इस कारण रूठना जैसे उनकी आदत बन गई है। लेकिन मुझे शिकायत करने का अधिकार नहीं है। अकेले में चुपचाप मेरी आँखों से इतने आँसू निकलते हैं कि आँखों का स्वाभाविक गीलापन गायब ही हो गया है।

जागने पर ही आपको पता चलता है कि आप सो रहे थे।

❑

उपसंहार

जब मैं इस पुस्तक का पहला संस्करण लिख रहा था, तब दुबई विकास की चोटी तक पहुँचने के लिए अपनी दौड़ में था। इसके बाद हमने उपलब्धि और उभरते बाजार का उत्साह देखा। लेकिन उत्साह अपनी प्रकृति के कारण लंबे समय तक नहीं टिक सकता है और दुबई के मामले में यह छह साल की अवधि तक चला।

वैश्विक मंदी ने दुबई को भी नहीं छोड़ा। उन लोगों में से, जो दुबई की आश्चर्यजनक वसंत की जादुई क्षमता में विश्वास करते थे, उनका मानना था कि यह वैश्विक मंदी के नुकसान से सुरक्षित और अप्रभावित रहेगा। उन्होंने तर्क दिया कि दुबई, जो दुनिया में एक वित्तीय धुरी की स्थिति पर कब्जा करने के लिए अपनी जमीन तैयार कर रहा है, को इस क्षेत्र के अन्य देशों की तरह नहीं समझा जाना चाहिए।

मुझे अभी भी विश्व बैंक के पूर्व अध्यक्ष जेम्स वोल्फेंसोन की प्रतिक्रिया याद है, जब वे एक स्थानीय अंग्रेजी दैनिक में वैश्विक वित्तीय आपदाओं के बीच दुबई की संभावनाओं की एक गुलाबी तसवीर से सजी खबर पढ़ रहे थे। वैश्विक आर्थिक स्थिति पर नेताओं के एक सम्मेलन में भाग लेने के लिए वुल्फेंसोहन दुबई आ रहे थे। उस दिन के अखबार की प्रति लहराते हुए वे अपना भाषण देने के लिए मंच की ओर बढ़े। उन्होंने खबर का संदर्भ लेते हुए कहा, ''मुझे खुशी है कि यहाँ लोग आशावादी हैं। हालाँकि मेरा अनुभव और विश्व वित्तीय बाजार के साथ लंबे समय से मेरा संबंध एक अलग कहानी बताता है। दुनिया में कोई भी देश आर्थिक क्षेत्र की गतिविधियों से अलग-थलग और अप्रभावित नहीं रह सकता, क्योंकि आज सभी देश पहले से कहीं ज्यादा जुड़े हुए हैं। दुबई अपवाद नहीं है और यह अलग नहीं रह सकता है।'' उनका कहना सही था।

दुबई भी निरावरण हो गया। तेल की कीमतों में नाटकीय गिरावट आई, जिसने तेल निर्यात करनेवाले देशों की आय को प्रभावित किया और दुबई के लिए यह

निवेश का महत्त्वपूर्ण स्रोत था, जो सूख रहा था। घोषित प्रतिष्ठित और महत्त्वाकांक्षी परियोजनाओं में से कई को रोक दिया या समाप्त कर दिया गया। क्रेडिट एजेंसियों ने प्रसिद्ध कंपनियों को डाउनग्रेड करना शुरू कर दिया। आप्रवासी श्रमिकों ने बड़ी संख्या में अपने गृह देशों में जाना शुरू कर दिया। विरोध करनेवालों ने बाँहें चढ़ा ली थीं। दुबई जो कुछ भी कर रहा था, उसके साथ उन्होंने दोषों को खोजना शुरू कर दिया।

मैं आश्चर्यचकित नहीं था। मैं इस शहर में पाँच दशकों से अधिक समय से रह रहा हूँ और शहर के कई उतार-चढ़ाव देखे हैं। मैंने दुबई को हमेशा मुश्किल परिस्थितियों से पहले भी मजबूती से उभरते हुए देखा है, जब भी वे पेश आईं। शासक हमेशा से ऐसे हालात पर काबू पाने में कामयाब रहे हैं। मेरा मानना है कि दुबई के शासक हमेशा अपने समय से आगे रहे हैं। हैरानी की बात यह है कि आलोचक इसे समझने में हमेशा असफल रहे हैं।

दुबई के पूर्व शासक शेख राशिद बिन सईद अल मकतूम की लोगों ने आलोचना की, जब उन्होंने दुबई शहर के बाहरी इलाके में क्षेत्र की सबसे ऊँची इमारत 'ट्रेड सेंटर' बनाने का फैसला किया। लोगों ने कहा कि यह शहर के केंद्र से बहुत दूर है और महज पैसे की बरबादी है। जब यह पूरा हो गया तो यह एक ऐतिहासिक स्थल बन गया। अब, शेख जायद रोड के उस हिस्से में, जिसमें व्यापार केंद्र स्थित है, दुनिया की सबसे ऊँची इमारत, 'बुर्ज खलीफा' सहित बहुत सी ऊँची इमारतें स्थित हैं। यह क्षेत्र दुबई के मैनहट्टन के रूप में भी जाना जाता है।

जब शेख राशिद ने जेबेल अली में एक और कंटेनर टर्मिनल बनाने का फैसला किया तो आलोचकों ने फिर से उस निर्णय के उनके बोध पर सवाल उठाया। आज जेबेल अली पोर्ट, जिसे अंतरिक्ष से भी देखा जा सकता है, दुनिया के सबसे व्यस्त कंटेनर बंदरगाहों में से एक है। मैं जिस बात पर जोर देना चाहता हूँ, वह यह है कि दुबई की सभी प्रमुख पहलों—चाहे वह मीडिया फ्रीजोन, दुबई मेट्रो, अमीरात एयरलाइन या स्पोर्ट्स कॉम्प्लेक्स हो, उनके निष्पादन के समय विरोधियों द्वारा सुर मुखर किए गए थे। वोल्फेंसोन ने कहा कि दुनिया में जो हो रहा है, दुबई उससे अप्रभावित नहीं रह सकता है। लेकिन मेरा तर्क के अनुसार यह सच है कि दुबई के पास किसी भी तरह की स्थिति से बचने के लिए जगह है।

जब पश्चिमी दुनिया बीसवीं सदी में चल रही थी, तब दुबई उन्नीसवीं शताब्दी में रेंग रहा था। फिर हमने जो देखा कि वही दुबई छलाँग मारकर सीधे इक्कीसवीं शताब्दी में चल रहा था। आज बुनियादी ढाँचे और आधुनिक सुविधाओं के संदर्भ में अब यह कई तथाकथित विकसित देशों के साथ कंधे-से-कंधा मिलाकर खड़ा हो सकता है। यह कई अन्य देशों के विकास के लिए भी एक मॉडल बन गया है।

मैंने अपनी पुस्तक में जोर देने की कोशिश की है कि दुबई की आंतरिक शक्ति और लचीलापन, वे मुख्य गुण हैं, जो दुबई को दूसरों से आगे बढ़ने में मदद करते हैं। दुबई के बाजार में कारोबारी व्यावहारिक अनुभव से यह समझ मेरे अंदर आई, विशेष रूप से इसके विकास के एक महत्त्वपूर्ण समय पर कि एक बाजार विश्वास और आपसी समझ पर चल रहा था। मैं सुरक्षित रूप से कह सकता हूँ, क्योंकि मैं दुबई के साथ ही विकसित हुआ हूँ। मैं अपने परिप्रेक्ष्य को सही परिप्रेक्ष्य के साथ समझ सकता हूँ।

इस समझ ने मुझे दुबई की प्रशासन-शैली को देखने-परखने के लिए प्रेरित किया। दुबई की निर्णय लेने की प्रक्रिया प्रभावी और कुशल क्यों है? दुबई की नौकरशाही सरल क्यों है? नवाचार में कौन दुबई की मदद करता है? इन सभी सवालों और कई पूछताछ ने मुझे उनकी जड़ों के आधार तक पहुँचा दिया।

इस अंतर्दृष्टि ने मुझे इस विषय पर डॉक्टरेट करने का साहस दिया। मैंने जो विश्वविद्यालय चुना, 'वाशिंगटन इंटरनेशनल यूनिवर्सिटी' ने मुझे अपने चालीस वर्षों के व्यावहारिक अनुभव और जो ज्ञान मैंने उससे लिया है, के आधार पर अस्सी क्रेडिट देने के लिए सहमति व्यक्त की। मुझे शेष चालीस क्रेडिट के लिए काम करना पड़ा।

मैंने इस जगह और इसके इतिहास की व्यावसायिक प्रथाओं के संबंध में कागजात और रिकॉर्ड जमा किए। समय एक कारक था। उन पर वापस काम करना, समय खाने वाला था। लेकिन दुबई स्थित एक पुरस्कार विजेता वरिष्ठ पत्रकार एन. विजय मोहन के सुझावों ने मुझे इस विषय पर विचार करने में मदद की, 'दुबई का शासन : जनजातीय परंपराओं का प्रभाव।' मैं इस परिप्रेक्ष्य में दुबई के प्रदर्शन और उपलब्धियों का पता लगाना चाहता था। थीसिस जमा करने की प्रक्रिया को पूरा करने में मुझे एक साल लग गया। मेरा सचिव जोस मैथ्यू था, जिसने मॉरीशस में मुझे फोन किया और मुझे डॉक्टरेट मिलने की खबर दी। उसने इस शैली में खबर दी। उसने कहा, ''महोदय, अब मैं आपको डॉ. बक्षाणी कहूँगा।''

यह वास्तव में मेरे लिए एक भावनात्मक क्षण था, जो मुझे पूर्णता की भावना देता है। मैं अपनी वित्तीय और पारिवारिक परिस्थिति के कारण उच्च अध्ययन करने में असफल रहा, जिसे मैंने पहले इस पुस्तक में विस्तार से समझाया है। मैं एक कंपनी के कर्मचारी के रूप में अठारह वर्ष की उम्र में दुबई आया था, जिसका आज मैं वास्तविक स्वामी हूँ। धन-दौलत, मैं जो कुछ भी चाहता था, उसे प्राप्त करने के बाद भी उच्च शिक्षा की इच्छा मेरे लिए एक अपूर्ण इच्छा के रूप में रही। दुबई ने मुझे उस इच्छा को पूरा करने का अवसर दिया है। मुझे कहना चाहिए कि मैंने खोया हुआ मौका हासिल कर लिया है।

दुबई बदल गया है। यह आवश्यक भी है, फिर भी पुराने लोग दुबई को केवल

विषद (नॉस्टेल्जिया) के संकेत के साथ देखते हैं। तब गति धीमी थी, फिर भी जीवन से भरी। हर व्यक्ति सबको जानता था। यह वह शहर था, जहाँ आत्मा जीवंत थी। हर व्यक्ति जीवन का आनंद ले सकता था। मुझे लगता है, अब यह संभव नहीं है। दुबई एक विशाल हलचलवाला शहर बन गया है। मुझे कभी-कभी लगता है कि मैं ऐसे स्थान पर अजनबी बन गया हूँ, जहाँ मैंने अपने जीवन के पूरे उत्पादक हिस्से को बिताया था। जैसा कि मैंने पहले उल्लेख किया था, विकास के साथ यह अपरिहार्य है।

एक शहर एक जीवित जीव की तरह होता है। इसे जीवन के विभिन्न चरणों से गुजरना होता है। जब मैं यहाँ एक युवा के रूप में आया, तब दुबई अपने बचपन में था; अब यह अपने जीवन के युवा चरण में प्रवेश कर चुका है। मास्टर पेंटर पाब्लो पिकासो ने कहा है, 'युवा बनने में काफी समय लगता है।' दुबई के उदाहरण से पता चलता है कि लंबी प्रतीक्षा सार्थक है। युवा प्रतिभा और रचनात्मकता से भरे एक फौवारे की तरह है। दुबई की सफलता का कारण यह है कि यह इस स्रोत को इसके लाभ के लिए टैप कर सकता है।

मुझे लगता है कि मैं एक पॉयलट के रूप में अपने विमान को अधिकतम स्वीकार्य ऊँचाई पर उड़ा रहा हूँ। ऊँचाई बढ़ाने के और प्रयास मेरे लिए और मेरे आस-पास दोनों के लिए विनाशकारी परिणाम लिये होंगे, इसलिए मैं ऑटोपायलट पर जा रहा हूँ। मैं अपने चारों ओर अन्य कई विमान देख सकता हूँ, जो ऊँचाई हासिल करने की कोशिश कर रहे हैं। कुछ मुझसे अधिक ऊँचे हो सकते हैं, कुछ नीचे उड़ रहे हैं। जो कुछ भी होता है, मुझे कोई प्रतिस्पर्धा नहीं दिखाई देती। मैं केवल लोगों को उड़ता देखता हूँ। मेरा ध्यान सवारी का आनंद लेना है।

मैं इसे एक तर्क के साथ कहता हूँ। जब मैं एक किशोर के रूप में यहाँ आया तो मुझमें एक खोजकर्ता की मानसिकता थी। समय के साथ खोजी और खोज के बीच का अंतर कम हो जाता है। यह स्वाभाविक है और यह समझ फौरन ही हमें अपनी ताकत एवं सीमाओं के प्रति जागरूक कर देती है। मैंने अपनी सारी जिंदगी इस जगह की खोज में बिताई है और मुझे पता चला है कि मैंने सही जगह तलाश की है। दुबई ने मुझे जीवन का बेहतर तरीका दिखाया है और इसके लिए मैं आभारी हूँ।

❑

विभिन्न प्रकाशनों की समीक्षा से

"साठ वर्षीय, दुबई के जाने-माने भारतीय व्यवसायी राम बक्षाणी ने जीवन के अनुभवों को खोलकर रख दिया है, जो एक तथ्य है, जीवन सार है। अपनी आत्मकथा 'ऊँची उड़ान की ओर' में विभिन्न तरीकों से खुद को प्रकट करता है। पुस्तक में इस बारे में थोड़ा ही है और भौतिक शर्तों में सफलता को कैसे मापा जा सकता है, के बारे में पूरी बात··· दुबई और विदेशों में पुस्तक का गर्मजोशी से स्वागत हुआ, जिसमें उनके जीवन के साठ वसंतों का चित्रपूर्ण विवरण और उस पर्यावरण का महीन वर्णन है, जिसने उन्हें आकार दिया।"

—सुचित्रा बाजपेयी चौधरी, नॉट द एंड ऑफ द रोड,
शुक्रवार, गल्फ न्यूज

"आत्मकथा लिखना खुद को जाँचने जैसा कार्य है। यह खुद को आलोचनीय बनने की इजाजत देता है। लेकिन फिर यह खुद को खोजने और परिभाषित करने का अवसर होता है। यह एक दृढ़ आग्रह था कि बक्षाणी ने जलाशय की तली में डुबकी ली, बल्कि उन्होंने अपनी आत्मकथा 'ऊँची उड़ान की ओर' के साथ आत्म-विश्लेषण के लिए ऊँची उड़ान भर ली है··· खुद को और उसकी पहचान को परिभाषित करने के प्रयास में, बक्षाणी अपने अतीत में गहरे डूब जाते हैं। वे पूरे समुदाय के इतिहास का पता लगाते हैं। सिंधी समुदाय—जो उन्हें सिंधु घाटी सभ्यता तक ले जाता है··· विभिन्न मोड़ों से, उतार-चढ़ावों से गुजरते हुए अंत में लेखक ऊँची उड़ान की ओर निकल पड़ते हैं।"

—प्रतिभा उमाशंकर, 'ए रोड लैस ट्रेवल ऑन',
सप्ताहांत, खलीज टाइम्स

"इस तरह की सफलता की कहानियाँ किंवदंतियों की चीजें हैं, खासतौर पर

उन लोगों के लिए, जो उनका अनुकरण करना चाहते हैं। हम सभी जानना चाहते हैं कि वे वहाँ तक कैसे पहुँचे, पूरी तरह से यह जानते हुए कि कड़ी मेहनत और दृढ़ संकल्प को छोड़कर सफलता का कोई सूत्र नहीं है। राम बक्षाणी की आत्मकथा 'ऊँची उड़ान की ओर' हमें सफलता के लिए कठिन, लेकिन समय-परीक्षित सड़क के साथ आगे ले जाती है। 'ऊँची उड़ान की ओर' असली राम बक्षाणी को पूरी तरह से नहीं दिखाती है, लेकिन पाठकों के लिए आत्मनिर्भरता, परीक्षणों और कष्टों की सराहना के लिए पर्याप्त सामग्री है; एक स्वनिर्मित व्यक्ति, जिसने बड़े सपने देखने, साहस, बलिदान, कड़ी मेहनत और दृढ़ता से ऐसा करने की हिम्मत की। यह भी पता चलता है कि एक सफल व्यवसायी के व्यक्तित्व के पीछे दुनिया का एक चतुर आदमी, एक पति, एक पिता और एक इनसान है, जिसने वस्तुतः अकेले सफर तय किया, जो इसी तरह से सीख और बढ़ रहा था।''

—नीना शर्मा, 'ऑन हिज ऑन टर्म्स', पैनोरमा, द गल्फ टुडे

''तीन अलग-अलग संस्कृतियों—भारतीय, अरब और जापानी के बीच आधारित राम बक्षाणी की कहानी प्रत्येक संस्कृति की सार्थक झलक देने का प्रयास करती है, यहाँ तक कि आधुनिक उत्पत्ति, विकास, आर्थिक व्यवहार्यता और आधुनिक समय व युगीय प्रगति का पता लगाती है। 'ऊँची उड़ान की ओर' के अंग्रेजी संस्करण 'टेकिंग द हाई रोड' को दुबई के स्कूलों के अंग्रेजी पाठ्यक्रम में रैपिड रीडर के रूप में शामिल किया गया है।''

—राम बक्षाणी की रोड टू सक्सेस, भारत रत्न इंटरनेशनल

''देशभक्ति की गहरी समझ रखने के अलावा बक्षाणी ऐसे व्यक्ति हैं, जो विदेशों में रहनेवाले भारतीयों के बारे में बहुत चिंतित हैं; चाहे उन्हें सहायता प्रदान करने या भारत सरकार से उनके अधिकारों को बहाल करने के लिए अनुरोध करने का विषय हो, जिनके वे पात्र हैं।''

—ऊँची उड़ान के साथ भाईचारे को संरक्षित करना
भारतीय मूल के लोग

पाठकों के पत्र

"मैंने देखा कि यद्यपि दुबई आपकी कर्मभूमि बन गई है, फिर भी आपको हमेशा भारत की, अपनी जन्मभूमि की फिक्र है। भारत और संयुक्त अरब अमीरात के बीच समझ और सहयोग स्थापित करने के आपके ईमानदार प्रयासों के लिए मैं आपकी तारीफ करता हूँ। आप साहस और उद्यम की सिंधी भावना का प्रतिनिधित्व करते हैं।''

—श्रीचंद पी. हिंदुजा, लंदन

''एक महान् व्यक्ति का प्रेरणादायक जीवन-चित्र, जो समुदाय के हित और कल्याण के लिए समर्पित है, इसमें कोई संदेह नहीं कि यह साहित्यिक योगदानों के लिए एक मूल्यवान योग है, जिस पर भावी पीढ़ी को गर्व होगा।''

—के. सीतल, हांगकांग

''आपकी पुस्तक में समुदाय के नैतिक और धार्मिक मूल्यों के निर्माण के लिए जिम्मेदारी की ऊँची स्थिति में सिंधी स्त्रियोचितता निहित है। इसलिए आपकी आत्मकथा कई उपयोगी उद्देश्यों को पूरा करती है। यह न केवल आपकी कहानी बताती है, बल्कि युद्ध के बाद के कालखंड में दुबई और जापान के आर्थिक उदय, सिंधी समुदाय की शुरुआती कठिनाइयों और वाणिज्यिक प्रयासों में इसकी प्रगतिशील सफलता के बारे में भी बताती है।''

—हरि एन. हरिलाला, हांगकांग

''मैं पूरी पुस्तक पढ़ चुका हूँ और रिकॉर्ड पर रखना चाहता हूँ कि यह शोधकर्ताओं के लिए मध्य-पूर्व में भारत के अतीत और वर्तमान में उपस्थित होने के

लिए एक मार्गदर्शक की तरह है और इसमें कोई संदेह नहीं है कि किसी भी उद्यमी के लिए संयुक्त अरब अमीरात में, विशेष रूप से दुबई में एक उद्यम के लिए एक आधुनिक गाइड के रूप में कार्य करेगी।''

—एस.पी. श्रीवास्तव, नई दिल्ली

''आपकी पुस्तक ने सिंधी समुदाय के बारे में मेरे ज्ञान में वृद्धि की है, जो अभी तक मेरे मात्र वाणिज्यिक साथी थे। कई शताब्दियों में फैले सफर का लंबा इतिहास मेरे लिए अज्ञात था...मेरी इच्छा है कि सिंधी लेखक सिंधी कविता और साहित्य के उपलब्ध रत्न मेरे जैसे लोगों के लाभ के लिए उपलब्ध कराएँ।''

—वाई. यूनुस, अबुधाबी

ग्रंथसूची टिप्पणी

पुस्तक लेखन के दौरान निम्नलिखित पुस्तकों का मूल्यवान संदर्भ के रूप में उपयोग किया गया है—

'सागा ऑफ ट्रायल्स एंड ट्रंफ्स ऑफ सिंधीज' द्वारा मीरा गोविंद आडवाणी; 'सिंधीज थ्रो द एज्स' खंड एक और दो द्वारा प्रकाश भारद्वाज; 'सिंधीज : द स्केटर्स ट्रेजर' द्वारा पोपटी हिरानंदानी; 'द सिंधी स्टोरी' द्वारा के.आर. मलकानी : सिंधी एंड सिंधियत' द्वारा राम पंजवानी।

आलोक भल्ला द्वारा संपादित 'स्टोरी अबाउट पार्टीशन ऑफ इंडिया' उर्वशी बुटलिया की पुस्तक 'द अदर साइड ऑफ साइलेंस : वॉइसेस फ्रॉम द पार्टीशन ऑफ इंडिया'; गुरचरण दास की 'इंडिया अनबाउंड'; क्लाउड मार्कोविट्स की 'ग्लोबल वर्ल्ड ऑफ इंडियन मर्चेंट्स (1750–1947)' और सुक्रिता पॉल द्वारा संपादित 'मैपिंग मैमोरीज'।

जे.एस. बर्क और सी.ए. सिंक्लेयर की 'इंटरनेशनल माइग्रेशन एंड डवलपमेंट इन द अरब रीजन'; जिल क्रिस्टल की 'ऑयल एंड पॉलिटिक्स इन द गल्फ : रूलर्स एंड मर्चेंट्स इन कुवैत एंड कतर'; मोहम्मद अल फहीम की 'फ्राम रैग्स टू रिच्स : ए स्टोरी ऑफ अबुधाबी'; एलन एम. फाइंडले की 'द अरब वर्ल्ड'; सर जॉन ग्लब्ब की 'ए शॉर्ट हिस्टरी ऑफ द अरब पीपल्स'; ईसा सालेह अल गुर्ग की 'द वेल्स ऑफ मेमोरी'; फ्रैंक हेर्ड-बेय की 'फ्रॉम ट्रूशियल स्टेट्स टू यूनाइटेड अरब एमिरेट्स'; पीटर स्लगलेट एवं मैरियन फारुक-स्लगलेट द्वारा संपादित 'द टाइम्स गाइड टू द मिडिल ईस्ट'; विल्फ्रेड थेसिगेर की 'अरेबियन सेंड्स' तथा ग्रीम विल्सन की 'फादर ऑफ दुबई : शेख राशिद बिन सईद अल मकतूम'।

जे. हिरिश्चेमियर एवं टी. युई की 'द डवलपमेंट ऑफ जापानी बिजनेस' और मार्विन जे. वुल्फ की 'द जापानीज कॉन्सपिरेसी : ए स्टनिंग एनेलेसिस ऑफ द इंटरनेशनल ट्रेड वार'।

❑❑❑